CONSTANZE VOLLHARDT

# Dresdner Fürstenfluch

KRIMINALROMAN



emons:

**Bibliografische Information der Deutschen Nationalbibliothek**
Die Deutsche Nationalbibliothek verzeichnet diese Publikation in der Deutschen Nationalbibliografie; detaillierte bibliografische Daten sind im Internet über http://dnb.d-nb.de abrufbar.

FSC
www.fsc.org
MIX
Papier aus verantwortungsvollen Quellen
FSC® C083411


Umschlagmotiv: photocase.com/united lenses
Umschlaggestaltung: Tobias Doetsch
Gestaltung Innenteil: César Satz & Grafik GmbH, Köln
Lektorat: Christine Derrer
Druck und Bindung: CPI – Clausen & Bosse, Leck
Printed in Germany 2015
ISBN 978-3-95451-490-8
Originalausgabe

Für
Juliane und Johanna,
Irmgard und Christian,
in Liebe und Dankbarkeit

*Ein*
*Fürstenstamm,*
*Dess Heldenlauf*
*reicht bis*
*zu unsern Tagen,*
*in grauer Vorzeit*
*ging er auf*
*mit unsres Volkes*
*sagen.*

Motto am Anfang des Dresdner Fürstenzuges

## Sonntag, 19. April, Nacht

*Zwickauer Mulde, Wechselburg*

Wie schon seit Tausenden von Jahren umspülten die Wasser der Zwickauer Mulde große und kleine Gesteinsbrocken, die wahllos verstreut in ihrem ewigen Bett ruhten. Der Fluss suchte sich plätschernd und schäumend seinen Weg, zerschnitt dabei Wiesen, Felder und Wälder. Ein Fisch schnappte nach einem gelben Klumpen, der an der Oberfläche schwamm und mit den Wellen schaukelte. Der Klumpen wurde kurz in die Tiefe gezogen, kam aber bald wieder zum Vorschein und folgte dem ewigen Lauf des Wassers. In ein paar Stunden würde er an den spitzen Türmen des Rochlitzer Schlosses vorbeitreiben und auf Nimmerwiedersehen in Richtung Colditz verschwinden.

## Wenige Stunden zuvor

*Kneipe, Dresden-Neustadt*

Die Eingangstür fiel ins Schloss. Stickige Luft kroch mir in die Nase, und ich fand mich in einer schummrigen Kneipe wieder, deren Deckenlampen kaum den Tresen erhellten. Der Wirt des Lokals, ein hagerer Typ mit Halbglatze, beugte sich nach vorn und wischte mit einem Geschirrtuch die Holzplatte vor sich ab. Hierhinein war mein Darsteller vor einer halben Stunde gewankt, ein wunderbar fetter Kerl. Ich kniff die Augen zusammen. Anscheinend hatte seit Tagen niemand ein Fenster geöffnet. Doch für mich schmeckte die verbrauchte Luft nach Verheißung. Allmählich lösten sich zwei Gestalten aus dem Grau. Die beiden Männer trugen Jeans, hingen am Tresen und starrten in ihre Biergläser.

Ich ging an ihnen vorbei, beachtete sie kaum. Ganz hinten, in der dunkelsten Ecke, hockte er. Endlich. Sein schwerer Bauch wölbte sich und füllte das karierte Hemd zum Zerreißen aus. Die Wampe ruhte auf den Oberschenkeln. Zwischen seinen Ellenbogen, die auf dem Tresen lagen und den schweren Körper in der Aufrechten hielten, hingen schmutzige Haarsträhnen. Seine Augen hielt er geschlossen. Der Geruch von Schweiß und altem Bier kroch mir in die Nase. Ich schluckte. Mein Plan war verrückt, aber das machte nichts. Alle großen Künstler waren verrückt. Ich schwang mich auf den Barhocker neben ihm.

Der Wirt hatte uns den Rücken zugekehrt und polierte jetzt Gläser. Ich beobachtete ihn eine Weile, seine türkis schimmernde Weste zuckte im Takt der Musik.

»Zwei Bier«, rief ich schließlich hinüber. Als die Getränke vor mir standen, schob ich ein Glas zu dem karierten Hemd hinüber. »Hier, für dich.«

Der dicke Kerl hob langsam den Kopf. Sein halb geöffneter Mund entblößte ein paar gelbe Zähne, die beiden vorderen fehlten ganz. »Lass mich in Ruhe«, spuckte er mir die Worte ins Gesicht. Ein Speicheltropfen flutschte durch die Zahnlücke und klatschte mir an den Hals. Ich zuckte, wischte den Tropfen mit meinem Ärmel ab.

Dann klopfte ich ihm auf die Schulter. »He, es gibt was zu feiern«, strahlte ich übers ganze Gesicht.

Der Fettwanst reagierte nicht.

»Ich hab heute eine Prüfung bestanden«, log ich. »Los, wir trinken einen drauf. Du bist eingeladen.«

»Hau ab«, knurrte er, schielte aber schon nach dem frischen Bier.

»Sei doch kein Spielverderber.« Lächelnd schob ich das Glas noch ein Stück weiter in seine Richtung.

Endlich griff er nach dem Bier, balancierte es ein paar Zentimeter nach oben und prostete mir zu. Seine Augen tränten, und hinter den halb geschlossenen Lidern erahnte ich den leblosen schwarzen Abgrund seines vergammelten Daseins.

»Klar«, nuschelte er, »das muss begossen werden.« Er krümmte sich noch weiter zusammen, spitzte die Lippen und schlürfte am saftigen Schaum des Getränks. Dann neigte er das Glas und spülte einen großen Schluck hinunter.

Ich lächelte und spürte, wie mir ein Tropfen Schweiß den Rücken hinunterrann.

## Sonntag, 19. April, Nacht

*Zwickauer Mulde, Wechselburg*

Nur ein paar Stunden später lag der Fettwanst in Wechselburg am Ufer der Zwickauer Mulde. Sein letzter Atemzug entwich als schwerer Seufzer. Ich beugte mich über den Sterbenden und horchte. Der Kerl gab keinen Mucks mehr von sich, nur das gurgelnde Platschen und Schäumen des Flusses war jetzt noch zu hören.

Beim Aufknöpfen des zu knapp sitzenden Hemdes flogen sämtliche Knöpfe ab, die wegen der Spannung einfach nicht mehr halten wollten. Den Anblick seiner entblößten Brust konnte ich kaum ertragen. Die Haut schimmerte bleich unter einem Gewirr krauser Haare hervor. Ekelhaft. Ich wandte mich ab.

»Es muss sein«, flüsterte ich, während meine Hand nach dem Skalpell tastete, das in der Seitentasche meines Rucksacks steckte. Zitternd suchte die Spitze der Klinge eine geeignete Stelle am Bauch des Toten. Ich sah nach oben und erkannte den Großen Wagen am nächtlichen Himmel, als die Schneide ihr zerstörerisches Werk begann. Ich war ein Unbeteiligter, während das Skalpell scheinbar zufällig in meiner klammen Hand verharrte und sich eine Schneise durch das Bauchfett grub. Das Geräusch, das die Klinge dabei verursachte, erinnerte mich an das Zerteilen von Koteletts. Blut ergoss sich entlang der Linie, die das Messer schon zurückgelegt hatte, ein schwarzes glänzendes Rinnsal, das abwärts rann und unter dem Dicken verschwand.

Erst als die Klinge ihre Arbeit getan hatte, kehrte mein Bewusstsein zurück. Das Fett lag in Stücken neben der Leiche im Gras, blutverschmierte gelbe Klumpen. Mir wurde übel, und augenblicklich begann ich zu würgen. Wie hatte ich nur annehmen können, dass das alles Spaß machen würde?

»Jetzt bloß nicht kotzen«, betete ich.

Ich überwand meinen Ekel und hob die abgetrennten Hautlappen auf, trug sie hinüber zur Brücke. Die Masse in meinen Händen zitterte bei jedem Schritt. Über dem Fluss lehnte ich mich gegen das Geländer der Brücke und spürte seine stählerne Kälte an meinem Bauch. Ich beugte mich weit nach vorn, hielt die Luft an, schloss die Augen und öffnete meine Hände. Unter mir klatschte und spritzte es. Unmittelbar fühlte ich tiefe Erleichterung. Die Fische würden ihre Arbeit tun.

Am liebsten wäre ich sofort in meinen Wagen gesprungen und davongefahren. Aber dafür war es zu früh. Ich wollte mein Werk jetzt vollenden. Nein. Ich musste es vollenden. Nur deswegen war ich überhaupt hierhergefahren und hatte all diese widerlichen Vorbereitungen getroffen.

Ich lauschte in die Dunkelheit. Das Wasser im Fluss plätscherte, hin und wieder schrie ein Nachtvogel. Die Stille war tröstlich im Angesicht meiner nächsten Aufgaben.

Ich ging zum Wagen und nahm den Karton mit den Kleidungsstücken des Herolds heraus. Dann zog ich an den Armen meines Darstellers, um ihm das bordeauxfarbene Unterkleid überzustreifen. Immer wieder glitt er mir aus den Händen, der Kerl war schwerer als zehn Säcke Kartoffeln. Mein Rücken schmerzte. Schnaufend und schwitzend ließ ich nach einer Weile von ihm ab. So kam ich nicht weiter.

Um meine Generalprobe nicht abbrechen zu müssen, verzichtete ich schließlich auf das Ankleiden, breitete stattdessen nur sorgfältig das Unterkleid über meinem Darsteller aus. Darüber warf ich den Umhang, den Spitzhut stülpte ich auf seinen Kopf. In die linke Hand bekam er einen Stab und den Schild eines Bannerträgers, darunter schob ich ein Schwert. Als ich fertig war, zierte ein Bildband der Wechselburger Basilika seine Brust.

Ich zögerte. Sollten seine Augen offen bleiben, oder musste ich sie zudrücken? Darüber hatte ich nie nachgedacht.

Schließlich ließ ich meinen Herold weiter in den Himmel starren, der Große Wagen spiegelte sich in seinen leeren Pupillen.

Zufrieden stieg ich in mein Fahrzeug. Auf der Autobahn schaltete ich das Radio ein und sang bei einem Schlager mit. Dabei dachte ich an schunkelnde Rentner hinter rot-weiß karierten

Tischdecken, wie sie sich im Takt der Musik ausgelassen auf die Schenkel klopften. Auch mein Publikum würde begeistert sein. Mein Magen krampfte sich zusammen. Ich war wieder das Kind, das vor der Weihnachtsbescherung durchs Schlüsselloch schaute.

## Montag, 20. April, früher Morgen

*Zwickauer Mulde, Wechselburg*

Über den Baumkronen lag noch der Dunst des sehr frühen Morgens. Verschlafen, aber mächtig ragte das Wechselburger Schloss in die Höhe und herrschte über das Ostufer des Flusses, so wie einst das Grafengeschlecht zu Schönburg über seine Ländereien.

Annerose Lange stand am anderen Ufer. Ihr rostroter Anorak mit den abgewetzten Ärmeln passte zum faden Grau dieses Morgens. Vor ihr lag ein dicker Mann, ausgestreckt auf dem Rasen unter einem seltsam verzierten Umhang. Er starrte teilnahmslos in den Himmel, auf dem Kopf saß ein spitzer Hut. Sein Blut hatte das Gras schmutzig braun verfärbt.

Sie war um diese Zeit noch allein unterwegs. Als sie kurz vor Altzschillen die Muldenbrücke überquert hatte, war ihr etwas Buntes hinter dem Ratsherrendenkmal aufgefallen. Und jetzt stand sie hier, mutterseelenallein. Sie befürchtete, den Halt zu verlieren. Annerose Lange eilte den kleinen Abhang hinunter zu ihrem Wagen. Der Rasen war noch feucht vom Tau. Kurz verlor sie den Halt, rutschte aus und stürzte fast, sie ruderte mit den Armen und konnte damit Schlimmeres verhindern. Am Auto angekommen, öffnete sie die unverschlossene Beifahrertür und tastete nach dem Handy, das irgendwo im Handschuhfach liegen musste.

»Guten Morgen, Annerose. Wie immer früh auf den Beinen.«

Erschrocken riss sie den Kopf nach oben und stieß sich am Türrahmen, das Handy fiel unter den Beifahrersitz. Sie rieb sich die schmerzende Stelle und schaute in die Richtung, aus der die Stimme gekommen war.

»Ach, Helmut.«

»Du bist ja ganz außer Atem. Was ist denn los?«

»Mein Handy. Verdammt, wo ist es denn jetzt wieder?« Sie bückte sich tief in ihren Wagen hinein und tastete den Fußbereich vor dem Sitz ab.

»Ist etwas passiert?«, fragte der grauhaarige alte Herr. Er trug einen beigefarbenen Mantel, und seinen Kopf bedeckte ein etwas aus der Mode gekommener Hut mit schmaler Krempe.

Annerose Lange richtete sich stöhnend auf und deutete auf das Ratsherrendenkmal. »Da liegt einer, ich wollte einen Arzt rufen.«

»Was, ein Betrunkener?«

»Ich glaube, der ist verletzt.«

»Ach was, der ist bloß besoffen.« Helmut Wagner kannte das schon. Am anderen Ufer der Mulde stand die Brückenschänke. Nicht jeder Gast fand den Weg ins eigene Bett. Helmut Wagner ging beherzt hinüber zum Denkmal. Unvermittelt blieb er stehen. Weil ihm schwindlig wurde, musste er sich am Oberschenkel eines der Ratsherren abstützen. »Annerose, da ist ja überall Blut«, keuchte er.

Annerose Lange nickte nur. »Ja, ich habe dir doch gesagt, dass der verletzt ist, vielleicht ein Unfall.«

Helmut Wagner hatte den Krieg noch erlebt und schon einige Leichen in seinem Leben gesehen, und das war eindeutig eine weitere. Er zögerte nicht und beugte sich schnaufend nach unten, so weit es die Arthritis in seinen Gelenken zuließ. Vorsichtig hob er die Kleidungsstücke an, die den Mann bedeckten. Als der Stoff den Blick auf den Leichnam freigab, richtete er sich schnell auf, wobei ihm schon wieder schwindlig wurde. Er taumelte ein paar Schritte zurück und schüttelte den Kopf.

»Da ist ja alles weg«, presste er hervor.

»Was ist weg?«, rief Annerose Lange aus sicherer Entfernung.

»Ach, nichts, wir müssen die Polizei rufen.«

»Warum die Polizei? Ein Arzt muss her, der muss die Blutung stoppen.«

Helmut Wagner war blass um die Nase. »Dafür ist es zu spät. Der Mann ist tot.«

»Wirklich? Woher weißt du das?«

»Das sieht man doch«, sagte Helmut Wagner.

Annerose Lange bückte sich erneut in ihren Wagen und fand endlich das Handy.

Wenig später fuhren zwei Rochlitzer Polizisten in einem Streifenwagen vor und sperrten den Bereich mit rot-weißen Kunststoffbändern ab. Sie nahmen die Personalien von Annerose Lange und Helmut Wagner auf und baten sie, auf die Ankunft der Kollegen aus Chemnitz zu warten.

Eine Stunde lang geschah nichts. Dann aber ging alles sehr schnell. Mehrere Fahrzeuge stoppten in der Nähe des Denkmals. Ein Trupp weiß gekleideter Männer sprang aus einem Kleinbus. Die Beamten sicherten Spuren, rammten Schildchen in den Boden und machten unzählige Fotos. Ein Rechtsmediziner untersuchte das Opfer.

Als Carola Mertens am Tatort ankam, sah sie sich zuerst den Toten an, dann stöckelte sie in Pfennigabsatzschuhen auf die beiden Einheimischen zu. Dabei knickte sie mehrfach um, weil ihr Schuhwerk im weichen Boden versank. Carola trug eine rote Jacke und enge Jeans, ihr rehbraunes Haar war zu einem Pferdeschwanz gebunden.

»Carola Mertens, Kriminalpolizei«, stellte sie sich vor. »Haben Sie die Leiche entdeckt?«

Helmut Wagner nickte und hob seinen Hut ein Stück nach oben, sodass für kurze Zeit sein kahler Kopf über dem grauen Haarkranz zum Vorschein kam. »Eigentlich Frau Lange«, antwortete er und blickte dabei seine Nachbarin an.

»Um wie viel Uhr war das denn?«

»Es muss kurz nach vier gewesen sein«, erklärte Annerose Lange, »ich bin immer um diese Zeit in Wechselburg fertig und fahre dann weiter nach Altzschillen.«

»Womit sind Sie in Wechselburg fertig?«

»Ich trage Zeitungen aus.«

»Aha, und wann waren Sie hier?«, fragte Carola Helmut Wagner.

Er räusperte sich. »Nur Minuten später, denke ich?« Fragend schaute er wieder zu Annerose Lange hinüber.

»Ist Ihnen denn irgendetwas aufgefallen heute Morgen, etwas, das anders war als sonst?«

»Nein, alles war wie immer.«

Annerose Lange ergänzte leise: »Bis auf den Mann da drüben.«

»Natürlich. Warum sind Sie eigentlich schon so früh hier draußen?«, wandte sich Carola erneut an Helmut Wagner.

»Meine Frau schläft gern länger, jetzt als Rentner können wir das ja«, er schmunzelte, »aber ich bin immer schon sehr früh wach, dann wälze ich mich nicht mehr im Bett herum, sondern gehe spazieren, genieße die Stille am Morgen und trainiere meine widerspenstigen Gelenke.«

»Kennen Sie den Toten?«, fragte Carola.

Beide Zeugen schüttelten entschieden den Kopf.

Helmut Wagner antwortete: »Nein, der wohnt nicht in unserer Gegend, wir kennen uns hier alle.«

Carola hob die Augenbrauen. »Ist das so?« Jetzt sah sie Annerose Lange an.

Die Angesprochene hob die Arme und bestätigte: »Ja, ja. Der ist nicht von hier. Fremde fallen sofort auf, und der dort«, sie zeigte Richtung Ratsherrendenkmal, »ist eindeutig fremd hier.« Annerose Lange trat unruhig von einem Bein aufs andere, ihre rechte Hand steckte in der Seitentasche des rostroten Anoraks und tastete nach dem Autoschlüssel.

»Haben die Kollegen schon Ihre Personalien aufgenommen?«, fragte Carola.

»Ja, ja, Adresse, Telefonnummer und alles.« Sie nickte eifrig.

»Gut, dann sehen wir uns später.«

Dankbar verabschiedete sich Annerose Lange und eilte zu ihrem Wagen.

Carola wollte sich schon abwenden, als Helmut Wagner sich räusperte und sagte: »Vielleicht hat es ja nichts zu bedeuten, aber mir ist da etwas aufgefallen.«

Sie blieb stehen. »Ja, was denn?«

»So, wie der Mann da liegt, erinnert er mich an Dedo in der Basilika.«

»Wie bitte?«

»Na Dedo, der Graf von Groitzsch und Rochlitz.«

Carola stützte ihre linke Hand in die Hüfte und wippte mit einem Fuß, der dünne Absatz steckte im weichen Rasen. Sie überlegte. »Kenne ich nicht. Wer soll das sein?«

»Hier im Ort gibt es die berühmte Basilika, eine romanische Kirche. Der Stifter war Graf Dedo, und der liegt mit seiner Frau da drin.«

»Aha?«

»Es gibt eine Grabplatte aus Rochlitzer Porphyr, eine Tumba, auf der die Eheleute in Stein gehauen ruhen. Der Graf jedenfalls liegt genauso da wie der da drüben.«

»Was meinen Sie genau?«

»Also, in der einen Hand hat Dedo Zepter, Schwert und Schild, in der anderen hält er ein kleines Modell der Basilika, als Symbol sozusagen.«

»Sie sagten aus Porphyr, ist das ein spezieller Stein?«

»Er wird auch der Sächsische Marmor genannt.« Helmut Wagner streckte den Arm aus und deutete auf einen dunkelgrün bewaldeten Hügel. »Dort drüben wird er abgebaut. Er ist rot und nur hier zu finden. Das war mal ein Vulkan, und die Asche ist erkaltet, daraus wurde der Porphyr. Sie können den Stein überall in unserer Gegend finden. Hier zum Beispiel, die Ratsherren enthalten auch Rochlitzer Porphyr.« Helmut Wagner zeigte auf das Denkmal, neben dem die Leiche lag.

Carola betrachtete die sitzenden Figuren, die ihr etwas unförmig vorkamen. »Wissen Sie vielleicht auch, was diese beiden hier bedeuten?«

»Die haben aber nichts mit Dedo zu tun«, sagte Helmut Wagner. »Früher hieß der Ort Zschillen, die Ländereien gehörten den Wettiner Fürsten. Moritz von Sachsen tauschte die Gebiete und die Stadt gegen andere in der Sächsischen Schweiz. Die neuen Eigentümer waren die Grafen zu Schönburg. Daher der Name Wechselburg, Sie verstehen? Die beiden Ratsherren tragen jeder eine symbolische Burg auf dem Schoß, die sie miteinander tauschen.«

Carola musste sich eingestehen, dass sie absolut keinen Schimmer von sächsischer Geschichte hatte. Sie kannte weder diesen Dedo noch einen Moritz von Sachsen. Das konnte ja heiter werden. Wenn ihr Mörder ein Geschichtsfanatiker war, dann musste sie sich in diese ganzen Dinge einarbeiten. Sie atmete tief ein.

»Ach, Herr Wagner, haben Sie vielleicht noch etwas Zeit?«

»Na ja, ich hatte noch kein Frühstück, aber wenn ich helfen kann.«

»Ja, das können Sie sicher. Zeigen Sie mir bitte diesen Dedo in der Kirche?«

»Wie, jetzt gleich?«

Carola nickte.

»Gut, wir müssen über die Brücke in die Stadt gehen.«

»Nein, wir fahren.« Sie bat Helmut Wagner um einen Moment Geduld und ging zu zwei uniformierten Beamten. »Ich muss kurz mit einem Zeugen weg, bitte klappern Sie inzwischen die umliegenden Häuser ab, vielleicht hat jemand heute Nacht etwas bemerkt.«

Der jüngere der angesprochenen Polizisten grüßte zackig. »Geht klar, machen wir sofort.«

Carola dankte mit einem Lächeln.

Sie fuhren in Carolas dunkelblauem Kombi in die Stadt und passierten den verschlafenen Marktplatz, hinter dem der Klosterhof lag. Helmut Wagner öffnete die schwere Eingangstür der Basilika, ein kühler Lufthauch strömte ihnen entgegen. Er nahm seinen Hut ab und führte Carola zur Grabplatte Dedos. Ihre Absätze hallten in dem hohen Gemäuer wider, dessen Kreuzgewölbe von mächtigen Porphyrpfeilern getragen wurde. Ein Mönch in schwarzer Kutte, der im Gestühl saß, schaute auf und bedachte sie mit einem finsteren Blick. Offenbar fühlte er sich in seiner Morgenandacht gestört.

Der alte Herr hat recht, dachte Carola, während sie staunend die Tumba umrundete. Sie stellte sich auf die Zehenspitzen. Vor ihr lag, neben seiner Gemahlin, das steinerne Abbild des Toten vom Muldeufer, nur um einiges schlanker. Der steinerne Dedo hielt in der rechten Hand das Symbol einer Kirche, ihr Toter von heute Morgen einen Bildband mit der Wechselburger Basilika auf dem Buchdeckel. Die linke Körperhälfte des Steinernen verdeckten ein Schwert, ein Schild und ein langer Stab. Ihrem Toten hatte jemand einen ähnlichen Stab und einen Schild unter den linken Arm geklemmt, darunter ein Schwert geschoben.

»Tatsächlich«, sagte sie und wandte sich an Helmut Wagner, »können Sie mir vielleicht auch sagen, wann dieser Dedo gelebt hat?«

Er zog die Mundwinkel nach unten. »So genau weiß ich das nicht, aber mehr als achthundert Jahre wird es schon her sein.«

»Wer könnte denn diesen Dedo heute noch so abgrundtief hassen, dass er dafür einen Mord begeht?«, überlegte sie laut.

Helmut Wagner schaute sie nachdenklich an.

»Kennen Sie jemanden, der mit Graf Dedo oder seinen Nachfahren noch ein Hühnchen zu rupfen hat?«, fragte Carola.

Er kratzte sich am Kopf. »Nachfahren gibt es keine mehr, soweit ich weiß. Möglicherweise hat es mit dem Kloster und den Mönchen zu tun.«

»Inwiefern?«, fragte Carola.

»Keine Ahnung, war nur so ein Gedanke.« Helmut Wagner räusperte sich. »Entschuldigen Sie, aber meine Frau wartet mit dem Kaffee.«

»Na dann, vielen Dank.« Carola drückte ihm ihre Visitenkarte in die Hand. »Wenn Ihnen noch etwas einfällt.«

Er steckte die Karte in seine Manteltasche, nickte zum Abschied und huschte durch die schwere Pforte der Kirche nach draußen.

Carola trat ebenfalls ins Freie, rief ihre Kollegen an und bat sie, später noch ein paar Fotos von der Grabplatte zu machen. Sie ging zurück ins Kirchenschiff und näherte sich dem Mönch, der immer noch an seinem Platz saß. Sie hüstelte, der Geistliche sah sie an, jetzt lächelte er.

»Darf ich Sie etwas fragen?«, flüsterte Carola im Angesicht der Heiligenstatuen, die auf sie herabschauten.

Der Mönch rutschte auf der Holzbank näher zu ihr heran und nickte freundlich. Er war nur wenig älter als dreißig Jahre, doch sein Haar begann sich über der Stirn schon zu lichten.

Carola nahm Platz und zeigte ihm ihren Dienstausweis.

»Kriminalpolizei?«, fragte der Geistliche, er schien nicht wirklich erstaunt über ihren Besuch zu sein.

Sie nickte.

»Ich bin Pater Michael, was wollen Sie wissen?«

»Wir haben einen unnatürlichen Todesfall, deshalb bin ich hier.«

Der Mönch musterte die Rückenlehne der Kirchenbank vor sich. Schließlich sah er Carola an und fragte leise: »Wer ist tot?« Seine Augen wirkten matt, als wenn sich eine feine Eisschicht über das einstmals strahlende Blau gezogen hätte.

»Das wissen wir noch nicht. Es gibt Hinweise auf eine Verbindung zum Stifterpaar dieser Kirche.« Carola hob den Kopf und nickte in Richtung des prachtvollen Lettners, hinter dem sich die Tumba befand.

»Zu Dedo und seiner Frau?« Pater Michael zog die Augenbrauen nach oben.

»Ja. Deshalb bin ich hier. Können Sie sich vorstellen, dass jemand etwas gegen das Kloster oder gegen Sie als Mönche hat?«

Pater Michael zog die Luft hörbar ein. »Wir sind beliebt hier.«

»Wirklich bei allen?«

»Ich denke schon.« Er starrte auf seine Schuhspitzen, die auf einem schmalen Fußbrett ruhten.

»Ihr Kloster ist katholisch?«

»Ja. Wir sind Benediktiner, übrigens heute der älteste Orden in der katholischen Kirche.«

»Die meisten Menschen hier in der Gegend sind aber evangelisch«, sagte Carola, »vielleicht gibt es da ja Unstimmigkeiten, so in Glaubensfragen, meine ich.«

Pater Michael dachte nach. »Wir haben regelmäßig Kinderfeste und auch andere Veranstaltungen mit Einheimischen hier bei uns. Niemals ist mir dabei etwas aufgefallen, das Ihre Vermutung bestätigen würde. Niemals.« Er schlug mit der flachen Hand auf ein Buch, das er schon die ganze Zeit auf dem Schoß liegen hatte.

»Ja, ja«, beeilte sich Carola zu sagen, »vielleicht können Sie mir zu Dedo und seiner Frau mehr erzählen. Gibt es da etwas, das Ihnen merkwürdig oder ungewöhnlich vorkommt?«

Pater Michael schwieg eine Weile, dann sagte er: »Ich habe mich immer schon gefragt, warum unser Dedo dort hinten so schlank ist. In den Überlieferungen wird er als fettleibig beschrieben, er trug sogar den Beinamen der Feiste.«

»Und? Haben Sie eine Antwort auf diese Frage gefunden?«

»Nicht wirklich. Ich vermute, der Steinmetz wollte unseren Dedo in einem besseren Licht für die Nachwelt erscheinen lassen.«

Carola erhob sich und reichte Pater Michael die Hand. Der nickte zum Abschied, dann öffnete er das Buch auf seinem Schoß, um darin zu lesen.

Carola fuhr zurück zum Fundort, wo gerade ein Blechsarg in ein graues Fahrzeug geschoben wurde. Thomas Scholz war also fertig. Sie ging zu ihm hinüber. Er saß auf dem Fahrersitz seines Wagens, die Tür stand offen. Auf den Knien hielt Scholz ein Klemmbrett, auf dem er etwas notierte. Der Rechtsmediziner war etwa vierzig Jahre alt, trug sein dunkles Haar kurz geschnitten, an den Schläfen zeigten sich graue Stellen. Thomas Scholz schrieb schnell und kritzelte neben die Wörter kleine Skizzen.

»Und, kannst du mir schon etwas sagen?«, fragte sie ihn.

Thomas Scholz schaute Carola über den Rand seiner Lesebrille an und zog die Stirn in Falten. »Du weißt ja. Genaues wissen wir erst nach der Obduktion. Nur so viel, der Mann hat eine große Menge Blut verloren, ob das auch die Todesursache war, kann ich noch nicht sagen.«

»Aber den Todeszeitpunkt kannst du mir schon verraten?«

Thomas Scholz kratzte sich am Kopf. »Ich schätze, irgendwann zwischen Mitternacht und heute Morgen.« Er nickte kurz und konzentrierte sich wieder auf seine Aufzeichnungen.

Carola wurde hier nicht mehr gebraucht. Sie ging über die Wiese zurück zum Wagen und blieb mit ihren Absätzen mehrfach stecken. Am Auto angekommen, bückte sie sich. »Dieses blöde Kraut«, schimpfte sie und zog mehrere saftige Löwenzahnblätter von ihren Absätzen herunter, die sie unterwegs aufgespießt hatte.

Einer der Rochlitzer Polizisten grinste frech zu ihr herüber. Carola grinste zurück und hüpfte in ihr Auto.

## Dienstag, 21. April, früher Nachmittag

*Kommissariat, Chemnitz*

Carola saß an ihrem Schreibtisch und studierte die Wechselburger Tatortfotos. Seit gestern forschten sie nach der Herkunft der altertümlichen Verkleidung des Toten. Bisher hatten sie nicht die kleinste Spur.

Alle Kostümverleiher und jedes Theater im Regierungsbezirk Chemnitz waren gefragt worden. Nichts. Niemand schien den burgunderfarbenen Umhang mit Borte, den dazu passenden spitzen Hut mit weißer Krempe und das bordeauxrote Unterkleid mit dem Wappen auf der Brust, das einen schwarzen Löwen zeigte, zu vermissen.

Carola griff zum Telefon. In der Kantine hatte eine Bereitschaftskollegin über historische Kostüme auf Schloss Rochsburg berichtet und dass dieses schöne alte Schloss ganz in der Nähe des Städtchens Wechselburg liege. Also wählte Carola die Nummer und erfuhr, dass Schloss Rochsburg eine Ausstellung mit zahlreichen historischen Kostümen beherbergte. Nein, glücklicherweise werde keines vermisst, und ein solches, wie Carola es beschrieben habe, besäßen sie überhaupt nicht.

Mit einem Seufzer legte sie auf und rief stattdessen in der Rechtsmedizin an.

Thomas Scholz war selbst am Apparat. »Grüß dich, Carola. Wir sind fast fertig, den Bericht bekommt ihr heute noch.«

»Und, was kannst du schon sagen?«

»Dass der Täter eine ziemliche Schweinerei angerichtet hat.«

»Aha?«

»Der hat dem Opfer das Fettgewebe an Bauch und Hüften großflächig abgeschnitten.«

»Warum denn das?«

»Woher soll ich das wissen? Jedenfalls hat er eine sehr scharfe Klinge benutzt, wahrscheinlich ein Skalpell. Aber Ahnung hatte der keine. Die Schnitte sind sehr unsauber und dilettantisch ausgeführt worden.«

»Heißt das, der Täter ist vermutlich kein Chirurg oder Fleischer?«

»Das könnte das heißen, ja. Aber Genaues weiß ich auch nicht. Ich sage dir bloß, was wir bisher festgestellt haben.«

»Ist er daran gestorben, weil ihm das Fett rausgeschnitten wurde?«

»Nein, der Mann war vorher schon tot. Wir haben im Blut ein starkes Schlafmittel gefunden, er hat ziemlich schnell nach der Einnahme das Bewusstsein verloren und ist nicht wieder aufgewacht, so wie wenn einer Schlaftabletten schluckt, um sich umzubringen.«

»Meinst du, er hat das Zeug freiwillig genommen?«

»Möglich. Er hatte außerdem eine extrem hohe Alkoholkonzentration im Blut. Trotzdem muss ja mindestens eine weitere Person ihre Hand im Spiel gehabt haben, sonst wäre ihm sein Bauchfett nicht abhandengekommen.«

»Du bist geschmacklos, Thomas.«

»Nicht mehr als du«, lachte er.

Carola hatte jetzt keine Lust auf diese Scherze. »Wir haben ihn noch nicht identifiziert und brauchen ein gutes Foto von seinem Gesicht«, sagte sie.

»Na ja, er ist nicht gerade eine gepflegte Erscheinung, er wirkt geradezu verwahrlost.«

»Hm«, brummte Carola, »vermutlich lebte er allein, wenn er überhaupt eine Bleibe hatte.«

Thomas Scholz erwiderte nichts darauf.

»Also gut«, beendete Carola das Schweigen in der Leitung. »Hattest du schon einmal so einen Fall, ich meine das mit dem abgeschnittenen Fett?«

»Noch nie.«

»Vielleicht hasst unser Täter dicke oder fette Menschen?«

»Ja, oder er selbst hat ein Gewichtsproblem und wollte probieren, ob man es überleben kann, wenn man sich das lästige Fett einfach abschneidet«, meinte Thomas Scholz sarkastisch.

»Also weißt du …« Carola bedankte sich und legte auf.

Sie dachte über den Toten nach. Er war stark übergewichtig, sein Haar wirkte ungepflegt, rasiert hatte er sich schon ein paar Tage nicht mehr. Hände und Fingernägel zeigten schwarze Ränder, einige Zähne waren ihm ausgefallen. Im Blut hatten sie eine hohe

Konzentration Alkohol festgestellt, vielleicht war er Alkoholiker. Der Mann tat Carola leid, so ein Ende wünschte man keinem.

Es klopfte an der Tür, ein uniformierter Beamter brachte ihr den Bericht, und sie erfuhr, dass die Kollegen vor Ort bis zum Abend alle Bewohner der wenigen Häuser in der Nähe des Tatortes von Wechselburg befragt hatten. Niemandem war während der Nacht und des frühen Morgens etwas Ungewöhnliches aufgefallen.

## Sonntag, 3. Mai, Abend

*Nowa Karczma, Polen*

Das Dorf kam in Sicht. Ein rot-weiß gestreifter Sendemast grüßte schon von Weitem. An einer verlassenen Bushaltestelle bog ich links ab und verließ die Fernstraße, die in südöstlicher Richtung weiter ins Landesinnere führte.

Der Transporter holperte die unbefestigte Fahrspur entlang, die gesäumt war von saftigen Wiesen und Buschwerk. Nach einigen hundert Metern musste ich anhalten, weil ein blau gestrichenes Tor den Weg versperrte. Dahinter lag die Bodenstation des Sendemastes in sonntäglicher Ruhe, von deren Dach aus mehrere Satellitenschüsseln den Himmel abhorchten. Der Bereich vor dem Tor war durch Gebüsch vor neugierigen Blicken geschützt.

Eigentlich ein ideales Plätzchen, um einen Organspender zu finden, dachte ich, während ich aus meinem Fahrzeug stieg. Ratlos blickte ich mich um, kein Mensch weit und breit. Wahrscheinlich musste ich weiterfahren, weitersuchen. Zuvor wollte ich mir die Füße vertreten und stieg eine kleine Böschung hinab. Ein surrender Elektrodraht versperrte mir den Weg. In der Nähe graste eine Kuh. Ich roch das frische Gras und blieb für eine Weile stehen.

Vielleicht spielt es gar keine Rolle, wenn das Herz nicht von einem Menschen stammt, überlegte ich.

Dann stieg ich über den Elektrozaun, ohne ihn zu berühren, und stapfte durchs hohe Gras. Als das Gebüsch hinter mir lag, konnte ich zwei weitere Kühe ausmachen. Sie glotzten mich an, standen reglos im dichten Grün. Ein Speichelfaden am Maul der einen zog sich glitzernd in der Sonne nach unten. Die Kuh schien es nicht zu kümmern.

Unter meinem Arbeitsanzug trug ich einen Maleroverall aus Folie, die Sonne brannte auf meinem Rücken. Ich wischte mir den Schweiß von der Stirn. Vorsichtig tastete ich nach dem scharfen Messer, das sich in der Seitentasche meines Hosenbeins verbarg.

Erst jetzt bemerkte ich den Bauern, der die Stäbe des Elektrozauns weiter steckte. Glück muss man haben, jubelte ich. Ich drehte mich einmal im Kreis und musterte die Umgebung, wir schienen allein zu sein. Also kämpfte ich mich weiter durch das hohe Gras auf den polnischen Bauern zu. Als er mich bemerkte, hob er den Kopf und stapfte mir entgegen. Wir trafen uns etwa in der Mitte der Wiese.

»Guten Tag, sprechen Sie Deutsch?«, fragte ich höflich.

Der Bauer nickte eifrig. »Ja, kann ich etwas.« Er war ein schmächtiger Mann mit einer braunen Cordhose, deren Knie sich nach vorn wölbten. Sie wurde gehalten von einem Paar dunkler Hosenträger. Darunter flatterte ein zerschlissenes Hemd. Auf dem Kopf klemmte eine Schiebermütze, die seine Augen fast verdeckte. Die Haut in seinem Gesicht war von der Sonne gegerbt. Die Nase stand schief über einem schmalen Mund, um das Kinn drängten sich graue Stoppeln.

Wir lächelten uns an.

»Ich interessiere mich für den Sendemast«, gab ich vor und deutete mit dem Zeigefinger in den Himmel.

»Ah ja. Das ist großer Turm, was?« Der Bauer lachte.

»Hm, sehr beeindruckend.«

Er lachte wieder. Dann führte er mich von der Weide und auf das Tor zu, vor dem mein Kleinbus stand. Wir stützten uns auf dem Zaun ab und betrachteten die Sendeanlage.

»Sind hier viele Fernsehstationen. Auch deutsche dabei«, erklärte mir der Pole und nickte mehrmals.

Unbekümmert sprach er über die Attraktion seines Heimatdorfes. Kurz drehte ich meinen Kopf nach hinten, überblickte den Zufahrtsweg und ertastete das Messer in meiner Hose.

Dann spürte der Bauer wohl einen heftigen Schmerz im Rücken, denn er schaute mich mit aufgerissenen Augen an. Tapfer hielt meine Hand den Messergriff umklammert und drehte die Klinge in seinem Körper hin und her, was schnell zu großem Blutverlust führte. Sein Lebenssaft rann ungehindert auf den Boden und versickerte im trockenen Kies. Mit einem tiefen Seufzer wurde er ohnmächtig und sackte in sich zusammen.

Beim Atmen pfiff etwas so laut in meiner Brust, dass ich Angst hatte, wegen des Lärms entdeckt zu werden. Für einen kurzen Moment wurde mir schwarz vor Augen, und ich hockte mich auf den Boden direkt neben das dunkelrote Rinnsal. Es vergingen Minuten, in denen ich mich nahezu ohnmächtig fühlte. Eine der Kühe muhte laut, ich erschrak.

Jetzt aber schnell, ermahnte ich mich. Gleich würde es dunkel werden, und die schlimmste Aufgabe stand mir noch bevor. Angewidert betrachtete ich das Blut an meiner Hand. Ich wischte es ins Taschentuch und kämpfte schon wieder gegen die Übelkeit. Meine von Blut und Schweiß verklebten Finger zwängte ich mit Mühe in ein Paar Latexhandschuhe.

Dann schleifte ich den leblosen Bauern hinter ein Gebüsch gleich neben dem Tor. Ich knöpfte ihm das Hemd auf und kauerte mich neben ihn, atmete ein paarmal tief durch. Aus meiner Jackentasche zog ich ein Skalpell und setzte zögernd die Spitze des scharfen Werkzeugs in Höhe des Brustbeins an, Bilder aus Wechselburg kamen mir in den Sinn. Ich schluckte und schloss meine Augen, als ich die Klinge nach unten drückte. Das Skalpell durchbrach mit schmatzendem Geräusch Haut und Knorpel, die Rippen waren im Weg. Schweiß rann mir von der Stirn hinunter in die Augen. Mit dem Ärmel wischte ich die lästigen Tropfen ab. Die Rippen mussten weg, also erhob ich mich stöhnend und schlich zum Wagen. Im Laderaum stand meine Werkzeugkiste bereit. Zurück beim Toten, setzte ich meine Eisensäge an und lauschte auf das Ratschen der stumpfen Zähne, die sich durch die knorpelige Masse arbeiteten. Hin und wieder blieb das Blatt stecken und verkeilte sich. Als die Säge endlich durch war, bog ich die Knochen auseinander und umfasste das noch warme Herz, das gerade erst aufgehört hatte zu schlagen. Geschickt schnitt ich die großen Blutgefäße durch und hob das Organ vorsichtig aus der Brust.

Ich umfasste das Herz wie einen Schatz und trug es zum Wagen, steckte es behutsam in einen leeren Plastikbeutel. Im Laderaum lag eine grüne Pferdedecke mit goldenen Verzierungen. Die trug ich zum toten Bauern, über dem bald die ersten Fliegen kreisen würden, und deckte ihn damit zu. Die Werkzeuge warf ich achtlos in den Laderaum zurück. Bevor ich ging, drehte ich mich noch einmal um und stellte erleichtert fest, dass die grüne Decke kaum vom Buschwerk zu unterscheiden war, ein perfektes Versteck. Ich verließ ohne weitere Verzögerung das Dörfchen Nowa Karczma in westlicher Richtung und begegnete dabei keinem Menschen.

Auf der Fernverkehrsstraße war mäßiger Sonntagsverkehr. Unterwegs hielt ich in einem Wald und wusch mir mit Mineralwasser die Hände. Dann zog ich mehrere Kleidungsstücke und schließlich auch den Maleroverall aus. Der hatte seinen Zweck erfüllt. Hemd und Hose, die ich darunter trug, waren zwar triefnass vom Schweiß, aber ansonsten sauber geblieben. Irgendwo zwischen Görlitz und Dresden fuhr ich noch einmal von der Autobahn ab, hielt an einem Parkplatz. In der hintersten Ecke fand ich einen gut gefüllten Abfalleimer. Ich wühlte den Müll beiseite und stopfte meine blutverschmierten Kleidungsstücke darunter. Dann wartete ich in meinem Wagen, bis die Zeit gekommen war für den künstlerischen Teil meines Plans.

## Montag, 4. Mai, Nacht

*Elbufer, Altstadtseite, Dresden*

Unter der Carolabrücke gleich neben der Brühlschen Terrasse parkte ich meinen Wagen. Ich zog neue Handschuhe über und hob meine schwere Reisetasche aus dem Laderaum, auch den Beutel, in dem sich die gelockte Langhaarperücke und das Herz befanden. Die Nachtluft lastete schwer und dunkel auf der Großstadt und dämpfte jedes Geräusch. Die Elbe wand sich als zäher Strom durch die Wiesen wie Asphalt an einem heißen Sommertag. Es roch nach abgestandenem Wasser.

Ich schleppte meine Fracht den Berg vor der neuen Synagoge

hinauf, rechts befanden sich die Gewölbe des Bärenzwingers. Vor dem Albertinum bog ich ab und stieg die Treppe hinauf, die auf die Terrasse führte. In der Dunkelheit fand ich mich ohne Probleme zurecht, denn in den letzten Wochen war ich oft hier gewesen. Das stählerne Denkmal für den Maler Caspar David Friedrich erreichte ich nach wenigen Schritten. Meine schwere Tasche ließ ich auf den Boden fallen, direkt neben dem Stuhl, der zum Denkmal gehörte. Es schepperte laut. Ich zuckte zusammen, die Rüstung in der Tasche hatte ich glatt vergessen. Eine geschlagene Minute wartete ich und horchte in die Nacht. Ein Vogel schrie, und in der Ferne hörte ich das Rauschen einer Schnellstraße. Ansonsten passierte nichts. Lautlos öffnete ich die Reisetasche und packte den Beutel aus, legte die mitgebrachten Gegenstände auf dem Denkmal ab.

Im Gebüsch neben mir raschelte es. Wieder hielt ich inne und lauschte. In der Kehle spürte ich mein Herz schlagen, als wollte es meinen Körper an Ort und Stelle verlassen. Hatte doch jemand das Scheppern gehört und lauerte mir schon hinter dem Gebüsch auf? Ich hockte zitternd am Boden und wartete. Doch es geschah nichts. Mit flatternden Händen ging ich schließlich an die Arbeit und beeilte mich, mein Kunstwerk herzurichten. Es dauerte nicht lange, jeder Handgriff saß, denn ich hatte mein Vorgehen unzählige Male im Geiste ablaufen lassen. Erst als ich fertig war, spürte ich, dass mir der Schweiß auf der Stirn stand. Ich richtete mich auf und rieb mir die Hände.

Von meinem Kunstwerk konnte ich wegen der Dunkelheit nicht viel erkennen, dennoch war ich mir sicher. Es musste perfekt gelungen sein. Nur eine kurze Weile gönnte ich mir, um meine Inszenierung zu genießen. In meinem Magen spürte ich ein Kribbeln. Es wurde stärker, und allmählich breitete sich von dorther Wärme aus, die von meinem Körper mehr und mehr Besitz ergriff. Das Gefühl entsprang einer Macht, die ich noch nie zuvor mit solcher Wucht wahrgenommen hatte. Berauscht entfernte ich mich lautlos in die Nacht.

## Montag, 4. Mai, Vormittag

*Kommissariat, Dresden*

»Chef, ich hab da eine Meldung reinbekommen, die sollten Sie sich mal ansehen.« Gerlinde Strecker betrat das Büro von Kriminalkommissar Fred Färber und legte ihm einen Zettel auf den Schreibtisch. Sie trug eine gestärkte Blümchenbluse zum eleganten knielangen Rock. Gerlinde Strecker war die ordnende Hand im Büro der Mordkommission und Färbers zuverlässigste Mitarbeiterin.

Färber blickte kurz von seinen Akten auf und griff nach dem Stück Papier. Die wenigen Zeilen hatte er schnell überflogen. »Was, die haben das Herz eines Menschen auf der Brühlschen Terrasse gefunden, unter einem Hut?«

»Scheint so, Chef.«

»Das kann doch nur ein schlechter Scherz sein.« Er schüttelte den Kopf. Er las die Meldung ein zweites Mal. »Wer hat denn die Polizei informiert?«

»Steht da.« Dabei stippte Gerlinde Strecker mit dem Zeigefinger auf das Blatt.

»Walter Heuner, städtischer Angestellter, meldete um sieben Uhr achtunddreißig einen seltsamen Fund auf der Brühlschen Terrasse«, las er laut. »Na, so was. Ein seltsamer Fund. Woher wissen wir denn, dass es ein Herz ist und noch dazu ein menschliches?«

Gerlinde Strecker zog die Schultern nach oben. »Das weiß ich auch nicht. Vielleicht ist es das Beste, Sie fahren gleich mal hin. Dann werden wir ja sehen, ob an der Geschichte etwas dran ist.«

Seufzend erhob sich Färber und ging zum Kleiderständer, um seine Jacke zu holen. »Die frische Luft wird mir guttun. Die verstaubten Akten hier«, dabei deutete er auf einen Stapel Mappen auf dem Schreibtisch, »laufen mir ja nicht davon.« Er nickte Gerlinde Strecker zu und verließ das Büro. Im Gehen kramte er ein paar Stücke Lakritz aus seiner Jackentasche und steckte sie sich in den Mund.

Färber trug eine hellgraue Freizeithose, in deren Bund ein schwarz gestreiftes Baumwollhemd steckte. Es verbarg den beginnenden Bauchansatz und ließ ihn schlanker wirken, als er tatsächlich war. Färber hatte die vierzig erst vor zwei Jahren überschritten und fühlte sich körperlich einigermaßen fit, obwohl er sportliche Aktivitäten vermied. Hin und wieder schwamm er im Freibad ein paar Bahnen, aber auch nur im Sommer.

## Montag, 4. Mai, später Vormittag

*Brühlsche Terrasse, Dresden*

Endlich war die kahle Winterzeit vorbei. Die Bäume auf der Terrasse entlang der Elbe zeigten ihr zartes Grün. Da Färber nicht wusste, was ihn am anderen Ende der Flaniermeile erwartete, die bei Dresdnern und Besuchern gleichermaßen beliebt war, freute er sich lieber jetzt über die Natur, später hatte er vielleicht keinen Blick mehr dafür.

Er eilte zielsicher an den schwatzenden und lachenden Touristengruppen vorbei, die die Terrasse bevölkerten. Ein Liebespaar stand eng umschlungen am Geländer und schaute hinunter zur Elbe. Färbers Magen krampfte sich zusammen, er hielt inne und ging ein paar Schritte auf die beiden zu. Für einen Augenblick hatte er gedacht, es sei Marita, die sich in die Arme des Fremden schmiegte. Seit sie vor mehr als sechs Wochen aus der gemeinsamen Wohnung ausgezogen war, meinte er, sie überall zu sehen. Färber atmete tief aus, um den Schmerz zu unterdrücken, der ihn seit diesem Tag quälte und sich in seinen Eingeweiden festgesetzt zu haben schien.

Schnell ging er weiter. Die Vögel zwitscherten in den Zweigen, der Himmel strahlte blau und spiegelte sich im Wasser des Flusses. Ein perfekter Frühlingstag, wenn da nicht das rot-weiße Band der Polizeiabsperrung gewesen wäre, das in der Ferne flatterte. Die Jungs von der Spurensicherung waren schon vor Ort. Ein paar Beamte in Uniform hielten eine Gruppe Schaulustiger in Schach, die versuchten, hinter die Absperrbänder zu gelangen. Färber blieb vor einem der Polizisten stehen und zeigte seine Dienstmarke.

»Gut, dass endlich einer kommt«, sagte der Beamte. »Die Leute sind kaum zu bändigen. Wir müssen das Zeug hier wegschaffen.«

»Was für Zeug?«

»Na die Klamotten dort«, sorgenvoll schaute der Polizist zum Caspar-David-Friedrich-Denkmal, »und auf dem Boden liegt das Herz eines Menschen.« Dann nickte er, um die Bedeutung seiner Worte zu unterstreichen.

Färber bückte sich und kroch unter dem Band hindurch. Zwei Leute von der Spurensicherung arbeiteten innerhalb der Absperrung. Ein ihm unbekannter Mann stand unschlüssig neben den Kollegen. Färber wusste nicht, was er hier zu suchen hatte.

»Guten Morgen, Färber, Mordkommission. Darf ich fragen, was Sie hier machen?«

»Klein, Dr. Klein, ich bin Arzt.«

»Schön, aber Sie arbeiten doch nicht für die Rechtsmedizin, oder sind Sie neu?«

»Nein, nein.« Ein Lächeln stahl sich in das Gesicht des schlanken Mannes, der einen gepflegten Oberlippenbart trug. Seine Augen blinzelten hinter randlosen Brillengläsern. »Ich war auf dem Weg zur Arbeit, als ich zwei Straßenkehrer beobachtete, wie sie einen blutverschmierten Gegenstand auf ihre Schaufel schoben. Das wollte ich mir genauer ansehen. Als ich sie ansprach, beschwerten sie sich, was für eine Schweinerei wieder über Nacht angerichtet worden sei und dass an ihnen immer die Drecksarbeit hängen bliebe. Ich erkannte sofort, dass es sich um ein humanes Herz handelte, das sie gerade in den Müll werfen wollten. Ich bestand darauf, dass sie alles stehen und liegen ließen und umgehend die Polizei angerufen wurde.«

Färber betrachtete die seltsame Anordnung beziehungsweise das, was die Straßenkehrer davon noch übrig gelassen hatten. Das Denkmal bestand aus mehreren Objekten aus Edelstahl, die mit Stäben verbunden waren und sich in einem imaginären Zentrum in einer Kugel vereinigten. Es gab einen Stuhl, ein Fenster, eine Staffelei und eine Schrifttafel.

Auf dem Boden lagen zusammengeknüllte altertümlich wirkende Kleidungsstücke und Teile einer Rüstung, soweit Färber das erkennen konnte. Das Herz befand sich blut- und dreckverschmiert auf einer großen Kehrschaufel daneben. Auf der Sitzfläche des Stuhls begann eine Blutspur, die bis auf den Boden reichte, sich dort fortsetzte und an der Schaufel endete. Die Männer der Stadtreinigung hatten ganze Arbeit geleistet, dachte Färber resigniert. Wenn es je auswertbare Spuren gegeben hatte, dann waren sie erfolgreich zerstört worden. Färber las den Spruch auf der Tafel.

*»Der Maler soll*
*nicht bloß malen,*
*was er vor sich sieht,*
*sondern auch,*
*was er in sich sieht.*
*Sieht er also nichts*
*in sich,*
*so unterlasse er*
*auch zu malen,*
*was er vor sich sieht.*
*C. D. F.«*

Färber wandte sich wieder an den Arzt Dr. Klein: »Sind Sie sicher, dass das Organ nicht von einem Tier stammt, einem Schwein zum Beispiel?«

»Absolut. Ich bin Chirurg, glauben Sie mir, das Herz eines Menschen kann ich zweifelsfrei erkennen.«

Färber nickte, bat um die Personalien des Arztes und verabschiedete sich. Er kroch wieder unter dem Band hindurch und ging hinüber zu den beiden Straßenkehrern, die in grünen Arbeitsanzügen bewegungslos auf einer Bank saßen und warteten. Sie starrten auf den Fluss hinunter.

»Färber, Kriminalpolizei«, stellte er sich vor.

»Was wollen Sie denn wissen?«, fragte der eine. Er war von kräftiger Statur, hatte tiefe Falten im Gesicht, seine Haut war jetzt schon gebräunt. Er blinzelte mit wachen Augen gegen die Sonne, die hinter Färber strahlte, als hätte es die dunklen Wochen des Winters nie gegeben.

»Sind Sie Walter Heuner?«

»Nein, der da«, antwortete der Arbeiter und deutete auf seinen Banknachbarn. »Mein Name ist Franz Nagel.«

Färber wandte sich an Heuner, der ein schmächtiger kleiner Kerl war: »Sie haben also das da drüben gefunden.«

»Hm.«

»Warum waren Sie denn heute Morgen hier oben?«

»Arbeiten.«

»Was haben Sie hier oben denn zu arbeiten?«

Heuner schaute auf die Spitze seines rechten Schuhs, mit dem er kleine Kreise in den Kies vor der Bank malte. Färber wartete, Heuner schwieg. Färber atmete hörbar ein und wiederholte geduldig seine Frage.

Endlich räusperte sich Heuner. »Ich sollte Ordnung machen.«

»Was machen Sie denn so, wenn Sie Ordnung machen?«

»Na«, Heuner zögerte, als müsse er sehr gründlich überlegen, welche Arbeiten er am Morgen verrichtet hatte, »Abfall von den Grünflächen weglesen, die Wege harken und so was.«

»Was haben Sie denn getan, als Ihnen die Sachen auf dem Denkmal aufgefallen sind?«

Heuner überlegte eine Weile. »Ich hab mich erst einmal geärgert.«

»So, so«, brachte Färber mit einem Stöhnen hervor. »Und dann?«

Nagel meldete sich zu Wort. »Mensch, Walter, lass dir doch nicht jedes Wort aus der Nase ziehen. Erzähl dem Herrn Kommissar mal schön der Reihe nach, was heute früh los war.« Aufmunternd klopfte er seinem Kollegen auf die Schulter.

Heuner hustete und begann endlich flüssiger zu sprechen. »Ich kam um sieben hier an und sah gleich, dass auf dem Denkmal wieder Müll herumlag.«

»Was glauben Sie«, entrüstete sich Nagel und unterbrach damit Heuners ersten vollständigen Satz, »was die Leute hier immer abladen. Wenn es nur weggeworfenes Papier wäre, nein, manche entsorgen hier oben sogar ihren Hausmüll.«

»Tatsächlich?«, entfuhr es Färber, der seinen Ärger über die Einmischung schwer unterdrücken konnte.

»Klar, der Stuhl dort drüben lädt die Leute förmlich dazu ein, etwas darauf abzulegen.«

»Warum sind Sie denn hier?«, fragte Färber. »Arbeiten Sie zu zweit?«

»Nein. Ich bin dort hinten eingeteilt.« Nagel streckte seinen Arm aus und zeigte ans andere Ende der Terrasse. »Der Walter hat mich gerufen, um mir die Schweinerei hier zu zeigen.«

»Aha. Herr Heuner«, wandte Färber sich wieder an den anderen und hoffte, dass Nagel nicht weiter dazwischenreden würde, »was haben Sie denn gemacht mit den Sachen auf dem Denkmal«, er zögerte, »ich meine, nachdem Sie sich geärgert hatten.«

Heuner grübelte wieder eine halbe Ewigkeit, bevor er endlich weitersprach. »Ich habe die ganze Zeit geschimpft und das Blechding und den roten Stoff von der Platte mit der Schrift genommen, alles zusammengeknüllt erst mal auf die Erde geschmissen, ich hatte noch keinen Müllsack dabei. Dann habe ich den Faschingshut von der Sitzfläche des Stuhls genommen und den blutigen Klumpen Fleisch darunter gefunden. Ich habe mich furchtbar geekelt, obwohl ich einiges gewohnt bin, das können Sie mir glauben.« Er schaute Färber an. Dieser nickte aufmunternd und hoffte, dass Heuner weitersprach.

Stattdessen räusperte sich Nagel und sagte: »Sie glauben gar nicht, was wir schon alles gefunden haben.« Er winkte ab.

Färber räusperte sich. »Ach, Herr Nagel, lassen Sie doch bitte Ihren Kollegen aussprechen, ja?«

»Schon gut.« Beleidigt schaute Nagel zum Fluss, konzentrierte sich demonstrativ auf die Ausflugsschiffe, die unterhalb der Terrasse vor Anker lagen.

Heuner fuhr endlich fort: »Nur weil ich Handschuhe anhatte, habe ich nach dem Ding gegriffen, um es wegzuwerfen. Aber es ist mir aus der Hand gerutscht und von der Sitzfläche nach unten gefallen, dort habe ich es dann im Dreck liegen lassen. Blut kam auch noch heraus. Ich hatte die Nase gestrichen voll und rief nach meinem Kumpel«, er schaute kurz zu Nagel, »damit er sich die Sauerei ansieht. Franz kam auch gleich zu mir herüber.«

Nagel nutzte die Gelegenheit, doch wieder am Gespräch teilzunehmen. »Ja, ich war schockiert, müssen Sie wissen. So etwas hatte ich überhaupt noch nicht gesehen.«

»Wann kam denn Dr. Klein dazu?«

»Ist das der Arzt?«, fragte Nagel.

Färber nickte.

»Als wir gerade versuchten, das eklige Ding auf unsere Schaufel zu kehren. Er hat uns verboten, damit weiterzumachen«, berichtete Nagel.

»Und dann haben Sie die Polizei angerufen, Herr Heuner?«

»Ja.«

»Eigentlich wollte ich ja anrufen, aber ich dachte, weil Walter das Drecksding gefunden hat, muss er es auch melden«, sagte Nagel.

Färber wandte sich wieder an Heuner: »Wissen Sie noch, wie die Sachen dalagen, bevor Sie sie weggenommen und zusammengeknüllt haben?«

Heuner schien aus einer Art Trance zu erwachen und sprang von der Bank auf. »Ich kann es Ihnen zeigen, wenn Sie wollen.«

»Ja, das ist eine super Idee.« Auch Färber erhob sich.

»Aber«, gab Heuner zu bedenken, »das eklige Ding fasse ich nicht noch einmal an.«

Die beiden gingen zum Denkmal hinüber, Nagel folgte ihnen im Schlepptau.

Auf dem Rückweg durchdachte Färber mehrere Varianten, wie das Herz auf das Denkmal gekommen sein konnte. War es das Zeugnis eines grausamen Mordes oder etwa der schlechte Scherz eines Medizinstudenten, der das Organ aus der Pathologie entwendet hatte? Heutzutage schien alles möglich zu sein. Moralisch gesehen empfand er beides als verwerflich. Aber nur bei einem Tötungsdelikt konnte er etwas tun, der abartige Witz eines Studenten war zwar zu verurteilen, aber nicht durch die Mordkommission zu klären. Färber hoffte, dass sich die Sache als Letzteres herausstellen würde. Er wollte nicht an die Möglichkeit glauben, dass es jemanden da draußen gab, der einem Menschen das Herz aus dem Leibe schnitt, um es in einer makabren Inszenierung auszustellen.

## Montag, 4. Mai, Nachmittag

*Kommissariat, Dresden*

Färber betrat das Vorzimmer seines Büros. Gerlinde Strecker lächelte ihm entgegen und legte verstohlen einen hellgrünen Plastiklöffel beiseite, mit dem sie gerade noch in einem halb leeren Joghurtbecher gerührt hatte.

»Essen Sie ruhig weiter. Es reicht, wenn Sie mir zuhören. Reden müssen Sie jetzt nicht, das tut mir auch mal ganz gut.« Färber grinste, während er die Tür hinter sich schloss.

»Na, Sie, als ob ich schwatzhaft wäre. Was war denn dran an der Geschichte?«

»Das Herz scheint tatsächlich von einem Menschen zu stammen. Es ist auf einem Denkmal oben auf der Brühlschen Terrasse abgelegt worden, zusammen mit altertümlichen Kleidern und Rüstungsteilen. Ich kann mir im Moment noch keinen Reim darauf machen. Wir müssen versuchen, die Herkunft des Organs zu klären. Es könnte sich alles als makabrer Scherz herausstellen oder auch als Mord.« Er kratzte sich am Kopf. »Wer könnte ein einzelnes Herz vermissen?«

»Bestatter, Krankenhäuser und das Krematorium«, schlug Gerlinde Strecker vor.

»Und die Friedhöfe.«

»Was sagt denn die Rechtsmedizin?«, fragte Gerlinde Strecker.

»Bisher noch gar nichts, das Herz müsste inzwischen aber dort sein. Es war ein Arzt vor Ort, der zufällig vorbeigekommen ist. Der hat eindeutig erklärt, dass das Organ menschlich ist.«

»Na dann. Ich kümmere mich sofort um alles.«

»Könnten Sie bitte auch der Herkunft der seltsamen Kleider nachgehen? Die Spurensicherung hat Fotos gemacht. Vielleicht werden sie in einem Theater oder Museum vermisst oder bei einem Kostümverleih.«

»Wird gemacht, Chef.« Gerlinde Strecker griff nach ihrem Telefon.

Färber ging in sein Büro. Er startete den Rechner, druckte die Fotos der Spurensicherung aus und brachte sie seiner Kollegin.

Dann widmete er sich wieder dem Aktenberg, den er zuvor

überstürzt verlassen hatte. Sein Chef, Kriminaldirektor Kießling, hatte ihn beauftragt, sich einige unerledigte Fälle der letzten Jahre noch einmal vorzunehmen. Er sollte nach neuen Anhaltspunkten suchen und die modernen Möglichkeiten der Kriminaltechnik nutzen, möglicherweise konnten DNA-Vergleiche zur späten Aufklärung führen.

Als er den ersten Aktendeckel öffnete, lächelte ihm eine junge Frau von einem vergilbten Foto entgegen. Ohne dass er es wollte, schlich sich Marita in seine Gedanken. Sie waren glücklich gewesen, eine lange Zeit sogar. Doch die Jahre hatten ihre Liebe zerfressen wie hungrige Motten die Wollkleider in einem muffigen Schrank. Aber Färber war selbst schuld daran. Auf der Jagd nach Räubern, Erpressern und Mördern hatte er allzu oft vergessen, dass er eine kluge und schöne Frau hatte, die zu Hause saß und vergeblich auf ihn wartete. Ein anderer wusste es besser, und Marita verliebte sich in ihn, einen Sachbearbeiter bei der Abfallwirtschaft. Was wollte sie bloß von dem?

Färber vertiefte sich in die Akte, um den Schmerz unterhalb des Magens zu vertreiben, der sich gerade wieder breitgemacht hatte. Nach fast einer Stunde konzentrierter Arbeit klappte er den Ordner zu und überflog seine Notizen. In den Unterlagen war ihm aufgefallen, dass damals ein möglicher Zeuge wegen eines längeren Auslandsaufenthalts nicht vernommen werden konnte. Färber wollte das jetzt nachholen. Wenn sich der heutige Organfund allerdings als Mordfall entpuppen sollte, würden die alten Akten vorerst weiter ihren Dornröschenschlaf halten müssen. Er rollte seinen Stuhl vom Schreibtisch zurück und stand auf, dehnte seine verspannten Muskeln und öffnete die Tür zu Gerlinde Streckers Büro.

»Kaffee oder Tee?«, fragte er lächelnd.

»Moment noch, einen Anruf muss ich noch machen, das Städtische Krankenhaus«, erklärte Gerlinde Strecker, den Telefonhörer schon am Ohr. Als sie in die richtige Station verbunden worden war, fragte sie, ob seit dem gestrigen Tag oder der letzten Nacht ein menschliches Herz vermisst würde.

Färber drückte die Mithörtaste und vernahm eine dialektfreie Männerstimme.

»... hatten nur einen Organspender von gestern zu heute, einen verunglückten Motorradfahrer.«

»Haben Sie die Organe des Mannes schon transplantiert?«

»Wir haben ... Moment, bitte, ich muss nachsehen«, sie hörten das Rascheln von Papier, »... eine Niere hier im Haus transplantiert.«

»Und das Herz?«

»Das ging nach Berlin an eine Spezialklinik. Ich habe das Protokoll hier, genau um ein Uhr dreißig wurde es mit dem Hubschrauber ausgeflogen.«

»Können Sie auch sehen, ob es dort angekommen ist?«

»Hier nicht, aber das sollte kein Problem sein. Ich schicke Ihnen ein Fax, wenn ich den Nachweis habe.«

»Wann können wir damit rechnen?«

»Das scheint ja wichtig zu sein. Ich werde gleich in Berlin anrufen und das Protokoll anfordern. Geben Sie mir Ihre Faxnummer.«

Gerlinde Strecker nannte die Nummer und beendete das Telefonat. Sie legte ihre Hände auf die Schreibtischkante und zog die Stirn in Falten. »Ich habe mit den Bestattungsfirmen und dem Krematorium gesprochen, die Krankenhäuser abtelefoniert und die Friedhöfe. Bisher ist niemandem etwas von einem verschwundenen Herzen zu Ohren gekommen. Ich habe allen unsere Büronummer gegeben und um Rückruf gebeten, wenn sich doch noch etwas herausstellen sollte.«

»Sehr gut. Kommen Sie, jetzt ist in der Kantine nicht viel los.«

Gerlinde Strecker deutete auf ein Glas Gemüsesaft auf ihrem Schreibtisch. »Danke, Chef, aber das ist gesünder.«

Färber hob die Hände. »Da kann man nichts machen. Kann ich Ihnen etwas mitbringen?«

»Nein, danke. Bin bestens versorgt.«

Eine Viertelstunde später empfing das Faxgerät ein Dokument. Die Klinik in der Hauptstadt hatte das Dresdner Herz schon am Morgen einem Patienten transplantiert. Die Operation war normal verlaufen.

## Dienstag, 5. Mai, Nachmittag

*Kommissariat, Dresden*

»Ich hab was gefunden.« Gerlinde Strecker stürmte in Färbers Büro, in der rechten Hand hielt sie zwei Computerausdrucke, die sie über ihrem Kopf schwenkte, als habe sie eine Schlacht gewonnen. Sie legte die Papiere vor ihm auf den Schreibtisch.

»Ich habe im Polizeinetz ein wenig recherchiert und nach dem Begriff ›Herz‹ suchen lassen. Innerhalb Deutschlands gab es nichts Interessantes, dann habe ich europaweit gesucht, und was, glauben Sie, hat der Computer ausgespuckt?«

Färber hoffte, sie würde gleich zur Sache kommen, und versuchte, ein Stück Lakritz hinunterzuschlucken. »Ja, was?«

»Es gibt zwei Fälle, bei denen seit dem Wochenende ein Herz vermisst wird.«

»Wirklich?« Das kam ihm seltsam vor, weil er es in bald zwanzig Jahren bei der Polizei noch nie mit einem solchen Fall zu tun gehabt hatte.

»Also, in Portugal hat der Mitarbeiter eines Bestattungsunternehmens illegal Organe eines Verstorbenen verkauft. Das war am letzten Sonntag, am Montag darauf, also gestern, haben sie ihn schon überführt. Aus der Meldung geht hervor, dass sie zwar auch den Empfänger der Organe gefasst haben, aber weder Leber noch Herz oder Nieren gefunden worden sind.«

Färber schüttelte den Kopf. Die Welt war wohl aus den Fugen geraten, wenn selbst die Innereien eines Verstorbenen vor geldgierigen Händlern nicht sicher waren. Gleichzeitig fragte er sich, was man mit den Organen eines Toten eigentlich anfangen konnte, dass man das Risiko einging, sie sich illegal zu beschaffen. »Zu welchem Zweck wurden denn die Organe verkauft?«

Gerlinde Strecker zuckte mit den Schultern. »Das steht hier nicht, keine Ahnung.« Sie berichtete weiter: »Der andere Fall ereignete sich in Polen. In einem kleinen Dorf, den Namen spreche ich wahrscheinlich falsch aus«, Färber nickte ihr zu und sie fuhr fort, »in Nowa Karczma wurde ein Mann aufgefunden, erstochen. Und … ihm fehlte das Herz.« Sie machte eine demonstrative Pause und atmete tief ein.

»Wann wurde er ermordet?«

»Hier steht: Damian Pajak wurde am Montag, 4. Mai, in seinem Wohnort tot aufgefunden. Entdeckt wurde die Leiche gegen zehn Uhr dreißig durch zwei Streifenbeamte«, sie übersprang deren Namen und Dienstgrade, »vermisst wurde der Getötete seit dem Vorabend, 3. Mai, gegen einundzwanzig Uhr, eine Vermisstenmeldung erfolgte am frühen Morgen des 4. Mai durch die Ehefrau des Opfers.«

»Steht da noch mehr?«

»Ja. Pajak war neunundfünfzig Jahre alt, polnischer Staatsbürger, wohnhaft in Nowa Karczma, Woiwodschaft Niederschlesien, Republik Polen, Todesursache war Verbluten nach einem Messerstich in den Rücken, postmortal wurde dem Mann das Herz aus dem Körper entfernt.«

Färber überflog selbst die Meldungen. Den Bericht aus Portugal legte er beiseite, ein Zusammenhang mit ihrem Organfund schien ihm nicht wahrscheinlich. Aber der polnische Fall konnte passen. Der Zeitpunkt des Mordes stimmte. Außerdem begann Niederschlesien gleich hinter der deutsch-polnischen Grenze, von Dresden aus ein Katzensprung.

»Wir müssen sofort Kontakt mit den polnischen Kollegen aufnehmen, die DNA abgleichen lassen.«

»Moment, ich mache Ihnen eine Verbindung.« Gerlinde Strecker verschwand in ihrem Zimmer, ließ aber die Tür offen. Kurz darauf rief sie: »Ich habe die Nummer gefunden. Es ist ein Kommissar Jannek in Jelenia Góra.«

»Na, hoffen wir, dass er Deutsch oder Englisch spricht.« Er hörte, wie seine Mitarbeiterin im Nebenzimmer auf die Tasten ihres Telefons hämmerte, dann klingelte sein Apparat. Färber griff nach dem Hörer. Nach dem ersten Klingeln wurde abgenommen. Eine Männerstimme meldete sich auf Polnisch, Färber verstand kein Wort. Er räusperte sich: »Äh, verstehen Sie Deutsch, or do you speak English?«

»Yes, yes, English und Deutsch, beides ein wenig.«

»My name is Färber, I call from Germany, Dresden, police, Polizei«, brachte er zögerlich hervor. Gleichzeitig ärgerte er sich, wie schlecht sein Englisch geworden war.

»Hello, I am Lukasz Jannek. Sie können sprechen deutsch mit mir. Wie kann ich helfen?«

»Im Polizeinetz gibt es einen Eintrag. Sie haben am Montag einen Toten gefunden, dem das Herz fehlt.«

»Oh ja. Wir haben solche Fall.«

»Gut, es ist möglich, dass wir das Herz hier in Dresden gefunden haben.«

»Wirklich? Wo haben Sie Herz gefunden?«

Färber erklärte, was sich ereignet hatte und dass ihnen der Fall in Nowa Karczma aufgefallen war. Sie vereinbarten, die DNA aus beiden Fällen vergleichen zu lassen. Sollte sich herausstellen, dass das Herz vom Toten aus Polen stammte, würden sie sich umgehend am Fundort der Leiche treffen.

Färber beendete das Gespräch und lehnte sich zurück. Wenn die Puzzleteile zusammenpassten, würden sich seine schlimmsten Ahnungen bewahrheiten. Er fragte sich, in welchem Morast er die Lösung dieses Falles wohl finden würde, und fürchtete schon jetzt die möglichen Antworten.

Färber verließ das Büro am frühen Abend. Er hoffte, dass die Ergebnisse der DNA-Analysen bald vorliegen würden. Zu Hause angekommen, ging er ins Wohnzimmer und goss seine Kräuterpflanzen, die er in Blumenkästen auf den Fensterbänken zog. Sie tauchten die Räume in ein entspannendes grünes Licht und verströmten die feinsten Düfte. Manchmal zerrieb er vorsichtig eines der Blätter zwischen Daumen und Zeigefinger und schnüffelte. Wenn er Majoran erwischt hatte, dachte er an seine Großmutter, sah, wie sie vor ihrem uralten Küchenofen stand und gebratene Klöße zubereitete. Erst der Majoran verlieh diesem Gericht die besondere Note. Jedes Jahr wuchsen in Färbers hohen Fenstern, die nach Süden zeigten, Petersilie, Basilikum, Pfefferminz und einige andere wohlriechende grüne Gesellen. Die ersten Samen steckte er im März, ein bisschen später setzte er kleine Pflänzchen in die dunkelbraune Erde. Die letzten Kräuter schnitt er im Oktober ab, trocknete sie und brühte manchmal Tee daraus.

Gegenüber der Fensterwand stand eine Hollywoodschaukel in seinem Wohnzimmer. Die Sitzfläche und das Dach waren mit orange und grün kariertem Stoff bespannt, das Gestell glänzte matt. Hier konnte Färber herrlich nachdenken oder auch entspannen. Er lebte den Traum eines Gärtners ohne Garten.

Als Kind hatte er mit seinen Eltern in einer Mietwohnung in der Neustadt gelebt, aber nur in der kalten Jahreszeit. Im Frühjahr war die Familie hinaus in ihren Schrebergarten gezogen und bis zum Spätherbst geblieben. Seine Eltern hatten Obst und Gemüse angebaut, Blumen und Kräuter. Färber war schon damals der stolze Besitzer eines kleinen Gewächshauses gewesen, in dem er züchten durfte, was er wollte.

Wenn sich Färber heute um seine Pflanzen kümmerte, konnte er in die friedliche Welt seiner Kindheit eintauchen. Er vergaß Raub und Mord und Niedertracht, zwischen denen er manchmal zu versinken glaubte.

Marita hatte immer mit den Augen gerollt, wenn es um die Hollywoodschaukel ging. Sie träumte von einer Couch und einem Fernseher, stellte sich gemütliche Abende zu zweit bei Kerzenschein vor. Damit hatte Färber nie etwas anfangen können, und so blieben Couch und Fernseher im kleinsten Zimmer der Wohnung stehen. Eigentlich hätte es ein Kinderzimmer sein sollen, dachte er heute.

Vielleicht wäre Marita noch bei ihm, wenn er damals nachgegeben und sich auf eigene Kinder eingelassen hätte. Seine Gedanken wanderten weiter, fort von seinen Kräutern und der Schaukel, weg auch von Marita und dem Fernseher. Sie verfingen sich auf der Brühlschen Terrasse. Die seltsame Inszenierung auf dem Caspar-David-Friedrich-Denkmal schob sich vor Färbers geistiges Auge. War das gefundene Herz etwa ein polnisches?

## Freitag, 8. Mai, Morgen

*Kommissariat, Dresden*

Als Färber ins Büro kam, lag ein Laborbericht auf seinem Schreibtisch. Er behielt die Jacke an und öffnete den Deckel der unscheinbaren grauen Mappe. Färber überflog die ersten Seiten und fand am Ende die entscheidende Information. Die DNA-Proben waren identisch. Färber ging um den Schreibtisch herum und ließ sich auf seinen Stuhl fallen. Das Polster gab nach, während das Gestell quietschte.

Er legte den Bericht vor sich auf den Tisch und schaute aus dem Fenster. Über den Elbwiesen hingen graue Wolkenformationen. Sie verdunkelten den Himmel, als würden sie Färbers Gedanken spiegeln. In der sächsischen Landeshauptstadt war ein Herz gefunden worden, das noch Stunden zuvor in einem menschlichen Körper in Polen geschlagen hatte. Nach dem kaltblütigen Mord war es, wahrscheinlich vom Täter selbst, in einer makabren Inszenierung aufgebahrt worden. Aber aus welchem Grund?

Färber bückte sich und holte ein Formular aus dem unteren Schreibtischfach. Er füllte das Blatt aus und brachte den Dienstreiseantrag in Gerlinde Streckers Büro. Sie würde sich darum kümmern. Dann rief er Kommissar Jannek in Jelenia Góra an und steckte Fotos von den Gegenständen ein, die mit dem Herzen auf der Brühlschen Terrasse gefunden worden waren.

Bereits eine halbe Stunde später lenkte Färber seinen Wagen auf die Autobahn, die ihn ins östliche Nachbarland bringen sollte. Während der Fahrt vermied er es, an den neuen Fall zu denken. Färber beugte sich hinüber zum Handschuhfach und zog eine knisternde Verpackung hervor. Mit den Zähnen riss er die Tüte auf, die Lakritzkatzen darin rochen verführerisch. Färber dachte sofort an seinen Großvater, sah, wie der alte Mann an seiner meist schon erkalteten Zigarre zog und in einem zerlesenen Buch schmökerte, das schon beim Ansehen in seine Bestandteile aus Zellstoff und Pappe zu zerfallen schien. Färber kaute genüsslich auf der süßen, aber zähen Köstlichkeit, genau wie damals, als er neben seinem Großvater gesessen und den Geschichten aus uralten Büchern gelauscht hatte. Bis zu jenem denkwürdigen Tag in der zweiten Klasse, danach hatte er von den alten Geschichten nichts mehr wissen wollen. Färber lächelte, während er an seinen Großvater dachte, und auch, weil er einen Ausflug bei herrlichstem Frühlingswetter unternehmen konnte, zumindest redete er sich das ein. Die Straße war trocken, sein Wagen rollte leicht dahin, Unfälle und Staus schien es heute nicht zu geben. Hin und wieder schob sich eine Kumuluswolke vor die Sonne, aber stets nur für kurze Zeit. Ihm wurde warm hinter der Frontscheibe, und er schaltete die Klimaanlage ein.

## Freitag, 8. Mai, Mittag

*Nowa Karczma, Polen*

Kurz hinter der Grenze, die eigentlich keine mehr war, verließ er die Autobahn und nahm die Fernstraße 30, auf der er direkt zum Dörfchen Nowa Karczma gelangte. Schon von Weitem grüßte ein Funksendemast rot und weiß gestreift aus dem klaren Himmel, genau so, wie Jannek es am Telefon beschrieben hatte. Färber fuhr in den Ort hinein. Die flachen Häuser reihten sich einträchtig aneinander. In der mittäglichen Ruhe sah er nicht einen ihrer Bewohner, eine gespenstische Stille hatte sich über das Dörfchen gelegt. Nach wenigen Metern kam ein blauer Streifenwagen in Sicht, der einsam neben einer Bushaltestelle parkte. Das Blaulicht auf dem Dach und der Schriftzug POLICJA an der Tür waren nicht zu übersehen. Färber setzte den Blinker, nahm den Fuß vom Gaspedal und ließ seinen Wagen ausrollen, bis er neben dem Fahrzeug seiner polnischen Kollegen zum Stehen kam, Kies knirschte unter seinen Reifen. Er nickte in Richtung des anderen Wagens und schaltete den Motor ab. Ein sportlicher Mann Mitte vierzig in kariertem Hemd und Jeanshosen stieg aus dem Streifenwagen. Das musste Lukasz Jannek sein. Die vollgestopfte Brusttasche seines Hemdes wurde nach unten gezogen, mehrere Stifte schauten hervor. Hinter dem Lenkrad blieb ein uniformierter Beamter hocken. Er stierte reglos durch die Windschutzscheibe, als würde genau vor seinem Wagen der spannendste Film des Jahres ablaufen. Färber spähte in dieselbe Richtung, sah aber nur vertrocknete Grashalme, die sich in der Mittagssonne bogen.

Färber ging auf Jannek zu, um ihn zu begrüßen. Der polnische Kommissar beugte sich nach vorn und öffnete eine der hinteren Wagentüren des Streifenwagens. Färber stieg ein, abgestandener

Zigarettenrauch drang ihm in die Nase. Am Armaturenbrett zwischen den Vordersitzen quollen zerdrückte Kippen aus einem viel zu kleinen Aschenbecher, den jemand aus der Wagenverkleidung herausgezogen hatte. Jannek ging um das Auto herum und ließ sich neben ihm auf den Rücksitz fallen. Der Uniformierte blickte weiter stur geradeaus und kutschierte sie einen unbefestigten Weg entlang, der vom Dorf in eine grüne Oase führte. Färber kurbelte die Fensterscheibe herunter und sog den Duft von Frühlingsblumen ein, der das Wageninnere sofort erfüllte und den Tabakgeruch überlagerte. Das Fahrzeug holperte über ausgefahrene Spurrinnen, die Köpfe der drei Insassen schaukelten im selben Takt. Ausgedehnte Wiesen erstreckten sich auf beiden Seiten, unterbrochen von Büschen und Obstbäumen, die den Weg säumten. Aus dem Gras am Straßenrand lugten lila und gelbe Blüten hervor, die tanzende Schmetterlinge angelockt hatten. Vor einem blauen Metalltor endete die Fahrt. Der Uniformierte brachte den Wagen rüttelnd zum Stehen, Färber und Jannek stiegen aus.

Jannek deutete nach unten. Kreisrund zeichnete sich eine eingetrocknete Blutlache im ansonsten hellen Kiesboden direkt vor dem Tor ab.

»Hier ist wahrscheinlich Mann erstochen, Blut alles von ihm«, erklärte er. Unter einem Baum neben der Einfahrt war das Gebüsch niedergedrückt worden. Dorthin zeigte er jetzt und sprach weiter. »Hier haben wir Leiche gefunden.«

Färber nickte. Beide duckten sich und krochen unter das dichte Blattwerk.

»Zugedeckt war Mann mit einer Decke, sehr verziert und mit Gold.«

»Haben Sie ein Foto davon?«, fragte Färber.

»Ja.« Sie kamen aus dem Gebüsch heraus, und Jannek zog sein Smartphone aus der sich beulenden Brusttasche des Oberhemdes. Mit dem Daumen tippte er mehrfach auf die glänzende Oberfläche und reichte Färber schließlich das Gerät. Eine Fotografie füllte den kleinen Bildschirm vollständig aus.

Färber sah eine dunkelgrüne Decke mit aufwendigen goldenen Stickereien, die sich als Ranken und stilisierte Blüten über den gesamten Stoff zogen. Eingefasst war sie mit bogenförmig angeordneten Fransenreihen, die von goldenen Quasten unterbrochen wurden. Die Decke schien keine rechteckige Form zu haben.

»Was ist das?«, fragte Färber.

Jannek schüttelte den Kopf. »Wir keine Ahnung. Die Witwe sie nicht kennt. Wir nicht genau wissen, was das sein soll. Es könnte sein ein Wandteppich oder so. Wahrscheinlich hat Täter mitgebracht.«

Färber verzog das Gesicht. »Das wäre doch sehr leichtsinnig von ihm, wenn er ein so individuelles Stück am Tatort zurückließe.«

»Das haben wir auch gedacht, aber wir keine andere Erklärung, woher Decke kommt.«

Der Uniformierte stieg aus dem Streifenwagen und sprach mit Jannek. Färber verstand nicht ein Wort von dem, was die beiden zu klären hatten. Schließlich stieg Janneks Kollege wieder in seinen Wagen ein und fuhr ohne Gruß davon, die Reifen wirbelten trockene Erde vom Weg auf, deren Staubpartikel noch eine Weile in der Sonne glänzten.

Jannek lächelte und hob entschuldigend die Arme, während er auf Färber zuging. »Ich muss mit Ihnen fahren, der Kollege wurde zu Einsatz gerufen, ist in Ordnung?«

Die beiden Ermittler spazierten auf dem unbefestigten Weg zurück zur Bushaltestelle. Dort angekommen, öffnete Färber die Beifahrertür. Er bot Jannek von seinen Lieblingslakritzkatzen an, die dieser jedoch lächelnd ablehnte.

## Freitag, 8. Mai, Nachmittag

*Kommissariat, Jelenia Góra, Polen*

Nach etwas mehr als einer Stunde saßen sie im Büro der Kriminalpolizei in Jelenia Góra. Die Einrichtung glich der seines eigenen Büros in Dresden, als gäbe es eine Fabrik, die ununterbrochen Polizeibüros am Fließband produzierte und sie für die weltweite Verwendung ausspuckte. Wer hatte eigentlich festgelegt, dass Polizisten mit langweiligem Grau zu umgeben waren?

Auf Janneks Schreibtisch warteten Aktenbündel und Papiere. Dazwischen stand eine halb ausgetrunkene Kaffeetasse, deren Inhalt einen eingetrockneten braunen Streifen am Porzellan hinterlassen hatte. Vor einem breiten Fenster hing eine Jalousie, die halb heruntergezogen war und nur einen Flecken Sonnenlicht in das Büro eindringen ließ. Die goldverzierte grüne Decke vom Fundort der Leiche lag in einer Plastiktüte verpackt auf einem Tisch. An einigen Stellen zeichneten sich dunkle Verkrustungen ab.

Jannek setzte sich auf die Kante seines Schreibtischs und begann über die bisherigen Erkenntnisse seines Teams zu berichten. Der getötete Damian Pajak war Bauer gewesen und hatte sein Heimatdorf nie für längere Zeit verlassen. Feld und Hof hatte er von seinem Vater geerbt. Die Witwe behauptete, dass ihr Mann keine Feinde hatte, außer vielleicht einem gewissen Wenzel Frankowski, der in Deutschland lebte. Frankowski war kurz nach der Wende aus Westdeutschland nach Dresden gezogen. Seine Vorfahren hatte man Ende des Zweiten Weltkriegs aus ihrer niederschlesischen Heimat vertrieben. Sie waren geflüchtet und mussten Hab und Gut zurücklassen. Das verlorene Land gehörte heute den Pajaks und war Teil der Republik Polen. Frankowski hatte Damian Pajak aus den seltsamsten Gründen und nach allen Regeln der Kunst verklagt und über Jahre hinweg gegen ihn prozessiert, wegen Sachbeschädigung, Nötigung, Erpressung, Beleidigung und anderer Delikte. In keinem der Fälle wurde Pajak verurteilt. Frankowski konnte keinen Rechtsanspruch geltend machen, Ansprüche der damals Vertriebenen ließen sich nicht einklagen. Irgendwann verlor Damian Pajak trotzdem die Nerven und fuhr nach Dresden, um den Geisteskranken, wie er ihn wohl nannte, zur Rede zu stellen. Das Treffen eskalierte, Pajak kam mit gebrochener Nase und einem blauen Auge zurück. Er prahlte im Dorf herum, dass er Frankowskis Wagen übel zugerichtet habe, zerschlagene Scheiben, zerkratzter Lack. Erst am Donnerstag vor dem Mord hatte Frankowski erneut einen Prozess vor Gericht verloren. Pajak musste sich allerdings wegen Sachbeschädigung und Nötigung verantworten. Jetzt vermutete seine Witwe, dass Frankowski sich gerächt habe. Sie behauptete, der Deutsche habe in allen Verhandlungen beklagt, dass der Verlust der Heimat seiner

Vorfahren für ihn so wäre, als hätte man ihm das Herz aus dem Leib gerissen. Das sage doch alles.

Mit den ermittelnden Beamten in Dresden war Jannek schon in Kontakt getreten. Da es sich bei dem demolierten Wagen nicht um ein Verbrechen an Leib und Leben handelte, hatte Färber bisher nichts davon gehört.

Am späten Nachmittag fuhr Färber zurück nach Dresden. Diesem Frankowski würde er so bald wie möglich einen Besuch abstatten. Unterwegs erhielt er einen Anruf von Gerlinde Strecker. Färber sollte unbedingt heute noch ins Büro kommen, sie habe etwas Interessantes gefunden. Mehr wollte sie am Telefon nicht preisgeben.

## Freitag, 8. Mai, Abend

*Kommissariat, Dresden*

Als Färber in Gerlinde Streckers Zimmer kam, war der Schreibtisch leer. Seltsam, dachte er, erst bestellt sie mich so spät noch her, und dann hat sie doch schon Feierabend gemacht. Er zog sein Handy aus der Jackentasche, um sie anzurufen. Doch dazu kam er nicht mehr, die Tür öffnete sich, und Gerlinde Strecker betrat das Büro. Sie wirkte verstört und etwas blass.

»Na, was ist denn los? Sie sehen ja aus, als hätten Sie ein Gespenst gesehen.«

»Ich kann da jetzt nicht drüber lachen, Chef. Was glauben Sie, was ich gefunden habe?« Ihre Stimme klang gepresst. »Ich glaube, unser Täter hat vor zwei Wochen schon einmal gemordet.«

»Wie kommen Sie denn darauf?« Färber ließ sich auf dem Besucherstuhl nieder.

»Als ich im Polizeicomputer nach den Kostümteilen gesucht habe, wurde mir ein Fall aus Rochlitz angezeigt. In einer kleinen Stadt an der Zwickauer Mulde, in Wechselburg, ist am frühen Morgen des 20. April ein Mann tot aufgefunden worden. Er wurde laut Bericht mit einem starken Schlafmittel vergiftet. Danach hat der Täter ihm das Fett an Bauch und Hüften abgeschnitten.«

Färber schluckte. Gerlinde Strecker fuhr fort: »Das eigentlich Interessante aber ist, dass der Tote in ein historisches Kostüm gehüllt und in der Position eines gewissen Grafen Dedo von Groitzsch und Rochlitz, der vor achthundert Jahren gelebt hat, regelrecht aufgebahrt worden ist.«

Färber konnte damit nicht wirklich etwas anfangen. »Warum glauben Sie denn, dass wir es mit demselben Täter zu tun haben?«

»Na, wegen der historischen Kostüme und weil der Täter seinem Opfer etwas aus dem Körper geschnitten hat, bei uns das Herz und dort das Fett.« Gerlinde Strecker nickte entschieden.

Färber hatte von diesem Grafen Dedo noch nie etwas gehört. Ohnehin empfand er gegen alles Vergangene und Historische eine regelrechte Abneigung. Die Ursache kannte Färber nur zu gut. Alles hatte auf einem Schulausflug begonnen, als er gerade in die zweite Klasse gekommen war. An das genaue Ziel konnte er sich bis heute nicht erinnern. Aber es musste eine alte Burg gewesen sein. Im Inneren hatte sich ein Museum mit Ritterrüstungen, Folterwerkzeugen und Skeletten befunden. Aus irgendeinem Grund war er nicht mit den anderen Kindern nach der Besichtigung nach draußen gekommen, sondern im Museum zurückgelassen worden. Erst Stunden später hatte man ihn gefunden. Die Lehrerinnen waren den ganzen Nachmittag davon ausgegangen, er sei mit der Klasse seines Freundes im angrenzenden Park unterwegs. Eine Mitschülerin wollte die beiden zusammen gesehen haben. Erst kurz vor der Heimfahrt hatten die Lehrerinnen den kleinen Fred dann vermisst und nach ihm gesucht. Zitternd und weinend hatten sie ihn schließlich gefunden, zusammengekauert hinter einer Kleidertruhe. Seitdem quälte ihn nicht nur die Angst vor alten Gemäuern und Museen, auch eine Allergie gegen Hausstaub und Schimmelsporen hatte sich entwickelt. Nach diesem schrecklichen Tag hatte Färber nie wieder einen Fuß in ein Museum oder eine Burg gesetzt. Zu Klassenausflügen mit entsprechendem Ziel war er rechtzeitig vorher krank geworden. Aus jener Zeit stammte auch seine Vorliebe für Lakritz in jeder Form, weil es die Qualen der Allergie lindern half. Allein die Beschäftigung mit historischen Themen verursachte ihm heute noch ähnliche Symptome wie Staub und Schimmelsporen selbst.

»Wissen Sie etwas über diesen Grafen?«, fragte Färber dennoch.

Gerlinde Strecker holte tief Luft, um genügend davon für einen längeren Vortrag zur Verfügung zu haben.

Na prima, dachte Färber, meinen Feierabend verbringe ich damit, mir Geschichten über einen ominösen Grafen anzuhören, der vor was weiß ich wie vielen Jahren gelebt hat. Er schob sich eine Lakritzkatze in den Mund, um das aufkeimende Unwohlsein zu unterdrücken.

»Graf Dedo lebte im 12. Jahrhundert. Ihm gehörten Güter und Ländereien, unter anderem Schloss Rochlitz. In Zschillen, dem heutigen Wechselburg, das nur wenige Kilometer entfernt ist, gründete er ein Kloster. Der Graf ließ eine Kirche errichten, die im Jahre 1168 geweiht wurde. Sie gilt unter Fachleuten als bedeutendes romanisches Baudenkmal.«

Färber stöhnte leise.

»Jedenfalls, in dieser Kirche, die auch als Basilika bekannt ist, gibt es eine Grabplatte von Dedo und seiner Frau. Die Darstellung des verstorbenen Grafen entspricht bis ins Detail der Situation, in der der getötete Mann in Wechselburg aufgefunden wurde.«

Gerlinde Strecker informierte Färber ausführlich über die Gegenstände, die bei dem Opfer gelegen hatten, und beschrieb deren Anordnung am Körper des Toten.

Färber glaubte nicht an einen Zusammenhang mit ihrem Fall, sagte vorerst aber noch nichts.

»Die eigentliche Sensation aber ist, dass dieser Dedo daran gestorben sein soll, dass er sich das Fett aus dem Leib habe schneiden lassen, weil er angeblich mit Kaiser Barbarossa zum Papst nach Rom oder auf den Dritten Kreuzzug wollte und wegen seiner Leibesfülle weder auf ein Pferd noch in seine Rüstung kam.« Gerlinde Strecker atmete hörbar ein und stemmte die Fäuste in die Hüften.

Färber winkte ab. »Dann gibt es wohl eine Verbindung zwischen dem Mord und diesem Grafen. Aber das heißt doch nicht automatisch, dass das auch unser Täter war.«

Gerlinde Strecker hielt den Kopf schief, während sie ihm zuhörte.

»Das Vorgehen passt nach meinem Dafürhalten nicht mit unserem Fall zusammen, Frau Strecker. Ich habe für unseren Toten eine viel deutlichere Spur. Pajak hatte nämlich eine unschöne Geschichte mit einem Vertriebenen am Laufen, der unserem polnischen Opfer das Leben zur Hölle gemacht hat. Über Jahre hinweg hat er ihn drangsaliert, bedroht und Rache geschworen. Dort müssen wir graben, ich wette, dass wir unseren Täter schon bald haben werden, und er heißt Wenzel Frankowski, und wir kriegen ihn sozusagen auf dem Silbertablett serviert.« Färber erhob sich und signalisierte ihr damit, dass das Gespräch beendet war.

»Morgen früh werden wir uns diesen Frankowski genauer ansehen. Für heute ist Schluss, Frau Strecker, wir machen Feierabend. Ach, und diesen Fall in Wechselburg können Sie vergessen, der hat nichts mit unserem zu tun.«

Gerlinde Strecker schnappte nach Luft, verkniff sich aber jedes weitere Wort.

## Freitag, 8. Mai, später Abend

*Färbers Wohnung, Martin-Luther-Straße, Dresden*

Durch die noch geschlossene Wohnungstür hörte Färber, dass sein Telefon klingelte. Marita. Wer sonst könnte ihn so spät am Abend noch anrufen. Er beeilte sich, den Schlüssel zu finden. Doch es war wie verhext, er wollte schnell sein, und prompt fiel der schwere Schlüsselbund scheppernd auf den Fliesenboden. Hoffentlich würde sie es lange klingeln lassen. Als Färber endlich in den Flur kam, hechtete er zum Telefon.

Aber er hörte ein Räuspern, das eindeutig von einem Mann stammte. »Lukasz Jannek hier, ist schon spät, weiß ich, habe neues Information von Nowa Karczma. Wir hatten in Zeitung Aufruf nach Zeugen, heute kam ein junger Mann, er am Sonntagabend ein Kleinbus gesehen, ist aus Straße von Sendeanlage gefahren.«

Färber lehnte sich an den Türrahmen und fuhr sich mit der freien Hand über die Stirn. »Hat er das Kennzeichen erkennen können oder den Fahrzeugtyp?«

»Er weiß nicht, was für eine Marke das Transporter war, aber ist sicher, dass helle Farbe und Kennzeichen mit DD anfängt. Er gelaufen zu Bushaltestelle, kam von Verlobte und wollte nach Hause fahren mit Bus. Auf Weg zu Haltestelle wunderte der Mann, weil Transporter kam aus Straße von Sendemast gefahren.«

»Warum wunderte sich der Mann, dort fahren doch sicher öfter Autos?«

»Nun ja, es war Sonntagabend, und dort nur arbeiten in Woche bis Nachmittag. Auch Kleinbus fuhr viel zu schnell.«

»In welche Richtung ist der Kleinbus gefahren?«

»Nach Westen, also Richtung Deutschland. Mehr weiß ich nicht, können Sie in Dresden nach Kleintransporter suchen?«

»Ja, das mache ich, obwohl helle Kleintransporter mit Dresdner Kennzeichen sicher Hunderte auf den Straßen unterwegs sind. Aber vielleicht fährt unser Freund Frankowski einen solchen Wagen. Wenn das so ist, nageln wir ihn morgen fest, darauf können Sie sich verlassen.« Färber versprach Jannek, ihn auf dem Laufenden zu halten. Er schlief schließlich mit der festen Zuversicht ein, den Täter so gut wie hinter Gittern zu haben.

## Samstag, 9. Mai, Morgen

*Kommissariat, Dresden*

Färber und Gerlinde Strecker arbeiteten an diesem Samstagmorgen ungestört. Kein Mensch war in ihrer Büroetage zu hören. Aber im Erdgeschoss, wo der Bereitschaftsdienst saß, ging es zu wie im Taubenschlag, egal, ob es Wochenende war oder nicht.

Die beiden hatten Informationen über Wenzel Frankowski gesammelt. Er wohnte in Dresden zur Miete. Offiziell war er erwerbslos und lebte von staatlicher Unterstützung. Im Betrieb seines Bruders Karel, der eine Tischlerei in Dresden betrieb, schien er hin und wieder ein paar Stunden zu arbeiten. Geboren und aufgewachsen waren die Brüder in Landshut. Warum sie beide 1990 nach Dresden übergesiedelt waren, gab der Computer nicht preis. Jedenfalls hatte Karel Frankowski im selben Jahr das Tischlereiunternehmen gegründet.

Gerlinde Strecker startete eine Anfrage nach Fahrzeugen, die auf die Brüder zugelassen waren. Für Wenzel gab es keine Eintragung. Die Liste von Karel, die nach wenigen Sekunden auf dem Bildschirm erschien, verdeutlichte eine gewisse Größe des mittelständischen Unternehmens. Neben zwei Kleinlastern und einigen Personenwagen gab es vier Transporter in seiner Tischlerei. Färber vermutete, dass ihr Verdächtiger Zugriff auf die Fahrzeuge hatte. Das Beste war wohl, diesem Wenzel Frankowski gleich einmal selbst auf den Zahn zu fühlen. Er suchte die Adresse auf dem Stadtplan, der als großes Poster in Gerlinde Streckers Büro an einer ansonsten kahlen Wand hing. Es war nicht weit.

Färber griff nach einer Tüte Lakritzkatzen, die in seiner Aktentasche steckte. Er schob sich ein paar davon in den Mund und genoss den würzig-süßen Geschmack, der sich augenblicklich zwischen Gaumen und Zunge ausbreitete.

Gerlinde Strecker sah ihn an, eine tiefe Falte zeigte sich auf ihrer Stirn. Färber wusste, dass sie den Geruch seiner Lieblingsleckerei nicht ausstehen konnte. Er tat das als pure Unkenntnis ab. Wahrscheinlich hatte sie noch nie davon probiert.

»Schon gut, ich verpeste nicht weiter Ihr Büro.« Beim Gehen zwinkerte er ihr zu und machte sich auf den Weg in die Schäferstraße zu Wenzel Frankowski.

## Samstag, 9. Mai, Vormittag

*Schäferstraße, Dresden*

Färber wartete lange vor der Wohnungstür. Fast wäre er unverrichteter Dinge wieder abgezogen, als er Husten und Räuspern in der Wohnung vernahm. War er zu früh, und der Mann hatte noch geschlafen?, fragte er sich mit einem Blick auf die Uhr. Es ging auf halb zehn zu.

Zaghaft wurde die Tür einen Spaltbreit geöffnet, eine Metallkette verhinderte, dass sie ganz aufgestoßen werden konnte. Ein zerknittert wirkender Mann mit strubbeligen schwarzen Haaren spähte schweigend durch den Türspalt.

»Sind Sie Herr Frankowski, Wenzel Frankowski?«

»Wer will das wissen?«

Färber hielt seinen Ausweis in Augenhöhe. »Kripo Dresden, Mordkommission.«

»Hä, was soll das hier? Wollen Sie mich verarsch...« Wenzel Frankowski kniff die Augen zusammen, hielt den Kopf schief und starrte Färber an.

»Ich ermittle im Zusammenhang mit einem Tötungsdelikt an einem polnischen Staatsbürger und muss Sie diesbezüglich sprechen.«

Die Kette wurde entriegelt, und Wenzel Frankowski gab die Tür frei. Färber betrat eine mäßig aufgeräumte Wohnung. Hier und da lagen Kleidungsstücke herum, der Boden hätte auch mal wieder gewischt werden können. Aber wenn man ihn in seinen vier Wänden an einem Samstagmorgen überfallen würde, sähe es wahrscheinlich keinen Deut besser aus.

Färber wurde in eine schmale Küche geführt, in der es nach Kaffee, verschüttetem Bier und kaltem Zigarettenrauch roch. Wenzel Frankowski, der nur mit Unterhose und einem fleckigen T-Shirt bekleidet war, bot ihm einen Stuhl an und griff nach der Zeitung, die darauf lag. Färber nahm Platz. Wenzel Frankowski knetete die Morgenzeitung zwischen seinen Händen und blieb stehen.

Auf der Ablage des zerkratzten Spülbeckens standen leere Bierflaschen und eine zur Hälfte gefüllte Wodkaflasche. Hinter der offen stehenden Tür zum Flur entdeckte Färber zwei prall gefüllte Plastiktüten, aus denen die schlanken Hälse leerer Wein- und Schnapsflaschen ragten.

Färber räusperte sich. »Kennen Sie einen gewissen Damian Pajak, wohnhaft im polnischen Nowa Karczma?«

»Und ob ich den kenne, diesen Sauhund.« Wenzel Frankowski schien schlagartig seine Müdigkeit abgestreift zu haben. Er ließ sich lässig auf den zweiten Küchenstuhl fallen und langte nach einer Tasse mit dem Schriftzug »I am the boss«. Mit zittriger Hand erhob er das Gefäß und schlürfte daraus eine dunkelbraune, abgestandene Flüssigkeit, an der Färber nicht einmal gerochen hätte.

»Wollen Sie auch einen?«, fragte Wenzel Frankowski und deutete auf seine Tasse.

Färber schüttelte den Kopf. »Wann haben Sie Herrn Pajak das letzte Mal gesehen?«

»Im Gerichtssaal, vorigen Donnerstag. Der Kerl hat gegrinst, als der Richter das Urteil verkündet hat, ein Fehlurteil übrigens, das steht ganz klar fest.«

»Worum ging es denn in dem Prozess?«

Wenzel Frankowski zog die Mundwinkel nach unten. »Um Beleidigung«, brummte er.

»Eigentlich ging es Ihnen doch um das Land Pajaks und um seinen Hof. Deshalb haben Sie ihn drangsaliert.«

»Na, Sie sind ja gut informiert. Und was heißt hier überhaupt drangsaliert!« Wenzel Frankowskis Halsschlagadern schwollen an, und er schlug mit der Faust auf den Tisch. »Das ist mein Land und mein Hof.« Bei jedem »mein« bohrte er den rechten Zeigefinger in seine Brust.

»Aber Sie haben kein Recht mehr auf das Land und damit auch keine Ansprüche.«

»Ansprüche, Ansprüche«, äffte er Färber nach. »Sie haben doch keine Ahnung, was es heißt, seine Heimat zu verlieren.« Er schwieg für ein paar Sekunden. »Aber wenn Sie so schlau sind, dann wissen Sie bestimmt auch, dass der mir mit voller Absicht mein Auto total demoliert hat, ich konnte es nur noch als Schrott verkaufen. So einer ist das nämlich.«

»War.«

»Hä?«

»So einer war das.«

»Was soll das, wollen Sie Spielchen mit mir spielen?«

»Vielleicht. Jetzt tun Sie doch nicht so, als wüssten Sie nicht, dass Pajak tot ist.«

Wenzel Frankowski wurde blass. »Ich weiß gar nichts. Und überhaupt, was wollen Sie eigentlich von mir?«

»Am vergangenen Sonntagabend wurde Damian Pajak in seinem Wohnort getötet.« Das herausgeschnittene Herz wollte er aus ermittlungstaktischen Gründen noch nicht ansprechen. Wenn Wenzel Frankowski der Täter war, wusste der ohnehin Bescheid.

»Das ist doch mal ’ne gute Nachricht.« Wenzel Frankowski grinste breit.

»Das freut Sie also?« Färber musste schlucken, um seine aufkommende Wut nicht hervorbrechen zu lassen.

»Klar, um den ist es nicht schade.« Er zögerte einen Moment. »Aber ich habe damit nichts zu tun, ich werde mir doch nicht die Hände schmutzig machen an solchem Gesockse.«

»Wo waren Sie denn am Sonntagabend und in der darauffolgenden Nacht bis in den frühen Morgen?«

»Ich war an der Ostsee und bin Montag ganz früh mit dem Zug zurückgekommen.«

»So, an der Ostsee. Wo genau und warum?«

»Irgendwo auf Rügen, ich habe gezeltet, bin noch am Donnerstag nach der Verhandlung zum Bahnhof.«

»Dann gibt es sicher einen Campingplatz, der Ihren Aufenthalt bestätigen kann.«

»Quatsch. Ich zelte immer einfach irgendwo.«

»Das ist illegal.«

»Mir doch egal, ich tu doch niemandem was.«

»Mit anderen Worten, niemand kann bestätigen, dass Sie überhaupt an der Ostsee gewesen sind.« Färber spürte, dass der andere sich eine schöne Lügengeschichte zurechtbastelte, um seinen Kopf aus der Schlinge zu ziehen. Damit kam er bei ihm nicht durch.

Wenzel Frankowski steckte sich mit zitternden Fingern eine Zigarette in den Mund und sog den Rauch gierig ein. »Jetzt, wo ich drüber nachdenke, auf der Heimfahrt im Zug saß mir eine Omi gegenüber. Die hat die ganze Zeit auf mich eingeredet. Erst ging mir das auf die Nerven, aber dann wurde es richtig interessant. Sie war als Diplomatengattin viel herumgekommen und erzählte aus fremden Ländern. Die könnte doch bestätigen, dass ich am Montagmorgen im Zug von Berlin nach Dresden saß.«

Färber lächelte nur und fragte nach Namen und Anschrift der alten Dame, natürlich Fehlanzeige. »Ihre entwertete Fahrkarte könnte auch weiterhelfen.«

Wenzel Frankowski schnaubte verächtlich. »Ich hebe doch solches Zeug nicht auf, die ist längst im Müll.«

Färber notierte das Datum der Fahrt sowie die Abfahrts- und

Ankunftszeiten des Zuges, darüber hinaus eine kurze Beschreibung der gesuchten älteren Frau. Dann wechselte er das Thema. »Haben Sie jetzt wieder ein Auto, nachdem das andere verschrottet werden musste?«

»Ich, nö, bloß ein altes, klappriges Fahrrad.«

»Sie fahren keinen Kleintransporter, auch nicht ab und zu?«

»Nö, nicht dass ich wüsste.«

»Aha. Wir wissen, dass Sie gelegentlich im Betrieb Ihres Bruders arbeiten. Da werden Sie doch hin und wieder einen der Transporter benutzen, oder?«

Wenzel Frankowskis Augen zuckten, ein Schleier schien sich über seine Pupillen zu legen. »Das stimmt doch überhaupt nicht.«

»Was stimmt nicht?«

»Dass ich dort arbeite.«

»Sie arbeiten nicht bei Ihrem Bruder?«

»Ganz bestimmt nicht.«

»Warum hat er Sie dann als Stundenkraft bei der Sozialversicherung angemeldet, da stimmt doch etwas nicht.«

»Wie, angemeldet hat der mich?«

Färber nickte. »Also arbeiten Sie doch in der Tischlerei.«

»Hm.«

»Und was machen Sie da so für Ihren Bruder?«

Wenzel Frankowski wackelte mit dem Kopf. »Mal dies, mal das, was gerade so anfällt.«

»Und, was fällt so an?«

»Ich fege den Hof, mache Botengänge, hole Bretter beim Holzhändler ab und so was.«

Färber atmete hörbar ein. »Wenn Sie zum Beispiel Bretter holen, dann fahren Sie doch mit einem der Kleintransporter, oder tragen Sie das Holz auf der Schulter in die Firma?«

»Na ja.« Wenzel Frankowski scharrte mit den Füßen und nuschelte: »Ja, doch, aber das muss ich selten machen.«

»Sie haben gerade das Gegenteil behauptet.«

»So, habe ich das? Warum wollen Sie das denn alles überhaupt wissen?« Wenzel Frankowski sprang vom Stuhl auf, schnaubte, und sein Gesicht lief rot an. »Wahrscheinlich brauche ich gar nicht auf solchen Mist zu antworten.«

Färber blieb reglos am Küchentisch sitzen und fixierte sein Gegenüber. »Sie müssen nicht antworten. Nur wüsste ich nicht, warum Sie das tun sollten. Ich wundere mich einfach, dass Sie vorhin das Gegenteil behauptet haben.«

Wenzel Frankowski schwieg, ging zum Fenster und spähte eine Weile durch die verschmierte Glasscheibe hinaus auf den Hof. Schließlich kam er zurück zum Tisch und hockte sich wieder auf seinen Stuhl. »Ja, also, ich dachte, dass Karel mich schwarz bei sich arbeiten lässt, und ich wollte ihn nicht reinreiten.«

»Sie wussten also nicht, dass er Ihre Tätigkeit ordnungsgemäß angemeldet hat, deshalb die Lüge?«

Der andere schluckte und nickte.

»Können Sie jederzeit eines der Fahrzeuge benutzen, oder müssen Sie erst fragen?«

Wenzel Frankowski hob den Kopf und schaute Färber direkt an, er antwortete jetzt laut und deutlich. »Ich kann immer einen Bus haben, ich bin schließlich der Bruder des Chefs. So, und jetzt ist Schluss mit Ihrer Fragerei. Wenn Sie nichts dagegen haben, würde ich gern frühstücken, und zwar allein. Es ist nämlich Wochenende, falls Sie das überhaupt wissen.«

Färber blieb ungerührt sitzen und zog ein paar Fotos aus seiner Hemdtasche, die er vor Wenzel Frankowski auf dem Küchentisch ausbreitete. »Haben Sie diese Gegenstände schon einmal gesehen?«

»Was soll das jetzt noch, ich hab genug. Hauen Sie endlich ab.«

»Kennen Sie die Sachen oder nicht?«

Wenzel Frankowski zündete sich umständlich eine Zigarette an, lehnte sich auf seinem Stuhl zurück und blies den Rauch an die Decke. Einen Arm streckte er lässig auf den Küchentisch. Er schielte auf die Fotos vor ihm. Sie zeigten die historischen Kleidungsstücke und die Rüstung von der Brühlschen Terrasse sowie die goldverzierte Decke vom Tatort in Nowa Karczma.

»Kenne ich nicht, noch nie gesehen.« Wenzel Frankowski zog den Mund schief und schüttelte den Kopf. »Ich hab zwar auch so altes Zeug, aber das ist nicht von mir.«

Färber spürte ein Kribbeln in der Magengegend. »Was meinen Sie mit altes Zeug?«

»Na, eine Truhe voll alter Klamotten, von meinem Vater, übrigens das Einzige, was mir von meinem Erbe geblieben ist. Haus und Hof hat sich ja dieser Dreckskerl unter den Nagel gerissen.« Wenzel Frankowski stand auf, ging zur Spüle und öffnete die Wodkaflasche, um einen tiefen Zug daraus hinunterzuspülen.

Färber brannte es schon beim Anblick in seinen Eingeweiden. »Hätten Sie etwas dagegen, wenn ich mir die Truhe Ihres Vaters einmal ansehe?«

»Sie spinnen wohl.« Wenzel Frankowskis Halsschlagadern schwollen wieder bedrohlich an.

»Es würde die Sache für Sie erheblich vereinfachen.«

»Jetzt hauen Sie endlich ab, ich hab genug von Ihrem Geschwätz.« Er schwenkte die offene Schnapsflasche in Richtung Ausgang und verschüttete dabei klare Flüssigkeit, die auf den Fußboden und auf seine nackten Füße tropfte. Er stieß Luft durch seine Zähne, dass es zischte.

Färber blieb sitzen und beschloss, die Katze endlich aus dem Sack zu lassen. »Herr Frankowski, ich belehre Sie jetzt über Ihre Rechte, und dann begleiten Sie mich aufs Revier. Sie sind vorläufig festgenommen wegen des dringenden Verdachts, Damian Pajak am vergangenen Sonntag getötet zu haben.« Danach zählte Färber die notwendigen Belehrungen auf.

Wenzel Frankowski schaute ihn ungläubig an. »Das glaub ich doch jetzt nicht. Das können Sie nicht machen.«

»Doch, ich kann«, entgegnete Färber gelassen. »Ich werde jetzt im Revier anrufen und eine Funkstreife anfordern. Die Kollegen bringen Sie ins Kommissariat.«

»Und was, wenn ich nicht mitkomme?« Wenzel Frankowski stellte sich breitbeinig vor Färber auf.

»Ich kann Sie zwingen, weil ein ausreichend begründeter Tatverdacht sowie Fluchtgefahr vorliegen, und das bei Mord, da muss ich mich sogar so verhalten.«

»Sie spinnen doch.« Wenzel Frankowski zeigte Färber einen Vogel, dann sprach er kein Wort mehr und zog Hemd und Hose an, die über einem Stuhl hingen.

Färber deutete das als stilles Einverständnis und telefonierte mit der Bereitschaft. Danach saß er wartend neben dem mürrisch dreinblickenden Wenzel Frankowski am Küchentisch, bis endlich zwei Streifenpolizisten klingelten.

Später füllte er noch zwei Anträge aus, einen für die Hausdurchsuchung in der Wohnung des Beschuldigten, den anderen für die Beschlagnahme der Kleintransporter vom Bruder Karel Frankowski, um sie kriminaltechnisch untersuchen zu lassen. Spätestens Dienstag wollte Färber den Fall wasserdicht haben.

## Sonntag, 10. Mai, Vormittag

*Kommissariat, Dresden*

Wenzel Frankowski hatte das erste Mal in seinem Leben eine Nacht hinter Gittern verbracht. Färber hoffte, dass der Gefangene inzwischen zur Besinnung gekommen war und sich heute Morgen seine Schuld von der Seele reden würde.

Vor der Vernehmung brauchte Färber Gewissheit über die Spuren in den Transportern. Er rief bei der Kriminaltechnik an und fragte nach. Einer der Kollegen teilte ihm mit, dass sie bisher nichts Interessantes gefunden hätten. Merkwürdigerweise war einer der Transporter erst vor Kurzem gründlich gereinigt worden, außen und innen.

Schwungvoll öffnete Färber die Tür zum Vernehmungszimmer. »Guten Morgen. Na, gut geschlafen?«

Wenzel Frankowski saß mürrisch am Tisch, schaute an ihm vorbei und antwortete nicht auf die Frage.

»Wie auch immer«, sagte Färber, »wir müssen reden.« Er zog einen Stuhl vom Tisch weg, die Metallbeine kratzten über den harten Boden. Färber setzte sich. »Haben Sie inzwischen mit einem Anwalt gesprochen?«

Wenzel Frankowski funkelte ihn an, eine Zornesfalte teilte seine Stirn in zwei Hälften, die Wangen glühten. »Sie haben kein Recht, mich festzuhalten. Ich habe nichts getan. Also brauche ich auch keinen Anwalt.«

»So, so.« Färber lehnte sich zurück und verschränkte die Arme vor der Brust. »Sie haben also nichts getan.«

»Genau. Und deshalb gehe ich jetzt nach Hause.« Wenzel Frankowski zögerte einen Augenblick, dann erhob er sich.

Im selben Moment war der Beamte bei ihm, der bisher neben der Tür gestanden hatte.

»Setzen Sie sich wieder«, brummte Färber. »So, wie es aussieht, dürfen Sie einige Zeit auf Staatskosten bei uns bleiben.«

Wenzel Frankowski sah zu dem Beamten in Uniform auf. Der Polizist legte seine Hand beruhigend auf Wenzel Frankowskis Oberarm. Sanft drückte er ihn wieder auf den Stuhl. Widerstandslos ließ Wenzel Frankowski es geschehen.

»Also.« Färber stand auf und begann, in dem schmalen Raum hin und her zu gehen. »Was haben Sie am letzten Donnerstag vor Gericht zu Damian Pajak gesagt, nachdem der Richter sein Urteil gesprochen und Ihrem Gegner in allen Punkten recht gegeben hatte?«

Wenzel Frankowski brauste auf. »Das weiß ich doch nicht mehr.«

Färber setzte sich wieder. »Ich glaube doch, so etwas sagt man nicht einfach so dahin. Sie haben Pajak bedroht, ihm Rache geschworen. Das geht eindeutig aus den Prozessakten hervor.«

»Und wenn schon«, Wenzel Frankowski winkte ab, »jeder, der sein gutes Recht nicht bekommt, schwört Rache, das ist doch normal.«

»Keineswegs«, erklärte Färber. »In Ihrem Fall nahm die Rache Ausmaße an, die weit über das Normale hinausging«, er beugte sich nach vorn und starrte Wenzel Frankowski an, »finden Sie nicht?«

»Was wollen Sie eigentlich von mir, ich habe diesem dämlichen Bauern nichts getan, obwohl ich wirklich große Lust dazu gehabt hätte. Sie sind auf dem Holzweg«, Wenzel Frankowski schlug mit der Faust auf den Tisch, »begreifen Sie das endlich.«

Färber zuckte zusammen, ohne jedoch seine Haltung zu verändern oder den Blick von Wenzel Frankowski abzuwenden. »Oh nein, Sie sollten endlich begreifen, dass es keinen Zweck hat zu leugnen.« Färber stand wieder auf und stützte sich auf der Stuhllehne ab, er roch Wenzel Frankowskis schlechten Atem. »Sie haben Pajak am letzten Sonntag getötet. Sie wollten Rache. Rache dafür, dass er Ihnen die Heimat wie das Herz aus dem Leib gerissen hat. Das haben Sie doch gesagt, oder nicht?«

»Na ja, das mit der Heimat schon«, Wenzel Frankowski hielt Färbers Blick stand, »aber das heißt doch nicht, dass ich losmarschiere, und ihn umbringe. Ich bin doch nicht verrückt«, protestierte er.

»Verrückt hin oder her, das wird das Gericht zu klären haben.« Färber richtete sich auf und stellte sich vor die verspiegelte Glasscheibe, er konnte Wenzel Frankowski seitenverkehrt beobachten, wie er sich die Haare raufte und auf seinem Stuhl hin und her rutschte.

»Sie hatten ein starkes Motiv, den Mann umzubringen. Und Sie haben ihn öffentlich bedroht. Darüber hinaus können Sie jederzeit einen der Kleintransporter Ihres Bruders benutzen, genauso ein Modell, wie es am Tatort beobachtet worden ist. Und wie der Zufall es will, wurde einer der Transporter Ihres Bruders erst kürzlich gründlich gereinigt.«

»Na und«, unterbrach ihn Wenzel Frankowski, »was kann ich denn dafür, wenn Karel seine Autos sauber machen lässt?«

»Nichts.« Färber drehte sich um. »Was sollen Sie schon dafür können?«, fragte er sarkastisch. »Sie selbst haben das Fahrzeug gereinigt, weil es nämlich nach Ihrer grausamen Tat voller Spuren war.«

Wenzel Frankowski schnappte nach Luft. »Aber ich habe ein Alibi, die Dame aus dem Zug.«

»Pah«, Färber winkte ab, »das ist doch alles nur vorgeschoben. Sie können weder eine Fahrkarte für den Zug vorweisen noch den Namen oder die Adresse der Frau nennen. Das ist alles erstunken und erlogen, Ihre ganze Reise an die Ostsee mitsamt der Zugfahrt und Ihrer angeblichen Reisebegleitung. Vergessen Sie's, darauf fällt hier keiner rein.«

Färber blieb am Tisch stehen. »Sehen Sie, Herr Frankowski, wenn Sie sich alles von der Seele reden, wenn Sie ein umfassendes Geständnis ablegen, wird das vom Gericht positiv bewertet. Ich kann Ihnen nur diesen einen Rat geben. Nutzen Sie die Chance für ein milderes Urteil.«

»Wie soll ich den denn umgebracht haben, hä?«

»Das wissen Sie selbst am besten.«

»Sie wollen mir einen Mord anhängen. Das lasse ich mir nicht gefallen.« Wütend sprang Wenzel Frankowski auf.

»Was heißt hier anhängen?«, empörte sich Färber.

»Dann suchen Sie doch wenigstens nach der alten Dame. Schalten Sie eine Anzeige in der Zeitung, lassen Sie sie im Radio suchen, irgendwas. Sie wird sich melden, ich weiß es.«

»Das habe ich gestern schon veranlasst. Wobei ich denke, dass es sinnlos ist, eine Phantasiegestalt kann ja schlecht zu uns ins Kommissariat hereinspazieren. Da nützt auch die schönste Zeitungsanzeige nichts.«

»Sie wird sich melden«, beharrte Wenzel Frankowski und setzte sich wieder.

»Möchten Sie jetzt einen Anwalt mit Ihrer Verteidigung beauftragen?«

Wenzel Frankowski brauste erneut auf. »Wie oft soll ich das noch sagen, ich brauche keinen, weil ich unschuldig bin, und basta.«

»Wie Sie meinen.«

Am Nachmittag erfolgte in Wenzel Frankowskis Beisein die Durchsuchung seiner Wohnung.

Wie von ihm vorher angekündigt, fand sich eine alte Holztruhe voller historisch anmutender Kleidungsstücke, die laut Wenzel Frankowski aus dem Erbe seines Vaters stammen sollten. Darin befanden sich zwei dunkelblaue Uniformen mit glänzenden Knöpfen, ein dazu passender Hut, ein Zylinder, mehrere mit Borten und Stickereien verzierte Umhänge, zwei Paar ausgetretene Lederstiefel, diverse Pelzkragen, eine Damenstola, weit ausladende Reithosen und ein Gehrock.

Ein breitkrempiger Hut mit zerknautschten flauschigen Federn erinnerte Färber an die Kopfbedeckung, unter der das Herz des Bauern gelegen hatte. Auch die verzierten Umhänge schienen ähnlicher Art zu sein wie die grün-goldene Decke, die jetzt im Dienstzimmer seines Kollegen in Jelenia Góra lag. Andere ermittlungsrelevante Gegenstände waren in der Wohnung nicht gefunden worden. Der beschuldigte Wenzel Frankowski wurde anschließend zurück in seine Zelle gebracht.

## Montag, 11. Mai, Vormittag

*Tischlerei Frankowski, Dresden-Klotzsche*

Färber klopfte an und trat ins Büro, das sich neben der Tischlerwerkstatt in einem unscheinbaren Flachbau befand. Karel Frankowski sprang von seinem Stuhl auf und funkelte den Besucher durch derart starke Brillengläser an, dass seine Augen viel zu klein für das breite, klobige Gesicht erschienen. Ein stattlicher Bauch wölbte sich unter seinem braunen Arbeitskittel, das graue Haar trug er kurz geschoren.

»Ah, der Herr Kommissar.« Zornesfalten erschienen auf der Stirn des Tischlermeisters. »Bringen Sie mir endlich meine Transporter wieder, oder wollen Sie den ganzen Betrieb hier lahmlegen? Sind Sie dann zufrieden?« Er nickte in Richtung Fenster, das zum Hof hinauszeigte. Ein paar junge Männer in beigefarbenen Arbeitsanzügen lümmelten, die Hände in den Taschen, neben einem Baucontainer und rauchten. »Meine Jungs dort drüben müssen raus zu den Kunden.« Karel Frankowski riss die Arme in die Luft. »Aber wie denn, zu Fuß und das Werkzeug auf dem Buckel?«

Färber hob beruhigend seine Hände. »Na, mal langsam, Herr Frankowski. Wir müssen Ihre Fahrzeuge untersuchen, immerhin ermitteln wir wegen eines Gewaltverbrechens, und wir haben überhaupt keine andere Wahl. Da müssen ökonomische Interessen leider hinten anstehen.«

Karel Frankowski knurrte. »Wenn ich das schon höre.« Er krachte einen Ordner auf seinen Schreibtisch. Färber zuckte zusammen, sein Gegenüber bemerkte es nicht. »Nur das hohle Geschwafel eines Sesselfurzers.«

Färber überhörte die Beleidigung. »Herr Frankowski, vielleicht können wir uns vernünftig unterhalten. Das beschleunigt unsere Ermittlungen, und Sie bekommen Ihre Fahrzeuge dann auch schneller zurück.«

»Von mir aus.« Kopfschüttelnd umrundete Karel Frankowski seinen Schreibtisch, er flüsterte irgendwelche Beschimpfungen, die Färber nicht verstehen konnte.

Als er saß, ließ sich auch Färber auf einem Stuhl nieder. »Herr

Frankowski, wir haben erfahren, dass Sie Ihren Bruder Wenzel hin und wieder im Betrieb arbeiten lassen, ist das so?«

Er nickte. »Hm, bis jetzt zumindest war das so. Aber der Kerl«, er starrte Färber in die Augen, »betritt meinen Laden nie wieder, da können Sie Gift drauf nehmen.« Zur Bekräftigung schlug er mit der flachen Hand auf die Tischplatte.

»Nun ja, es ist ja noch gar nicht erwiesen, dass Ihr Bruder etwas mit dem Verbrechen gegen Damian Pajak zu tun hat«, räumte Färber ein.

Frankowski grinste und warf den Kopf nach hinten. »Wer sonst sollte den Polen denn kaltgemacht haben? Wenzel war regelrecht vernarrt darin, sich das Land unserer Großeltern wieder unter den Nagel zu reißen. Jahrelang hat er gegen Pajak prozessiert wegen dem blödesten Mist. Was er sich davon versprochen hat, keine Ahnung.« Er hob die Hände. »Wenzel ist einfach zu blöd, der hat nicht kapiert, dass er das Land nie und nimmer wiederkriegt. Und nur wegen seiner fixen Idee sind wir überhaupt hier im Osten gelandet.«

Färber zog die Augenbrauen hoch. »Tatsächlich?«

»Wenzel hat mich nach der Wende so lange bekniet, bis ich mit ihm nach Dresden gegangen bin. Als Jugendlicher hatte er davon gehört, dass unsere Familie 1945 vom Gut in Polen vertrieben worden war. Die ganze Sache wurde zur fixen Idee bei ihm. Als die Mauer fiel, wollte er möglichst nah an sein Land heran, wie er es nannte. Da ich damals gerade meine Arbeit verloren hatte, habe ich mich breitschlagen lassen und dann hier meine eigene Bude aufgemacht.« Er holte aus und umschrieb mit dem Arm einen Bogen, der die Größe seines Betriebs verdeutlichen sollte.

»Und Sie glauben tatsächlich, dass Ihr Bruder dafür sogar einen Mord begehen würde?«

»Bei Wenzel ist alles denkbar. Der spinnt sich immer mal was zusammen. Aber bei mir ist der Ofen endgültig aus, der braucht nicht mehr angekrochen zu kommen.«

»Wissen Sie, ob er einen Ihrer Transporter am letzten Sonntagabend benutzt hat?«

»Keine Ahnung, ich war immer zu nachsichtig mit ihm. Jedes Mal habe ich Wenzel wieder eine Chance gegeben, zu oft hat er mich enttäuscht.« Karel Frankowski sprach nicht weiter und starrte an die gegenüberliegende Wand.

»Und«, Färber räusperte sich, »wie war das nun mit dem Transporter?«

Gedankenversunken schaute Karel Frankowski ihn an. »Ach so, ja, ja. Er konnte sich jederzeit ein Fahrzeug nehmen. Hier drin«, er zeigte auf einen flachen Kasten an der Wand neben einem Ordnerregal, »hängen alle Schlüssel. Wenzel kam immer dort ran.«

»Können Sie sich erklären, warum einer Ihrer Kleintransporter erst kürzlich von Grund auf gereinigt worden ist?«

Karel Frankowski zog den Mund schief und überlegte. »Keine Ahnung. Meine Leute kümmern sich darum, ich weiß nicht, wann die die Karren putzen.« Stöhnend erhob er sich aus seinem Sessel und watschelte an Färber vorbei, offensichtlich hatte er Probleme mit den Gelenken. Er riss die Tür auf und schrie nach draußen. »Hey, Schorsch, komm mal rein.« Er winkte mit dem Arm.

Einer der Männer löste sich aus der Gruppe und warf seine Kippe auf den Boden. Die Hände noch in den Taschen, trabte er auf seinen Chef zu. »Was gibt's, Karel?«

»Weißt du, warum einer der Busse erst vor Kurzem sauber gemacht worden ist?«

Schorsch zuckte mit den Schultern, die Hände hielt er immer noch verborgen in seinen Hosentaschen. »Keine Ahnung. Da musst du Eddi fragen.«

»Hm«, brummte Frankowski und schlug Schorsch die Tür vor der Nase zu. »Eddi ist in Ägypten«, er hob die Hände, »seit Freitag hat der Urlaub. Den erreich ich nicht.« Er watschelte wieder um den Schreibtisch herum und ließ sich in den Sitz fallen. »Wenn man sich das überlegt, ein einfacher Tischler sitzt sich in Ägypten den Ar…«, er hüstelte, »ähm, Allerwertesten breit, während ich mich hier abrackere.« Entrüstet schüttelte er den Kopf.

»Mit anderen Worten«, kommentierte Färber, »Sie wissen nicht, warum der Transporter gesäubert worden ist.«

»So schaut's aus.« Karel Frankowski schaltete seinen Computer an. »Wenn Sie sonst nichts weiter wissen wollen, ich hätte da noch zu arbeiten.«

»Einen Moment noch, bitte.« Färber legte vier Fotos nebeneinander auf die Tischplatte vor Karel Frankowski.

»Was ist das?«

»Das sind die historischen Kleider, die wir am Tatort gefunden haben. Vermutlich hat sie der Täter mitgebracht. Nun steht in der Wohnung Ihres Bruders eine Truhe mit ähnlichem Inhalt. Er sagt, diese Sachen wären Erbstücke Ihres Vaters.«

Karel Frankowski zog einen Mundwinkel nach unten und kratzte sich am Kopf. »Unser alter Herr war genauso verrückt wie Wenzel, der hat solchen Kram gesammelt und manchmal sogar angezogen. Dann ist er vorm Spiegel herumstolziert und hat sich eingebildet, er wäre ein Soldat Napoleons und lauter so'n Schei… hmm«, er räusperte sich, »und er war in so einem Historienverein drin. Ich war nur einmal dort, die waren für mich alle nicht ganz dicht.«

»Und als Ihr Vater gestorben war, hat Ihr Bruder alles behalten.«

»Ich hätte das Zeug damals einfach weggeschmissen, aber Wenzel wollte alles aufheben und hat es sogar bis nach Dresden gekarrt, diesen alten Trödel.«

»Haben Sie eine Ahnung, warum er die Sachen behalten wollte?«

»Warum, warum? Keine Ahnung, weil mein Bruder eben spinnt.«

»Könnten die Sachen«, Färber tippte mit dem Finger auf eines der Fotos, »aus dem Erbe Ihres Vaters stammen? Haben Sie die schon mal gesehen?«

Karel Frankowski schaute die Fotos längere Zeit an. »Keine Ahnung. Könnte sein, könnte nicht sein.« Demonstrativ drehte er seinen Stuhl in Richtung Computer, legte die Hände auf die Tastatur, blickte auf den Bildschirm und wartete darauf, dass sein Besucher endlich ging.

Färber nickte. »Bin gleich weg. Nur eine Bitte hätte ich noch.«

Karel Frankowski schaute auf. »Ja?«

## Montag, 11. Mai, Mittag

*Kommissariat, Dresden*

Färber hatte Karel Frankowski überreden können, für eine kleine Unterhaltung mit seinem Bruder ins Präsidium zu kommen. Murrend hatte der zugestimmt und saß jetzt neben Färber am wackeligen Tisch. Wenzel Frankowski wurde gerade hereingebracht.

»Karel«, sagte er erleichtert, »Gott sei Dank, dass du da bist. Jetzt wird alles gut.« Er strahlte seinen Bruder an.

Mürrisch schüttelte Karel Frankowski den Kopf. »Nichts wird gut, jetzt ist Schluss mit uns beiden, endgültig.«

Wenzel Frankowski schien nicht zu verstehen. Er setzte sich auf den Stuhl und starrte seinen Bruder entgeistert an.

»Du brauchst gar nicht so zu glotzen. Bei mir ist der Ofen aus, kapiert? Wer so was macht, den kenne ich nicht mehr. Schämen muss man sich, wenn man so einen in der Verwandtschaft hat, und noch dazu als Bruder.« Karel Frankowski schnaufte und nestelte mit einer Hand an seinem Hemdkragen.

»Aber, Karel«, Wenzel Frankowski traten Tränen in die Augen, »du kannst doch nicht ernsthaft –«

»Halt's Maul.« Karel Frankowski sprang auf und durchbohrte seinen Bruder mit einem finsteren Blick. »Färber hat mir erzählt, dass du dein Verbrechen nicht gestehen würdest. Zeig einmal im Leben, dass du ein Kerl bist. Wenigstens jetzt solltest du den Arsch in der Hose haben und zu dem Mist stehen, den du verbockt hast.«

Der Wutausbruch war vorbei, genauso plötzlich, wie er begonnen hatte. Karel Frankowski setzte sich wieder. »Das ist alles, was ich von dir noch erwarte. Ansonsten sind wir geschiedene Leute.« Ohne ein Abschiedswort oder einen weiteren Blick an Wenzel Frankowski zu verschwenden, erhob er sich und ging zur Tür. »Herr Färber, ich möchte jetzt gehen.«

»Ja, natürlich.« Färber erhob sich und gab dem uniformierten Beamten ein Zeichen, dass Wenzel Frankowski zurück in seine Zelle gebracht werden konnte.

## Dienstag, 12. Mai, Vormittag

*Eine Mietwohnung, Dresden*

Ich hockte an meinem Arbeitstisch im hinteren Bereich des Wohnzimmers, auf dem sich lokale Zeitungen der letzten Tage stapelten. Konzentriert durchforstete ich Seite für Seite nach Meldungen über meine Inszenierungen. Die Sache in Wechselburg schien niemanden mehr zu interessieren. Kurz nachdem Dedo gefunden worden war, hatten sich die Zeitungen noch überschlagen. Doch die reißerischen Berichte wurden von Tag zu Tag kürzer und weniger. Inzwischen war es still um die Angelegenheit geworden. Irgendwo hatte ich gelesen, dass die Polizei in alle Richtungen ermittelte. Mit anderen Worten, sie waren ahnungslos. Dedo war meine Generalprobe gewesen, die ich wohl gut gemacht hatte. Ich lehnte mich zurück und lächelte.

Die Auferstehung meines ersten wirklichen Fürsten lag inzwischen eine Woche zurück. August der Starke! Wie das schon klang. Als ich damals meine Inszenierung auf der Brühlschen Terrasse verlassen hatte, war alles noch in Ordnung gewesen. Später im Fernsehen stimmte überhaupt nichts mehr. Irgendein Idiot hatte mein Kunstwerk zerstört, bevor es vom Publikum bestaunt werden konnte. Angesichts der ganzen Arbeit, die ich in dieses Projekt gesteckt hatte, waren mir Tränen der Wut und Enttäuschung in die Augen getreten. Beim nächsten Mal musste ich die Zerstörung meiner Kunst verhindern, mein Publikum sollte staunen.

Aber ein anderer Punkt bereitete mir größere Bauchschmerzen. Diese Aasgeier hatten den toten Bauern in Polen schon gefunden und auch den Zusammenhang mit dem Herzen hergestellt. Trotzdem musste ich ruhig bleiben. Ich hatte nämlich auch gelesen, dass bereits ein Verdächtiger festgenommen worden sei. Der zuständige Kommissar, ein gewisser Färber, äußerte sich zuversichtlich, dass es sich dabei um den Täter handelte. Dem in Untersuchungshaft sitzenden Mann konnte ein schwerwiegendes Motiv nachgewiesen werden. Noch beteuere er zwar seine Unschuld, aber es sei nur eine Frage von Stunden oder Tagen, bis sie ausreichende Beweise für seine Schuld zusammengetragen hätten. Die Ermittlungen liefen auf Hochtouren.

Ich hätte mich freuen können, ohne mein Zutun war ein anderer in Verdacht geraten. Doch ein neues Gefühl begann in meinen Eingeweiden zu nagen: Neid. Der Kerl erntete die Lorbeeren für meine Arbeit. Aber wie sollte das Publikum mir Beifall zollen, ohne dass ich selbst ins Visier der Polizei geriet? Auf diese Frage hatte ich noch keine Antwort. Alles Grübeln brachte mich nicht weiter. Ich sollte mich lieber auf den nächsten Fürsten konzentrieren. Bald schon würde ich eine neue Inszenierung wagen.

Vorsorglich notierte ich auf einem Schmierblatt: »Färber«.

## Dienstag, 12. Mai, Vormittag

*Kommissariat, Dresden*

Jetzt saß Wenzel Frankowski schon den vierten Tag in Untersuchungshaft. Eine ältere Dame, seine angebliche Reisebegleitung, hatte sich, wie erwartet, nicht gemeldet, obwohl am Montag eine Suchmeldung in allen Dresdner Tageszeitungen erschienen war. Das Ergebnis der DNA-Analysen lag noch nicht vor, Färber erwartete jedoch stündlich die Nachricht, dass Frankowskis genetischer Fingerabdruck am Opfer oder den Kostümteilen nachgewiesen werden konnte.

Warum gestand er nicht endlich? Färber saß an seinem mausgrauen Schreibtisch. Er ging noch einmal alle Punkte durch, die gegen Wenzel Frankowski sprachen. Er hatte kein Alibi, konnte jederzeit ein Fahrzeug benutzen, das dem am Tatort gesichteten detailgetreu entsprach und das erst kürzlich von Grund auf gereinigt worden war. Selbst sein Bruder traute ihm die Tat unumwunden zu. Schwerwiegender noch deutete die Motivlage auf Wenzel Frankowski hin. Er musste eine grenzenlose Wut auf Pajak gehabt haben, als das Urteil gegen ihn verkündet worden war, drei Tage vor der Tat. Außerdem war der polnische Bauer aus Wenzel Frankowskis Sicht für die Zerstörung seines Autos nicht hart genug bestraft worden, so stand es in den Gerichtsakten. Darüber hinaus war darin zu lesen, dass Wenzel Frankowski nicht nur immer wieder vom herausgerissenen Herzen wegen der verlorenen Heimat gesprochen habe, nein, er hatte dem Beklagten auch mehrfach gedroht, ihn »fertigzumachen«. Unmittelbar nach der Urteilsverkündung habe er dem glücklichen Pajak zugerufen, dass er sich nicht zu früh freuen solle, sein gerechtes Urteil würde noch kommen. Konnte man das als Drohung verstehen, die direkt zu der schrecklichen Tat führte? Durchaus. Außerdem besaß Wenzel Frankowski eine Truhe voller Kleidungsstücke und Utensilien, die große Ähnlichkeit mit den beim Opfer gefundenen Gegenständen hatten.

Was sprach für den Verhafteten? Eigentlich nur die nicht vorhandenen Spuren in den Kleintransportern seines Bruders. Vielleicht hatte Wenzel Frankowski auch einen anderen Wagen benutzt und die gründliche Reinigung eines der Betriebsfahrzeuge war doch nur Zufall gewesen.

Färber ging ins Vorzimmer und gab Gerlinde Strecker den Auftrag, bei allen Mietwagenverleihern nachzufragen, ob Wenzel Frankowski in ihrer Kundendatei stand. Eine halbe Stunde später wussten sie, dass ihr Verdächtiger bei keiner der örtlichen Verleihfirmen als Kunde geführt wurde.

»Na gut, wir sind wieder etwas schlauer«, kommentierte Färber das Ergebnis.

»Und, Chef, was machen wir jetzt?«, fragte Gerlinde Strecker etwas ratlos.

»Wenn sich bis Mittag die angebliche Zeugin aus dem Zug nicht gemeldet hat, hole ich Wenzel Frankowski noch mal ins Vernehmungszimmer. Ich glaube, er ist reif für ein Geständnis. Ein paar Tage in einer kleinen Zelle haben schon so manchen zum Reden gebracht. Eigentlich kann er nur noch auspacken, die Schlinge zieht sich immer weiter zu«, verkündete Färber optimistisch.

»Haben wir denn auch Beweise oder nur Indizien und Vermutungen?«, bohrte Gerlinde Strecker nach.

Etwas zu laut entgegnete Färber: »Was wollen Sie denn noch, alles deutet auf Wenzel Frankowski hin, und dass wir noch keine Beweise haben, ist auch ein Beweis.«

»Wie soll ich das jetzt verstehen?«, fragte Gerlinde Strecker pikiert.

»Na, weil er alle beseitigt hat, der hat die Tat eiskalt geplant und glaubt, er wäre schlauer als wir alle zusammen.« Belehrend fuhr er fort: »Wir haben es hier mit einem klassischen Mord zu tun, skrupellos geplant und ausgeführt. Das ist nicht einfach nur ein Totschlag im Affekt, wo der Täter massenhaft Spuren für uns hinterlässt, weil er sich einfach keine Gedanken darüber macht. Glauben Sie mir, in diesem Fall sind fehlende Beweise genau der Beweis für den Mord.«

Die Ausführungen ihres Chefs verstand Gerlinde Strecker nicht so ganz. Aber sie kannte Färber jetzt schon viele Jahre und wusste, dass sein Instinkt und seine Verbissenheit in der Vergangenheit zu überdurchschnittlichen Erfolgen geführt hatten. Sie vertraute darauf, dass er auch dieses Mal richtiglag.

## Dienstag, 12. Mai, Mittag

*Kommissariat, Dresden*

Wenzel Frankowski saß schon mit hängenden Schultern am Tisch, als Färber in Begleitung eines uniformierten Beamten eintrat. Er blickte nicht auf und stierte auf die abgewetzte Tischplatte vor sich.

»Guten Tag, Herr Frankowski«, sagte Färber.

»Was wollen Sie denn noch von mir?«, fragte dieser statt einer Begrüßung.

Heute wirkte Wenzel Frankowski niedergeschlagen, ganz im Gegensatz zu seinem Verhalten der letzten Tage.

»Ich möchte mich mit Ihnen noch einmal über den Fall Pajak unterhalten. Wollen Sie, dass wir einen Anwalt hinzuziehen? Ein Pflichtverteidiger steht Ihnen zu.«

»Wozu denn? Der kann mir auch nicht helfen, weil ich nichts verbrochen habe.«

Das Gespräch zog sich hin. Färber konfrontierte Wenzel Frankowski erneut mit Indizien, versprach nochmals, dass sich ein Geständnis positiv auf das zu erwartende Strafmaß auswirken würde. Auf alle Fragen antwortete Frankowski nur mit einem

Schulterzucken. Irgendwann verlangte er nach einem Glas Wasser. Als es schon fast ausgetrunken war, fiel es ihm ungeschickterweise zu Boden und zerbrach, das einzige besondere Vorkommnis im ganzen Gespräch. Die Scherben blieben unbeachtet auf dem Boden liegen.

Ein Geständnis erhielt Färber auch heute nicht. Er wertete das Verhalten des Verdächtigen allerdings als ein solches. Wenzel Frankowski schwieg sich aus und widersprach keiner der Anschuldigungen, mit denen Färber ihn konfrontierte. Er hatte also akzeptiert, dass sie ihm auf die Schliche gekommen waren. Färber war überzeugt, früher oder später würde Wenzel Frankowski gestehen, und wenn auch erst vor Gericht.

Färber ließ ihn wieder in seine Zelle bringen.

## Mittwoch, 13. Mai, Morgen

*Färbers Wohnung, Martin-Luther-Straße, Dresden*

Das lauwarme Wasser plätscherte auf seinen Körper und entspannte die verkrampfte Muskulatur. Färber hatte schlecht geschlafen und war wie gerädert aufgewacht. Wenzel Frankowski ging ihm nicht aus dem Kopf. Was sollte er nur machen? Ohne Geständnis müsste ein Indizienprozess geführt werden, eine Verurteilung war dann nicht unbedingt sicher. Auch jetzt, unter der Dusche, dachte Färber schon wieder über den Fall nach. In der Ferne hörte er eine vertraute Musik. Es dauerte ein paar Sekunden, bis er registrierte, dass sein Handy klingelte.

Hoffentlich kein neuer Toter, dachte Färber und stieg aus der Dusche, griff nach seinem Handtuch und verließ das Badezimmer. Er erkannte auf dem Display die Nummer der Bereitschaft und meldete sich. »Ja, hallo, was gibt's?«

»Guten Morgen, hier ist Polizeimeister Schwarze. Ich soll Ihnen mitteilen, dass sich ein gewisser Wenzel Frankowski heute Morgen in seiner Zelle umgebracht hat.«

Färber wurde schwindlig, er setzte sich auf den nächstbesten Stuhl.

»Hallo, Färber, sind Sie noch dran?«, hörte er aus dem Telefon die verzerrte Stimme von Schwarze.

»Wie konnte das passieren?«

»Ich weiß es nicht, Sie sollen in den Zellentrakt kommen.«

In aller Eile zog Färber sich an und verließ die Wohnung. Im Auto überschlugen sich seine Gedanken. So sah also Wenzel Frankowskis Geständnis aus, Selbstmord. Wie konnte das überhaupt geschehen? Nichts durfte in einer Zelle sein, womit ein Insasse sich verletzen oder gar umbringen konnte. Er war wütend über die Schlampereien des Wachpersonals.

Ohne eine freundliche Begrüßung ließ Färber alle Sicherheitsmaßnahmen im Gefängnistrakt über sich ergehen und trat schließlich in Wenzel Frankowskis Zelle. Dieser lag am Boden, beide Handgelenke in Pfützen von Blut. Mit einer Glasscherbe hatte er sich die Pulsadern aufgeschnitten. Einen Abschiedsbrief hatte Wenzel Frankowski nicht hinterlassen. Niemand wusste, woher das Tatwerkzeug gekommen war.

Färber wurde blass, er hatte nicht bemerkt, dass Wenzel Frankowski die Scherben auf dem Boden des Vernehmungszimmers auch nur beachtet hätte. Er war schuld an seinem Freitod. Wie hatte ihm das nur passieren können?

Das anschließende Gespräch mit Kriminaldirektor Kießling war alles andere als angenehm. Färber musste sich dafür verantworten, dass Wenzel Frankowski die Glasscherbe mit in seine Zelle hatte schmuggeln können.

Niedergeschlagen beendete er seinen heutigen Dienst, obwohl es noch früh am Vormittag war. Färber hatte ein Menschenleben auf dem Gewissen, ohne dass er eine Kugel abgefeuert oder eine andere Waffe benutzt hatte. Er konnte sich diese Nachlässigkeit nicht verzeihen.

Sein Vorgesetzter Kießling hatte gesagt, dass Wenzel Frankowskis Schuld als erwiesen galt und der Selbstmord als Geständnis gewertet werden konnte. Um eine interne Untersuchung würde Färber allerdings nicht herumkommen, der Vorfall musste lückenlos aufgeklärt werden. Färber akzeptierte die Vorgehensweise seines Chefs.

Zu Hause legte er sich in die Hollywoodschaukel und betrachtete seine Kräuterzucht.

Gab es überhaupt eine Entschuldigung für seine Unachtsamkeit? Gleichzeitig versuchte er, sich mit dem Gedanken zu beruhigen, dass in jedem Beruf Fehler gemacht wurden, nur in seinem oder in der Medizin hatten sie mitunter tragische Folgen. Konnte das eine Entschuldigung sein?

Schon wieder klingelte sein Handy.

»Was kommt jetzt noch?«, murmelte er beim Aufstehen.

»Hallo, Chef«, meldete sich Gerlinde Strecker. »Es tut mir leid, was heute passiert ist. Aber manchmal kann man eben nichts machen«, redete sie ihm gut zu. »Wenn es nicht die Glasscherbe gewesen wäre, hätte Frankowski etwas anderes gefunden. Sie wissen doch, wenn einer sich wirklich umbringen will, gelingt es meistens auch. Er konnte einfach nicht mit seiner Schuld weiterleben. Das ist doch zu verstehen.«

»Das ist sehr nett, Frau Strecker, dass Sie extra anrufen. Aber das ändert nichts daran, dass ich einen schlimmen Fehler gemacht habe. Morgen komme ich wieder, ich muss ja weitermachen.«

In Momenten wie diesem wünschte sich Färber, er hätte einen ganz normalen Beruf gelernt, so etwas wie Bäcker oder Elektriker. Was wäre ihm alles erspart geblieben, wie viel Leid, Brutalität und Schuld. Er lag in seiner Schaukel und dachte über Vergangenheit und Zukunft nach, auch Marita stahl sich wieder in seine Gedanken und verursachte den bekannten Schmerz in der Magengegend.

Nur ein paar Minuten später war Gerlinde Strecker erneut am Apparat. »Ähm, Chef, Sie müssten doch noch einmal herkommen. Eine Zeugin hat sich gemeldet.«

»Was denn für eine Zeugin, was hat sie gesehen?«, wollte Färber wissen.

»Kommen Sie doch lieber gleich vorbei, am Telefon ist das jetzt schwer zu erklären«, antwortete sie ausweichend.

»Hat die Frau denn etwas mit unserem aktuellen Fall zu tun, oder kommt sie wegen einer anderen Sache?«

»Sie möchte in der Angelegenheit Wenzel Frankowski eine Aussage machen.«

Färber wunderte sich zwar über die Geheimniskrämerei seiner Mitarbeiterin, versprach aber, gleich ins Büro zu fahren.

## Mittwoch, 13. Mai, Vormittag

*Kommissariat, Dresden*

Als er dort ankam, saß eine ältere Dame in seinem Vorzimmer auf einem der Besucherstühle.

Gerlinde Strecker hatte ihr einen Tee angeboten, an dem die Frau gerade nippte.

Färber begrüßte sie, stellte sich vor und bat die Dame in sein Büro. Sie trug ein elegantes Leinenkostüm, um den Hals hatte sie ein dunkelblaues Seidentuch geschlungen, das mit einer schweren goldenen Brosche zusammengehalten wurde. Ihr weißes Haar schimmerte bläulich und war vornehm nach hinten frisiert.

Färber bot ihr einen Platz an und nickte aufmunternd.

»Also, ich komme wegen der Zeitung«, begann sie das Gespräch, »die vom Montag. Da war ein Artikel drin, dass Sie eine Dame suchen, die am vorigen Montagvormittag im Zug von Berlin nach Dresden mit einem jungen Mann gesprochen hat. Der Mann von dem Foto auf Seite fünf.«

Färber wurde augenblicklich übel, sein Magen drehte sich um. »Ja, das stimmt.« In seine Stimme hatte sich ein seltsam rauer Ton geschlichen.

»Also suchen Sie mich, der nette junge Mann saß neben mir im Abteil, und wir haben uns lange unterhalten«, berichtete die Dame eifrig. »Er kam vom Campingurlaub und freute sich auf eine heiße Dusche. Hat er etwas verbrochen, suchen Sie ihn?«

»Nein, nein. Wir suchen ihn nicht. Es handelt sich lediglich um die Klärung eines Sachverhalts. Es ist nur wichtig, ob der Mann in diesem Zug gesessen hat oder nicht.« Färber versuchte, mit einem Lächeln sein Unwohlsein zu überspielen.

»Ach, jetzt verstehe ich. Der braucht ein Alibi, oder?«

»In gewisser Weise, ja.« Er nahm das erkennungsdienstliche

Foto von Wenzel Frankowski aus der Akte auf seinem Schreibtisch und schob es der alten Dame hinüber. »Sind Sie sicher, dass dieser Mann am Montag, den 4. Mai, im Zug von Berlin nach Dresden saß, der gegen elf Uhr dreißig hier am Hauptbahnhof ankam?«, fragte Färber offiziell.

Die alte Dame antwortete: »Absolut sicher, wir haben uns fast die ganze Zeit unterhalten. Ja, das ist der Mann.« Sie bekräftigte ihre Worte, indem sie mit dem Zeigefinger auf das Foto stippte.

»Wissen Sie noch, wo der Mann eingestiegen ist?«

»Na, mit mir zusammen in Berlin am Hauptbahnhof. Wir hatten beide keine Platzkarte und kamen ins Gespräch. Wir hofften, dass uns niemand von den Sitzen vertreiben würde. Er hat mir erzählt, dass er direkt von der Ostsee kommt.«

»Hatte er denn Gepäck dabei?«

»Ja, einen schweren Rucksack und ein Zelt, dass er zu einer Rolle verschnürt hatte. Ziemlich abgeschleppt hat er sich, der Arme.«

»Eine Frage habe ich noch«, bat Färber. »Warum kommen Sie erst heute, wenn der Artikel schon am Montag in der Zeitung war?«

»Ich war mit meiner Tochter in Hamburg, wir haben am letzten Sonnabend ein Musical besucht und gleich noch ein paar Tage Urlaub in der Hansestadt drangehängt. Waren Sie schon mal dort?«

Färber verneinte.

»Das sollten Sie unbedingt einmal machen, junger Mann. Hamburg ist immer eine Reise wert.« Dabei lächelte die alte Dame ihm auffordernd zu.

»Wann haben Sie denn den Artikel gelesen?«

»Heute früh, ich habe meinen Morgentee getrunken und die Zeitungen der letzten Tage durchgeblättert. Dabei ist mir gleich das Foto des jungen Mannes ins Auge gefallen, weil ich ihn ja kannte. Wir haben uns so gut unterhalten, da vergisst man ein Gesicht nicht so schnell wieder.«

»Vielen Dank, dass Sie sich hierherbemüht haben, die Kollegen nehmen Ihre Aussage auf. Sie haben uns wirklich sehr geholfen«, beendete Färber das Gespräch.

Er bat Gerlinde Strecker, sich um die Anfertigung eines Protokolls zu kümmern. Dann verließ Färber wortlos das Kommissariat.

## Mittwoch, 13. Mai, Nachmittag

*Irgendwo in Dresden*

Färber hockte an der langen Bar und betrachtete die bekleckerte Oberfläche. Kratzer und Brandspuren zogen sich durch das dunkle Eichenfurnier. Er fuhr mit dem Fingernagel die Linien nach. Hin und wieder nippte er an einem schalen Bier. Drei oder vier Wodka hatte er schon hinuntergestürzt. Die Gespräche der anderen Gäste flogen in Fetzen über seinen Kopf hinweg. Nichts davon nahm Färber wahr. Der Alkohol hatte seine Sinne schon so weit benebelt, dass er vergessen konnte. Der Barkeeper schob ihm auf sein Zeichen ein neues Wodkaglas hin. Ohne Zögern nahm er es in die Hand und kippte die wohltuende Flüssigkeit hinunter. Vergessen. Das wollte Färber, an nichts mehr denken.

Nachdem er eine Weile in der schmuddeligen Bar gesessen hatte, verließ er sie ohne Gruß und wankte auf die Straße.

Orientierungslos irrte er umher, ein Ziel hatte er nicht. Unterwegs kehrte er in weitere Kneipen ein und betrank sich hemmungslos. Niemand schien Anstoß daran zu nehmen, Passanten sahen an ihm vorbei. Färber kannte Dresden wie seine Westentasche, er war hier geboren und aufgewachsen. Die Reste seines Verstandes führten ihn zur Elbe, der große Fluss gab ihm Ruhe und Frieden. Er stand lange auf der Augustusbrücke und starrte auf das braune Wasser, das zuverlässig und träge unter ihm dahinfloss. Färber klammerte sich am Geländer fest, das heftig zu schwanken schien. Aber er war nicht der Kapitän, der das Ruder hielt im Kampf gegen die Naturgewalten. In ihm tobte ein Sturm, der ihn umzuwerfen drohte. Ob es vom Alkohol kam oder von seiner Schuld, das wusste Färber nicht.

Als er müde wurde, löste er den Blick vom Wasser und bewegte sich in Richtung Altstadt. Färber stieg die lange Treppe zur Brühlschen Terrasse hinauf. Eine unsichtbare Kraft zog ihn stetig vorwärts, er ließ es geschehen. Erst als er die Bank erreicht hatte, auf der er vor ein paar Tagen mit zwei Straßenkehrern gesessen hatte, fand sein Körper Ruhe. Färber schaute auf das futuristische Caspar-David-Friedrich-Denkmal. Wann hatte er die falsche Richtung eingeschlagen?, fragte er sich verzweifelt. Antworten fand er in seinem derzeitigen Zustand nicht. Ihm wurde schwindelig, also streckte er sich auf der Bank aus und schloss die Augen. Färber schlief sofort ein und schnarchte laut, der viele Schnaps tat seine Wirkung.

Nach ein paar Stunden war der Alkohol verflogen, und er wachte frierend auf. Die Schönheit des klaren Sternenhimmels konnte nicht in sein Bewusstsein vordringen. Frankowski, Wenzel Frankowski, der Name ließ sich nicht wegwischen und brannte in seinem Kopf. Färber hatte ihn auf dem Gewissen, weil er falsche Schlüsse gezogen und einen Unschuldigen vorverurteilt hatte, und das mit einer Konsequenz, die ihn erzittern ließ.

Färber war inzwischen einigermaßen nüchtern und setzte sich auf. Er sprach mit sich selbst. »Wenn Frankowski an der Ostsee zeltete, als Damian Pajak getötet worden ist, wer war dann hier oben und hat das Herz abgelegt?«

Wie im Zeitraffer ließ er die Ereignisse Revue passieren. Er begutachtete jede Szene, durchlebte sie erneut auf der Suche nach Hinweisen, die er ignoriert hatte. Immer wieder stockte Färber, wenn er an Gerlinde Strecker dachte. Irgendwann hatte sie von einem anderen Fall berichtet, bei dem eine männliche Leiche in einem historischen Kostüm aufgetaucht war. Sie hatte von Parallelen zu ihrem Organfund gesprochen. Sollte sie etwa richtiggelegen haben? Färber schob den Gedanken wieder und wieder von sich, er wollte einfach nicht in diese Richtung denken. Warum wehrte er sich so? Hatte es etwas mit seiner Abneigung gegen alles Alte und Vergangene zu tun? Konnte er deswegen einen Mord nicht aufklären? Nein, viel schlimmer noch, hatte er deswegen einen Unschuldigen ans Messer geliefert? Gerlinde Strecker hatte angedeutet, dass das Opfer in dem anderen Fall aufgebahrt worden war wie ein vor Jahrhunderten verstorbener Graf. Die Aufklärung eines solchen Verbrechens verlangte das

Eintauchen in die Geschichte. Erst über diesen Umweg würde man vermutlich den Mörder aufspüren, befürchtete Färber.

Wenn seine Mitarbeiterin recht hatte, waren die historischen Kleidungsstücke der Schlüssel zu ihrem Fall und zum Täter. Jetzt erkannte Färber den entscheidenden Fehler in seinen Ermittlungen gegen Wenzel Frankowski. Er hatte nie ernsthaft nach der Bedeutung der historischen Kleider und der Rüstung gefragt, weder sich selbst noch den Verdächtigen.

Färber stöhnte auf und legte sich erneut auf die Bank. Ihm war nicht mehr kalt, seine Schuldgefühle verursachten eine unangenehme Hitze in seinen Gliedern. Er konnte sich nicht erinnern, jemals vorher so gründlich versagt zu haben. Aber er war auch noch niemals zuvor von seiner Frau verlassen worden. Der Schmerz und die Wut hatten ihn wohl blind gemacht, seine Gedanken immer wieder eingefangen und ihn vom Fall abgelenkt.

Färber schloss die Augen und versuchte vergeblich, den Kloß in seinem Hals hinunterzuwürgen. Wie sollte es weitergehen? Keinem seiner Kollegen würde er noch offen gegenübertreten können. Was war mit seinem eigenen Spiegelbild? Konnte er es ertragen, heute, morgen, nächste Woche und in einem Monat? Langsam reifte eine bittere Erkenntnis. Sofort musste er ins Büro des Kriminaldirektors marschieren und seine Kündigung auf Kießlings Schreibtisch legen. Noch konnte er das mit Würde tun. In ein paar Stunden würden alle Polizisten, die ihn auch nur entfernt kannten, mit dem Finger auf ihn zeigen, auf ihn, den jämmerlichsten Versager in ihren Reihen.

Färber stand auf, um nach Hause zu gehen. Bevor er seinem Chef unter die Augen treten konnte, musste er duschen und sich umziehen. Nach ein paar Schritten zweifelte er schon an seinem Vorhaben. Er setzte sich auf die nächste Bank. Wenn er jetzt aufgab, hatte der Mörder gewonnen. Damian Pajak war auf grausame Weise getötet worden, ja, vielleicht ging auch der Mann mit dem Grafenkostüm auf das Konto desselben Täters. Konnte er wirklich einem solchen Sadisten kampflos das Feld überlassen? Wenn beide Fälle zusammenhingen, hatten sie es womöglich mit einem Serientäter zu tun.

Färber liebte seinen Beruf, er brauchte den Nervenkitzel wie die Luft zum Atmen. Wenn er tagelang im Ungewissen grub und irgendwann trotz aller Schwierigkeiten und Umwege die Wahrheit ans Licht beförderte, empfand er ein Glücksgefühl, das er immer wieder erleben musste, fast wie eine Droge. Erst durch die Aufklärung eines Verbrechens konnten die Opfer wieder zum normalen Leben zurückfinden, erfuhren Genugtuung und Gerechtigkeit. Warum sollte das in diesem Fall anders sein? Nur weil er einen Fehler gemacht hatte, einen schwerwiegenden zwar, aber immerhin waren auch solche Fehler menschlich, oder nicht? Musste er sich dafür schämen? Ganz sicher. Aber jetzt aufzuhören, das würde dem Mörder nur in die Hände spielen. Und er war es auch dem toten Wenzel Frankowski schuldig. Mit einem flauen Gefühl in der Magengegend dachte Färber an das bevorstehende Telefonat mit Karel Frankowski. Aber auch ihm war er es schuldig, seinen furchtbaren Fehler einzugestehen.

»Ich finde den Kerl«, versprach er in die Dunkelheit. Marita würde er sich endlich aus dem Kopf schlagen. Sie hatte lange genug sein Gehirn vernebelt, es in eine unsichtbare Dunstwolke eingehüllt. Färber schüttelte sich und raffte sich auf. Er ging nun doch nach Hause, aber nicht, um seine Kündigung zu schreiben, sondern um den wahren Mörder von Damian Pajak zu überführen.

## Donnerstag, 14. Mai, Morgen

*Färbers Wohnung, Martin-Luther-Straße, Dresden*

Färber war mit einem dicken Kater aufgewacht. Irgendwann am sehr frühen Morgen musste er nach Hause gekommen sein. Den Wecker hatte er nicht mehr gestellt. Noch betrunken und ohne sich auszuziehen, war er in seiner Hollywoodschaukel in einen bleiernen Schlaf gesunken. Stöhnend richtete er sich auf und schlurfte ins Badezimmer, in dem er eine Viertelstunde verschwand. Danach fühlte er sich besser und für die Aufgaben des Tages einigermaßen gewappnet. Eine schnelle Tasse Kaffee gönnte er sich noch, bevor er die Wohnung in Richtung Altstadt verließ. Im Büro hatte er angerufen und mitgeteilt, dass er sich verspäten würde.

Lange saß er auf der Bank auf der Brühlschen Terrasse, auf der er letzte Nacht gelegen hatte, und betrachtete das Caspar-David-Friedrich-Denkmal. Färber nahm die Fotos der Spurensicherung zur Hand und verglich sie mit dem Bild, das sich ihm jetzt bot. Nichts fiel ihm auf. Sein Blick wanderte in Richtung Elbe, auf der die ersten Passagierschiffe ihren Weg nach Pillnitz antraten.

Färber stand auf und sah sich um. Vielleicht fand er irgendwo hier eine Entsprechung des Kostüms in Stein oder Metall verewigt. Er warf sich ein paar Lakritzkatzen in den Mund und spazierte los in Richtung Augustusbrücke. Wie er so dahinschlenderte und auf seinem Weg jede Statue und jedes Relief an den reich verzierten Sandsteingebäuden entlang der Terrasse betrachtete, konnte man ihn für einen der zahllosen Touristen halten, die Dresdens Altstadt bevölkerten. Hin und wieder blieb Färber stehen und verglich in Stein gehauene Details mit denen auf den Fotos.

Er suchte einen dreispitzigen festlichen Hut, darunter eine lockige Langhaarfrisur, einen roten Umhang mit Pelzfütterung sowie eine Rüstung für Brust, Arme und Beine. Im Idealfall würde er alle Teile an ein und derselben Statue finden.

Auf der ausladenden Treppe am Ende der Terrasse stieg Färber hinab auf den Schlossplatz, der sich zwischen Ständehaus, Hofkirche und Augustusbrücke ausstreckte. Er hatte keinen Blick für die Schönheit dieses Ensembles, das zu jeder Jahreszeit Scharen von Touristen in die Stadt lockte, sah weder die Schulklasse, die lachend über den Platz lärmte, noch die kleine Gästegruppe, die sich am Napoleonstein versammelt hatte, jenem schwarzen Stein, der vor der Hofkirche ins Pflaster eingebettet liegt. Genau an dieser Stelle soll einst Napoleon Bonaparte gestanden haben. Heute stehen dort Franzosen, Deutsche und Japaner und suchen nach dem Hauch der Geschichte.

Färber umrundete das Denkmal für König Friedrich August I. vor dem Haupteingang des ehemaligen Ständehauses, dem heutigen Sächsischen Oberlandesgericht. Nichts. Auch andere Statuen und Reliefs gab es reichlich, aber keine davon trug die Kleidungsstücke, nach denen er Ausschau hielt. Schließlich betrat Färber die Augustusbrücke und überquerte den Fluss. In der Neustadt angekommen, bestaunte er den Goldenen Reiter, das

Standbild Augusts des Starken. Noch heute kennt ihn wohl jedes Kind in Sachsen, er ist berühmt geworden für seine Prunksucht, aber auch für seine Sammelleidenschaft, die Dresden eine Fülle von Kunstwerken aus der ganzen Welt eingebracht hat. An einen Besuch mit dem Großvater im Grünen Gewölbe erinnerte sich Färber lebhaft. Die königlichen Schätze aus Gold, Edelsteinen und Bernstein hatten ihn damals verzaubert.

Färber musterte den goldenen August, verglich ihn mit den Gegenständen vom Fundort des Herzens. Leider trug der Reiter vor ihm eine gänzlich andere Rüstung, sein Haar wehte offen im Wind, und es gab weder Lockenpracht noch Hut. Färber steckte sich drei Lakritzkatzen in den Mund. Enttäuscht wandte er sich ab und ging zurück zur Brücke.

Während er an schwatzenden Touristen vorbeispazierte, dachte Färber an Caspar David Friedrich, den berühmten Maler der deutschen Romantik. Er wusste nichts vom Leben des Künstlers, aber er erinnerte sich zumindest an zwei seiner Bilder, den Kreidefelsen auf Rügen und den Mondaufgang am Meer. Welche Rolle spielte Caspar David Friedrich in ihrem Fall? Warum hatte der Täter gerade sein Denkmal gewählt? Vielleicht sollte er besser ins Büro fahren und diesen Fragen nachgehen, die vergebliche Suche hier erst einmal abbrechen?

Um sich schnell einen Kaffee zu besorgen, steuerte Färber den Neumarkt an, der neben der wieder aufgebauten Frauenkirche mit gemütlichen Geschäften und Restaurants lockte. Der kürzeste Weg dorthin führte am Fürstenzug vorbei, dem gefliesten Wandbild entlang der Augustusstraße. Besucher aus aller Herren Länder verstopften die enge Gasse und lauschten den Ausführungen ihrer Gästeführer, die von den sächsischen Herrschern der letzten Jahrhunderte berichteten. Färber schnappte sogar ein paar japanische oder chinesische Wörter auf. Einer nach dem anderen ritten die alten Fürsten in Keramik gebrannt durch die schmale Gasse und schauten von oben auf ihre Bewunderer herab.

Färber schielte mit dem altbekannten Unbehagen nach oben und verglich die Kleidung der Fürsten mit den Kostümteilen seiner Tatortfotos. Hin und wieder passte ein Detail, aber nie alles. Er wanderte mit jedem Schritt weiter in die Vergangenheit. Die Kleidung wurde verspielter, aus Pickelhauben wurden pelzbesetzte ausladende Hüte, aus Schusswaffen Schwerter. Abrupt blieb Färber stehen. Der Reiter genau über ihm trug unter einem Dreispitzhut prächtige Locken, die wallend bis über seine Schultern fielen, einen Umhang mit Pelzfütterung, Arme, Beine und Bauch steckten in einer Rüstung. Färber blinzelte, seine Hände begannen zu zittern, Rüstung und Hut auf den Fotos verschwammen zu einer bunten Masse. Er fuhr sich über die Augen, wischte die Unschärfe davon und musterte wieder und wieder den Gefliesten über sich. Alles passte!

Schließlich entzifferte er den Namen des Fürsten: *AUGUST II. 1694–1733*. War das August der Starke? Er hatte keine Ahnung. Gleich neben dem Fürsten ritt ein anderer mit demselben Vornamen, das war der III. Färber ärgerte sich, dass er nichts über die Geschichte Sachsens wusste. Es ist höchste Zeit, das zu ändern und etwas über diesen August II. in Erfahrung zu bringen, dachte er, während zwei weitere Lakritzkatzen in seinen Mund wanderten.

Färber fuhr nicht ins Büro, sondern am Großen Garten vorbei zur Sächsischen Landesbibliothek. Er lieh ein dickes Buch über den Fürstenzug aus, eine Biografie Augusts II. von Sachsen, auch als »der Starke« bekannt, und ein Buch mit Kommentaren zur Regierungszeit dieses Herrschers sowie einen Bildband mit Gemälden von Caspar David Friedrich. Erst dann machte er sich auf den Weg zu Gerlinde Strecker.

## Donnerstag, 14. Mai, Nachmittag

*Kommissariat, Dresden*

Gerlinde Strecker saß an ihrem Schreibtisch, als Färber eintrat. Außer einem knappen »Tag Chef« kam kein weiteres Wort über ihre Lippen.

Was hatte er denn auch erwartet, eine euphorische Begrüßung für einen Versager? »Also gut«, begann er zögernd ein Gespräch, »ich war ein Idiot, und Sie hatten recht.«

Sie sah ihn an. »Womit?«

»Es ist nicht auszuschließen, dass es einen Zusammenhang zum Fall in der Nähe von Rochlitz gibt, den Sie im Netz gefunden haben.«

»Wie kommen Sie jetzt darauf?«

»Na ja, meine bisherigen Ermittlungen haben sich ja auf tragische Weise als falsch herausgestellt. Ich habe einen furchtbaren Fehler gemacht.« Färber ging zum Fenster hinüber, spähte durch die blitzblank geputzte Scheibe auf die Straße vorm Präsidium und verfolgte mit den Augen eine krumme weißhaarige Frau, die schlurfend einen Rollator den Gehsteig entlangschob.

Gerlinde Strecker sah Färber schweigend an.

»Also, ich bin zurück zum Anfang. Heute Vormittag war ich auf der Brühlschen Terrasse und in der Altstadt unterwegs. Dort habe ich ein Bild gefunden, auf dem die Kleidungsstücke und Rüstungsteile detailgetreu wiederzufinden sind.«

»So?« Gerlinde Strecker schaute ihn mit großen Augen an. »Welches Bild denn, waren Sie in der Gemäldegalerie?«

»Nein, aber das wäre auch eine gute Idee gewesen.« Er ging zum Schreibtisch und setzte sich auf den davorstehenden Besucherstuhl. »Sie kennen doch den Fürstenzug in der Augustusstraße.«

»Das Wandbild aus Tausenden Meißner Fliesen?«

Er nickte.

»Ja, kenne ich.« Gerlinde Strecker nahm die Hände von der Tastatur und lehnte sich mit verschränkten Armen in ihrem Bürostuhl zurück.

»Da gibt es einen August II.«, berichtete Färber weiter, »der genau die Teile am Körper trägt, die wir beim Denkmal gefunden haben. Übrigens handelt es sich dabei um den berühmten August den Starken.« Er legte den Bildband aus der Bibliothek auf die Tischplatte, schob ihn zu Gerlinde Strecker hinüber und schlug eine Seite auf, die eine Großaufnahme des entsprechenden Ausschnitts des Fliesenbildes zeigte.

Sie setzte ihre Lesebrille auf und studierte eingehend die Abbildung. Hin und wieder verglich sie diese mit den Tatortfotos. »Sie haben recht«, sagte sie nach einer Weile und nahm die Brille wieder ab. »Das sind genau die Teile, die wir suchen. Wahnsinn.«

»Warum aber«, das war für ihn die entscheidende Frage, »fertigt jemand diese aufwendigen Kleidungsstücke an, um sie dann mit dem Herzen eines Menschen regelrecht auszustellen? Mir scheint der Aufwand doch sehr hoch zu sein, zumal die Stoffe und Verzierungen ziemlich wertvoll sein müssen.«

»Ach, das hat schon mal jemand gemacht, kennen Sie nicht den Lebendigen Fürstenzug?«

Färber hob resignierend die Hände.

»Jedes Jahr zum Stadtfest im August tritt so eine Gruppe Enthusiasten auf, die den Fürstenzug vom Fliesenbild als lebendigen Umzug durch die Dresdner Altstadt reiten lässt. Wenn ich mich recht erinnere, haben die das zum ersten Mal 2006 zur Achthundertjahrfeier gemacht.«

»Aha. Und dafür haben die jedes Kostüm geschneidert, so wie es auf dem Wandbild zu sehen ist?«

»Soweit ich weiß, ja. Das muss ein Riesenaufwand gewesen sein, immerhin sind fast einhundert Figuren im Fürstenzug dargestellt.«

»Wir sollten mit denen mal Kontakt aufnehmen, vielleicht vermissen die das Kostüm von August dem Starken und möglicherweise ja auch die Kleidungsstücke, die bei dem anderen Fall benutzt worden sind.«

»Ich mach das gleich.« Gerlinde Strecker griff nach der Maus ihres Computers. Sie fand die Internetseite der Organisatoren des Lebendigen Fürstenzuges mühelos. Es gab von jedem der Darsteller ein Foto in der historischen Kostümierung. Der Mann, der August den Starken verkörperte, trug genau die Kleidungsstücke, die sie auf der Brühlschen Terrasse gefunden hatten.

Sofort wählte Gerlinde Strecker die angegebene Telefonnummer und reichte Färber den Hörer. Eine freundliche Dame in der Kasse des Schlosses Rochlitz vermittelte das Gespräch weiter zu einem Mitarbeiter namens Döring.

Färber stellte sich vor und bat um Informationen zum Lebendigen Fürstenzug.

»Was möchten Sie denn wissen?«

»Hauptsächlich interessiert uns, ob alle Kostüme noch vollständig sind.«

»Haben Sie endlich unseren August den Starken wiedergefunden?«

»Wird sein Kostüm denn vermisst?«

»Natürlich. Deswegen rufen Sie doch an«, Reiner Döring zögerte, »oder nicht?«

»Wahrscheinlich haben wir Teile seines Kostüms gefunden.«

»Gut, wo kann ich sie denn abholen?«

Färber räusperte sich. »Wir benötigen sie noch zu weiteren Ermittlungen.«

»Dann erfahren wir hoffentlich bald, wer der dreiste Dieb war.«

»Vorher habe ich noch einige Fragen. Wo werden denn die Kostüme aufbewahrt, wenn der Zug nicht aufgeführt wird?«

»Nun, ein Teil ist hier im Schloss für die Besucher ausgestellt, den Rest haben wir eingelagert.«

»Wann haben Sie bemerkt, dass das Kostüm fehlt?«, wollte Färber wissen.

»Vor etwa acht Wochen hat eine unserer Gästeführerinnen entdeckt, dass das komplette Kostüm verschwunden war. Die Kleiderpuppe und das Kunststoffpferd standen nackt im Ausstellungsraum. Wir haben sofort die Polizei informiert, zwei Beamte aus Rochlitz haben die Anzeige aufgenommen und ein paar Zeugen befragt. Seitdem haben wir nichts mehr davon gehört. Und weil wir das Kostüm dringend benötigen, haben wir in der Zwischenzeit alles neu anfertigen lassen. Das war zwar ziemlich teuer, aber im Sommer soll der Fürstenzug wieder laufen. Wenn Sie das Kostüm nicht mehr benötigen, nehmen wir es trotzdem gern zurück, vielleicht brauchen wir mal Ersatz.«

Färber vereinbarte für den nächsten Vormittag ein Treffen mit Reiner Döring auf Schloss Rochlitz. Dann legte er auf.

»Ich dachte, Sie hätten auch im Polizeinetz nach verschwundenen Kostümen gesucht«, wandte er sich an Gerlinde Strecker, »da müssten Sie doch auf den Fall aus Rochlitz gestoßen sein.«

»Stimmt«, sie zog die Stirn in Falten, »die Anzeige hätte ich eigentlich finden müssen, ich kann mich aber gar nicht daran erinnern.«

Erneut gab sie im internen Netz den Suchbegriff »Kostüm« ein. Eine Liste mit Meldungen, in denen ein »Kostüm« eine Rolle spielte, wurde angezeigt, unter anderem auch das Tötungsdelikt in

Wechselburg, auf das Gerlinde Strecker schon vor einigen Tagen gestoßen war, aber keine Anzeige aus Rochlitz. Das war seltsam, hatten die Beamten vergessen, den Diebstahl in den Computer einzugeben? Das konnten sich beide kaum vorstellen. Also änderten sie das Suchwort und gaben »Schloss Rochlitz« ein, eine neue Liste öffnete sich. Sie fanden tatsächlich die gesuchte Anzeige, nur hatte der Kollege von einem vermissten »Kostühm« geschrieben. Kein Wunder also, dass die Meldung nicht angezeigt werden konnte.

## Donnerstag, 14. Mai, später Nachmittag

*Dresdner Straße, Chemnitz*

Seit gut zwanzig Minuten wanderte ich nun schon mit erhobenem Daumen die Ausfallstraße entlang, die nordöstlich aus der Stadt führte, mein Arm wurde schwer und hatte schon begonnen zu schmerzen. Vielleicht war es doch keine gute Idee, meinen neuen Darsteller auf diese Weise aufzugabeln. Dabei hatte ich alles so gut geplant, noch könnte es gelingen, wenn nur endlich einer anhielte.

Die Requisiten zogen schwer an meinem Rucksack, die Schultern schmerzten, und im Rücken bohrte sich hartnäckig etwas Spitzes ins Fleisch. Ich konzentrierte mich angestrengt auf eine Melodie, summte vor mich hin und versuchte damit, die Schmerzen zu vertreiben.

Endlich hörte ich hinter mir Motorengeräusch und das Quietschen einer Bremse. Ich drehte mich um, lächelte und trabte auf das Fahrzeug zu, eine schwere Limousine, die bestimmt schon zwanzig Jahre durch Deutschland rollte.

Ich grinste die Windschutzscheibe an, weil ich gegen das Licht den Fahrer noch nicht erkennen konnte. Als ich bei ihm war, leierte er das Seitenfenster hinunter. Ein fetter Kerl kam zum Vorschein, musterte mich süffisant von oben bis unten. »Na, wo soll's denn hingehen?«

Ich kämpfte gegen meine Enttäuschung an und musste mir schnell etwas einfallen lassen. Diesen Fettsack wollte ich so schnell es ging und ohne Aufsehen wieder loswerden.

»Guten Tag, ich muss nach Dresden, fahren Sie dorthin?«, heuchelte ich Vorfreude.

»Da stehen Sie hier aber vollkommen falsch.« Missbilligend schüttelte er seinen schweren Schädel. »Wer nach Dresden will, benutzt die Autobahn.« Mit dem rechten Arm deutete er in die Luft, vermutlich befand sich dort die Schnellstraße, von der er sprach. »Hier entlang fährt man, wenn man in die kleinen Orte in der Nähe will, nach Flöha oder Niederwiesa, verstehen Sie?«

Und ob ich verstand. »Ach so, dann nützt mir das Warten hier wohl gar nichts?«, fragte ich scheinheilig und versuchte, einen möglichst dämlichen Gesichtsausdruck aufzusetzen.

»Ja, so wird das wohl sein, leider. Na, nichts für ungut, ich muss weiter, oder wollen Sie mitfahren bis nach Flöha und dort Ihr Glück versuchen?«

Ich winkte ab. »Ich werde wohl mit dem Bus zurück in die Stadt fahren, vielleicht nehme ich den Zug nach Dresden. Danke, dass Sie angehalten haben«, verabschiedete ich mich höflich.

Der Fette nickte und trat das Gaspedal durch, der Wagen schoss davon.

Frustriert trottete ich weiter die Straße entlang, der linke Arm, den ich tapfer in der Waagerechten hielt, wurde schon wieder schwer.

Es war zum Verzweifeln, da hatte schon mal einer angehalten, und dann war der so fett, dass ich wirklich nichts mit ihm anfangen konnte. Ich brauchte einen schmächtigen Typen, schließlich musste ich ihn ankleiden und in Position bringen. Ich hatte zwar einige Muskeln, unwillkürlich spannte ich den Bizeps im rechten Arm an, aber so stark war ich nun auch wieder nicht. Und der Fettsack von Wechselburg war mir noch in unangenehmer Erinnerung.

Die Minuten krochen dahin, meine Schritte wurden immer schwerer. Ein Brummen ließ mich aufhorchen. Ich drehte mich um und sah, wie ein blauer Wagen blinkend am Randstreifen hinter mir stoppte. Ich lächelte wieder und lief auf das Auto zu. Dieses Mal passte der Fahrer. Nach kurzer Verhandlung waren wir uns einig. Ich konnte bis Oederan mitfahren, dem Wohnort des Fahrers.

Meinen Rucksack nahm ich auf den Schoß und musterte verstohlen den etwa fünfzigjährigen Mann hinter dem Steuer. Er war schlank und machte einen sehr gepflegten Eindruck. Dennoch wirkte er nicht wie ein zufriedener Mensch, seine Mundwinkel waren verbissen nach unten gerichtet.

Ich räusperte mich. »Darf ich Sie fragen, was Sie beruflich machen?«

»Ich bin Vertreter für Teppichböden.«

Deshalb der feine Anzug, dachte ich und fragte weiter: »Und, ist das ein guter Job?«

»Es geht so, mal besser, mal schlechter.«

»Aha«, heuchelte ich Anteilnahme. »Und, wollen Sie die Sparte wechseln?«

»Wahrscheinlich muss ich das sogar, und zwar schon bald. Meine Firma will dichtmachen, zu schlechte Zahlen.« Dabei nickte er mir vielsagend zu.

»Und sonst, privat meine ich?«

Der Vertreter sah mich an, verengte die Augen zu Schlitzen. »Darüber werde ich mit Ihnen kaum sprechen.«

Ich starrte einige Zeit schweigend auf die Straße vor uns. »Ich zum Beispiel wollte heute eigentlich mit dem Auto zu meiner kranken Mutter fahren«, log ich, »aber noch in Chemnitz hat der Wagen den Geist aufgegeben. Deshalb musste ich trampen. Wenn Sie nicht angehalten hätten, würde ich bestimmt jetzt noch an der Straße stehen. Ich bin Ihnen wirklich sehr dankbar«, flötete ich, ohne rot zu werden.

Dann blieb es eine Weile still im Wagen, die hügeligen Felder und Wiesen glitten an uns vorbei, hin und wieder überholten wir ein langsameres Fahrzeug.

Ich erzählte lang und breit von meiner imaginären Mutter, ihrer Krankengeschichte und den Schwierigkeiten mit den Ärzten und dass ich sie zu selten besuchte und wir deshalb oft streiten würden, erfand Nichten und Neffen, böswillige Nachbarn und einen dementen Hund. So vergingen die Minuten, ohne dass mein Chauffeur sich mit dem kleinsten Mucks am Gespräch beteiligt hätte.

Irgendwann räusperte er sich und begann endlich wieder zu

sprechen. »Das mit der Arbeit ist ja nicht alles, meine Frau hat einen anderen, und mein Sohn, er ist fünfzehn, tanzt mir auf der Nase herum. Und Sie, haben Sie Kinder?« Er schaute mir direkt in die Augen.

»Nein, noch nicht«, entgegnete ich mit einem Augenzwinkern.

Er lachte kurz auf. »Lassen Sie es lieber sein, Kinder machen einem bloß das Leben schwer.«

Mein Darsteller schien nicht gerade große Freude an seinem Dasein zu haben. Das kam mir irgendwie entgegen. Obwohl mich das Gegenteil im Grunde auch nicht gestört hätte. So aber fühlte ich mich nicht nur als Schöpfer eines großen Kunstwerkes, sondern auch als Erlöser einer geplagten Seele. Schon in ein paar Stunden würde der Teppichbodenvertreter sein irdisches Jammertal hinter sich gelassen haben und müsste sich fortan keine Sorgen mehr machen, weder um den Job noch um seine blöde Frau und den aufmüpfigen Sohn.

»Haben Sie Lust auf einen Kaffee?«, fragte ich und kramte aus meinem Rucksack eine Thermoskanne hervor. »Ich habe immer welchen dabei, dann muss ich nicht unterwegs anhalten.« Lachend fügte ich hinzu: »Wenn mein Auto fährt, meine ich.«

Der Vertreter grinste auch ein wenig und nickte. »Na gut, ein kleines Käffchen wird doch nicht schaden, oder?«

Ertappt schaute ich schnell nach unten auf meine Füße, dann hatte ich mich wieder gefangen und holte zwei Pappbecher aus dem Rucksack. Den einen füllte ich ziemlich voll, in meinen kam nur ein kleiner Schluck.

Vorsichtig balancierte der Vertreter seinen Becher zum Mund, um von der Flüssigkeit nichts zu verschütten. Ich nippte nur zum Schein am Getränk.

Es dauerte ungefähr zehn Minuten, bis bei ihm deutliche Anzeichen von Müdigkeit eintraten. Das Schlafmittel im Kaffee wirkte zuverlässig. Nachdem sein Kopf mehrmals nach vorn genickt war, musste ich handeln, ein Unfall wäre fatal.

»Ach bitte, ich müsste mal ins Gebüsch, der Kaffee.« Dabei nickte ich ihm vielsagend zu.

Der Vertreter gähnte ausgiebig und schien schon wieder einzunicken. Ich rüttelte an seiner Schulter und drängte ihn, in den Waldweg einzubiegen, der gerade in Sicht kam.

Halb wach und halb schlafend steuerte er das Fahrzeug mehr schlecht als recht von der Straße und hielt neben ein paar Büschen an.

Schnell stieg ich aus und verschwand im Gebüsch. Dort versteckte ich mich und beobachtete den anderen im Wagen. Vögel zwitscherten, und der Waldboden verbreitete den Geruch frischer Erde. Es dauerte nur ein paar Atemzüge, bis der Kopf des Vertreters nach vorn fiel und er fest schlief.

Ich verließ mein Versteck und kramte möglichst leise in meinem Rucksack herum, bis ich die Spritze gefunden hatte. Dann zog ich Latexhandschuhe über und kroch auf den Beifahrersitz, krempelte einen Hemdsärmel des Vertreters hoch. Die Vene war schnell gefunden, dennoch tat ich mich schwer mit der Spritze, mir fehlte einfach die Übung in diesen Dingen. Schließlich stach ich die Metallkanüle mit einem Ruck unter die Haut und verabreichte meinem Darsteller ein wunderbares Schlafmittel auf intravenösem Wege. Durch das Medikament in der gewählten Konzentration fiel mein Patient ins Koma, auf das unweigerlich der Tod durch Herzstillstand folgte, es sei denn, es kam rechtzeitig Hilfe, was heute hoffentlich auszuschließen war.

Ich wartete noch ein paar Minuten, dann zog ich meinen Darsteller vom Sitz, bugsierte ihn auf die Rückbank und schob die Beine so weit in den Wagen hinein, dass ich die Tür gerade noch schließen konnte. Dann schwang ich mich auf den Fahrersitz, atmete ein paarmal tief durch. Vom Rücksitz war kein Laut zu vernehmen. Ich drehte den Zündschlüssel, der Motor brummte, und wir verließen den Waldweg. Ein paar Kilometer weiter fuhr ich wieder von der Landstraße ab und verbarg den Wagen in einem Wäldchen. Dort wartete ich bis zum Einbruch der Nacht.

Kurz nach dreiundzwanzig Uhr startete ich den Motor erneut. Ich fuhr ohne Umwege auf die Autobahn in Richtung Dresden. Nach ein paar Kilometern nahm ich eine Abfahrt, und wir pirschten uns von Norden her kommend an das Bergstädtchen Freiberg heran. Wir passierten einsame Landschaften und kleine Dörfer.

An einem verlassenen Betriebsgelände bog ich ab und fuhr auf einen Parkplatz hinter einer Werkhalle, der von der Straße aus schlecht einsehbar war. Nun begann der künstlerische Teil des Abends.

Ich parkte den Wagen und schaltete die Innenbeleuchtung an. Erst jetzt traute ich mich, einen Blick auf die Rückbank zu werfen. Der Vertreter lag reglos auf dem Polster. Vom Fahrersitz aus konnte ich nicht eindeutig feststellen, ob es noch Vitalfunktionen gab. Ich hoffte inbrünstig, dass mein Darsteller inzwischen tot war. Also stieg ich aus und öffnete die hintere Tür. Die Beine des Vertreters schlugen an mein rechtes Knie. Der Kerl lebte noch und griff mich an. Wie von Sinnen schlug ich mit den Fäusten auf den Bauch des anderen ein. Doch der wehrte sich überhaupt nicht. Was sollte das? Zitternd griff ich nach der Tür und umklammerte das kühle Metall. Er rührte sich nicht mehr. Langsam beruhigte ich mich und zwang mich, wieder klar zu denken. Wahrscheinlich hatten die Beine mit einer solchen Spannung im Auto geklemmt, dass sie beim Öffnen der Tür herausgeschnellt waren. Ich schüttelte mich vor Unbehagen. Dann prüfte ich vorsichtig Puls und Atmung, beides war nicht mehr zu spüren. Die Kälte seiner Haut kroch durch meine Fingerspitzen. Erleichtert begann ich mit dem Entkleiden meines Darstellers. Als dieser endlich nackt war bis auf die Unterhose, lächerliche Boxershorts mit Comicfiguren darauf, drang ein Motorengeräusch durch die Dunkelheit. Ich hielt inne und lauschte. Ein Fahrzeug kam eindeutig näher. Zwei Scheinwerfer bogen auf den Parkplatz ein und bewegten sich in meine Richtung.

Wer war das, etwa Polizei? Hatten die mich verfolgt? Was sollte ich tun? Wie konnte ich die Situation erklären, ein halb nackter toter Mann auf meinem Rücksitz? Da gab es nichts zu erklären, ich musste handeln.

Der Wagen hielt an, es war der dunkle Kleinbus einer Wachschutzfirma. Der Fahrer, ein korpulenter Kerl in schwarzer Uniform, öffnete die Tür.

Ich zögerte nicht länger, hechtete in den Wagen und beugte mich über meinen kalten Darsteller, als würde ich ihn liebkosen. Dabei vermied ich jede Berührung mit seiner nackten, eisigen

Haut. Dennoch spürte ich die Kälte, die von ihm ausging. Der ekelhafte Geruch seines Rasierwassers kroch mir in die Nase.

Der Wachmann erkannte bereits von Weitem die verfängliche Situation, schmunzelte und machte eine Kehrtwendung. Taktvoll wollte er nicht stören und schöpfte wohl auch keinen Verdacht, dass die beiden da im Auto in die Werkhalle einsteigen könnten. Mit einem breiten Grinsen im Gesicht steuerte er seinen Wagen vom Parkplatz.

Als er weg war, sprang ich angewidert aus dem Auto. Ich würgte und erbrach mich ins Gebüsch. So etwas Ekelhaftes hatte ich noch nie erlebt. Ich zitterte und konnte mich kaum beruhigen. Mein Herz pumpte literweise Blut in meinen Kopf. Ich sank auf dem Boden zusammen. Nach einer Weile konnte ich mich mit wackeligen Knien aufrichten. Ich krümmte mich auf dem Fahrersitz zusammen und beobachtete aus dem Augenwinkel die Scheinwerfer der wenigen Fahrzeuge, die auf der Landstraße in der Ferne vorbeirollten. Wenigstens war ich nicht aufgeflogen.

Schließlich raffte ich mich auf und griff nach meinem Rucksack. Der Spaß war mir eigentlich vergangen, doch aufgeben kam für mich nicht in Frage. Lustlos kramte ich das Kostüm Albrechts des Stolzen hervor. Das Ankleiden war nicht schwer, hatten die Laienschneider dem stolzen Herrscher doch nur eine Art Nachthemd aus leichtem rosafarbenem Satin geschneidert, ein Ausdruck ihrer Inkompetenz und Ignoranz. Darüber kam der weinrote Samtumhang mit Hermelineinfassung. Die Krone setzte ich meinem Darsteller nicht auf. Das konnte ich später in Krummenhennersdorf noch tun. Ich sehnte mich nach meinem Bett, zwang mich aber dennoch, meine Inszenierung zu vollenden. Es sollte nicht alles umsonst gewesen sein.

Als der Fürst bereit für seinen großen Auftritt auf der Rückbank lag, genoss ich dann doch für eine Minute den Augenblick. Trotz des ekelerregenden Zwischenfalls von vorhin war ich jetzt auf einem guten Weg, meine Aufführung zu einem Erfolg zu führen. Wider Erwarten spürte ich ein angenehmes Kribbeln im Magen beim Gedanken an den Aufschrei meines Publikums. Wenn ich mich nur zu erkennen geben könnte, das wäre die Erfüllung meiner Träume.

Ich startete den Wagen und fuhr in südlicher Richtung auf den kleinen Ort nahe der Bergstadt Freiberg zu.

## Freitag, 15. Mai, später Vormittag

*Schloss Rochlitz*

Reiner Döring war schon in Frührente wegen eines Hüftleidens, das ihn die meiste Zeit des Tages zum Sitzen verdammte. Dennoch arbeitete er seit einigen Jahren für ein paar Stunden in der Woche im Schloss Rochlitz, weil ihm, wie er selbst sagte, zu Hause die Decke auf den Kopf fiele. Döring war klein und dick, auf seiner Nase saß eine schwere Hornbrille, er schnaufte beim Gehen. Am liebsten saß er am Telefon und beantwortete die Fragen der zahlreichen Anrufer, die sich für das Schloss und seine Ausstellungen interessierten. Mit den seltsamsten Anliegen wurde er betraut, einmal sogar wollte ein junger Mann seiner Liebsten einen Heiratsantrag vor dem offenen Feuer in der Schwarzküche machen. Döring hatte das organisiert, obwohl nach so einer Aktion der gesamte historische Wirtschaftstrakt des Schlosses noch tagelang nach Rauch stank. Aber er konnte den jungen Mann glücklich sehen, und die Braut war es wohl auch, denn sie hatte Ja gesagt. Döring machte sich nützlich, wo er konnte, half im Besucherservice oder beim Vorbereiten von Veranstaltungen. Er war ein praktisch veranlagter Mann und daran gewöhnt, Probleme aus der Welt zu schaffen, wenn sie auftraten, ohne großes Aufsehen darum zu machen.

Als die Auferstehung des Lebendigen Fürstenzuges beschlossene Sache war, hatte sich Döring von Beginn an mit hineingekniet, selbst in den dafür gegründeten Verein war er eingetreten. Döring kannte nahezu jedes Detail des Mammutprojekts. Schloss Rochlitz war in den Genuss gekommen, für eine gewisse Zeit die Ausstellung der fürstlichen Kostüme in seinen Räumen zu beherbergen. Also war es für ihn eine Selbstverständlichkeit, hin und wieder in der Fürstenzugausstellung nach dem Rechten zu sehen. In allen Fragen um den Lebendigen Fürstenzug war Reiner

Döring der kompetente Ansprechpartner, weshalb auch Färber mit seinem Anliegen an ihn vermittelt worden war.

Jetzt saßen beide im Büro des kürzlich renovierten Torhauses und tranken Kaffee.

»Gestern berichteten Sie vom Verschwinden des Kostüms Augusts des Starken aus der Ausstellung. Werden noch andere Kostüme oder Gegenstände aus dem Fürstenzug vermisst?«, fragte Färber.

»Nein, sonst fehlt nichts«, erklärte Reiner Döring.

»Können Sie sich vorstellen, wer es gestohlen haben könnte?«

»Wir vermuten, dass ein begeisterter Fan des Fürstenzuges die Sachen genommen hat, als Souvenir sozusagen. Schließlich ist August der Starke der bedeutendste Vertreter der Wettiner. Zumindest sieht die Öffentlichkeit das so, ein Historiker würde vielleicht einem anderen aus dem Geschlecht diesen Rang zusprechen.«

»Sie entschuldigen.« Färber kramte aus seiner Jacke eine knisternde Tüte hervor. Seine Augen hatten zu tränen begonnen, und in der Nase kribbelte es. Er steckte sich ein paar der schwarzen Katzen in den Mund und erklärte kauend: »Ich bin allergisch auf manche Sachen, das Zeug hilft und«, dabei lächelte er, »es hat keinerlei Nebenwirkung, außer auf meinen Bauchumfang.« Er hielt Döring die Tüte hin.

Der schüttelte den Kopf und fuhr fort: »Wenn derjenige wüsste, dass wir mehr als fünftausend Euro für das Kostüm noch einmal bezahlen mussten, dann würde ihm der Spaß vielleicht vergehen.« Er klopfte laut auf die Tischplatte.

Färber verschluckte sich und musste husten. Er verstand den Ärger, hatte aber andere Fragen zu klären. »Sie sagen, dass nur ein Teil der Kostüme im Schloss ausgestellt ist. Wo befindet sich denn der Rest?«

»Bei einem der Initiatoren. Seine Handelsfirma besitzt eine Lagerhalle, dort sind sie unter Verschluss in einem dunklen Raum untergebracht, damit die wertvollen Stoffe nicht leiden.«

»Wissen Sie, ob die Sachen dort alle noch vollständig sind?«

»Aber selbstverständlich. Wenn es einen Einbruch gegeben hätte, würden wir das wissen. Außerdem kennt kein Außenstehender den Ort. Glauben Sie mir, dort sind die Kostüme sicher.«

»Hat das jemand überprüft, nachdem der Verlust aus der Ausstellung bemerkt worden war?«

»Nein, warum auch? Rochlitz ist nicht gerade Chicago.« Das erste Mal lächelte er während ihres Gesprächs.

»Ich möchte mich gern selbst überzeugen. Ist es möglich, einen Blick in diesen Lagerraum zu werfen?«

»Das sollte gehen. Ich muss nur anrufen.«

»Würden Sie mich begleiten? Schließlich kennen Sie den Fürstenzug genau.«

Er nickte, runzelte aber dabei die Stirn. »Wobei ich Ihnen gleich sage, dass der Ausflug wenig Sinn haben wird. Es sei denn, Sie stehen auf alte Kleider in dunklen Kammern?« Sein Mund verzog sich zu einem Grinsen.

Das Kribbeln in der Nase und im Hals meldete sich sofort wieder. Färber winkte ab und stand auf. »Vielleicht kann ich mir erst die Ausstellung hier im Haus ansehen?«

Reiner Döring erhob sich stöhnend und führte Färber hinaus, über den Schlosshof, durch eine zweiflüglige Tür und eine Terrazzotreppe hinauf. Dann standen sie in einem kleinen Saal, in dessen Mitte der herrschaftliche Reiterzug auf seine Besucher wartete. Die Fürsten saßen gesichtslos auf schwarzen Plastikpferden. Weinroter Teppich verlieh dem Ensemble eine festliche Atmosphäre. Färber nahm erstaunt wahr, dass er sich in diesem Raum wohlfühlte, obwohl er sich in einem über tausend Jahre alten Schloss befand und die Herrscher scheinbar seit dieser Zeit als kostümierte Schaufensterpuppen durch den Saal ritten.

Reiner Döring keuchte eine Weile, weil er nach der Anstrengung des Treppensteigens erst wieder zu Atem kommen musste. Dann berichtete er über die Fürsten zu Pferd und die anderen Figuren, die hier die Zeit überdauerten. Er schien jeden persönlich zu kennen, detailgetreu und in schillernden Farben erzählte er aus dem Leben der historischen Personen. Ganz ohne seine Lakritzkatzen kam Färber zwar nicht aus, aber Dörings Geschichtsstunde machte ihm durchaus Spaß.

Als er über August den Starken sprach, unterbrach Färber. »Ist Ihnen eine Geschichte im Zusammenhang mit diesem Herrscher bekannt, die von einem einzelnen Herzen berichtet?«, tastete er sich voran. Er wollte nicht über die Einzelheiten des Falles sprechen und das Wissen, das nur der Täter haben konnte, nicht ohne Not preisgeben.

»Wie meinen Sie das denn jetzt?«, fragte Reiner Döring, offensichtlich ein wenig verärgert über die Unterbrechung seines Vortrages.

»Na ja, war er vielleicht herzkrank oder so etwas?«

»Soweit ich weiß, ist er an Diabetes gestorben, nichts mit dem Herzen. Allerdings starb er nicht in Sachsen, sondern in Polen. Sie wussten vielleicht nicht, dass er auch König von Polen war?«

In der Tat, das wusste Färber nicht, woher auch? »Nein, das war mir bis jetzt nicht bekannt.«

»Da fällt mir ein«, ergänzte Reiner Döring, »da gab es tatsächlich eine aus heutiger Sicht seltsame Eigenart unserer Vorfahren. Das Herz des toten August wurde nach Dresden geschafft und dort beigesetzt, sein Körper verblieb in Polen. Beide Völker sollten etwas von ihrem einstigen Herrscher behalten.«

Färber setzte sich auf einen Hocker und schwieg. Auf einem Bildschirm in der Ecke lief ein Video in Endlosschleife ab, das die Herstellung der unzähligen Fürstenzugkostüme dokumentierte. Er nahm nichts mehr davon wahr.

Färber lernte gerade den Mörder Damian Pajaks kennen, zumindest ein Stück von ihm. Sie hatten es offenbar mit einem Fanatiker zu tun, der den Tod Augusts des Starken detailvernarrt nachgebildet hatte und für diesen Zweck auch vor einem Mord nicht zurückgeschreckt war. Fassungslos starrte Färber an die Wand, auf der das Fliesenbild aus der Dresdner Augustusstraße als verkleinerter Nachdruck hing.

»Ist Ihnen schlecht, Herr Färber?« Besorgt beugte sich Reiner Döring zu ihm hinunter. »Kommen Sie, wir gehen ins Büro, vielleicht möchten Sie ein Glas Wasser?«

Färber schüttelte nur den Kopf. Er brauchte jetzt keine Ablenkung, sondern nur ein wenig Ruhe, um die neue Sachlage zu durchdenken. »Danke, gehen Sie schon vor, ich komme dann nach.« Um sein Verhalten zu erklären, fügte er noch hinzu: »Ich bin überwältigt von den Kostümen, ich würde gern noch ein wenig hierbleiben.«

Verunsichert erwiderte Reiner Döring: »Ja, warum nicht? Ich rufe inzwischen Herrn Taubert an, in seiner Firma sind die anderen Kostüme eingelagert. Dann können wir nachher gleich losfahren.« Er verließ den Saal, und Färber blieb allein zurück.

Färber wollte alles über diesen August II. von Sachsen, der also auch noch König von Polen war, herausfinden. Er studierte die Texttafeln und großformatigen Abbildungen in der Ausstellung. Nach etwa einer halben Stunde kam eine lärmende Kindergruppe die Treppe hinaufgestürmt und beendete sein Studium.

»Also gut«, meldete er sich bei Reiner Döring im Büro zurück, »wir können losfahren.«

## Freitag, 15. Mai, Mittag

*Firma Im- und Export Taubert, Rochlitz*

Nach nur wenigen Minuten Fahrt durch die Kleinstadt bogen sie ab in ein Betriebsgelände. Laut Döring waren dort vor der Wende die begehrten Stern-Radios hergestellt worden. Färber sah eine große Halle und einen Flachbau, der das Büro der Firma beherbergte. Reiner Döring meldete sie an und kam mit einem Schlüsselbund zurück. Er öffnete eine Seitentür des Lagergebäudes, und beide traten in eine nur spärlich beleuchtete Halle. In Regalen, deren Fächer bis hinauf zur Decke reichten, stapelten sich orientalische Lampen, Kunstpflanzen und Gartenzwerge.

»Die handeln mit Kitsch in jeder Form«, flüsterte Reiner Döring ihm mit einem Augenzwinkern zu, »und ziemlich erfolgreich, wie mir scheint.« Am Ende der Halle löste sich ein Bürocontainer aus der Dunkelheit. Reiner Döring ging schnaufend, aber zielgerichtet darauf zu. »Hier drin ist unser Fundus.« Er deutete auf ein mit Brettern vernageltes Fenster. »Wir haben alles zugemacht, damit möglichst wenig Licht auf die Kostüme fällt.« Er flüsterte immer noch. Einer der Schlüssel passte, er öffnete die Tür und ging voran.

In dem kleinen Kabuff schaltete er eine Glühbirne ein, die höchstens fünfundzwanzig Watt Strom verbrauchte und den Raum nicht wirklich ausleuchten konnte. »Moment mal«, jetzt sprach er wieder in normaler Lautstärke, »hier stimmt doch etwas nicht.«

Färber betrachtete die eng aneinanderstehenden Regale, zwischen denen unzählige schwarze Kleidersäcke an chromglänzenden Stangen hingen. In den Fächern lagen Schwerter, Rüstungsteile, Hüte, Orden an Ketten und Schuhe in jeglicher Form. An den Regalböden konnte er Schildchen mit Zahlen erkennen, auf jeden Kleidersack waren ebenfalls Nummern in weißer Farbe aufgedruckt worden. Färber vermutete dahinter ein System, das er allerdings nicht verstand.

»Was stimmt nicht?«, fragte Färber.

»Es sieht so aus«, sagte Reiner Döring aufgebracht, »als ob die Kostüme nicht nach der vorgeschriebenen Ordnung einsortiert worden sind. Na, das kann ja heiter werden, wenn wir die nächste Aufführung machen. Haben Sie überhaupt eine Vorstellung davon, wie viele Einzelteile hier lagern und der richtigen Figur zugeordnet werden müssen?« Döring rang nach Atem, und auf seine Stirn waren Schweißperlen getreten.

»Nicht so ganz«, gab Färber zu.

»Eben. Wenn nicht jedes Stück am vorgeschriebenen Platz liegt, bricht beim Ankleiden der Leute das blanke Chaos aus.«

»Wer ist denn verantwortlich dafür?«

»An erster Stelle natürlich Herr Taubert, der Chef hier, und dann«, er zögerte einen Moment, »wohl ich.« Seine Augenbrauen reagierten mit einem nervösen Zucken.

»Sie haben die Sachen doch bestimmt so einsortiert, wie es sein muss«, versuchte Färber, ihn zu beruhigen.

»Das ist es ja eben, nach der letzten Aufführung war ich nicht dabei, ich musste ins Krankenhaus. So ein Mist, wenn man nicht alles selbst macht.«

»Wissen Sie was, wir können das doch jetzt zusammen aufräumen, dann stellen wir auch fest, ob noch alles da ist oder etwas fehlt«, schlug Färber vor.

»Na, wenn Sie so viel Zeit haben, wir können ja anfangen

und sehen, wie lange es dauert. Ich muss in«, er schaute auf seine Armbanduhr, »einer Stunde wieder im Schloss sein. Dann kommt eine Gruppe Schlauchbootfahrer von der Mulde herauf zu uns ins Museum.«

»Gut. Sie sagen, was ich machen soll.« Voller Tatendrang griff Färber nach einem Schwert.

Schon ein paar Minuten später stellte Reiner Döring fest, dass einzelne Teile des Fundus nicht aufzufinden waren. Sie lagen definitiv nicht an dem ihnen zugewiesenen Platz, aber eben auch nirgendwo anders in dem kleinen Raum. »Ich weiß gar nicht, was das jetzt bedeutet«, meldete er sich nach einer Weile zu Wort.

»Heißt das, die Kostüme sind gestohlen, oder jemand hat sie mit nach Hause genommen?«, fragte Färber.

»Ich habe überhaupt keine Erklärung dafür.« Kopfschüttelnd setzte sich Reiner Döring auf einen Hocker, den er unter einem Regal hervorgezogen hatte.

Färber untersuchte die Tür und die Bretter, die das Fenster verdunkelten. »Es sieht nicht so aus, als wäre jemand mit Gewalt hier eingedrungen«, erklärte er. »Wer hat denn alles einen Schlüssel?«

»Eigentlich nur Herr Taubert, er ist der Hausherr, ohne seine Erlaubnis darf hier niemand rein.«

»Wir fassen jetzt nichts mehr an, ich rufe jemanden von der Spurensicherung, die können feststellen, ob am Schloss manipuliert worden ist. Bis dahin müssten Sie allerdings hierbleiben, ich brauche auch eine Aufstellung der vermissten Sachen.«

Reiner Döring telefonierte mit dem Schloss wegen der Schlauchbootfahrer. Dann holte er Taubert aus dem Büro. Sie brachten mehrere Stunden in dem dunklen Gebäude zu. Ein Kriminaltechniker hatte die Schlösser der Halle und des Lagers eingehend untersucht und festgestellt, dass sie vermutlich mit einem Draht geöffnet worden waren. Für eine definitive Bestätigung dieser Theorie hätte man die Schlösser zerstören und unter dem Mikroskop untersuchen müssen. Darauf verzichtete Färber vorerst, ließ die Schlösser aber vorsorglich ausbauen und durch neue ersetzen, die alten nahm er in einer Plastiktüte verpackt mit nach Dresden.

Reiner Döring und Taubert hatten eine Liste angefertigt, auf der die fehlenden Teile aufgeführt waren. Sie vermissten neben mehreren kompletten Fürstenkostümen auch einzelne Teile anderer Darsteller. Von einem Bannerträger fehlte das Banner, einer der Lanzenträger hatte keine Lanze mehr, ein Schwertträger hatte sein Schwert eingebüßt, und einigen Mitgliedern des Fußvolkes war ihr Gewand abhandengekommen.

Färber nahm das Papier an sich. »Gibt es Fotos von allen Teilen des Fürstenzuges?«

»Im Schloss verkaufen wir ein Buch, in dem jeder Darsteller in seinem Kostüm neben dem Originalfoto vom Fliesenbild abgebildet ist. Könnte Ihnen so etwas helfen?«, fragte Reiner Döring.

»Ja, das klingt gut.«

Vom Auto aus rief er Gerlinde Strecker an. »Sie hatten doch den Fall mit dem Grafen und dem Bauchfett gefunden. Können Sie mir das historische Kostüm beschreiben, in dem der Tote gefunden worden ist?«

»Ja, Moment.«

Färber wartete kurz, dann meldete sich seine Mitarbeiterin wieder und beschrieb jedes Teil des Kostüms. Er notierte alles. »Sagen Sie mir doch auch, welcher Kommissar den Fall bearbeitet.«

»Gern. Also der Mann heißt«, sie zögerte kurz, »ach nein, es ist eine Frau, Kommissarin Carola Mertens in Chemnitz.« Dann gab sie ihm noch die Telefonnummer der Ermittlerin und die Adresse ihres Dienstbüros durch.

Er nahm das Buch aus dem Rochlitzer Schloss hervor. Weil er die Seiten von hinten nach vorn durchblätterte, fand er das Kostüm des Herolds, der den Fürstenzug anführte, erst ganz zum Schluss. Er verglich seine Notizen wieder und wieder mit dem Foto des Reiters. Alles schien zu passen, lediglich Schild und Schwert fehlten auf der entsprechenden Abbildung des Darstellers. Um ganz sicher zu sein, musste er das Kostüm sehen, das dem Mordopfer angelegt worden war.

Weil der Rückweg nach Dresden über Chemnitz führte, entschloss sich Färber kurzerhand, Kommissarin Carola Mertens heute noch einen Besuch abzustatten.

## Freitag, 15. Mai, später Nachmittag

*Kommissariat, Chemnitz*

Das Gebäude der Kriminalpolizei in Chemnitz empfing seine Besucher als schmutzig grauer Steinklotz aus dem vorigen Jahrhundert. Am Empfang erfuhr Färber, dass Carola Mertens wegen eines Einsatzes nicht im Hause war. Er entschloss sich zu warten und ging in die Cafeteria, Färber hatte seit dem Morgen noch nichts gegessen und brauchte dringend einen Kaffee. Dreißig Minuten später stand er gestärkt wieder vor dem Beamten am Empfangstresen, der ihm mitteilte, dass Frau Mertens inzwischen eingetroffen war.

Im zweiten Stock fand er das Büro der Mordkommission. Nach kurzem Klopfen trat Färber ein. Verärgert schaute Carola von ihrem Schreibtisch auf und fragte barsch: »Wer hat Sie denn reingelassen? Ich habe doch gesagt, dass ich nicht gestört werden will.«

»Der junge Mann am Empfang hat mich nicht aufgehalten, aber das hätte sowieso nichts genützt.«

»Gehen Sie immer in fremde Zimmer, auch wenn Sie niemand hereinbittet?«, fragte sie mit finsterer Miene.

»Eigentlich nicht, aber in diesem Fall.«

»Also, machen Sie es kurz, worum geht es, ich habe wenig Zeit.«

Er ging auf den Schreibtisch zu und reichte ihr die Hand. »Färber, Mordkommission Kripo Dresden. Fred übrigens.«

Carola sah ihn erstaunt an, lächelte dann. »Warum sagst du das nicht gleich?«

Färber hob die Schultern.

»Also, worum geht es, ich komme gerade von einem Tatort und muss mich sofort um die Sache kümmern.« Ungeduldig wies Carola auf einen Sitzplatz vor dem Schreibtisch.

»Am Rande unserer Ermittlungen sind wir auf einen eurer

Fälle gestoßen. Laut Computer hattet ihr vor ein paar Wochen einen Toten in Wechselburg, dem das Bauchfett abgeschnitten worden ist.«

Carola atmete hörbar ein. »Das stimmt. In welchem Fall ermittelt ihr, wenn ich fragen darf?«

»Wir haben in Dresden ein Herz gefunden, das einem Mann in Polen aus dem Leib geschnitten worden ist. Zusammen mit dem Organ hat der Täter Teile eines historischen Kostüms mit Rüstung und Perücke regelrecht ausgestellt. Durch die Suche nach der Herkunft der Kleidungsstücke ist meine Mitarbeiterin auf euren Fall gestoßen, wegen der historischen Verkleidung.«

Carola überlegte einen Moment, bevor sie weitersprach: »Und jetzt glaubst du, wir haben es mit ein und demselben Täter zu tun?«

»Möglich. Unser Fall weist eindeutige Parallelen zu August dem Starken auf, sächsischer Kurfürst im 17. und 18. Jahrhundert. Soweit ich weiß, wurde euer Toter so aufgebahrt, dass ein Zusammenhang mit einem gewissen Grafen Dedo aus dem 12. Jahrhundert unübersehbar ist.« Er griff nach seinem Beutel mit den Lakritzkatzen und hielt ihr die Tüte hin, sie lehnte ab. Färber steckte sich ein paar Katzen in den Mund.

»Hm«, sie verschränkte die Arme vor ihrem Körper und lehnte sich zurück, »weißt du, wo ich gerade herkomme?«

Färber schaute sie nur fragend an.

»Aus Krummenhennersdorf, das ist ein kleines Nest nördlich von Freiberg. Wir wurden zu einem männlichen Mordopfer gerufen, das dort auf dem Dorfplatz in historischen Gewändern aufgefunden worden ist.«

Jetzt atmete Färber hörbar ein. Dann legte er das kleine Buch aus Rochlitz auf den Schreibtisch. »Blätter das mal durch, vielleicht findest du etwas.«

Erstaunt schaute Carola erst auf Färber, dann auf das Buch. Sie blätterte langsam und studierte jedes Foto. Sie musste nicht lange suchen, dann hatte sie die Seite des Herolds gefunden, der den Fürstenzug anführte. Sie schob das Buch auf Färbers Seite des Tisches und tippte mit dem Zeigefinger auf das Foto des verkleideten Darstellers. »Die Sachen hier haben wir in Wechselburg am Körper des Opfers gefunden.« Dann blätterte sie weiter und wurde erneut fündig. »Hier, das habe ich gerade in Krummenhennersdorf gesehen. Der Tote trug dieses Kostüm.« Sie las den Namen des Fürsten vor: »Albrecht der Stolze.«

Färber griff nach dem Buch und schlug die Seite auf, die August den Starken zeigte. »Und hier«, er wies auf das Foto, »ist das Kostüm, das wir zusammen mit dem Herzen in Dresden gefunden haben.« Färber stutzte und zog das Buch wieder zu sich heran. Erst jetzt fiel ihm die grün-golden verzierte Decke auf, die unter Augusts Sattel den Rücken des Pferdes bedeckte. Damit hatte der Mörder den Leichnam des polnischen Bauern bedeckt. Er schüttelte den Kopf und erzählte Carola die ganze Geschichte.

Carola schnaubte, stand auf und ging ein paar Schritte durch ihr Büro, die hohen Absätze ihrer Pumps klackten übers Linoleum. »Ich denke, wir sollten keine Zeit verlieren. Wir haben einen Serientäter, der Menschen umbringt und sie in der Verkleidung eines dieser …«, sie zögerte, »… was sind das eigentlich für Leute in diesem Buch?«

»In Dresden gibt es den Fürstenzug, ein Wandbild aus Fliesen am Stallhof des Schlosses. Dargestellt sind die sächsischen Fürsten der letzten Jahrhunderte.« Er deutete auf das Buch. »Jedes Kostüm und jede Waffe wurde detailgetreu nachgefertigt. Zu Stadtfesten wird dann alles als Lebendiger Fürstenzug aufgeführt, mit echten Pferden und echten Menschen. Die Initiatoren sitzen im Schloss Rochlitz, ich komme gerade von dort. Seit ein paar Wochen vermissen sie das Kostüm Augusts des Starken.«

»Und die Kostüme unserer Fälle?«, fragte Carola.

Er faltete das Blatt auseinander, auf dem alle verschwundenen Gegenstände des Fürstenzuges aufgeführt waren. Natürlich fehlten auch die Kostüme des Herolds und Albrechts des Stolzen. »Die vermissen sie erst seit heute«, erklärte Färber, »weil wir erst jetzt im Fundus waren und der Verlust vorher nicht bemerkt worden ist. Habt ihr das Opfer aus Wechselburg schon identifiziert?«

»Bisher noch nicht. Niemand scheint ihn zu kennen, die Anwohner am Fundort der Leiche beschwören, dass er kein Einheimischer ist. Das ist alles, was wir wissen.« Frustriert zog sie die Schultern hoch.

»Und der Tote von vorhin?«

»Nein, aber wir prüfen alle Vermisstenmeldungen. Beide Opfer hatten keinerlei Papiere oder individuelle Gegenstände bei sich. Der Täter hat ihnen offenbar nur ihre Unterhose gelassen. Die restliche Kleidung ist weg.«

»Weißt du«, sagte Färber, »was mir ernsthaft Sorgen macht?«

Carola sah ihn an und wartete.

»Dass weitere dreizehn Kostüme fehlen. Ich befürchte, dass der Täter alle verwenden will.«

»Das wäre furchtbar.« Eine Sorgenfalte zeigte sich auf ihrer Stirn. »Wir müssen uns wirklich ranhalten.«

Schon am nächsten Tag wurde eine Sonderkommission gebildet, die im Gebäude der Kriminalpolizei in Chemnitz ihren Sitz hatte. Färber sollte die Ermittlungen leiten, Carola wurde seine Stellvertreterin. Weitere Mitglieder der Soko waren Gerlinde Strecker in Dresden und Lars Friedrich, ein Chemnitzer Kollege. Färber würde ab und zu im Hotel übernachten, wenn es seine Arbeit im Chemnitzer Büro erforderte. Eine eilig einberufene Pressekonferenz unterrichtete die Medien vom Stand der Ermittlungen und der Bildung der Sonderkommission Fürstenzug.

## Montag, 18. Mai, Vormittag

*Im Großen Garten, Dresden*

Ich schlug die Zeitung auf, blätterte nach hinten bis zum Regionalteil und verschluckte mich an meinem heißen Kaffee. Ich hustete und rang nach Luft. Meine Unpässlichkeit veranlasste die braune Brühe, über den Becherrand zu laufen und einen Fleck auf meiner neuen Hose zu hinterlassen. Ich warf den Becher auf den Boden und sah zu, wie sich die dunkle Flüssigkeit auf der festgetretenen Erde vor der Bank ausbreitete und langsam versickerte. Seit Sonnabend gab es eine Sonderkommission Fürstenzug. Das ging mir jetzt aber doch zu schnell.

Der Schreiberling berichtete über drei Fälle, die wahrscheinlich demselben Täter zuzuordnen waren: Dedo verkleidet als Herold in Wechselburg, August der Starke, dessen Herz in Dresden gefunden worden war, und letztendlich auch Albrecht der Stolze, den ich erst in der Nacht zum Freitag in Krummenhennersdorf aufgebahrt hatte.

»Miese Schweine«, zischte ich und wusste nicht recht, wie ich mit der neuen Situation umgehen sollte. War jetzt schon Schluss mit meinem Lebendigen Fürstenzug, oder fing es gerade erst an? Eigentlich musste ich mir keine ernsthaften Sorgen machen, ich arbeitete nach einem ausgefeilten, raffinierten Plan. Ins Gefängnis würden die mich nicht bringen, das war so sicher wie das Amen in der Kirche. Trotzdem war ich verunsichert. Ab jetzt musste ich befürchten, dass die Schnüffler im Verborgenen ihr Süppchen kochten und nichts darüber in der Zeitung stand. Wenn ich nicht aufpasste, gäbe es vielleicht eine Katastrophe.

Ich musste herausfinden, was meine Gegner wussten und was diese Sonderkommission trieb. Ich las die Namen der aufgeführten Ermittler und entdeckte wieder diesen Färber, der Bulle auf meinem Schmierzettel. Fred hieß er also mit Vornamen.

Ich stand auf, klemmte die zusammengerollte Zeitung unter den Arm. Wenn dieser Färber hier schon wieder auftauchte, musste er eine entscheidende Rolle in meiner Angelegenheit spielen. Im Telefonbuch standen viele Färbers, aber es war kein Fred darunter, also hatte mein Schnüffler eine Geheimnummer, dieser Feigling.

## Montag, 18. Mai, Nachmittag

*Kommissariat, Chemnitz*

Die Ermittlungsmaschinerie hatte sich mit Volldampf in Bewegung gesetzt. Im kleinen Büro der Sonderkommission herrschte hektisches Treiben. Es wurde telefoniert, das Faxgerät empfing Dokumente und sendete dabei einen nervtötenden Signalton. Ständig kamen und gingen Leute, die Berichte brachten oder kleine Zettelchen mit Nachrichten, die am Empfang notiert worden waren. Keiner der Ermittler konnte bei dieser Unruhe einen klaren Gedanken fassen.

Färber raufte sich die Haare. Carola sah ihn an und nickte entschlossen. »Wir machen eine Pause und genehmigen uns einen Kaffee.«

Sie verließen das Büro und verschwanden in Richtung Cafeteria, jeder einen Aktenstapel unter den Arm geklemmt. Lars Friedrich blieb allein zurück im Chaos von Zetteln, Akten und Telefongeklingel. Er hatte die Aufgabe bekommen, sich um die Gästeführer in der Dresdner Altstadt zu kümmern, da der Fürstenzug zu den beliebtesten Sehenswürdigkeiten gehörte.

Carolas Absätze knallten auf den Steinboden, das Geräusch hallte im Treppenhaus wider. In der Cafeteria setzten sie sich an einen kleinen Tisch zwischen Kübeln mit Grünpflanzen. Die Ruhe war angenehm. Vor ihnen dampften zwei Tassen Kaffee.

Färber trank ungeduldig und verbrannte sich die Lippen. »Autsch.«

Carola schmunzelte. Dann legte sie ihren Stapel Blätter auf die Tischplatte und breitete die Bögen vor sich aus. »Das hier sind die ersten Ergebnisse vom Lebendigen Fürstenzug.«

Färber wusste kaum etwas darüber. Er hatte in der Zwischenzeit Geschichtsbücher und Internetseiten studiert und dabei reichlich Lakritz zu sich genommen.

»Wir müssen über dreihundert Personen überprüfen, die an der Auferstehung des Fürstenzuges beteiligt sind«, berichtete Carola. »Es sind vierundneunzig Darsteller, fast ausschließlich Männer, und ungefähr einhundertdreißig Näherinnen, die die Kostüme angefertigt haben. Dazu kommen Schuhmacher, Perückenhersteller, Pferdepfleger, ein Kunstschmied, Busfahrer und etwa einhundert weitere Helfer. Die meisten Beteiligten sind namentlich bekannt, eine Liste habe ich von einem Herrn Döring aus dem Schloss Rochlitz bekommen, du müsstest ihn kennen.«

»Von ihm habe ich das Buch mit den Fotos der Darsteller. Soweit ich das verstanden habe, war er bei der Organisation des Projektes federführend beteiligt.«

»Jedenfalls haben wir die Darsteller, Näherinnen und die Handwerker überprüft, die Pferdepfleger bearbeitet Frau Strecker gerade. Insbesondere haben wir uns auf Personen mit Spezialkenntnissen über Betäubungsmittel und Anatomie konzentriert sowie auf Halter heller Kleinbusse. Dass alle Beteiligten eine besondere Beziehung zum Fürstenzug haben, erschien uns selbstverständlich. Und das ist bisher herausgekommen.« Sie schob eine Seite über den Tisch. Nur drei Namen standen auf dem Blatt. Es gab den Apotheker Horst Stammel unter den Darstellern, der sich auffällig oft nach Einzelheiten zu den Ermittlungen erkundigt hatte. Hinzu kam sein beruflich bedingtes medizinisches und pharmazeutisches Wissen.

Der nächste Kandidat war der Fleischergeselle Ronny Deubner, der einen Lanzenträger darstellte. Anatomisches Wissen konnte man bei ihm voraussetzen, darüber hinaus fuhr er einen weißen Kleinbus. Das Kennzeichen begann allerdings mit »MW« für Mittweida, also nicht mit »DD«. Laut Döring hatte Deubner sich während der Proben häufig abfällig über einige der Fürstendarsteller geäußert. Er unterstellte ihnen, arrogant zu sein und sich übers Fußvolk lustig zu machen.

Zuletzt stand eine Perückenmacherin auf der Liste. Sie hieß Manuela Erhardt und nutzte laut Akte hin und wieder einen weißen Kleinbus mit Dresdner Kennzeichen, kannte sich mit Betäubungsmitteln aus und verfügte als ausgebildete Krankenschwester über medizinisches Grundwissen.

»Wir könnten morgen Vormittag mit diesen Leuten sprechen, wenn du einverstanden bist«, schlug Carola vor.

Färber nahm sich ein paar Sekunden Zeit, um seine Gedanken zu ordnen. »Ich glaube nicht, dass diese drei«, er hob den Papierbogen in ihre Richtung, »etwas damit zu tun haben. Ein Zusammenhang mit den Morden scheint mir doch etwas weit hergeholt, im Moment jedenfalls. Wir sollten uns aber genauer mit dem Umfeld der Fürstendarsteller befassen, deren Kostüme unser Täter entwendet hat. Vielleicht stoßen wir auf Feinde oder Neider.«

Carola runzelte die Stirn. »Wie weit bist du eigentlich mit den historischen Hintergründen des Fürstenzuges?«

Färber trank einen Schluck und stellte die Tasse auf dem letzten Stück Tischplatte ab, das zwischen Papieren und Zetteln frei geblieben war. »Die dargestellten Herrscher gehörten alle zum Geschlecht der Wettiner, die über Jahrhunderte in Sachsen geherrscht haben. Der erste war Konrad der Große, der im 12. Jahrhundert regierte. Dann geht das so weiter bis ins 20. Jahrhundert.« Färber blätterte in einem der Papierstapel, eine Seite zog er heraus. »Auf dem Wandbild sind fünfunddreißig Fürsten abgebildet, alle hoch zu Ross, die meisten anderen Figuren gehen zu Fuß und stellen Ritter, Knappen, Studenten, Handwerker und andere Berufe dar. Unser Täter hat bisher zwei Fürsten und den Herold verwendet, wenn ich das so sagen darf. Der Herold reitet vor den Herrschern und kündigt den Zug der Fürsten an, was wohl auch früher zu den Aufgaben eines Herolds zählte. Seltsamerweise hat der Mörder seinem ersten Opfer die Kleidung des Herolds angezogen, thematisch aber den Tod eines anderen, des Grafen Dedo von Rochlitz und Groitzsch, nachgebildet, der überhaupt nicht im Fürstenzug vorhanden ist. Das verstehe ich noch nicht. Bei den zwei anderen Morden hat er den Tod des Fürsten nachgestellt, dessen Kostüm er auch benutzt hat.«

»Hast du herausgefunden, warum er Herz und Körper Augusts des Starken an verschiedenen Orten abgelegt hat und wieso das andere Opfer in Krummenhennersdorf gefunden worden ist?«

»Geduld, Geduld, bitte, dazu komme ich jetzt. Als ich bei Döring im Schloss Rochlitz war, hat er erwähnt, dass nach Augusts Tod dessen Körper in Polen, das Herz aber in Dresden beigesetzt worden ist. Das schien eine Art Brauch zu sein, um beiden Ländern etwas vom einstigen Herrscher zu erhalten. Ich habe das überprüft. Die Geschichte ist tatsächlich wahr. Augusts Herz ruht in der Gruft der Dresdner Hofkirche, sein Leib aber im Dom von Krakau.«

»Davon habe ich noch nie gehört. Und was sagt uns das jetzt?«, fragte sie skeptisch.

»Zunächst einmal, dass unser Täter sich in Geschichte ziemlich gut auskennt und es ihm wichtig ist, dass möglichst viele Details der von ihm aufgebahrten Opfer mit historischen Fakten und Überlieferungen übereinstimmen.«

»Aber warum will er das?«

Färber zog die Schultern nach oben. »Das müssen wir herausfinden. Wenn wir die Antwort auf diese Frage haben, wissen wir vielleicht auch, wer unser Mörder ist.«

»Und der Tote von Krummenhennersdorf?«

»Also, das ist ziemlich interessant. Albrecht der Stolze hatte wohl jahrelange Streitigkeiten mit seinem Bruder um die ererbten Ländereien. Ein Verräter, wahrscheinlich im Auftrag des Bruders, hat dem Stolzen in Freiberg bei einem Festmahl Arsen ins Essen gemischt. Albrecht trat kurz danach eine Reise nach Meißen an, musste aber unterwegs in einer Sänfte getragen werden, weil ihm sehr übel wurde. Jedenfalls verstarb er unter großen Qualen unterwegs. Und, was glaubst du, wo das gewesen ist?«

»In Krummenhennersdorf?«

»Ganz genau, in diesem kleinen Dorf hat er sein Leben ausgehaucht.«

»Das ist ja ein Ding. Jetzt sag bloß noch, das Opfer wurde mit Arsen vergiftet.«

Färber nickte. »Du hast zwar recht, aber eben auch nicht so ganz. Die Rechtsmedizin hat herausgefunden, dass der Mann an einer Überdosis Schlafmittel gestorben ist, das ihm intravenös verabreicht worden war. Weißt du eigentlich schon, dass er identifiziert worden ist?«

»Nein, das ist noch nicht bei mir angekommen.«

»Lars ist auf eine Vermisstenanzeige gestoßen. Die Ehefrau hat den Toten heute Morgen identifiziert. Er heißt Jörg Schneider, wohnte mit Frau und Sohn in Oederan und arbeitete als Vertreter für Teppichböden. Er muss am Donnerstag mit seinem Wagen unterwegs gewesen sein, das Auto ist allerdings verschwunden. Lars hat es schon zur Fahndung ausschreiben lassen.«

Carola reagierte nicht, sie schien einem Gedanken nachzuhängen. »Es wurde also doch kein Arsen in seinem Körper gefunden?«, fragte sie schließlich.

»In der Kanüle war jedenfalls ein starkes Schlafmittel. Aber Arsen und Spuren eines anderen Betäubungsmittels wurden im Magen des Opfers gefunden. Die Einnahme muss kurz vor Eintritt des Todes erfolgt sein, denn die Wirkung des Giftes konnte nicht mehr einsetzen.«

»Wissen die das genau?«

»Ich denke schon, Arsen führt wohl erst nach mehreren Stunden oder gar Tagen zu einem qualvollen Tod. Laut Pathologie hat der Mann nicht gelitten, er ist vermutlich friedlich eingeschlafen und nicht wieder aufgewacht, bis sein Herz schließlich aufgehört hat zu schlagen.«

»Friedlich eingeschlafen«, wiederholte Carola kopfschüttelnd und erhob sich. »Nun gut, lass uns zusammenfassen. Wir haben es mit einem Täter zu tun, der seine Morde genau plant, sie in Anlehnung an die Geschichte des betreffenden Herrschers ausführt und seine Opfer im entsprechenden Kostüm aus dem Fürstenzug aufbahrt. Anscheinend hat auch der Ort der Inszenierung, ich will das mal so bezeichnen, etwas mit seiner Absicht zu tun, Beispiel Krummenhennersdorf. Warum macht er das?«

»Noch wissen wir zu wenig, um diese Frage beantworten zu können«, sagte Färber. »Fest steht, er plant eiskalt, kalkuliert die Risiken und handelt keinesfalls unkontrolliert oder im Affekt. Er ist nicht verrückt, wahrscheinlich überdurchschnittlich intelligent. Ich glaube, er sehnt sich nach Anerkennung, deshalb macht er sich die ganze Mühe.«

»Da könntest du richtigliegen. Wir sollten unseren Fallanalytiker Dr. Hammerstein hinzuziehen.« Carola trank den letzten Schluck kalten Kaffee aus und erhob sich.

## Dienstag, 19. Mai, später Abend

*Färbers Wohnung, Martin-Luther-Straße, Dresden*

Das monotone Quietschen der Hollywoodschaukel störte Färber heute kaum, das Geräusch beruhigte ihn im Moment sogar, weil es verlässlich bei jedem Schwung wiederkehrte. Sonst gab es kaum etwas in Färbers Leben, auf das er sich verlassen konnte. Marita hatte ihn fallen lassen, sein Beruf trieb ihn täglich an unbekannte gefährliche Ufer. Und zu allem Übel hatte er auch noch diese schreckliche Schuld auf sich geladen. Wenzel Frankowski würde nie wieder auf einer Schaukel sitzen,

Kaffee trinken oder eine Zigarette rauchen. Färber stöhnte. Sein Körper fühlte sich schwer an, nahezu kraftlos, als könne er sich nie wieder aus dieser Schaukel erheben. Wie sollte er weitermachen? Heute, morgen, nächste Woche, nächstes Jahr? Ständig musste er sich auf andere Verbrechen, manchmal auch auf neue Kollegen einstellen. Wo sollte er die Kraft dafür hernehmen? Die Mitschuld am Freitod Wenzel Frankowskis hatte sich in seinen Eingeweiden als nagendes schlechtes Gewissen eingenistet. Es würde ihn nie wieder verlassen. Ein Privatleben hatte er überhaupt nicht mehr, wenn man von seinem Nachbarn und Kumpel Gernot einmal absah.

Vertieft in diese Gedanken, hockte Färber in der Schaukel, schwang hin und her und versuchte, sich auf den Fall zu konzentrieren. Immer wieder wanderten seine Augen zu den Fotos auf der Anrichte: Färbers Vater, seine längst verstorbene Mutter und Marita, seine Ex. Ihre Ehe war kinderlos geblieben, deshalb standen dort auch keine Fotos von pummeligen Babys oder ernst dreinschauenden Schulanfängern. Noch heute trauerte Färber um die Kinder, die er nie gehabt und wahrscheinlich auch nie haben würde. Aber er hatte selbst Schuld, damals, als Kinder noch möglich gewesen waren, hatte er sich nicht dazu entschließen können. Maritas Drängen nach einem Baby hatte er stets abgewehrt. Sein Beruf ließe das im Moment nicht zu, da müsste erst dieser schwierige Fall gelöst werden und danach jener. Er war einfach feige gewesen, zu feige und zu egoistisch. Diese schmerzliche Erkenntnis war ihm zu spät gekommen, erst als Marita den Entschluss längst gefasst hatte, ihn zu verlassen, obwohl sie damals noch monatelang bei ihm gewohnt hatte. Mit ihren Sehnsüchten und Wünschen war sie längst fort gewesen. Nur er, der große Herr Kommissar, hatte lange überhaupt nichts davon mitbekommen. Obwohl sein Beruf einen gesunden Menschenverstand und eine gute Intuition verlangte, privat hatte beides gründlich versagt.

Als das Telefon klingelte, schreckte Färber hoch und fuhr sich mit den Fingern durchs Haar. Er räusperte sich, stand auf und ging zur Anrichte hinüber, auf der neben den Bilderrahmen das Telefon stand. »Ja«, meldete er sich mürrisch.

»Carola hier. Welche Laus ist dir denn über die Leber gelaufen?«

»Gar keine, alles gut.«

»Na ja, wenn du nicht darüber reden willst.«

»Wirklich. Ich war nur gerade etwas eingenickt«, log er, »also, was gibt's?«

»Heute Morgen haben Lars und ich noch mit einigen Darstellern gesprochen, deren Kostüme verschwunden sind.«

Färber schwieg und wartete.

»Bisher konnten wir nicht den kleinsten Zusammenhang zwischen ihnen und den Opfern finden.«

»Was sind das eigentlich für Leute?«, fragte Färber.

»Einer von ihnen ist Journalist bei der ›Freien Presse‹, er heißt Ingolf Edelmann.«

»Passt ja irgendwie«, sagte Färber.

»Sehr witzig, trotzdem war die Unterhaltung mit ihm vergebene Liebesmühe, angeblich hat er keine Feinde und kann sich nicht vorstellen, dass jemand ihm irgendetwas Böses will.«

»Bei einem Journalisten doch eher unwahrscheinlich, oder? Irgendjemandem treten die doch immer auf die Füße, erfahrungsgemäß jedenfalls.«

»Nein, er schreibt nur über lokale Ereignisse wie den letzten Faschingsball oder wer die größte Sonnenblume in seinem Garten gezogen hat.« Sie raschelte mit Papier, Färber hielt geduldig das Telefon am Ohr und beobachtete eine winzige Spinne, die sich eifrig und mit flinken Bewegungen vom Fensterbrett nach unten auf die braun gestrichenen Dielen abseilte. »Hier, da steht es auch«, meldete sich Carola wieder. »Edelmann arbeitet als Lokalreporter in und um Chemnitz.«

»Hast du ihn gefragt, ob er irgendein heißes Eisen angefasst hat, das ihm jetzt gefährlich werden könnte?«, bohrte Färber weiter.

Unwirsch antwortete Carola: »Ja, doch. Wir sind doch keine Anfänger. Edelmann hat deutlich erklärt, dass er keinen investigativen Journalismus betreibt. Er deckt keine Verschwörungen auf und prangert auch keine Steuerverschwendung an. Sein Metier sind Kleingärten und Sportvereine, nicht die Mafia oder Zigarettenschmuggler.«

»Ist ja gut, hab's kapiert«, knurrte Färber. »Und die anderen?«

»Einer der Fürsten wird von einem wissenschaftlichen Mitarbeiter der Chemnitzer Uni gemimt, sein Name ist Georg Müchler. Ein anderer Darsteller heißt im wahren Leben Wolfram Lange, Lehrer an einem Gymnasium in Dresden.«

»In welchem Fachbereich arbeitet Müchler in Chemnitz?«

Carola blätterte, Färber hörte das Umschlagen der Seiten im Telefon.

»Informatik«, antwortete sie schließlich.

»Das hat nichts mit sächsischer Geschichte zu tun.«

»Stimmt.«

»Könnte trotzdem einer seiner Studenten ein Problem mit ihm haben oder, was den Gymnasiallehrer betrifft, ein Schüler sich an ihm rächen wollen?«

»Einem Studenten könnte man die Morde wohl zutrauen, aber einem Schüler?«

»Hm«, Färber räusperte sich, »das klingt höchst unwahrscheinlich. Und selbst wenn, würde ein nach Rache sinnender Schüler völlig fremde Menschen umbringen, wenn es doch um diesen Lehrer geht? Das klingt vollkommen absurd.«

»Und den Studenten«, erklärte Carola, »kannst du wohl auch vergessen. Warum sollte einer, der sich mit Informatik und Computern beschäftigt, den Mord eines vor Jahrhunderten verstorbenen sächsischen Fürsten nachstellen, um eine alte Rechnung mit seinem Dozenten zu begleichen? Der würde ihn doch eher im Internet schlechtmachen oder innerhalb der Uni anprangern.«

Färber sagte dazu nur: »Ich kenne mich mit den Gepflogenheiten an einer Universität nicht aus.«

»Hm.« Carola überlegte eine Weile. »Nach den Befragungen und den bisherigen Erkenntnissen haben wir nicht den kleinsten Hinweis darauf erhalten, dass die Morde im Zusammenhang mit den heutigen Darstellern stehen könnten. Ich glaube, wir befinden uns in einer Sackgasse.«

## Mittwoch, 20. Mai, Nachmittag

*Josephinenstraße, Dresden*

Eines der Wohnzimmerfenster stand offen. Warme Frühsommerluft bewegte eine leichte Spitzengardine. Am gedeckten Kaffeetisch sitzend, wartete ich auf meine Mutter. Sie war noch nicht alt, aber wegen eines hartnäckigen Nervenleidens gebrechlich und hilfebedürftig geworden, nur schwer konnte ich diese Tatsache akzeptieren. Ich ärgerte mich, dass der Kaffee jetzt kalt wurde, nur weil die Pflegerin zu träge war, meine Mutter etwas schneller zu frisieren. Vor einer Viertelstunde schon waren die beiden im Bad verschwunden und ließen mich einfach hier sitzen. Durch die geschlossene Tür hörte ich ihr Schwatzen und Lachen. Immer wenn Mutter mit dieser Altenpflegerin zusammen war, schien sie ihr eigenes Kind zu vergessen. Dieser Gedanke versetzte mir jedes Mal einen Stich. Fühlte sich so Eifersucht an? Ich wusste es nicht, nur eines war mir klar: Diese liederliche Person sollte sich keinen Schritt weiter an meine Mutter heranmachen, sie war ein schlechter Umgang, und außerdem wollte sie mich verdrängen. Eine Fremde. Wahrscheinlich war Mutter wegen ihrer Krankheit nicht mehr Herrin ihrer Sinne und damit leicht zu beeinflussen. Eine Fliege umkreiste die altmodische Deckenlampe. Die Zeit schien stehen geblieben zu sein.

Als die beiden endlich am Tisch saßen, lachten und kicherten sie noch immer, fast wie Teenager. Mich störte ihr kindisches Verhalten, und ich fühlte mich ausgeschlossen, ausgegrenzt durch diese schreckliche Person.

»Also, Kind, du hättest doch schon anfangen können«, sagte Mutter und schüttelte den Kopf. »Jetzt ist der Kaffee kalt geworden, als ob du dir nicht selbst eine Tasse einschenken könntest.«

Jetzt kritisierte sie mich auch noch vor dieser blöden Kuh.

»Ich wollte mit euch zusammen Kaffee trinken und habe gern gewartet«, log ich.

Heidrun Krämer lachte. »Ja, eine Tasse kann ich mir noch leisten, dann muss ich aber los, ich habe heute viel zu tun.« Sie schlürfte die Flüssigkeit aus der feinen Porzellanschale. Angewidert schaute ich zu Boden.

Die Altenpflegerin war für meinen Geschmack zu korpulent, ihr Haar hing ungepflegt auf ihre Schultern herab. Sie benahm sich wie ein Trampel. Dann verschluckte sie sich auch noch an einem Stück Streuselkuchen und hustete ausgiebig. Ihr feistes Gesicht lief rot an. Mutter schmunzelte, und ich schluckte meine Wut hinunter.

»Ach, bitte«, jetzt sprach mich diese Person auch noch an, »Ihre Mutter erzählt immer davon, dass Sie sich so gut auskennen in der Gegend und viel über Geschichte und solche Sachen wissen.«

Erstaunt schaute ich meine Mutter an. »Ja, und?«

»Na ja, ich wollte Sie fragen, ob Sie nicht Lust hätten, mit mir mal einen Ausflug in die Umgebung zu machen.«

Ich zog meine Augenbrauen hoch und wartete.

»Ich lebe ja allein, wie Sie vielleicht wissen, und Ihre Mutter erzählte, dass Sie auch niemanden haben.« Sie machte eine Pause und rührte in ihrem Kaffee. »Und da dachte ich, wir könnten vielleicht mal was zusammen unternehmen?«

Ich murmelte, dass ich mir das überlegen würde, wusste aber hundertprozentig, dass ich mit dieser Schreckschraube keine Minute freiwillig verbringen wollte. Knurrend erhob ich mich. »Ich muss los.« Mein Stuhl fiel krachend gegen die Vitrine.

»Also Kind, ich muss mich wundern.« Mutter funkelte mich zornig an. Sie presste ihre schmalen Lippen aufeinander, sodass ihre Gesichtshaut noch faltiger erschien als sonst. Dabei wackelte sie immerfort mit dem Kopf, Ausdruck ihres Leidens, das mit den Jahren schlimmer wurde. Dann tätschelte sie die Hand der Pflegerin und zwinkerte ihr zu.

Mein Gesicht wurde heiß, und ich stolperte aus dem engen Wohnzimmer.

## Mittwoch, 20. Mai, Nachmittag

*Kommissariat, Chemnitz*

Färber zerkaute genüsslich zwei Lakritzkatzen, während er die breite Treppe ins Kellergeschoss hinabstieg. Er hatte sich mit Jens

Ahnert verabredet, den alle hier nur »die Laborratte« nannten. Er öffnete die schwere Metalltür und betrat Ahnerts gefliestes Reich mit überfüllten Arbeitstischen, Regalen und allerlei technischem Gerät. Färber schaute sich um, kein Mensch weit und breit. Zwei Mikroskope standen vor ihm auf dem Tisch. Er spähte in jedes hinein, die stark vergrößerten Objekte konnte er zwar sehen, aber nicht sagen, um was es sich dabei handelte. Vielleicht wollte Färber das lieber auch gar nicht wissen. Er aß noch drei Lakritzkatzen und summte vor sich hin, als er sich auf einem bequemen Drehstuhl niederließ. Ein Schlag auf die Schulter ließ ihn hochschrecken.

»Hallo, Herr Kommissar.« Ahnert zwinkerte und amüsierte sich köstlich.

»Mann, hast du mich erschreckt«, brachte Färber atemlos hervor. »Schleichst du dich immer so an?«

»Ich muss doch meinem Ruf als Laborratte alle Ehre machen. Du weißt schon, hinterhältig und angsteinflößend«, lachte der glatzköpfige Ahnert, der einen zerschlissenen grauen Kittel trug.

»Ich kann mir weiß Gott angenehmere Begrüßungen vorstellen«, sagte Färber und war froh, dass er sich nicht an den Resten der Lakritzkatzen verschluckt hatte.

»Nichts für ungut.« Ahnert grinste. »Zur Sache, Commissario, was führt dich in die Chemnitzer Unterwelt?«

»Ihr habt doch die historischen Kostüme der Morde von Wechselburg und Krummenhennersdorf untersucht«, begann Färber.

»Stimmt, das vornehme Zeug lag hier auf meinem Tisch.«

»Wie sieht es mit DNA-Spuren aus?«

Ahnert nickte. »Haben wir, mehr, als dir lieb ist.«

Färber schwieg und wartete auf die Fortsetzung.

»Wir haben Hautschuppen, Haare, Blut- und Speichelreste und noch anderes gefunden, aber nicht nur von ein paar Personen. Nein, ganze Heerscharen müssen die Stoffe angefasst haben. Allein auf dem Umhang aus Wechselburg konnten wir mehr als fünfzig verschiedene Verursacher feststellen: Männer, Frauen und Tiere.«

Färber schaute Ahnert ungläubig an.

»Ja, kannst du glauben«, sagte Ahnert, »hast du dafür eine halbwegs sinnvolle Erklärung?«

Färber zog die Stirn in Falten. »Bei diesem Umzug wirken Hunderte von Leuten mit, und Pferde sind auch einige dabei. Außerdem werden die Kostüme im Schloss Rochlitz ausgestellt, und jeder Besucher, der auch nur eine Hand freihat, fummelt an dem Zeug herum«, brummte er.

Ahnert tätschelte ihm fast freundschaftlich die Schulter und zwinkerte. »Wir könnten jeden biologischen Fingerabdruck katalogisieren und analysieren und mit der DNA aller in Frage kommender Personen vergleichen, deren Speichel wir vorher natürlich entnehmen und untersuchen müssten …«

Färber seufzte und winkte ab. »Das wäre die berühmte Suche im Heuhaufen.«

»Genau, nach einer winzigen Nadel, die wir nicht einmal kennen.« Ahnert grinste schon wieder. »Dann würde ich sagen, kommst du so in zwei Jahren wieder vorbei, vielleicht haben wir dann einen Treffer.«

Färber schluckte und setzte sich. »Zusammengefasst heißt das also, wir haben vermutlich die DNA-Spur unseres Mörders, können sie aber in angemessener Zeit aus der Unmenge anderer Spuren nicht herauskristallisieren. Erst mit einem Verdächtigen im Schlepptau würde ein DNA-Abgleich Sinn machen.«

»Welch ein Fachwortschatz«, freute sich Ahnert. »Darüber hinaus hast du völlig recht. Wenn ihr einen Verdächtigen habt, vergleichen wir seine DNA mit denen auf den Kostümen der Opfer«, Ahnert stützte sich auf der Tischplatte ab, »und wenn es passt, wisst ihr zumindest, dass derjenige mit den Sachen irgendwann Kontakt gehabt hat.«

Färber atmete hörbar ein. »Na dann, mach's gut und vielen Dank erst einmal.« Er ließ Ahnert allein in seinem tageslichtfreien Reich zurück.

»Bis bald, Commissario.« Ahnert winkte ihm nach und beugte sich über eines der beiden Mikroskope.

Färber stieg mehrere Etagen hinauf. Im Treppenhaus roch es nach Bohnerwachs und Staub, der in schräg einfallenden Sonnenbündeln tanzte. Über der einst weißen Farbe der Wände lag ein schmutziger Schleier, an mehreren Stellen zeichneten sich helle Vierecke ab, wo vermutlich Bilder gehangen hatten, die inzwischen verschwunden waren.

Färber ging ins Büro der Sonderkommission. Der Raum war menschenleer. Verwundert machte er auf dem Absatz kehrt, um seine Kollegen zu suchen.

Aus dem Konferenzraum gegenüber drangen Stimmen durch die Tür. Färber klopfte und trat ein.

Carola saß an einem Tisch aus Kirschbaumholz und unterhielt sich mit einem grau melierten Herrn im Anzug. Vor ihnen lag ein Bündel Papier. Carola schaute zur Tür. »Ah, Färber, darf ich dir unseren Fallanalytiker Dr. Hammerstein vorstellen? Er ist Psychologe.«

»Ach ja, Dr. Hammerstein, unser Profiler.« Lächelnd streckte Färber die Hand aus. »Na, dann legen Sie mal los.«

»Zunächst einmal möchte ich voranschicken, dass mein Gutachten noch nicht vollständig fertiggestellt werden konnte in der Kürze der Zeit. Weil mich Frau Mertens gebeten hatte und ich die Dringlichkeit Ihres Anliegens nachvollziehen kann, habe ich Ihren Fall vorgezogen.«

»Das ist sehr freundlich. Wenn es uns hilft, den Täter schnell zu fassen, lohnt sich der Aufwand«, sagte Färber.

»Genug der Vorrede. Ich habe die Akten eingehend geprüft und analysiert. Nach meinem Kenntnisstand haben wir es mit ein und demselben Täter zu tun –«

»Davon sind wir auch ausgegangen«, sagte Färber.

Hammerstein räusperte sich kurz. »Es handelt sich mit großer Wahrscheinlichkeit um einen männlichen Einzeltäter, der seine Verbrechen minutiös plant und ausführt, und ich glaube, er ist älter als siebenundzwanzig Jahre.«

»Wie kommen Sie darauf?«, fragte Färber.

»Statistisch gesehen«, antwortete Hammerstein, »begehen Serienmörder ihren ersten Mord im Alter von siebenundzwanzig Jahren, und es sind meistens Männer. Es gibt zwar auch einige Frauen, aber die töten in der Regel, um aus einer unhaltbaren Situation herauszukommen.«

»Prügelnde Männer?«, vermutete Carola.

Hammerstein nickte in ihre Richtung. »Das ist eine Möglichkeit. Unser Mann aber giert nach Macht und Anerkennung.«

»Ist das sein Hauptmotiv?«, fragte Färber.

»Alles spricht dafür, aber was ihn sonst noch antreibt, kann ich zum jetzigen Zeitpunkt nicht sagen. Auf jeden Fall ist die Art der Tötung und das Ankleiden der Opfer seine Art der Kommunikation mit uns.«

»Will er uns mit den Morden seine Geschichte erzählen?«, fragte Färber. »Kann er sich anders nicht ausdrücken?«

»Vermutlich«, antwortete Hammerstein.

Carola erhob sich. »Aber wie kommt einer auf die Idee, Menschen eiskalt zu ermorden, nur um uns etwas mitzuteilen?«

»Möglicherweise meint er auch gar nicht die Polizei«, vermutete Färber, »sondern den Verein in Rochlitz?«

»Oder die Scharen von Touristen in Dresden?«, ergänzte Carola. »Vielleicht ist er genervt von ihnen.«

Färber kratzte sich am Kinn. Dann zeigte er auf das Gutachten auf dem Tisch und sah Hammerstein an. »Was ist er für ein Mensch?«

»Es gibt verschiedene Ansätze für die Beurteilung von Serienmördern. Das FBI geht im Wesentlichen von zwei Typen aus, den planvoll und den nicht planvoll vorgehenden. Damit ergeben sich unterschiedliche Charakteristika, die durchaus beim konkreten Täter vermischt auftreten können. Andere Analytiker unterscheiden differenzierter und haben vier Kategorien –«

»Entschuldigung, was ist Ihre persönliche Meinung? Beschreiben Sie uns den Menschen«, bat ihn Färber.

Hammerstein hüstelte und blätterte in seinem Gutachten. »Tja, ich glaube, Ihr Mann ist überdurchschnittlich intelligent, fühlt sich möglicherweise in seiner Tätigkeit unterfordert und nicht genügend anerkannt. Er folgt einem Drang nach Herrschsucht, um die eigene Umgebung zu kontrollieren. Der Mangel an Aufmerksamkeit hat vermutlich schon in seiner Kindheit begonnen. Die meisten Serienmörder stammen aus Verhältnissen der seelischen Verwahrlosung. Dazu kommt häufig ein traumatisches Erlebnis, das nie adäquat verarbeitet worden ist.«

»Es hat sich niemand um ihn gekümmert?«, fragte Carola.

»Möglicherweise.«

»Hm«, meldete sich Färber, »wurde er als Kind misshandelt?«

Hammerstein schob seine Brille hoch und schüttelte den Kopf.

»Und sexuell?«

»In den Unterlagen habe ich kein Wort davon gelesen, dass er seine Opfer gequält oder sadistische Neigungen ausgelebt hat. Es wirkt fast so, als ob er die eigentliche Tat, den Mord, schnell hinter sich bringen wollte, um dann das Einkleiden und Aufbahren der Opfer vornehmen zu können. Mit Gier nach Gewalt oder speziellen sexuellen Neigungen hat das meiner Ansicht nach nichts zu tun.«

»Wir haben bisher keinerlei Verbindung zwischen den Opfern, sofern wir ihre Identität kennen, und den ausgewählten Fürsten und Tatorten finden können. Gerade so, als spiele es für ihn überhaupt keine Rolle, wen er ermordet.«

Hammerstein drehte einen Kugelschreiber zwischen seinen Fingern und schaute Färber an. »Soweit ich das im Moment beurteilen kann, ist ihm das gleichgültig. Er missbraucht seine Opfer gewissermaßen als Darsteller, wenn ich das mal so ausdrücken darf«, der Psychologe schluckte, »in einer makabren Inszenierung. Nur das scheint ihn zu interessieren, die getöteten Menschen sind nur Requisiten.«

»Lebt er allein, oder ist er verheiratet?«

»Tja, Herr Färber, das ist die Frage, über die ich selbst lange nachgedacht habe. Unser Täter geht eindeutig planvoll vor, damit ist er laut FBI vermutlich gut assimiliert, lebt also in geordneten Verhältnissen mit Ehefrau und vielleicht sogar Kindern. Aber ich habe in dieser Frage so meine Zweifel.«

»Warum?«

»Na ja«, Hammerstein stand auf und ging zum Fenster, schaute hinunter auf die Straße und beobachtete eine junge Frau, die einen Kinderwagen zwischen den Passanten hindurchbugsierte, »unser Mann ist ein Egomane, selbstverliebt und rücksichtslos. Wenn er mit einer Frau zusammenleben würde, müsste er sich extrem verstellen, und das jeden Tag. Ich glaube, so stark ist er nicht. Vermutlich lebt er allein.«

Färber nickte, was Hammerstein nicht sehen konnte. »Also gut«, er stellte sich neben den Psychologen ans Fenster und schaute ebenfalls auf die junge Frau, die gerade ihren Kinderwagen durch die Eingangstür eines Schreibwarengeschäfts auf der anderen Straßenseite schob, »haben Sie noch mehr?«

»Fürs Erste muss das genügen. Ich werde mich mit einem Kollegen beraten«, sagte Hammerstein.

Der Abschied fiel kurz aus, Hammerstein hatte einen anderen Termin und eilte davon. Das vorläufige psychologische Gutachten blieb auf dem Konferenztisch liegen. Färber ging hinüber, setzte sich und schlug die Mappe auf. Carola saß ihm gegenüber und hing ihren Gedanken nach. Mehrere Minuten blieb es still im Raum, nur das Rascheln des Papiers war zu hören, wenn Färber eine Seite umblätterte.

Färber unterbrach sein Studium und fragte: »Was hältst du von folgender Theorie?«

Carola musterte ihn und beugte sich nach vorn, stützte ihre Unterarme auf die Tischplatte. »Schieß los.«

»Unser Mann hat irgendetwas gegen diesen Lebendigen Fürstenzug und will sich an den Vereinsmitgliedern rächen. Deshalb stiehlt er deren wertvolle Kostüme und zieht sie seinen toten Opfern an. So etwas wie eine makabre Karikatur des Lebendigen Fürstenzuges.«

»Hm.« Carola spielte gedankenversunken mit ihrem Kugelschreiber, drehte ihn zwischen den Fingern hin und her. »Aber was könnte unseren Täter so verärgert haben, dass er dafür sogar mordet?«

Färber stand auf und klappte die Mappe zu. »Vielleicht hat er bei diesem Verein mitgemacht, und die haben ihn rausgeschmissen, weil er etwas verbockt hat.«

»Möglich wär's«, sagte Carola.

»Also gut«, Färber klemmte sich Hammersteins Mappe unter den Arm, »wir müssen noch einmal mit Reiner Döring reden.«

Zurück im Büro, rief er im Schloss Rochlitz an. Die Unterhaltung mit Reiner Döring fiel recht kurz aus. Keiner der Teilnehmer, weder Darsteller noch Näherinnen oder andere Mitarbeiter, waren während der Vorbereitungszeit aus dem Lebendigen Fürstenzug ausgeschlossen worden oder im Streit gegangen. Natürlich hatte es Veränderungen in der Besetzung gegeben. Ein Darsteller wurde dienstlich nach Hessen versetzt und musste umziehen, ein anderer brach sich im Winterurlaub den Fuß, er wurde für die Zeit der Genesung vertreten, kam später aber wieder zum Verein zurück. Eine junge Frau war als Praktikantin mit der Abstimmung der unterschiedlichen Gewerke betraut worden, fand aber während ihrer Tätigkeit eine Anstellung und verließ aus diesem Grund das Projekt. Reiner Döring konnte sich an keine Trennung im Streit oder wegen ernster Schwierigkeiten erinnern. »Alles in allem«, erklärte er, »empfand ich die Arbeit immer als sehr harmonisch und konstruktiv.«

»Herr Döring, können Sie mir vielleicht jemanden empfehlen, der sich mit der Geschichte der Fürsten auf dem Wandbild sehr gut auskennt, einen Experten sozusagen?«, fragte Färber.

»Hm«, er schwieg und schien zu überlegen, »ganz am Anfang hat uns ein junger Mann aus Dresden beratend zur Seite gestanden, den mir eine Kollegin vom Residenzschloss empfohlen hatte. Der war sehr kompetent, was den Fürstenzug angeht, und könnte der Richtige für Sie sein. Ich suche seine Karte.«

Döring legte den Hörer ab, und Färber hörte ihn blättern. Er notierte alle Informationen und beendete das Gespräch. Den Hörer behielt er in der Hand und wählte die Nummer, die er gerade erhalten hatte. Ein paar Minuten später hatte er einen Termin mit jenem jungen Mann vereinbart, einem gewissen Eugen Schwarz. Sie wollten sich am darauffolgenden Nachmittag im Residenzschloss Dresden treffen.

## Donnerstag, 21. Mai, Nachmittag

*Residenzschloss, Dresden*

Die Schwüle des Nachmittags würde sich bald in einem Gewitter entladen. Deutlich spürte Färber den aufkommenden Wind, der als erster Vorbote der Abkühlung durch die Gassen der Altstadt blies. Noch regnete es nicht, aber der Himmel hatte sich dunkel verfärbt und braute ein ordentliches Unwetter zusammen.

Färber trat durch das prächtige Tor, das ihn in den Innenhof des Schlosses führte. Er war froh, dem Gewitter erst einmal entkommen zu können. Eine Glaskuppel überspannte das Foyer und warf die Gespräche der Besucher in Fetzen zurück auf die Steinplatten am Boden. In der Ecke neben dem Souvenirladen wartete eine Schulklasse. Ihr Geschrei und Gelächter schien durch eine Watteschicht gefiltert zu werden. Färber spähte nach oben und sah, dass die ersten Tropfen auf der Glaskuppel aufschlugen.

Er ging zum Informationsschalter hinüber und zeigte seinen Ausweis. »Guten Tag. Ich bin mit Herrn Schwarz verabredet.«

Die Dame hinter der Glasscheibe spähte über ihre schmale Brille, Sorgenfalten machten sich auf ihrer Stirn breit. »Nun ja«, begann sie, »welchen Herrn Schwarz meinen Sie denn? Wir haben nämlich«, sie blätterte in einer Liste mit Namen und Telefonnummern und fuhr mit ihrem Bleistift die Eintragungen hinab, »wenn Sie es genau wissen wollen, drei Herren Schwarz.«

Färber kramte in seiner Jackentasche und brachte einen Zettel hervor. »Eugen Schwarz«, las er vor und zeigte der Dame den Zettel.

Ihre Augen verengten sich zu Schlitzen. Dann studierte sie erneut die Liste vor sich auf dem Tisch und murmelte: »Schwarz, Thomas. Schwarz, Michael. Schwarz, Erhard.« Sie zog die Schultern hoch und erklärte: »Einen Eugen haben wir leider nicht. Vielleicht meinen Sie ja Erhard?« Sie zwinkerte ihm zu.

»Nein, nein. Er heißt Eugen. Erst gestern habe ich mit ihm telefoniert. Ich soll mich hier bei Ihnen melden.«

Die Dame zog ihren Mund schief und schaute auf einen Punkt, der sich hinter Färber befinden musste. Sie überlegte. »Klar«, ihr Gesicht hellte sich auf, und sie schlug mit der flachen Hand an ihre Stirn, »den meinen Sie.« Sie lachte laut, ihr großer Busen hob und senkte sich im Rhythmus ihres Lachens. »Sie wollen zu unserem kleinen Doktor.«

»Kleiner Doktor?« Färber steckte seinen Zettel wieder ein.

»Eugen Schwarz ist Doktorand, soweit ich weiß. Er gehört irgendwie zur Uni, geht aber auch bei uns ein und aus. Ich hab ja keine Ahnung, was der so wirklich macht. Wenn man ihn sieht, kritzelt er auf einem Blatt herum oder spricht was in sein Diktiergerät. Er hat sogar ein eigenes Büro bei uns. Ist zwar nur ein winziges Kabuff, aber immerhin …« Sie nickte bedächtig, um ihren Worten mehr Gewicht zu verleihen. »Wir hier unten wissen alle nicht, was er da treibt. Aber na ja«, sie winkte ab, »uns kann das ja auch egal sein. Mal ist er da, dann ist er wieder tagelang verschwunden.« Sie nahm ein Klemmbrett zur Hand, auf dem eine Liste befestigt war. »Ja, Eugen Schwarz ist heute Morgen gekommen. Hier steht es.«

»Wo finde ich ihn denn?«, fragte Färber.

Die Dame setzte ihre Brille ab und ließ sie an einem Lederband über ihrem ausladenden Busen baumeln. Dann streckte sie ihren rechten Arm aus und zeigte auf das gegenüberliegende Gebäude. Die Haut an ihrem Oberarm schien ein Eigenleben zu führen und schwang jeder ihrer Bewegungen träge hinterher. »Gehen Sie dort drüben hinein. Er muss in der Türckischen Cammer sein, das ist im zweiten Stock.« Sie nickte und schob ihre Brille wieder auf die Nasenspitze.

Färber bedankte sich und eilte über den Hof. Ein paar Minuten später betrat er die Türckische Cammer, die ihn mit geheimnisvoller Dunkelheit empfing. Langsam gewöhnten sich seine Augen daran, und er konnte Einzelheiten ausmachen. Lebensgroße Pferde mit prächtigem Zaumzeug schienen ihm entgegenzuspringen. Hinter Glasscheiben prangten persische Teppiche und Säbel, kostbar verziert mit Gold und Perlen. Fast konnte man glauben, sich im Orient zu befinden. Färber staunte, solch eine Pracht hatte er nicht erwartet.

Er begann seinen Rundgang durch die nur schwach beleuchtete Ausstellung. Vor einem orientalischen Zelt kauerte ein Mann und schrieb etwas auf eine Kladde. Er trug ein graues T-Shirt über einer schwarzen Jeans, das dunkelblonde Haar war kurz geschnitten.

Färber blieb neben ihm stehen. »Bitte, entschuldigen Sie.«

Der Mann schaute auf. Er hatte auffallend blaue Augen und lächelte freundlich.

Leise sprach Färber weiter. »Ich bin verabredet mit Eugen Schwarz.«

Der Angesprochene richtete sich auf und streckte ihm seine Hand entgegen. »Angenehm, Schwarz. Sie müssen Kommissar Färber sein. Ich habe Sie schon erwartet. Wie kann ich Ihnen helfen?«

»Sie sind mir empfohlen worden von Reiner Döring.«

Der etwa dreißigjährige Schwarz klemmte die Kladde unter den Arm und lud Färber mit einer Geste dazu ein, ihn auf seinem Rundgang durch die Ausstellung zu begleiten. »Meinen Sie Reiner Döring vom Schloss Rochlitz?«

»Ja, er hat mir erzählt, dass Sie ein Experte in Sachen Fürstenzug sind.«

Schwarz blieb stehen. »So, hat er das?«

»Stimmt das etwa nicht?« Sie gingen weiter.

»Bei aller Bescheidenheit, seit meiner Jugend befasse ich mich mit dem Fürstenzug, und ich kenne niemanden, der mehr darüber weiß. Das können Sie mir glauben.«

»Schön. Ich brauche Ihre Hilfe«, sagte Färber.

Schwarz drehte seinen Kopf und kniff die Augen zusammen. »Wenn ich mich recht erinnere, sind Sie von der Mordkommission.«

Färber nickte.

»Wie sollte ich Ihnen denn bei der Aufklärung eines Mordes helfen können?«

»Das wird eine längere Geschichte«, sagte Färber und folgte Schwarz weiter durch die Ausstellung. »In welcher Funktion sind Sie eigentlich hier im Schloss beschäftigt?«, fragte Färber nach einer Weile.

Schwarz blieb stehen. »Ich promoviere über August den Starken und seine internationalen Aktivitäten. Das hier«, er zeigte auf die Exponate, »ist Ausdruck seiner Leidenschaft für den Orient. Und er hatte noch andere Leidenschaften.« Schwarz grinste. »Für meine Forschungen darf ich im Residenzschloss jederzeit ein und aus gehen. Als Gegenleistung für mein Asyl hier bringe ich mich als fachlicher Berater bei der Gestaltung neuer Besucherkonzepte ein, aber nur in geringem Rahmen, soweit es meine Zeit eben erlaubt.«

Eine Ritterrüstung erregte Färbers Aufmerksamkeit. Er ging

ein paar Schritte auf sie zu und deutete auf eine tiefe Delle im Bauchbereich. »Ist das etwa ein Einschuss?«

Schwarz nickte vielsagend. »Kurfürst Johann Georg III. höchstpersönlich trug diesen Brustharnisch in der Schlacht bei Wien gegen die Türken im Jahr 1683. Er wurde von einer osmanischen Kugel vom Pferd geschossen, blieb aber unverletzt.«

»Erstaunlich.« Färber zog die Augenbrauen hoch.

Während sie weiterschlenderten, erläuterte Schwarz das eine oder andere Exponat. Das Kernstück der Türckischen Cammer bildete ein orientalisches Prunkzelt von zwanzig Meter Länge, das August der Starke nach Dresden hatte bringen lassen.

»Waren Sie schon einmal in einem der Museen hier im Residenzschloss?«, fragte Schwarz.

Beschämt schüttelte Färber den Kopf. »Leider nicht, keine Zeit, wissen Sie?«

»Wenn Sie die Geschichte unseres glorreichen Sachsens erst einmal kennengelernt haben, werden Sie mehr wissen wollen, das verspreche ich Ihnen.«

»Bestimmt haben Sie recht. Wir werden sehen«, sagte Färber.

»Wussten Sie zum Beispiel, dass der amerikanische Dollar sächsischen Ursprungs ist? Eine tolle Geschichte.« Schwarz schaute ihn fragend an.

»Nein, nie gehört.«

»Die Sachsen hatten im 16. Jahrhundert den Joachimstaler Guldengroschen als Zahlungsmittel, im täglichen Sprachgebrauch kurz der Taler genannt. Als nun die ersten Sachsen nach Amerika auswanderten, hatten Sie natürlich auch Münzen dabei. Es ist nun mal die sächsische Eigenheit, alle harten Konsonanten weich auszusprechen, und ein A klingt doch meist wie ein O, stimmt's?«

Färber nickte.

»Tja, und genau das ließ den Taler bei den Amerikanern als Doler in feinster sächsischer Mundart ankommen. Und dieser Doler ist heute der überall begehrte Dollar. Ist das nicht wunderbar, wie wir Sachsen Weltgeschichte geschrieben haben?« Schwarz strahlte übers ganze Gesicht.

»Ja, das ist wirklich beeindruckend.«

»Wenn Sie das Münzkabinett im Residenzschloss besuchen,

können Sie noch mehr erfahren. Sie werden staunen, was Münzen so alles zu erzählen haben.«

»Also, Herr Schwarz, noch mal zurück zu meinem Anliegen.«

»Ach ja, natürlich.«

»Ich brauche Details aus dem Leben der dargestellten Fürsten auf dem Fliesenbild in der Augustusstraße.«

»Welche Details?«

»Alle.«

Wieder verzog sich der Mund von Schwarz zu einem Grinsen. »Sofort?«

»Ein paar Tage werden wir wohl brauchen«, erwiderte Färber. »Ich habe viele Fragen. Jetzt möchte ich einfach nur wissen, ob Sie bereit sind, uns zu helfen.«

»Jederzeit und gern. Wobei«, Schwarz rieb sich das Kinn, »meine Arbeit hier ist von enormer Bedeutung. Die Fachwelt wartet sehnsüchtig auf meine wissenschaftliche Arbeit, sie wird ein Meilenstein der sächsischen Geschichtsaufarbeitung. Ich kann eigentlich überhaupt keine Zeit für andere Sachen erübrigen.«

»Nun ja, Herr Schwarz. Das ist natürlich sehr schade. Aber wenn Sie nicht abkömmlich sind, dann müssen wir wohl oder übel einen anderen Experten hinzuziehen«, erklärte Färber mit Bedauern in der Stimme.

»Aber nicht doch«, beeilte sich Schwarz zu sagen, »ich werde aufgrund der Dringlichkeit Ihres Anliegens eine Ausnahme machen. Wie schon gesagt«, mit dem ausgestreckten Arm umschrieb er einen Kreis, der ganz Dresden einzuschließen schien, »ich bin der Einzige, der Ihnen über den Fürstenzug kompetent und allumfassend Auskunft geben kann.«

»Na wunderbar. Ich zähle auf Sie.«

»Selbstverständlich müssen Sie mir die Gelegenheit geben, mich tiefgründig in die Problematik einzuarbeiten. Also informieren Sie mich über alle Details, die Sie haben, und lassen mich, den Wissenschaftler, in Ruhe seine Arbeit tun.«

Färber schluckte und sagte: »Da haben wir schon das erste Problem. Alles, was Sie von mir erfahren, muss unter uns bleiben. Kein Sterbenswort darf nach außen dringen, schon gar nicht an die Presse.«

Schwarz blieb erneut stehen. Der Kragen seines T-Shirts stand vom dürren Hals etwas ab und betonte den knochigen Adamsapfel. »Also, ich bitte Sie, Herr Kommissar. Sie haben es doch nicht mit einem Dilettanten zu tun. Ich versichere Ihnen, dass ich schweigen werde wie ein Grab. Oh, Verzeihung.«

Färber winkte ab.

»Möchten Sie einen Kaffee?«, fragte Schwarz schließlich.

»Haben Sie denn so viel Zeit? Sie scheinen sehr beschäftigt zu sein.« Färber wies in die Richtung, aus der sie gekommen waren.

»Ich habe gesagt, dass ich Ihnen helfen werde. Also, einen Kaffee?«

Färber überlegte kurz. Eigentlich hatte er große Lust, sofort von hier zu verschwinden. Doch um die Morde aufzuklären, brauchte er das Wissen von Eugen Schwarz. Also lächelte er. »Gern.«

»Gehen wir in mein Büro.«

Sie verließen den schummrigen Ausstellungsraum, Färber schob sich verstohlen eine Lakritzkatze in den Mund, die er lautlos aus seiner Jackentasche gekramt hatte. Schwarz öffnete die erste Tür des langen Flurs und bat Färber, in einen schmalen Raum einzutreten, der von einem Schreibtisch und Regalen mit Ordnern und dicken Büchern fast vollständig ausgefüllt wurde. Eine verstaubte Agave fristete ihr Dasein auf dem Fensterbrett. Schwarz bot Färber einen Stuhl an und ging.

Nach kurzer Zeit kam er mit zwei Tassen zurück, sofort war der kleine Raum erfüllt vom verführerischen Duft des Getränks. »Die haben hier den besten Kaffee in ganz Dresden, glauben Sie mir. Direkt importiert aus dem Orient.«

Färber lächelte und probierte einen ersten Schluck. Der Kaffee schmeckte, aber er konnte keinen großen Unterschied zum Morgenkaffee zu Hause feststellen, der aus seiner alten Maschine blubberte. Vielleicht lag es auch am Nachgeschmack der Lakritzkatze. »Waren Sie eigentlich fachlich beteiligt an der Aufführung des Lebendigen Fürstenzuges?«, fragte er schließlich.

Schwarz strich mit dem Zeigefinger seiner rechten Hand bedächtig an der Schreibtischkante entlang, bevor er antwortete. »Herr Döring hatte mich angesprochen. Ich war auch bereit, den

Verein bei der Realisierung zu unterstützen. Aber es ist nie zu einer wirklichen Zusammenarbeit gekommen.«

»Warum nicht?«

»Nun ja, ohne den Leuten in Rochlitz zu nahe treten zu wollen, aber ihre Zielsetzung bedurfte keiner fachlichen Unterstützung, auch nicht durch mich.«

»Wie darf ich das verstehen?«

»Das Hauptanliegen des Vereins bestand darin, die Kostüme, Waffen und Verzierungen möglichst detailgetreu nachzubilden. Jeder Knopf wurde genau untersucht und neu erfunden, sozusagen. Aber, bitte, verstehen Sie mich nicht falsch, eine Auseinandersetzung mit den historischen Tatsachen hat nie stattgefunden.«

»Kritisieren Sie das?«, fragte Färber.

»Nein, nein«, Schwarz trank einen Schluck Kaffee und stellte die Tasse mit einem Klirren zurück auf die Untertasse, »das Anliegen des Vereins erforderte einfach keine tiefere Auseinandersetzung mit der Materie. Sie haben den Inhalt eines Bildes nachgeahmt und zum Leben erweckt, wohlgemerkt mit einem riesigen Aufwand und viel Enthusiasmus, was ich durchaus bewundere, aber die Umsetzung war rein plakativ. Mein Wissen war nicht vonnöten. Deshalb ist es nicht zu einer Zusammenarbeit gekommen.«

»Würden Sie mir den Fürstenzug in der Augustusstraße erklären, die dargestellten Personen und ihre Besonderheiten?«

»Gern. Aber richten Sie sich darauf ein, dass es ein paar Stunden dauern kann.«

Färber nickte und erhob sich. »Ich werde ein geduldiger Zuhörer sein.« Schwarz stand ebenfalls auf. Färber musterte ein mit Büchern und Ordnern vollgestopftes Regal, das sich über eine komplette Wand erstreckte. »Wenn ich einmal hier bin, hätten Sie vielleicht die Güte, mir ein paar Bücher über den Fürstenzug auszuleihen? Sie haben doch bestimmt genau das Richtige für mich.«

Schwarz neigte seinen Kopf zur Seite, um die Schrift auf den Buchrücken lesen zu können. Langsam schritt er die Länge des Regals ab, hin und wieder griff er nach einem der Bücher und reichte es Färber.

»Genug, genug«, lachte Färber nach wenigen Minuten, denn

er balancierte inzwischen einen großen Bücherstapel auf seinen Armen.

Schwarz begleitete Färber zurück zum Eingang der Ausstellung, wobei dieser seinen Stapel Bücher wie einen Schatz vor sich hertrug.

## Freitag, 22. Mai, Morgen

*Kommissariat, Chemnitz*

Lars Friedrich stand vor der breiten Wand gegenüber der Fensterreihe. Er war noch nicht lange bei der Kriminalpolizei, trotzdem machte der junge Kollege seine Sache gut. Lars Friedrich hatte Biss, wie man so sagt. Er kniete sich in die Aufgaben hinein, die er aufgetragen bekam. Sein Umgangston war locker und freundlich, meist trug er eine verwaschene Jeanshose und ein knittriges T-Shirt. Carola mochte ihn und arbeitete gern mit ihm zusammen. Noch nie waren sie ernsthaft aneinandergeraten.

Nun stand Lars Friedrich vor der langen Wand, an der zahlreiche Fotos klebten, dazwischen hellgelbe Zettel mit Notizen in sauberer Schreibschrift. Auf einer Landkarte Deutschlands steckten an verschiedenen Stellen in Sachsen bunte Fähnchen. Daneben hing eine Karte von Polen, dort gab es nur einen Pin, und zwar in Nowa Karczma.

Carola stellte sich neben Lars Friedrich und studierte Texte und Fotos. Sie warteten schon über eine halbe Stunde auf Färber.

Als der endlich kam, hatte er einige Mühe, die Tür zu öffnen, weil er in seinen Armen den Riesenstapel Bücher balancierte. »Hi, Leute. Ich bin spät dran, ich weiß.« Mit lautem Krachen ließ er die Bücher auf die Tischplatte fallen, ein paar Notizzettel segelten zu Boden. Ein Beutel Lakritzkatzen, der mit auf dem Stapel gelegen hatte, rutschte nach unten und klatschte auf den Tisch.

»Hallo, Fred«, brummte Carola. »Lasst uns schleunigst anfangen.« Sie setzte sich.

Färber reagierte nicht auf ihre Aufforderung und musterte stattdessen die Wand voller Zettel und Fotografien. Carola und

Lars Friedrich warfen sich vielsagende Blicke zu. »Warst du das, Lars?« Färber nickte anerkennend.

»Na ja, gestern habe ich den ganzen Tag daran gearbeitet«, sagte Lars Friedrich nicht ohne Stolz.

Endlich setzte sich auch Färber an den Tisch. »Also, was haben wir bisher?«, fragte er in die Runde.

Carola fühlte sich angesprochen. »Eigentlich nicht allzu viel, fürchte ich. Überall dort, wo wir unsere Fühler ausgestreckt haben, kam bisher nichts Konkretes zutage. Eine Auswertung der DNA-Spuren würde erst in Monaten, vielleicht Jahren zu einem Treffer führen, also im Moment auch kein gangbarer Weg.«

»Ich habe mit den Tourismusbüros in Dresden gesprochen, inzwischen liegt uns eine Liste aller Gästeführer vor, die in der Landeshauptstadt eingesetzt werden. Ein paar sind angestellt bei der Stadt, die meisten arbeiten frei. Vorgeladen wurden sie schon, morgen sollen die ersten Gespräche stattfinden«, sagte Lars Friedrich.

»Nach welchen Kriterien werdet ihr vorgehen?«, wollte Färber wissen.

Lars Friedrich holte ein Notizheft aus seiner Jeanshose hervor und schlug es irgendwo in der Mitte auf. »Ich habe mir überlegt, dass wir uns auf Personen konzentrieren, bei denen eine spezielle Beziehung zum Fürstenzug festzustellen ist. Darüber hinaus überprüfen wir, welche Fahrzeuge auf sie zugelassen sind und ob anatomische oder pharmakologische Kenntnisse vorliegen.«

»Also eine ähnliche Vorgehensweise wie bei den Teilnehmern des Fürstenzuges«, kommentierte Carola. »Die Alibis überprüfen wir auch gleich mit.«

»Gut, dann macht das so. Vergesst aber nicht, familiäre Beziehungen und persönliche Verhältnisse zu durchleuchten, laut Hammerstein suchen wir einen egozentrischen Einzelgänger, der nach Anerkennung giert. Wenn ihr interessante Hinweise bekommt oder sich ein konkreter Verdacht ergibt, möchte ich sofort informiert werden«, forderte Färber.

»Geht klar, Chef, machen wir«, entgegnete Lars Friedrich.

»Was hast du eigentlich damit vor?« Carola deutete auf den Stapel Bücher in der Mitte des Tisches.

Färber räusperte sich. »Wir können unseren Mörder nur finden, wenn wir in seine Gedanken eintauchen. Diese kreisen offensichtlich um den Fürstenzug, also das Wandbild, und die geschichtlichen Hintergründe der dargestellten Figuren. Die Fürsten waren reale Menschen, die vor Jahrhunderten regierten. Also kann man über sie etwas in Erfahrung bringen. Genau das habe ich vor.« Er stand auf und ging zum Tisch mit dem Bücherstapel. »Gestern war ich im Dresdner Schloss und habe mich mit einem Experten unterhalten, Eugen Schwarz. Er schreibt an seiner Doktorarbeit über sächsische Geschichte und steht uns ab sofort als Fachberater zur Verfügung.«

Carola schob die Unterlippe nach vorn und nickte. Färber griff nach dem Bücherstapel und zog ihn zu sich heran. »Hier, in dem steht alles über die Kurfürsten Sachsens.« Er hob ein grünes Taschenbuch nach oben. »Und das ist die Geschichte Mitteldeutschlands«, verkündete Färber, während er ein weiteres Buch in die Hand nahm.

Carola griff nach einem schmalen Buch und zog es aus dem Stapel hervor. »Was es nicht alles gibt«, wunderte sie sich und blätterte ein paar Seiten um. »Ich glaube, hier stehen Anekdoten über den Fürstenzug drin.«

»Zeig mal her.« Lars Friedrich griff nach dem Büchlein in Carolas Händen.

»Wir sollten uns nicht alle damit beschäftigen, es reicht wohl, wenn das einer macht und die anderen informiert«, erklärte Färber.

»Dann machen wir das so. Du nimmst dir die Wälzer hier vor, und wir befragen inzwischen die Gästeführer, mal sehen, was die uns zu erzählen haben«, sagte Carola.

## Sonntag, 24. Mai, später Nachmittag

*Ein Wald, nördlich von Dresden*

Seit fast einer Stunde hockte ich nun schon hinter dem dicken Stamm einer Buche und spähte in Richtung Waldrand, wo ein ausgetretener Pfad verlief, der laut Internet bei Joggern sehr beliebt war. Es war viel zu kalt für die Jahreszeit, und am Vormittag hatte es sogar geregnet. Vom Boden stieg ein dumpfer Erdgeruch auf. Meine Knie schmerzten. Stöhnend richtete ich mich auf und lockerte die verkrampften Muskeln. Meine Augen suchten den Waldrand ab. Wer hatte bloß im Netz hinterlassen, dass Jogger hier gern entlangliefen? Diese Information war offenbar falsch. Ich zitterte, aber nicht vor Erregung, die ich mir eigentlich für diese Stunde erhofft hatte, sondern vor Kälte. Ich trat von einem Bein aufs andere und hauchte in meine klammen Hände.

Ich sollte besser aufgeben und meinen Darsteller für Friedrich den Sanftmütigen woanders suchen, ja, das war wohl das Beste. Ich bückte mich und griff nach dem Blasrohr und den Betäubungspfeilen, die ich auf einem Stück Moos abgelegt hatte. Als ich mich aufrichtete, entdeckte ich am Waldrand einen kleinen roten Punkt, der auf- und niederhüpfte.

»Was ist das denn jetzt?«, flüsterte ich, obwohl niemand da war, der mir diese Frage hätte beantworten können. Ich wartete und stellte fest, dass der Punkt näher kam. Nur ein paar Sekunden später erkannte ich einen Jogger mit rotem Oberteil. Mein Herz schien im selben Takt zu hüpfen wie er. Der Läufer trabte in gleichmäßigem Tempo und kam näher, jetzt konnte ich schon hören, dass Zweige unter seinen Sohlen zerknickten. Ich zwang mich, ruhig und tief zu atmen, und war bereit.

Vorsichtig schob ich einen der Pfeile, die ich zu Hause sorgsam mit Betäubungsmittel gefüllt hatte, in das Blasrohr hinein. Die wertvolle Flüssigkeit befand sich in einer Kanüle, die von einem Kunststoffschlauch umhüllt wurde. Beim Aufprall auf die Haut würde sich der Schlauch nach hinten schieben und die Öffnung an der Spitze freigeben. Am Ende des Pfeils saß ein Treibsatz aus Gas, der in diesem Moment durch Expansion das Betäubungsmittel aus der Kanüle und unter die Haut des Getroffenen spritzen würde. Inzwischen war ich recht sicher im Umgang mit dem Blasrohr, das aus einem Geschäft für Veterinärbedarf stammte und eigentlich zur Betäubung von Wildtieren gedacht war. In den letzten Tagen hatte ich außerhalb der Stadt geprobt und verschiedene Tiere aus immer größeren Entfernungen beschossen.

Mein erstes Ziel war eine Kuh gewesen, auf die ich mehrfach hatte anlegen müssen, bevor wenigstens einer der Pfeile in ihrer Haut stecken geblieben war. Ein Feldhase in etwa zwanzig Meter Entfernung war eine Woche später mein Meisterstück gewesen. Nur ein Versuch, und ich hatte den kleinen Nager in einen künstlichen Schlaf versetzt.

Inzwischen war der Jogger schon ganz nah, gleich würde er an mir vorbeilaufen. Völlig ruhig richtete ich die Waffe auf mein Ziel, und mit einem kräftigen Lungenstoß schickte ich den Pfeil zum Rücken des Sportlers. Ich konnte genau erkennen, dass das Geschoss im rechten Schulterblatt stecken blieb. Der Jogger kratzte sich mit der linken Hand neben der Einschussstelle, als hätte er etwas bemerkt, erreichte den Pfeil aber nicht und lief unbeirrt weiter.

Ich hielt den Atem an und zählte. Nach etwa dreißig Sekunden sollte der Läufer das Bewusstsein verlieren und zu Boden gehen, so hatte ich die Konzentration des Betäubungsmittels berechnet.

»... achtundzwanzig, neunundzwanzig, dreißig ...« Nichts geschah, gerade verschwand der rote Punkt im Gebüsch. »Warum rennt der denn noch?«, zischte ich. Meine Beine waren immer noch steif vom langen Warten in der Kälte. Nur langsam lockerten sich die Muskeln, dann kam ich für meine Kondition gut voran.

Der rote Punkt leuchtete kurz auf, aber nicht hinter dem nächsten Busch, sondern ein ganzes Stück weiter vorn zwischen den schlanken Stämmen einer Gruppe Nadelbäume.

Was war schiefgegangen? Hatte ich die Dosis zu gering berechnet? Oder war der Treibsatz nicht explodiert und die Flüssigkeit überhaupt nicht in den Körper eingedrungen? Ich merkte, dass ich viel zu langsam war. Der durchtrainierte Läufer würde mich in Kürze abhängen. Ich keuchte und kämpfte gegen meine schmerzende Lunge an. Hin und wieder sah ich den roten Fleck noch zwischen dem Grün aufleuchten, dann war er mit einem Mal verschwunden.

Um Luft ringend, blieb ich vornübergebeugt stehen. »Den kann ich vergessen«, zischte ich. Bevor ich umkehrte, schleppte ich mich keuchend bis zu der Stelle, an der ich das leuchtende Rot das letzte Mal gesehen hatte. Wegen des Seitenstechens presste ich meine rechte Hand in die Hüfte und kämpfte mich durch das Unterholz. Meine Unterarme waren zerkratzt, als ich endlich aus dem dichten Grün heraustrat. Zwischen den Nadelbäumen breitete sich der Waldboden wie ein Teppich vor mir aus. Außer Vogelgezwitscher war nichts zu hören. Ich schaute mich um. Fast hätte ich die Arme hochgerissen. Der Sportler lag nicht weit von mir entfernt auf dem Boden, Arme und Beine von sich gestreckt, als hielte er ein kleines Nickerchen.

Mit dem Ärmel wischte ich den Schweiß von meiner Stirn. Mein Rücken war klatschnass, die Knie zitterten. Aber die Vorfreude war stärker. Ein Kribbeln bemächtigte sich meines Körpers. Bevor ich endlich künstlerisch tätig werden konnte, hatte ich aber noch eine unangenehme Aufgabe zu erfüllen. Der Kopf musste vom Rumpf getrennt werden, und zwar mit einem Beil, genau nach der historischen Vorlage.

## Montag, 25. Mai, früher Morgen

*Obermarkt, Freiberg*

Barbara Kraft steuerte ihren roten Kleinwagen durch die verschlafene Bergstadt. Am Obermarkt suchte sie sich den schönsten Parkplatz aus. Um diese Zeit hatte sie noch freie Auswahl. Sie verließ das Fahrzeug. Auf ihrem Weg zum Rathaus sah sie nach oben und begrüßte Otto den Reichen, der auf seinem Brunnen den Obermarkt beherrschte, umsäumt von vier stattlichen Löwen.

Normalerweise lag Barbara Kraft um diese Zeit noch in ihrem Bett und schlummerte dem kommenden Tag entgegen. Heute aber war sie sehr früh und voller Tatendrang erwacht. Kurz entschlossen hatte sie sich auf den Weg zu ihrer Arbeit in der Stadtverwaltung gemacht. Sie hoffte auf ein paar Stunden Ruhe, ohne Telefonate und Besucher. Der Aktenberg auf ihrem Schreibtisch wollte erledigt sein, ein endloses Unterfangen.

Die Sonne ging gerade auf und kroch über das historische Pflaster. Ein Strahl verfing sich an einem Gegenstand, der hell aufleuchtete. Barbara Kraft erfasste den Glanz aus dem Augenwinkel heraus. Als sie näher kam, meinte sie, einen goldenen Orden zu erkennen, halb verborgen von einem Hermelinkragen, der zu einem braunen Pelzmantel gehörte. Irgendwie kam ihr die Sache seltsam vor, ein bisschen fürchtete sie sich sogar, so allein auf dem großen Platz. Sie schaute sich um, kein Mensch weit und breit. Am liebsten wäre sie direkt zum Rathaus gelaufen, aber die Neugier ließ Barbara Kraft noch ein paar Schritte näher an die merkwürdigen Gegenstände herantreten. Sie hoffte fast, etwas Wertvolles zu finden. Noch nie hatte Barbara Kraft beim Glücksspiel gewonnen. Möglicherweise änderte sich heute ihr Schicksal.

Als sie erkannte, was tatsächlich vor ihren Füßen lag, ließ sie mit einem Schrei ihre Aktentasche fallen und rannte zurück zum Wagen. Sie schloss mit zitternden Fingern die Tür auf und kroch auf den Sitz. Dann verriegelte sie ihr Fahrzeug von innen. Barbara Kraft verwählte sich mehrmals bei der Eingabe der drei Notrufziffern, die Finger schienen die Befehle ihres Gehirns nicht zu verstehen.

## Montag, 25. Mai, Morgen

*Obermarkt, Freiberg*

Fast einhundert Schaulustige hatten sich zu dieser frühen Stunde schon am Absperrband versammelt und beobachteten das Treiben der Ermittler. Der Bereich zwischen Brunnen und Rathaus gehörte jetzt den Beamten. Die Leute der Spurensicherung stellten Schildchen auf, ein Mann in weißem Overall fotografierte. Thomas Scholz, der Rechtsmediziner, untersuchte den Leichnam. Der Körper lag in einen edlen Pelzmantel gehüllt genau zwischen Brunnen und Rathaus. Ein paar Meter weiter hatten die Streifenpolizisten, die zuerst vor Ort gewesen waren, auch den abgetrennten Kopf des Opfers gefunden, der in einer Hermelinmütze steckte. Er lag auf einem großen blauschwarzen Pflasterstein.

Die Sonderkommission Fürstenzug war schon informiert worden, Färber und Carola fuhren in ihrem Dienstwagen der Bergstadt entgegen.

»Ich mache mir Sorgen, weil er in so kurzen Abständen mordet«, sagte Carola.

»Sorgen mache ich mir auch, weil wir absolut keinen Schimmer haben, wer der Täter ist.«

»Mir kommt es vor«, setzte Carola ihren Gedankengang fort, »als würde er einen exakt ausgeklügelten Plan abarbeiten, ohne auch nur einen Hauch davon abzuweichen. Anscheinend fühlt er sich sehr sicher.«

»Meinst du, er hat sich ein zeitliches Ziel gesetzt?«, fragte Färber.

»Der letzte Mord liegt genau zehn Tage zurück. Davor waren die Abstände etwas größer.« Sie holte ihr Notizbuch hervor und schlug einen Jahreskalender auf. Dann zählte sie einige Felder ab, tippte dabei mit ihrem Kugelschreiber auf jeden Tag. »Den zweiten Mord beging er nach vierzehn und den dritten nach elf Tagen.« Sie schaute nach vorn, verfolgte mit den Augen die vorbeigleitenden Baumstämme. »Der macht einfach weiter, als ob ihn nichts aufhalten könnte.« Carola rieb sich die Nasenwurzel mit Daumen und Zeigefinger. »Möglich wäre auch, dass er das Risiko, gefasst zu werden, überhaupt nicht einkalkuliert, weil er einfach verrückt ist. Die Ausführung des Plans ist das Wichtigste, alles andere interessiert ihn nicht.«

Färber schwieg ein paar Minuten. »Wenn er so etwa alle zehn bis vierzehn Tage jemanden umbringt, könnten wir in etwa ausrechnen, wann er fertig sein will.«

Carola zog die Stirn in Falten. »Anhand der Anzahl der verschwundenen Kostüme?«

Färber nickte und hielt an, um einem anderen Auto die Vorfahrt einzuräumen.

Carola suchte eine Eintragung auf den vorderen Seiten. Sie zählte etwas, das in dem Buch stand. »Also, auf der Liste der verschwundenen Kostüme stehen sechzehn, die komplett weg sind. Ein paar andere Einzelteile fehlen auch noch, ich denke aber, die können wir vorerst außer Acht lassen.«

Färber überschlug die Zahlen im Kopf. Dann trat er unvermittelt auf die Bremse, weil ein Traktor vor ihm auf die Straße einbog, der ihren Wagen übersehen hatte.

Carola wurde nach vorn geschleudert, das Notizbuch fiel auf den Boden. »Mensch«, schimpfte sie, »was machst du denn?«

»Soll ich dem Idioten hinten drauffahren, nur weil der die Verkehrsregeln nicht kennt?«, knurrte Färber.

»Mir wird gleich schlecht«, jammerte Carola.

»Ich muss jetzt sowieso langsam fahren, hier kann ich den nicht überholen, nur Kurven.«

»Also gut«, sagte Carola, »wo waren wir stehen geblieben?« Sie bückte sich und tastete nach dem Notizbuch.

»Bei zwölf weiteren geplanten Morden.«

Carola schaute in das Buch auf ihrem Schoß und blätterte darin. »In der Nacht vom 19. auf den 20. April mordet er das erste Mal.« Sie holte aus der Aktentasche ihren Terminkalender hervor. »Wenn er ab jetzt alle zehn Tage mordet, wäre der letzte am …«, sie zählte mit ihrem rechten Zeigefinger die Kalendertage ab, »… 21. September. Fällt dir dazu etwas ein?«, fragte sie Färber.

»Wo landen wir, wenn er ab heute alle vierzehn Tage zuschlagen würde?«

Carola tippte wieder auf die Tage im Kalender. »8 November.«

Färber kratzte sich am Kopf. »Ich hab keine Idee zu diesen beiden Daten, und du?«

Carola zuckte nur mit den Schultern und zog die Mundwinkel nach unten.

»Und die Tage dazwischen?«, fragte Färber.

Carola starrte auf die Zahlen vor sich, als könnten sie ihr mehr verraten. »Warte mal, der 1. November ist rot gekennzeichnet, das ist wohl ein Feiertag.« Carola blätterte die Seite um. »Da ist Allerheiligen.«

»Aha«, kommentierte Färber. »Das ist aber kein Feiertag in Sachsen, oder?«

»Nein«, antwortete sie, »hier stehen nur ein paar der alten Bundesländer, zum Beispiel Bayern.«

»Wetten, dass der Typ sich genau diesen Tag ausgesucht hat für den letzten Mord? Irgendetwas bezweckt er damit.«

»Weißt du, welche Bedeutung Allerheiligen hat?«, fragte Carola.

»Keine Ahnung, aber du wirst es mir bestimmt gleich verraten.«

»An diesem Tag gedenken die Gläubigen ihrer Verstorbenen. Sie gehen zum Friedhof und besuchen die Gräber«, sagte Carola.

Es knisterte im Seitenfach der Fahrertür, Färber brachte ein paar Lakritzkatzen hervor und steckte sie in den Mund. Er zerkaute sie genüsslich, bevor er weitersprach. »Siehst du, das passt doch. Den letzten Mord will er genau an diesem Tag verüben und damit die Opfer noch einmal verhöhnen, und der Tatort wird ein Friedhof sein.«

Dann blieb es wieder still im Wagen.

»Oder aber unsere Rechnerei ist nur Humbug«, gab Carola zu bedenken.

Der Traktor bog endlich in einen Feldweg ein.

»Wir können nur hoffen«, sagte Färber, »dass er dieses Mal gesehen worden ist.«

»Ja, das wäre gut.«

»Vielleicht wird der Obermarkt ja per Video überwacht«, schlug Färber vor, »immerhin ist es ein öffentlicher Platz.«

Carola verdrehte ihre Augen. »Doch nicht der Obermarkt in Freiberg, was glaubst du denn, wo wir hier sind?«

Färber seufzte. Eine Weile fuhren sie schweigend weiter, bis er fragte: »Hast du das Buch aus Rochlitz dabei?«

Carola griff in ihre Aktentasche und kramte darin herum. »Ja, hier.« Sie hob es nach oben und hielt es in Färbers Richtung.

Sie passierten das Ortseingangsschild von Freiberg. Es dauerte nicht lange, und sie erreichten den Obermarkt. Ein imposanter Brunnen in der Mitte des Platzes beherrschte die Kleinstadtszenerie. Sie hielten vor dem Absperrband und stiegen aus.

Carola machte sich auf den Weg zu ihren uniformierten Kollegen, das kleine Buch aus Rochlitz hielt sie fest umschlossen.

Färber näherte sich dem enthaupteten Opfer, betrachtete das

Kostüm aus Brokat und edlen Pelzen. Schließlich ging er ein paar Schritte weiter auf den Brunnen zu, um sich den abgetrennten Kopf anzusehen, dessen Augen entseelt in den morgendlichen Himmel starrten. Auf der Stirn klebten verschwitzte dunkelblonde Locken. Unterhalb des Kiefers gab es nichts mehr, nur blutverschmiertes Gewebe. Es war schrecklich. Färber wandte sich schnell ab. Wer tat so etwas?

»Morgen, Thomas.« Mit einem Kratzen in der Stimme begrüßte er den Rechtsmediziner, der vor dem Opfer kniete.

Scholz schaute nach oben und erkannte Färber. »Morgen«, brummte er, »schreckliche Sache schon wieder.«

»So viele grausame Morde kurz hintereinander hatte ich noch nie, nicht in all den Jahren, die ich bei der Kripo bin«, sagte Färber.

Scholz nickte. »Ich schon. Gibt es eigentlich eine heiße Spur?«

Färber betrachtete den leblosen Körper vor sich auf dem Boden. »Wir haben unsere Fühler in alle möglichen Richtungen ausgestreckt, ein paar Verdächtige sind aufgetaucht, aber noch passt nichts richtig zusammen.«

»Ihr solltet euch beeilen«, war das Einzige, was Scholz darauf erwiderte.

»Ich weiß. Kannst du schon etwas sagen?«

»Der Mann ist Ende dreißig, Anfang vierzig, sehr schlank und durchtrainiert, wahrscheinlich ein Sportler. Der Kopf wurde mit einem scharfen Gegenstand abgeschlagen, ich denke, mit einem Beil oder einer Axt. Hier«, er deutete auf den blutverschmierten Rest des Halses zwischen den Schultern, den Färber nur ungern näher in Augenschein nahm, »kannst du sehen, dass der Täter mindestens fünf bis sechs Hiebe brauchte, um den Kopf vollständig abzutrennen.«

Färber sah nur kurz hin. »Heißt das, dass er nicht gerade geübt ist im Umgang mit diesem Werkzeug?«

»Absolut dilettantisch, was der hier gemacht hat, meine Oma konnte besser Holz hacken«, behauptete Scholz.

Färber verdrehte die Augen. »Habt ihr Papiere oder irgendetwas anderes gefunden, das uns bei der Identifizierung helfen könnte?«

Scholz schüttelte bedauernd den Kopf. »Außer den Kostümteilen«, er zeigte auf die Kleidungsstücke, »trägt er nur seine Unterhose. Keine Papiere, keine Brieftasche.«

»Genau wie bei den anderen Opfern. Kannst du dich mit der Todesursache schon festlegen?«

»Es sieht alles danach aus, dass der Mann durch das Beil gestorben ist. Möglicherweise finden wir aber auch Gift oder Betäubungsmittel in seinem Blut, so wie bei den Opfern aus Wechselburg und Krummenhennersdorf. Dazu muss ich ihn aber erst auf meinem Tisch haben.«

»Was hast du noch?«, wollte Färber wissen.

»Der Mann wurde hier nur abgelegt, wir haben überhaupt kein Blut in der Umgebung gefunden. Er muss woanders umgebracht worden sein. Den Todeszeitpunkt schätze ich auf den gestrigen Nachmittag oder Abend. Mehr kann ich jetzt nicht sagen, warte bis zur Obduktion.«

Färber bedankte sich und sah zu Carola hinüber, die gerade mit einer Frau sprach. Er ging zu ihnen.

»Das ist Frau Kraft. Sie hat den Toten gefunden«, erklärte Carola.

Barbara Kraft schilderte ausführlich ihre schreckliche Entdeckung vom frühen Morgen. Als sie fertig war, wussten sie, dass ihre Zeugin den Täter nicht gesehen hatte. Er musste schon einige Stunden vorher auf dem Obermarkt gewesen sein.

»Wissen Sie«, ergänzte Barbara Kraft ihre Aussage, »den Kopf habe ich heute früh überhaupt nicht gesehen. Erst später hat mir ein Polizist mitgeteilt, dass der nur ein paar Meter neben dem«, sie zögerte, »Körper lag.« Barbara Kraft schüttelte sich.

»Sie waren sehr aufgeregt.« Carola legte ihre Hand auf Barbara Krafts Schulter.

»Ja, das stimmt. Aber wissen Sie überhaupt, wo der Kopf liegt?« Färber und Carola sahen sie fragend an. Sie fuhr fort: »Ich meine, worauf der Kopf liegt?«

»Na ja, auf einem schwarzen Pflasterstein in der Nähe des Brunnens?«, antwortete Färber.

Barbara Kraft zog die Augenbrauen hoch und nickte. »Genau. Auf einem großen schwarzen Stein im Pflaster. Kennen Sie seine Bedeutung?«

Die beiden schüttelten die Köpfe.

»Als Kunz von Kauffungen nach dem Altenburger Prinzenraub zum Tode verurteilt worden war, hat man ihm hier auf dem Obermarkt den Kopf abgeschlagen.« Barbara Kraft deutete mit dem rechten Arm auf einen Punkt an der Fassade des Rathauses. »Sehen Sie den Kopf in der Spitze des Erkers? Das ist Kunz von Kauffungen, der noch heute auf den Platz heruntersieht. Er schaut genau auf den schwarzen großen Pflasterstein.« Sie drehte sich um und zeigte auf die Stelle, wo immer noch der Kopf des Ermordeten lag, inzwischen abgedeckt mit einem weißen Tuch. Barbara Kraft schluckte. »Der Stein markiert die Stelle, auf die Kunzens Kopf nach der Hinrichtung gerollt sein soll und wo er schließlich liegen geblieben ist.«

Carola und Färber waren sprachlos. Die Symbolik des Platzes hatte den Täter inspiriert. Sie bedankten sich bei der Zeugin und veranlassten, dass die Kollegen ihre Aussage protokollierten.

Färber nahm ein paar Lakritzkatzen zu sich. »Hast du das Kostüm schon gefunden?«, fragte er Carola, die in dem kleinen Buch blätterte.

»Ich denke, es ist Friedrich der Sanftmütige.« Sie hielt ihm das Buch vom Fürstenzug hin

Färber nahm es in die Hände und studierte die Abbildungen. »Hm, das müsste der Richtige sein. Aber die Zeugin hat doch gerade von einem Kunz gesprochen, nicht von einem Friedrich«, wunderte er sich.

»Warte mal, ich hab da was gelesen.« Carola nahm ihm das Buch wieder ab und überflog den Text, der neben dem Foto des Darstellers abgedruckt war. »Hier«, mit dem Zeigefinger tippte sie auf eine Stelle in der Mitte der Seite, »dieser Kunz hat die Prinzen Ernst und Albrecht aus dem Altenburger Schloss entführt, das waren die Söhne Friedrichs des Sanftmütigen. Kurze Zeit später ließ dieser Fürst den Kidnapper seiner Kinder hinrichten, hier in Freiberg auf dem Marktplatz.«

Im Gehen sprach Färber einen Kollegen der Spurensicherung an. »Habt ihr was gefunden, die Tatwaffe oder sonst etwas?«

»Absolut nichts. Der Täter hat den Körper und den Kopf offenbar nur abgelegt und ist wieder verschwunden. Wir haben nichts entdeckt außer einen alten Knopf zwischen den Pflastersteinen, Zigarettenkippen und Papierschnipsel, die vermutlich schon länger hier liegen, nach deren Zustand zu urteilen.«

Färber bedankte sich für die Auskunft und wandte sich an Carola. »Gibt es Zeugen? Hat irgendjemand hier den Kerl oder sein Fahrzeug gesehen?«

»Ein paar Beamte sind schon unterwegs und befragen die Leute hier auf dem Platz und in den umliegenden Häusern. Ich konnte kurz mit ihrem Einsatzleiter sprechen, bisher haben sie noch niemanden, der etwas gesehen hat. Es gibt tatsächlich keine Videoüberwachung hier.«

Färber schnaufte. »Komm, wir fahren.« Entschlossen ging er auf sein Auto zu, Carola musste fast rennen, um neben ihm zu bleiben. Mehrfach knickte sie um, weil sich ihre dünnen Absätze in den Ritzen des historischen Pflasters verhakten.

Nach einer ganzen Weile gespannter Stille im Wagen begann Färber zu sprechen. »Carola, wir müssen ihm zuvorkommen. Er ist uns jedes Mal mehrere Schritte voraus.«

»Hm.«

»Der Kerl mordet, und dann fangen wir erst an, nach den historischen Zusammenhängen zu suchen. Hier sollten wir ansetzen«, sagte Färber.

»Du meinst, wir müssen herausfinden, welchen Herrscher er als nächsten wählt, und vor dem Mord an Ort und Stelle sein, um Schlimmeres zu verhindern?«, fragte Carola.

»So ungefähr, vielleicht könnte es gehen.«

»Er hat jetzt vier Menschen umgebracht und ebenso viele Kostüme benutzt. Damit bleiben zwölf übrig, alles Fürstengewänder.«

»Genau. Und ich werde mich mit diesen zwölf beschäftigen. Unser Täter wählt spektakuläre Todesarten aus ihrem Umfeld aus und benutzt sie als Vorlage. Es muss doch möglich sein, seine Gedanken nachzuvollziehen und ihn zu stellen, bevor er wieder zuschlagen kann.«

Carola hörte konzentriert zu. Nach einer Weile sagte sie: »Auf diese Weise werden wir den nächsten Mord nicht verhindern, vielleicht erwischen wir ihn, wenn er sein Opfer ablegt, aber vorher haben wir keine Chance. Bisher hat er sich anscheinend wahllos Menschen geschnappt, sie getötet und erst danach an einen Ort gebracht, der eine Beziehung zum Fürstenzug hat. Wenn wir erst dort auftauchen, ist das für das Opfer zu spät.«

Färber räusperte sich. »Du hast recht. Trotzdem müssen wir lernen, so zu denken wie er.«

Ein paar Minuten fuhren sie schweigend, bis Färber die Stille unterbrach. »Manchmal glaube ich, es gibt überhaupt nichts Logisches, nichts, wonach wir uns richten können. Wir kombinieren und rätseln, suchen nach Handlungsmustern, nach einem System, nach seinem System. Bisher haben wir nichts dergleichen aufdecken können. Entschuldige, aber das kotzt mich gewaltig an. Die Sache mit Wenzel Frankowski steckt mir auch in den Knochen. Ich träume oft von ihm, wie er mit hängenden Schultern vor mir sitzt. Ich sage dir, wenn wir unseren Täter schnappen, dann gnade ihm Gott.« Zur Bekräftigung schlug er sich mit der rechten Faust auf seinen Oberschenkel.

Carola entgegnete nichts, sie sah Färber nur besorgt an, eine Augenbraue hatte sie nach oben gezogen.

## Dienstag, 26. Mai, später Nachmittag

*Rechtsmedizinisches Institut, Chemnitz*

Färber schwirrte der Kopf. Er hatte den ganzen Tag in Geschichtsbüchern und Biografien gelesen und dabei eine Wochenration Lakritzkatzen vertilgt. Eine große Mineralwasserflasche half ihm, den schalen Geschmack zu vertreiben. Während er die Treppe zur Pathologie hinunterstieg, trank er fast die ganze Flasche leer. Der Blick auf sein Handy verriet ihm, dass er spät dran war, aber er stellte dabei auch fest, dass Thomas Scholz ihn mehrfach vergeblich angerufen hatte. Das Gerät war auf lautlosen Betrieb eingestellt. Färber wusste nicht, warum. Er schaltete den Klingelton wieder ein.

Er hoffte, von Scholz den Termin für die Obduktion zu erfahren, und hatte das dringende Bedürfnis, sich nun mit einem Menschen aus Fleisch und Blut über den Fall zu unterhalten.

Färber klingelte. Ein Assistent ließ ihn ein. »Ich möchte zu Scholz, ist er noch da?«

»Klar, der ist hinten im Saal«, lautete die kurze Antwort. Der Assistent eilte voran, und Färber hastete durch den breiten hellgrünen Flur hinterher. Unterwegs stellte Färber seine Mineralwasserflasche auf einer Edelstahlfläche ab, in den Obduktionssaal wollte er sie nicht mitnehmen.

Der Assistent hatte das gehört und drehte sich um. »Wenn Sie das da abstellen, wird es in Kürze mit eingeäschert, der Kandidat wird gleich ins Krematorium gebracht.«

Färber schluckte. »Oh.« Er griff wieder nach der Flasche und bemerkte erst jetzt, dass in der Mitte der Edelstahlfläche etwas lag, das mit einem dunkelgrünen Tuch abgedeckt war. »'tschuldigung«, murmelte er verlegen.

Der Assistent hatte Erbarmen und nahm ihm die Flasche ab.

Im Obduktionssaal saß Scholz schreibend an einem Arbeitstisch.

»Grüß dich, Thomas«, sagte Färber, »ich bin neugierig.«

Scholz rückte seine Brille zurecht und sah ihn an. Färber bemerkte die dunklen Augenringe hinter den Gläsern.

Wortlos stand er auf und führte Färber an einen der Tische. Der Ermordete vom Freiberger Obermarkt lag darauf, der abgetrennte Kopf befand sich wieder dort, wo er sein sollte. Es sah so aus, als hätten die Rechtsmediziner ihre Untersuchungen bereits beendet.

»Ihr seid schon fertig?«, wunderte sich Färber.

»Ja, wir hatten gerade keinen anderen Kandidaten«, sagte Scholz.

»War denn niemand von unseren Leuten dabei?«, wollte Färber wissen.

»Keine Sorge, Lars Friedrich hat uns von der ersten bis zur letzten Minute über die Schulter geschaut. Zugegebenermaßen sah er ein wenig blass um die Nase aus.« Scholz grinste. »Du bist nicht an dein Telefon gegangen, aber er hat dich würdig vertreten.«

Färber nickte.

Scholz berichtete weiter: »Es ist so, wie ich vermutet hatte. Der Tod wurde durch das Abschlagen des Kopfes verursacht. Aber der Mann hat nichts davon bemerkt, er war betäubt, als es passierte.«

»Also habt ihr was im Blut gefunden.«

»Genau, wobei nicht mehr viel davon im Körper vorhanden war, er hat sehr viel Blut verloren. Der Betäubungsmittelkonzentration nach zu urteilen, wäre er nach ungefähr einer Stunde aufgewacht, wenn er dann seinen Kopf noch gehabt hätte.«

»Deinen Humor möchte ich haben«, sagte Färber.

»Ohne den könnte ich vieles nicht ertragen, glaub mir.«

»Ja, wahrscheinlich. Noch was?«

»Das verwendete Betäubungsmittel wird hauptsächlich in der Veterinärmedizin eingesetzt, kaum beim Menschen.«

»Also könnte der Täter auch Tierarzt sein.«

»Möglich ist vieles.«

»Welche Tiere werden denn damit betäubt, große oder kleine?«, wollte Färber wissen.

»Elefanten, Rinder, Großkatzen, Wölfe, die Auswahl ist groß. Das Mittel ist dasselbe, nur die Dosis wird nach Größe und Gewicht des Tieres berechnet.«

»Stimmte die Dosis bei ihm?«, fragte Färber und nickte in Richtung des Toten.

»Sie war richtig berechnet, die Betäubung hatte lange genug angehalten, aber gestorben wäre er nicht daran. So wie es in der Anästhesie eben sein muss.«

»Also kennt sich unser Täter mit so etwas aus und berechnet Konzentrationen, bevor er die Mittel einsetzt«, schlussfolgerte Färber.

»Ja, so machen es Narkoseärzte und Tierärzte auch.«

»Wer noch?«, fragte Färber.

»Sicher wäre auch ein Apotheker in der Lage dazu«, mutmaßte Scholz. »Wir wissen nicht genau, auf welchem Weg der Täter das Mittel verabreicht hat. Irgendwie muss er es in die Blutbahn gespritzt haben, aber es gibt keinen Einstich von einer Nadel oder Kanüle an den üblichen Stellen.«

»Vielleicht hat er es über den Magen aufgenommen«, schlug Färber vor.

Scholz hielt den Kopf schief und schielte ihn über seine Brille hinweg an. »Nein, unmöglich, das Zeug funktioniert nur, wenn es direkt in die Blutbahn kommt. Aber hier …« Scholz drehte den Toten, der bisher auf dem Rücken gelegen hatte, schnaufend um. Färber schaute so lange weg und betrachtete eine Reihe Gläser auf einem Regal, in denen unappetitliche Dinge aufbewahrt wurden. »… hier haben wir einen winzigen Einstich.« Scholz zeigte mit der Spitze seines Kugelschreibers auf einen kleinen roten Punkt am rechten Schulterblatt. »Ob das Betäubungsmittel hier injiziert worden ist, kann ich nicht hundertprozentig sagen, aber da wir sonst am Körper überhaupt nichts gefunden haben, gehe ich davon aus. Übrigens war der Mann kerngesund, alle Werte in Ordnung. So durchtrainiert sind eigentlich nur Ausdauersportler, zum Beispiel Radfahrer oder Läufer.«

»Gut«, sagte Färber, »das könnte uns bei der Identifizierung helfen.«

Scholz bot Färber einen Stuhl an und setzte sich zu ihm. »Weißt du, welche Idee mir gekommen ist?«, fragte Scholz, während er aus seiner Schreibtischschublade einen Beutel mit zerkrümelten Keksen hervorkramte. Er hielt Färber die offene Tüte vor die Nase, der dankend ablehnte. Scholz biss genüsslich in eine Kokosmakrone. »Ich habe mir vorgestellt«, fuhr er kauend fort, während ihm ein paar Krümel auf den Kittel fielen, »wie der Täter die Spritze ins Schulterblatt des Opfers sticht. Das kam mir seltsam vor, warum sollte er so eine ungewöhnliche Stelle wählen?«

»Ja?«

»Wahrscheinlich, weil der Täter viel zu weit weg war, er hat den Mann aus großer Distanz von hinten überwältigt.«

»Mit einer Spritze?«, fragte Färber ungläubig.

»Nein, eben nicht. Ich habe dir doch erzählt, dass das Mittel vorrangig in der Tiermedizin benutzt wird.«

»Hm, das hast du.«

»Und«, setzte Scholz das Ratespiel fort, »wie werden Tiere betäubt?«

»Mit einer Spritze?«

Scholz stöhnte. »Nein, stell dir große wilde Tiere vor, einen Löwen zum Beispiel, wie betäubst du den, wenn du … sagen wir mal, einen Zahn ziehen willst?«

»Ich schieße auf ihn mit einem Betäubungspfeil?«, schlug Färber vor.

»Genau. Warum sollte der Täter das hier nicht auch so gemacht haben? Was bei Tieren funktioniert, geht beim Menschen auch.«

Färber dachte darüber nach. »Das hieße also, der Mörder hat mit einem Gewehr auf sein Opfer gelauert und den Mann aus einiger Entfernung von hinten betäubt.«

»Ja, ich denke, dass es so gewesen ist. Aber er muss kein Gewehr verwendet haben, man kann diese Pfeile auch mit Blasrohren verschießen, das macht keinen Lärm.«

»Ja«, bestätigte Färber, »so könnte er es gemacht haben. Man kann sich das sogar gut vorstellen. Unser Mann läuft als Jogger durch die Gegend –«

Scholz unterbrach ihn: »… oder fährt mit dem Fahrrad …«

»Genau«, setzte Färber seinen Gedanken fort. »Er ahnt nichts, der Täter lauert in seinem Versteck und schießt in einem günstigen Moment seinen Betäubungspfeil auf den Erstbesten, der vorbeikommt.«

»Nach spätestens einer Minute ist er ohnmächtig, und der Täter kann mit ihm machen, was er will«, erklärte Scholz, »wobei es bei unserem Freund hier durchaus etwas länger gedauert haben kann, weil er diese ausgezeichnete Kondition hatte.«

»Könnte so gewesen sein.«

»Für diese Theorie spricht auch«, sagte Scholz, »dass es keinerlei Spuren von Gewalteinwirkung gibt, abgesehen natürlich vom abgetrennten Kopf. Ich meine, es hat vorher keinen Kampf gegeben.«

»Also war unser Mann hier«, Färber schaute zum Toten, »nur zur falschen Zeit am falschen Ort?«

Scholz zog die Schultern hoch.

## Dienstag, 26. Mai, später Abend
*Ein Hotelzimmer, Chemnitz*

Färber kam es so vor, als ob die Wände des kleinen Raums mit jeder Stunde, die er hier verbrachte, näher zusammenrückten. Nachts quälte er sich auf der viel zu weichen Matratze, träumte wieder und wieder denselben Traum. Wenzel Frankowski lag blutüberströmt auf einem schwarz-weiß gefliesten Boden. Färber stand über ihm und konnte sich nicht rühren, sosehr er sich auch bemühte. Bis in die Fingerspitzen war er kraftlos. Auch das Atmen fiel ihm immer schwerer, bis er schließlich nach Luft schnappend und schweißgebadet aufwachte. Er musste hier raus. Spätestens morgen würde er nach Hause fahren.

Färber legte sich auf das gemachte Bett und schloss die Augen. Warum konnte er in diesem Raum nicht nachdenken? Vielleicht hatten hier schon zu viele wach gelegen und verpesteten nachträglich mit ihren Gedanken die Luft?

»Was für ein Quatsch«, ermahnte er sich selbst, »am Ende glaubst du noch an Geister, nur weil dir nichts einfällt.«

Er sprang aus dem Bett und suchte nach seinem Notizbuch. Mehrere Seiten hatte er bereits vollgeschrieben, Informationen aus Büchern, die er in der vergangenen Nacht und am heutigen Tag gelesen hatte. Bisher waren es nur aneinandergereihte Ereignisse, die sich irgendwann in Sachsen zugetragen hatten. Färber hoffte, ein paar Zusammenhänge zu verstehen, wenn er die Mitschriften noch einmal las. Er setzte sich in den unbequemen Stuhl vor dem winzigen Schreibtisch und vertiefte sich in seine Notizen. Kaum zwei Sätze hatte er gelesen, als seine Gedanken schon wieder auf Wanderschaft gingen. Dieses Mal verfingen sie sich in den Pflanzen auf den Fensterbrettern seiner Wohnung, er sah sie vor sich, wie sie vertrockneten und welkten.

Färber suchte Gernots Telefonnummer und wählte. Er musste lange warten, bis sein Kumpel und Wohnungsnachbar sich meldete.

»Hä, hallo?«, hörte Färber die verschlafene Stimme.

»Grüß dich, Gernot, bist du endlich wach?«

»Ach, du bist es. Was willst du denn mitten in der Nacht? Ich habe gerade von Sabine geträumt, du hast alles kaputtgemacht«, beschwerte er sich.

Sabine war Gernots augenblicklicher Schwarm, er himmelte die Kassiererin aus dem Supermarkt schon seit Wochen an. Aber bei Gernot war alles vergebens. Mehr als eine Schwärmerei hatte er noch nie erlebt, soweit Färber das wusste. Sein Nachbar war eingefleischter Junggeselle. Fast wie Färber, mit dem feinen Unterschied, dass er wenigstens eine wunderbare Vergangenheit hatte, um die ihn Gernot beneiden konnte. Aber auch Färbers Ehe war nun Geschichte. Anstelle einer Familie hatte er jetzt wohl seine Arbeit. Nein, das stimmte so nicht. Die kleine Familie Färber bestand nun aus ihm und seinem Vater. Otto Färber lebte in seiner eigenen Wohnung, nur selten ging er vor die Tür. Jedes Mal, wenn Färber an seinen Vater dachte, meldete sich das schlechte Gewissen, weil er sich zu wenig Zeit für ihn nahm. Immerhin kam seit einer Woche eine Altenpflegerin zu Otto und half bei den täglichen Verrichtungen. Färber hatte die Pflege organisiert, sein Unbehagen war seitdem etwas geringer geworden.

»Was willst du denn?«, drängte Gernot ungeduldig.

»Ach ja, ich wollte nur schnell wissen, ob du meine Pflanzen gegossen hast?«

»Und dafür rufst du mich mitten in der Nacht an? Du hast doch 'ne Meise, Färber.«

Färber grinste. »Ja, ja, und du gleich eine Anzeige wegen Beamtenbeleidigung.« Jetzt lachte er laut ins Telefon.

»Also gut, dein Grünzeug steht super im Saft, ich habe jeden Tag gegossen und sogar davon probiert. Jedenfalls schmeckt mir diese Kresse überhaupt nicht«, erklärte Gernot.

»Wieso nicht? Hast du sie doch verdorren lassen?«, fragte Färber besorgt.

»Quatsch, ich mag einfach kein Hasenfutter, Bier schmeckt besser.«

Färber fiel ein, dass er seinem Kumpel einen Kasten Bier versprochen hatte als Gegenleistung für die Pflanzenpflege.

»Nichts für ungut«, sagte Färber, »mach's gut und schlaf weiter.«

»Alles klar, bis bald.«

Färber nahm sich wieder seine Aufzeichnungen vor. Nur drei

Minuten hielt er es aus, dann stand er auf. Um vom Schreibtisch zur Eingangstür zu gelangen, brauchte man nur fünf Schritte. Nachdem Färber ein paarmal die Länge des Zimmers abgelaufen war, griff er wieder nach dem Telefon.

»Hä? Bist du das schon wieder?«, meldete sich Gernot.

»Ja, komm morgen früh auf einen Kaffee zu mir, wir frühstücken zusammen.«

»Und weil du mich so nett bittest, fahre ich von Dresden nach Chemnitz, um mit dir ein Brötchen zu essen?«

»Nein, du musst nur über den Flur, ich fahre jetzt nach Hause.«

Gernot kicherte. »Na, dann bis morgen.«

Färber hatte es plötzlich eilig. Er rief bei Carola an, um ihr Bescheid zu sagen, erreichte sie aber nicht. Unterwegs hielt er an einer Tankstelle und kaufte Bier.

## Mittwoch, 27. Mai, Nacht

*Färbers Wohnung, Martin-Luther-Straße, Dresden*

Eine halbe Stunde nach Mitternacht betrat Färber seine Wohnung. Zuerst ging er von Zimmer zu Zimmer und begutachtete seine Pflanzen. Er sog die vertrauten Gerüche der eigenen vier Wände gierig in sich ein. Es roch nach Erde und Kräutern. Sein Vermieter hatte ihn mehrfach auf seine beschlagenen Fensterscheiben angesprochen. Färber lächelte und öffnete zwei Fenster, damit sich der Dunst nach draußen verziehen konnte. Dann nahm er eine Flasche von Gernots Bier und lehnte sich in der Hollywoodschaukel zurück. Augenblicklich fühlte er sich wohl. Weil er noch keine Müdigkeit verspürte, holte er seine Aufzeichnungen hervor und vertiefte sich darin. Mehr als vier Stunden las er, ohne den Inhalt wirklich zu verstehen, nur Bruchstücke konnte er sich merken. Erschöpft legte er sich ins Bett und sank endlich in einen traumlosen Schlaf.

## Mittwoch, 27. Mai, Vormittag

*Färbers Wohnung, Martin-Luther-Straße, Dresden*

Gegen zehn erwachte Färber vom Klappern seiner Wohnungstür.

Gernot stand vor ihm. »Hey, Mann. Was ist jetzt mit der Einladung zum Frühstück?«

Färber rappelte sich auf und rieb sich die Augen. »Morgen«, brummte er und gähnte ausgiebig. »In der Küche steht ein Kasten Bier, ich verschwinde kurz im Bad.«

»Du brauchst schon zum Frühstück Alkohol?«, wunderte sich Gernot.

»Quatsch, das Bier ist für dich, weil du dich so aufopfernd um meine Pflanzen gekümmert hast«, sagte Färber und grinste. »Du kannst aber trotzdem schon mal Kaffee kochen, ich bin gleich da.«

»Na toll«, kommentierte Gernot den Vorschlag und ging in die Küche, um Filtertüten und Kaffeepulver zu suchen.

Auf dem Weg ins Bad wählte Färber Gerlinde Streckers Nummer und bat sie, noch heute einen Termin mit Eugen Schwarz zu vereinbaren, dem Experten in Sachen Fürstenzug.

Das Frühstück mit Gernot dauerte eine ganze Stunde. Färber sagte wenig, er durfte ohnehin nicht über den Fall sprechen. Gernot redete ununterbrochen, er berichtete vom neuesten Tratsch im Haus und seiner Arbeitsstelle, die meiste Zeit aber schilderte er Sabines Vorzüge und lobte sie in den höchsten Tönen. Nur angesprochen hatte er sie immer noch nicht. Zwischendurch rief Gerlinde Strecker an und bestätigte den Termin mit Schwarz für den Nachmittag. Er würde Färber direkt am Wandbild in der Augustusstraße erwarten.

Als Gernot schließlich gegangen war, wählte Färber Carolas Nummer.

»Wo steckst du denn?«, fragte sie.

»Ich bin in Dresden, brauchte Luftveränderung.«

»Heißt das, du kommst heute gar nicht ins Büro?«

»Ehrlich gesagt werde ich ein paar Tage hierbleiben, ich muss nachdenken.«

»So, so.«

»Ja, in Chemnitz fällt mir die Decke auf den Kopf.«

»Und das ist schlecht fürs Gehirn.« Carola lachte.

»Genau. Aber Spaß beiseite. Heute Nacht habe ich mir noch mal die Fürsten vorgenommen.«

»Schieß los, was hast du herausgefunden?«

Färber raschelte mit Papier, seine Lakritztüte knisterte, als er sie in die Mitte des Tisches schob. »Wie du vielleicht weißt, reiten fünfunddreißig Herrscher im Fürstenzug, von denen unser Freund drei verarbeitet hat. Dazu kommt der Herold, der auf dem ersten Pferd sitzt. Ich kann in der Reihenfolge bisher kein System erkennen. Sinn ergibt nur der Herold, mit dem er die Serie eröffnet und damit die folgenden Herrscher ankündigt, was bekanntermaßen zu den Aufgaben eines Herolds zählte. Der zweite war Nummer siebenundzwanzig aus dem Fürstenzug, August der Starke. Unser drittes Opfer hatte das Kostüm Albrechts des Stolzen an, des dritten Fürsten im Zug. Der letzte Herrscher ist der zwölfte, Friedrich der Sanftmütige, Opfer Nummer vier. Kannst du etwas erkennen, womit wir auf den nächsten schließen könnten?«, fragte Färber.

»Auf den ersten Blick nicht. Hast du noch mehr?«

»Ich weiß jetzt, warum der Täter Kunz von Kauffungen in das Kostüm Friedrichs des Sanftmütigen gesteckt hat.«

»Ja?«

»Ganz einfach. Dieser Kunz gehörte nicht zum Geschlecht der Wettiner und ist folglich nicht im Fürstenzug verewigt worden. Es gibt kein Kostüm von ihm, das der Täter hätte stehlen können. Also musste kurzerhand sein Gegenspieler herhalten, und das war der damalige Kurfürst Friedrich der Sanftmütige«, erklärte Färber.

»Klingt einleuchtend, ist aber auch ganz schön um die Ecke gedacht.«

»Weißt du, was mich wundert bei der Sache?«, fuhr er fort. »Im Fürstenzug läuft der Köhler mit, der einen der Prinzen entdeckt und damit die ganze Entführung vereitelt hat. Warum verwendet unser Mann nicht dessen Kostüm?«

»Keine Ahnung«, entgegnete Carola, »vielleicht erschien ihm ein Köhler nicht standesgemäß für diesen Kunz, immerhin soll der Ritter gewesen sein.«

»Hm, möglich.«

»Für mich sind das alles böhmische Dörfer, ich kann da kein Prinzip erkennen. Hast du eine Idee?«, fragte Carola.

Färber angelte ein paar Lakritzkatzen aus der Tüte hervor. »Das weiß ich noch nicht. Die ganze Nacht hab ich über den Büchern gesessen, am Ende hatte ich die Hälfte schon wieder vergessen. Ich habe absolut keine Ahnung von sächsischer Geschichte und finde auch keinen rechten Zugang. Bis vor ein paar Tagen hat mich dieses Thema überhaupt nicht interessiert. Deshalb treffe ich mich heute noch mit diesem Experten.«

»Ruf mich an, wenn es Neuigkeiten gibt.«

»Versprochen. Du erreichst mich auch jederzeit, sogar nachts«, versprach er.

## Mittwoch, 27. Mai, Nachmittag

*Augustusstraße, Dresden*

Als Färber um die Ecke kam und in die schmale Gasse einbog, konnte er Eugen Schwarz schon erkennen. Er stand vor einem der zahlreichen kleinen Stände, die Dresdner Souvenirs feilboten. Im Angebot waren Postkarten, Bücher, Kugelschreiber und allerlei Kleinigkeiten, die mit Motiven aus der Elbmetropole und vor allem mit Details des Fürstenzuges bedruckt waren.

»Schön, dass Sie so schnell für mich Zeit haben«, sagte Färber. Schwarz sah auf, und Färber wunderte sich, welch leuchtendes Blau seine Augen hatten. Wahrscheinlich lag es an der Sonne, die direkt in sein Gesicht schien.

»Guten Tag, Herr Färber. Was wollen Sie wissen?«

»Alles, fürchte ich«, erklärte er lächelnd.

»Nun gut. Fangen wir an.« Eugen Schwarz begann zu sprechen, zählte Namen von Fürsten auf, nannte Jahreszahlen und zeigte immer wieder auf Figuren auf dem riesigen Fliesenbild. Er kam mehr und mehr ins Schwärmen. Färber schien es, als ob Schwarz all diese Fürsten und ihre Geschichten persönlich kannte.

Nachdem er eine ganze Weile zugehört hatte, fragte Färber

gezielt nach jenen Herrschern, deren Kostüme verschwunden waren, ohne jedoch den Grund seines Interesses zu verraten.

»Wissen Sie, ob einer davon eines ungewöhnlichen Todes gestorben oder gar ermordet worden ist?«, lautete eine seiner Fragen.

»Hier«, Schwarz zeigte auf einen Reiter mit Helm, »zum Beispiel Christian I., er soll schon in jungen Jahren durch unmäßiges Trinken aufgefallen sein. Mit einunddreißig hat er sich wohl totgesoffen, offiziell allerdings ist er an einer Magen- und Darmkrankheit verschieden. Seine Regierungszeit war 1586 bis 1591«, erklärte er und wies auf die Jahreszahlen, die sich im unteren Bereich des Fliesenbildes befanden. Über den Zahlen war der Name des Herrschers zu lesen.

»So etwas gab es damals also auch schon«, wunderte sich Färber.

»Und sein Nachfolger«, Schwarz deutete mit dem Arm auf den Reiter rechts daneben, »Christian II., ist auch tragisch ums Leben gekommen. Er soll erhitzt nach dem Ritterspiel einen kalten Krug Bier hinuntergestürzt haben, worauf ihn der Schlag getroffen hat.«

»Das sind ja richtige Anekdoten, die sich hinter den Fürsten verbergen«, sagte Färber.

»Stimmt genau. Stundenlang könnte man Geschichten über sie erzählen. Über fast jeden Wettiner gibt es eine Besonderheit zu berichten.«

»Was gibt es denn zum Beispiel über«, Färber las in seinen Aufzeichnungen und wählte einen weiteren Kandidaten, »Friedrich den Ernsthaften zu berichten? Seine Regierungszeit begann 1324.«

»Nun ja, zu seiner Zeit grassierte die Pest im Lande. Ein Gerücht machte die Runde, dass die Juden angeblich alle Brunnen vergiftet und damit die Seuche ausgelöst hätten. Friedrich ließ die vermeintlichen Verursacher auf riesigen Scheiterhaufen verbrennen. Alle Städte im Land forderte er auf, es ihm gleichzutun. Und er befürwortete die Ausrottung jüdischer Gemeinden.«

Färber schüttelte den Kopf. Was würde ihn in diesem Fall noch alles erwarten?

»Oder dieser«, sagte Schwarz, »Johann Georg IV., 1691 bis 1694.«

»Was war mit ihm?«

»Er war der große Bruder Augusts des Starken. Als ältester Nachkomme hatte er die Regierung Sachsens übernommen. Nur durch sein frühes Ableben kam es überhaupt dazu, dass August ans Ruder kam.« Schwarz zeigte auf einen Reiter, der einen ausladenden dunklen Hut mit bauschiger Feder trug.

Färber dachte an die Kleiderkiste von Wenzel Frankowski, verdrängte aber sofort den quälenden Gedanken und fragte stattdessen mit belegter Stimme: »Woran ist denn dieser Georg gestorben?«

»Das ist auch so eine seltsame Geschichte. Neben seiner adeligen Ehefrau hielt er sich eine Mätresse, Sybilla von Neitschütz. Um sie in den Adelsstand zu erheben, ließ er sie vom Kaiser gegen Zahlung einer saftigen Summe zur Reichsgräfin von Rochlitz ernennen.«

Färber räusperte sich. »Von Rochlitz, sagen Sie?«

Schwarz nickte. »Ja, genau. Jedenfalls erkrankte diese Sybilla an den Blattern, besser als Pocken bekannt, und Georg steckte sich an, weil er ihr auf dem Totenbett einen letzten Kuss auf die Lippen hauchte.« Schwarz fixierte Färber mit stahlblauen Augen. »Klingt romantischer, als es ist. Jedenfalls war der letzte Kuss tödlich.«

Färber wich dem Blick des anderen aus. Er dachte daran, dass in einigen Laboren dieser Welt noch heute Pockenerreger gelagert wurden, offiziell galten sie allerdings als ausgerottet. Ob ihr Täter das auch wusste? Er bekam eine Gänsehaut bei diesem Gedanken.

Das Gespräch mit Schwarz dauerte mehr als zwei Stunden, am Ende hatte Färber eine ganze Menge gelernt über den Fürstenzug und seine Darsteller. Möglichst unauffällig hatte er Erkundigungen nach den Fürsten ohne Kostüm eingeholt und auch sonst viele interessante Details erfahren. Die letzten neunhundert Jahre spiegelten eine bewegte Entwicklung des Hauses Wettin wider, mit grandiosen Erfolgen, aber auch schmachvollen Niederlagen. Jeder Regent hatte am Rad der Geschichte gedreht, der eine mehr, der andere weniger erfolgreich.

Als Färber am Abend nach Hause kam, fühlte er sich erschöpft und müde. Er nahm ein Bier aus dem Kühlschrank, öffnete es und legte sich in die Hollywoodschaukel, stopfte ein weiches Kissen unter seinen Kopf und ging seine Notizen vom Nachmittag noch einmal durch.

Moritz von Sachsen war als letzter Wettiner in einer Schlacht gefallen.

Albrecht der Entartete hatte feige Anschläge auf Vater und Ehefrau geplant und Wettinische Besitzungen leichtfertig verspielt.

Friedrich der Gebissene war zu seinem Namen gekommen, weil ihm seine Mutter vor Kummer in die Wange gebissen hatte, als sie ihren schrecklichen Ehemann, ebenjenen Albrecht den Entarteten, verlassen musste, weil sie in seiner Nähe ihres Lebens nicht mehr sicher war. Außerdem wollte sie wohl sichergehen, ihren Sohn noch Jahre später wiederzuerkennen.

August von Sachsen war bei der Jagd ein ganzes Dorf mit Kirche und Feldern im Weg gewesen. Kurzerhand waren die Bauern vertrieben und die Ortschaft komplett entfernt worden. Beim Bau seines Jagdschlosses Augustusburg hatte August den angesehenen und begüterten Leipziger Baumeister Hieronymus Lotter ruiniert, der daraufhin in völliger Verarmung endete.

Ernst, einer der beiden aus Altenburg entführten Prinzen, hatte sein Leben durch einen Jagdunfall verloren.

Beim Lesen kam Färber der eine oder andere Gedanke, wie er selbst die Geschichten der Fürsten in perfiden Mordplänen umsetzen würde. Färber konnte noch immer kein System entdecken in der Reihenfolge der Morde. Es war zum Verzweifeln. Würde er jemals in der Lage sein, sich in den Mörder hineinzuversetzen, so zu denken wie er?

## Donnerstag, 28. Mai, Morgen

*Neumarkt, Dresden-Altstadt*

Obwohl es noch früh war, hatten die Sonnenstrahlen die runde Kuppel der Frauenkirche bereits in strahlendes Sandsteingelb gehüllt. Es versprach ein schöner Tag zu werden, ideal für einen Ausflug zum Neumarkt. Schon fast konnte man die anrückende Gästeschar erahnen, die in Kürze den malerischen Platz bevölkern würde.

In der Nähe des Lutherdenkmals blieb ich stehen und ließ meinen Blick hinauf zur Kuppel der wohl berühmtesten Kirche Dresdens wandern. Ich stellte mir vor, wie der Schrei eines Menschen beim Sturz aus dieser Höhe über den Platz schallen würde. In meinem Magen kribbelte es, und ich fühlte mich frei, so frei wie lange nicht. Es bedurfte nur einiger gedanklicher Vorbereitungen und Inspiration. Dafür war diese Morgenstunde wohl am besten geeignet. Mein Geist war frisch, aufnahmefähig für jede Kleinigkeit. Vor mir breitete sich wahrhaftig der schönste und zugleich der wunderbarste Ort zum Sterben in ganz Dresden aus.

Die Kuppel der Kirche erhob sich majestätisch inmitten des Platzes, umlagert von restaurierten Gebäuden mit Fassaden in Pastelltönen. Fast jedes dieser Häuser beherbergte inzwischen ein Café, Restaurant oder Hotel. Die Namen über den Eingangstüren versprachen barocke Genüsse. Die Gastronomen schienen nur auf die bald ankommenden Gäste zu warten, um dann ihre Türen zu öffnen, die Stühle der Freisitze von den nächtlichen Ketten zu befreien und die Sonnenschirme aufzuspannen.

Vor der Kurfürstenschänke zwängte ich mich auf einen der Klappstühle, die noch in Ketten lagen. Nur ein kleines Stück ließ sich der Stuhl vom Tisch wegschieben, sodass ich beim Hinsetzen meinen Bauch einziehen musste. Langsam atmete ich aus und begutachtete meine Position. Ja, es war ein guter Platz. Von hier aus hatte ich einen exzellenten Blick auf die Frauenkirche, die in ein paar Minuten ihre Eingangsportale öffnen würde. Noch waren nicht viele Passanten unterwegs, dennoch sammelte sich langsam eine Gruppe von ihnen vor der Kirche. Rechts von mir befand sich der Eingang zum Kuppelaufstieg, den ich leider nicht direkt einsehen konnte. Dennoch blieb ich erst einmal sitzen und wartete.

Weil nichts geschah, döste ich in der Morgensonne und hielt meine Augen geschlossen. Irgendwann hörte ich Rufen und

Lachen, begleitet von ausgelassenem Getrappel. Eine Schulklasse. Blinzelnd öffnete ich die Augen, gewöhnte sie wieder an das helle Sonnenlicht. Es handelte sich nicht nur um eine Klasse, es schien ein ganzer Schulausflug zu sein. Schwatzend und lärmend kamen sie näher, flankiert von laut rufenden Lehrerinnen, denen die Anstrengung der Unternehmung schon jetzt am Morgen deutlich in den Gesichtern geschrieben stand. Mit einiger Mühe dirigierten sie die Kinderschar zum Eingang G der Frauenkirche.

Ich schraubte mich aus meinem engen Sitz, lockerte die verkrampften Glieder und schlich der tobenden Menge unauffällig hinterher. Vor dem Coselpalais suchte ich mir einen ruhigen Platz, lehnte mich an eine der Säulen vor dem Eingang und beobachtete das Treiben gegenüber. Es waren unzählige Kinder und Jugendliche, sie schubsten sich, lachten, rissen sich gegenseitig die Rucksäcke von den Schultern. Ein Mädchen schrie und haute einem Jungen mit strohblondem Haar eine Brotbüchse auf den Kopf. Die Lehrerinnen schienen ihre Schützlinge nicht zu beachten und verhandelten stattdessen mit dem Kassierer. Endlich kam Bewegung in den Haufen. Die ersten Kinder verschwanden durch die schmale Eingangstür. Nur langsam wurde die Gruppe kleiner, denn ein Aufzug im Inneren konnte immer nur wenige von ihnen nach oben fortschaffen. Eine gefühlte Ewigkeit wartete ich, bis auch der letzte Schüler im Dunkel des Kirchenraums verschwunden war. Ich schaute auf meine Uhr und bemerkte verwundert, dass das Schauspiel ganze zwanzig Minuten gedauert hatte.

Ich schlenderte zurück zur Kurfürstenschänke und hockte mich auf meinen angestammten Platz. Die Szene mit der Brotbüchse hatte sich in meinem Gehirn festgefressen. Das Mädchen und der strohblonde Junge waren noch klein, vielleicht in der ersten Klasse. Meine Gedanken wanderten viele Jahre in die Vergangenheit. Damals, als mich die Fürsten in der Augustusstraße das erste Mal in ihren Bann zogen, war ich genauso alt wie die beiden. Es war an einem sonnigen Nachmittag, ich erinnerte mich genau. Mutter schleppte mich mit ins Büro der Stadtinformation und verschwand hinter einer Tür. Ich setzte mich auf einen Spielteppich, es gab Gummiindianer und Bauklötze.

Doch mein Lieblingsindianer, der sogar reiten konnte, war weg, und auch das schöne braune Pferd hatte seit unserem letzten Besuch eines seiner Beine eingebüßt.

Weil meine Mutter sehr lange nicht zurückkam, drückte ich schließlich die schwere Tür auf und schlüpfte hinaus in die Sonne. Gelangweilt stippte ich kleine Steine mit dem Fuß auf die Straße, schlenderte ohne Ziel den Bürgersteig entlang, wich eiligen Erwachsenen aus, damit sie mich nicht anrempelten. Nach wenigen Schritten hatte ich die Tür und meine Mutter vergessen, weil ich über mir einen stolzen Herrn mit Lanze und Spitzhut entdeckt hatte. Er saß auf einem Pferd, das viel schöner war als das Gummipferd auf dem Spielteppich. Gebieterisch musterte der Reiter ein Ziel in der Ferne, gerade so, als wäre ich überhaupt nicht da. Ich starrte ihn mit offenem Mund an. Doch es kam noch viel besser. Nur ein paar Schritte neben dem Spitzhut ritten vier Musikanten auf stolzen Rössern. Ich stellte mir vor, welche Musik sie wohl spielten, lauschte angestrengt und vernahm ihre wundersamen Klänge.

Langsam spazierte ich weiter, sah eine schier endlose Zahl stolzer Reiter. Nach einigen Minuten stellte ich fest, dass sie aus viereckigen Platten wie ein Puzzle zusammengesetzt waren. Ich betrachtete jede Figur von Kopf bis Fuß. Die abgebildeten Menschen waren geschmückt mit Blumen, einige hatten Federn am Hut, über ihnen wehten Fahnen. Am besten gefielen mir die Pferde. Einmal auf einem Rummel hatte ich auf einem reiten sollen. Es war nur ein kleines Pferd gewesen, aber dennoch hatte mich mein Mut damals verlassen. Seitdem betrachtete ich diese Tiere mit Respekt und war fasziniert von ihrer Ausstrahlung. Ich staunte über all die tapferen Männer, die sich anscheinend mühelos auf den Pferderücken hielten. Es gab auch Hunde auf dem Bild, die mochte ich genauso gern wie die Pferde.

Ich vergaß meine Umgebung und sah nur noch die Figuren auf dem Wandbild. Warum gingen am Schluss Männer in modernen Kleidern und Kinder mit Blumen? Das passte doch gar nicht zu den Helden in ihren Rüstungen und königlichen Gewändern. Bestimmt gab es etwas zu feiern, deshalb die Blumen. Die Darstellungen hatten mich unaufhaltsam in ihren Bann gezogen.

Immer wieder schritt ich das lange Bild ab. Irgendwann begann ich, die Personen zu zählen und ihnen Namen zu geben. Einer der Reiter trug einen Blumenkranz im Haar, den nannte ich Herrn Rose, der erste vorn wurde Herr Spitzhut. Einer mit langen grauen Haaren und freundlichen Augen, fast am Ende des Zuges, war für mich Opa Walter. Mein richtiger Opa sprach kaum noch und schien ständig in seinem Sessel zu schlafen. Immer wieder zählte ich die Figuren. Es zogen über vierzig Pferde und mindestens neunzig Menschen über meinem Kopf hinweg. Auf eine genaue Zahl konnte ich mich nicht festlegen, da ich jedes Mal, wenn ich die Augustusstraße abgeschritten war, zu einem anderen Ergebnis kam. Es war ein Gewimmel von Menschen, Tieren, Blumen, Fahnen und Waffen. Von einem Mann am Ende der Reihe war nur ein Stück Hut zu sehen, nie wusste ich, ob ich den mitgezählt hatte oder nicht.

Unsanft wurde ich aus meinen Überlegungen gerissen. Ein Brennen auf meiner Wange holte mich zurück in den sonnigen Nachmittag, zurück auf die staubige Straße und zu meiner Mutter, die mit hochrotem Gesicht vor mir stand und mir mit der flachen Hand ins Gesicht geschlagen hatte. Am liebsten hätte ich mich hinter dem Lanzenträger über mir versteckt. Aber Mutter kannte kein Erbarmen. Mit zeternder Stimme schimpfte sie mich aus, ihre Augen blitzten wie die Säbel der Ritter über mir. Erwachsene waren stehen geblieben und starrten mich an, schüttelten die Köpfe und raunten sich etwas zu. Ich sah auf meine Fußspitzen und weinte. Mutter schnappte meine Hand und zog mich fort von meinen Helden, sie hörte nicht auf, mit mir zu schimpfen. Zu Hause sperrte sie mich in den dunklen Keller, bis ich ohne Abendessen ins Bett musste.

Aber meine Welt hatte sich an diesem Nachmittag verändert. In den darauffolgenden Wochen und Monaten kam ich immer öfter in die Augustusstraße. Die leblosen Fürsten wurden meine Freunde. Ich sprach mit ihnen, fragte sie um Rat und lernte alles, was ich über sie in Erfahrung bringen konnte. Vor anderen Kindern fürchtete ich mich, hatte Angst vor ihren wilden Spielen und war lieber allein bei meinen Fürsten.

»Moment mal, bitte.«

Die klare Stimme einer Kellnerin riss mich aus meinen Tagträumen. Es war fast elf, und die Kurfürstenschänke öffnete für ihre Gäste. Die junge Frau mit roter Weste und schwarzer Schürze umrundete die Tische vor dem Haus und schloss die Ketten auf, rückte die Klappstühle zurecht und spannte die cremefarbenen Sonnenschirme auf. Ich saß ihr beim Lösen der Kette meines Stuhls im Weg.

»'tschuldigung«, brummte ich und erhob mich.

»Möchten Sie etwas trinken?«, fragte sie, ohne mich dabei anzusehen. Sie schob gerade einen der Stühle zurecht.

Ich hatte zwar keine Lust dazu, wollte aber noch nicht gehen. Also bestellte ich einen Kaffee und wartete auf die Rückkehr der Schulklassen. Kurz darauf stürmten die ersten Kinder aus der Frauenkirche und sammelten sich neben dem Lutherdenkmal. Eine Lehrerin war bei ihnen, sie wischte sich den Schweiß von der Stirn und stemmte ihre Arme in die Hüften.

## Donnerstag, 28. Mai, Morgen

*Färbers Wohnung, Martin-Luther-Straße, Dresden*

Nach einem schnellen Frühstück verließ Färber bereits vor acht Uhr die Wohnung. Als er unten den letzten Treppenabsatz erreicht hatte, spürte er schon die Wärme eines heiteren Frühlingstages, denn jemand hatte die Haustür offen stehen lassen. Sonnenlicht und Vogelgezwitscher strömten herein. Färber atmete tief und schmeckte die Frische in der Luft. An anderen Tagen dämmerte das Treppenhaus in trister Dunkelheit und hallender Stille. Der ewig wiederkehrende Aufbruch der Natur um diese Jahreszeit steckte ihn förmlich an, und Färber fühlte sich gestärkt. Diese Energie und Frische kamen ihm gerade sehr gelegen, denn der aktuelle Fall verlangte ihm einiges ab. Aber die Fürsten würden noch warten müssen.

Entschlossen trat Färber in den warmen, hellen Morgen. Er nahm die nächste Straßenbahn. Dann zog er sein Handy hervor, wählte die Nummer seines Vaters und kündigte seinen Besuch an. Das schlechte Gewissen hatte Färber während der letzten Nacht wieder einmal nicht zur Ruhe kommen lassen.

## Donnerstag, 28. Mai, Morgen

*Kesselsdorfer Straße, Dresden*

Sein Vater Otto öffnete die Tür, ohne dass Färber die Klingel gedrückt hatte. Er musste schon im Flur gewartet haben. Otto konnte sich wegen seines schwachen Herzens und Problemen mit den Beinen nur äußerst langsam fortbewegen. Das Gehen war noch schlechter geworden, seit Färber ihn das letzte Mal besucht hatte. Aber sein Lächeln wirkte wach und herzlich wie immer. Sie gingen durch den Flur ins Wohnzimmer, und Ottos Pantoffeln schlurften leise über den Teppichboden. Es roch nach Reinigungsmitteln. Färbers Vater trug ein kariertes Hemd und eine braune Cordhose, beides wirkte ordentlich und sauber. Die neue Pflegerin schien ihre Arbeit gut zu machen, sogar die Blumenstöcke in den Fenstern blühten in ungewohnter Pracht. Bestimmt war auch das ihr Verdienst. Sie setzten sich an den runden Wohnzimmertisch.

»Na, was gibt's Neues, mein Sohn?«

Färber zuckte mit den Schultern. »Bei mir ist alles wie immer.«

»Welche Verbrecher müssen sich denn gerade warm anziehen?« Otto lachte.

»Ich darf dir nichts erzählen, und das ist auch wie immer«, seufzte Färber.

Sein Vater verengte die Augen zu Schlitzen und hielt den Kopf dabei schief. »Ich habe in der Zeitung gelesen, es gebe da eine Sonderkommission.«

Färber nickte.

»Und mein Herr Sohn ist ihr Chef.«

»Na, dann weißt du ja schon alles.«

»Komm schon«, Otto beugte sich mit dem Oberkörper nach vorn und hielt seine Hand hinters Ohr, »ich kann schweigen, das weißt du doch.«

Wie so oft in letzter Zeit wünschte sich Färber auch jetzt, seinen Alltag mit jemandem teilen zu können. Jemanden zu haben, dem er blind vertrauen konnte und der eben nicht zu seinen Kollegen zählte. Otto konnte er zwar vertrauen, aber Dienstgeheimnisse waren nun mal geheim und mussten es auch bleiben. Solange ein Fall nicht abgeschlossen war, verbot sich jede Äußerung dazu. Und danach? Ja, da gab es meist das nächste Verbrechen, das aufgeklärt werden musste.

Lange schwiegen beide, bis Färber es nicht mehr aushielt und endlich zögernd zu sprechen begann. »Ich habe bei den Ermittlungen totalen Mist gebaut, ein solcher Fehler darf einem nicht passieren.«

Otto behielt die Hand hinter dem Ohr und sah seinen Sohn an. Tiefe Falten hatten sich um seinen Mund gelegt.

»Ich habe einen Menschen in den Selbstmord getrieben. Aber ich habe es nicht gewollt.« Er sah seinem Vater traurig in die Augen.

Otto griff mit seiner freien Hand nach der seines Sohnes. Er tätschelte ungeschickt und mit zitternden Fingern Färbers Handrücken. Der Augenblick währte nur kurz, und Färber zog seine Hand zurück, legte die Handflächen auf seine Knie.

»Ich habe ihn vorverurteilt, nicht auf meine Kollegin gehört und jeden Zweifel an seiner Schuld einfach weggeschoben. Unter Druck habe ich ihn auch noch gesetzt, dafür gesorgt, dass sein Bruder nichts mehr mit ihm zu tun haben wollte. Ich hab mich benommen wie der letzte Vollidiot.«

Otto Färber räusperte sich. »Du hattest es eben auch nicht leicht in den letzten Wochen.«

»Jeder hat mal Schwierigkeiten. Das muss man abkönnen, sollte man abkönnen als Ermittler. Ich konnte es eben nicht. Marita hat mir den Boden unter den Füßen weggezogen. Ich war überhaupt nicht vorbereitet auf so etwas. Ich war wochenlang total neben der Spur.«

»Hat es dienstliche Konsequenzen gegeben?«, fragte Otto.

»Es gibt eine Untersuchung, und natürlich musste ich einen Rüffel von Kießling einstecken.«

»Siehst du. Geh nicht so hart mit dir ins Gericht.«

Färber stand auf und ging zum Fenster hinüber. »Wie gefällt dir denn eigentlich deine Pflegerin?«

»Och, die ist ganz nett.« Otto strich mit der flachen Hand über die in Karomustern gewebte Tischdecke, als müsse sie glatt gestrichen werden, was überhaupt nicht nötig war, denn der Stoff zeigte nicht die kleinste Falte. »Sie besucht mich jeden Tag, wäscht und rasiert mich. Auch sonst, schau dich doch um, die Wohnung ist sauber, und ich bin es auch«, lachte er.

»Gibt sie dir auch deine Herztabletten pünktlich?«

»Nein, dafür brauche ich niemanden. Du weißt ja, mein Gedächtnis funktioniert noch tadellos.«

»Ja, ja, das weiß ich, Vater. Trotzdem. Mir wäre es lieber, wenn die Frau kontrollieren würde, ob du die Medikamente auch wirklich jeden Tag zur gleichen Zeit einnimmst. Du weißt ja, dass sie lebenswichtig sind.«

»Jawohl, Chef.« Otto ahmte mit der ausgestreckten Hand am Kopf einen Militärgruß nach.

»Das ist nicht witzig. Dr. Stein hat mir das genau erklärt. Es könnte aus sein mit dir, wenn du nicht jeden Tag pünktlich deine Herztabletten nimmst. Sonst passiert es wieder wie kurz vor Weihnachten, als der Notarzt dich zurückholen musste. Und warum? Nur weil du alles Mögliche im Kopf hattest, bloß nicht deine Medikamente.«

Otto lachte. »Also, mein Sohn, mach dir mal keine Sorgen, dein alter Vater weiß selbst, was wichtig ist.«

Färber brummte etwas Unverständliches. »Und nimmt die Pflegerin sich auch Zeit für dich, ich meine, redet ihr manchmal miteinander?«

Sein Vater schüttelte langsam den Kopf. »Leider nur, während sie die Hausarbeit macht. Sie hat viel zu tun, sagt sie. Aber ich weiß schon eine ganze Menge von ihr.«

Otto räusperte sich. »Also, sie ist dreiunddreißig Jahre alt, wenn sie mich nicht beschwindelt.« Er zwinkerte und zog sein Taschentuch aus der Hosentasche. »Aber ich denke schon, dass sie wirklich so alt ist.« Er putzte sich die Nase. »Sie könnte eine hübsche Frau sein, wenn sie etwas aus sich machen würde. Sie sieht immer etwas ungepflegt aus, obwohl sie ihre Arbeit hier tadellos erledigt.« Er klopfte mit den Fingerspitzen auf die Tischdecke.

»Hat sie denn einen Mann?«

Otto wackelte mit dem Kopf. »Ich denke schon, sie streitet es zwar ab, aber sie bekommt immer einen knallroten Kopf bei diesem Thema.«

»Vielleicht ist sie einfach schüchtern und verklemmt«, sagte Färber.

Sein Vater kratzte sich über dem Ohr. »Oder, das könnte ja auch sein, sie bevorzugt Vertreterinnen ihres Geschlechts. So was soll's ja heute geben.«

Färber begann sich zu langweilen, Geschichten über anderer Leute Liebesleben hatten ihn noch nie interessiert, es sei denn, sie waren für einen Fall von Belang. Er drängte zum Aufbruch, es war an der Zeit für seine Arbeit.

Otto Färber schnäuzte sich in sein großes Herrentaschentuch. Dann griff er nach dem Unterarm seines Sohnes und sagte: »Annemarie ist gestern ins Krankenhaus eingeliefert worden, Verdacht auf Schlaganfall.«

Färber hatte die Schwester seines Vaters seit Jahren nicht gesehen, sie bewohnte ein kleines Häuschen in der Nähe von Eisenach in Thüringen. Kinder hatte sie keine. »Das tut mir leid.«

»Na ja«, Otto winkte ab, »der Zahn der Zeit nagt eben an uns allen.«

Färber ging, Otto blieb in der Wohnungstür stehen, bis die schwere Hauseingangstür hinter seinem Sohn zugefallen war.

## Donnerstag, 28. Mai, Nachmittag

*Eine Mietwohnung, Dresden*

Der Kühlschrank brummte. Sogar im hinteren Bereich des Wohnzimmers konnte ich das monotone Geräusch hören. Ich hockte an meinem abgewetzten Arbeitstisch und kritzelte Wörter und Strichmännchen auf einen Block, dachte nach, wog ab, entschied mich, verwarf alles wieder und begann von vorn.

Am Sonntag hatte ich meine letzte Inszenierung aufgeführt. Es war an der Zeit, den nächsten Wettiner zum Leben zu erwecken. Es hatte sich so ergeben, dass ich etwa alle zwei Wochen bereit war, ein neues Stück aufzuführen. Wie es dazu gekommen war, wusste ich nicht. Anscheinend benötigte ich für die Feinplanung einer Aufführung etwa diese Zeit.

Ich war unentschlossen, welchen Kandidaten ich als Nächsten auswählen sollte. Also nahm ich meine Liste zur Hand, hinter jedem Namen hatte ich Stichpunkte notiert, und überflog sie noch einmal.

Als ich die Namen las, ärgerte ich mich. Warum hatte ich nicht schon vor Ostern über Friedrich den Ernsthaften nachgedacht? Überall hatten Osterfeuer gebrannt. Wie einfach wäre es gewesen, diesen Fürsten auf einem davon zu opfern, einen Scheiterhaufen zu benutzen, den andere für mich errichtet hatten. Was für ein Jammer, vorerst musste ich mich gedulden. Erst nächstes Jahr würden die großen Feuer wieder lodern.

Frustriert las ich weiter. Georg der Bärtige? Nein, bei dem spürte ich nichts. Dass er sich nach dem Tod seiner Frau nie wieder rasiert hatte, inspirierte mich nicht. Warum hatte ich das Kostüm dieses Langweilers überhaupt mitgehen lassen?

Also der Nächste. Ernst, gestorben nach einem Jagdunfall. Ein Spaß wäre das schon, meinen Darsteller durch den Wald zu hetzen und ihn mit einer Schrotflinte zu erlegen. Aber größere Lust dazu verspürte ich eigentlich nicht. Schon beim letzten Mal hatte ich mich durchs Unterholz schlagen müssen. Meine Arme waren jetzt noch zerkratzt, nein, so etwas nicht gleich wieder.

Wie wäre es dann vielleicht mit Johann Georg IV.? Dessen Tod durch die Blattern noch einmal aufzuführen, das wäre doch ein vortreffliches Schauspiel. Aber woher bekam ich die passenden Erreger? Natürlich wusste ich, dass die Seuche, besser als Pocken bekannt, seit fast dreißig Jahren als ausgerottet galt. Und doch existierten noch Virenstämme, das hatte ich gelesen. Bei der amerikanischen Seuchenbehörde in Atlanta und im russischen Nowosibirsk lagerten einige Exemplare des aggressiven Erregers. Gab es einen Weg, an sie heranzukommen? Vielleicht. Es würde auf jeden Fall kompliziert werden, ich mochte jetzt nicht darüber nachdenken. Vorerst vertagte ich Johann Georg.

Weiter auf der Liste. August. August von Sachsen, die meisten verwechselten ihn mit dem Starken, aber der hatte einhundertfünfzig Jahre später regiert. Augusts Tod war wenig spektakulär gewesen, warum stand der Name dann auf meinem Blatt? Weil er auf dem Fliesenbild einen Mühlsteinkragen trägt. Mir war die brillante Idee gekommen, meinen Darsteller mit einem solchen Stein am Hals zu beschweren, um ihn im tiefen Brunnen auf Schloss Augustusburg zu versenken. August hatte damals auch niemanden geschont beim Schürfen im harten Fels des Schellenberges auf der Suche nach Wasser.

Ich kaute auf meinem Bleistift herum, Lacksplitter klebten an meiner Zunge und verbreiteten einen stechenden Geschmack. Ich warf den Stift auf den Tisch, auf dem er weiterrollte und schließlich auf den Boden fiel. Ich erwog und durchdachte die Variante mit dem Brunnen und verwarf sie dann doch. Wenn mein Darsteller in über einhundert Meter Tiefe unter Wasser vor sich hin gammelte, würde das niemanden wirklich interessieren. Mein Publikum könnte die Inszenierung überhaupt nicht bewundern, und alles wäre für die Katz.

Mir musste etwas anderes einfallen.

## Donnerstag, 28. Mai, Nachmittag

*Kommissariat, Dresden*

Färber stand hinter einer verspiegelten Glasscheibe und beobachtete den attraktiven jungen Mann im Vernehmungszimmer, den Lars Friedrich vorgeladen hatte, weil er bei der Befragung der Gästeführer auf eine Spur gestoßen war.

Die Augen des jungen Mannes waren starr auf die gegenüberliegende Wand gerichtet. Färber konnte keine Regung wahrnehmen. Sah so ihr brutaler Mörder aus? Die Kleidung war ordentlich, er trug einen hellen Pullover und Jeans, das dunkle Haar war kurz geschnitten. Seine Hände ruhten auf der Tischplatte. Andere auf diesem Platz zerknautschten Taschentücher oder Zigarettenschachteln. Warum war der so ruhig? Vielleicht, weil er ein kaltblütiges Monster war?

Färber verließ den engen Vorraum und ging hinüber ins Büro. Lars Friedrich stand kaffeetrinkend am Fenster, Carola war offenbar gerade angekommen, sie verstaute ihre Tasche unterm Schreibtisch. Sie setzten sich.

Lars Friedrich legte eine schmale Akte vor sich hin und schlug sie auf. »Wir haben so gut wie alle Gästeführer befragt, die in der Altstadt arbeiten. Unser Freund hier, Markus Finkenberg, war einer der letzten in der Reihe. Er erzählte uns, dass er nahezu ausschließlich Führungen am Fürstenzug übernimmt. An anderen Dresdner Sehenswürdigkeiten sei er kaum interessiert. Deshalb loben ihn die Gäste auch regelmäßig, weil seine Führungen am Wandbild so detailliert und lebensnah wären, man könnte sich förmlich vorstellen, wie die Wettiner Herrscher durch die Augustusstraße ritten.«

»Das klingt ja ganz interessant, aber ist das alles?«, fragte Färber.

»Markus Finkenberg ist zweiunddreißig Jahre alt und wohnt noch bei seiner Mutter. Er hat angeblich keine Freundin und fährt einen weißen Kleinbus mit Dresdner Kennzeichen.«

Färber rieb sich das Kinn. »Hat er Alibis für die Tatzeiten?«

»Wir haben ihn danach befragt, aber er kann sich an nichts richtig erinnern. Einen Kalender besitze er nicht, in dem er nachschauen könne, sagt er. Und, dass er manchmal nachts angeln gehe, wenn das Wetter passe. Zeugen konnte er nicht benennen, die ihn zu den fraglichen Zeiten irgendwo gesehen hatten. Auch beim Nachtangeln wäre er grundsätzlich allein unterwegs.«

»Wie sieht's bei ihm mit Motiven aus?«, hakte Färber nach.

»Na ja«, Lars Friedrich überlegte, »Dr. Hammerstein, der Psychologe, hat dem Täter einen übersteigerten Drang nach Anerkennung unterstellt. Aus Finkenbergs Äußerungen kann man schon heraushören, dass er vieles tun würde, um die Fürsten von einst vor den Augen des staunenden Publikums zum Leben zu erwecken und damit die Bewunderung der Gäste zu erlangen. Ob er so weit gehen würde, dafür Menschen zu töten, vermag ich nicht zu sagen.«

»Hat er medizinisches Wissen?«

»Sein Vater war Arzt, er ist schon verstorben, und seine Mutter war Krankenschwester. Nach dem Willen der Eltern sollte er auch in diese Richtung gehen. Sein Medizinstudium hat Finkenberg aber nach fünf Semestern abgebrochen. War wohl nichts für ihn. Kurz darauf ist sein Vater dann gestorben, da war es dann auch egal. Seiner Mutter war zu diesem Zeitpunkt schon alles gleichgültig. Sie ist wohl nicht mehr arbeitsfähig wegen eines Nervenproblems, hat er uns erzählt.«

»Habt ihr ihn als Zeugen mitgenommen oder als Verdächtigen?«, wollte Färber wissen.

Lars Friedrich schlug seine Akte zu. »Wir haben ihn lediglich gebeten, uns zu begleiten, weil wir einige Fragen zu klären haben.«

»Gut.« Vorerst war Finkenberg ein Zeuge, mehr nicht. Färber dachte an Wenzel Frankowski. Dieses Mal würde er nicht vorschnell urteilen.

»Du scheinst ja nicht gerade begeistert zu sein«, kommentierte Lars Friedrich enttäuscht Färbers Gesichtsausdruck.

»Nein, nein«, entgegnete er, »gute Arbeit.« Färber klopfte ihm anerkennend auf die Schulter. »Lass uns mal hören, was dieser Finkenberg zu erzählen hat.«

Sie verließen das Büro und überquerten den Flur. Im Vernehmungszimmer setzten sich Carola und Färber ihrem Zeugen gegenüber und stellten sich vor. Lars Friedrich blieb als stummer Zuhörer hinter der Spiegelscheibe stehen.

»Herr Finkenberg, schön, dass Sie uns einige Fragen beantworten wollen«, begann Färber freundlich, »möchten Sie etwas trinken? Kaffee oder Wasser?«

»Danke, so lange wird es ja nicht dauern, oder?« Finkenberg schaute Färber unsicher an.

Färber lächelte. »Nun gut. Fangen wir also an. Wir haben gehört, dass Sie besonders gern die Führungen am Fürstenzug übernehmen. Gibt es dafür einen bestimmten Grund?«

Finkenberg schüttelte den Kopf. »Eigentlich nicht, es macht mir einfach Spaß.«

»Mehr Spaß, sagen wir mal, als Führungen in der Semperoper?«

»Auf jeden Fall.« Finkenberg nickte energisch. »Ich bin gern an der frischen Luft. Den Geruch alter Gemäuer habe ich noch nie gemocht.«

Das konnte Färber gut verstehen.

Finkenberg fuhr fort. »Im Übrigen, die Semperoper hat eigene Leute, dort kommen wir nicht rein.«

»Aha. Welche anderen Sehenswürdigkeiten gehören denn noch zu Ihrem Aufgabenbereich?«

Finkenberg nahm die Hände zu Hilfe und zählte an seinen Fingern ab: »Neumarkt, Zwinger, Großer Garten, Blaues Wunder, Augustusbrücke, Pfunds Molkerei –«

Färber winkte ab. »Schon gut, aber es muss doch noch mehr sein als nur die frische Luft, das Sie dazu bringt, sich immer für den Fürstenzug einzutragen.«

»Na ja, das stimmt schon. Seit ich denken kann, fasziniert mich das riesige Wandbild, besonders die Waffen und die Rüstungen. Wie es dazu kam, weiß ich selbst nicht genau. Jedenfalls beschäftige ich mich schon seit Ewigkeiten mit den Wettiner Fürsten. Inzwischen kenne ich jeden in der Ahnenreihe fast persönlich, wenn Sie verstehen, was ich meine.«

Färber nickte. »So ungefähr.«

Carola wechselte das Thema. »Stimmt es, Herr Finkenberg, dass Sie der Halter eines weißen Kleintransporters sind?« Aus der Akte las sie das Dresdner Kennzeichen des Fahrzeugs vor.

Irritiert schaute er zu Färber, nahm seine Hände vom Tisch und steckte sie in die Hosentaschen. »Ja, das ist mein Wagen.«

»Was für einen Beruf haben Sie eigentlich gelernt, Herr Finkenberg?«, fragte Carola weiter.

»Nach dem Abitur habe ich ein bisschen Medizin studiert und dann eine Lehre als Schlosser gemacht, bin aber danach gleich weg aus der Firma, der Chef war ein Leuteschinder.«

»Haben Sie das Studium damals abgebrochen?«

Er nickte. »Man muss dafür geboren sein, und ich war es definitiv nicht.«

»Und nach der Schlosserlehre?«

»Na ja, seitdem arbeite ich hier und da. Den Job als Gästeführer mache ich seit einem Jahr.«

»Unter diesen wechselnden Tätigkeiten, gab es da auch welche, bei denen Sie Ihre medizinischen Kenntnisse aus dem Studium anwenden konnten?«

Finkenberg verzog den Mund. »Ein paar Monate war ich in einer Behindertenwerkstatt als handwerklicher Betreuer angestellt. Da war es ganz hilfreich. Einen Erste-Hilfe-Kurs musste ich aber trotzdem noch machen. Das war alles in der Richtung. Wozu wollen Sie das denn wissen?«

»Hm.« Carola las in einer Akte, bevor sie weitersprach. »Können Sie sich inzwischen erinnern, was Sie an folgenden Abenden gemacht haben?« Sie zählte die Tage auf, an denen der Fürstenzugmörder getötet hatte.

Finkenberg wurde unruhig, er zog die Hände aus den Hosentaschen und knetete seine Oberschenkel. Das Gesicht wirkte blass, während er auf dem Stuhl hin und her rutschte. »Glauben Sie tatsächlich, ich hätte etwas mit diesen Morden zu tun?«

Keiner antwortete.

Entgeistert schaute er von einem zum anderen, schüttelte den Kopf. »Sie sind ja total verrückt.«

Färber meldete sich wieder zu Wort. »Ein Wagen wie Ihrer wurde nach einem der Morde gesehen, wie er viel zu schnell den Tatort verließ. Ihr Fahrzeugkennzeichen passt zu den Angaben des Zeugen.«

»Was, der hat mein Kennzeichen erkannt? Wo soll denn das gewesen sein?«

»In Polen«, antwortete Carola.

»Unmöglich«, Finkenberg lächelte siegessicher, »dort war ich nie, nicht in den letzten Monaten. Der Typ hat sich geirrt, eindeutig.« Er richtete sich auf und saß jetzt kerzengerade auf dem Stuhl, wohl um seinen Worten Nachdruck zu verleihen. »Ich habe absolut nichts mit diesen Morden zu tun, das müssen Sie mir glauben.«

»Ja, das würden wir gern. Allerdings wissen wir immer noch nicht, wo Sie sich an den entsprechenden Tagen aufgehalten haben.«

»Ich kann mich nicht daran erinnern, das habe ich doch schon Ihren Kollegen gesagt. Wenn ich nicht arbeite, bin ich bei meiner

Mutter oder beim Angeln. Ich schreibe das nicht auf. Sie etwa?«, fragte er Färber.

Färber reagierte nicht.

»Wir nehmen also ins Protokoll auf, dass Sie nicht ein einziges Alibi vorweisen können, für keine der Tatnächte«, erklärte Carola.

Finkenberg zog die Schultern nach oben und schaute Färber hilfesuchend an.

Färber änderte die Strategie. »Wie muss man sich so eine Führung vorstellen? Was erzählen Sie den Leuten, damit sie sich in die Zeit der Fürsten hineinversetzen können?«

Finkenberg entspannte sich etwas und legte die Hände wieder auf die Tischplatte. »Nun ja, ich erzähle Anekdoten und Episoden aus dem Leben der sächsischen Herrscher. Gewürzt wird das Ganze mit ein paar Jahreszahlen, aber nicht zu vielen. Hier und da ein kleiner Witz, und die Leute sind begeistert.«

»Mehr gehört nicht dazu?«, wunderte sich Färber.

»Nein, die meisten Führungen laufen so ab.«

»Könnten Sie sich etwas vorstellen, das die Sache noch realistischer und farbenfroher erscheinen ließe?«, bohrte Färber nach.

»Da müssten schon die Fürsten persönlich durch die Altstadt reiten. Aber das gibt es ja schon, Sie kennen doch auch den Lebendigen Fürstenzug, oder?«

»Ja, ja. Machen Sie da auch mit?«

Finkenberg verneinte. »Die haben eine Warteliste, ich stehe auch drauf, bin aber bis heute noch nicht drangekommen.«

»Wir werden Ihre Wohnung und Ihr Fahrzeug untersuchen müssen«, klärte Färber ihn auf.

Finkenberg knetete wieder seine Oberschenkel. »Das geht nicht, das dürfen Sie doch gar nicht.«

»Doch, doch, das dürfen wir«, entgegnete Carola.

»Aber meine Mutter ist zu Hause, die kriegt einen Nervenzusammenbruch, wenn da so eine Horde Polizisten reinstürmt.«

»Erstens stürmen wir nicht, und zweitens werden es nur ein paar Beamte sein«, versuchte Färber, ihn zu beruhigen. »Außerdem werden Sie bei der Untersuchung anwesend sein.«

Markus Finkenberg verstummte und starrte Färber nur ratlos an.

»Sobald wir den Durchsuchungsbeschluss haben«, sagte Färber, »fahren wir los. Sie warten so lange bitte hier.«

Carola rief einen uniformierten Beamten, der Finkenberg nach draußen in den Flur begleitete.

»Was denkst du, Fred, ist das unser Mann?«, fragte sie, als der Beamte die Tür hinter sich geschlossen hatte.

Färber zuckte die Schultern. »Lass uns erst einmal die Mutter befragen und die Wohnung und den Kleintransporter ansehen, dann sind wir hoffentlich schlauer.«

## Donnerstag, 28. Mai, Abend

*Robinienstraße, Dresden*

Ursula Finkenberg saß auf der Vorderkante ihres braun gemusterten Plüschsessels in der Mitte des Wohnzimmers. Ihre Hände kneteten die abgewetzten Armlehnen. Sie trug ein blaues Kleid unter einer bunt gemusterten Kittelschürze. Offenbar hatten die Beamten sie beim Kochen überrascht, denn es roch nach angebratenem Fleisch aus der Küche.

Carola saß ihr gegenüber auf einem schmalen Sofa, dessen Bezug zum Sessel passte.

Hinter Ursula Finkenberg stand eine Schrankwand, die die gesamte Breite des Raumes einnahm und augenscheinlich aus der Zeit vor der Wende stammte. Das Holzdekor glänzte und war mit weißen Ornamenten abgesetzt. Carola erinnerte sich an das Modell, das auch im Wohnzimmer ihrer Eltern gestanden hatte. Sie schmunzelte und fragte sich, ob es wohl irgendeine statistische Erhebung gab, wie viele Wohnungen noch damit ausgestattet waren. Wohl nicht, denn wen sollte das in der neuen Republik schon interessieren?

Sie wurde aus ihren Gedanken gerissen, als sie die anderen Beamten hörte, die mit ihrer Suche im Flur angekommen waren. Türen klappten, Schubladen wurden herausgezogen, und Tüten raschelten, während deren Inhalt untersucht wurde.

Carola räusperte sich. »Frau Finkenberg, wir haben Ihnen

schon gesagt, dass wir wegen Ihres Sohnes Markus hier sind. Wir müssen einen Sachverhalt klären.«

Ursula Finkenberg nickte eifrig. »Ja, das weiß ich. Aber warum? Er hat doch nichts angestellt. Markus ist ein guter Junge, müssen Sie wissen.«

Carola nickte, gab aber nichts auf Ursula Finkenbergs Meinung in dieser Frage. Zu oft schon hatten weinende Mütter vor ihr gesessen und die Unschuld ihrer Sprösslinge beteuert, die sich im Nachhinein dann als Erpresser, Räuber oder Diebe entpuppt hatten.

»Und warum durchsuchen Sie die ganze Wohnung und seine Sachen?«

Carola erinnerte sich, dass Färber den Grund für die Durchsuchung beim Eintreffen an der Wohnungstür erklärt und Ursula Finkenberg den Beschluss des Gerichts vorgelegt hatte. Vermutlich war Finkenbergs Mutter zu aufgeregt gewesen, um den Inhalt auch wirklich zu verstehen. Sollte sie jetzt noch einmal diesen schrecklichen Verdacht aussprechen, würde die Frau ihr gegenüber das verkraften? Vielleicht lagen sie ja falsch, dann wäre die ganze Aufregung umsonst.

Inzwischen hatte Ursula Finkenberg von den Armlehnen abgelassen und knetete ihr Taschentuch.

»Können Sie mir denn ein paar Fragen beantworten?«

Ursula Finkenberg nickte und schnäuzte sich.

»Wir müssen wissen, ob Ihr Sohn an den folgenden Tagen zu Hause war, uns interessieren besonders die Abend- und Nachtstunden«, erklärte Carola, bevor sie die Daten der Morde aufzählte.

Ursula Finkenberg gab sich wirklich Mühe. Sie dachte nach, kombinierte, zählte etwas mit den Fingern ab. Schließlich stand sie auf und ging zu einem Blumenkalender, der an der Wand gleich neben der Tür hing. Sie kam zurück und setzte sich in ihren Sessel.

»Ich weiß es nicht mehr genau. Meist ist er beim Nachtangeln, wenn er nicht zu Hause ist. Aber an einem der Abende war er auf jeden Fall nicht angeln. Das war Donnerstag, der 14. Mai. An dem Tag hat meine Cousine Hilde Geburtstag. Ich bin schon am Nachmittag mit der Straßenbahn hingefahren. Markus kam dann später mit dem Auto nach. Er hat dann noch mit gegessen.

Nach dem Abendbrot sind wir zusammen nach Hause gefahren. Markus holt mich manchmal mit seinem Auto ab, weil ich abends nicht mehr gern mit der Bahn fahre. Er hilft mir, wo er kann.«

Carola notierte die Aussage. »Und Sie sind sich absolut sicher, dass es Donnerstag, der 14. Mai, war, an dem Sie Markus bei Ihrer Cousine abgeholt hat.«

»Ja, absolut. Hier …«, sie stand auf und ging zum Kalender hinüber, »… der 14. Mai ist unterstrichen, weil das Hildes Geburtstag ist. Obwohl …«, Ursula Finkenberg zögerte, »… jetzt bin ich mir gar nicht sicher, ob sie auch wirklich an ihrem Geburtstag gefeiert hat. Vielleicht war es auch der Freitag.«

»Wissen Sie denn noch«, fragte Carola weiter, »um wie viel Uhr Markus bei Ihrer Cousine eingetroffen ist?«

»Das Abendessen macht Hilde immer so um sieben, Markus war schon vorher da. Dann haben wir zusammen gegessen.«

»Wann sind Sie dann nach Hause gefahren?«

»Ich denke, so gegen halb zehn, später bestimmt nicht. Ich bin kein Nachtschwärmer und gehe früh zu Bett. Und Hilde mit ihren siebzig Jahren ist auch froh, wenn die Gäste nicht bis in die Nacht hinein bei ihr hocken.«

»War Markus die ganze Zeit bei der Feier, oder ist er noch einmal weggegangen?«

»Er war doch erst kurz vor dem Abendbrot gekommen, wo sollte er denn dann noch hingegangen sein? Nein, wir haben gegessen und noch ein bisschen geschwatzt, dann sind wir heimgefahren.«

Carola blätterte in ihrem Notizbuch ein paar Seiten zurück. Sie fand eine Eintragung, die besagte, dass der vermutliche Todeszeitpunkt des Teppichhändlers, der in Krummenhennersdorf gefunden worden war, am 14. Mai zwischen neunzehn und dreiundzwanzig Uhr lag. In dieser Zeit hatte Markus Finkenberg an einer Geburtstagstafel zwischen seiner Mutter und dieser Hilde gesessen, wenn sich Ursula Finkenberg nicht im Tag irrte.

»Ist Ihr Sohn danach noch einmal weggefahren, nachdem Sie zu Hause waren?«

Ursula Finkenberg schien gründlich über die Frage nachzudenken. »Nein, ich glaube nicht.«

Carola klappte das Notizbuch zu. »Waren noch andere Gäste da?«

»Ja, zu Hildes Geburtstagen kommen immer dieselben. Herbert, ihr Neffe, Inge, das ist ihre Schwägerin, Hildes Nachbar Fritz –«

»Ich denke, das reicht fürs Erste. Schreiben Sie mir doch bitte die Namen und Adressen der anderen Gäste auf.« Carola stand auf. »Ich werde mal sehen, was die Kollegen so machen.« Sie verließ das Wohnzimmer. Der Flur war leer. Aus dem Schlafzimmer drangen Geräusche. Sie öffnete die angelehnte Tür und sah einen Beamten, der vor einer Kommode kauerte und deren Inhalt untersuchte. »Na, Kollege, habt ihr was gefunden?«, machte Carola sich bemerkbar.

Der ältere Beamte schüttelte den Kopf. »Alles ganz normal, hier in der Wohnung ist nichts. Die anderen sind schon im Keller und im Wagen, vielleicht hat er dort etwas versteckt.«

»Hm, dann gehe ich mal hinunter.« Carola bedankte sich und trat in den Flur.

»Moment noch«, hörte Carola den Kollegen rufen, »hier habe ich vielleicht etwas.«

Sie machte auf dem Absatz kehrt und ging ins Zimmer zurück. Der Beamte zog ein zusammengelegtes hellbraunes Kleidungsstück unter einem Stoß Herrenhemden hervor. Er entfaltete es. Zum Vorschein kam eine Art Kleid mit kreuzförmigen Stickereien an Saum und Kragen, auf der Brust prangte ein verschnörkelter schwarzer Löwe.

»Na, sieh mal an«, kommentierte Carola den Fund. »Das nehme ich gleich mit.« Der Beamte steckte das Kleid in eine Plastiktüte und überreichte diese Carola.

Markus Finkenberg stand angelehnt am Treppengeländer vor dem Kellergang, die Hände hatte er in seinen Hosentaschen vergraben und beobachtete stumm das Treiben der Polizisten. Ein uniformierter Beamter stand neben ihm und passte auf ihn auf. Carola ging an Finkenberg vorbei in den schwach beleuchteten Flur. Hier befand sich ein Verschlag aus Holzbrettern, der zur Wohnung der Finkenbergs gehörte. Es gab allerlei Anglerutensilien, auch halb volle Farbtöpfe, eingetrocknete Pinsel und ein paar Werkzeuge. Neben der Tür lehnte eine in durchsichtige Plastikfolie verpackte Axt.

Carola schaute sich in dem kleinen Raum um. »Und sonst?«

»Eigentlich nichts Besonderes. Das ist eben der Keller eines Anglers, hier«, ein Beamter deutete auf einen flachen Karton auf dem Boden, »da sind verschiedene Schwimmer und Haken drin, dahinter stehen Ruten, und im Regal liegen ein paar Netze. Alles nicht ungewöhnlich. Die Werkzeuge dort drüben hat jeder, der zu Hause selbst Hand anlegt, also mal ein Loch bohrt oder ein Bild aufhängt.«

Carola hatte vorerst genug gesehen. »Ich geh noch zu Färber, der ist doch im Kleinbus vor dem Haus, oder?«

»Hm.«

Wieder lief sie an Finkenberg vorbei, der sie nicht zu beachten schien, gerade so, als sei sie Luft. Carola stieg die Treppenstufen hinauf und trat ins Freie. Ein starker Scheinwerfer beleuchtete das Innere eines Kleintransporters, der direkt vor der Haustür stand. Beide Hecktüren standen offen. Sie trat näher. Färber hockte im Laderaum des Wagens und untersuchte gerade den Inhalt eines Eimers.

Carola kletterte zu ihm ins Fahrzeug. »Was gefunden?«

Ohne sie anzusehen, sagte er: »Ich hab dich schon kommen hören, die Geräusche deiner Absätze eilen dir immer voraus.« Jetzt sah er zu ihr auf und grinste.

»Na und?«

Färber hob seine Hände. »Ist ja gut.« Er räusperte sich. »Zurück zu Finkenberg. Der scheint längere Touren mit dem Wagen zu machen.« Er deutete auf einen Berg Decken in einer Ecke. »Dort steht ein Klappbett, Kissen und Decken gibt es auch. Es sieht so aus, als schläft er ab und zu hier drin. Ansonsten haben wir allerlei Kram gefunden, den Finkenberg wohl zum Angeln braucht. Ein halb voller Kasten Bier ist auch da.«

»Das ist ja nun nicht gerade verdächtig, oder?«

»Da hast du recht, aber das hier.« Färber griff nach einem Gegenstand, den er vorsichtig aus dem Eimer vor sich nahm.

Zwischen seinen Fingern, die in einem Latexhandschuh steckten, erkannte sie ein blutverschmiertes Skalpell.

»Na, sieh mal an«, brachte Carola hervor. »Das könnte die Tatwaffe von Wechselburg oder Nowa Karczma sein. Was meinst du?«

Färber nickte. »In beiden Fällen wurde eine scharfe Klinge benutzt, die Rechtsmedizin vermutete ein Skalpell. Wir werden sehen, von wem das Blut stammt.« Vorsichtig ließ er das scharfe Werkzeug in einen Beweismittelbeutel fallen.

Carola hielt ihm die Tüte mit dem hellbraunen Kleidungsstück vors Gesicht. »Das hier hat ein Kollege im Schlafzimmer unter einem Stapel Herrenhemden gefunden.«

Färber pfiff durch die Zähne. »Das sieht doch ganz nach dem Fürstenzug aus.«

»Das lässt sich ja leicht feststellen. Seine Mutter gibt ihm möglicherweise ein Alibi für einen der Tatabende«, sagte Carola.

Färber schaute auf. »Was heißt möglicherweise?«

»Frau Finkenberg hat mir erzählt, dass sie und Markus zu einer Geburtstagsfeier eingeladen waren, sie ist sich aber nicht mehr sicher, ob es der 14. oder 15. Mai war.«

Bevor sie nach Hause fuhren, überprüften sie die Liste der verschwundenen Kostüme und verglichen Beschreibungen und Fotografien mit dem hellbraunen Kleidungsstück. Färber nahm das Buch aus dem Schloss Rochlitz hervor und blätterte es langsam durch. Es gab ein Kostüm, das Ähnlichkeit mit dem bei Finkenberg gefundenen aufwies, es war das eines Schwertträgers, der zwischen Albrecht dem Stolzen und Dietrich dem Bedrängten lief. Auf ihrer Liste standen einige Einzelteile, die vermisst wurden. War das Gewand des Schwertträgers darunter? Hatten sie es jetzt bei Finkenberg gefunden? Mit Sicherheit konnten sie diese Fragen noch nicht beantworten.

## Freitag, 29. Mai, früher Morgen

*Kommissariat, Dresden*

Färber und Carola saßen schon im Vernehmungszimmer, als Finkenberg hereingeführt wurde. Er wirkte übernächtigt, dunkle

Augenringe zeichneten sich deutlich auf seiner blassen Gesichtshaut ab.

»Es ist sehr früh, Herr Finkenberg. Aber wir haben noch Fragen«, sagte Färber entschuldigend.

Finkenberg winkte ab und setzte sich. »Machen Sie's kurz, dass ich endlich nach Hause komme.«

Färber und Carola wechselten einen Blick, den Finkenberg nicht bemerkte.

»Wie Sie wissen, haben wir mit Ihrer Mutter gesprochen«, sagte Färber.

Finkenberg nickte nur.

»Sie hat uns erzählt, dass Sie an einem der fraglichen Abende mit ihr zusammen bei einer Geburtstagsfeier waren. Erinnern Sie sich an das genaue Datum?«

Finkenberg überlegte und schob seine Unterlippe vor. »Ich glaube, da waren wir bei Tante Hilde, die hat irgendwann im Mai Geburtstag. Wenn Sie diesen Tag meinen, ja, ich war dort, bin vor dem Abendbrot hingefahren und habe später meine Mutter mit dem Auto nach Hause mitgenommen.«

»Das genaue Datum wissen Sie nicht mehr?«

»Nein, ich kenne die Geburtstage unserer Verwandten nicht, meine Mutter weiß die alle, sie sagt es mir, wenn wir irgendwo eingeladen sind.«

Neben Färbers Füßen stand ein Karton, aus dem er die Tüte mit dem hellbraunen Kleidungsstück hervorholte und vor Finkenberg auf den Tisch legte. »Können Sie mir verraten, was das ist?«

»Haben Sie das aus meinem Schrank?«

Färber nickte.

»Das ziehe ich manchmal bei Führungen am Fürstenzug an.«

»Und warum?«

»Wenn ich besonders gute Laune habe, trage ich dieses Kostüm. Es ist authentischer für die Gäste.«

»Woher haben Sie denn das historische Gewand?«, fragte Carola.

»Nein, historisch ist es nicht. Das ist bloß nachgemacht. Ich habe es von einem Schwertträger im Fürstenzug abgekupfert, und eine alte Schulfreundin hat es für mich genäht. Eigentlich gehört noch ein Schwert dazu, aber ich habe keins, und es wäre auch hinderlich, bei den Führungen die ganze Zeit so ein langes, schweres Ding mit sich herumzuschleppen.«

»Nun gut, das wär's fürs Erste.« Färber und Carola erhoben sich von ihren Stühlen.

»Kann ich jetzt nach Hause?«, fragte Markus Finkenberg.

Färber schüttelte den Kopf. »Wir warten noch auf Laborergebnisse, dann sehen wir weiter.«

Finkenberg wirkte blass. »Was denn für Laborergebnisse?«

»In Ihrem Auto und in Ihrem Keller haben wir einige Gegenstände gefunden, die gerade im Labor auf mögliche Spuren untersucht werden.«

»Gegenstände?«

Färber zögerte kurz. »Ein blutverschmiertes Skalpell und eine Axt.«

Finkenberg sprang auf. »Sie spinnen doch.« Dabei fiel sein Stuhl mit einem lauten Knall nach hinten auf den Boden.

»Warten wir ab, in ein paar Stunden wissen wir mehr.« Färber hob beschwichtigend die Hände.

Markus Finkenberg stand mit rotem Kopf vor dem umgestürzten Stuhl, die Hände zu Fäusten geballt, und starrte Färber mit schmalen Augen an.

## Freitag, 29. Mai, Mittag

*Kommissariat, Dresden*

Nach der kurzen Nacht saß Färber müde, aber auch voller Tatendrang an seinem Schreibtisch. Er fühlte sich wie vor dem Ziehen der Lottozahlen. Die nächsten Minuten würden alles entscheiden: Entweder hatten sie mit Finkenberg ihren Mörder geschnappt, oder sie mussten den Verdächtigen ziehen lassen, weil sich alle Indizien in Luft aufgelöst hatten.

Färber registrierte ein leichtes Zittern in seinen Fingern, als er nach dem Telefonhörer griff. Die Nummer des Labors war im Gerät gespeichert, er musste nur eine Taste drücken.

»Laborratte Ahnert, stets zu Diensten.«

Färber war nicht zu Scherzen aufgelegt. »Ja, grüß dich, Jens, hier Färber.«

»Hallo, lange nichts gehört.«

»Hm. Du weißt bestimmt, warum ich anrufe, die Sachen von letzter Nacht, sind die schon fertig?«

Ahnert raschelte mit Papier. »Ich habe hier meine Notizen dazu, der Bericht muss noch getippt werden. In Kürze wird er auf deinen Schreibtisch flattern.«

»Lies mir doch einfach vor, was du hast.«

»Klario, Herr Commissario.« Er lachte ins Telefon. »Spaß beiseite. Das Skalpell ist nichts Besonderes, das Blut daran ist tierischen Ursprungs, genauer gesagt stammt es vom Fisch im Allgemeinen und von drei verschiedenen Arten im Besonderen: Schleie, Blei und Karpfen.«

Färber blieb einen Moment still, bevor er fragte: »Gibt es auch menschliches Blut daran?«

»Wir haben nichts dergleichen gefunden, übrigens auch an der Axt nicht«, erklärte Ahnert.

Färber fühlte sich auf einmal erschöpft, bleischwer kroch die Müdigkeit in seine Glieder. »Habt ihr im Transporter Spuren von einem der Opfer gefunden?«

»Nein, mein Freund, ich muss dich enttäuschen. Der Laderaum war jungfräulich, was die vier Morde betrifft. Fischblut, Abfälle und Köder haben wir gefunden, sonst nichts«, nahm Ahnert ihm den letzten Rest Hoffnung.

Trotzdem bedankte sich Färber höflich für die schnelle Arbeit, bevor er auflegte. Das Telefonat mit Schloss Rochlitz konnte er sich vermutlich auch sparen. Dennoch nahm er den Hörer und wählte die Nummer.

»Hier Färber von der Sonderkommission Fürstenzug. Erinnern Sie sich an mich?«

»Selbstverständlich. Gibt es Neuigkeiten?«, fragte Reiner Döring.

»Das kann ich noch nicht sagen. Ich rufe nur an, weil ich etwas wissen muss.«

»Ja?«

»Ich möchte Sie bitten, noch einmal etwas im Fundus des Fürstenzuges zu überprüfen.«

»Selbstverständlich. Worum geht es?«

»Zwischen Albrecht dem Stolzen und Dietrich dem Bedrängten läuft ein Schwertträger. Sein Kostüm ist eine Art Kleid, das auf der Brust einen verschnörkelten schwarzen Löwen haben muss. Wir müssen wissen, ob das Gewand im Fundus noch vorhanden ist oder ob es mit gestohlen wurde.«

»Ich finde das für Sie heraus, Herr Färber. Wie eilig ist es denn?«

»Gestern?«

»Alles klar, hab schon verstanden. Ich mache mich sofort auf den Weg und rufe Sie gleich zurück.«

Färber holte sich einen Kaffee aus dem Automaten im Flur. Sollte das Kostüm unversehrt im Fundus der Im- und Exportfirma liegen, würde das Finkenberg endgültig entlasten.

Nach etwas mehr als einer halben Stunde hatte er Gewissheit, Reiner Döring hatte das Gewand des Schwertträgers gerade in seinen Händen gehalten. Es hing in seiner Kleiderhülle am vorgesehenen Platz. Das schwarze Tier auf seiner Brust stellte den meißnischen Löwen dar.

Die Befragung der anderen Geburtstagsgäste von Finkenbergs Großtante erübrigte sich damit auch. Es dauerte trotzdem noch eine ganze Stunde, bis Färber sich für die Unannehmlichkeiten bei Finkenberg entschuldigt hatte und dieser als freier Mann das Präsidium verlassen konnte. Endlich fuhr auch Färber nach Hause. Er brauchte jetzt die Hollywoodschaukel im Grünen seines Wohnzimmers. Er musste nachdenken.

## Samstag, 30. Mai, später Abend

*Parkplatz, bei Chemnitz*

Frank Immler, der Techniker eines Pannendienstes, fluchte. Wo war denn nun der silbergraue Kleinwagen, der nicht mehr anspringen wollte? Er war kurz vor Feierabend noch von der

Zentrale angefunkt worden. Ein Kunde hatte angerufen und um Hilfe gebeten. Obwohl das verdiente Wochenende so nah war, musste Immler noch einmal los. Hätte der Kerl nicht eine Viertelstunde später anrufen können?

Immler fuhr mit seinem Wagen in Schlangenlinien über den riesigen Parkplatz und suchte das Gelände mit den Augen ab. Es gab nur noch drei Fahrzeuge, die auf dem Areal standen. Zwei dunkle Kombis vor dem Lebensmitteldiscounter am unteren Ende des Platzes und ein weißer Kleinbus oben in der Nähe des Möbelhauses, am äußersten Rand des Geländes, halb versteckt hinter einem Gebüsch. Aber kein einziges silbergraues Auto.

Er hielt an und las noch einmal seinen Auftrag, ja, angerufen hatte jemand mit dem Namen Weißke. Genau auf diesem Parkplatz stand angeblich ein silbergrauer Kleinwagen mit defekter Zündung. Wahrscheinlich ist die Karre von selbst angesprungen, und der Kerl hat dann vergessen, die Pannenhilfe abzubestellen, vermutete Immler.

Wie auch immer, für ihn spielte das keine Rolle, die Firma würde dem Kunden ihre Rechnung schicken, egal, ob er Hand angelegt hatte oder nicht. Immler griff nach seinem Funkgerät, um sich bei der Zentrale fürs Wochenende abzumelden.

## Samstag, 30. Mai, später Abend

*Parkplatz, bei Chemnitz*

Ich sprang aus meinem Kleinbus, winkte und riss mir fast den Arm dabei aus.

Der Mann saß in seinem Wagen und hielt sich etwas Schwarzes vor den Mund, vielleicht ein Handy oder Walkie-Talkie. Endlich entdeckte er mich und ließ das Gerät nach unten sinken, startete den Motor und steuerte seinen Wagen in meine Richtung. Neben mir hielt er an und stieg aus.

»Endlich, ich dachte schon, ich muss hier übernachten.«

»Heißen Sie Weißke?«, vergewisserte er sich.

Ich nickte. »Ja, ja. Ich habe in Ihrer Zentrale angerufen.«

»Auf meinem Auftrag steht aber, dass Sie einen silbergrauen Kleinwagen haben.«

»Tatsächlich? Das ist ja komisch. Na, egal. Bestimmt haben die das verwechselt. Jedenfalls springt mein Freund hier«, dabei deutete ich auf den Transporter, »einfach nicht an.«

»Gut, dann sehen wir mal nach. Sie müssen mir nur nachher unterschreiben, dass Sie einen anderen Wagen haben.«

»Klar, kein Problem. Ich unterschreibe Ihnen alles, wenn Sie nur mein Auto wieder flottkriegen.«

»Öffnen Sie bitte mal die Motorhaube«, bat er und trat vor den Bus, den ich dicht neben einem ausladenden Gebüsch geparkt hatte.

Ich schielte zur Autobahn hoch und lächelte. Keiner der Fahrer dort oben konnte meinen Darsteller jetzt noch sehen. Ich stieg in den Wagen und zog an einem Hebel, um seine Bitte zu erfüllen. Dann trat ich hinter ihn, als er mit einer Taschenlampe in den Motorraum hineinleuchtete.

Er bemerkte nicht, dass ich einen Draht mit Holzgriffen an beiden Enden aus meiner Jackentasche zog. Erst als sich die Schlinge um seinen Hals zuzog, spürte er die Gefahr und geriet in Panik. Er zappelte und versuchte vergeblich, seine ölverschmierten Finger unter den Draht zu bekommen, um der tödlichen Einschnürung zu entgehen. Sein ganzer Körper schien ein einziger Krampf zu sein. Wahrscheinlich schmerzte seine Lunge höllisch, wenn sie sich nach Luft ringend zusammenzog. Es dauerte nicht lange, und er sackte in sich zusammen, fiel auf den gepflasterten Boden, auf dessen Oberfläche selbst jetzt, in der Nacht, ein schwarzer Schleier vom Abrieb Tausender Autoreifen zu erkennen war.

Verwundert schaute ich auf ihn hinunter. Es war viel schneller gegangen als erwartet, und so lautlos. Kein Mensch war zu sehen, die Lichter auf der Autobahn über uns glitten in gleichmäßigem Tempo vorbei, niemand schien das Geschehen auf dem Parkplatz bemerkt zu haben.

## Sonntag, 31. Mai, Morgen

*Schloss Augustusburg*

Zwei Jungen und ein Mädchen schlichen nach draußen.

»Zum Glück«, sagte Leon, »Wolle hat nichts mitgekriegt.«

»Ja, cool«, pflichtete ihm Alexander bei.

Das Mädchen sagte nichts und zündete sich stattdessen eine Zigarette an.

»Eh, Vanessa, wir müssen vorsichtig sein«, ermahnte sie Leon. »Wenn Wolle uns durch das Fenster sieht.«

»Na und«, entgegnete sie schnippisch.

Die drei waren fünfzehn Jahre alt und suchten einen Platz zum Rauchen, was ihnen ausdrücklich verboten worden war. Sollte einer der Lehrer den Grund ihres Ausflugs bemerken, drohte ihnen die sofortige Heimreise. Also waren sie heimlich aus dem Frühstückssaal entwischt, um unbemerkt im Gelände zu verschwinden.

Sie verließen den Wirtschaftshof. Außerhalb der Schlossmauern erstreckte sich eine Rasenfläche, an deren Ende eine ehrwürdige Linde stand. Die Äste waren so altersschwach, dass sie mit Holzbalken gestützt werden mussten. Zielsicher stapften die drei auf den morschen Baum zu. Dort hinten würde sie in den nächsten Minuten keiner suchen. Sie kicherten und hatten inzwischen alle eine glimmende Zigarette zwischen ihren Lippen stecken.

»Eh, guckt mal da«, rief Alexander, als sie sich auf eine der Bänke neben der Linde gesetzt hatten.

»Psst«, zischte Leon, »nicht so laut.«

Neben dem Torbogen, der unter der Schlosseinfahrt hindurchführte, sahen sie zwei Beine, die in weißen Feinstrumpfhosen steckten und aus rot glänzenden Pumphosen hervorragten. Am anderen Ende verschwanden sie in schwarzen Schuhen. Der Rest des vermeintlichen Körpers fehlte oder war nicht zu sehen.

»Mann, sind die pervers hier«, entfuhr es Leon, der kopfschüttelnd auf das rote Etwas zuging.

Vanessa hing an seinem Arm und versuchte, ihn zurückzuhalten. »Bleib lieber hier, wer weiß, was das ist.«

»Was soll das schon sein«, erwiderte Leon lachend, »wieder so ein blödes Spiel von den Schlossleuten hier, wie gestern dieses läppische Gespenst. Als ob wir Babys wären, die auf so etwas reinfallen.«

»Ja«, gab Alexander ihm recht, »das war total albern, zum Totlachen.«

»Warum sollten die denn nur die Beine und das Hinterteil hier hinlegen?«, wunderte sich Vanessa. »Was könnte das denn für ein Spiel sein?«

»Na, ganz einfach«, entgegnete Leon. »Die haben eine Schaufensterpuppe in der Mitte auseinandergemacht und ihr dann diesen Fummel angezogen. Irgendwo im Schloss«, dabei schwang er seinen Arm mit großer Geste in Richtung Innenhof, »haben die das Oberteil der Puppe versteckt. Und die Mitspieler sollen die beiden Hälften finden und wieder zusammenbringen. Ich wette mit euch, dass wir heute Vormittag gleich mehrere solcher halben Dinger im Schlossgelände finden werden.«

Alexander prustete. »Boah, das ist ja cool. Ob die das für uns ausgeheckt haben?«

Leon zuckte mit den Schultern. »Keine Ahnung. Ich finde ja, das ist totaler Kinderkram, oder?«

Erwartungsvoll schaute er Vanessa an. Diese zog demonstrativ am letzten Rest ihrer Zigarette und nickte. »Definitiv, nur was für Kleinkinder.« Sie ließ die Kippe fallen und trat sie aus.

»Aber ansehen schadet ja nicht«, bestimmte Leon. Er ging auf die halbe Gestalt zu und hockte sich davor hin. Die beiden anderen traten auch näher.

»Wisst ihr was«, schlug Leon vor, »wir ärgern die ein bisschen.« Schon hatte er an einem Bein den Schuh ausgezogen und ließ ihn ins Gras fallen.

»Ja.« Begeistert griff auch Vanessa zu und zog am anderen Schuh. Sie stülpte ihn vom Fuß und warf ihn hinter sich. »Ha, ha, die werden sich wundern.« Sie lachte und hüpfte auf der Stelle.

»Eh, Leute«, unterbrach sie Alexander. »Wartet mal.« Er kniete im Gras und begutachtete die Feinstrumpfhose. »Ist das normal, dass eine Schaufensterpuppe Haare an den Beinen hat?«

»Warum nicht?«, sagte Leon. »Die Dinger sollen doch lebensecht sein.«

»Ja, schon«, sagte Alexander, »aber fühl doch mal, die Haut ist ganz weich, gar nicht wie aus Plastik.«

»Vielleicht 'ne Gummipuppe«, warf Vanessa kichernd in die Runde.

Leon griff nach der Wade des rechten Beins und betastete sie. »Hm, du hast recht, fühlt sich fast wie richtige Haut an, nur ist so eine Puppe eben kalt, keine Temperatur, verstehst du?«

Alexander nickte.

Vanessa sprang plötzlich auf. Ihr ausgestreckter Arm deutete auf den linken Fuß. »Guckt doch mal. Das ist ja eklig.«

An der Spitze des Fußes hatte sich der große Zeh durch die Strumpfhose gebohrt und zeigte seinen Fußnagel. Es wurde ganz still. Die drei gingen ein paar Schritte rückwärts und entfernten sich von ihrem Fund. Ein Raubvogel schrie. Vanessa zuckte zusammen.

»Leute«, flüsterte Leon, »das ist kein Spiel.«

Vanessa schien als Erste zu begreifen. Sie begann zu weinen und presste eine Faust vor den Mund. Alexander griff nach ihrer freien Hand und starrte mit großen Augen auf die Puppe, oder was immer das auch war.

»Los«, entschied Leon, »wir gehen zurück und sagen Wolle Bescheid.«

Wie auf Befehl rannten die drei los und stürmten wenig später in den Frühstückssaal. Wolle, ihr Klassenlehrer, der eigentlich Bernhard Wohlert hieß, ärgerte sich über die Unruhe, die dadurch verursacht wurde. »Geht's auch etwas leiser?«, rief er den drei Jugendlichen entgegen.

»Herr Wohlert, Herr Wohlert«, rief Leon außer Atem. »Sie müssen mitkommen, wir haben etwas gefunden.«

## Sonntag, 31. Mai, Mittag

*Schloss Augustusburg*

Das gesamte Schloss war für den Besucherverkehr gesperrt worden. Kasse, Restaurants und Museen blieben heute geschlossen. Der Leiter des Schlossbetriebes, Steffen Neumann, war unzufrieden. Der Sonntag erstrahlte in herrlichstem Frühsommerwetter, und kein einziger Euro konnte eingenommen werden.

Bernhard Wohlert wartete mit Vanessa, Leon und Alexander im Aufenthaltsraum der Jugendherberge auf die Polizei, alle anderen Schüler und Lehrer hatten das Schloss verlassen und hielten sich auf Abruf innerhalb der Stadt Augustusburg auf.

Die Schlossanlage wirkte wie ausgestorben, bis auf den Bereich an der alten Linde, wo Spurensicherung, Polizisten in Uniform und Beamte in Zivil ihrer Arbeit nachgingen.

Carola kam als erste Ermittlerin der Sonderkommission Fürstenzug am Tatort an. Die Fahrt von Chemnitz hatte nicht lange gedauert. Sie parkte den Wagen, stieg aus und stöckelte durch einen flachen Torbogen. Unter ihren Sohlen knirschte der Kies. Die Kollegen hatten schon die Rechtsmedizin hinzugezogen. Thomas Scholz kniete im Gras. »Hallo, Thomas.« Sie erschrak. »Was ist das denn?«

»Hi, Carola«, Scholz sah zu ihr auf, »dieser Fall birgt ständig neue Überraschungen.«

Carola musste die aufsteigende Übelkeit unterdrücken. »Ist der Rest unter der Erde, oder wurde die Leiche zerstückelt?«

»Der Tote ist vermutlich noch komplett«, erklärte Scholz, »von der Taille aufwärts wurde er verbuddelt. Der Notarzt war als Erster am Tatort. Der Kollege merkte sofort, dass beim besten Willen nichts mehr zu machen war, die Totenstarre hatte bereits eingesetzt. Um keine weiteren Spuren zu verwischen, hat er dann alles so gelassen.«

»Wann ist der Tod eingetreten, so in etwa?«, wollte Carola wissen.

»Na ja, um es genauer sagen zu können, muss ich ihn im Ganzen sehen. Willst du auf Färber warten, oder kann er jetzt da rausgeholt werden?«

Carola war unschlüssig. Fotos hatte die Spurensicherung schon gemacht, eigentlich müsste Färber gleich hier sein. Sie schaute auf ihre Uhr. »Wir sollten noch warten, es wäre besser, wenn Färber selbst einen Blick darauf wirft«, entschied sie.

Scholz zog die Augenbrauen hoch. »Aber dann kann ich nicht weitermachen, soll ich einfach hier rumstehen?«

»So leid es mir tut, ich weiß auch, dass heute Sonntag ist.« Sie schlug das Rochlitzer Buch auf und blätterte darin.

Carola ging den sandsteinfarbenen Kiesweg entlang auf eine große Linde zu, deren morsche Äste gestützt werden mussten. Ein unansehnliches Blechdach sollte offenbar weiteres Eindringen von Regenwasser in den Stamm verhindern. Carola wunderte sich, dass noch niemand den Baum von seinem Leiden erlöst hatte. Ein grünes Schild verriet ihr den Grund der Fürsorge:

*Schlosslinde. Gepflanzt 1421 unter Friedrich dem Streitbaren.*
*Die Sage behauptet, sie sei verkehrt herum gepflanzt.*

Fast sechshundert Jahre stand sie also hier. Es war unbestritten ein stolzes Alter und wahrscheinlich der Mühe wert, den betagten Baumgreis zu umsorgen. Carola wandte sich von der Linde und dem Schild ab und ging an der Schlossmauer entlang. Nachdem sie einen weiteren Torbogen hinter sich gelassen hatte, stieg sie eine Steintreppe hinauf. Ein dunkler Kombi schwenkte gerade in eine Parklücke auf dem freien Platz, der sich vor ihr auftat, und Färber stieg aus dem Wagen.

»Die Autobahn war proppevoll«, erklärte er, »nur Sonntagsfahrer.«

»Hm, das nervt.«

»Ist es ein Fall für uns?«

»Es sieht alles danach aus.«

Sie gingen den Weg zurück, passierten dabei die Schlosslinde, der Färber aber keinerlei Beachtung schenkte. Vor ihnen flatterte das Polizeiabsperrband im Frühsommerwind. Vögel zwitscherten in den Bäumen, die Sonne schien von einem strahlend blauen Himmel. Die rot glänzende Bekleidung des Opfers schimmerte im warmen Licht und bildete einen eigenartigen Kontrast zum sattgrünen Gras. Die Anordnung wirkte wie ein Kunstwerk.

Färber schaute in die Weite der Landschaft, wie sie sich friedlich und in sanften Hügeln vor ihnen erstreckte. »Was für ein herrlicher Ort, das Vogelgezwitscher, der Sonnenschein und die wunderbare Aussicht.«

»Es kann ja nicht immer regnen, wenn eine Leiche gefunden wird«, kommentierte Carola.

»Das stimmt schon, aber bei unserem Freund habe ich irgendwie das Gefühl, dass er das schöne Wetter in seine Verbrechen einplant.«

Carola sah auf ihre Uhr. »Kann sein, kann aber auch nicht sein. Wir sollten besser anfangen, Scholz wartet schon eine ganze Weile.«

Färber besann sich und betrachtete das Opfer eingehend, zumindest den Teil, der sich über dem Erdboden befand.

Zu sehen war nur der Körper unterhalb der Taille. Eine Pumphose aus rot glänzendem Stoff bedeckte das Gesäß, das Gewebe war mit goldenen Stickereien verziert. Die Beine steckten in weißen Strumpfhosen, vielleicht aus Seide. Ein schwarzer Halbschuh lag direkt neben ihm im Gras, der andere etwa drei Meter entfernt auf dem Kiesweg. Um den Körper herum befand sich lose Erde.

Färber richtete sich auf und winkte einen Kollegen heran. »Ihr könnt ihn jetzt rausholen, Fotos sind doch schon gemacht, oder?«

Der andere nickte. »Ja, alles fertig. Wir graben ihn gleich aus.«

Zwei Mann von der Spurensicherung machten sich mit Spaten daran, das Erdloch wieder auszuheben. Sie arbeiteten sehr vorsichtig. Das Opfer sollte ohne weiteren Schaden geborgen werden.

»Hast du im Rochlitzer Buch das Kostüm schon identifizieren können?«, fragte Färber Carola.

Sie nickte und hielt ihm die aufgeschlagene Seite vor die Nase. Färber betrachtete die Fotografie des verkleideten Darstellers. Es war nur ein Brustbild. Der Stoff und die goldenen Stickereien des Kostümoberteils schienen von gleicher Beschaffenheit zu sein wie die kurze Hose ihres Opfers. Die andere Buchseite zeigte den betreffenden Herrscher im schwarz-weißen Ausschnitt des Fliesenbildes. Der Fürst trug Pumphosen und feine Strümpfe.

»August, Kurfürst von Sachsen, 1553 bis 1586«, las Färber vor. »Welcher August ist das nun wieder?«

»Das weiß ich noch nicht so genau«, antwortete Carola. »Aber Steffen Neumann, der Chef vom Schloss hier, wartet dort drüben.« Sie zeigte auf einen etwa vierzig Jahre alten Mann im Anzug, der in der Nähe der Schlosslinde stand und das Treiben beobachtete. »Er wird sich mit sächsischer Geschichte auskennen, hoffe ich«, sagte sie augenzwinkernd.

»Damit befassen wir uns später«, entgegnete Färber.

Ein Kollege der Spurensicherung hatte ihm gerade ein Zeichen gegeben, sie waren offenbar fertig. Färber und Carola gingen zum Erdloch hinüber. Inzwischen war es leer. Der Leichnam lag ausgestreckt daneben auf der Wiese. Der Mann musste erstickt sein. Seine Gesichtshaut war blau unterlaufen, die Augen eingefasst von zahllosen roten Punkten, Einblutungen. Den Hals verdeckte ein breiter ringförmiger weißer Kragen, den Färber gerade auf dem Foto gesehen hatte. Jetzt war die Kleidung oberhalb der Taille allerdings mit Erde beschmutzt, kleine braune Klumpen hatten sich in den Hohlräumen des Kragens verfangen.

Das Alter des männlichen Opfers schätzte Färber auf etwa fünfundvierzig. Er war schlank, unter den Fingernägeln und in jeder Hautlinie seiner Hände saß schwarzer Dreck. So sehen die Hände eines Mechanikers aus, der mit Schmiere und Öl zu tun hat, dachte Färber. Das dunkle Haar lugte im Nacken unter der fürstlichen Mütze hervor. Auch das Gesicht und die weiße Strumpfhose waren dreckverschmiert. Unterhalb des linken Knies zog sich eine hässliche Laufmasche das Bein hinab.

»Darf ich mal?« Thomas Scholz unterbrach seine Gedanken.

Färber trat beiseite, um Scholz bei der weiteren Untersuchung des Leichnams nicht im Weg zu stehen. Als Scholz die Halskrause entfernt hatte, wurde eine schmale Einschnürungslinie sichtbar, die von einem Draht stammen konnte. Mehr wollte Färber im Moment nicht sehen. Er überließ Scholz das Feld. Färber verglich die Kleidung des Oberkörpers mit den Abbildungen im Buch. Alles passte. August, Kurfürst von Sachsen. Er winkte Carola zu sich, die hinter Thomas Scholz stand und den Arzt bei seiner Arbeit beobachtete.

Färber zeigte auf das Foto im Buch. »Wie wir vermutet haben, das Kostüm passt; der Hut mit den Fasanenfedern, die weiße Halskrause, der schwarze Umhang mit Goldstickereien und natürlich die rot glänzende Jacke.«

Carola nickte. »Ja, kein Zweifel. Ich habe vorhin den Text hier gelesen«, sie deutete auf die linke Buchseite, »August war ein leidenschaftlicher Jäger und offenbar auch wirtschaftlich erfolgreich gewesen. Während seiner Herrschaft wurde Sachsen zu einem der reichsten Länder Europas.«

»Tatsächlich?«, wunderte sich Färber. »Seine Nachfahren haben anschließend wohl einiges falsch gemacht.«

»Für politische Diskussionen ist jetzt keine Zeit.« Carola lächelte. »Lass uns endlich mit dem Schlossdirektor sprechen.« Sie zupfte Färber am Jackenärmel und zog ihn sanft in Richtung Schlosslinde.

»Pass doch auf«, rief hinter ihnen jemand. Darauf folgte Gelächter. Die beiden drehten sich um. Einer der Beamten im Ganzkörperoverall war versehentlich in das Erdloch gestürzt, weil er es beim Rückwärtslaufen nicht bemerkt hatte. Glücklicherweise war dem Unglücksraben nichts passiert, mit rotem Kopf kroch er nach oben. Färber und Carola nahmen keine weitere Notiz von dem Geschehen und gingen zur Linde hinüber.

Färber stellte sich und seine Kollegin vor.

»Angenehm«, der Mann im Anzug gab ihnen die Hand, »Neumann. Ich leite den Schlossbetrieb hier. Darf ich fragen, ob Sie schon eine Spur haben?«

»Wir können noch nicht viel sagen. Dafür haben wir einige Fragen.«

Steffen Neumann deutete auf ein paar Holzbänke, die in der Nähe der Schlosslinde aufgestellt worden waren, und die drei nahmen Platz. Färber öffnete das Rochlitzer Buch und reichte es Steffen Neumann. Der Direktor schaute ihn mit hochgezogenen Augenbrauen an.

»Wir gehen von einer weiteren Tat des Fürstenzugmörders aus«, erklärte Carola. »Das Kostüm, in dem das Opfer gefunden worden ist, stammt aus dem Fundus des Vereins des Lebendigen Fürstenzuges. Und wir«, sie zeigte auf Färber und sich, »ermitteln in der Sonderkommission zu diesen Fällen.«

Steffen Neumann schluckte. »Seit dieser Verrückte sein Unwesen treibt, habe ich Angst, dass unser Schloss mit hineingezogen werden könnte. Schließlich gehörte es auch den Wettinern.«

»Bitte«, Färber deutete auf die aufgeschlagene Seite, »was können Sie uns über diesen Fürsten erzählen?«

»Das ist August von Sachsen.« Neumann räusperte sich. »Nun ja, ohne August von Sachsen könnten wir heute nicht in diesem herrlichen Schloss sitzen.« Er zeigte von einem zum anderen Ende der Anlage, die aus weiß getünchten Gebäuden bestand, deren senkrechte Fassadenecken mit roten Steinen abgesetzt waren.

»Dieser August hat also das Schloss bauen lassen?«, fragte Färber.

Neumann nickte. »Genau, nach seinem Sieg über die ernestinische Linie der Wettiner im Grumbachschen Händel ließ er das Renaissanceschloss auf dem Schellenberg als Jagdschloss errichten, um seinen Triumph zu feiern.«

Färber spürte ein Kratzen im Hals, versuchte aber, es zu ignorieren. Er wandte sich an Carola. »Damit hätten wir wohl den Zusammenhang zwischen dem Fundort des Opfers und dem Kostüm gefunden.« Färber überlegte. »Haben Sie irgendeine Erklärung, warum der verkleidete Fürst vom Kopf bis zur Taille eingegraben worden ist? Gab es eine ähnliche Begebenheit in der Geschichte Augusts?«

»Ich kann mir keinen Reim darauf machen, was sollte das für eine Begebenheit sein?« Neumann hob die Arme und zog sie samt Schultern nach oben.

Färber fragte weiter: »Wie ist dieser August eigentlich gestorben?«

»Tja.« Neumann holte tief Luft.

Färber ahnte, dass jetzt ein längerer Geschichtsvortrag folgen würde. Knisternd kramte er nun doch aus seiner Jackentasche ein paar Lakritzkatzen hervor.

»Verheiratet war August, auch Vater August genannt, mit einer Prinzessin aus Dänemark, der schönen Anna. Ihrer Güte wegen war sie im Volk als Mutter Anna bekannt.«

Färber wurde unruhig. Es kratzte immer noch im Hals, er scharrte mit den Füßen unter der Bank. Carola klopfte ihm aufmunternd auf den Unterarm und zwinkerte ihm zu, als wolle sie ihn zum Durchhalten ermuntern.

Neumann berichtete ausschweifend aus dem vorbildlichen Leben des Fürstenpaares, zählte deren Verdienste auf, wie viele

Kinder sie hatten, welche Reformen unter ihrer Regierung eingeführt worden waren und noch einiges mehr.

Färber begann in der Sonne zu dösen. Mit einem Ruck richtete er sich auf. »Nun gut, das ist alles sehr interessant, Herr Neumann. Täusche ich mich, oder haben Sie den Tod Augusts noch gar nicht erwähnt?«

Neumann nahm sein Herrentaschentuch aus der Hosentasche und wischte sich die hohe schweißglänzende Stirn ab. »Ach ja, das war Ihre Frage.« Er lächelte verkrampft. »Wissen Sie, die Sache nimmt mich ganz schön mit. So etwas hatten wir noch nie auf unserem Schloss, ich meine, in neuester Zeit. Früher hat es sicher noch viel grausamere Dinge hier gegeben, wenn ich allein an den Schlossbau denke.« Neumann winkte ab und betrachtete versonnen seine Schuhe.

Färber fragte: »Also, wie war das nun mit dem Tod?«

»Ja, August war also mit Anna von Dänemark verheiratet, sie starb vor ihm. August nahm sich eine viel jüngere Frau, die noch nicht mal dreizehn Jahre alt war, Agnes Hedwig von Anhalt. Der Fürst verschied nur fünf Wochen nach der Hochzeit, mit knapp sechzig Jahren segnete er das Zeitliche.«

»Aha«, ließ sich Färber vernehmen. »Woran starb er denn eigentlich?«, kam er zum Kern seiner Frage zurück.

»Och, das war nichts Besonderes. Er war eben alt genug dafür. Vielleicht hatte er sich auch mit seiner sehr jungen Frau übernommen?« Neumann grinste.

Für eine Weile sagte keiner etwas, bis Färber laut überlegte: »Warum nur hat er den Mann verkehrt herum eingegraben? Wenn wir das verstehen könnten.«

Carola sprang von der Bank auf. »Du, warte mal, mir fällt da was ein.« Sie lief ein paar Schritte und umrundete auf wackeligen Beinen den grasbewachsenen Hügel, in dessen Zentrum die alte große Linde stand. Ihre Absätze versanken immer wieder im Rasen, Färber musste sich ein Lachen verkneifen, weil sie wie eine Ente watschelte. Vor einem Schild blieb sie stehen. Sie rief zu den beiden anderen herüber. »Ich wusste es, die Lösung ist der Baum.« Carola zeigte mit ausgestrecktem Arm auf die morsche Linde.

Färber und Neumann verließen die Bank und eilten zum Schild. Neumann schlug sich mit der flachen Hand auf die Stirn. »Klar, die Linde.«

Färber begann zu begreifen. Dem Schild nach hatte jemand den Baum 1421 verkehrt herum eingepflanzt. Das Besondere daran war, dass sie trotzdem gedeihen konnte und noch heute einigermaßen aufrecht in der Schlossanlage stand.

Hatte der Täter diese Überlieferung als Vorlage benutzt? Vielleicht. Der Kerl kam ja offenbar auf die seltsamsten Ideen.

»Herr Neumann«, bat Carola, »können Sie uns mehr über diese Geschichte erzählen?«

Neumann bemühte wieder das Taschentuch und trocknete seine Stirn. »Die Sage erzählt, dass ein Angeklagter damals die Linde mit den Wurzeln nach oben eingepflanzt habe. Es hieß, dass seine Unschuld erwiesen sei, wenn der Baum trotzdem anwurzelte und gedieh. So etwas nannte man ein Gottesurteil. Und, wie Sie sehen, der Baum steht heute noch.«

»Also wurde mit der Linde ein vermeintliches Unrecht aufgedeckt und damit gesühnt«, sagte Färber.

»Ja«, bestätigte Neumann, »so könnte man das verstehen.«

»Warum steht da eigentlich Friedrich der Streitbare?«, fragte Carola ihn und deutete auf das Schild.

»Dieser Wettiner, er ist übrigens auch im Fürstenzug, war Herr über die Schellenburg, die vor unserem Schloss hier stand. In seiner Regierungszeit ereignete sich die Sache mit der Linde, deshalb wird er auf dem Schild erwähnt.«

»Also blieb der Baum während des späteren Baus der Augustusburg unversehrt?«, vermutete Färber.

»Ja, ja«, Neumann steckte sein Taschentuch ein, »schon Vater August hat damals Stützen anbringen lassen, um die altersschwachen Äste zu halten. Immerhin war die Linde zu seiner Zeit bereits einhundertfünfzig Jahre alt.«

Carola hatte in der Zwischenzeit das Rochlitzer Buch aufgeschlagen und nach Friedrich dem Streitbaren gesucht. Es gab keinen Zweifel, sie hatten nichts verwechselt. Sein Kostüm war von ganz anderem Stil. Dieser Fürst sah geradezu königlich aus, wie er in sehr vornehmer Haltung auf seinem Pferd thronte. Ein bisschen erinnerte sein Kostüm an Friedrich den Sanftmütigen und damit an das Opfer von Freiberg. Nur der Umhang war noch vornehmer, rubinroter schwerer Samt, abgesetzt mit reichlich Hermelinpelz. Carola nahm ihr Notizbuch hervor und suchte eine Seite, die vom vielen Blättern schon eingeknickte Eselsohren hatte.

Färber reichte Neumann die Hand. »Vielen Dank, Sie haben uns sehr geholfen. Bitte halten Sie sich noch bereit für ein Protokoll.«

»Ja, gern geschehen. Ich bin den ganzen Tag im Büro. Sie finden mich hinter dem Kassenraum.« Damit drehte er sich um und verschwand durch den flachen Torbogen, der Kies unter seinen Sohlen knirschte mit jedem Schritt.

Carola stupste Färber am Ärmel. »Das Kostüm Friedrichs des Streitbaren steht auch auf unserer Liste, es wurde mit geklaut.«

»Hm«, Färber nickte, »wenn ich nur wüsste, wie man diesem Verbrecher zuvorkommen kann. Diese Sache hier«, er deutete zum Erdloch hinüber, wo gerade der Reißverschluss des Leichensackes zugezogen wurde, »wie hätten wir das voraussehen können?«

»Eigentlich überhaupt nicht, wie willst du vorhersehen, wo er den nächsten Fürsten ablegt? Gut, man hätte den Zusammenhang zwischen dem Schloss Augustusburg und seinem Erbauer finden können. Aber was hätte das genützt? Willst du auf allen Wettiner Schlössern Wachen postieren? Wer weiß, wie viele das in ganz Sachsen sind«, sagte Carola.

»Ich weiß«, gab Färber zu, »das kriegen wir nie durch.«

»Allerdings wäre es mit allen Schlössern auch noch nicht getan. In Wechselburg lag der Tote am Ufer der Mulde, in Krummenhennersdorf auf einem Parkplatz, das Opfer in Freiberg wurde auf dem Marktplatz gefunden, und das Herz von August dem Starken auf einem modernen Denkmal. Du müsstest ganz Sachsen flächendeckend überwachen. Vergiss es.« Sie schnaubte und winkte ab.

»Du hast ja recht. Es macht mich einfach wütend, immer zu spät zu kommen. Der Kerl plant seine Verbrechen, also muss man den Plan auch aufdecken können. Alles andere ist unlogisch.«

»In normalen Fällen ist das vielleicht manchmal so, aber hier ist gar nichts normal«, behauptete Carola. »Lass uns noch einmal auf das Gespräch an der Linde zurückkommen. Ich habe vorhin absichtlich nichts weiter gesagt, weil Neumann noch da war, aber dein Gedanke, der Täter wollte ein Unrecht sühnen, das ihm zugefügt worden ist, gefällt mir irgendwie. Vielleicht kommen wir über diesen Weg seinen Motiven näher.«

»Denk mal an das psychologische Gutachten. Schreibt Hammerstein nicht etwas Ähnliches?«, fragte Färber.

»Ja.« Carola suchte in ihrem Notizbuch. »Hier, das sind die Stichpunkte, die ich mir damals gemacht habe. Im Gutachten steht, dass der Täter vermutlich eine tiefe Verletzung erfahren hat, ein Trauma sozusagen. Jetzt hat er Angst, so etwas wieder zu erleben«, sie blätterte auf die nächste Seite, »und Anerkennung, die spielt auch eine große Rolle, seine Gier nach Anerkennung.«

»Hm, mal angenommen, Hammerstein hat recht, welche Verletzung im Zusammenhang mit dem Fürstenzug wäre vorstellbar?«

Carola stieg in Färbers Überlegungen ein. »Sie muss natürlich schwerwiegend für ihn gewesen sein. Vielleicht hat es mit diesem Verein in Rochlitz zu tun. Möglicherweise ist unser Täter unter den Bewerbern auf der Warteliste. Sie nehmen ihn nicht dran, das verletzt ihn, er fühlt sich zurückgewiesen und rächt sich auf diese Art.«

»Und aus den Inszenierungen des Todes schöpft er seine Anerkennung, weil alle Medien lang und breit darüber berichten?«, fragte Färber vor.

»Warum nicht?«, sagte Carola. »So könnte es doch sein.«

Er schüttelte den Kopf. »Nein, nur weil eine Bewerbung keinen Erfolg hat, bringt man doch nicht reihenweise Unbeteiligte um. Das ist mir zu schwach. Es muss eine andere Verletzung gewesen sein.«

Scholz kam zu ihnen. »So, Leute. Ich bin so weit fertig. Der Tote ist schon unterwegs in die Rechtsmedizin. Den genauen Todeszeitpunkt kann ich euch noch nicht sagen, irgendwann zwischen gestern Abend und heute Morgen.«

»Ist er erstickt?«, wollte Färber wissen.

»Ja, vermutlich ist der Erstickungstod eingetreten durch Strangulation, ausgeführt mit einem Draht oder etwas Ähnlichem. Mehr könnt ihr wie immer in meinem Bericht erfahren.«

»Hatte er Papiere bei sich?«, fragte Färber.

Scholz schüttelte den Kopf. »Alles ist genau wie bei den anderen Opfern. Bis auf die Unterhose scheint nichts am Körper des Toten von ihm zu stammen. Nein, tut mir leid, ich habe noch nichts, was euch bei seiner Identifizierung weiterhelfen könnte.« Scholz verabschiedete sich und verließ das Gelände in Richtung Parkplatz.

»Und wir zwei Hübschen sollten uns schleunigst die aktuellen Vermisstenanzeigen ansehen«, schlug Färber vor.

»Gut, wir fahren ins Büro. Die Anwohner werden von den Streifenbeamten befragt.«

»Wir müssen noch mit den Jugendlichen sprechen, die den Toten gefunden haben. Sie warten im Speisesaal drüben in der Jugendherberge auf uns«, sagte Färber.

Die Unterhaltung mit den Kindern und ihrem Lehrer dauerte nicht lange. Sie hatten in der Nacht nichts bemerkt und erst am Morgen das Opfer gefunden. Auf ihr Konto gingen die ausgezogenen Schuhe, was sie mit gesenkten Köpfen beschämt eingeräumt hatten. Die ersten Beamten am Tatort hatten sich bereits mit den anderen Schülern der Gruppe unterhalten. Keinem war in den Nachtstunden etwas aufgefallen.

Färber verzichtete vorerst auf weitere Befragungen unter den Jugendlichen, die sich ihre Zeit in der Kleinstadt vertrieben, bat aber ihren Lehrer Wohlert, sich zu melden, falls irgendwem noch etwas einfallen sollte.

Färber und Carola hatten hier nichts mehr zu tun, sie verließen jeder im eigenen Wagen das Schlossgelände und fuhren in Richtung Chemnitz davon.

## Sonntag, 31. Mai, Nachmittag

*Kommissariat, Chemnitz*

Lars Friedrich hatte zwei Vermisstenmeldungen auf seinem Schreibtisch liegen. »Da seid ihr ja endlich.«

»Bevor wir irgendetwas anfangen, brauche ich erst mal einen Kaffee«, verkündete Färber. »Carola, willst du auch?«

»Gern.«

Lars Friedrich meldete sich wie in der Schule. »Ich auch, bitte.«

Färber stöhnte kaum hörbar, weil er nur zwei Hände hatte, und verließ den Raum. Nach ein paar Minuten schob er die Tür mit dem Fuß auf und balancierte drei dampfende Plastikbecher zum Schreibtisch. Nachdem er alles heil abgesetzt hatte, schüttelte er seine Hände in der Luft, um sie zu kühlen. Er ging um den Tisch herum und ließ sich auf seinen Stuhl fallen.

Carola reichte ihm einen Kaffee. »Danke, Färber, du rettest mir das Leben.« Sie grinste.

»Ja, ja.«

Für einen Moment blieb es ruhig im Büro, während sie versuchten, von dem Kaffee zu trinken, ohne sich den Mund zu verbrennen. Nur ihr Pusten in das heiße Getränk war zu hören.

»Also gut, Lars. Schieb mir mal die Vermisstenmeldungen rüber.« Färber beugte sich mit ausgestrecktem Arm über seinen Schreibtisch. Lars Friedrich tat, wie ihm geheißen, und drückte ihm zwei Dokumente in die Hand.

Färber überflog die Seiten. Eine der beiden Anzeigen hatte ein Pflegeheim aufgegeben, aus deren Patientenbestand ein dreiundfünfzigjähriger Mann im Schlafanzug abhandengekommen war. Das beigefügte Passbild, das vermutlich aus seiner Akte bei der Einlieferung stammte, zeigte einen glatzköpfigen korpulenten Herrn, der nicht die geringste Ähnlichkeit mit ihrem Opfer aufwies. Färber schob die Anzeige von sich weg auf die äußere Kante seines Tisches und nahm die andere zur Hand. Auf dem Foto glaubte er den Toten vom Schloss zu erkennen, ballspielend mit einem Kind auf einer Wiese.

»Das könnte er sein.« Dann las er die wenigen Zeilen, die der Polizeibeamte in die Anzeige getippt hatte. Der Vermisste war sechsundvierzig Jahre alt, hieß Frank Immler und arbeitete als Techniker bei einem Pannenservice. Zuletzt gesehen hatte ihn der Dispatcher seiner Firma, bevor Immler zu seinem letzten Auftrag am Samstagabend etwa Viertel vor elf aufbrach. Nach dreiundzwanzig Uhr dreißig versuchte der Kollege noch mehrfach, ihn per Funk zu erreichen, denn Immler hatte sich nicht in den Feierabend abgemeldet. Weil keine Antwort kam, rief der

Dispatcher ein paarmal erfolglos auf Immlers Handy an. Zu Hause bei den Immlers ging ebenfalls niemand ans Telefon. Schließlich schickte der Dispatcher einen anderen Techniker zu der Adresse, die auf Immlers letztem Auftrag stand, dem Parkplatz eines großen Einkaufszentrums vor der Stadt. Als der Kollege dort ankam, stand Immlers Wagen verlassen auf dem leeren Gelände, aber es gab keine Spur von ihm. Der Dispatcher wurde verständigt. Dieser alarmierte um null Uhr siebenundzwanzig schließlich die Polizei. Das beigefügte Foto kam von Immlers Ehefrau, die ihren Mann heute Morgen als vermisst gemeldet hatte. Das Protokoll mit ihrer Aussage war angehängt.

Färber blätterte nach hinten und überflog die Seite. »Die Ehefrau weiß nichts, sie hat ihren Mann erst heute früh beim Aufwachen vermisst.«

»Wahrscheinlich arbeitete ihr Mann oft in der Nacht, da würde ich auch nicht aufbleiben, sondern schlafen gehen«, sagte Carola.

»Ja, in diesem Sinne hat sie sich auch geäußert.«

»Bist du dir sicher, dass Frank Immler unser Opfer ist?«, wollte Lars Friedrich wissen.

Färber nickte. »Ich meine, ihn auf dem Foto wiederzuerkennen. Außerdem hatte der Tote ölverschmierte Hände und Fingernägel, das passt zu seinem Beruf als Pannenhelfer. Wir sollten davon ausgehen, dass er vom Parkplatz verschleppt worden ist.«

»Irgendwo in den Papieren gibt es eine Mitschrift des Telefonats von Immlers letztem Auftraggeber. Hast du das bemerkt?«, fragte Lars Friedrich.

»Nein, noch nicht.« Färber blätterte die Seiten durch und fand die Niederschrift. »Der Auftrag kam von einem Mobiltelefon. Angerufen hat ein Mann, sein silbergrauer Kleinwagen würde nicht mehr anspringen. Wir müssen feststellen, wem das Handy gehört, und es orten lassen.« Färber stand auf. »Da steht, der Anrufer sei ein Mann gewesen, vielleicht unser Täter selbst.«

Carola zog die Stirn in Falten. »Eine Frau kann auch ihre Stimme verstellen, um am Telefon als Mann durchzugehen.«

»Ja, schon möglich«, sagte Färber, »das wissen wir also nicht genau.«

»Ich befasse mich mit dem Handy«, erklärte Carola, »mal sehen, auf wen die Nummer registriert ist.« Sie griff nach dem Telefonhörer, rief den Dauerdienst an und bat die Kollegen auch gleich, das verschwundene Handy zu orten.

## Sonntag, 31. Mai, früher Abend

*Eine Mietwohnung, Dresden*

Ich hatte mir einen Tee gekocht und wartete auf die Nachrichten im Fernsehen. August von Sachsen war hoffentlich noch rechtzeitig entdeckt worden, um ihn in die erste Abendausgabe zu bringen. Das regionale Fernsehen langweilte mich meistens, die Sendungen schienen ausnahmslos für Zuschauer jenseits der sechzig produziert zu werden.

Die Startmelodie der Nachrichten ertönte, der Bildschirm wurde blau und orange. Ein Sprecher verkündete die Neuigkeiten des Tages. Es gab Meldungen aus der Hauptstadt, die mich überhaupt nicht interessierten. Danach folgte ein Bericht über einen Hurrikan, der die Küste Floridas heimgesucht hatte, und ein paar Bilder aus dem Weltall, wo irgendwelche Astronauten Reparaturen an ihrem Raumschiff ausgeführt hatten. Jetzt waren dunkelhäutige Flüchtlinge in einem Zeltlager zu sehen, die von einem Lastwagen Lebensmittel und Medikamente erhielten.

Was soll das? Bringen die jetzt schon das Wetter?, bangte ich, als hinter dem Sprecher eine Europakarte eingeblendet wurde, und wollte schon alle Hoffnung fahren lassen. Aber es war noch nicht der Wetterbericht, sondern eine grafische Darstellung über die verschiedenen Nationalitäten von Immigranten in Europa. Ich wurde langsam unruhig.

»Ein grausames Verbrechen hat sich in der letzten Nacht in unserem Sendegebiet ereignet.«

Endlich. Ich richtete mich auf, jedes Wort wollte ich hören.

»Auf dem Gelände des Schlosses Augustusburg bei Chemnitz wurde ein Mann tot aufgefunden, der aller Wahrscheinlichkeit nach ein weiteres Opfer des berüchtigten Fürstenzugmörders ist.

Wir schalten zu meiner Kollegin Astrid Heubner nach Augustusburg.« Der Bildschirm teilte sich, auf der rechten Seite blieb der Nachrichtensprecher im Studio, links erschien eine junge Frau mit einem Mikrofon vorm Gesicht. Hinter ihr erstreckte sich eine weiße Mauer, deren Oberkante mit rotem Stein eingefasst war.

»Guten Abend nach Leipzig«, meldete sie sich. »Heute Nacht hat sich hier auf Schloss Augustusburg, dem beliebten sächsischen Ausflugsziel, ein grausames Verbrechen ereignet. Wieder wurde eine männliche Leiche in einem Kostüm des Dresdner Fürstenzuges gefunden. Damit haben wir den fünften Mord im Freistaat, der offenbar auf das Konto desselben Täters geht.« Die Kamera schwenkte und zeigte jetzt im Vollbild einen grauen Transporter, der rumpelnd das Gelände verließ. Die Reporterin erschien wieder im Bild zusammen mit einem Mann im Anzug. »Neben mir steht Herr Martin Schuster von der Staatsanwaltschaft Chemnitz.« Der Mann nickte ernst in die Kamera. »Ja, Herr Schuster. Was können Sie uns über das Verbrechen berichten, das sich hier auf Schloss Augustusburg ereignet hat?«

Schuster räusperte sich. »Viel gibt es noch nicht zu sagen. Die Polizei untersucht die Vorgänge auf dem Gelände des Schlosses. Gäste der Jugendherberge haben heute Morgen den Leichenfund gemeldet.«

»Können Sie uns nähere Informationen geben, wer ist der Tote, welches Kostüm hat er getragen, was ist die Todesursache?«

Schuster schüttelte den Kopf. »Nein, wir wissen noch nichts Konkretes, leider. Die Sonderkommission Fürstenzug wurde eingeschaltet, und die Kollegen ermitteln in alle Richtungen.«

Dann meldete sich Astrid Heubner wieder zu Wort. »Wir fragen uns natürlich, wie lange soll das noch so weitergehen? Was tut die Polizei, um uns Bürger zu schützen? Gibt es endlich eine heiße Spur? Damit gebe ich zurück ins Funkhaus.«

Dann wurden Bilder einer Pressekonferenz gezeigt, Vertreter von Staatsanwaltschaft, Sonderkommission und LKA saßen hinter einem schmalen Tisch, der mit einer langweilig grauen Tischdecke bespannt war. Der Kommentator berichtete, die Presse sei informiert worden, dass es noch keine konkrete Spur zum sogenannten Fürstenzugmörder gebe, die Sonderkommission und alle beteiligten Behörden aber Tag und Nacht an den Fällen arbeiten würden. Damit endete der Beitrag.

In Thüringen waren Tierschützer in eine Schweinemastanlage eingestiegen und hatten sämtliche Tiere freigelassen. Ähnliche Vorkommnisse waren in den letzten Wochen auch in Sachsen gemeldet worden. Es folgte ein Interview mit einem Herrn vom Bauernverband, der die Täter als Schwachköpfe bezeichnete, die skrupellos die Arbeit der Landwirte zerstörten und das Leben der Tiere aufs Spiel setzten, weil diese an die Bedingungen außerhalb der Ställe überhaupt nicht mehr angepasst seien.

Die Nachrichtensendung war zu Ende. Enttäuscht starrte ich auf den Fernseher. Nicht ein einziges Bild hatten die Stümper von meiner Inszenierung gesendet. Wie sollte ich denn mein Publikum erreichen, wenn die Fernsehfuzzis ihre Arbeit nicht richtig machten?

»Verdammt.« Ich schlug mit der Faust auf den Couchtisch und hoffte, dass wenigstens morgen in der Zeitung ein anständiger Bericht mit aussagekräftigen Fotos über Augusts Auferstehung und Ableben zu finden war.

Um mich zu trösten, lehnte ich mich in die Polster und schloss meine Augen. Ich versetzte mich zurück in die gestrige Nacht, bevor ich Augustusburg verlassen musste, konzentrierte mich auf meine Inszenierung, die Beine und das Gesäß meines Darstellers. Noch einmal genoss ich, wie herrlich und vollkommen August ausgesehen hatte. Schade nur, dass ich den Großteil des prächtigen Kostüms mit der feuchten Erde hatte beschmutzen müssen. Aber im Angesicht des Ergebnisses zählte dieser kleine Makel kaum. Ich spürte das gleiche Kribbeln wie letzte Nacht in der Magengegend. Meine Erregung kehrte zurück. Endlich. Ich war berauscht und glücklich. Spätestens morgen müssten alle zugeben, dass ich den wahren Fürstenzug auferstehen ließ. Die halbherzigen Bemühungen dieser Rochlitzer Stümper blieben doch nur Amateurtheater.

Schnell öffnete ich die Augen. Mein Verlangen nach dem nächsten Fürsten war schlagartig geweckt. Dieses Mal würde ich keinen Tag zu lange warten. Vielleicht hatte ich nicht mehr die Zeit, alle Wettiner auferstehen zu lassen, die ich mir vorgenommen hatte, aber versuchen musste ich es. Mein rechtes Bein war vom langen Sitzen eingeschlafen, etwas ungelenk stand ich auf und humpelte in meine Arbeitsecke. Wer sollte der Nächste sein?

## Sonntag, 31. Mai, früher Abend

*Kommissariat, Chemnitz*

Das Telefon klingelte, und so erfuhren Färber und Carola, dass die Ehefrau des vermissten Frank Immler jetzt in der Rechtsmedizin war, um ihren Mann zu identifizieren.

Färber erhob sich. »Ich übernehme das.«

»Bringst du Frau Immler mit?«, fragte Carola.

»Wenn Sie sich schon in der Lage fühlt, uns ein paar Fragen zu beantworten, ja.«

Carola blieb an ihrem Schreibtisch sitzen, um einen Aufruf an die Presse zu schreiben. Sie hoffte, dass sich auf diese Weise Zeugen finden ließen, die in der vergangenen Nacht etwas Ungewöhnliches in Augustusburg oder auf dem Parkplatz bei Chemnitz beobachtet hatten. Als sie gerade den Text abgeschickt hatte, klopfte es leise an der Tür.

Ein junges Mädchen betrat mit unsicheren Schritten den Raum und blieb an der Tür stehen. »Ähm, mein Handy ist gestern Nacht gestohlen worden.« Sie nestelte mit beiden Händen an den Griffen ihrer Handtasche herum. »Als ich den Diebstahl unten im Erdgeschoss anzeigen wollte, haben die mich gleich zu Ihnen geschickt. Haben Sie es gefunden?«

Carola lächelte. »Einen Moment, bitte, wir klären das gleich.« Sie griff zum Telefon und wählte die Nummer der Bereitschaft. »Aha, na, vielen Dank.« Sie legte auf und deutete auf den Stuhl vor ihrem Schreibtisch. »Setzen Sie sich doch, Frau …«

»Geißler, Franziska.« Das Mädchen lächelte.

Sie hatte langes blondes Haar, das leicht schimmerte. Ihre Gesichtszüge waren makellos. Eine richtige Schönheit, dachte

Carola. Dabei fiel ihr ein, dass sie mal wieder einen Termin bei ihrem Friseur machen sollte.

Franziska Geißler ließ sich auf dem Besucherstuhl nieder und schlug ihre schlanken Beine, die in hautengen Jeans steckten, lässig übereinander.

»Tja, Frau Geißler, wie lautet denn Ihre Handynummer?«

Sie ratterte die Zahlen herunter, ohne dabei ins Stocken zu geraten. Carola verglich die Nummer mit den Angaben in der Vermisstenanzeige Frank Immlers. Es war ihr Handy gewesen, mit dem die Pannenhilfe angerufen worden war, kein Zweifel.

»Sie sagen, Ihr Telefon wurde gestohlen. Wann und wo war das denn?«

»Gestern Nacht, im Brauclub beim Roten Turm, ich war dort mit meiner Freundin. Auf einem Stuhl neben uns lagen die Zigaretten und das Handy, außerdem hatten wir darauf unsere Getränke abgestellt. Irgendwann war das Telefon weg, es lag auch nicht auf dem Boden«, sie zog die Schultern hoch, »wie vom Erdboden verschluckt.«

»Um welche Uhrzeit haben Sie denn den Verlust bemerkt?«

»Als wir gehen wollten, kurz nach Mitternacht muss das gewesen sein. Wir waren gegen neun im Club, da hatte ich es noch. Wie lange es dann noch auf dem Stuhl lag«, sie hob die Hände, »keine Ahnung.«

»Haben Sie vor dem Verschwinden Ihres Handys bei einem Chemnitzer Pannenservice angerufen?«, wollte Carola wissen.

»Warum sollte ich?« Franziska Geißler schüttelte den Kopf. »Ich habe doch gar kein Auto.«

»Hat ein anderer damit telefoniert, ein Freund vielleicht?«, fragte Carola.

»Nein, keiner, außerdem haben die alle ihr eigenes Handy.«

»Und sonst, ist Ihnen im Club jemand aufgefallen, der sich Ihr Telefon geschnappt haben könnte?«

Sie überlegte und zog die Schultern hoch. »Mir ist nichts aufgefallen.«

»So leid es mir tut, Frau Geißler, aber Ihr Handy haben wir nicht gefunden. Es wurde nur im Zusammenhang mit einer Straftat benutzt, deshalb hat der Kollege Sie zu mir geschickt.«

Sie wurde blass. »Straftat? Wieso denn?«

Carola ging nicht auf die Frage ein. »Wenn wir Ihr Handy gefunden haben, melden wir uns, versprochen.« Sie stand auf und reichte Franziska Geißler ihre Visitenkarte. »Wenn Ihnen noch etwas zu dem Diebstahl einfällt, rufen Sie mich doch bitte an.«

Franziska Geißler nahm die Karte und nickte unsicher. Bevor sie ging, machte Carola noch eine Kopie ihres Personalausweises.

Lars Friedrich betrat das Büro und schaute Franziska Geißler interessiert hinterher.

»Gut, dass du kommst«, empfing ihn Carola, »wir müssen in den Brauclub am Roten Turm fahren. Dort hat unser Mann wahrscheinlich das Handy gestohlen, mit dem er den Pannendienst angerufen hat.«

Er pfiff durch die Zähne.

Gegen einundzwanzig Uhr betrat Färber das Büro. Carola und Lars Friedrich waren schon vom Brauclub zurück und unterhielten sich leise.

»Nanu, wolltest du nicht Frau Immler mitbringen?«, fragte Carola.

»Sie war nach der Identifizierung ziemlich fertig, hat nur noch geweint. Ich habe sie dann auf einen Tee eingeladen, damit sie sich wieder etwas beruhigt. Nach einer Weile hatte sie sich so weit gefasst, dass wir uns unterhalten konnten. Wie das Protokoll ihrer ersten Aussage schon sagt, Frau Immler weiß nichts über das Verschwinden ihres Mannes. Sorglos hatte sie die Nacht über allein in ihrem Bett geschlummert. Ich denke, wir können ihr glauben.« Färber setzte sich auf einen der freien Besucherstühle. »Also habe ich sie nach Hause gefahren und gebeten, für weitere Befragungen zur Verfügung zu stehen.«

»Hm«, kommentierte Carola, »wir waren auch nicht untätig inzwischen.«

Lars Friedrich nickte. »Vorhin war ein junges Mädchen hier, weil sie ihr Handy vermisst. Die Kollegen haben sie hochgeschickt, mit ihrem Telefon wurde der Pannendienst angerufen.«

Färber zog die Augenbrauen hoch. »Du sagst, sie vermisst es?«

»Ja, offenbar wurde es ihr gestern Abend im Brauclub am

Roten Turm gestohlen. Irgendwann nach einundzwanzig Uhr muss es jemand genommen haben. Wir waren gerade dort, aber keiner der Angestellten erinnert sich an etwas Ungewöhnliches oder an jemanden, der dort nicht hingehörte. Sie haben uns erzählt, dass es gestern Nacht sehr voll gewesen sei, eine Band hat gespielt, und die Leute standen dicht an dicht.«

»Haben wir inzwischen das Handy orten können?«

»Der Dauerdienst hat es versucht, es scheint aber ausgeschaltet zu sein. Kein Signal.«

»Hm.« Färber kratzte sich am Kopf. »Hast du den Zeugenaufruf an die Pressestelle geschickt?«

»Ja, gleich als Erstes«, sagte Carola.

»Gut, jetzt müssen wir wohl auf Ergebnisse warten.« Färber fragte Lars Friedrich: »Wann wird obduziert?«

Er las von einer gelben Haftnotiz ab: »Montagnachmittag, vierzehn Uhr dreißig, Dr. Thomas Scholz.«

»Machen wir Feierabend«, beschloss Färber, stand auf und angelte nach seiner Jacke, die er über den obersten Garderobenhaken neben der Tür geworfen hatte. »Morgen früh um acht treffen wir uns hier.«

In seinem Hotelzimmer vertiefte sich Färber in die Geschichtsbücher und telefonierte kurz mit Gernot, bevor er ziemlich früh einschlief.

## Montag, 1. Juni, Nachmittag

*Josephinenstraße, Dresden*

»Fürstenzugmörder schlägt wieder zu!«, »Das Monster ist zurück!«, »Serienkiller im Blutrausch!« – Das waren nur einige der Schlagzeilen, die ich im Vorbeigehen am Kiosk unten an der Ecke wahrgenommen hatte. Euphorisch über meinen überwältigenden Erfolg, rannte ich die Treppen zur Wohnung meiner Mutter hinauf. Am liebsten würde ich ihr alles erzählen. Leider war das unmöglich, denn sie konnte nicht dichthalten, das wusste ich genau.

Ich klingelte und wartete. Ungeduldig trat ich von einem Bein aufs andere. Endlich hörte ich das Surren ihres Rollstuhls in der Wohnung. Dann öffnete sich die Tür ein Stück, und meine Mutter schaute neugierig durch den Spalt.

»Ach, du bist es«, sagte sie enttäuscht.

»Hallo, Mama.« Ich schob die Tür auf und trat ein. Sie hatte mir schon wieder den Rücken zugekehrt und fuhr in ihrem Rollstuhl durch den Flur zum Wohnzimmer zurück. Ich schloss die Tür und folgte ihr.

Auf dem Tisch lagen ein aufgeschlagenes Rätselheft und ihre Brille. Sie nahm kaum Notiz von mir und vertiefte sich in ihr Heft. Mit schnörkeligen Buchstaben füllte sie ein paar Felder aus. Still setzte ich mich ihr gegenüber und wartete.

Meine Mutter schrieb einen Schnörkel nach dem anderen, flüsterte leise dabei und schob ihre Zungenspitze mit jedem Buchstaben zwischen die schmalen Lippen. Ihre Gesichtszüge wirkten gespannt, als bedürfe es einer großen Anstrengung, die richtigen Wörter einzutragen. Während sie sich konzentrierte, wackelte ihr Kopf hin und her, und ihre Hände zitterten.

»Na, Mama, wie war dein Tag?«, begann ich schließlich ein Gespräch.

Sie löste ihre Augen nicht vom Kreuzworträtsel, als sie antwortete: »Wie immer, nichts Besonderes.«

»Aha.« Mein Magen schmerzte und zog sich verkrampft zusammen. Was gäbe ich darum, ihr von meinem Erfolg zu berichten, von meiner Inszenierung, meinem großartigen Werk. Sie würde einmal stolz auf mich sein. Ich musste mich gehörig zusammenreißen, um kein falsches Wort über die Lippen zu bringen. Seit wann nahm sie mich eigentlich kaum noch wahr?

»Was hast du denn gemacht den ganzen Tag?«, fragte ich weiter.

»Och, dies und das, warte mal«, sie biss auf das Ende ihres Kugelschreibers und schaute an die Lampe, die über unseren Köpfen baumelte, als wäre dort die Antwort nach dem gesuchten Wort verborgen, »Süßspeise suchen die hier, Süßspeise, vielleicht Pudding.« Mit dem Stift zählte sie die Felder ab. »Nein, nicht lang genug.«

»Milchreis?«, schlug ich vor.

»Hm«, nickte sie, »könnte gehen, der vorletzte Buchstabe ist ein ›i‹.«

Auf einmal schaute sie mich an, ihre Augen strahlten. »Weißt du, was mir Heidrun heute mitgebracht hat?«

Aha, daher der Sinneswandel, ärgerte ich mich. Schon wieder diese Altenpflegerin. Wahrscheinlich würde meine Mutter die Schreckschraube am liebsten als Tochter adoptieren und mich, ihr leibliches Kind, verstoßen.

»Nein, was denn?«, heuchelte ich Interesse.

»Na, Milchreis mit Zucker und Zimt, das mag ich doch so gern.« Sie leckte sich die Lippen, als ob dort noch Spuren der mittäglichen Köstlichkeit aufzuspüren waren. »Ja, die Heidrun weiß, wie sie deiner Mutter eine Freude machen kann.«

Schon wieder ein Schlag ins Gesicht. Ich spürte ein Brennen auf meinen Wangen, als hätte ich tatsächlich eine Backpfeife von ihr bekommen. »Ich freue mich, dass sich Frau Krämer so gut um dich kümmert«, presste ich hervor.

»Hm.« Meine Mutter hatte sich schon wieder in ihr Rätsel vertieft.

Warum fragt sie mich nicht, was ich heute gemacht habe? »Und sonst?«, bohrte ich weiter.

»Ach ja, Heidrun und ich haben heute Rommé gespielt, das war schön.« Mit einem seligen Lächeln im Gesicht hing sie ihren Gedanken nach.

»Hat die denn Zeit für so was, sollte die nicht eigentlich putzen und kochen, wenn sie hier ist?«

»Na, erlaube mal«, Mutter verengte ihre Augen zu schmalen Schlitzen, »sei lieber froh, dass Heidrun sich auch um das seelische Wohl ihrer Patienten kümmert.« Sie hob ihren Zeigefinger. »Das ist manchmal viel wichtiger als ein sauberer Fußboden.«

»Ja, ja, schon gut.« Ich betrachtete die Stickereien auf der Tischdecke.

»Im Übrigen«, flötete meine Mutter, »hat sie mir erzählt, dass ihr nun doch zusammen einen Ausflug machen wollt. Ich hoffe, du weißt dich zu benehmen?«

»Das fragst du mich? Mach dir mal lieber Sorgen um deine …« Ich verschluckte den Rest des Satzes.

Mutter schaute mich an und schien auf eine Fortsetzung zu warten.

Weil ich stumm blieb, gab sie das Warten bald auf und konzentrierte sich wieder auf ihr Rätsel.

»Wann kommt die Pflegerin denn wieder, heute noch?«, fragte ich ohne wirkliches Interesse.

»Morgen früh.« Sie schaute mich an. »Im Übrigen wäre es mir lieber, du würdest sie Heidrun oder Frau Krämer nennen, das Wort Pflegerin mag ich nicht so gern. Sie ist für mich inzwischen eine liebe Freundin geworden.«

Also doch, ich war hier abgeschrieben. Diese Pflegerinnenkuh verdrängte mich systematisch aus dem Leben meiner Mutter. Aber nicht mehr lange, dafür würde ich sorgen, der Plan stand fest, das Eisen war geschmiedet. Schon übermorgen war ich mit ihr verabredet zu einem sicher sterbenslangweiligen Ausflug. Aber der Zweck heiligt die Mittel, redete ich mir gut zu.

Nach fast einer Stunde verließ ich das Haus, die Zeit mit meiner Mutter wurde mir immer mehr zur Qual. Ich sehnte mich nach einem Zeichen von ihr, dass sie mich liebte, wie eine Mutter ihr Kind eben lieben sollte. Aber ich spürte nichts, nicht einmal Ablehnung, nur diese schreckliche Kälte.

Auf der Suche nach jener Liebe hatte ich schon vor Jahren eine weitere herbe Niederlage einstecken müssen, damals im Herbst 1992, als ich nach München gefahren war, um endlich meinen Vater zu treffen. Aber der hatte längst abgeschlossen mit seiner Vergangenheit im Osten, also auch mit mir. Dass er mir die Tür vor der Nase zuschlug, war hart, sehr hart gewesen nach den vielen Jahren der Sehnsucht nach ihm, einem Vater, den ich nie hatte haben können. Wie einen Parasiten behandelte er mich damals, wie einen elenden Parasiten, den er sich wieder aus dem Pelz schütteln musste. Es grenzte an ein Wunder, dass ich diese Kränkung so gut weggesteckt habe. Ein gewöhnlicher junger Mensch wäre unter diesen Umständen ein Fall für die Klapsmühle geworden. Nur meine Willensstärke und meine seelische Stabilität haben mich davor bewahrt.

Vertieft in diese Gedanken, erreichte ich meinen Wagen, der in der nächsten Seitenstraße parkte. Als ich den Zündschlüssel umdrehte, fasste ich einen Entschluss. Es war an der Zeit, meinem Gegner auf den Zahn zu fühlen.

Was trieb dieser Färber, was wusste er, und wo steckte er überhaupt? In den Tageszeitungen wurde über die Inszenierung auf Schloss Augustusburg berichtet, der Leser erfuhr, dass die Sonderkommission Fürstenzug ihre Arbeit aufgenommen habe, aber kein weiteres Wort über ihren Chef oder den tatsächlichen Stand der Ermittlungen. Ich musste diesen Färber aufspüren. Vielleicht konnte ich über ihn herausfinden, ob sie mich schon auf dem Kieker hatten. Ohne lange nachzudenken, verließ ich Dresden in Richtung Autobahn und fuhr nach Chemnitz, denn dort sollte laut Zeitung diese Sonderkommission mit Färber an ihrer Spitze sitzen.

Nach etwas mehr als einer Stunde parkte ich den Transporter ein paar Meter entfernt vom Gebäude der Kriminalpolizei, direkt hinter einem Laster mit blauer Plane. Das Versteck war ideal. Unterwegs hatte ich mir einen Becher Kaffee besorgt und beobachtete nun, halb auf dem Autositz liegend, den Haupteingang des Gebäudes.

Nur wer vorbereitet ist, kann rechtzeitig reagieren, sagte ich mir, hob den braunen Becher hoch und prostete mir und dem Eingangsportal zu.

## Montag, 1. Juni, früher Abend
*Asia-Imbiss, Chemnitz*

Färber lehnte an einem der Stehtische und sah aus dem Fenster. Es versprach ein angenehmer Frühsommerabend zu werden. Mädchen in knappen Röcken flanierten in Grüppchen vorbei, kicherten und trugen Einkaufstüten. Ältere Männer in halblangen Hosen zeigten mutig ihre Waden, deren Krampfadern im Kontrast zur blassen Haut hervorstachen. Färber lächelte und freute sich über die Unbeschwertheit der Passanten. Gut, dass die Schlagzeilen in den Zeitungen keine Panik in der Bevölkerung auszulösen vermochten, obwohl die Journalisten wirklich alles dafür taten. Irgendwie ging das Leben wohl weiter, selbst wenn ein dunkler Schatten das sonnenbeschienene sächsische Fleckchen Erde zu bedrohen schien.

Färber war ein wenig erstaunt über seinen Appetit. Er zerkaute genüsslich asiatische Nudeln mit Gemüse. Die saftigen Sprossen liebte er besonders. Weil er ordentlich Chili auf seine Portion gestreut hatte, traten ihm fast die Tränen in die Augen. Am Anfang seiner Karriere hatte er noch Stunden nach einer Obduktion keinen Bissen hinunterbekommen. Auch davor war ihm jegliches Essen zuwider gewesen. Der Mensch gewöhnt sich wohl an alles, stellte er fest, während die nächste volle Gabel in seinen Mund wanderte.

Färber dachte über das nach, was Thomas Scholz ihm nach der Untersuchung mitgeteilt hatte. Das Opfer war durch Erdrosseln, vermutlich mit einem Draht, zu Tode gekommen. Kratzspuren unterhalb des Kinns verrieten, dass Immler versucht hatte, mit seinen Fingern unter das Strangulationswerkzeug zu kommen, um sich zu befreien. Weitere Kampfspuren waren nicht auszumachen. Unter den Nägeln fanden sich neben Öl- und Schmiereresten auch Hautpartikel, deren DNA sie analysieren würden.

Färber wischte sich mit der Serviette den Mund ab und warf sie in die leere Schüssel. Zum Abschied nickte er dem vietnamesischen Koch zu, der seinen Gruß mit einem breiten Lächeln erwiderte. Eine Glocke bimmelte, als er die Tür öffnete und auf die Straße hinaustrat. Das Präsidium war nur ein paar Straßenecken entfernt. Färber spazierte los, genoss den schönen Abend und beschloss, ihn nicht im Hotel zu beenden, sondern nach Hause zu fahren. Färber freute sich auf ein Bier mit seinem Kumpel Gernot. Vorher musste er noch kurz im Büro vorbeischauen, um seine Aktentasche zu holen, die noch unter seinem Schreibtisch stand.

Färber lief an Geschäften und Kneipen vorbei, am Schaufenster eines Buchladens blieb er kurz stehen und betrachtete die Auslagen. Im Spiegel der Glasscheibe nahm er einen weißen Kleinbus wahr, der auf der anderen Straßenseite parkte. Färber nahm sich die Zeit und überquerte die Fahrbahn, um das Nummernschild zu überprüfen. Es begann mit »C« für Chemnitz. Klar standen in der Stadt unzählige Transporter herum, die zur Beschreibung des polnischen Zeugen passen konnten. Im selben Augenblick rauschten zwei weiße Kleinbusse an ihm vorbei, Färber erfasste die Kennzeichen, einer war in Chemnitz, der andere in Dresden zugelassen.

Er wechselte die Straßenseite und setzte seinen Weg fort. Unterwegs bemerkte er noch andere Kleintransporter in hellen Farben, manche parkend am Straßenrand, andere fuhren holpernd an ihm vorbei. Färber holte sein Handy aus der Jackentasche, wählte im Gehen Gernots Nummer und bat ihn, Bier kalt zu stellen.

Als er sein Handy zurück in die Jacke schob, sah er aus dem Augenwinkel einen weiteren weißen Kleinbus, der am Gehsteig gegenüber direkt hinter einem Laster mit blauer Plane parkte.

»Nicht schon wieder«, raunte er. Färber ging die letzten Meter bis zum Kripogebäude. Er spürte eine seltsame Wärme im Rücken, gerade so, als würde ihn jemand von hinten beobachten. Er drehte sich um. Keiner der Passanten schien sich für ihn zu interessieren.

»Ich fange an zu spinnen«, sagte er leise. Leichtfüßig stieg er die breiten Stufen zum Portal hinauf und trat ins Haus.

## Montag, 1. Juni, früher Abend

*Straße vor dem Gebäude der Kriminalpolizei, Chemnitz*

Ich suchte nach einem anderen Sender, um die Langeweile zu vertreiben, die sich mehr und mehr breitgemacht hatte.

Wenn man so dasitzt und wartet, dass etwas passiert, vergeht die Zeit im Schneckentempo. Hin und wieder öffnete sich die Tür des grauen Gebäudes und spuckte jemanden aus. Es waren Männer und Frauen, die ihren Arbeitstag hinter den dicken Mauern beendet hatten und jetzt nach Hause eilten. Färber war bisher nicht unter ihnen gewesen. Vielleicht war die ganze Warterei umsonst.

Ich döste vor mich hin und ärgerte mich über die Nachrichten.

Nicht nur, dass die mein großes Werk kaum erwähnten, sie diffamierten mich auch noch und behaupteten, ich sei ein Psychopath. Der Kaffee war längst ausgetrunken. Gegen den Durst nippte ich ab und zu an einer Mineralwasserflasche, die schon wochenlang unter dem Beifahrersitz herumgekullert war. Ich hatte sie zuletzt benutzt, als ich das Blut des polnischen Darstellers von meinen Händen waschen musste.

Plötzlich sah ich ihn im Rückspiegel, mir wurde sofort heiß. Färber kam auf der anderen Straßenseite näher. Er spazierte den Gehsteig entlang und telefonierte. Sofort rutschte ich nach unten in den Fußbereich des Fahrersitzes. Ich hatte erwartet, dass er aus dem Gebäude kommen würde. Wenn der Kerl aber von hinten kam, konnte er mich leicht gesehen haben. Ich bekam Angst.

»Bescheuerter Idiot«, fluchte ich. Wie hatte ich nur so blöd sein können? Jemand, der in einem Wagen sitzt und den Eingang der Kripo beobachtet, wirkt per se schon verdächtig. Ich hatte mich wie der dümmste Stümper aufgeführt. Mein Rücken schmerzte wegen der unbequemen Körperhaltung schräg unter dem Lenkrad. Ich spürte meinen Herzschlag als viel zu schnelles rhythmisches Rauschen in den Ohren. Zitternd tastete ich nach oben und schaltete das Radio ab. Mir wurde übel. Jeden Moment rechnete ich damit, dass die Tür aufgerissen und Färber triumphierend sagen würde: »Na, wen haben wir denn da?«

Eine halbe Minute wurde zur Ewigkeit. Nichts geschah. Vorsichtig kroch ich gerade so weit nach oben, dass ich den gegenüberliegenden Gehsteig überblicken konnte. Färber war an mir vorbeigelaufen. Ich bohrte meine Augen in den Rücken des Kommissars und verfolgte ihn auf diese Weise. Er drehte sich noch einmal um, im selben Moment rutschte ich wieder nach unten. Als ich nach endlosen Minuten wieder hochkam, war Färber verschwunden.

Endlich traute ich mich auch, die angehaltene Luft mit einem Stoß auszuatmen und damit die Spannung aus meinem Körper loszulassen. Hatte ich den ersten schweren Fehler begangen? Es stimmte ja auch, ich war einer Kurzschlussreaktion folgend einfach nach Chemnitz gefahren, ohne mögliche Risiken zu überdenken. Meine Mutter! Mit ihrer schrecklichen Art hatte sie meinen Verstand außer Kraft gesetzt. Dabei müsste doch gerade sie ihr Kind unterstützen, Verständnis haben und ihre Liebe zeigen. Irgendwo hatte ich mal gelesen, dass die vornehmste Aufgabe der Eltern sei, ihren Kindern Wurzeln und Flügel zu geben. Wie wahr, wie wahr, dachte ich. Wie Blei lag eine große Trauer über meinem Leben. Schuld waren meine egozentrische Mutter und ihr blöder Besteiger. Und dennoch, ich war wie Phönix aus der Asche emporgestiegen. Oder besser, ich war gerade dabei.

Sollte ich lieber abhauen, sofort von hier verschwinden? Aber dann wäre alles umsonst gewesen. Ich würde weiter im Dunkeln tappen, wehrlos den Schnüffeleien dieser Ratten ausgesetzt. Ich dachte nach, wog Risiken und Möglichkeiten ab. Nein, Färber hatte mich nicht entdeckt, sonst wäre schon längst irgendetwas passiert.

Lange musste ich dann nicht mehr ausharren. Färber verließ das Haus und setzte sich in seinen Wagen. Ich startete den Motor, reihte mich unauffällig in den fließenden Verkehr ein und folgte dem dunklen Wagen in gebührendem Abstand.

Als Färber am Kreuz Chemnitz auf die Autobahn A 4 nach Dresden auffuhr, war ich äußerst zufrieden. Wenn ich mich jetzt geschickt anstellte und mich nicht abhängen ließ, würde mich dieser Färber direkt zu seiner Wohnung führen.

Vor einem renovierten Altbau in der Martin-Luther-Straße hielt das Auto an und schob sich in eine Parklücke. Ich stoppte an der Straßenecke und beobachtete, wie Färber ausstieg, das Fahrzeug abschloss und in einem Treppenhaus verschwand.

Ich beobachtete die Fassade. Im zweiten Stock rechts gingen die Lichter an. Aha, da wohnst du also. Ich blieb noch ein Weilchen stehen und sah, wie sich eine Gestalt mit Gießkanne hinter beschlagenen Fensterscheiben zu schaffen machte. Bald würde ich zurückkommen, um mich über den Stand der Ermittlungen zu informieren.

## Mittwoch, 3. Juni, später Vormittag

*Ausflugslokal an der Elbe, Pillnitz bei Dresden*

Einsame Wölkchen hingen wie Tupfen am blauen Himmel. Ausflugsschiffe brachten immer neue Gäste, die den Tag außerhalb der Großstadt genießen wollten. Motorräder und Fahrräder warteten vor dem Lokal auf ihre Besitzer, die sich die Zeit am Brunchbüfett oder auf der weitläufigen Terrasse vertrieben. Es herrschte eine heitere Stimmung, der Frühling wollte in den Sommer übergehen.

Wir drängten uns durch eine Gruppe junger Leute, die das Büfett umlagerte und keinen Platz für andere Gäste ließ.

»Im Schweiße unseres Angesichts«, kommentierte ich den Ansturm.

Mutters Pflegerin Heidrun lachte. »Ja, die sprichwörtliche Schlacht am kalten Büfett.« Dabei zeigte sie eine Reihe gelber Zähne.

Ich verzog meinen Mund zu einem schiefen Grinsen. Wir füllten unsere Teller und balancierten sie zu einem Tisch nach draußen. Heidrun hatte so viele Speisen aufgetürmt, dass sie unterwegs ein halbes Ei und ein Stück gerollten Schinken verlor. Ich lief hinter ihr und trat versehentlich auf das glitschige Ei, dessen Dotter an der Sohle meiner leichten Sandale kleben blieb. Am liebsten hätte ich laut geflucht, riss mich aber zusammen, blieb stehen und schlurfte mit dem Schuh über den Boden, um die klebrige Masse auf dem Pflaster abzustreifen.

Heidrun schien das Geräusch gehört zu haben, sie drehte sich um und lachte wieder. »Oh, wie ungeschickt.« Sie bückte sich und warf den Schinken und die Reste vom Ei in den nächsten Abfalleimer.

Ich schloss die Augen und wünschte mir, in dieser Minute allein in meiner Wohnung zu sitzen. So viele Dinge hatte ich noch vorzubereiten für meine nächste Inszenierung. Aber statt konzentriert zu arbeiten, vertrödelte ich hier meine wertvolle Zeit mit diesem Trampeltier. Warum nur hatte ich mich auf diesen Schwachsinn eingelassen?

Heidrun setzte sich an einen der Tische auf der Terrasse. Ungeniert winkte sie mit ihrem ausgestreckten dicken Arm nach mir. »Hier bin ich«, rief sie viel zu laut über die Köpfe der anderen Gäste hinweg.

Einige drehten sich um und schauten zu mir. In meinem Hals saß ein dicker Kloß, der sich nicht hinunterschlucken ließ. »Ja doch«, flüsterte ich, lächelte gequält und ging zu ihr hinüber. Der einzige Trost in dieser Situation war der Gedanke daran, wie vortrefflich die blöde Heidrun in meinen Plan passte. Wie aus dem Nichts war sie aufgetaucht und hatte mich zu einem Geniestreich veranlasst. Nur deshalb war ich hier mit dieser Schreckschraube. Nur deshalb. Es sollte sich auszahlen, hoffte ich inständig. Wie hieß es immer so schön? Der Zweck heiligt die Mittel. Und Heidrun war nun einmal ein ideales Mittel für meinen Zweck.

Ich hockte mich an ihren Tisch, und wir aßen unsere Portionen, ohne ein Wort zu wechseln. Heidrun hatte einen gesegneten Appetit, ich dagegen stocherte nur lustlos im Salat und zwischen den Fleischstücken herum.

Nach dem Essen bestellte sie noch einen Eisbecher, ich begnügte mich mit einem Espresso.

»Das ist wirklich sehr nett von dir, mich zum Brunch hierher einzuladen«, nuschelte Heidrun, während sie an ihrem Eislöffel lutschte.

Ich lehnte mich zurück. »Ja, das mach ich doch gern, wo ich gerade heute meinen freien Tag habe. Wie lange dauert denn dein Urlaub noch?«

Heidrun winkte ab. »Nur noch drei Tage kann ich es mir gut gehen lassen. Vielleicht könnten wir beide ja noch mal zusammen was unternehmen?«

Ich lächelte. In der Sonne wurde es warm. Also stand ich auf und zog einen grünen Sonnenschirm zu unserem Tisch herüber. Heidrun strahlte und bedankte sich. Nach dem Eisbecher wollte sie noch einen Cappuccino. Als wir auf das Getränk warteten, begann sie zu erzählen.

»Gestern erst war ich wieder bei Frau Graupner, seit zwei Jahren ist sie bettlägerig, ich hab dir schon von ihr erzählt, erinnerst du dich?«

Ich schüttelte zögerlich den Kopf. »Nein, ich glaube nicht.«

Enttäuscht zog Heidrun einen Schmollmund.

Schnell fragte ich: »Oder ist das etwa die Dame aus der Löbauer Straße?«

»Aber nein, das ist Frau Berger.«

Ich hob beide Hände, als ergäbe ich mich, und lächelte. »Es sind einfach zu viele alte Damen, da komme ich nicht mit.«

»Ist schon gut, ich kenne ja auch nicht alle Leute, mit denen du zu tun hast, oder?« Jetzt lachte Heidrun.

Eine gestresste Kellnerin mit viel zu knapper Bluse stellte den Cappuccino unsanft auf den Tisch, fast wäre der Milchschaum über den Rand geschwappt. Sie verschwand wieder, ohne ihre Gäste eines Blickes zu würdigen.

»Na, die ist ja freundlich«, sagte ich.

An einem der Nachbartische stampfte ein kleines Mädchen mit dem Fuß auf und begann zu heulen. Seine Mutter redete auf das Kind ein, doch das interessierte die Kleine nicht. Im Gegenteil, das Heulen wurde lauter, bis es schließlich in ohrenbetäubendes Schreien überging. Erst als die Kellnerin dem Kind einen rosa Eislöffel vor die Nase hielt und das Mädchen danach griff, kehrte wieder Ruhe ein. Einmal schniefte die Kleine noch und wischte sich mit dem Arm die Tränen vom Gesicht.

»Ach, das wollte ich dir erzählen«, sagte Heidrun, »ich habe jetzt sogar einen berühmten Patienten.« Sie zog die Augenbrauen hoch und streckte sich. Heidrun schien augenblicklich um ein paar Zentimeter zu wachsen.

»Tatsächlich?«, heuchelte ich Interesse. »Kenne ich den oder die?«

»Na ja, berühmt ist vielleicht ein wenig übertrieben, aber der Name geistert seit einiger Zeit durch alle Medien, du hast ihn bestimmt auch schon gehört.«

»So, welchen Namen denn?« Ich trank den letzten Schluck Espresso.

»Färber.«

In diesem Moment verschluckte ich mich, hustete, und Tränen traten mir in die Augen. Verdammt, dachte ich, reiß dich zusammen. Die dumme Pute darf nichts merken.

Heidrun stand auf und ging hinter meinen Stuhl, um mir mit der flachen Hand kräftig auf den Rücken zu schlagen. Vor Scham wäre ich am liebsten im Erdboden versunken. Ich winkte ab und hoffte, sie würde von mir ablassen.

Unter Tränen presste ich hervor: »Ist schon gut, danke, es geht schon wieder. Mir ist nur der Kaffee in den falschen Hals geraten.«

»Ich habe mich kürzlich auch so schlimm verschluckt, mir tat noch stundenlang der Hals vom Husten weh«, sagte sie mitfühlend.

Ich schnappte nach Luft und beruhigte mich langsam. Bevor sie endgültig das Thema wechselte, fragte ich schnell nach: »Was war denn nun mit diesem Färber?«

»Ach ja, mein neuer Patient ist ein gewisser Otto Färber, schon weit über achtzig und kommt kaum noch aus der Wohnung. Jedenfalls hat er einen Sohn, Fred Färber, den kennst du bestimmt aus der Zeitung.« Heidrun wartete auf eine Antwort.

Ich zog die Schultern nach oben. »Ich habe wirklich keine Ahnung.«

»Na, dieser Kommissar, der ist doch inzwischen so etwas wie eine Berühmtheit. Hast du noch nie von ihm gehört?«

Arglos schüttelte ich den Kopf.

»Also wirklich«, empörte sie sich, »wofür interessierst du dich denn eigentlich?«

»Na, für dies und das, jedenfalls nicht für einen Kommissar. Wieso sollte ich den überhaupt kennen?«

»Dieser Färber leitet die Sonderkommission Fürstenzug, von den schrecklichen Morden hast du aber schon gehört, oder?«

Ich überlegte angestrengt, welche Antwort jetzt wohl die richtige wäre. »Ja, ja. Da bringt doch einer Leute um und steckt sie in Kostüme, habe ich gelesen. Schrecklich«, erklärte ich.

»Stimmt, das ist es. Na, hoffentlich schnappen die den bald, es wird einem ja angst und bange, wenn man daran denkt, dass sich ein solches Monster bei uns herumtreibt.«

Ich sagte nichts darauf, weil ich einfach nicht wusste, was. Stattdessen redete Heidrun weiter.

»Wenn du dir vorstellst, dass niemand weiß, wie der Kerl aussieht«, sie schaute sich um, »der könnte sogar hier an unserem Nachbartisch sitzen«, jetzt zeigte sie mit ausgestreckten Fingern auf ein paar Motorradfahrer, die in Lederkombis am nächsten Tisch lümmelten, »dann wird einem richtig mulmig zumute.«

Auch dazu sagte ich lieber nichts. Ich dachte nur, dass Heidrun der Wahrheit viel näher gekommen war, als sie ahnen konnte. Sie lag nur um einen Tisch daneben.

## Mittwoch, 3. Juni, Vormittag

*Kommissariat, Chemnitz*

Färber saß am Schreibtisch und öffnete den Bericht von Thomas Scholz über die Untersuchungsergebnisse des Opfers vom Schloss Augustusburg. Er überflog die einleitenden Sätze, ihn interessierten besonders die Laborergebnisse.

»Im Blut wurden keine toxischen Substanzen nachgewiesen, die DNA der Hautpartikel unter den Fingernägeln stammt ausnahmslos von Immler. Das gibt's doch nicht.« Er schlug mit der Faust auf seinen Schreibtisch.

Carola trat ein und schaute ihn erstaunt an. »Was ist denn mit dir los?«

»Na ja, der Kerl macht einfach keinen Fehler, die Hautpartikel unter den Fingernägeln stammen vom Opfer. Das ist los mit mir«, knurrte Färber.

»Mach mal keine Panik. Selbst wenn er keinen Fehler macht, kriegen wir ihn früher oder später«, versuchte Carola, ihn zu beruhigen.

»Früher wäre besser«, sagte Färber.

Dann schwiegen beide. Carola nahm den Bericht über die Zeugenbefragungen in Augustusburg zur Hand. Sie blätterte und las, blätterte wieder eine Seite um. Dann warf sie die Mappe mit Schwung vor sich auf die Tischplatte.

Färber zuckte zusammen.

»Nichts«, sie sprang auf, »es ist, als hätten wir es mit einem Phantom zu tun, das unsichtbar und lautlos sein Unwesen treibt.«

»Ja, es ist zum Verzweifeln.«

## Donnerstag, 4. Juni, Mittag

*Färbers Wohnung, Martin-Luther-Straße, Dresden*

Im Inneren der Tür klackte es, und ich zog meinen Draht aus dem Schloss, steckte ihn in meine Jackentasche. Als ich vorsichtig die Eingangstür aufschob, gab sie quietschend nach. Ich zögerte, drehte mich um und lauschte ins Treppenhaus, niemand schien das Geräusch bemerkt zu haben.

»Hallo, hallo?«, rief ich in die Wohnung, weil ich nicht genau wusste, ob Färber allein lebte. Die halbe Nacht hatte ich wach gelegen und nachgedacht, wie ich diese Frage wohl beantworten konnte. Es stand nicht in der Zeitung, ob der Chef der Sonderkommission mit einer Frau zusammenwohnte, ich konnte auch schlecht bei den Bullen anrufen und direkt danach fragen. Wie also sollte ich es herausfinden? Es gab nur eine Möglichkeit, hingehen und nachsehen. So einfach waren die Dinge manchmal im Leben. Für meinen kleinen Besuch wählte ich die Mittagszeit, berufstätige Menschen waren dann in der Regel unterwegs. Ich hatte mir einen blauen Kittel übergestreift und eine passable Ausrede zurechtgelegt. Die Hausverwaltung schickte mich, denn es gab ein Problem mit den Gasleitungen. Färber selbst würde hier sicher nicht auftauchen, der hockte bestimmt den ganzen Tag in Chemnitz und grübelte.

Aber in der Wohnung blieb es still, keine Antwort. Lautlos huschte ich in den Flur und schloss vorsichtig die Tür. Dann schaute ich mich um und spazierte von Raum zu Raum. Die vielen Pflanzen irritierten mich, in meiner Wohnung stand nur ein einsamer, verdorrter Kaktus herum. Als ich die Hollywoodschaukel mitten im Wohnzimmer sah, grinste ich. Auch ein Kommissar der Kriminalpolizei hatte seine Probleme.

Ich fasste nichts an, obwohl ich Handschuhe trug. Vor einem der Wohnzimmerfenster stand ein breiter, schwerer Schreibtisch, der über und über mit Akten und Papieren bedeckt war. Dazwischen befand sich ein aufgeklapptes Notebook. Ich nahm einen Bleistift aus meiner Kitteltasche und betätigte damit den Knopf, der das Gerät einschaltete. Es dauerte eine Weile, bis sich auf dem Bildschirm eine Meldung zeigte, die nach der Eingabe des Passwortes verlangte. Mit dem Radiergummi meines Bleistifts tippte ich auf einige Tasten und ließ den Computer wieder herunterfahren. Die Papiere auf dem Tisch enthielten Notizen zu meinen Fürsten sowie über den Verein in Rochlitz. Zwischen Papierblöcken und Heftern stapelten sich Bücher: Biografien, geschichtliche Abhandlungen, ein Bildband über den Fürstenzug. Ich hatte gehofft, so etwas wie eine Liste der Verdächtigen zu finden. Mit Hilfe des Bleistifts blätterte ich in den Unterlagen herum und überflog die hingekritzelten Zeilen des Kommissars. Mein Name tauchte nirgendwo auf, aber auch sonst kein Verdächtiger. Alles, was ich hier fand, waren Notizen über die Fürsten, geordnet nach denen, die bereits auferstanden waren, und jenen, deren Kostüme noch im Kleiderschrank in meiner Wohnung ausharrten.

Enttäuscht wandte ich mich vom Schreibtisch ab und schlenderte weiter durch die Wohnung. Ich musste alles über diesen Färber wissen, meinen Gegner kennenlernen. Also vertraute ich auf die Qualität meiner Handschuhe aus besonders strapazierfähigem Latex, so versprach es zumindest ihre Verpackung, und öffnete vorsichtig und sehr leise Schränke und Schubladen im Schlafzimmer, inspizierte das Bad, kramte in allen möglichen Fächern in der Küche herum. Ein scharfes Messer mit Holzgriff und Messingnieten gefiel mir besonders gut, ich betrachtete es von allen Seiten, hielt es gegen das Licht. Einen kurzen Moment wollte ich meinem Verlangen nachgeben, das Messer einzustecken. Aber ich überlegte es mir anders. Ich schob die Besteckschublade zu, ohne das Messer zurückgelegt zu haben. Dann öffnete ich einen Hängeschrank neben dem Fenster. Zwischen Verbandszeug und Medikamenten fand es seinen neuen Platz, mit der Klinge nach vorn. Ich kicherte und setzte meinen Rundgang fort in Richtung Wohnzimmer.

Als ich durch den Flur schlich, hallten Schritte hinter der Wohnungstür. Ich zögerte, dann kauerte ich mich hinter einen Garderobenschrank aus dunklem, schwerem Holz und hielt die Luft an. Jeden Moment rechnete ich damit, den Schlüssel zu hören, der das Schloss entriegeln würde. Ein Schweißtropfen rann an meiner linken Schläfe herab. Mein Arbeitskittel fiel mir wieder ein. Also sollte ich auch wie ein Gaskontrolleur auftreten. Ich atmete flach und möglichst leise, nach einer Weile richtete ich mich auf und schlich zur Wohnungstür. Durch den Spion konnte ich gerade noch sehen, wie die Eingangstür der gegenüberliegenden Wohnung zufiel. Das Namensschild aus Messing glänzte im matten Sonnenlicht, das durch die wenigen Fensterscheiben ins Treppenhaus fiel. Es verriet den Namen des Mieters. Gernot Franzke. Okay, dieser Gernot war also gerade nach Hause gekommen. Gut, das hatte wohl nichts mit mir und meinem Besuch zu tun.

Ich strich meinen Kittel glatt und schlüpfte ins Wohnzimmer. In diesem Raum stand eine altmodische dunkelbraune Anrichte, das einzige Möbelstück neben dem Schreibtisch und der Schaukel. Darauf standen Fotos in hübschen Rahmen. Ich betrachtete die Fotografien. Auf einigen war dieser Färber selbst zu sehen, manchmal mit einer rothaarigen Frau oder einem alten Mann. Auf einem der Bilder stand Färber zwischen den beiden. Er hatte seine Arme ausgebreitet, hielt die Frau und den Mann an der Schulter fest und lachte in die Kamera. Der Alte konnte sein Vater sein, und die Frau? Vielleicht seine Ehefrau, seine Geliebte? Früher oder später würde ich es herausfinden. Das Foto sollte mir dabei gute Dienste leisten. Konnte ich es einfach mitnehmen, würde Färber den Verlust bemerken? Vielleicht sollte ich ein anderes Foto in den Rahmen schieben?

Vorsichtig griff ich nach dem Bild und pustete den Staub von Glasscheibe und Rahmen. Auf der Rückseite bog ich ein paar Metallspangen zur Seite und nahm die Pappe heraus. Das Foto steckte ich in die Brusttasche meines Kittels. Irgendetwas musste wieder in den Rahmen hinein. Ich hoffte, dass Färber die Fotos auf der Anrichte nicht regelmäßig betrachtete, sie nur am Rande wahrnahm als ständig vorhandene Gegenstände, die seine Wohnung bevölkerten. Taten wir das nicht alle? Dinge nicht mehr wahrzunehmen, die uns ständig vor Augen sind? Aber was sollte ich nehmen?

Auf dem Schreibtisch lag ein Postkartenheft mit Dresdner Sehenswürdigkeiten. Ich blätterte darin und fand ein Foto vom Fürstenzug, genauer gesagt, einen Ausschnitt daraus. August der Starke auf seinem sich aufbäumenden Pferd bildete das Postkartenmotiv. Behutsam riss ich die Karte an der dafür vorgesehenen perforierten Linie ab, klappte das Heft zu und legte es wieder auf den Schreibtisch. Die Postkarte wanderte in den Bilderrahmen, den ich anschließend an seinen alten Platz zurückstellte. Der Staub auf der Anrichte markierte die genaue Stelle.

Es war an der Zeit, von hier zu verschwinden. Ich kontrollierte an der Wohnungstür, ob die Luft rein war. Auch Gernot von gegenüber schien sich gerade nicht zu zeigen. Dann huschte ich ins Treppenhaus und freute mich diebisch über meinen kleinen Streich.

Zurück im Wagen fühlte ich mich in Sicherheit. Ich nahm das Foto aus der Tasche und musterte es eingehend. Ich stellte mir vor, was ich alles mit der Rothaarigen anstellen könnte. Wenn ich an ihr meine Rache vollzog, würde ich Färber vielleicht an seinem wundesten Punkt treffen. Ich malte mir die Situation aus, wie Färber winselnd und heulend die Leiche seiner Geliebten entdeckte. Wenigstens einmal sollte dieser Färber erleben, wie es sich anfühlte, wenn man allein und verletzlich zurückblieb. Ja, das wäre ein richtiger Spaß. Leider hatte ich keine Ahnung, wie ich die Spur der Rothaarigen aufnehmen konnte. Sie schien nicht in Färbers Wohnung zu leben, zumindest hatte ich dort oben keinerlei Anzeichen dafür gefunden.

Wieder schaute ich auf das Foto und betrachtete jetzt den weißhaarigen Alten. Bei dem wusste ich zumindest, wo er wohnte. Sogar seine Krankengeschichte war mir halbwegs bekannt, weil Heidrun es sich nicht hatte verkneifen können, mir auf der Rückfahrt von unserem Ausflug jedes Detail zu erzählen, das sie von Otto Färber wusste.

Nun ja, wenn ich die Rothaarige nicht haben konnte, musste der Alte eben herhalten.

## Donnerstag, 4. Juni, Abend

*Eine Mietwohnung, Dresden*

Ich saß am Schreibtisch und feilte am Plan der nächsten Aufführung. Deshalb studierte ich Stadtpläne, recherchierte Fahrtrouten im Internet, las in den Lebensläufen meiner Fürsten. Inzwischen hatte ich eine Entscheidung getroffen. Der nächste Kandidat sollte Albrecht der Entartete sein, einer meiner Lieblinge, von keinem gemocht, aber trotzdem im Fürstenzug verewigt.

Es klingelte an der Tür.

»Wer ist das denn so spät?«, stöhnte ich, während ich mich aus meinem Chefsessel herauswand, meine steif gewordenen Glieder lockerte und zur Wohnungstür schlurfte.

## Donnerstag, 4. Juni, Abend

*Lindenaustraße, Dresden*

Färber drückte auf die Klingel.

Er hatte vor etwa zwei Stunden einen Anruf aus Rochlitz bekommen. Reiner Döring war ziemlich aufgeregt gewesen am Telefon. Mit belegter Stimme hatte er berichtet, dass ihm noch etwas eingefallen sei zum Fürstenzug. Nicht lange nach Beginn des Projektes habe es doch einen jungen Mann gegeben, der nicht ganz freiwillig das Team verlassen hat. Die Angelegenheit war allen ein wenig peinlich gewesen, deshalb hatte nie wieder jemand davon gesprochen.

Weil sich nichts tat, drückte Färber noch einmal auf die Klingel. Das Namensschild daneben war handgeschrieben: »V. Salmann«. Sie mussten nicht mehr lange warten, dann wurde die Tür geöffnet. Ein junger Mann stand vor ihnen. Er trug ein sackähnliches Gebilde aus grobem Leinen mit freien Oberarmen. Lange dunkelblonde Locken fielen über seine Schultern, ein Spitzbart dominierte das blasse Gesicht.

Carola und Färber zeigten ihre Ausweise vor. »Sind Sie Herr Salmann, Viktor Salmann?«

Der junge Mann nickte. »Ja, warum?«

»Wir sind von der Kripo. Dürfen wir reinkommen, wir haben ein paar Fragen?«

Er schaute sich die Ausweise genau an. »Und was wollen Sie von mir?«

»Ihr Name ist im Zusammenhang mit Ermittlungen aufgetaucht.«

»Was für Ermittlungen?«

»Könnten wir das vielleicht drinnen besprechen?«, fragte Färber.

Salmann öffnete langsam die Tür und führte sie in ein kleines Wohnzimmer. Überall lagen Kleidungsstücke herum, es stapelten sich Bücher und Zeitungen, ein Notenständer stand neben dem Fenster, auf dem Fußboden lagen eine Violine und eine Flöte.

Färber deutete auf die Instrumente. »Spielen Sie selbst?«

»An Wochenenden stehe ich auf Mittelaltermärkten, wir sind zu dritt und treten als Musikanten und Gaukler auf.«

»Das klingt interessant«, sagte Carola.

»Wissen Sie, die Leute, die auf diese Märkte gehen, haben vom Mittelalter und auch der damaligen Musik keine Ahnung. Sie suchen bloß platte Unterhaltung und Ablenkung von ihrer Langeweile. Zwischendurch schieben sie sich fettige Krapfen und Bratwürste rein und spülen alles mit reichlich Bier hinunter. So watscheln die dann über die Märkte und glotzen uns an. Kaum, dass sie mal einen Euro in unseren Hut werfen. Diese ganze sentimentale Mittelaltersch… ähm, ist eigentlich nicht so aufregend«, beendete Salmann abrupt seinen kleinen Vortrag.

»Dürfen wir uns setzen?«, fragte Färber.

»Ja, wenn Sie mir endlich sagen, was Sie von mir wollen.« Eilig räumte er Zeitungen, Notenblätter und Bücher von der Couch.

»Wir interessieren uns für Ihre Tätigkeit beim Lebendigen Fürstenzug«, teilte Färber mit.

Salmann zögerte und überlegte eine Weile. Seine Augen verengten sich zu schmalen Schlitzen. »Gehören Sie nicht zu dieser Sonderkommission Fürstenzug?«

Färber nickte. »Ja, wir beide ermitteln in diesen Fällen.«

»Ich habe nichts damit zu tun. Was wollen Sie also von mir?«

»Wir haben nur ein paar Fragen, reine Routine.«

»Warum hatten Sie sich damals beim Fürstenzug beworben?«, wollte Carola wissen.

»Ich kenne mich ziemlich gut damit aus. Schon als Kind hat mir meine Mutter den Fürstenzug gezeigt und erklärt. Sie hatte ziemlich viel Ahnung davon. Als dann in der Zeitung stand, dass dieser Verein für den Lebendigen Fürstenzug Darsteller suchte, habe ich mich eben beworben. Mehr war da nicht. Ich sollte beim Fußvolk mitlaufen.«

»Aus welchem Grund sind Sie dann aus dem Verein ausgeschieden?«, fragte Färber.

Salmann setzte sich in einen Sessel. »Na ja, es gab Unstimmigkeiten zwischen mir und den Organisatoren, irgendwann beendeten wir dann die Zusammenarbeit«, erklärte Salmann, ohne sie anzusehen. Sein Blick schien sich auf dem blanken Dielenboden festgefressen zu haben.

»Einfach so? Das war alles?«, hakte Färber nach.

»Ja«, erklärte Salmann, jetzt schaute er Färber tapfer in die Augen und schluckte.

»Herr Salmann, war es nicht vielmehr so, dass Sie erwischt worden sind beim Stehlen von Kostümen?«, fragte Färber.

»Nein, nein«, Salmann sprang auf, »so war das überhaupt nicht.« Er ging zum Fenster, sah hinaus auf das Haus gegenüber und verstummte.

»Dann, bitte, erklären Sie uns, wie es wirklich war.«

»Ich hatte mir die Sachen nur ausgeliehen, hab sie immer wiedergebracht.«

»War das erlaubt?«, wollte Färber wissen.

Langsam schüttelte Salmann den Kopf. »Deshalb haben wir uns ja auch geeinigt, dass ich freiwillig den Verein verlasse.« Eine Pause trat ein. Salmann schob einen Blumentopf zur Seite, in dem ein fast vertrockneter Kaktus sein mageres Dasein fristete. Er stützte sich mit seinen Fäusten auf dem Fensterbrett ab. Weitersprechen wollte er offenbar nicht.

»Was hat sich damals noch zugetragen? Das war doch nicht alles, Herr Salmann.«

Mit beiden Fäusten schlug er derb auf die Fensterbank, drehte sich um und funkelte Färber zornig an. »Was wollen Sie denn? Wen interessiert das denn noch?« Er winkte ab und drehte sich wieder zum Fenster um.

»Uns interessiert das«, erklärte Carola.

Salmann räusperte sich, behielt aber seine Position bei, sodass die beiden nur seinen Rücken im Sackleinen und den Hinterkopf mit den langen blonden Locken sehen konnten. Leise begann er zu sprechen. »Die wollten mich nicht mehr dabeihaben, weil ich so eine Neigung habe.« Wieder verstummte er.

»Was für eine Neigung?«, fragte Carola.

»Na ja, ich steh halt auf so schöne Sachen, das macht mich eben an.«

Färber stellte sich neben Salmann, aber so, dass sein Rücken zum Fenster zeigte und er Carola sehen konnte, die immer noch auf der Couch saß.

»Wir haben gehört, dass Sie erwischt worden sind, wie Sie auf den Brokatumhang eines der Fürsten onaniert haben.«

Salmanns Rücken zuckte.

»Stimmt das?«, fragte Färber leise.

Salmann nickte und sah weiter starr aus dem Fenster. »Ich habe schon gebüßt für die Sache, ich bin gegangen, und damit Schluss.« Er drehte sich zu Färber um. »Glauben Sie mir, ich habe mich schon genug darüber geärgert, dass ich das gemacht habe.« Dann schaute er wieder zum Fenster. »Außerdem ist das lange her, ich möchte nicht mehr darüber sprechen.«

Schweigen. Keiner der drei Anwesenden bewegte sich.

Carola war es, die die gespannte Stille schließlich beendete: »Fahren Sie eigentlich ein Auto?«

Endlich drehte Salmann sich um und ging zum Couchtisch. Er nahm eine Packung Papiertaschentücher vom Tisch, öffnete sie und schnäuzte sich ausgiebig. Dann setzte er sich wieder in den Sessel. »Ich besitze keins, aber der Chef unserer Gruppe hat einen Kleintransporter, mit dem wir zu unseren Auftritten kommen, den fahre immer ich.«

»Welche Farbe hat denn der Wagen, und kennen Sie das Kennzeichen?«, fragte Carola.

»Also, der ist weiß und muss eine Dresdner Nummer haben, die Zahlen kenne ich nicht.« Salmann wirkte wieder ruhiger.

»Sie arbeiten als Krankenpfleger, ist das richtig?«

»Schon, aber was hat das mit dem Fürstenzug zu tun?«

»Wie schon gesagt, wir stellen Routinefragen. Also stimmt das?« Carola ließ nicht locker.

»Ja, im Städtischen Krankenhaus.«

»Kennen Sie sich mit Betäubungsmitteln und ähnlichen Medikamenten aus?«

»Na klar, das muss ich sogar. Wir geben den Kranken Schmerzmittel, Beruhigungsspritzen und andere Medikamente. Der Umgang damit war Teil meiner Ausbildung.«

»Aha. Haben Sie eigentlich eine Freundin?«, bohrte sie weiter.

»Nein, sonst noch was? Ich habe langsam das Gefühl, wir machen hier ein heiteres Quiz. Was wollen Sie eigentlich von mir?«, fragte Salmann genervt.

»Wir suchen den Fürstenzugmörder. Ihr Name wurde während unserer Ermittlungen genannt, und jetzt gehen wir diesem Hinweis nach«, sagte Färber.

»Von wem denn?« Salmann schaute von einem zum anderen. »Sie spinnen doch.«

»Vorsicht, überlegen Sie, wie Sie mit uns reden«, sagte Carola. Sie schlug ihr Notizbuch auf und fragte Salmann nach seinen Alibis für die Tatzeiten.

Statt zu antworten, zog er die Schultern hoch und blieb stumm.

»Danke, Herr Salmann, Sie haben uns sehr geholfen«, sagte Färber nach einer Weile und ging zur Wohnungstür. Im Gehen drehte sich Färber noch einmal um. »Ach, bitte geben Sie Ihrem Kaktus doch etwas Wasser.« Ohne weiteren Gruß trat Färber ins Treppenhaus. Carola ließ sich ihre Überraschung nicht anmerken und folgte ihm nach draußen.

Als sie im Wagen saßen, platzte Carola fast. »Warum haben wir ihn nicht gleich mitgenommen?« Sie zählte an den Fingern ab. »Er ist Fürstenzuginsider, verfügt über fundierte medizinische Kenntnisse, fährt einen weißen Kleinbus mit Dresdner Kennzeichen und rennt an einem normalen Tag in Mittelalterklamotten rum. Außerdem holt er sich an historischen Kostümen einen runter und ist deshalb aus dem Fürstenzugverein ausgeschlossen worden. Alibis kann er auch nicht nennen.« Sie funkelte Färber an. »Also, für mich ist dieser Salmann höchst verdächtig.«

»Noch haben wir nicht genug in der Hand, um einen Haftbefehl zu bekommen. Ich schlage vor, ihn die nächsten Tage beschatten zu lassen. Mal sehen, was er so treibt.«

»Klingt riskant, findest du nicht?«

»Lass es uns versuchen.«

»Ich weiß nicht.« Carola starrte durch die Windschutzscheibe, während sie überlegte. »Was ist, wenn er unser Mann ist und die Kollegen abhängt? Dann geschieht vielleicht wieder ein Mord, den wir hätten verhindern können.«

Färber schnaubte. »Du kannst ja zum Staatsanwalt gehen und einen Haftbefehl beantragen. Das wird noch nichts, glaub mir. Da reicht es nicht mal, dass seine DNA höchstwahrscheinlich an den Kostümen ist, dafür gibt es eine logische Erklärung. Wir brauchen Beweise.« Er forderte über Funk zwei Kollegen in Zivil für die Beschattung an, und sie warteten in der Nähe von Salmanns Haus, bis diese eintrafen und übernahmen.

Danach brachte Färber Carola in ein Hotel. Er selbst fuhr nach Hause. Als sich die Wohnungstür hinter ihm geschlossen hatte, fiel die Anspannung des Tages von ihm ab. Erschöpft schlich Färber in die Küche. Der Inhalt des Kühlschranks wirkte übersichtlich.

Irgendwann muss ich mal wieder einkaufen gehen, dachte er hungrig. Ganz hinten entdeckte er ein Glas, in dem eine einsame Senfgurke schwamm. Er holte es vor und angelte mit einer Gabel nach dem sauren Gemüse. Drei Flaschen Bier lagen im Obstfach, das Ende einer Leberwurst musste auch weg. Er legte seine Eroberungen auf den Tisch und holte sich Teller und Besteck. Aus dem Gefrierfach nahm er ein Stück Brot und ließ es in der Mikrowelle auftauen. Färber öffnete ein Bier und ging ins Wohnzimmer. Er lümmelte sich in seine Hollywoodschaukel und trank gleich aus der Flasche. Färber ließ den Tag Revue passieren. Ihm fielen schon die Augen zu, als die Mikrowelle piepte. Stöhnend richtete er sich auf und schlurfte in die Küche, um sein kärgliches Mahl einzunehmen.

## Freitag, 5. Juni, Morgen

*Färbers Wohnung, Martin-Luther-Straße, Dresden*

Der nächste Morgen weckte ihn mit strahlendem Sonnenschein. Färber rieb sich die Augen. Er hatte vergessen, den Wecker zu stellen, es war schon nach acht. Carola saß im Hotel und wartete auf ihn, weil er versprochen hatte, sie mit nach Chemnitz zu nehmen.

Nach einem kurzen Aufenthalt im Bad verließ er ohne Frühstück die Wohnung. Färber fuhr zu schnell, bis er an einer Baustelle auch noch in einen Stau geriet. Er schimpfte und fingerte nach seinem Handy, um Carola Bescheid zu geben.

»Wo steckst du denn, hast wohl verschlafen?«, zog sie ihn auf.

»Na ja, so ungefähr. Jetzt stecke ich im Stadtverkehr fest, ich weiß nicht, wie lange das hier noch dauert.«

»Ich warte im Frühstücksraum, Kaffee gibt es genug, ich lese so lange.«

Als Färber endlich im Hotel eintraf, waren die meisten Frühstücksgäste schon verschwunden. Carola saß an einem Tisch vorm Fenster und las in einer Akte.

Färber eilte zu ihr. »So, da bin ich, lass uns losfahren.«

Sie schaute ihn besorgt an. »Du hast noch nicht gefrühstückt?«

»Nein, keine Zeit.«

»So steige ich nicht in dein Auto. Setz dich hin, ich lasse dir Kaffee bringen.« Sie winkte einer Kellnerin.

Färber fügte sich. Angesichts der Köstlichkeiten, die er auf dem Büfett im Vorbeigehen wahrgenommen hatte, ließ er sich nicht lange bitten. Der Kaffeeduft war ihm schon beim ersten Schritt ins Hotel in die Nase gefahren.

Färber holte sich frische Brötchen, Rührei und Schinken. Er frühstückte ausgiebig und ließ sich den Kaffee schmecken.

»Untätig war ich in der Zwischenzeit nicht«, erklärte Carola, »ich habe schon mit dem zuständigen Richter telefoniert. Die Beschattung von Salmann ist vorerst für zwei Tage genehmigt worden.«

Er hatte gerade in ein Brötchen gebissen und konnte nur kauend nicken. Färber hob den Daumen der rechten Hand und zeigte Carola auf diese Weise seine Anerkennung.

»Dir schmeckt es ja«, kommentierte sie schmunzelnd.

»Hm, hm.« Färber nickte und schluckte eine Cocktailtomate hinunter. Angenehme Musik säuselte in seine Ohren. Er wischte sich mit einer Serviette den Mund ab. »Wenn du wüsstest, was ich gestern Abend in meinem Kühlschrank gefunden habe.« Er griff nach dem zweiten Brötchen.

»Eine tote Maus«, scherzte Carola.

»So ungefähr, die wäre an Unterernährung gestorben.«

»Na, dann iss dich mal satt, ich gehe schon mal zur Rezeption und bezahle.« Sie stand auf und verstaute den angelesenen Bericht in ihrer Aktentasche.

## Samstag, 6. Juni, später Abend

*Kommissariat, Chemnitz*

Der Freitag verging mit Telefonaten, Berichte wurden gebracht, gelesen und ausgewertet. Hin und wieder klingelte Färbers Handy. Der Beamte, der Salmanns Beschattung leitete, ein gewisser Schmidtke, informierte ihn über die aktuelle Lage. Um die Mittagszeit verließ ihr Zielobjekt das erste Mal das Haus und nahm die Straßenbahn zum Städtischen Krankenhaus.

Nach neun Stunden kam Salmann wieder aus der Klinik und fuhr denselben Weg nach Hause zurück. Die Beamten wurden abgelöst, die Nachtschicht übernahm die weitere Observation. Der Samstag brach an, ohne dass es Neuigkeiten von Salmann zu vermelden gab. Um die Mittagszeit fuhr er zur Arbeit, neun Stunden später wieder nach Hause.

Gegen dreiundzwanzig Uhr klingelte Färbers Handy.

»Hallo, hier Schmidtke.«

»Gibt es etwas Neues?«, fragte Färber.

»Wir haben das Zielobjekt von der Arbeit bis nach Hause verfolgt. Das war gegen einundzwanzig Uhr. Jetzt sind alle Lichter aus, vermutlich schläft der Mann.«

»Na dann, ich wünsche eine angenehme Nacht. Wenn sich in der Zwischenzeit nichts an der Lage ändert, telefonieren wir morgen früh bei Schichtwechsel.«

## Sonntag, 7. Juni, nach Mitternacht

*Marbacher Gasse, Erfurt*

Gelbes Licht einer Straßenlaterne fiel in den Wagen und verlieh seinem schmutzigen Armaturenbrett einen Ockerfarbton. Ich strich mit zwei Fingern über die Oberfläche, auf der ein dunkler Streifen zurückblieb. Den Staub blies ich von meinen Fingerspitzen, sodass er sich fein verteilt erneut im Wageninneren absetzte. Die Zeit wurde mir lang. Ich traute mich nicht, mein Autoradio einzuschalten, ich wollte kein Aufsehen erregen. Seit mehr als zehn Minuten stand mein Kleinbus nun schon hier in der schmalen Gasse. Vielleicht war ich leichtsinnig oder größenwahnsinnig geworden, dass ich genau hier auf meinen nächsten Darsteller lauerte, immerhin parkte mein Wagen nur einen Steinwurf entfernt vom Polizeipräsidium der thüringischen Landeshauptstadt. Aber genau das war meine Absicht, den Bullen ein wenig auf der Nase herumzutanzen, das gefiel mir. Ich war eben besser als die alle zusammen.

Im Rückspiegel beobachtete ich die Eingangstür eines kleinen Pubs, der damit warb, irisches Stout anzubieten. Ob das wohl schmeckte? Ich hatte es noch nie probiert. Ungeduldig schaute ich auf die Uhr im Armaturenbrett. Wenn nicht bald einer kam, müsste ich unverrichteter Dinge wieder abziehen. Schade wäre das, zumal im Laderaum alles bereitlag für Albrecht den Entarteten. Außerdem war ich so weit gefahren, ein erfolgloser Rückzug würde mich deutlich zurückwerfen. Ein Stück weiter vorn hing ein schlecht poliertes Messingschild, auf dem sich das Licht der Laterne matt spiegelte und das die Dienste eines Steuerberaters anbot. Die Zeit verging, ohne dass sich auch nur ein Mensch in der Gasse blicken ließ. Ich hielt es im Wagen nicht mehr aus. Kam der Lichtschein, den ich im Pub wahrzunehmen glaubte, wirklich aus der Kneipe, oder spiegelte sich nur die Werbung des gegenüberliegenden Versicherungsbüros in der Fensterscheibe?

Leise öffnete ich die Fahrertür und stieg aus. Die Tür lehnte ich vorsichtig an und schlich am Wagen entlang nach hinten, bis ich das Heck erreichte. Mit allen Sinnen kontrollierte ich die

Umgebung, heimliche Beobachter konnte ich hier nicht brauchen. Den Wagen nutzte ich als Sichtschutz und spähte nur mit einem Auge um die Ecke. Die Eingangstür und ein Fenster der Kneipe konnte ich sehen. Eindeutig, es brannte Licht hinter den getönten Scheiben. Ich schlich zurück und kroch wieder auf den Fahrersitz. Zwei Scheinwerfer näherten sich langsam von hinten und beleuchteten das holprige Pflaster. Waren das Bullen? Schon bereute ich meinen Leichtsinn, mich so nahe an ihrem Revier auf die Lauer gelegt zu haben. Ich rutschte nach unten und lauschte in die Nacht. Ein leerer Wagen sollte keinen Argwohn erregen, hoffte ich. Das Fahrzeug kam näher und rumpelte an meinem Transporter vorbei. Vorsichtig schob ich mich wieder nach oben, die roten Hecklichter verschwanden vorn an der Kreuzung, das Fahrzeug bog ab. Erleichtert setzte ich mich wieder auf den Sitz und starrte in den Rückspiegel.

Ein Schatten tauchte in der Tür des Pubs auf, kurz darauf erkannte ich den Verursacher des Lichtspiels. Ein junger schmächtiger Mann stieg die kleine Treppe hinab, er trug Jeans und Lederjacke, auf dem Kopf saß ein rotes Basecap, das er weit in den Nacken geschoben hatte. Gierig zog er an einer Zigarette, die er sich gerade angezündet hatte. Dann kramte er sein Handy hervor und wählte eine Nummer.

Ich freute mich, endlich ein Kandidat, und was für einer. Klein, schmächtig, ordentlicher Eindruck, alles Qualitäten, die ich für mein Vorhaben wohl zu schätzen wusste. Ich tastete hinter meinem Sitz nach dem Baseballschläger und zog ihn hervor. Dann verließ ich lautlos den Wagen und schlich wieder zum Heck, den Schläger hinter dem Rücken verbergend. Als ich am Bürgersteig angekommen war, schritt ich entschlossen auf meinen Darsteller zu.

Eine Zigarette klemmte zwischen meinem Zeige- und Mittelfinger. Ich hob sie in Augenhöhe und sprach meinen Darsteller an. »Haste mal Feuer?«

Der andere bemerkte mich erst jetzt und sagte in sein Telefon: »Warte mal.« Er nahm das Handy vom Ohr, kramte mit der freien Hand in seiner Hosentasche und brachte ein pinkfarbenes Feuerzeug hervor, das er mir mit aufgeschlagener Flamme vors

Gesicht hielt. Ich entzündete meine Zigarette daran und dankte mit einem freundlichen Nicken. Der andere nickte ebenfalls, steckte das Feuerzeug zurück und widmete sich wieder seinem Gesprächspartner am Telefon. Dabei wandte er sich ab.

Meine Hand spürte die harte Oberfläche des Baseballschlägers, ich spannte die Muskeln meines rechten Arms und fixierte den Punkt des Basecaps, an dem alle Nähte in der Mitte des Hinterkopfes zusammenliefen. Ich stellte mir vor, das schwarze Zentrum einer Zielscheibe vor mir zu haben. Einen kurzen Moment lauschte ich auf das Gebrabbel des Kerls, das dieser ins Telefon hauchte, es klang nach Liebesgeflüster.

Ein Grund mehr, diesem Süßholzraspler den Hahn abzudrehen, dachte ich, während ich lautlos mit dem Baseballschläger ausholte. Die Kraft meiner Muskeln, mit der ich den Schwung unterstützte, ließ das Schlagholz mit einem splitternden Krachen auf dem anvisierten Punkt landen. Das Handy flog auf den Boden und zerbarst in seine Einzelteile. Der Basecapträger fiel nach vorn über und landete neben einem Standaschenbecher. Keinen Mucks gab er mehr von sich. Durch den roten Stoff der Mütze sickerte Blut, das noch dunkler war als die Farbe des Basecaps. Besorgt schaute ich mich um. Der Krach hätte die halbe Straße aufwecken müssen. Doch es blieb still. Schnell öffnete ich die Hecktüren des Transporters und legte den Baseballschläger vorsichtig hinein. Dann drehte ich meinen Darsteller auf den Rücken und zerrte ihn ebenfalls in den Laderaum. Trotz seiner schmächtigen Statur kam ich ins Schwitzen und quälte mich, bis endlich auch die Füße im Wagen verschwunden waren. Schließlich las ich die Teile des Handys ein und schob den Standascher auf den Blutfleck, der sich auf dem Gehsteig breitgemacht hatte. Ein kurzer kontrollierender Blick, und ich verließ mit meiner Beute die Marbacher Gasse, nur wenige Minuten nachdem der Basecapträger für eine Zigarette aus der Kneipe herausgetreten war.

Auf kürzestem Wege fuhr ich mit meinem Darsteller hinaus aus der Thüringer Landeshauptstadt und suchte nach einem stillen Plätzchen. Irgendwo unterwegs warf ich die Einzelteile des Handys aus dem Fenster. Ich fuhr auf einer Bundesstraße, die nach Osten führte. An einem Waldstück bog ich ab. Mein Wagen holperte einen ausgewaschenen Weg entlang, nach mehreren hundert Metern hielt ich an.

Zuerst schaltete ich Licht und Motor aus. Ein paar Minuten Ruhe gönnte ich mir, um wieder klar zu denken. Ich nippte am abgestandenen Mineralwasser und genoss den Augenblick. Endlich. Mir kam es vor, als ob der letzte Akt meines grandiosen Kunstwerks schon Monate her war, obwohl ich tatsächlich erst vor ein paar Tagen auf der Augustusburg gewesen war. Alles Widerliche und Ekelhafte schob ich von mir weg, leider gehörte dieser Teil auch zu jeder meiner Aufführungen. Ich schloss die Augen, ordnete meine Gedanken, um mich voll und ganz dem kreativen Teil der Arbeit zu widmen.

Zwischen den Sitzen hindurch kroch ich in den Laderaum des Wagens und schaltete die kleine Lampe an der Decke ein. Herrlich, das sollte also Albrecht der Entartete werden, mein besonderer Liebling. Dieser Fürst hatte sein Leben gelebt, wie ich es mochte, gegen den Willen der Dynastie. Ihm gebührte ein richtiges Denkmal, nicht die Verhöhnung auf dem Fliesenbild, wo man ihm eine Distel, ein lästiges Unkraut, unter das Pferd und einen Rosenkranz auf den Kopf gesetzt hatte, als ob er nicht ganz bei Sinnen gewesen wäre.

Ein Geräusch riss mich aus diesen Gedanken. Mein Darsteller bewegte den Kopf und hustete. Erschrocken starrte ich auf ihn hinab. Was jetzt? Sollte ich noch einmal zuschlagen? Dann würde vielleicht das Gesicht beschädigt werden, bis jetzt hatte Albrecht nur eine Platzwunde am Hinterkopf, was der Inszenierung nicht schaden würde. Der Basecapträger bewegte die Beine, als ob er damit Halt suchte. Schnell, schnell, sofort musste mir etwas einfallen.

Hastig streifte ich ein Paar Latexhandschuhe über, die hinter mir in einer Holzkiste lagen. Dann betastete ich den Hals meines Darstellers, suchte den richtigen Griff.

Genau in dem Moment, als ich glaubte, die richtige Stelle gefunden zu haben, blinzelte der Kerl auch noch. Ich schaute zur Seite an die Ladewand meines Wagens und drehte entschlossen den Kopf mit dem Basecap seitlich nach hinten, bis es hörbar knackte. Genickbruch. Ich löste meine Hände, mein Darsteller blieb reglos am Boden liegen.

Erschöpft und nach Schweiß stinkend, sank ich zurück und lehnte mich an die Innenwand des Laderaums. Mein Atem pfiff stoßweise, es dauerte mehrere Minuten, bis ich wieder einigermaßen ruhig geworden war.

Trotz aller Zumutungen hatte sich das Schicksal letztendlich seinen eigenen Weg gesucht. Nach meinem ursprünglichen Plan hatte Albrecht der Entartete tatsächlich durch Genickbruch sterben sollen. Nur meine Feigheit war mir dazwischengekommen. Also hatte ich mich für den Baseballschläger entschieden, weil mir ein kräftiger Schlag auf den Hinterkopf viel einfacher erschienen war. Nun also doch Genickbruch, auch gut, das passte ohnehin besser zur wahren Geschichte des Fürsten, der seinerzeit selbst geplant hatte, die störende Gemahlin von einem Eseltreiber umbringen zu lassen. Der gedungene Mörder sollte die Fürstin durch Genickbruch vom Leben zum Tode befördern. Damals war der Plan gescheitert, der Eseltreiber hatte sich vor der Tat offenbart.

Etwas benommen rappelte ich mich auf. Jetzt wollte ich wirklich nur noch genießen. Ich kroch auf die andere Seite der Ladefläche und betrachtete versonnen die Kleidungsstücke, die ich in einem Karton bereitgelegt hatte. Vorsichtig nahm ich den breiten Hermelinkragen heraus und strich liebevoll über das weiche Fell. Ein Zipfel des schwarzen Umhangs fiel über den Rand des Kartons. Ich fühlte die Weichheit des schweren Stoffs. Das ersehnte Glücksgefühl stellte sich langsam ein, die Vorfreude übernahm die Führung und ließ mich vor Erregung zittern. Ich entkleidete den Darsteller, ließ ihm nur die schwarze Unterhose. So gut es ging, wischte ich das Blut vom Hinterkopf ab, schließlich sollten die wertvollen Kleidungsstücke nicht ruiniert werden. Voller Hingabe und Inbrunst kleidete ich dann meinen Fürsten ein, ich summte dabei eine heitere Melodie. Jedes Einzelteil streifte ich liebevoll über die leblosen Gliedmaßen.

## Sonntag, 7. Juni, früher Morgen

*Färbers Wohnung, Martin-Luther-Straße, Dresden*

Färber wälzte sich im Bett herum, irgendetwas störte ihn im Schlaf. Bis er endlich registrierte, dass es sein Handy war, verging fast eine Minute. Er tastete nach dem Gerät auf dem Nachtschrank.

»Hallo«, hauchte er verschlafen in den Hörer.

»Ähm, hier noch mal Schmidtke. Irgendwas ist schiefgelaufen.«

Färber war hellwach und saß im Bett. »Was meinst du?«, herrschte er den Kollegen an.

»Na ja, wir dachten die ganze Nacht über, dass der Typ im Bett liegt, aber da haben wir uns wohl geirrt.«

»Wie bitte?«, schrie Färber in sein Handy.

»Jedenfalls ist der Kerl gerade den Bürgersteig entlanggekommen, von irgendwoher, und dann im Haus verschwunden«, berichtete Schmidtke.

»Soll das etwa heißen, ihr habt keinen Schimmer, was er die ganze Nacht über gemacht und wo er sich aufgehalten hat?« Färbers Stimme schien sich überschlagen zu wollen.

Kleinlaut antwortete Schmidtke: »Ja, das muss ich zugeben. Wir haben nicht bemerkt, wie er das Haus verlassen hat.«

»Na klasse.« Wütend beendete Färber das Gespräch. Er rief bei Carola an und weckte sie, um ihr von der Panne zu erzählen.

»Mann, das gibt's doch nicht«, schimpfte sie. »Hoffentlich hat er heute Nacht nicht wieder zugeschlagen.«

»Wir werden es sehen.«

Färber zog sich an, trank eine ganze Kanne Kaffee und überlegte das weitere Vorgehen. Er führte Telefonate mit Carola, der Staatsanwaltschaft und seiner Mitarbeiterin Gerlinde Strecker.

Alle waren angespannt und rechneten jede Minute mit einer schrecklichen Nachricht. Dann überschlugen sich die Ereignisse. Von der Dresdner Bereitschaft erhielt er einen Anruf, dass eine männliche Leiche in historischen Kleidern vorm Eingang der öffentlichen Toiletten unter der Augustusbrücke gefunden worden sei. Nur zehn Minuten später wurde die Sonderkommission Fürstenzug von der Mordkommission Naumburg angefordert, die ebenfalls einen Toten im Kostüm meldete.

Färber telefonierte mit den Kollegen, die vor Salmanns Haus standen, und ordnete dessen sofortige Festnahme an. Carola würde mit Lars Friedrich nach Naumburg fahren, von Chemnitz aus war der Weg kürzer. Er hingegen wollte den Tatort an der Augustusbrücke übernehmen. Färber verließ eilig die Wohnung.

## Sonntag, 7. Juni, Morgen
*Augustusbrücke, Altstadtseite, Dresden*

Färber stieg ein paar Treppen hinunter. Die Eingänge der Toiletten waren mit Flatterband abgesperrt, vor dem Damenklo lag eine männliche Leiche mittleren Alters, der Körper war seltsam verdreht. Ein schwarzer Hut mit breiter Krempe lag neben ihm, der Hinterkopf wies eine hässliche Wunde auf, darunter hatte sich Blut auf dem Betonpflaster in einer Pfütze gesammelt. Der Leichnam wirkte wie hingeworfen, als hätte man ihn wie ein lästiges Stück Abfall loswerden wollen. Färber ging in die Hocke und betrachtete das Kostüm. Es handelte sich um einen dunkelblauen Umhang mit weißem Spitzenkragen. Weil die Spurensicherung noch nicht da war, vermied er es, etwas anzufassen. Mit bloßem Auge meinte Färber zu erkennen, dass die goldenen Knöpfe an dem Kleidungsstück aus Pappe waren. Der Stoff schien ebenfalls von minderer Qualität zu sein. An manchen Stellen zeigten sich Risse. Dann wandte er sich dem Hut zu. Vorn war eine Art Orden aus bemaltem Weißblech angebracht, und die Krempe war eingefasst von weißen Papierfransen.

Färber richtete sich auf und winkte einen der Polizisten in Uniform heran. »Also, Kollege, es war gut, dass ich sofort informiert worden bin. Aber bei diesem Toten«, er deutete auf den Mann zu seinen Füßen, »handelt es sich vermutlich nicht um ein Opfer des Fürstenzugmörders.«

»So? Warum denn nicht?«

»Unser Serientäter verwendet die Originalkostüme des Lebendigen Fürstenzuges. Das sind Einzelanfertigungen aus schweren

Stoffen und echten Pelzen. Dies hier ist ein billiges Faschingskostüm aus dem Supermarkt.«

»Ja«, stimmte der Polizist zu, »besonders wertvoll sehen die Sachen nicht aus.«

»Außerdem«, fuhr Färber fort, »liegt der Tote da wie weggeworfen, das sieht nach hektischer Beseitigung einer Leiche aus. Unser Mann allerdings bahrt seine Opfer fast liebevoll auf.«

»Was heißt das jetzt konkret?«, wollte der Beamte wissen.

»Ich vermute, dass ein Trittbrettfahrer versucht, seine Tat unserem Fürstenzugmörder anzuhängen, sehr dilettantisch übrigens. Wahrscheinlich steckt eines unserer altbekannten Motive dahinter: Eifersucht, Habgier oder Rache. Da kam dem Täter unser Serienmörder gerade recht.«

»Na ja«, der Polizist zuckte die Schultern. »Und jetzt, wie geht es weiter?«

»Ich kann mich nicht um den Fall kümmern, wir haben noch eine Leiche in einem historischen Kostüm. Die diensthabende Mordkommission muss angefordert werden.«

»Wird sofort erledigt.« Der Beamte eilte zum Wagen und gab eine entsprechende Meldung per Funk durch. Sicherheitshalber blätterte Färber trotzdem das Rochlitzer Buch bis zur letzten Seite durch. Er fand kein Kostüm, das auch nur entfernt den Kleidern der Leiche ähnelte.

Kurze Zeit später fuhren Winzlaff und Schröder, die Kollegen der zuständigen Mordkommission, vor. Färber verließ den Tatort, um doch noch nach Naumburg zu fahren.

Als er im Auto saß, verwarf er sein Vorhaben wieder. Carola und Lars Friedrich würden am Tatort ihre Arbeit tun, er sollte sich besser um den verhafteten Salmann kümmern.

## Sonntag, 7. Juni, früher Vormittag

*Eckartsburg, Eckartsberga*

Carola und Lars Friedrich fuhren die kurvenreiche Zufahrtsstraße zur Eckartsburg hinauf. Sie passierten ein Clubhaus für Minigolfer, eine Sommerrodelbahn und zwei Spielplätze, die sich links am Abhang ausgebreitet hatten. Auf der anderen Seite schlängelte sich der Weg an Büschen, Bäumen und einem verlassenen Ferienheim vorbei. Wegen des schönen Wetters wimmelte es schon am Vormittag von Besuchern, die auf der schmalen Straße unterwegs waren. Lars Friedrich musste immer wieder bremsen. Carola wurde übel. Sie öffnete ihr Fenster, um frische Luft in den Wagen zu lassen.

»Fahr doch nicht so schnell«, bat sie Lars Friedrich.

»Von wegen schnell, wir stehen doch ständig. Was machen die denn alle hier?«, wunderte er sich.

»Hoffentlich nicht am Tatort Maulaffen feilhalten«, sagte Carola.

»Das wäre wünschenswert.«

»Bestimmt wollen die Minigolf spielen oder die Burg besichtigen.«

»Das mit der Burg wird heute wohl ausfallen«, behauptete Lars Friedrich.

»Hm«, nickte Carola.

Sie fuhren in die letzte Kurve, vor ihnen lichtete sich der Wald, die Eckartsburg erschien wie aus dem Nichts, ein trutziges Bauwerk aus grob behauenen Steinen, das über der hügeligen Landschaft thronte. Eine kleine Steinbrücke wies den Zugang in das mittelalterliche Gemäuer. Ein paar Meter entfernt vom Burgeingang standen in einem Pulk mehr als einhundert Schaulustige, die das geschäftige Treiben der Polizeibeamten beobachteten. Das Opfer war wegen der vielen Menschen noch nicht zu sehen.

»Na toll«, kommentierte Carola das Aufgebot an Gaffern und öffnete die Beifahrertür.

»Warum schickt die denn keiner weg?«, fragte Lars Friedrich.

Sie schritten zügig aus, vor den dicht gedrängten Menschen mussten sie stehen bleiben. Mittels ihrer Ausweise schafften sie es, sich eine Schneise durch die Menge zu erkämpfen. Carola hatte Mühe, ihre unhandliche Aktentasche nicht zu verlieren. Endlich erreichten sie das Absperrband. Ein uniformierter Polizist hob es für sie nach oben, sie krochen hindurch. Die Kollegen hatten weiträumig abgesteckt, sodass die neugierige Menge wenigstens vom Fundort abgehalten werden konnte.

Bei dem Opfer handelte sich um einen schlanken jungen Mann, vielleicht Mitte zwanzig, der ausgestreckt auf einer steinernen Rundbank lag. Seine leeren Augen waren gen Himmel gerichtet. Der linke Arm hing schlaff nach unten, die Fingerspitzen berührten den Boden. Spurensicherung und Fotograf beendeten gerade ihre Arbeit und übergaben der Kripo den Tatort.

»Du kümmerst dich um mögliche Zeugen«, Carola nickte in Richtung der Schaulustigen, »und ich rede mit dem Arzt.«

»Mach ich.«

Carola ging zum Rechtsmediziner, der bei der Leiche kniete. Sie holte ihr Buch hervor und machte sich Notizen.

»Wahrscheinlich Genickbruch, am Hinterkopf eine Platzwunde, kein Blut auf der Unterlage, ansonsten keine weiteren sichtbaren Verletzungen.«

Der Arzt sah Carola an und richtete sich auf. Er trug einen grau melierten Vollbart unter einer ausgeprägten Glatze.

»Oh, ein neues Gesicht bei der Mordkommission?«, fragte er und reichte ihr die Hand.

»Nein, nein«, sie lächelte, »Carola Mertens, angenehm.«

»Andreas Richter, sehr erfreut. Und was machen Sie dann hier, wenn Sie nicht von der Mordkommission sind?«

»Sonderkommission Fürstenzug.«

Richter zog seine Augenbrauen hoch und pfiff durch die Zähne. »Ist der Kerl jetzt schon in unser beschauliches Sachsen-Anhalt vorgedrungen?«

»Scheint so. Wir werden es gleich genau wissen.« Carola öffnete die Aktentasche und brachte ihr Exemplar des Rochlitzer Buches hervor. »Kommen Sie, schauen Sie mit rein.« Sie stellte sich neben Richter und blätterte langsam durch das Buch. Nach etwa einem Drittel hielt sie inne und deutete auf ein Foto. »Der könnte es doch sein.«

Die beiden verglichen die Kleidung des Toten mit der des abgebildeten Darstellers.

»Seltsam ist der Rosenkranz im Haar, den hat unser Opfer nicht auf«, stellte Carola fest. »Aber die anderen Sachen stimmen hundertprozentig.«

Richter nickte. »Der Pelzkragen, der schwarze Umhang mit

grauen Stickereien und roter Einfassung, das hellgraue Unterkleid und schwarze Hosen. Ja, das ist bestimmt dieses Kostüm.« Er tippte mit dem Zeigefinger auf das Foto. »Albrecht der Entartete«, las er vor. »Und der Rosenkranz ist auch da, sehen Sie?«

Carola schaute nach oben. Im Zentrum der Rundbank thronte eine Steinkugel von der Größe eines Fußballs. Darauf hatte der Täter den Blumenkranz gestülpt.

Sie zog ihr Notizbuch aus der Jackentasche und öffnete die Seite mit der Liste der verschwundenen Kostüme. Mit dem Zeigefinger fuhr sie die Namen der Fürsten entlang nach unten. »Albrecht II. oder der Entartete. Da haben wir ihn. Sein Kostüm wurde auch aus dem Fundus des Fürstenzuges entwendet.«

»Was heißt das jetzt?«, fragte Richter.

»Dass wir mit an Sicherheit grenzender Wahrscheinlichkeit einen weiteren Mord unseres Serientäters haben, auch wenn er dieses Mal Sachsen verlassen hat. Und das heißt außerdem, dass es einen Zusammenhang zwischen diesem Fürsten und der Burg hier«, sie zeigte auf einen der Türme der Anlage, »geben muss.«

»Hm, Sie werden das schon herausfinden.« Richter klopfte ihr fast freundschaftlich auf die Schulter. »Machen wir erst mal mit den medizinischen Aspekten weiter, einverstanden?«

»Natürlich.« Carola steckte das Buch zurück in die Aktentasche.

»Die Wunde am Hinterkopf muss stark geblutet haben, auf der Bank und in der näheren Umgebung ist kein Tropfen zu sehen. Also schließe ich daraus, dass der Leichnam hier nur abgelegt worden ist. Die Verletzung muss ihm woanders zugefügt worden sein.«

»Wie?«, fragte Carola.

»Ich vermute, durch einen Schlag mit einem harten Gegenstand auf den Hinterkopf, wahrscheinlich wurde das Opfer überrascht, denn auf den ersten Blick habe ich keine Kampfspuren erkennen können«, sagte Richter.

»War das die Todesursache?«

»Das kann ich noch nicht eindeutig sagen, aber bewusstlos war der Mann danach vermutlich schon.«

»Und was ist mit dem Genickbruch, den Sie vorhin erwähnt haben?«

Richter beugte sich über den Leichnam und drehte den Kopf in eine unnatürliche Stellung. »Das hier geht nur, wenn die Halswirbelsäule nicht mehr intakt ist, deshalb vermute ich einen Genickbruch. Der könnte die Todesursache gewesen sein.«

»Könnte?«, fragte sie.

»Ja, eine solche Verletzung muss nicht zwangsläufig tödlich sein. Ich kenne einige Fälle, in denen Menschen mit Genickbruch weitergelebt haben«, erklärte er.

»Aha«, staunte Carola. »Wann ist denn unser Mann hier gestorben?«

Richter wackelte unschlüssig mit dem Kopf. »Sie wissen ja, Frau Kollegin, dass wir selbst mit komplizierten Berechnungen in Bezug auf mittlere Körpertemperatur, Witterung und so weiter nur grobe Schätzungen abgeben können, die plus/minus zwei Stunden Varianz haben.«

»Das ist mir bewusst, aber was sagt Ihre Erfahrung?«

»Ich schätze, gestern nach zweiundzwanzig Uhr bis heute Morgen maximal drei Uhr. Aber bitte, nageln Sie mich darauf nicht fest, Genaueres nach der Obduktion.«

»Klar, trotzdem vielen Dank erst mal.«

Richter beugte sich wieder über den Leichnam und durchsuchte die Kleidung nach Papieren oder anderen Dingen, die für die Identifizierung hilfreich sein könnten. Es stellte sich schnell heraus, dass der Tote keinerlei persönliche Gegenstände mehr am Körper trug, abgesehen vielleicht von seiner schwarzen Unterhose.

Carola nahm ihr Handy und informierte Färber.

Wenig später trat ein Mann zu ihr, begrüßte sie und stellte sich als Harald Seider vor, Kommissar bei der Mordkommission Naumburg. Er trug einen hellen Trenchcoat, der sie an eine Krimiserie im Fernsehen erinnerte. Carola schmunzelte.

»Guten Tag, gehören Sie zur Sonderkommission, die ich angefordert habe?« Hektisch reichte er ihr die Hand.

»Ja, ich bin Carola Mertens.«

»Und, war es der Serientäter?«

Sie nickte. »Es sieht alles danach aus.«

Seider steckte beide Hände in seine Manteltaschen und starrte auf den Toten. »Als ich das historische Kostüm gesehen habe, schellten bei mir alle Alarmglocken, wie man so schön sagt. Seit dieser Kerl sein Unwesen treibt, sind auch in Sachsen-Anhalt die Menschen beunruhigt, wie du dir vorstellen kannst. Habt ihr eine Erklärung dafür, warum er Sachsen verlassen hat? Ist ihm das Pflaster dort zu heiß geworden?«

Carola zog die Schultern hoch. »Ehrlich gesagt wissen wir das nicht. Auf jeden Fall haben wir seit heute Morgen einen Hauptverdächtigen, er sitzt schon in U-Haft, mein Kollege vernimmt ihn gerade.«

»Und du denkst«, hakte Seider nach, »dass dieser Kerl letzte Nacht hier gewesen ist?«

»Ja, das könnte sein, wir hatten ihn zwar unter Beschattung, aber er ist den Kollegen irgendwann nach einundzwanzig Uhr entwischt und erst heute Morgen gegen sechs wieder vor seiner Wohnung in Dresden aufgetaucht«, erklärte Carola.

»Die Zeit würde reichen, um den Mord zu begehen und den Toten hier abzulegen«, kombinierte Seider, »und auch für die Fahrt von und nach Dresden.«

»Das sehen wir auch so«, stimmte Carola zu. »Ach, was ich fragen wollte, gibt es eine besondere Geschichte im Zusammenhang mit der Bank, auf der das Opfer abgelegt worden ist?«

Seider berührte Carolas Arm. »Es gibt einen Spruch auf der Rundbank, der ihre Entstehung beschreibt. Die Leute hier nennen sie auch die Goethebank.«

Sie folgte ihm. Der Leichnam wurde gerade abtransportiert.

Seider umrundete die steinerne Bank und las den entlang der Rückenlehne eingravierten Text vor.

*»Angesichts der Eckartsburg dichtete Goethe am 17. April 1813 seine Ballade ›Der getreue Eckart‹ und schrieb sie in Eckartsberga während des Postwechsels nieder.*
*Die Burgmannschaft zur Eckartsburg der Stadt zu eigen 1935.«*

»Was hat jetzt wieder Goethe mit dem Fürstenzug zu tun?«, stöhnte Carola. Sie holte das Rochlitzer Buch aus ihrer Tasche und schlug es auf der Seite Albrechts des Entarteten auf. »Von 1256 bis 1314 hat der Fürst regiert, dessen Kostüm unser Mörder verwendet hat. Goethe schrieb 1813 das Gedicht, also mehrere Jahrhunderte später.«

Seider unterbrach ihren Gedankengang. »Die Ballade heißt ›Der getreue Eckart‹, vermutlich hatte der Fürst, wie heißt er noch mal …« Seider versuchte, den Namen in Carolas Buch zu entziffern.

»Albrecht II. oder der Entartete«, half sie aus.

»… etwas mit diesem Eckart zu tun.«

»Hier finden wir das bestimmt nicht heraus«, erklärte Carola. »Wir haben in der Soko einen Spezialisten für die geschichtlichen Zusammenhänge. Ich werde ihm die Fakten übergeben.«

»Gut, dann kümmern wir uns jetzt um die Zeugen«, bestimmte Seider.

»Ähm, Moment noch.« Sie hielt ihn am Oberarm fest. »Auch wenn du damit vielleicht nicht ganz einverstanden bist, die Ermittlungen haben wir jetzt übernommen, also die Sonderkommission Fürstenzug.«

Seider zog die Augenbrauen nach oben. »So? Habt ihr das?« Ärger grollte in seiner Stimme.

»Na ja, du weißt doch, wie es läuft«, versuchte Carola, ihn zu besänftigen.

»Nein, ehrlich gesagt weiß ich das nicht. Es gibt eine Leiche in unserem Zuständigkeitsbereich, und der Mann ist keines natürlichen Todes gestorben«, erklärte Seider entschieden, »und das bedeutet automatisch, dass die Naumburger Mordkommission den Fall bearbeitet.«

»Nein, das bedeutet es eben nicht. Der Mann ist zweifelsohne Opfer unseres Fürstenzugmörders geworden, also geht die Zuständigkeit auf uns über.«

»Und welche Rolle soll ich in dem Theater spielen?«, fragte Seider sarkastisch.

»Wir würden es sehr begrüßen, wenn du uns als beratender Mitarbeiter zur Verfügung stündest«, erklärte Carola. »Deine ausgezeichneten Kenntnisse über die Gegend und die Menschen hier können uns eine unschätzbare Hilfe sein.«

»Beratend, na toll. So habe ich mir das nicht vorgestellt.« Seider versuchte gar nicht erst, seinen Ärger zu verbergen, und schnaufte.

Carola legte ihre Hand freundschaftlich auf seinen Arm. »Ich kann dich ja verstehen, aber es ist wirklich für die Ermittlungen besser, wenn wir an einem Strang ziehen, meinst du nicht?«

Seider verbarg wieder beide Hände in den Manteltaschen. »Aber ich will über alles informiert werden, und zwar als Erster. Darauf bestehe ich.«

»Einverstanden.« Carola nickte erleichtert.

Lars Friedrich verließ gerade die Burganlage. Er trug ein Klemmbrett unterm Arm und überquerte die uralte Steinbrücke, die den kleinen Graben vor dem Eingangstor überspannte. Er reichte Seider die Hand.

»Gibt es Zeugen?«, fragte Carola ungeduldig.

Lars Friedrich überflog seine Notizen auf dem Klemmbrett. »Gefunden wurde der Tote von Silke Weigert. Sie arbeitet als Gärtnerin und Mädchen für alles in der Burg. Sie kam kurz nach fünf mit dem Fahrrad zur Arbeit und entdeckte den Toten. Zunächst vermutete sie, dass der Mann betrunken hier eingeschlafen war. Frau Weigert weckte ihren Chef, den Wirt des Lokals der Burg, um den Schlafenden zu vertreiben. Gemeinsam stellten sie dann fest, dass er tot war, und alarmierten die Polizei. Das war genau«, er blätterte ein paar Seiten zurück, »um fünf Uhr neunzehn.«

»Hat jemand in der Nacht etwas mitbekommen, ein Fahrzeug oder Geräusche?«, wollte Carola wissen.

»Also, der Wirt ist spät nach Hause gekommen, er sagt, dass es weit nach Mitternacht gewesen sein muss.«

»Woher kam er denn um diese Zeit?«, wunderte sich Seider.

»Vom Skatabend unten in Eckartsberga. Er spielt alle zwei Wochen mit seinen Kumpels Karten, und letzte Nacht ist es eben spät geworden«, erklärte Lars Friedrich. »Aber der Wirt hat eine interessante Beobachtung gemacht.«

»Ja?«, fragte Carola.

»Da vorn«, Lars Friedrich deutete auf einen kleinen Platz zwischen der Zufahrtsstraße und der Goethebank, wo jetzt mehrere Fahrzeuge parkten, »stand ein weißer Kleintransporter mit

Dresdner Kennzeichen. Die Zahlenkombination des Nummernschildes weiß er nicht mehr. Der Wirt hat sich noch gewundert, weil hier sonst nachts keine Autos stehen, nur tagsüber ist viel Betrieb. Aber gesehen hat er keinen Menschen, der Innenraum des Transporters war dunkel.«

»War der Wirt betrunken, als er nach Hause kam?«, wollte Seider wissen.

»Er sagt nein, er musste ja noch Auto fahren.«

Carola zog sich der Magen zusammen, das tat er immer, wenn sie aufgeregt war. »Ein weißer Kleintransporter. Das muss er gewesen sein.«

»Warum bist du da so sicher?«, fragte Seider.

»So ein Fahrzeug wurde von einem Zeugen in Polen beobachtet, wie es einen Tatort verließ und anschließend viel zu schnell in Richtung Deutschland raste. Wir waren bisher nicht sicher, ob diese Beobachtung wirklich etwas mit unserem Täter zu tun hat, aber jetzt …« Carola schaute zu Lars Friedrich. »Hat der Wirt etwas gehört oder vielleicht sogar das Opfer auf der Bank bemerkt?«

»Nein, er hat nicht nach der Goethebank gesehen, als er in die Burganlage hineinfuhr. Jedenfalls gruselt es ihn im Nachhinein, dass er wahrscheinlich arglos an einem Serienkiller vorbeigefahren ist.«

»Ja, das ist nicht jedermanns Sache«, kommentierte Seider.

»Und die Schaulustigen, hat von denen jemand etwas zu berichten?«, fragte Carola.

Lars Friedrich schüttelte den Kopf. »Fehlanzeige. Die sind alle erst heute Morgen hier eingetrudelt. Während der Nachtstunden war niemand hier. Der Wirt lebt allein in der Burganlage, nur sein Hund war zu Hause.«

»Hm.« Carola setzte sich auf eine Holzbank. Sie schaute auf die steinerne Rundbank und den bewaldeten Abhang dahinter. »Wollen wir hoffen, dass Färber inzwischen Salmanns Geständnis in der Hand hat. Dann müssten wir für viele Fragen nicht mehr nach Antworten suchen, sondern würden uns vom Täter alles erklären lassen, wenn er denn auspackt und kooperationsbereit ist.« Sie stöhnte.

Carola holte ihr Handy hervor und wählte erneut Färbers Nummer. Seine Mailbox meldete sich, also war er vermutlich noch im Vernehmungsraum, wo er sein Telefon meist abschaltete. Sie hinterließ ihm eine Nachricht und bat ihn, nach einem Zusammenhang zwischen Albrecht dem Entarteten und der Eckartsburg zu suchen. »Bevor wir fahren, möchte ich mir die Burg ansehen«, erklärte Carola. »Kommst du mit?«, wandte sie sich an Seider.

»Ja, gern.«

Lars Friedrich drehte sich eine Zigarette und ließ sich auf der Holzbank nieder.

Seider und Carola betraten die Burganlage durch einen romanischen Torbogen. Es blühte in allen Farben in dem gepflegten Garten, der sich im Inneren der massiven Mauern ausbreitete. Sie gingen an liebevoll restaurierten Gebäuden vorbei, die die Wohnung des Wirtes und das Restaurant beherbergten. Die hintere Begrenzung der Burganlage bildete ein Wehrturm, auf dessen Spitze eine gläserne Pyramide thronte. Der modern anmutende Glasbau schien nicht recht zu den trutzigen groben Steinmauern zu passen.

Seider zeigte nach oben. »Die Pyramide wurde auf den Turm gesetzt, damit die Besucher trockenen Fußes bis nach oben zur Aussichtsplattform kommen.«

Carola schaute angestrengt nach oben, im Nacken schmerzte es wegen der unnatürlichen Haltung des Kopfes. »Können wir da auch hochgehen?«

»Ja, normalerweise muss man einen Euro in der Gaststätte für den Turmaufstieg berappen.« Seider öffnete die schwere Holztür, die sich mit einem deutlichen Quietschen bemerkbar machte.

Schlecht für nicht zahlende Besucher, dachte Carola.

Gleich im ersten Raum fanden sie sich vor einer Rittertafel wieder, deren einstige fürstliche Gäste noch heute ihren Stammplatz zu haben schienen. Auf den thronartigen Stühlen prangten ihre adligen Namen und Wappen: Friedrich von Meißen, Sophia II. von Bayern, Wiprecht von Groitzsch.

Die nächste Etage überraschte mit einer Miniaturlandschaft hinter Glas. Eine Hinweistafel erklärte, dass es sich um die

Schlacht von Jena-Auerstedt handelte, die im Jahre 1806 zwischen Napoleon und den preußisch-sächsischen Truppen stattgefunden hatte, dargestellt unter Verwendung von mehr als sechstausend Zinnfiguren. Carola betätigte einen Schalter, das Licht hinter der Glasscheibe ging an und ließ die kleinen Figuren aus dem Halbdunkel auftauchen.

Sie stiegen weiter im Turm hinauf, bis sie die letzte Plattform erreicht hatten. Carola und Seider verließen die Glaspyramide und traten ins Freie. Die Aussicht war überwältigend.

»Deshalb lebe ich so gern hier.« Seider breitete seine Arme aus, als wollte er die grünen Hügel umarmen.

»Ja, das ist wirklich schön«, stimmte Carola zu.

Ein paar Minuten standen sie schweigend und schauten in die Landschaft, bevor sie schließlich den Turm wieder hinabstiegen und die Eckartsburg verließen. Lars Friedrich saß noch immer auf der Bank. Sie verabschiedeten sich von Seider und versprachen, ihn auf dem Laufenden zu halten.

Eine Stunde vor ihnen hatte der Tote von der Goethebank seine Reise nach Sachsen angetreten, wo er von Thomas Scholz in der Chemnitzer Rechtsmedizin bereits erwartet wurde.

## Sonntag, 7. Juni, Mittag

*Kommissariat, Dresden*

Salmann lümmelte mit ungekämmten Haaren am Tisch, die Hände in den Jackentaschen verborgen, lag er mehr auf dem Stuhl, als dass er saß. Die erkennungsdienstliche Erfassung war bereits kurz nach seiner Festnahme erfolgt, das volle Programm, Fotos, Fingerabdrücke und Speichelprobe. Erst danach hatte man ihn ins Vernehmungszimmer gebracht, wo er jetzt schon eine gefühlte Ewigkeit in dieser Haltung verharrte.

»Wo waren Sie heute Nacht?«, fragte Färber schon zum fünften Mal.

Keine Antwort. Viktor Salmann schaute gelangweilt zur Decke. Seit er in den Vernehmungsraum gebracht worden war, hatte er nur einen Satz gesagt: »Was wollt ihr denn von mir?« Das war alles.

Salmann verriet nicht, wo er in der Nacht war. Hatte er am Abend seine Wohnung verlassen, um sich irgendwo einen armen Kerl zu schnappen, ihn zu töten und später an der Eckartsburg abzulegen?

Färber ging in dem kleinen Raum ungeduldig hin und her. »Überlegen Sie doch mal, wenn Sie uns jetzt verraten, was Sie in der Zeit von einundzwanzig Uhr bis heute Morgen um sechs gemacht haben, und wir das nachprüfen können, sind Sie in spätestens einer Stunde hier raus.«

Salmann zuckte nur mit den Schultern.

»Nun gut, dann lasse ich Sie jetzt in eine Zelle bringen«, kündigte Färber an, in der Hoffnung, ihn doch noch zum Reden zu bewegen. Salmann schien davon unberührt zu bleiben, er erhob sich schweigend und ging die paar Schritte bis zur Tür. Dort wartete er auf einen Beamten, der ihn zur Zelle begleiten würde.

Färber atmete tief aus und gab dem Kollegen ein Zeichen, ihn wegzubringen.

Als er allein war, schlug er unvermittelt mit der Faust auf den noch immer wackeligen Tisch. »Verdammt, warum macht der nicht den Mund auf? Wenn er's war, finden wir das sowieso raus, und wenn nicht, könnte er als freier Mann nach Hause gehen.« Färber stand vornübergebeugt und stützte seine Hände auf der Tischplatte ab.

Carola und Lars Friedrich traten ein.

»Hat er gestanden?«, wollte Carola wissen.

»Vergiss es«, entgegnete Färber. »Kein Sterbenswort hat dieser Salmann gesagt, ich frage mich, warum. Wenn er es nicht war, müsste er doch jede Möglichkeit nutzen, uns von seiner Unschuld zu überzeugen, uns erzählen, wo er über Nacht gewesen ist. Aber er schweigt hartnäckig.«

»Dann war er es auch«, behauptete Lars Friedrich und schaute verstohlen auf die Uhr an seinem Handgelenk.

»Wenn das so einfach wäre«, Färber kratzte sich am Kopf, »vielleicht hat er etwas ganz anderes angestellt, geklaut oder gedealt, und deshalb verrät er lieber nichts.«

»Ja, aber dafür mehrere Morde auf sich zu nehmen, so blöd wird doch keiner sein.« Lars Friedrich schaute Färber erwartungsvoll an.

»Weiß man's?«, war alles, was Färber dazu sagte.

»Oder er hat sich mit jemandem getroffen, dessen Identität einfach nicht rauskommen darf«, schlug Carola vor.

»Wäre auch eine Möglichkeit«, meinte Färber. »Wir werden es herausfinden.«

»Leute«, Lars Friedrich griff schon nach der Türklinke, »ich muss jetzt wirklich los.«

»Nur weil heute Sonntag ist, heißt das nicht, dass wir auch Wochenende haben.« Färber runzelte die Stirn. »Wir müssen jetzt dranbleiben, es geht um Menschenleben.«

Lars Friedrich verzog den Mund. »Ja, ja. Das weiß ich doch. Aber mein alter Herr ist heute Morgen mit Verdacht auf Herzinfarkt ins Krankenhaus gekommen. Meine Mutter hat mich gerade weinend angerufen. Ich muss da hin.«

»Klar. Das ist wichtig.« Färber legte ihm eine Hand auf die Schulter. »Und bestell ihm gute Besserung.«

Lars Friedrich eilte auf den Flur.

Carola setzte sich in Färbers Büro an einen freien Schreibtisch und verfasste ihren Bericht über die Ereignisse in Eckartsberga. Färber nahm den Telefonhörer ab und rief beim Fürstenzugexperten Schwarz im Residenzschloss an. Aber er hatte kein Glück, Schwarz war heute wieder nicht im Haus. Ans Handy ging er auch nicht, also musste Färber allein die gewünschten Informationen heraussuchen. Er forschte im Internet nach einem Zusammenhang zwischen der alten Burg in Sachsen-Anhalt und Albrecht dem Entarteten.

Färber und Carola arbeiteten konzentriert. Gegen Abend gönnten sie sich eine kurze Pause in einem Restaurant in der Nähe. Auf dem Rückweg trafen sie Jens Ahnert im Treppenhaus, der eine blaue Mappe unter seinen Arm geklemmt hatte. Ahnert trug einen fleckigen, ehemals weißen Kittel und hatte es eilig. »Mensch, da seid ihr ja, ich war schon überall, wo habt ihr euch denn verkrochen?« Er schlug Färber freundschaftlich auf die Schulter.

»Hallo, Jens, wir freuen uns auch, dich zu sehen.« Färber grinste.

»Ich habe die Probe eures Kandidaten Salmann auf dem Tisch gehabt.« Umständlich versuchte er, im Stehen in der Mappe zu blättern, deren lose Seiten verrutschten und auf den Boden zu fallen drohten. Erschwert wurden seine Bemühungen durch ein paar uniformierte Beamte, die den Flur entlang zu einem Einsatz rannten.

Färber griff nach der Mappe in Ahnerts Händen und schlug sie zu, bevor noch alles durcheinandergeriet. »Komm, hier ist zu viel los, wir gehen ins Büro.« Er marschierte vorneweg, Ahnert und Carola folgten.

Sie setzten sich. Färber schob Ahnert die Unterlagen über den Schreibtisch zu. »Schieß los.«

Ahnert blätterte in den Dokumenten, bis er die gewünschte Seite gefunden hatte. »Also, wie vorhin schon gesagt, ich habe die Probe Salmanns untersucht. Die Fragestellung war, ob sich DNA-Spuren von ihm an den Tatorten der Fürstenzugmorde nachweisen lassen.«

»Ja, und?« Färber war ungeduldig. »Mach's nicht so spannend.«

»Kurz gesagt«, erklärte Ahnert, »ich habe seine DNA nur an Kostümteilen gefunden.«

Färber stöhnte und sprang auf. »Das hilft uns nicht weiter.«

»Seine Spuren lassen sich nirgendwo sonst nachweisen.« Ahnert kratzte sich am Kopf und schlug eine andere Seite in der Dokumentenmappe auf. »Viktor Salmann hatte Kontakt mit dem Unterkleid aus Krummenhennersdorf und den Pumphosen vom Schloss Augustusburg. Interessanterweise war seine DNA in Spermaspuren enthalten.«

Färber und Carola tauschten wissende Blicke.

»Was guckt ihr denn so, habt ihr etwa eine Erklärung, wie das Sperma dieses Kerls an die Kostüme gekommen ist?«, fragte Ahnert.

»Der junge Mann musste den Fürstenzugverein verlassen, weil er unangenehm aufgefallen war«, erklärte Färber.

»Etwa so, wie ich jetzt vermute?«

»Genau, er hat hin und wieder eins der Teile mit nach Hause

genommen und sich damit einen runtergeholt, der historische Kram scheint ihn anzumachen.«

»Was es alles gibt«, kommentierte Ahnert.

»Das bringt uns also nicht weiter«, sagte Carola. »Können wir Salmann noch hierbehalten?« Sie richtete ihre Frage an Färber.

»Solange er kein Alibi hat, gilt Viktor Salmann als hauptverdächtig und bleibt in U-Haft«, bestimmte er.

»Ich hab da eine andere Idee. Vielleicht sollten wir uns in aller Form bei ihm entschuldigen und Salmann nach Hause gehen lassen, dann könnten wir uns dranhängen und den Kerl auf frischer Tat ertappen«, schlug Carola vor.

»Du hast ja gesehen, wie das ausgeht. Wenn er unser Täter ist und heute Nacht wieder zugeschlagen hat, haben wir als Polizei schon genug Mist gebaut. Nein, nicht jetzt«, Färber schüttelte entschieden den Kopf, »diese Möglichkeit bleibt uns später immer noch.«

Ahnert stand auf. »Kinder, wenn ihr mich nicht mehr braucht, verziehe ich mich, ihr werdet den Kerl überführen, da bin ich mir sicher.« Er strich sich über die Glatze und verließ den Raum.

»Danke«, rief Carola ihm noch hinterher, bevor sie sich an Färber wandte. »Hast du eigentlich herausgefunden, was dieser Albrecht der Entartete mit der Eckartsburg zu tun hatte?«

»Ja, warte.« Färber stand auf und ging zum Kleiderständer, an dem seine Jacke hing. Aus der Innentasche holte er sein Notizbuch. Er setzte sich auf den Besucherstuhl neben der Tür und blätterte darin.

»Hier, das habe ich gefunden. Albrecht II., oder der Entartete, geboren 1240, gestorben 1314, lebte verschwenderisch und gewalttätig, verschleuderte Ländereien, um seine Laster zu finanzieren, sein Sohn Friedrich der Freidige beziehungsweise der Gebissene nötigte ihn, abzudanken, um weiteren Schaden abzuwenden, Albrecht betrog seine Ehefrau Margaretha mit einer anderen und zeugte mehrere Kinder mit beiden Frauen, angeblich wollte er Margaretha loswerden und beauftragte einen Killer, sie durch Genickbruch töten zu lassen.«

»Halt«, unterbrach ihn Carola, »was sagtest du, Genickbruch?«

»Hm, das habe ich so gelesen.«

»Gut, mach weiter.«

Färber suchte die Stelle im Text, bei der er unterbrochen worden war. »Jedenfalls wurde das Verbrechen vereitelt, weil der gedungene Mörder sich offenbarte und die Fürstin warnte. Während seiner Ehe mit Margaretha hielt sich Albrecht oft und gern in der Eckartsburg auf.«

»Sollte der Mordanschlag auf der Eckartsburg stattfinden?«, wollte Carola wissen.

»Wo sich die Sache abspielen sollte, konnte ich nirgends finden, vielleicht wurde das nie aufgeschrieben«, vermutete Färber. »Warum hast du mich nach dem Genickbruch gefragt?«

»Der Rechtsmediziner aus Naumburg vermutet einen Genickbruch bei unserem Opfer.«

»Dann kennen wir jetzt nicht nur den Zusammenhang zur Burg, sondern auch den Grund für die gewählte Tötungsart.«

»Wenn es wirklich Genickbruch war«, gab Carola zu bedenken.

## Sonntag, 7. Juni, Abend

*Färbers Wohnung, Martin-Luther-Straße, Dresden*

Nach einem langen Tag trat Färber in den Flur. Am Boden lag der bunte Werbezettel eines Pizzadienstes, der im Laufe der letzten Stunden durch den Türschlitz gesteckt worden war. Stöhnend bückte er sich danach und warf den Zettel ungelesen in den Papierkorb. Mit dem Fuß schob er die Wohnungstür zu und ließ seine Aktentasche auf die Dielenbretter fallen. Die Jacke warf er über einen Haken an der Garderobe, streifte seine Schuhe ab und schlurfte in Socken zum Kühlschrank. Als er die gähnende Leere darin sah, erinnerte er sich, dass er eigentlich hatte einkaufen gehen wollen. Zwei Bier lagen noch im Gemüsefach. Er klemmte die Flaschen zwischen Daumen, Zeige- und Mittelfinger und verließ seine Wohnung. Gegenüber klingelte er an Gernots Tür. Es dauerte nicht lange, und sein Kumpel öffnete.

»Komm rein.«

Sie betraten das Wohnzimmer, Färber ließ sich auf die Couch fallen. Offenbar hatte er seinen Nachbarn beim Fernsehen gestört, ein Fußballspiel lief ohne Ton.

»Wenn du lieber Sport sehen willst, komme ich ein anderes Mal wieder«, schlug er vor und erhob sich halb vom Sofa.

Gernot legte seine Hand auf Färbers Schulter und drückte ihn wieder in den Sitz. »Quatsch, ich freu mich doch, dass du mal für mich Zeit hast.« Er nahm die Fernbedienung von der Armlehne des Sofas und schaltete den Fernseher ab, bevor er sich mit einer Bierflasche in der Hand auf einen Sessel neben Färber fallen ließ. »Schieß los, was gibt's Neues.«

Statt einer Antwort meldete sich Färbers Magen mit einem eindringlichen Knurren.

Gernot lachte. »Mann, sag doch gleich, dass dein Kühlschrank leer ist.« Er stand auf und verließ das Wohnzimmer. Aus der Küche rief er: »Ich mach dir ein paar Spiegeleier, bin gleich wieder da.«

Färber lehnte sich zufrieden in die weichen Polster. Sein Bier rührte er vorerst nicht mehr an. Nach einem ersten Schluck hatte sich der Alkohol sofort in seinen Adern breitgemacht. Er brauchte erst etwas zu essen.

Gernot zauberte ihm drei Spiegeleier, legte Brot dazu und eine Tomate, darüber streute er fein gehackten Schnittlauch, der aus Färbers eigenem Anbau stammte. Färber ließ sich die Köstlichkeiten schmecken und war seinem Freund zutiefst dankbar. Nach dem Essen saßen sie noch zusammen, tranken Bier und redeten. Schließlich sahen sie doch noch die letzten Minuten des Fußballspiels an, das im Elfmeterschießen entschieden wurde. Gernot war unzufrieden, seine Mannschaft hatte verloren.

Färber gähnte, stand auf und streckte sich. »Gernot, du hast mir mal wieder das Leben gerettet«, bedankte er sich bei seinem Kumpel.

Dieser winkte ab. »Ach was, es war mir ein Vergnügen.«

Färber gähnte wieder. »Ich muss ins Bett, sonst schlaf ich noch bei dir ein.«

Gernot brachte ihn zur Tür und wartete, bis Färber in seiner Wohnung verschwunden war.

Müde, aber zufrieden ging Färber ins Bad. Er duschte, putzte sich die Zähne und zog sich um. Als er zurück ins Wohnzimmer kam, fühlte er sich erfrischt. Das Bett konnte noch ein paar Minuten warten. Er begann einen kleinen Rundgang durch die Wohnung und begutachtete seine Pflanzen, zupfte hier und da etwas aus der Blumenerde und goss etwas Wasser in jeden Topf. Dann setzte er sich in seine Hollywoodschaukel. Färber stemmte die Füße auf dem Boden ab und schwang vor und zurück. In der Mitte seines Bauches kribbelte es. Fühlte sich Glück so an? Konnte man Zufriedenheit damit gleichsetzen? Er wusste es nicht. Auf jeden Fall war er in seinem Leben schon glücklicher gewesen, damals, mit Marita. Färber schaukelte und dachte an früher, an bessere Zeiten. Seine Augen suchten die Bilder der Vergangenheit. Er betrachtete die gerahmten Fotos auf der Anrichte, immer wieder dieses Lächeln, sogar Marita schien damals glücklich gewesen zu sein.

Abrupt stemmte Färber beide Füße fest auf den Boden und bremste damit die Schaukel ab. Er stand auf und trat vor die Anrichte. Das Foto mit Marita und seinem Vater vom letzten Sommer fehlte, stattdessen verhöhnte ihn August der Starke, triumphierend auf dem Fliesenbild des Fürstenzuges reitend.

Was sollte das? Konnte es sein, dass Gernot dahintersteckte? Der liebte merkwürdige Scherze, diesen hier konnte Färber aber im Moment überhaupt nicht lustig finden. Er griff nach dem Rahmen, marschierte aus der Wohnung und klingelte bei seinem Freund.

»He, Gernot. Mach noch mal auf.«

In der Wohnung rumpelte es. »Au, verdammt!« Dann öffnete Gernot die Tür, den Mund zu einem schiefen Grinsen verzerrt, stand er seitlich gebückt und rieb sich mit der Hand das Schienbein. »Mann, Färber, was gibt's noch?«

Der hielt ihm wortlos das gerahmte Foto Augusts des Starken vor die Nase.

»Wer ist der edle Reiter?«, fragte Gernot.

Färber schnaufte. »Das ist ein ausgesprochen blöder Scherz. Ich kann gerade nicht darüber lachen.«

Gernot schaute ihn an, verzog keine Miene. »Was meinst du denn?«

»Na hier, in diesem Bilderrahmen war ein Foto von Marita, Otto und mir, und du hast mir ein Bild vom Fürstenzug reingetan. Das ist nicht witzig.«

»Ich hab nichts gemacht, ehrlich.« Gernot sah ihn verständnislos an. »Du bist ein bisschen überspannt, mein Freund.«

Färber wurde heiß, die Knie gaben nach. Jegliche Kraft schien aus seinen Armen weichen zu wollen. Wortlos drehte er sich um, schlurfte zurück in seine Wohnung und trug das Bild zum Sessel, in den er sich setzen musste. Im selben Moment ärgerte er sich über sein unbedachtes Vorgehen. Fingerabdrücke.

Mit einem Mal war ihm alles klar. Der Mörder musste in seiner Wohnung gewesen sein, einfach so, und er hatte nichts bemerkt. Vielleicht ging der hier ein und aus, während Färber arbeitete?

Hastig riss er die Metallspangen aus ihren Verankerungen auf der Rückseite des Rahmens. Unter der Pappe kam nur die Postkarte Augusts des Starken zum Vorschein. Das Foto seiner Familie war verschwunden.

Was hatte der Kerl vor?

Ich muss die Spurensicherung anrufen, dachte er, inzwischen vollkommen wach. Er wählte Carolas Nummer. Es war ihm egal, dass es schon bald Mitternacht war.

Nach dem fünften Klingeln nahm sie ab. »Ja«, hauchte Carola verschlafen in die Leitung, »ist was passiert?«

»Allerdings, der Kerl war in meiner Wohnung.«

»Wie bitte, bist du betrunken?«

»Nein, total nüchtern. Er war hier und hat ein Foto ausgetauscht.«

»Oh Mann.« Carola klang genervt. »Woher soll der denn wissen, wo du wohnst? Du stehst in keinem Telefonbuch, deine Adresse ist geheim, ein Normalsterblicher findet das nie heraus, du musst dich irren.«

»So, dann erklär mir mal, warum statt eines Familienfotos von Marita, Otto und mir plötzlich August der Starke gerahmt auf meiner Anrichte steht.« Färbers Stimme überschlug sich vor lauter Aufregung. »Ich brauche Polizeischutz für Marita und meinen Vater. Der hat irgendwas vor.«

»Nun dreh mal nicht gleich durch. Bestimmt ist alles ganz harmlos. Vielleicht hat ein anderer die Bilder ausgetauscht.«

Färber antwortete nicht sofort, er musste nachdenken. Wer hatte einen Schlüssel für seine Wohnung? Nur Gernot und sein Vater Otto. Gernot war es nicht und Otto würde sicher niemals auf die Idee kommen, ein Bild auf seiner Anrichte auszutauschen. »Nein«, sagte er schließlich, »kein anderer kann es gewesen sein.«

»Hast du eine Putzfrau?« fragte Carola.

Färber schnaubte. »Ganz sicher nicht. Er muss es gewesen sein.«

Carola stöhnte. »Weißt du, Fred, ich kann jetzt nicht mehr klar denken. Lass uns ein paar Stunden schlafen, morgen fällt dir bestimmt eine plausible Erklärung ein. Heute Nacht können wir ohnehin nichts machen. Wenn es sonst nichts mehr gibt, würde ich jetzt gern auflegen.«

»Ja, ist gut. Schlaf schön, wir sprechen morgen darüber.« Er setzte sich auf die Schaukel und sah sich im Zimmer um. Mit einem Mal fühlte Färber sich in den eigenen vier Wänden beobachtet und kontrolliert. Er rief die Bereitschaft an und verlangte nach der Spurensicherung. Dann ging er von Zimmer zu Zimmer, mit seinen Augen tastete er jedes Möbelstück, die Wände und Decken nach Kameras und Mikrofonen ab. Nichts.

Bereits eine halbe Stunde später arbeiteten sich drei Kollegen durch seine Wohnung, sicherten Fingerabdrücke und andere Spuren, die vom Einbrecher stammen konnten. Das Wohnungsschloss war unversehrt. Färber saß in seiner Hollywoodschaukel und beobachtete die Kollegen. Das erste Mal in diesem Fall regte sich ein ungeheuerlicher Gedanke. Was, wenn der Fürstenzugmörder ein Polizist war? Schließlich kam nur jemand aus den eigenen Reihen an Färbers Adresse. Und woher hatte er den Schlüssel, oder war das Schloss mit einem Draht geöffnet worden wie beim Kostümfundus in Rochlitz? Färber war zutiefst verunsichert. Im Geiste begann er die Kollegen bei der Dresdner Kripo durchzugehen und nach verdächtigen Verhaltensweisen zu durchleuchten. Und was war mit Gernot, vielleicht sagte der auch nicht die Wahrheit?

Entschieden schüttelte er den Kopf. Jetzt nicht paranoid werden, ermahnte er sich. Färbers Blick folgte seinen Kollegen von der Spurensicherung. Nach kurzer Zeit ertappte er sich, wie er im Stillen mit jedem von ihnen ins Gericht ging. Konnte der hagere Matthias der Mörder sein, mit dem er schon Fußball gespielt hatte? Oder vielleicht der rothaarige Nils, der Jüngste in der Abteilung? Färber kannte ihn kaum, nur von kurzen Gesprächen zwischen Tür und Angel. Nein, in diese Richtung sollte er gar nicht erst weiterdenken. Nils war frisch verheiratet und erwartete das erste Kind. Aber war das ein Hinderungsgrund für einen Serienmörder? In diesem Moment ging Volker Wiesner an ihm vorbei zur Anrichte. In seinen Händen hielt er die Utensilien für die Sicherung von Fingerabdrücken. Volker trug immer Sandalen, sommers wie winters. Jetzt steckten seine Füße in Folienüberziehern. Er und Färber hatten schon die tollsten Sachen zusammen erlebt, gelacht und geweint in den vielen gemeinsamen Jahren bei der Polizei.

Färber erhob sich aus der Schaukel. »Leute, ich muss mal an die frische Luft, kommt ihr allein zurecht?«, fragte er in die Runde, ohne einen der Kollegen direkt anzusehen.

Volker unterbrach seine Arbeit an der Anrichte und sah zu ihm. »Klar, Färber. Wir ziehen dann die Tür zu, wenn wir abhauen.« Dabei zwinkerte er ihm zu.

Färber schämte sich für seine Gedanken von vorhin. Schnell drehte er sich um, damit Volker nicht sah, dass er rot wurde. Er winkte im Gehen und verschwand.

Draußen im Treppenhaus wählte er trotz der nächtlichen Stunde Maritas Handynummer. Er musste sie warnen. Sie ging nicht ans Telefon, entweder war es schon zu spät, oder, und dieser Gedanke schmerzte tief in seinen Eingeweiden, sie wollte nichts mehr mit ihm zu tun haben.

Seinen Vater rief Färber um diese Zeit nicht mehr an. Nachts trug Otto sein Hörgerät nicht, außerdem schnarchte er meist sehr laut. Kein Telefongeklingel konnte dann bis in sein Bewusstsein vordringen. Färber würde bis zum Morgen damit warten müssen.

Er ließ die Haustür hinter sich zufallen und atmete tief ein. Die Luft war kühl, und es nieselte sacht. Färber steckte seine Hände in die Hosentaschen und spazierte durch die Nacht.

Irgendwann kam er nach Hause zurück. Die Leute von der Spurensicherung hatten die Wohnung ordentlich hinterlassen, dennoch spürte Färber noch Stunden später ihre Anwesenheit. Oder war das alles nur Einbildung? Vom Besuch des Mörders hatte er schließlich auch nichts mitbekommen.

Er legte sich angezogen ins Bett und fiel in einen kurzen, traumlosen Schlaf, aus dem er schon gegen fünf Uhr wieder erwachte. Färber stand auf. Sein Kopf dröhnte, als hätte er die Nacht durchgezecht. Er rieb sich die Schläfen und trottete in die Küche. Dort öffnete er einen der oben hängenden Schränke. Färber streckte sich und suchte im Medikamentenfach nach Schmerztabletten. Er kramte zwischen den Schachteln herum. Ein scharfer Schmerz am Zeigefinger ließ ihn zurückschrecken. Färber zog die Hand aus dem Schrank, aus der Fingerspitze quoll Blut. Es lief bis zum Handgelenk hinab. Färber war außer sich. Jetzt brauchte er nicht nur Schmerztabletten, sondern auch ein Pflaster. Aber zuerst musste er die Ursache für die Verletzung finden. Mit einer Hand riss er ein Küchentuch von der Rolle ab und verbarg darin den blutenden Finger. Dann ging er ins Bad und holte eine Fußbank. Er stellte sie vor den offenen Küchenschrank und stieg hinauf. Zwischen Verbandszeug und Medikamentenschachteln lag sein großes Küchenmesser, das schärfste in seinem ganzen Haushalt.

Was sollte das? Hatte ein Kollege von der Spurensicherung das Messer falsch weggeräumt? Verärgert klaubte er einen Streifen Pflaster aus der Schachtel und schnitt mit der linken Hand ungeschickt ein Stück davon ab. Mit den Zähnen entfernte er das Schutzpapier auf der Rückseite und versorgte seine Wunde. Dann rief er seinen Vater an, um ihn zu warnen. Otto schien die Sache nicht zu beunruhigen.

## Montag, 8. Juni, Morgen

*Kommissariat, Dresden*

Auf dem Weg zu seinem Büro schaute Färber bei der Spurensicherung vorbei. Er hoffte, dass Volker schon da war trotz des nächtlichen Einsatzes in seiner Wohnung. Er hatte Glück. Sein Kollege saß an einem Tisch und untersuchte Folienstreifen unter einem Mikroskop.

Volker schaute auf, als Färber den Raum betrat. »Na, Färber, wie geht's dir heute Morgen?«

»Eigentlich ganz gut, wenn das nicht wäre.« Er blieb vor dem Tisch stehen und hielt Volker den verletzten Finger vor die Nase.

»Oh«, erstaunt musterte er das Pflaster, »hast du dich geschnitten?«

»Sehr witzig«, brummte Färber, »genauso witzig wie einer deiner Kollegen, der mein schärfstes Küchenmesser in den Medikamentenschrank gesteckt hat.«

»Wieso Messer und wieso Schrank?« Volker überlegte »Wir haben nur Spuren an den Oberflächen gesichert. Soweit ich mich erinnere, sind die Möbel nicht geöffnet worden. Nein, das musst du selbst gewesen sein. Vielleicht warst du in Gedanken und hast das Messer einfach ins falsche Fach gelegt nach dem letzten Abwasch.«

Färber schluckte. Seine Brust begann zu schmerzen, als würde sie von einem starken Band zusammengezogen werden.

»He, was ist los mit dir?« Volker stand auf und griff nach Färbers Arm. »Setz dich mal lieber, du bist auf einmal so blass.«

Färber folgte der Anweisung und ließ sich auf einen Stuhl fallen. Er starrte an die Wand, ohne wirklich etwas zu sehen. Seine Gedanken rasten. Er flüsterte: »Das war dieser Mistkerl Salmann, er hat mir in meiner eigenen Wohnung eine Falle gestellt.« Er schüttelte den Kopf. »Das wird er mir büßen, ich schwöre es.« Färber sah Volker in die Augen. »Das wird er mir büßen.« Dann stand er auf.

»Was hast du vor?«, fragte Volker besorgt. »Mach nichts Unüberlegtes.«

»Ich muss los. Habt ihr überhaupt fremde Fingerabdrücke in meiner Wohnung gefunden?«, wollte er noch wissen.

»So schnell geht das nicht, aber wir arbeiten dran.« Volker setzte sich wieder. »Was meinst du denn mit Falle …«

Färber war schon draußen und hatte die Tür hinter sich zufallen lassen. Er rannte die Treppen hinauf, ging in sein Büro und nahm den Telefonhörer ab. Färber musste ein Telefonat führen, um die Kollegen für die inzwischen genehmigte Hausdurchsuchung in Viktor Salmanns Wohnung anzufordern.

## Montag, 8. Juni, später Nachmittag

*Kommissariat, Dresden*

Die Mitglieder der Sonderkommission traten ins Büro und ließen sich auf ihre Stühle fallen.

Lars Friedrich legte die Beine hoch und schlug sie übereinander. »In der Wohnung gibt es also nicht den kleinsten Hinweis auf die Morde.«

»Tja«, Färber lehnte sich in seinem Bürosessel zurück, »entweder hat Salmann eine Garage oder etwas Ähnliches angemietet, wo er seine Verbrechen vorbereitet und vor allem auch die gestohlenen Kostüme aufbewahrt, oder«, er richtete sich auf und schlug mit der flachen Hand auf den Schreibtisch, sodass seine Kollegen erschrocken aufblickten, »er war es doch nicht.«

Carola räusperte sich. »Haben die Kollegen im Transporter der Gruppe etwas gefunden?«

»Nicht die kleinste Spur«, sagte Färber frustriert.

Carola überlegte. »Also keine Beweise, die wir einem Richter vorlegen können. Dann bleibt uns wohl nichts anderes übrig, als Viktor Salmann nach Hause zu schicken.«

»Nicht so schnell mit den jungen Pferden.« Färber stand auf und ging um seinen Schreibtisch herum. »Dass wir bei der Hausdurchsuchung nichts gefunden haben, ist das eine, das andere aber ist, dass der junge Mann uns bis heute noch nichts über seine Alibis erzählt hat. Dafür muss es Gründe geben.«

»Wer weiß, was der zu verbergen hat«, sagte Lars Friedrich.

»Wir sollten herausfinden, ob Salmann passende Räumlichkeiten angemietet hat«, Carola zählte an den Fingern ab, »Garage, Schuppen, Lager, Bungalow oder eine weitere Wohnung.«

»Gibt es eigentlich einen Raum, in dem unsere Mittelalterfreunde für ihre Auftritte proben, Kostüme und Requisiten lagern?«, fragte Färber in die Runde.

»Keine Ahnung.« Lars Friedrich zog die Schultern hoch.

»Fehlanzeige«, sagte Carola, »ich habe mit einem gewissen Bernd Schumann gesprochen, das ist der Halter des weißen Kleintransporters und gleichzeitig Chef der Mittelaltertruppe. In seinem Keller werden die Utensilien für die Auftritte untergestellt. Die Proben finden im Nebenraum einer Kneipe statt, nicht weit von Schumanns Wohnung.«

»Hat sich jemand von uns diesen Kellerraum angesehen?«, hakte Färber nach.

Carola nickte. »Ich war selbst dort. Schumann hat mich ohne Durchsuchungsbeschluss hineingelassen. Nicht den kleinsten Hinweis auf den Fürstenzugmörder konnte ich finden. Wenn Salmann unser Täter ist, muss er die Sachen woanders aufbewahren.«

»Also gut«, Färber wandte sich an Lars Friedrich, »du informierst Gerlinde Strecker und bittest sie, nach Mietverträgen zu suchen, die auf Salmanns Namen laufen. Sicherheitshalber soll sie auch im Grundbuchamt nachfragen, vielleicht gehört ihm ja ein Häuschen im Grünen.« Färber dachte an die Gartenlaube seiner Kindheit. »Wie geht's denn deinem Vater?«

Lars Friedrich winkte ab. »Och, falscher Alarm. Er ist wieder zu Hause und quietschvergnügt.«

»Na, das lässt sich hören.«

Lars Friedrich ließ seine Füße geräuschvoll auf den Boden fallen, stand auf und ging zur Tür, um mit Gerlinde Strecker zu telefonieren. »Tschüss, ihr zwei.«

»Sag mal«, Färber wandte sich an Carola, »wer hat sich eigentlich mit der Goetheballade befasst, die von der Bank an der Eckartsburg?«

Carola lief rot an. »Oh, ich habe die Unterlagen im Hotel vergessen.« Sie stand auf und ging zur Tür. »Ich kümmere mich sofort darum, bis später.«

Färber war allein. Er schaltete den Rechner an. Statt abzuwarten, bis das System hochgefahren war, ging er nach draußen, um sich am Automaten einen Kaffee zu holen. Als er mit dem dampfenden Getränk zurückkam, meldete sein Mailprogramm, dass neue Nachrichten eingetroffen waren.

Färber hockte sich vor den Computer, schlürfte Kaffee und öffnete die elektronische Post. Einige Werbemails löschte er ungelesen. Gerlinde Strecker hatte ihm geschrieben, dass der Tote von der Eckartsburg identifiziert worden sei.

»Na super«, Färber stand auf, »das ging aber schnell.« Er ging durch die Zwischentür in Streckers Büro, um sich die Dokumente zu holen. Ihr Schreibtisch war leer, keine Nachricht. Das war sonst nicht ihre Art, irgendwo klebte immer eine Haftnotiz. Färber umrundete den Tisch, suchte nach der Akte, zog Schubladen auf und schloss sie wieder. Nichts.

Er griff zum Telefon und wählte Gerlinde Streckers Privatanschluss.

»Ja?«, meldete sie sich verschnupft. Dann schniefte sie laut.

»Hallo, hier Färber, Ihr Chef, ha, ha.«

»Sie haben gut lachen.« Sie nieste, Färber hielt den Hörer ein Stück weg vom Ohr.

»Sind Sie etwa erkältet?«, wunderte er sich.

»Hm«, Gerlinde Strecker hustete, »haben Sie mich noch gar nicht vermisst heute?«

»Nein, ehrlich gesagt nicht. Ich dachte, Sie hätten einfach frei.«

Jetzt lachte Gerlinde Strecker so gut es ging zwischen Schniefen und Husten.

»Ich habe Ihre Mail erhalten, wo finde ich denn die Akte?«, kam Färber zum Thema.

»Die Kollegen von der Bereitschaft haben die Meldung hereinbekommen, bei ihnen können Sie die Unterlagen abholen.«

»Sehr gut«, lobte Färber. »Hat Lars schon mit Ihnen gesprochen wegen Salmann und eventuellen Mietverträgen?«

»Ja, wir haben gerade telefoniert.« Sie schnäuzte sich ausgiebig in ein Taschentuch, vermutete Färber anhand der Geräusche, die aus dem Hörer drangen. »Ehrlich gesagt, Chef, heute kann ich nichts machen, ich liege im Bett, und mir tut jeder Knochen weh. Morgen geht es bestimmt wieder, wenn es bis dahin Zeit hat.«

»Hm«, Färber schaute auf die Uhr, »wir müssen Salmann freilassen, wenn wir nicht bald Beweise finden. Ich rufe Lars an, der

Junge soll sich sofort der Sache annehmen. Sie, Frau Strecker, schlafen sich gesund, ein paar Stunden muss es wohl ohne Ihre vorzügliche Spürnase gehen.«

»Na gut, Chef, ich bin Ihnen wirklich sehr dankbar, dass Sie Lars damit beauftragen. Morgen Nachmittag telefonieren wir. Dann bin ich bestimmt wieder fit.«

»Alles klar und gute Besserung.« Färber beendete das Gespräch und wählte gleich darauf Lars Friedrichs Nummer, um ihm die Aufgabe zu übertragen.

Danach verließ er sein Büro und begab sich auf den Weg durch endlose Flure und Treppenhäuser zur Bereitschaft, um die Akte über den Toten von der Eckartsburg abzuholen. Als er im Foyer des Gebäudes ankam, bemerkte er, dass sein Magen knurrte. Gern hätte er einen kurzen Abstecher in die Kantine gemacht, aber die war um diese Zeit schon geschlossen. Also versuchte er, das Knurren so gut es ging zu ignorieren.

Zurück in seinem Büro, begann er sofort mit dem Studium der Dokumente.

Das Opfer hieß Danny Graichen und war siebenundzwanzig Jahre alt. Seine Eltern lebten nicht mehr, Geschwister gab es keine. Er wohnte in Leipzig und arbeitete auf Montage. Zuletzt gesehen hatte ihn der Gastwirt einer Kneipe in der Marbacher Gasse in Erfurt. Graichen gehörte zu einem Bautrupp, der Fenster und Türen überall in Deutschland einbaute, zurzeit eben in Erfurt. Der junge Mann hatte irgendwann in der Nacht von Samstag auf Sonntag das Lokal verlassen, das sich »First Irish Pub« nannte, und war nicht zurückgekehrt. Die Rechnung blieb unbezahlt. Der Gastwirt aus der Marbacher Gasse hatte ihn am nächsten Tag angezeigt wegen Zechprellerei und eine Personenbeschreibung abgegeben. Eine Vermisstenmeldung ging am Montagmorgen ein, aufgegeben von Danny Graichens Freundin Mandy Krane aus Leipzig. Sie gab an, am Sonntagmorgen kurz nach Mitternacht mit ihrem Freund telefoniert zu haben, aber die Verbindung war abgebrochen. Sie hatte noch mehrfach seine Nummer gewählt, aber keine Antwort erhalten. Weil das Mobilfunknetz nicht überall stabil war, machte sie sich zunächst keine Sorgen. Erst als der ganze Sonntag und die darauffolgende Nacht ohne ein Lebenszeichen von Danny vergangen waren, informierte sie schließlich die Polizei.

Die Erfurter Kollegen hatten eine Tante Danny Graichens in Zwickau ausfindig machen können. Sie war am Mittag nach Chemnitz gefahren, um ihren Neffen zu identifizieren.

»Ähnliches Strickmuster wie bei den anderen, einfach bei Nacht und Nebel einen jungen Mann einkassiert und ermordet«, sagte Färber zu sich selbst.

Sein Handy klingelte. Carola.

»Hi, Fred. Ich hab jetzt den vollständigen Text dieser Goetheballade vor mir liegen. Kann ich dir die zwei Blätter mal rüberschicken?«

»Ja klar.«

»Warte kurz, das Gedicht ist gleich da«, versprach sie.

Färber hörte, wie sie eine Nummer in das Faxgerät eingab, jede Ziffer wurde mit einem Piepton quittiert. Dann klingelte es neben seinem Schreibtisch, fiepend nahmen beide Geräte Kontakt auf, die Ballade schob sich durch den Ausgabeschlitz.

Färber nahm die Blätter in die Hand und begann zu lesen: »›Der getreue Eckart‹, Johann Wolfgang von Goethe.

*O wären wir weiter, o wär' ich zu Haus!*
*Sie kommen, da kommt schon der nächtliche Graus …*«

Carola blieb die ganze Zeit am Telefon und hörte zu, wie Färber Strophe um Strophe der Ballade vorlas.

Als er mit der letzten Zeile fertig war, schwieg er.

»Und«, beendete sie die Stille in der Leitung, »was sagst du dazu?«

»Na ja«, Färber setzte sich und starrte auf das Gedicht in seinen Händen, »klingt ein bisschen wie ein Sauflied.«

»Also ich weiß nicht so recht, was Goethe damit sagen will«, erklärte Carola. »Deshalb habe ich im Goethe-Institut angerufen, um mir den Sinn hinter den Versen erklären zu lassen.«

»Gute Idee«, lobte Färber.

»Das habe ich auch geglaubt, leider vergeblich. Ich musste mich eines Besseren belehren lassen. Die Dame am Telefon hat mir erklärt, dass Goethe-Institute weltweit für die Verbreitung der deutschen Sprache eintreten. Hier in Deutschland geben sie zum Beispiel Kurse für Ausländer, die sich eingliedern wollen. Mit der Interpretation von Goethes Werken haben sie nichts zu tun, ich solle mich an Universitäten und Bibliotheken wenden. Das habe ich versucht, aber bisher konnte ich noch niemanden auftreiben, der sich mit dieser Ballade befasst hat.«

»Das heißt, wir müssen uns erst einmal selbst darüber unsere Köpfe zerbrechen?« Färber stöhnte.

»Sieht so aus. Jetzt hast du jedenfalls den Text vor dir, vielleicht fällt dir ja etwas dazu ein.« Sie lachte.

»Hoffentlich wird uns das Lachen nicht vergehen.« Er verabschiedete sich und legte auf. Nach Lachen war ihm schon lange nicht mehr zumute, er quälte sich Nacht für Nacht in seinen Träumen und in den halb wachen Momenten mit dem Freitod Wenzel Frankowskis. Darüber hinaus zweifelte er an sich selbst und auch an den Fähigkeiten seiner Kollegen. Sie arbeiteten nahezu rund um die Uhr, suchten nach Ermittlungsansätzen. Trotz ihres enormen Arbeitsaufwandes lief bisher jede ihrer Bemühungen am Ende ins Leere. Noch nie zuvor in den Jahren bei der Polizei war er sich so hilflos und den perfiden Phantasien eines Verbrechers derartig ausgeliefert vorgekommen. Färber suchte bisher vergeblich nach einem System oder einer Art Logik, nach der der Täter seine Opfer auswählte. Die Erkenntnis, dass sie letztendlich wohl auf einen Zufall oder einen Fehler des Täters angewiesen waren, machte ihn wütend, half ihnen aber auch nicht weiter. Färber schaute auf die Uhr, schon nach acht. Mit Lars Friedrich konnte er auch von zu Hause aus telefonieren, dachte er und verließ das Kommissariat.

Auf dem Weg zum Auto meldete sich knurrend sein Magen wieder. Färber erinnerte sich, dass er Lebensmittel einkaufen musste. Die Supermärkte hatten inzwischen geschlossen, also hielt er unterwegs an einer Tankstelle und kaufte das Notwendigste für den Abend ein. Als er am Verkaufstresen stand, um zu bezahlen, überfiel Färber ein Verlangen nach Wiener Würstchen mit Senf. Er bestellte eine Portion davon. An einem der Stehtische verschlang er das Essen gierig, Färber schmatzte und leckte sich den Senf von den Fingern. Seit Jahren hatte er so etwas Köstliches nicht mehr gegessen, bildete er sich ein. Einigermaßen zufrieden fuhr er von der Tankstelle nach Hause.

## Montag, 8. Juni, Abend

*Färbers Wohnung, Martin-Luther-Straße, Dresden*

Nachdem er die Lebensmittel im Kühlschrank verstaut und eine Flasche Bier geöffnet hatte, setzte er sich in die Hollywoodschaukel. Färber schwang ein paarmal vor und zurück und durchdachte die Lage.

Viktor Salmann. Was hatten sie eigentlich gegen ihn in der Hand? Eine Vorliebe für mittelalterliche Klamotten, die auch eine sexuelle Komponente hatte. Dazu kam eine direkte Verbindung zum Fürstenzug durch seine ehemalige Tätigkeit im Verein. Salmann wusste auch, wo sich der Fundus mit den Kostümen befand.

Ein Motiv? Vielleicht Rache für seinen Rausschmiss. Schließlich war Salmann nicht freiwillig gegangen.

Gelegenheit? Auf jeden Fall. Alibis konnte er nicht angeben, zumindest beim letzten Mord war er vermutlich nicht zu Hause gewesen. Noch einmal kroch der Ärger über die verpasste Gelegenheit hoch, weil die Kollegen Salmanns nächtlichen Streifzug verschlafen hatten.

Medizinisches Wissen? Ja. Als Krankenpfleger kennt sich Salmann mit Betäubungs- und Schlafmitteln aus.

Und er hatte jederzeit Zugriff auf einen weißen Kleintransporter mit Dresdner Kennzeichen. Ein solches Fahrzeug war an zwei Tatorten gesehen worden. Die Untersuchung des Transporters der Mittelaltertruppe war angeordnet worden, aber Beweise hatten sie keine gefunden.

Das psychologische Gutachten? Es schien in den grundsätzlichen Punkten auf Salmann zuzutreffen.

Beweise?

Die Schaukel schwang heftiger vor und zurück. Färber holte

immer wieder Schwung. Aber ihm fiel nichts mehr ein. Wenn er die Fakten nüchtern betrachtete, hatten sie sich ein schönes Sammelsurium an Indizien zusammengesucht, ohne einen wirklichen Beweis in der Hand zu haben. Wie bei Wenzel Frankowski.

Färber musste sich eingestehen, dass er Salmann irgendwann auf freien Fuß setzen musste. Seine letzte Hoffnung war Lars Friedrich. Färber stand auf und ging zum Telefon.

Lars Friedrich meldete sich sofort. »Ja, ich sitze noch am Schreibtisch, nur leider bisher vergeblich.«

»Hast du nichts gefunden? Kein mögliches Versteck?«

»Du sagst es. Im Grundbuchamt gibt es überhaupt keinen Eintrag mit Salmanns Namen. Und die großen Hausverwaltungsfirmen in Dresden führen ihn nur ein Mal, und zwar als Mieter der Wohnung in der Lindenaustraße, in der er gemeldet ist und wo ihr ihn auch besucht habt.«

»Hm«, Färber überlegte, »was wäre, wenn er, sagen wir mal, von einem Bekannten ein paar Straßen weiter eine Garage gemietet hätte, würdest du das herausfinden?«

»Wie denn? Es gibt schließlich kein Melderegister für so was«, entgegnete Lars Friedrich ein wenig gereizt, »da können wir uns nur wieder an ihn dranhängen und hoffen, dass er irgendwann sein Versteck aufsucht.«

»Also gut«, Färber setzte sich wieder in die Schaukel, »wir sollten es riskieren und Salmann rauslassen, wenn die Staatsanwaltschaft das Gericht davon überzeugen kann, seine Beschattung fortzusetzen. Wenn das nicht klappt, bleibt er bei uns, bis er seine Alibis verrät.«

Sie beendeten das Gespräch.

Färber wählte die Privatnummer des Staatsanwalts mit einem Anflug von schlechtem Gewissen, schließlich war es schon spät am Abend. Aber er arbeitete ja auch noch, also, was sollten seine Bedenken?

Nach weniger als dreißig Minuten hatte Färber seine Genehmigung. Salmann würde innerhalb der nächsten Stunden das Präsidium verlassen, beobachtet von aufmerksamen Kollegen, die sich dieses Mal hoffentlich nicht abschütteln ließen.

Färber fühlte sich zwar erschöpft, aber nicht wirklich müde, obwohl es inzwischen schon auf elf Uhr zuging. Die Ereignisse der letzten Tage verursachten in seinem Inneren eine ständige Unruhe. Er zermarterte sich das Hirn, dachte über sächsische Fürsten nach, versuchte, in die Gedanken des Mörders zu schlüpfen, seinen perfiden Plan zu entschlüsseln. Wo sollten sie weitermachen? Welchen Stein umdrehen? Färber schnaufte und erhob sich, schlurfte in die Küche und nahm ein Glas aus dem Schrank über der Spüle. Er hielt es unter den laufenden Wasserhahn und stürzte die kalte klare Flüssigkeit seine Kehle hinunter. Wo konnte er ansetzen? Was hatte er übersehen? Alles zurück auf Anfang, das schien im Moment die einzig sinnvolle Vorgehensweise zu sein.

Er zog eine Schublade neben dem Kühlschrank auf und kramte zwischen bunt bedruckten Plastiktüten. Er fand eine angefangene Packung Gummibärchen, eine halbe Tafel Herrenschokolade mit längst abgelaufenem Verbrauchsdatum, Pfefferminzbonbons und andere Süßigkeiten, die er allesamt nicht mochte. Warum hortete er dieses Zeug hier monatelang? Nur Lakritzkatzen gab es keine mehr. Färber fischte aus dem hinteren Bereich eine Tüte Erdnüsse hervor, zog dann die Schublade komplett heraus und entleerte den nutzlosen Inhalt in den Mülleimer, den er unter der Spüle hervorholte. Den leeren Kasten schob er zurück in den Schrank, die Tür unter der Spüle drückte er mit dem Knie zu. Bereits auf dem Weg zum Wohnzimmer öffnete er die Erdnussverpackung und schob sich ein paar Nüsse in den Mund. Kauend stand er vor seinem breiten, alten Schreibtisch. Das Möbelstück war ihm in den Jahren ein treuer Begleiter geworden, eigentlich gehörte es Marita. Aber sie hatte, glaubte sich Färber zu erinnern, in den ganzen Jahren ihrer Ehe wohl nie daran gesessen.

Am linken Rand der Tischplatte lag ein Stapel Dokumente, Hefter, Mappen, einzelne Zettel. Dazwischen steckten zerknitterte Faxausdrucke. Färber hockte sich auf den Stuhl vorm Schreibtisch und rollte damit zur Seite, sodass er direkt vor dem Papierstapel zum Sitzen kam. Dann drehte er eine Seite nach der anderen um, überflog die Zeilen, manche Blätter waren voll bedruckt mit Computerschrift, viele auch auf der Rückseite, andere enthielten handschriftliche Notizen, manchmal nur ein paar Wörter quer über ein leeres Blatt gekritzelt. Im Mietshaus wurde es langsam still, in der mitternächtlichen Stunde schien keiner der Bewohner mehr im Treppenhaus unterwegs zu sein. Nur das Knistern von Papier war noch zu hören und ein leises Rascheln, wenn Färber ein Blatt umdrehte.

Irgendwann gegen ein Uhr nachts zog Färber eines der zerknitterten Faxpapiere zu sich. Seine Augen brannten, die schmale Schrift schien zu verschwimmen. Er hielt das Papier weiter von sich weg, um besser lesen zu können. Es handelte sich um ein Fax von Reiner Döring aus dem Schloss Rochlitz, das eine Namensliste enthielt. Irgendwann musste dieser Zettel im Büro angekommen und zwischen Akten, Dokumenten und Berichten untergegangen sein. Färber erinnerte sich nicht, dieses Fax jemals vorher gesehen zu haben.

Er las flüsternd und zerschnitt damit die Stille der Nacht: »Gründungsmitglieder des Vereins Der Fürstenzug zu Dresden e.V. im Jahre 2005.« Färber überflog die acht Namen, die darunter aufgelistet waren. Reiner Döring kannte er schon, aber die anderen?

Auf einmal stockte er. Diesen Herrn hatte er auch schon getroffen: Eugen Schwarz.

Färber stand auf und schaute über einen Topf hinweg, in dem Kresse wuchs, hinaus in die schwarze Nacht. Die Dunkelheit wurde zerteilt durch eine Reihe Straßenlaternen vor der gegenüberliegenden Häuserzeile.

Das ist ja interessant, dachte er. Dieser Schwarz hat mir nur erzählt, dass er anfangs dem Verein beratend zur Seite gestanden habe, kein Wort davon, dass er selbst unter den Gründungsmitgliedern gewesen war.

Färber schaltete sein Notebook ein, nach der Passworteingabe startete er den Internetbrowser. Auf der Homepage des Fürstenzugvereins fand er schließlich eine Liste der heute aktiven Mitglieder. Eugen Schwarz war nicht mehr darunter. Also musste er irgendwann ausgeschieden sein. Reiner Döring hatte sich nicht erinnern können, dass jemand im Streit den Verein verlassen habe, abgesehen vom unrühmlichen Ausscheiden Salmanns. Was also hatte Eugen Schwarz bewogen, aus dem Lebendigen Fürstenzugverein auszutreten? Das sollte ihm der Herr Experte doch erklären können. Färber nahm sich vor, Eugen Schwarz gleich morgen einen Besuch abzustatten. Vorher wollte er noch mit Reiner Döring sprechen. Mal sehen, was ihm noch zu diesem Schwarz einfiel. Er gähnte ausgiebig und schlurfte ins Bad. Die Nacht würde kurz werden.

## Dienstag, 9. Juni, Morgen

*Färbers Wohnung, Martin-Luther-Straße, Dresden*

Färber suchte in seiner Brieftasche nach der Visitenkarte von Reiner Döring, vor ihm dampfte eine Tasse frischer Kaffee. Es war erst acht, und Schloss Rochlitz hatte sicher noch nicht geöffnet. Er legte das Kärtchen vor sich auf den Tisch und wählte Dörings Privatnummer. Tatsächlich, Reiner Döring war zu Hause und meldete sich beim zweiten Klingelton.

»Ach, Herr Färber. Guten Morgen.«

Färber wünschte ihm dasselbe, kam dann aber gleich zur Sache. »Sie haben uns eine Liste der Gründungsmitglieder des Vereins aus dem Jahre 2005 geschickt.«

»Ja, das stimmt.«

»Darauf habe ich nun den Namen Eugen Schwarz gefunden. Woran erinnern Sie sich im Zusammenhang mit ihm?«

»Den habe ich Ihnen doch neulich als Experten empfohlen«, sagte Reiner Döring. »Nun ja, dieser Schwarz ist ziemlich früh ausgeschieden damals. Aber auf eigenen Wunsch und ohne jeden Streit.« Er betonte die letzten drei Worte.

»Natürlich, sonst hätten Sie uns das ja erzählt.«

»Genau.« Er räusperte sich. »Dieser Schwarz war kein angenehmer Mitstreiter.«

»Wie meinen Sie das?«

»Na ja, er wusste immer alles besser und hat uns ständig klarzumachen versucht, dass wir keine Ahnung hätten. Am Anfang war seine Unterstützung noch ganz hilfreich gewesen, weil er sich wirklich mit dem Fürstenzug und sächsischer Geschichte auskannte. Mit der Zeit aber entwickelte sich seine Besserwisserei zum Problem. Ständig gab es Unstimmigkeiten, er provozierte die Organisatoren. Irgendwann ging es überhaupt nicht mehr. Daraufhin hat er selbst den Verein verlassen, wir waren froh darüber. Sonst hätten wir uns von ihm trennen müssen.«

»Es hat also doch Streit gegeben?«, fragte Färber.

»Streit, Streit, das ist vielleicht nicht das richtige Wort. Eher konstruktive Meinungsverschiedenheiten, Sie wissen schon, was ich meine, Herr Kommissar.«

»Ich kann es mir vorstellen. Inwiefern unterschieden sich denn seine Ansichten von denen der anderen Vereinsmitglieder?«

»Da muss ich etwas weiter ausholen, glaube ich.«

»Nur zu.«

»Zum zehnten Geburtstag des Mittelsächsischen Kultursommers wurde vor einigen Jahren ein regionaler Herrscherzug mit echten Pferden und Menschen aufgeführt. Nach dem großen Erfolg dieser Veranstaltung kamen die Initiatoren auf die Idee, nun auch den Dresdner Fürstenzug zum Leben zu erwecken. Man erzählt sich, es sei eine Bierlaune gewesen. Sie können sich vorstellen, dass ein solches Projekt gewaltige Schwierigkeiten mit sich bringt. Wir brauchten unter anderem fachlichen Rat. Also haben wir in dieser Angelegenheit die Stadtverwaltung Dresden kontaktiert. So sind wir schließlich mit Eugen Schwarz zusammengekommen, er war uns als Experte in Sachen Fürstenzug empfohlen worden.«

»Worin sollte denn sein fachlicher Rat bestehen?«, fragte Färber.

»Vielleicht ist Ihnen aufgefallen, dass die Figuren des Dresdner Fürstenzuges nur schwarz-weiß dargestellt sind. Also brauchten wir jemanden, der uns beispielsweise bei der Auswahl der Stoffe half. Früher gab es feste Regeln, welcher Stand welche Farben tragen durfte. Purpur war zum Beispiel Kaisern, Königen und Kardinälen vorbehalten. Wir wollten natürlich keinen schwerwiegenden Fehler in diesen Dingen begehen, deshalb die fachliche Beratung.«

»Aber Eugen Schwarz hat Sie nicht so beraten, wie Sie sich das vorgestellt hatten?«

»Anfangs schon, aber im Laufe der Zeit wurde die Zusammenarbeit mit ihm immer unangenehmer. Wie ich vorhin schon sagte, er wusste alles besser, kanzelte uns ab und ließ uns oft wie dumme Schulkinder dastehen. Da wir nun aber die Idee zum Lebendigen Fürstenzug gehabt hatten und uns diese auch nicht kaputt machen lassen wollten, kam es immer wieder zu Meinungsverschiedenheiten.«

»Welche Vorstellungen hatte denn Herr Schwarz, die Sie nicht teilen konnten?«

»Wir wollten einen Fürstenzug zum Leben erwecken, der das Fliesenbild möglichst detailgetreu nachahmt. Dafür erwarben wir kostbare Stoffe, Unmengen wertvoller Spitze, ließen spezielle Lederschuhe und Rüstungen anfertigen. Wir wollten einfach einen prächtigen Fürstenzug laufen sehen, der die Menschen von nah und fern begeistern würde. Das war alles. Und glauben Sie mir, Herr Färber, das war die reinste Sisyphusarbeit.«

»Und was wollte Eugen Schwarz?«, wiederholte Färber seine eigentliche Frage.

»Er brachte zu jedem Fürsten Unmengen an biografischen Details ins Spiel, die wir irgendwie in die Gestaltung der jeweiligen Figur einarbeiten sollten. August der Starke zum Beispiel sollte die polnische Krone auf den Kopf bekommen, weil er ja auch König von Polen war, obwohl er auf dem Fliesenbild einen ganz anderen Hut trägt. Schwarz behauptete damals, dass wir unser Publikum unterschätzen würden. So doof seien die Leute nicht, dass sie die Anspielungen hinter seinen Ideen nicht verstehen würden. Unsere Vorstellung sei platt und langweilig. So ungefähr ging es die ganze Zeit, bis er schließlich aus freien Stücken unseren Verein verließ.«

»Wie lange war Eugen Schwarz denn Mitglied?«

»Ein halbes Jahr vielleicht, länger bestimmt nicht.«

»Vielen Dank. Sie haben mir sehr geholfen.«

Ohne das Telefon aus der Hand zu legen, rief Färber im Residenzschloss Dresden an und erfuhr, dass Eugen Schwarz auch heute nicht im Hause sei. Sein Versuch, Schwarz auf dem Handy zu erreichen, war ebenfalls vergebens. Also rief er noch einmal im Residenzschloss an. Die Dame am Telefon weigerte sich zunächst, die Privatadresse von Schwarz preiszugeben, und Färber musste einige Überzeugungsarbeit leisten, bis er die Anschrift schließlich in seinen Händen hielt.

Ihnen blieb nichts anderes übrig, als Eugen Schwarz zu Hause zu überraschen. Er rief Carola in ihrem Hotel an. Sie beschlossen, gemeinsam zu Schwarz zu fahren, so konnte sie ihn endlich auch persönlich kennenlernen.

## Dienstag, 9. Juni, Vormittag

*Königstraße, Dresden*

Kurz darauf standen beide vor der Wohnung von Eugen Schwarz.

Carola drückte auf den Klingelknopf. Sie mussten nicht lange warten, bis er öffnete. Schwarz trug Jeans und ein kurzärmeliges Hemd. Das blonde Haar war frisch geschnitten.

Als er Färber erkannte, runzelte er die Stirn, verzog den Mund aber gleichzeitig zu einem Lächeln. »Sie, Herr Färber? Das ist ja eine Überraschung.«

Färber stellte seine Kollegin vor. »Guten Morgen, Herr Schwarz. Bitte entschuldigen Sie den Überfall«, er lächelte, »aber wir konnten Sie telefonisch nicht erreichen. Würden Sie uns ein paar Fragen beantworten?«

»Aber gern«, Schwarz wies mit ausgestrecktem Arm in die Wohnung, »wenn ich helfen kann. Wir setzen uns am besten gleich in die Küche, da ist es sowieso am gemütlichsten.«

Sie nahmen am schmalen Tisch Platz. Schwarz bot Tee an und bereitete eine Kanne davon zu. Ein paar Minuten später rührten alle drei in ihren Tassen.

Färber räusperte sich. »Ja, Herr Schwarz, ich möchte noch einmal auf unser Gespräch im Residenzschloss zurückkommen.«

Schwarz wartete und nippte an seinem Tee.

»Sie haben mir erzählt, dass Sie für den Lebendigen Fürstenzug anfangs nur beratend tätig waren.«

Schwarz schluckte Tee hinunter und nickte.

»Und Sie haben auch erklärt, dass es gar nicht erst zu einer richtigen Zusammenarbeit gekommen sei, weil es inhaltliche Differenzen gegeben habe.«

»Ja, das stimmt«, sagte Schwarz.

»Die uns vorliegenden Unterlagen erzählen etwas anderes.«

Schwarz zog die Augenbrauen hoch. »So, was erzählen sie denn?«

»Nun ja«, Färber rührte in seiner Tasse, »Sie waren nicht nur beratend tätig, sondern sogar Gründungsmitglied des Vereins.«

Schwarz winkte ab. »Ja, das hatte überhaupt keine Bedeutung. Das war noch ganz am Anfang, als ich dachte, wir könnten zusammen etwas bewegen. Als ich dann im Laufe der Arbeit merkte, dass unsere Interessen völlig auseinanderliefen, bin ich ausgetreten und habe den anderen Kräften im Verein das Feld überlassen. Ich habe schließlich hier viel Wichtigeres zu tun.«

»Worin bestanden denn diese Differenzen?«

»Na ja, ich war der Meinung, dass die Kollegen ihre Arbeit besser machen sollten. Sie schrieben sich zwar auf die Fahnen, den Fürstenzug detailgetreu zum Leben erwecken zu wollen, aber das stimmte so nicht. Über viele Dinge sind sie einfach hinweggegangen, weil die genaue Umsetzung ihnen wohl zu kompliziert war. Ich glaube, sie haben einfach vieles nicht begriffen. Irgendwann wollte ich dann nicht mehr. Wenn Sie reden und reden, aber nichts damit bewirken können, geben Sie eben früher oder später auf. Sollen die doch machen, was sie wollen. Wenn die Zuschauer zufrieden sind, wird es schon in Ordnung sein.«

»Gab es Streit bei Ihrem Ausscheiden?«, wollte Carola wissen.

Bedächtig schüttelte Schwarz den Kopf, als müsse er gründlich über diese Frage nachdenken. »Nein, nicht dass ich wüsste. Wir haben uns im Guten getrennt, wie man so sagt.«

»Besitzen Sie eigentlich einen Wagen?«, fragte Carola.

»Nein, ich gehe zu Fuß oder fahre mit der Straßenbahn. Ein Auto habe ich nicht.«

»Also gut«, Färber erhob sich und ließ die halb ausgetrunkene Teetasse auf dem Tisch stehen, »das war's dann auch schon. Vielen Dank.«

Auch Carola stand auf, sie folgten Schwarz in den Flur.

Im Gehen sah Färber, dass die Wohnzimmertür nur angelehnt war und den Blick auf ein Sofa freigab, auf dem Zeitungen und Papiere unordentlich ausgebreitet lagen. Schwarz griff schnell nach der Klinke und zog die Tür zu. Durch die Mattglasscheiben konnte Färber erkennen, dass es im Raum dahinter dunkel war, zugezogene Vorhänge verhinderten offenbar das Eindringen von Tageslicht.

Als sie schon im Treppenhaus waren, drehte sich Färber noch einmal um. »Wann brauchen Sie eigentlich Ihre Bücher zurück?«

»Das hat keine Eile. Fangen Sie erst mal Ihren Mörder«, sagte Schwarz freundlich.

»Was hältst du von ihm?«, fragte Färber, als sie wieder im Wagen saßen.

»Er ist ein komischer Kerl. Aber wir wissen noch zu wenig, müssen überprüfen, ob er für die Tatzeiten Alibis hat und ob auf ihn tatsächlich kein Fahrzeug zugelassen ist«, sagte Carola.

Färber sah sie eine Weile an und startete den Wagen. Sein Telefon klingelte. Einer der Beamten, die Salmann beschatteten, war am Apparat. »Hallo, Färber, nur ein kurzer Zwischenbericht: Salmann hat um vierzehn Uhr siebzehn das Haus verlassen und ist mit der Straßenbahn nach Leutewitz gefahren. Dort ging er in einen Supermarkt, vor dem Marmeladenregal wartete schon ein anderer junger Mann auf ihn, sie flüsterten minutenlang miteinander. Nach einer Viertelstunde verließ Salmann den Laden, ohne etwas gekauft zu haben, und fuhr mit der Bahn auf direktem Weg zurück in seine Wohnung.«

»Habt ihr verstanden, worüber sie gesprochen haben?«, wollte Färber wissen.

»Leider nein. Dafür waren wir zu weit entfernt.«

»Hm, bleibt auf jeden Fall dran.« Färber beendete das Telefonat. Bisher waren sie von einem Einzeltäter ausgegangen. Gab es doch einen Komplizen?

## Dienstag, 9. Juni, später Nachmittag

*Eine Mietwohnung, Dresden*

Die Rüstung schepperte, als ich sie aus dem Kleiderschrank heraushob und auf den Arbeitstisch wuchtete.

»Schweres Vieh«, keuchte ich und richtete mich auf, eine Hand stützend auf meine schmerzende Wirbelsäule gelegt. Ich fragte mich ernsthaft, wie ich meinem Darsteller das monströse Metallkostüm anlegen sollte, wenn dieser tot war und nicht mehr mitmachen konnte.

»Nun gut«, ich ging in die Küche, um Tee zu kochen, »kommt Zeit, kommt Rat.« Aber Zeit hatte ich wenig, das war der Haken an der Sache. Mein Kleiderschrank quoll förmlich über. Die Fürstenzugkostüme belegten jedes Fach. Wenn Moritz' Rüstung bald zum Einsatz kam, hätte ich wieder mehr Stauraum. Das sperrige Ding war inzwischen zu einem richtigen Ärgernis geworden. Ständig schob ich es im Schrankfach hin und her, wenn ich etwas brauchte, das dahinterlag. Die Rüstung schepperte bei der kleinsten Bewegung, was mich jedes Mal erschrecken und zusammenfahren ließ. Nein, das Blechding musste weg. Also würde der Judas von Meißen, wie Fürst Moritz auch genannt wurde, als Nächster dran glauben. Außerdem wusste ich nicht, wie lange ich noch unbehelligt arbeiten konnte oder ob mich die Schnüffler schon auf dem Kieker hatten.

In der Küche pfiff der Wasserkessel. In eine Glaskanne hängte ich zwei Teebeutel und goss sie auf. Das Getränk dampfte und verbreitete sofort ein verführerisches Aroma in meiner kleinen Wohnung. Ich schnupperte, roch Zimt und Koriander. Auf der Packung stand Weihnachtstee, aber das war mir egal. Auch im Frühsommer mochte ich diese Sorte. Mit der Kanne und einer großen Tasse in den Händen ging ich zurück an den Schreibtisch, setzte mich und trank einen ersten vorsichtigen Schluck.

Moritz von Sachsen, verehrt und gehasst. Mein Plan nahm immer konkretere Gestalt an, aber fertig war er noch lange nicht. Ein paar Tage würde ich auf jeden Fall noch für die Vorbereitungen brauchen. Ich nahm meine Notizen hervor und überflog die hingekritzelten Zeilen. Dass Moritz, Kurfürst von Sachsen, in Meißen aufgefunden werden sollte, war schon sicher. Den genauen Ort in der Stadt kannte ich noch nicht, aber der würde sich finden lassen.

Versonnen betrachtete ich die Reihe der unterschiedlich farbigen Glasfläschchen im oberen Fach meines Kleiderschrankes. Die Flüssigkeiten, die sich in den schlanken Gefäßen befanden, verursachten beim Menschen in entsprechender Dosierung entweder Sinnestäuschungen, Bewusstlosigkeit oder einen baldigen Tod.

Ich griff nach einer braunen Flasche, die etwa bis zur Hälfte gefüllt war. Nachdem ich den Korken herausgezogen hatte, schnüffelte ich vorsichtig über der Öffnung.

Das Zeug riecht nicht mal schlecht, dachte ich, dabei ist es absolut tödlich. Für Moritz brauche ich knapp ein Viertel davon. Ich stöpselte das Fläschchen wieder zu und stellte es zurück zwischen die anderen.

Auf einem Zettel notierte ich:

*Gift verabreichen, wie?*
*Luftgewehr, ein paar Schuss in den Rücken*
*Rüstung anlegen*
*in Meißen (wo???) Inszenierung*

Ratlos lehnte ich mich zurück und starrte an die Decke. In der Hand hielt ich die Teetasse, an der ich hin und wieder gedankenversunken nippte. Mir fiel nichts Gescheites ein. Also stand ich auf, ging zum Radio und schaltete es ein. Popmusik. Im Takt der Rhythmen ging ich im Zimmer auf und ab, auf und ab, wie ein Tiger im Käfig.

Das Lied war zu Ende. Nachrichten folgten. Ich spazierte weiter im Zimmer auf und ab, hörte kaum, was der Sprecher zu verkünden hatte. Erst als die Worte »Sonderkommission Fürstenzug« in mein Bewusstsein vordrangen, war ich hellwach.

»… eine Pressekonferenz abgehalten. Die zuständigen Ermittler stellen der Öffentlichkeit in Aussicht, den berüchtigten Fürstenzugmörder in Kürze zu überführen. Laut Kriminalkommissar

Färber gibt es eine dringend tatverdächtige Person mit Wohnsitz in Dresden.«

Sofort wurde mir übel, und mein Magen rebellierte, sodass ich mich setzen musste.

»... fordern die Bürgerinnen und Bürger von der Polizei, den Serienmörder endlich zu stellen und seiner gerechten Strafe zuzuführen. Erst dann kann Sachsen wieder ruhig schlafen.«

Die Meldung war zu Ende. Es folgten Sportnachrichten.

Ich stand auf und schaltete das Radio aus. Meine Beine schienen alle Kraft verloren zu haben, und ich musste mich für ein paar Atemzüge an der Sessellehne abstützen. Gebückt schlich ich zum Fenster und spähte durch einen Spalt in der Gardine nach draußen. Mit den Augen wanderte ich die Straße entlang, inspizierte jedes parkende Auto, suchte nach Personen, die meine Wohnung beobachteten. Vorn an der Ecke stand ein Liebespaar eng umschlungen. Das war ungewöhnlich, nie schmusten Fremde hier in der Öffentlichkeit herum. So sahen also meine Verfolger aus. Ich reckte mich ein Stück weiter nach vorn, um das Paar besser sehen zu können. Im Augenwinkel bemerkte ich eine Bewegung direkt vor meinem Haus auf dem Bürgersteig: ein Mann mit brauner Jacke, der seinen Hund ausführte. Der ist auch einer von denen, davon war ich überzeugt. Noch nie hatte ich den Kerl in meiner Straße gesehen, so machten die Bullen das also.

Ich war außer mir, zitterte vor Wut. »Färber, du mieses Schwein«, zischte ich in die Falten der Gardine. »Mich kriegst du nicht.«

Ich verfolgte den Mann mit der braunen Jacke, der gerade mit seinem Hund über die Straße ging. Auf dem gegenüberliegenden Bürgersteig blieb der Kerl stehen und betrachtete die Fassade meines Hauses, er starrte direkt in mein Fenster. Ich huschte von der Gardine weg und hockte mich auf den Boden. Mit dem Rücken an die Wohnzimmerwand gelehnt, spürte ich, wie die Kälte der Steine langsam, aber unerbittlich in meinen Körper kroch. Tränen traten mir in die Augen, und ich begann zu heulen, fast wie ein Hund. Meine Brust krampfte sich schmerzhaft zusammen, eine unsichtbare Kraft schien mir die Luft abschnüren zu wollen. Endlich weinte ich ungehemmt, schlug mit den Fäusten auf den Dielenboden. Dabei war es mir vollkommen egal, ob diese miesen Schweine irgendwo lauerten und mich hören konnten. Ich hatte unerträgliche Schmerzen, mein ganzer Körper bebte. Nach einiger Zeit ließ das Schluchzen nach und ging in ein Jammern über, ich rutschte zu Boden, drehte mich zur Seite und krümmte meinen gequälten Leib wie ein Embryo zusammen. So blieb ich liegen und winselte.

Irgendwann zitterte ich vor Kälte, raffte mich auf und kroch auf allen vieren ins Bad. Am Waschbecken zog ich mich hoch und wusch mir die eingetrockneten Tränen vom Gesicht. Kraftlos stützte ich mich mit den Händen am Waschbecken ab und stierte in den Spiegel. Minutenlang verharrte ich in dieser Haltung, bemerkte nicht, dass das Wasser ungenutzt ins Becken lief und sprudelnd im Ausguss verschwand.

Ich analysierte die Situation, wog ab, plante und verwarf. Als ich meine Hände vom Beckenrand löste und unter den kalten Wasserstrahl hielt, hatte ich einen Entschluss gefasst. Die Kälte, die über meine Finger rann, ließ mich endgültig aus meiner Starre erwachen. Ich stellte das Wasser ab und wusste, was jetzt zu tun war.

Mit hängendem Kopf und tropfenden Händen schlich ich ins Wohnzimmer und fiel auf die Couch. Ich schloss meine Augen und dachte noch einmal an alle meine Fürsten. Ich trauerte um sie wie eine Mutter um ihre Kinder. Um die Ungeborenen tat es mir am meisten leid. Nur einige ihrer Kostüme würde ich zum Trost behalten. Dann konnte ich, wenn es ganz schlimm wurde, die beiden großen Schranktüren öffnen und ihnen in diesem Moment ganz nah sein. Ich schlug die Augen auf, erhob mich aus dem weichen Polster und ging an meinen Schreibtisch. Es wartete trotzdem eine Menge Arbeit auf mich.

Plan B stand fest, war perfekt bis ins kleinste Detail durchdacht. Ich musste ihn nur noch Punkt für Punkt abarbeiten. Die heutige Nacht würde anstrengend werden. Als Erstes hievte ich die Rüstung zurück in den Kleiderschrank. Dann rief ich Mutters Pflegerin an.

»Hallo, Heidrun.«

»Ach, du bist es. Schön, dass du anrufst.«

»Was machst du denn so den lieben langen Tag?«

»Och, eigentlich nichts Besonderes. Ich hab heute und morgen frei, da habe ich meistens Langeweile. Ohne die Arbeit fällt mir eben die Decke auf den Kopf.«

»Weißt du, ich war noch nie auf der Frauenkirche oben, man soll von dort einen wunderbaren Ausblick über ganz Dresden haben. Hättest du vielleicht Lust dazu?«

Heidrun lachte. »Klar, das klingt super. Wann treffen wir uns?«

»Na ja«, ich zögerte, »es gibt da ein kleines Problem.«

»So?«, erwiderte sie mit Enttäuschung in der Stimme.

»Ich habe nur morgen Vormittag Zeit, ab eins muss ich arbeiten. Wenn wir nicht hetzen wollen, müssen wir früh los. Vielleicht kommst du schon heute Abend mit der Bahn, ich hole dich ab, und wir gehen zusammen essen.«

»Soll ich dann im Hotel schlafen?«, wunderte sich Heidrun.

Ich räusperte mich. »Na ja, ich wohne doch nicht weit von der Altstadt. Du könntest bei mir übernachten.«

In der Leitung blieb es eine Weile still. »Gut, dann machen wir das so«, sagte sie schließlich. »Aber nur, wenn es keine Umstände macht.«

»Nein, macht es überhaupt nicht«, log ich. »Ich komme zur Haltestelle.«

Nach dem Gespräch suchte ich alles zusammen, was ich für den vorerst letzten Akt meiner Inszenierung benötigte. Meine Ausbeute trug ich nach unten und verstaute sie im Laderaum des Transporters. Unauffällig sah ich mich um, jetzt war kein Verfolger zu sehen. Dann setzte ich mich an meinen Arbeitstisch und wartete. Als es Zeit war, verließ ich die Wohnung, um Heidrun zu treffen.

Wir aßen in einem neuen mexikanischen Restaurant. Nur die Tacos mochte ich nicht, sie waren mir einfach zu hart. Heidrun dagegen aß mit gesundem Appetit und lobte das Essen.

Die verschlingt wahrscheinlich alles, dachte ich. Sonst wäre sie nicht so fett.

Zurück in meiner Wohnung, setzten wir uns auf die Couch, ich brachte Rotwein und Gläser aus der Küche, und Heidrun stopfte sich Salzstangen in den Mund. Nichts geschah. Wir hatten kein richtiges Gesprächsthema und schwiegen uns an. Nur das Knacken der Salzstangen war zu hören. Heidrun schien enttäuscht zu sein über den langweiligen Abend. Hin und wieder schnaufte sie und ertränkte ihren Frust in Wein. Als ich später vorschlug, den Fernseher einzuschalten, erhob sie sich leicht schwankend und wollte ins Bett gehen. Kaum, dass sie sich niedergelegt hatte, versank Heidrun in einen tiefen Schlaf und schnarchte.

Endlich. Ich hatte vom Wein nur scheinbar getrunken. Das Beruhigungsmittel darin würde Heidrun bis morgen früh tief und fest schlummern lassen. Ich dagegen würde heute Nacht kein Auge zutun.

Noch einige Minuten verharrte ich im Flur. Heidruns gleichmäßiges Schnarchen drang durch die Zimmertür. Lautlos verließ ich die Wohnung und schlich mich durch den Hinterausgang, um nicht gesehen zu werden. Meinen Transporter hatte ich zwei Querstraßen weiter geparkt. Ich huschte im Schatten der Häuser entlang und vermied es, in den Lichtkegel der Straßenlampen zu geraten. Außer Atem erreichte ich schließlich meinen Wagen, ich schaute mich um, kein Verfolger weit und breit. Also schob ich mich auf den Sitz, startete den Motor und fuhr in südöstlicher Richtung aus der Stadt hinaus. Mein Ziel war das ehemalige Bahnwärterhaus, in dem Heidrun allein lebte und das sie von ihren Eltern geerbt hatte. Die Gleise, die daran vorbeiführten, waren bereits vor Jahren stillgelegt worden. Zwischen ihnen wuchsen Büsche und Graspflanzen, die Natur eroberte sich ihre angestammten Flächen zurück.

In einiger Entfernung zum Haus stoppte ich den Wagen, die letzten Meter hatte ich mit ausgeschalteten Scheinwerfern zurückgelegt. Handschuhe lagen griffbereit. Ich zog sie über. Dann stieg ich aus, drückte leise die Fahrertür zu und schlich um den Transporter herum. Ich griff hinter den Beifahrersitz und brachte erst eine Axt, dann eine Drahtschlinge zum Vorschein. Eine Erinnerung flackerte kurz auf: Ich sah mich selbst, wie ich mit dem Draht den Pannenhelfer erdrosselte, der sich heftig dagegen wehrte, wie er in seinem Todeskampf zitterte und zuckte. Angewidert wischte ich den Gedanken beiseite und griff nach einer Tüte auf dem Sitz, in der das Kostüm Georgs des Bärtigen wartete.

Beladen mit den Mordwerkzeugen und den Kostümteilen, schlich ich auf das Bahnwärterhaus zu. Das Hauslicht über der Eingangstür schaltete sich ein, davorstehende Blumen und Büsche wurden aus der Dunkelheit herausgerissen. Scharf zeichneten sich ihre Schatten auf dem Boden ab. Ich wusste, dass niemand da war. Das Haus ließ ich heute links liegen. Mein Ziel war Heidruns weißer Kleinwagen, mit dem sie zu ihren Patienten fuhr. Das Fahrzeug stand unter einem Wellblechdach. Im Haus hatte ich mich schon vor Tagen umgesehen, sogar Heidruns Drucker benutzt. Sie war arbeiten gewesen, hatte vielleicht gerade einem ihrer sabbernden Alten den Hintern abgewischt. Lautlos schlich ich am Gebäude vorbei bis zu ihrem Wagen und brach mit einem Draht den Kofferraum auf. Dafür benötigte ich kaum eine Minute. Das Schloss blieb unversehrt. Aus der Tüte nahm ich Georgs Kostüm und legte die herrschaftlichen Kleidungsstücke behutsam in den Wagen. Den burgunderroten Samtumhang strich ich liebevoll glatt, bevor ich den schwarzen Schlapphut darauflegte. Schlagartig überfiel mich wieder diese tiefe Traurigkeit und Resignation. Einen Moment lang hielt ich inne und stützte mich am Auto ab. Vorbei, alles war aus. Ich war einfach nur ein Feigling, ein Hasenfuß, der nicht ins Gefängnis wollte.

Egal, dachte ich, schüttelte mich und richtete mich auf. Mein Abgang war beschlossene Sache. Ich legte Axt und Drahtschlinge neben das Kostüm des Bärtigen. Danach drückte ich die Heckklappe vorsichtig nach unten, bis das Schloss hörbar einrastete.

»Nichts wie weg«, flüsterte ich und schlich zu meinem Wagen.

Zurück in der Wohnung, hörte ich Heidruns beruhigendes Schnarchen. Sie schlief immer noch tief. Ein Weilchen ruhte ich mich in meinem Lieblingssessel aus, nur einschlafen durfte ich nicht. Gegen vier erhob ich mich, warf einen Blick auf die schnarchende Heidrun und verließ erneut meine Wohnung.

## Mittwoch, 10. Juni, früher Morgen

*Färbers Wohnung, Martin-Luther-Straße, Dresden*

Färber rannte eine Allee entlang, rechts und links rasten Ahornbäume vorbei, ihre Blätter fielen auf ihn herab und blieben in seinem Gesicht kleben, bis er nichts mehr sehen konnte. Wütend wischte er sie beiseite und konnte dann den flüchtenden Mann vor sich wieder für einige Augenblicke erkennen. Wenzel Frankowski trug einen wehenden Umhang und eine Krone auf dem Kopf, hin und wieder drehte er sich nach Färber um und winkte ihm zu, um danach noch schneller zu laufen und sich mehr und mehr zu entfernen. Färber rief nach ihm, aber der andere reagierte nicht. Auf einmal saß der Flüchtende auf einem Pferd und stob davon, nur eine Staubwolke blieb zurück, die Färber einhüllte. Die Verfolgungsjagd wurde begleitet von einem Klingeln in der Ferne, dessen Ursprung Färber nicht lokalisieren konnte. Er sah sich um: nichts als Bäume, Straße und grauer Himmel. Das Klingeln nahm kein Ende. Färber wälzte sich auf den Rücken und stöhnte. Nur langsam kam er zu sich, tastete nach der Leselampe und blinzelte wegen der plötzlichen Helligkeit im Raum. Sein Telefon klingelte immer noch. Schnell richtete er sich auf und nahm das Gespräch an.

Ingolf Leisering war am Apparat, einer der Kollegen, die Salmann beobachteten. »Guten Morgen, Färber.«

»Ja?« Sofort sprang er aus dem Bett und begann, im Schlafzimmer auf und ab zu gehen. »Hat euch Salmann endlich zu seinem Versteck geführt?«

»Nicht direkt, aber wir wissen jetzt, was er nachts macht.«

»So? Was denn?«

»Er hat nach Mitternacht das Haus durch den Hinterhof verlassen. Ein paar Straßenecken weiter stieg er in einen roten Kleinbus. Hinter dem Steuer saß ein junger Mann, der nur auf Salmann gewartet hatte. Am Hauptbahnhof hielt der Wagen erneut an, und weitere Männer stiegen zu. Dann fuhren sie in nördlicher Richtung aus der Stadt hinaus. Nach etwa dreißig Kilometern verließen sie die Straße und bogen in einen Landwirtschaftsweg ein. Wir mussten ziemlich großen Abstand halten, um nicht entdeckt zu werden, sodass wir sie zwischendurch aus den Augen verloren.«

Färber unterbrach ungeduldig: »Und? Habt ihr sie wiedergefunden?«

»Ja, ein paar hundert Meter weiter stand dann der unbeleuchtete Bus neben einem aufgeschnittenen Maschendrahtzaun. Wir sind durchgekrochen und ihnen gefolgt. Es handelte sich um das Gelände einer Schweinemastanlage. Wir haben die jungen Männer dabei erwischt, wie sie die Verschläge öffneten und die Tiere freiließen. Wir haben die ganze Bande festgenommen.«

»Haben die euch erzählt, warum sie das machen?«, fragte Färber.

»Weil sie der Meinung sind, dass die Schweine nicht artgerecht gehalten werden und sie die Freiheit verdient hätten.«

»Sehen das die Tiere auch so?«, fragte Färber sarkastisch.

Leisering reagierte nicht auf die letzte Frage, fuhr stattdessen fort: »Ich habe mich kundig gemacht. Es gibt schon mehrere Anzeigen geschädigter Betriebe in Sachsen und Thüringen, deren Bestände freigelassen worden sind, nicht nur Schweine, auch Puten und Gänse aus großen Mastanlagen wurden aus ihren Ställen gescheucht. Seit ein paar Wochen jedenfalls sind die Kollegen auf der Suche nach den Tätern. Die werden sich freuen, vielleicht haben wir ja alle auf einen Streich erwischt. Es waren übrigens fünf junge Männer, die wir in Gewahrsam genommen haben«, erklärte Leisering nicht ohne Stolz.

## Mittwoch, 10. Juni, früher Morgen

*Kommissariat, Dresden*

Ungeduldig lief Färber auf dem Flur hin und her, er wartete auf Salmann. Endlose Minuten verstrichen, er schaute immer wieder auf die Uhr. Wenn ihr Hauptverdächtiger in den fraglichen Nächten als Retter der versklavten Tierwelt unterwegs gewesen war, konnte er schlecht ihr Mörder sein.

Salmann wurde ins Vernehmungszimmer gebracht. Die Hände in den Taschen, das lange Haar zerzaust, ließ er sich lässig auf den Stuhl fallen. Färber trat nach ihm in den Raum und setzte sich ebenfalls.

»Wie geht es Ihnen heute?«, fragte Färber.

Salmann sah ihn ungläubig an. »Warum sind Sie denn so ausgesprochen nett zu mir?«

»Ich brauche Ihre Alibis für die Tatnächte. Möchten Sie, dass ich Ihnen die Daten noch einmal vorlese?«

Salmann senkte den Kopf und schaute auf die Tischplatte. »Nicht nötig, jetzt ist es sowieso egal. Ich wollte meine Kumpels nicht mit hineinziehen, deshalb habe ich nichts gesagt.«

»Also, was haben Sie in den betreffenden Nächten gemacht?«, fragte Färber. Ein Diktiergerät zeichnete das Gespräch auf.

»Meine Freunde und ich waren unterwegs. Wir haben gequälte Tiere befreit, damit der Mensch sie nicht länger für seine kannibalischen Zwecke missbrauchen kann«, erklärte Salmann und sah Färber dabei entschlossen an.

»Wieso kannibalisch?«

»Weil jedes Tier ein Geschöpf Gottes ist, so wie wir auch, und das Recht auf ein selbstbestimmtes Leben hat.«

»Wissen Sie denn noch, an welchen Tagen Sie mit Ihren Freunden unterwegs waren?«, hakte Färber nach.

»Keine Ahnung, aber wir fahren ziemlich oft nachts raus, um gequälte Kreaturen zu befreien.«

»Ich nehme an, dass Ihre Aktionen aktenkundig sind?«

»Bestimmt. Diese Mistkerle rennen jedes Mal zur Polizei, wenn ihre Gefängnisse leer sind.«

»Wen meinen Sie denn mit Mistkerle?«

»Gierige Bauern, die den Hals nicht vollkriegen. Und große Betriebe, die wehrlose Kreaturen ausbeuten, als wären sie Industriemaschinen.«

»Übertreiben Sie da nicht ein wenig? Schließlich machen Sie sich strafbar, wenn Sie in die Ställe einbrechen und die Tiere freilassen.«

Salmann schnaubte und winkte ab. »Waren Sie schon mal in einer Schweinemastanlage hier in Sachsen?«

Färber schüttelte den Kopf.

»Dann haben Sie keine Ahnung, was sich da abspielt.«

»Was denn?«

»Tierquälerei, viel zu enge Verschläge, offene Wunden, kranke und verendete Schweine liegen zwischen den anderen, die auf ihnen herumtrampeln und sie sogar anfressen.«

Skeptisch sah Färber Salmann an. »Das glaube ich nicht, in Deutschland wird doch alles kontrolliert, ganz sicher auch solche Ställe.«

»Pah«, Salmann grinste verächtlich, »Sie sind genau so wie alle anderen. Hauptsache, das Schnitzel ist groß und kostet nicht viel. Dass die Tiere dafür ihr kurzes Leben lang nur Leid und Qual erfahren, interessiert niemanden.«

»Gibt es nun Kontrollen oder nicht?«, beharrte Färber auf einer Antwort.

»Schon«, räumte Salmann ein, »aber nur angemeldete. Sie können sich vorstellen, dass dann nichts zu beanstanden ist. Aber Tierschützer schleichen sich manchmal nachts mit Kameras in die Ställe. Ihre Aufnahmen zeigen, wie die Zustände wirklich sind.«

»Aber da muss es doch andere Möglichkeiten geben, ohne straffällig zu werden?«

Salmann runzelte die Stirn. »Seit Jahren protestieren Tierschützer gegen den Wahnsinn. Und, ändert sich etwas?«

Färber zog die Augenbrauen hoch.

»Nichts«, Salmann schlug mit der Faust auf den Tisch, »absolut nichts. Die machen einfach so weiter. Deshalb sind wir aktiv geworden.«

»Hm.« Färber stand auf. »Tja, das wär's dann fürs Erste.«

Salmann erhob sich ebenfalls. »Können wir jetzt alle nach Hause gehen?«

»Das wird sich zeigen. Ich denke, meine Kollegen werden sich noch mit Ihnen unterhalten wollen.«

Salmann verließ das Vernehmungszimmer in Begleitung eines uniformierten Beamten.

Färber rief Lars Friedrich an und bat ihn, die Anzeigen der Landwirte zu überprüfen und mit den Daten der Morde zu vergleichen. Er blieb noch eine Weile allein im Vernehmungszimmer sitzen und dachte über das Gespräch mit Salmann nach. Warum konnten Menschen nicht menschlich handeln? Genauso wie es Mord und Totschlag gab, wurden Tiere gequält, ohne Respekt vor ihnen und der Natur.

Er atmete hörbar aus und erhob sich. Auf dem Weg ins Büro klingelte sein Telefon.

»Mein Name ist Heike Schnabel. Herr Färber? Sie sind doch der Sohn von Otto Färber?«

Färber erschrak. »Ja, was ist mit ihm?«

»Ich weiß nicht, er ist nicht zu Hause.«

»Wo ist er denn?«

»Ich dachte, Sie könnten mir das sagen.«

»Wer sind Sie eigentlich?«

»Ich arbeite beim mobilen Pflegedienst Hahn und vertrete die Kollegin, die sonst zu Ihrem Vater kommt, wenn sie freihat.«

»Aha.«

»Ich bin gerade in der Wohnung Ihres Vaters, aber er ist nicht da.«

»Seit wann ist er denn weg?«

»Das weiß ich nicht. Das Bett ist gemacht, und die Küche ist aufgeräumt, so, wie ich sie gestern verlassen habe.«

»Hat er seine Tabletten heute Morgen schon genommen?« Färber wurde übel.

»Moment, ich schau nach.« Er hörte, wie sich die Schritte der Frau entfernten. Nach weniger als einer Minute war sie zurück. »Die Fächer der Pillendose bis gestern Abend sind leer, aber heute scheint Ihr Vater noch keine Tabletten genommen zu haben.«

Färber rieb sich mit der freien Hand übers Gesicht. Er schaute auf die Uhr. »Sie müssen ihn finden, und zwar schnell. Wenn er bis Mittag seine Medizin nicht bekommt, kann er tot sein, verstehen Sie das?«, rief er eine Spur zu laut ins Telefon.

»Ja doch, ich weiß das. Deswegen müssen Sie mich ja nicht anschreien.«

»Schon gut, Verzeihung, ich bin sofort bei Ihnen.«

»Ich habe aber nicht ewig Zeit, mein Dienstplan ist proppevoll.«

»Das ist mir klar, bin schon unterwegs.«

## Mittwoch, 10. Juni, Morgen

*Kesselsdorfer Straße, Dresden*

Färber fuhr zu schnell und konnte an einer roten Ampel gerade noch rechtzeitig bremsen, bevor er auf die Kreuzung schlitterte. Er begann zu schwitzen, als er an das verschwundene Familienfoto dachte. Normalerweise verließ Otto die Wohnung nur für kleine Erledigungen in der Nachbarschaft. Wobei Nachbarschaft nicht das richtige Wort war. Otto wohnte in einem einzeln stehenden Haus. Mit ihm harrten noch drei weitere Alte in ihren Wohnungen aus, junge Leute hatte es auch gegeben, aber die waren in den letzten Jahren alle ausgezogen. Wahrscheinlich wartete die Hausverwaltung nur darauf, dass die letzten vier betagten Mieter starben, um dann das alte Gemäuer endlich abzureißen. Direkt gegenüber erstreckten sich verfallende Hallen und Gebäude einer ehemaligen Papierfabrik. Erst mehrere hundert Meter weiter vorn gab es Geschäfte und andere Wohnhäuser.

Färber parkte den Wagen vorm Haus seines Vaters und eilte zur Tür. Eine Frau Mitte dreißig in einem hellblauen Kittel kam auf ihn zu.

»Ist er aufgetaucht?«, fragte Färber atemlos.

»Nein«, die Pflegerin schüttelte den Kopf, »leider nicht. Seit unserem Telefonat halte ich nach ihm Ausschau. Er ist nicht zu finden, nicht hier in der unmittelbaren Umgebung. Ich war bis da vorn im Bäckerladen«, sie deutete auf ein Geschäft in einiger Entfernung, »am Kiosk an der Ecke und in der Arztpraxis dort hinten. Keiner hat Ihren Vater heute gesehen.«

»Das ist wirklich seltsam«, Färber kratzte sich am Kopf, »so etwas hat er noch nie gemacht.«

»Was?«

»Na, dass er nicht zu Hause ist, obwohl er jemanden erwartet. Mein Vater hat Sie doch erwartet, oder?«

»Sicher, wir kommen immer um dieselbe Zeit. Er wusste bestimmt, dass ich komme.«

»Vielleicht finde ich einen Hinweis in seiner Wohnung, einen Termin im Kalender oder eine Nachricht.« Färber wandte sich zur Haustür.

»Ach, Herr Färber«, hielt die Pflegerin ihn auf, »ich muss wieder an die Arbeit gehen, inzwischen bin ich ganz schön im Zeitverzug. Meine Patienten werden bestimmt schon im Büro angerufen haben. Die Chefin macht immer einen Riesenaufstand.« Sie verdrehte die Augen.

»Ja, ja«, Färber nickte, »gehen Sie nur. Danke.«

Er betrat das Haus und ging in Ottos Wohnung, durchsuchte jedes Zimmer nach einem Hinweis. Nichts. Keine Nachricht, kein hingekritzelter Termin, absolut keine verwertbare Spur. Färber trat ans Fenster und spähte nach draußen. Er musterte drei einsame Passanten, die auf dem Gehsteig vorbeikamen. Otto war nicht dabei. Färber setzte sich und überlegte. Sein Handy vibrierte in der Tasche, bevor die gewohnte Melodie erklang. Hoffentlich ist Otto der Anrufer, dachte Färber und holte das Telefon aus der Jacke. Schon an der Nummer im Display erkannte er, dass es nicht sein Vater, sondern die Bereitschaft war.

»Wir haben eine weibliche Leiche vor der Frauenkirche, wahrscheinlich Suizid«, erklärte der diensthabende Beamte.

»Ja, und? Informieren Sie Winzlaff und Schröder, die sind zuständig. Ich leite die Sonderkommission.«

»Das weiß ich doch, Herr Färber, die sind auch schon da. Trotzdem sollen Sie zum Tatort kommen.«

»Warum denn das? Ich kann jetzt eigentlich nicht, mein Vater ist verschwunden.«

»Bei der toten Frau wurde ein Brief gefunden«, erklärte der Beamte.

»Ein Abschiedsbrief?«, fragte Färber.

»Möglich. Auf dem Umschlag steht Ihr Name.«

»Wieso steht auf dem Abschiedsbrief einer toten Frau mein Name?«

»Keine Ahnung, jedenfalls warten Winzlaff und Schröder an der Frauenkirche auf Sie.«

»Und was wird mit meinem Vater? Ich muss ihn suchen, und zwar sofort. Wenn er nicht sofort seine Medikamente bekommt, kann er sterben.«

»Ich könnte ihn zur Fahndung ausschreiben«, schlug der Kollege vor.

Färber stöhnte. »Von mir aus, machen Sie das. Ich fahr kurz am Neumarkt vorbei und lese den Brief.«

Färber hastete zum Wagen und fuhr in Richtung Altstadt davon. Als er die Augustusbrücke erreichte, kam der Verkehr zum Erliegen. Reisebusse und Taxen hatten sich in den Autostrom eingereiht und verstopften die Zufahrtsstraßen ins Zentrum. Kurz entschlossen befestigte er sein Blaulicht am Wagendach, schaltete es ein und fuhr an der Fahrzeugschlange vorbei.

## Mittwoch, 10. Juni, Morgen

*Neumarkt, Dresden-Altstadt*

Am Neumarkt herrschte Gedränge. Eine Menschentraube hatte sich vor der Frauenkirche gebildet, aber nicht am Haupteingang, wie es sonst üblich war, sondern ein Stück entfernt zwischen Kirche und Lutherdenkmal.

Färber stieg aus dem Wagen und lief auf die Ansammlung zu. Seinen Dienstausweis hielt er über den Kopf. »Darf ich mal, lassen Sie mich durch«, bahnte er sich einen Weg durch die Menge. Männer und Frauen traten bereitwillig zur Seite.

Färber kroch unter dem Absperrband durch und hatte damit das letzte Hindernis überwunden. Auf dem Pflaster lag ein mit einem Tuch bedeckter menschlicher Körper. Zwischen den Steinen war Blut versickert, rötlich braune Flüssigkeit glänzte in den Ritzen. Färber bückte sich und hob den Stoff an der Ecke hoch. Die tote Frau starrte ihn an, am Mundwinkel ein Rinnsal Blut. Ihr Alter schätzte er auf Mitte dreißig. Das halblange stumpf braune Haar wirkte wie eine Perücke neben der bleichen Gesichtshaut. Sie war übergewichtig.

Färber richtete sich auf und sah Schröder an. »Wo ist der Brief?«

Schröder reichte ihm einen Umschlag, der in einer Plastiktüte steckte. »Das könnte ihr Abschiedsbrief sein. Es sieht alles nach Suizid aus.« Er schaute hoch zur großen Kuppel der Frauenkirche. »Sie hat sich von der Aussichtsplattform gestürzt, ist mehrfach unterwegs abgeprallt und schließlich hier unten aufgeschlagen. Laut Rechtsmediziner war sie sofort tot.«

Färber nahm den Brief und las darauf seinen Namen: »An Kommissar F. Färber.«

»Nun mach schon auf, wir müssen wissen, was drinsteht«, sagte Schröder ungeduldig.

»Klar, Entschuldigung.« Färber griff nach den Latexhandschuhen, die der Kollege ihm vor die Nase hielt. Er zog sie über und holte den Brief aus der Umhüllung. Dann riss er mit dem Zeigefinger das Kuvert auf und zog ein weißes Blatt heraus. Er faltete es auseinander.

»Ein Computerausdruck?« Färber schaute Schröder irritiert an. Dann las er den Brief.

*An Färber!*

*Eines solltest du wissen: Ja, es hat mir Spaß gemacht, ja, sogar großen. Als Frau hat man es nicht leicht, immer wollen Männer über einen bestimmen. Dieses Mal lief es andersherum. Ich ganz allein habe mich verwirklicht, die Kerle waren nur Mittel zum Zweck. Als Fürsten habe ich sie verkleidet und mich königlich dabei amüsiert.*

*Eigentlich hattest du die ganze Zeit nicht die leiseste Ahnung, wer hinter den grandiosen Aufführungen steckt. Das musst du zugeben, Färber! Du hast versagt!*

*Ich gehe jetzt, aus freien Stücken. Du würdest mich nie finden, doch meine Arbeit ist getan. Wie du weißt, könnte ich noch viele Fürsten auferstehen lassen, aber die Sache begann mich zu langweilen.*

*Aus den Ereignissen der letzten Wochen dürfte jedem Laien inzwischen klar geworden sein, dass mein Fürstenzug der wahre ist, der realistische. Die Rochlitzer Dilettanten sind nie aus den Kinderschuhen herausgekommen, ihnen fehlt letztlich die Konsequenz, mit der man Geschichte wirklich lebendig machen kann. Ich habe bewiesen, dass es funktioniert.*

*Ach ja, bevor ich's vergesse, deinen Herrn Papa kannst du in meinem Keller abholen. Er ist jetzt genauso mausetot wie meine herrlichen Fürsten.*

*In diesem Sinne empfehle ich mich.*
*Dass mein Leben so zu Ende geht, ist zwar schade, aber der gewählte Ort ist meiner würdig und mehr als angemessen.*
*Mit erhobenem Haupt*
*Heidrun*

Färber wurde blass. Er starrte Schröder an und stammelte: »Die hat Otto umgebracht, Otto.«

Schröder nahm ihm den Brief aus der Hand und las. »Wer ist Heidrun?«

Färber starrte durch den anderen hindurch.

»Wer Heidrun ist, will ich wissen.« Schröder rüttelte an Färbers Arm.

Färber zog die Schultern hoch. »Keine Ahnung, nie gehört. Ich kenn die auch nicht.« Er deutete auf die Tote am Boden. »Die hat meinen Vater entführt und umgebracht.«

Schröder klopfte ihm auf die Schulter. »Wir werden deinen Vater finden.« Dann bückte er sich und griff in einen Karton, der am Boden neben der Leiche stand. In einer Plastiktüte befanden sich Gegenstände aus dem Rucksack der Toten, darunter auch ein Personalausweis. »Heidrun Krämer.« Er drehte das Dokument um. »Äußerer Bahnring 1, Dresden.« Er wandte sich an Färber. »Kennst du die Straße?«

»Nein, noch nie gehört.«

»Das muss irgendwo draußen beim ehemaligen Kohlebahnhof sein«, vermutete Schröder.

Färber bahnte sich einen Weg durch die Menschenmenge und rannte zum Wagen.

»He, wo willst du hin?«, rief Schröder ihm hinterher.

»Zu meinem Vater, wohin denn sonst?«

»Ich komme mit.« Schröder konnte gerade noch auf den Beifahrersitz springen. Mit eingeschaltetem Blaulicht auf dem Dach schoss der Wagen quietschend davon.

Unterwegs alarmierte Schröder per Funk die Einsatzzentrale und forderte Verstärkung an. Sie kamen schnell voran, dennoch kam es Färber so vor, als ob Stunden vergingen.

Unter der Anspannung brachte Färber kein Wort hervor,

er versuchte, sich auf den Straßenverkehr zu konzentrieren. Schweißtropfen glänzten auf seiner Stirn. Schröder redete die ganze Zeit auf ihn ein, um ihn zu beruhigen. Färber nahm nichts davon wirklich wahr. Seine Gedanken kreisten um Otto und die Tote vom Neumarkt. Wer war sie? Er kannte keine Heidrun.

Er schnappte sich das Funkgerät und schrie hinein. »Ist schon eine Streife am Zielort? Was ist mit meinem Vater?«

Die Zentrale meldete, dass noch kein Kollege vor Ort sei.

Schröder nahm ihm das Gerät weg und hängte es in die Halterung am Armaturenbrett. »Das bringt doch nichts, wir sind gleich da. Vielleicht hat sie nur gedroht, und alles ist ganz harmlos.«

Färber schnaubte. »Harmlos? Nichts ist hier harmlos. Wenn mein Vater seine Herztabletten nicht bekommt, bedeutet das sein Ende, verstehst du? Da braucht es gar niemanden, der ihn umbringt, kapierst du das? Vielleicht ist er schon gestern Abend verschleppt worden, dann ist er lange …« Den Rest des Satzes verschluckte er.

Schröder blieb still. Dann nahm er das Funkgerät zur Hand und forderte einen Notarzt an.

Nach einer Weile hatte Färber sich etwas beruhigt. Er tippte auf eine Taste seines Mobiltelefons, das neben dem Funkgerät hing. Das Handy wählte eine Nummer. »Hör zu, Carola. Der Fürstenzugmörder ist eine Frau, die sich gerade von der Frauenkirche gestürzt hat.«

»Quatsch, das kann nicht sein. Das psychologische Gutachten –«

Färber fiel ihr ins Wort. »Warte, hör mir nur zu. Sie heißt Heidrun Krämer, und sie hat vermutlich meinen Vater entführt.«

Das Telefon blieb für ein paar Sekunden still. »Was kann ich tun?«, fragte Carola.

»Sie hat einen Abschiedsbrief geschrieben, der an mich gerichtet ist. Darin gesteht sie die Fürstenzugmorde. Ich verstehe ihre Zeilen so, dass sie sich an mir und vielleicht Männern im Allgemeinen rächen wollte. Ist dir der Name während der Ermittlungen schon mal untergekommen? Heidrun Krämer.«

Carola antwortete erst nach einer Weile. »Spontan kann ich mich nicht erinnern. Ich rufe gleich zurück.«

Färber drückte eine andere Taste des Telefons.

Gerlinde Strecker meldete sich. »Färber hier. Kennen Sie eine Heidrun Krämer?«, fragte er ohne Umschweife.

»Nicht dass ich wüsste. Woher sollte ich die Frau denn kennen?«

»Aus einem alten Fall vielleicht?«

»Kann schon sein, dass der Name irgendwann in unseren Ermittlungen aufgetaucht ist, erinnern kann ich mich nicht daran«, sagte Gerlinde Strecker.

»Sie müssen das herausfinden, und zwar sofort«, bestimmte Färber. »Sie scheint sich für irgendetwas an mir rächen zu wollen.«

»So?«

»Ja, und sie hat meinen Vater entführt, wir sind gerade auf dem Weg zu ihrer Adresse.« Er gab Schröder ein Zeichen.

Der verstand und las von einem Zettel Heidrun Krämers Anschrift laut vor.

## Mittwoch, 10. Juni, Vormittag

*Äußerer Bahnring, Dresden*

Die Häuserzeilen auf beiden Seiten der Fahrspur hatten sich gelichtet. Zwischen den Gebäuden standen Obstbäume und Blumen in gepflegten Gärten. Die Ausfallstraße mündete in eine Allee, deren alte Ahornbäume über ihnen fast ein Dach bildeten. Färber dachte an seinen Traum von letzter Nacht. An einer schmalen geschotterten Straße bogen sie ab. Ihr Weg führte sie an einem ehemaligen Bahndamm entlang, der sich, mit wilden Gräsern bewachsen, durch Felder und Wiesen zog. Hier fuhr schon lange kein Zug mehr. In der Ferne kam ein geducktes Häuschen in Sicht, dessen Zufahrt von zwei Pappeln eingefasst war. Färber fuhr zu schnell auf dem unbefestigten Weg. Der Wagen schlingerte und zog eine Staubwolke hinter sich her. Am Tor angekommen, trat Färber kräftig auf die Bremse. Die Reifen quietschten, das Heck zog herum.

Färber und Schröder hasteten zeitgleich aus dem Wagen und

rannten auf das unscheinbare Haus zu. Die Sommerblumen links und rechts des gepflasterten Weges blühten um die Wette, Schmetterlinge flatterten umher. Färber sah nichts davon. Er stoppte an der Haustür. Ihre graublaue Lackierung war rissig, das Holz darunter verwittert. Er rüttelte an der Klinke. Die Tür gab nicht nach. Abgeschlossen.

Schröder bückte sich und sah unter dem Fußabtreter nach. Dann streckte er sich und tastete den Türstock ab. Nichts. Er sah sich um nach einem anderen Versteck.

Färber konnte nicht warten. Er nahm Anlauf und rammte die morsche Pforte mit seiner Schulter, sodass sie ächzend nachgab. Er empfand keinen Schmerz, als er in den dunklen Hausflur stürmte, ein Schwall modriger feuchter Luft schlug ihm ins Gesicht. Färber begann zu husten, es kratzte im Hals. Links und rechts des Flures gab es mehrere dunkelbraun gestrichene Holztüren. Sie führten in unterschiedliche Räume: Küche, Wohnzimmer, Toilette. Färber öffnete jede und rief nach Otto.

»Wo ist der Keller?«, schrie er rasend vor Angst.

Schröder stand an der Eingangstür und rief: »Fred, komm zurück. Ich habe einen Zugang nach unten gefunden.«

Färber kehrte um und rannte hinaus in den strahlenden Sonnenschein. Schröder stand über einer geöffneten Tür, die vom Garten direkt in den Keller des Hauses führte. Eine ausgetretene Sandsteintreppe mit herausgebrochenen Stufen führte hinunter. Der gleiche modrige Gestank stieg aus der dunklen Tiefe herauf. Färber kletterte eilig die Stufen hinab und rief nach seinem Vater. Dann hangelte sich auch Schröder auf der unebenen Treppe nach unten.

Licht gab es nicht. Nach kurzer Zeit hatten sich ihre Augen an die Dunkelheit gewöhnt. Färber rief immer wieder Ottos Namen. Keine Antwort. Nicht das leiseste Geräusch drang zu ihnen.

Schröder war auf alles gefasst und griff nach Färbers Arm. »Warte hier, ich hole eine Taschenlampe aus dem Auto. So hat das keinen Zweck, wir brechen uns noch den Hals.« Als er die letzten Worte gesagt hatte, biss er sich auf die Lippen und hätte sie am liebsten wieder zurückgeholt und verschluckt.

Färber nickte und blieb stumm.

Schröder stieg vorsichtig die Treppe hinauf und verschwand oben im Sonnenlicht.

Färber tastete sich an der feuchten Wand weiter, er hoffte, eine Tür zu finden. Seine Hände fühlten glitschige Bruchsteine. Weiche Stellen ließen ihn zurückschrecken. Moos, dachte er. Die Wand endete. Holz, rissige Bretter, an denen er sich Splitter einzog. Nichts davon nahm Färber wahr.

Er schlug mit beiden Fäusten an die Bretter. »Otto, Otto, bist du da drin?« Keine Antwort.

Der Lichtkegel einer Taschenlampe hüpfte den Gang entlang auf Färber zu. Geblendet hielt er eine Hand vor die Augen. Schröder stand im nächsten Moment neben ihm an der Tür. Zittrig wanderte der Strahl der Lampe die Bretter entlang. Auf einer rostigen Klinke blieb er stehen. Doch die Tür ließ sich damit nicht öffnen.

Das Kratzen in Färbers Hals wurde schlimmer, er hustete und würgte dabei, dass er sich fast übergeben musste. Schröder behielt die Nerven und beleuchtete den Bereich um die Tür herum. In einer Mauernische lag ein großer Eisenschlüssel. Schröder griff danach und öffnete das Schloss. Er schob die schwere Tür auf, deren Angeln sich quietschend bemerkbar machten. Dann blieb die Zeit stehen. Im Lichtkegel der Taschenlampe entdeckten sie Otto. Auf einer zerschlissenen blau-weiß gestreiften Matratze lag sein regloser Körper ausgestreckt, das weiße Haar umrahmte wirr das fahle Gesicht.

Färber schrie auf. Er hastete zu seinem Vater und bückte sich. Mit flatternden Fingern befühlte er Ottos Hals in der Erwartung, die bekannte Kälte zu spüren. Umso erleichterter war er, dass sich Ottos Haut warm anfühlte, sein Blut wurde rhythmisch durch die Halsschlagader gepumpt. Färber atmete auf und ließ sich auf den kalten Boden neben der Matratze fallen.

Er sah Schröder an. »Er lebt, er lebt.«

Otto erwachte hustend aus einem bleiernen Schlaf. Er blinzelte und erkannte seinen Sohn. »Na endlich, ich dachte schon, du lässt mich hier verrecken.«

Färber kniete neben seinem Vater und hielt ihm die Hand. »Was ist passiert?«

Otto schnaufte, richtete sich etwas auf und lachte.

Färber schaute ihn verdutzt an. »Du riechst nach Alkohol, hat sie dich etwa mit Schnaps betäubt?«

Sein Vater deutete auf ein altersschwaches Holzregal, das windschief in der Ecke lehnte. In seinen Fächern lagen mit Spinnweben und einer dicken Staubschicht bedeckte grüne Flaschen. »Ich hab mir nur ein Fläschchen von dem Apfelwein aufgemacht, um damit meine Tabletten runterzuspülen.«

»Du hast deine Medikamente dabei?«

»Na klar, ich habe immer welche in meiner Hosentasche, ich will ja nicht das Zeitliche segnen, nur weil ich mal den Bus verpasse.«

Färber nahm seinen Vater in die Arme und drückte ihn an sich. »Gott sei Dank. Ich dachte schon …«

»… ich wäre tot?« Otto schmunzelte. »Du weißt doch, Unkraut vergeht nicht.« Er stützte sich an der Matratze ab und versuchte aufzustehen. »Jetzt lass uns aber hier verschwinden, ich hab genug von diesem Loch.«

Färber half ihm hoch, Otto stöhnte, und seine Beine zitterten. Färber stützte seinen Vater, während sie endlich den Kellerraum verließen. Ein Arzt im orangefarbenen Anzug hangelte sich gerade die marode Treppe hinab, eine Hand am rostigen Geländer, in der anderen einen Notfallkoffer.

Otto winkte ab. »Sie können gleich wieder verschwinden, mir fehlt nichts.«

»Das kommt nicht in Frage«, bestimmte Färber. »Du wirst untersucht und basta, keine Widerrede.«

Otto stöhnte. »Manchmal nervst du ganz schön, mein Sohn.« Dabei tätschelte er ihm die Schulter.

Der Arzt stellte fest, dass Otto bis auf eine rote Druckstelle am Hals keine Verletzungen hatte. Schröder ließ sich mit einem Streifenwagen zur Frauenkirche chauffieren, und Färber brachte seinen Vater nach Hause, nachdem er mit den Kollegen der Spurensicherung gesprochen hatte.

»Was ist passiert, und wer hat dich in den Keller eingeschlossen?«, fragte Färber noch einmal, als sie schließlich im Wagen saßen.

Otto zog die Schultern hoch. »Keine Ahnung, der Kerl war die ganze Zeit maskiert und hat kein Sterbenswort gesagt.«

»Es war ein Mann, sicher keine Frau?«

»Was weiß ich«, erwiderte Otto, »theoretisch könnte es auch eine Frau gewesen sein.«

»Wie bist du überhaupt dorthin gekommen?«

»Also, das war so. Heute Morgen ganz früh, ich war gerade aufgestanden, hat es an meiner Tür geklingelt.«

»Wie spät war es da genau?«

»Ich habe nicht auf die Uhr gesehen. Es war noch nicht richtig hell.«

»Hm«, brummte Färber und nickte. »Also war es vor fünf.«

»Wenn du das sagst, ich schlafe nicht mehr so lange wie früher. An der Sprechanlage war niemand, ich habe gerufen, keine Antwort. Also bin ich runter zur Haustür, um nachzusehen«, erklärte Otto.

»Und dann?«

»Ja, als ich die Tür gerade einen Spalt offen hatte, drängte sich der maskierte Kerl in den Hausflur und hielt mir ein großes Küchenmesser an die Gurgel. Ich war zu Tode erschrocken, wie du dir denken kannst. Und der Verbrecher hat kein Wort gesagt, obwohl ich immer wieder gefragt habe, was er von mir will. Er hat meine Hände auf dem Rücken gefesselt und mir die Augen verbunden. Dann zerrte er mich am Arm nach draußen und schubste mich in ein Auto.«

»Warum hast du nicht geschrien, vielleicht hätte dir jemand helfen können?«

»Hattest du schon mal eine Klinge am Hals, die dir ein Verrückter so stark in die Haut drückt, dass du denkst, gleich spritzt dein Blut?«

Färber schüttelte den Kopf.

»Da schreist du nicht mehr, da hast du einfach nur eine Heidenangst.«

»Hat denn niemand was mitgekriegt bei dir im Haus?«

»Die sind doch alle schwerhörig.«

»Ich hatte dich doch gebeten, vorsichtig zu sein«, sagte Färber.

Otto winkte ab. »Jedenfalls ist das Auto losgefahren, ich habe mir die größte Mühe gegeben, den Weg zu erkennen, aber nach ein paar Kurven hatte ich die Orientierung verloren. Ich weiß auch nicht, wie lange wir gefahren sind. Irgendwann verließ der Wagen die normale Straße. Ab dann holperte und schaukelte es, bis er anhielt. Der Kerl hat mich eine Treppe hinuntergeführt, und es stank muffig und schimmlig. Erst im Keller hat er mir die Fesseln und die Augenbinde abgenommen. Er schloss die Tür ab, ich blieb allein zurück. Der Kerl stieg die Treppen hinauf und kam nach einiger Zeit zurück. Er ging noch mehrfach schnaufend an meinem Gefängnis vorbei, mindestens fünf Mal. Ich schlug gegen die Bretter und rief immer wieder, dass er mich rauslassen soll und was er von mir will. Keine Antwort, er blieb stumm. Dann kam er nicht mehr wieder.«

Otto atmete einmal tief durch. »Ein bisschen Licht schien durch die Bretter, mit denen die Kellerluke vernagelt war. Als ich allein war, kam die Furcht. Ich dachte, in meinem eigenen Grab gefangen zu sein. Irgendwann spürte ich, dass mein altes Herz nach seiner Medizin verlangte. Ich verließ die muffige Matratze und suchte etwas Trinkbares, um damit meine Tabletten runterzuspülen. Tja, da fand ich den Apfelwein.« Verschmitzt lächelte er seinen Sohn an. »Das Zeug schmeckte genauso wie früher, als wir noch selbst Äpfel im Garten hatten und sie zum Keltern abgegeben haben. Erinnerst du dich? Es gab immer ein paar Kisten davon im Keller.«

»Ja, das waren noch Zeiten. Aber wie hast du den Korken aufbekommen, du hattest kein Werkzeug, oder?«, fragte Färber.

»Na, wie man das so macht, mit dem Daumen in die Flasche gedrückt«, verkündete Otto stolz.

Färber wunderte sich über seinen Vater. Die Entführung schien Ottos Lebensgeister neu geweckt zu haben. So rege hatte er ihn lange nicht erlebt. »Und dann bist du einfach eingeschlafen?«

»Ja, so muss es gewesen sein. Erst habe ich geflucht, geweint und mich gefragt, ob das jetzt das Ende ist, verstehst du? Ich hockte auf der stinkenden Matratze, und in meiner Verzweiflung musste ich immer wieder von dem Wein trinken. Irgendwann bin ich dann wohl eingenickt. Bis du endlich da warst, um mich aus der Gruft zu befreien.« Otto lachte auf.

»Schön, dass du die Sache mit Humor nimmst. Konntest du erkennen, was es für ein Auto war? Lagst du in einem Kofferraum?«

»Ich hab nicht viel Ahnung von so was, aber ich denke, es war ein Transporter. Während der Fahrt saß ich angelehnt an einer Blechwand, liegen musste ich nicht.«

»Du sprichst immer von einem Kerl, könnte es nicht doch auch eine Frau gewesen sein?«

»Wie schon gesagt«, erklärte Otto, »auch das wäre möglich. So fest, wie sie mich am Arm gepackt hat, muss sie aber Mumm in den Knochen haben, wenn du verstehst?«

Färber verstand und sah in seiner Erinnerung die tote Heidrun Krämer auf dem Pflaster des Neumarktes liegen. Sie war korpulent und hatte bestimmt auch Kraft, vermutete er.

»Sag mal«, er sah zu seinem Vater hinüber, »kennst du eigentlich eine Heidrun Krämer?«

»Ja, warum?«, antwortete Otto arglos.

Färber trat auf die Bremse und brachte den Wagen abrupt zum Stehen. Hinter ihm hupte es, er hörte wütende Stimmen. Ein paar Autos rasten an ihnen vorbei, einer der Fahrer machte eine unanständige Geste in ihre Richtung.

»Woher?« Färber starrte seinen Vater an.

»Na, das ist die nette Altenpflegerin, die mir übrigens mein Herr Sohn verschafft hat.« Otto nickte mit Nachdruck.

»Was?« Färber zögerte, bevor er weitersprach. »Deine Altenpflegerin hat dich entführt?«

»Du spinnst doch. Niemals würde sie mir so etwas antun, niemals.«

»Zumindest gibt es Hinweise darauf. Wir haben dich nur so schnell finden können, weil sie deine Entführung und das Versteck in ihrem Abschiedsbrief erwähnt hat.«

»Wieso Abschiedsbrief?«, fragte Otto verblüfft.

»Sie ist tot. Selbstmord.«

»Mit so was macht man keine Scherze, das gehört sich wirklich nicht.«

»Kein Scherz, Vater. Nach unseren bisherigen Erkenntnissen hat sich Heidrun Krämer heute Morgen von der Frauenkirche gestürzt. Sie muss sofort tot gewesen sein. Vorher hat sie dich noch entführt und mir einen Brief geschrieben.«

»Ja, warum sollte sie das denn getan haben, sie kennt dich doch gar nicht?«, wunderte sich Otto.

Färber überlegte, ob er dem Herzen seines Vaters die volle Wahrheit zumuten konnte. Er entschied sich dafür. Otto schien es im Moment ganz gut zu gehen, und früher oder später würde die Sache sowieso ans Licht kommen.

»So, wie es jetzt aussieht, ist sie der Fürstenzugmörder oder vielmehr die Fürstenzugmörderin.«

Ungläubig starrte ihn sein Vater an. »Sind denn jetzt alle vollkommen verrückt geworden? Frau Krämer ist eine ausgesprochen nette Person. Wie kommst du dazu, ihr so etwas Schreckliches anhängen zu wollen?«

»Hat sie jemals über den Fürstenzug gesprochen?«

»Nein, nicht dass ich wüsste.« Otto verschränkte die Arme vor seiner Brust. »Ihr seid sowieso auf dem Holzweg.«

»Und der Abschiedsbrief? Darin hat sie die Morde gestanden, und du warst in ihrem Haus eingesperrt.«

»Ich kann das alles nicht begreifen.« Ratlos starrte Otto durch die Windschutzscheibe. »Warum sollte sie das getan haben?«

»Wenn sie die Täterin ist, werden wir das herausfinden. Vielleicht hat auch ein anderer den Brief geschrieben und am Computer ausgedruckt, um ihn als ihren Abschiedsbrief auszugeben. Ich jedenfalls würde meinen Abschiedsbrief mit der Hand schreiben.«

Otto sah Färber mit hochgezogenen Augenbrauen an.

Doch der fuhr ungerührt fort: »Bisher haben wir in der Frauenkirche noch nichts gefunden, was auf Fremdverschulden hindeuten würde.« Bevor Otto seine Meinung dazu kundtun konnte, klingelte Färbers Handy.

»Hi, Fred«, meldete sich Carola, »ich habe die Listen aller Beteiligten am Lebendigen Fürstenzug durchgesehen, auch die der ehemaligen. Nichts, eine Heidrun Krämer taucht nirgends auf.«

»Danke. Ich weiß inzwischen, dass sie Altenpflegerin war.«

»Tatsächlich? Dann passt sie wenigstens zum Teil in unser Täterprofil.«

»Du wirst es nicht glauben«, fuhr Färber fort, »einer ihrer Patienten war mein Vater.«

»Habt ihr ihn gefunden, geht es ihm gut?«

»Ja, er sitzt hier neben mir im Wagen und ist putzmunter.« Otto nickte bedeutungsvoll in seine Richtung.

## Mittwoch, 10. Juni, Mittag

*Neumarkt, Dresden-Altstadt*

Die Schaulustigen hatten sich zerstreut, nur ein paar Passanten spähten hin und wieder hinter das flatternde Absperrband, um eine mögliche Sensation zu erhaschen. Ein uniformierter Polizist schob Wache. Schröder war nirgends zu sehen, als Färber am Neumarkt ankam. Er stieg aus seinem Wagen und betrat den abgesperrten Bereich. Der Blutfleck war deutlich zu erkennen, mit Kreide hatten die Kollegen den Körper der Verstorbenen nachgezeichnet. Färber richtete sich auf und schaute nach oben zur Aussichtsplattform über der großen Kuppel der Frauenkirche. Sein Handy klingelte.

Gerlinde Strecker teilte ihm mit, dass sie den Namen Heidrun Krämer in ihren Akten nicht finden konnte. Bisher war die Frau polizeilich nicht in Erscheinung getreten, keine Vorstrafen oder laufende Verfahren. Sie hatte allein gelebt, nahe Verwandte waren nicht bekannt.

Noch nie hatte Färber die neu errichtete Frauenkirche betreten. Gleich nach der Wiedereröffnung vor ein paar Jahren hatten ihn die Besucherschlangen abgehalten. Später dann, als man nicht mehr stundenlang anstehen musste, hatte er immer andere Dinge vorgeschoben. Nun war es wohl an der Zeit, die längst fällige Besichtigung nachzuholen.

Aus der knisternden Tüte in seiner Jackentasche kramte er ein paar Lakritzkatzen hervor und steckte sie in den Mund. Färber stieg ein paar Stufen hinauf, er stand vor der erstbesten Tür des Gotteshauses und drückte die Klinke hinunter, sie war verschlossen. Ratlos sah er sich um. Er ging die wenigen Stufen wieder hinab und umrundete die Kirche. Er fand den Besuchereingang, der ebenfalls mit einem Flatterband abgesperrt war, kroch hindurch und trat durch die schwere Eichentür in das Kirchenschiff. Über ihm öffnete sich eine riesige bemalte Kuppel. Er blieb stehen, um sich umzusehen. Es herrschte gähnende Leere, heute saßen keine Besucher im Holzgestühl oder in den Emporen. Färber ging auf den prächtigen Altar zu, der die gesamte Wand gegenüber einnahm und bis hinauf ins Gewölbe reichte. Die aufwendigen Malereien und goldverzierten Statuen ließen ihn fast den Zweck seiner Anwesenheit hier vergessen. Dennoch kam ihm alles ein wenig zu bunt und verspielt vor.

»Färber«, hallte es mit einem Mal durch den Kirchenraum. Er wurde aus seinen Gedanken gerissen und sah sich um. An einem der seitlichen Eingänge stand sein Kollege Schröder und winkte ihn zu sich.

»Na, wie geht es deinem Vater?«, erkundigte sich Schröder.

»Ich glaube, er nimmt das Ganze nicht so schwer, hoffe ich jedenfalls. Jetzt ist er zu Hause und ruht sich aus.«

»Das ist gut. Richte ihm Grüße von mir aus, er ist ein toller Kerl.«

Färber nickte. »Er wird sich freuen.«

»Nun zu unserem Fall.« Schröder schob seine Brille mit dem Zeigefinger nach oben, die ihm fast bis zur Nasenspitze heruntergerutscht war. »Gehen wir hinauf zur Aussichtsplattform, wir haben schon erste Erkenntnisse.« Schröder wandte sich einem der Ausgänge zu. Sie verließen den Kirchenraum und gingen um das Gebäude herum, das ganz aus gelbem Sandstein errichtet worden war. Sie passierten ein Schild, das ihnen den Zugang zur Aussichtsplattform wies. Die Tür war verschlossen, ein rotweißes Absperrband flatterte davor. Schröder hatte den passenden Schlüssel.

Er begann zu sprechen, als sie die ersten Stufen des Kuppelaufstiegs erklommen. »Heidrun Krämer muss heute Morgen mit den ersten Besuchern hinauf zur Aussichtsplattform gestiegen sein. Ich habe mit dem Kassierer gesprochen. Gleich beim Aufsperren drängten sich mehrere Gruppen Jugendlicher in den kleinen Vorraum, in dem die Eintrittskarten verkauft werden. Es waren verschiedene Schulklassen. Drei Lehrer begleiteten die jungen Leute und bezahlten für alle. So kam es, dass der Kassierer nicht jeden einzelnen Besucher wahrnehmen konnte. Vermutlich hat sich Frau Krämer unter die Jugendlichen gemischt.«

»Ist dem Kassierer heute Morgen irgendetwas Ungewöhnliches aufgefallen?«, fragte Färber.

»Er sagt, es sei alles gewesen wie immer. Der Aufstieg führt als spiralförmiger Gang im Inneren der Hauptkuppel hinauf. Im gesamten Bereich gibt es Überwachungskameras. Ich habe die Aufzeichnungen gesehen. Frau Krämer ist mit einer Gruppe Schüler aus dem Fahrstuhl gekommen. Die jungen Leute liefen schnell den Gang hinauf, sie ging langsam hinterher, wobei sie sich ständig umschaute.«

»Waren weitere Besucher zu sehen, die nicht zu den Jugendlichen gehörten?«

»Nein, ich habe nichts dergleichen bemerkt.«

»Ich würde die Aufnahmen gern selbst sehen«, sagte Färber.

»Glaubst du, mehr darauf zu erkennen?«, fragte Schröder skeptisch.

Entschuldigend zog Färber die Schultern hoch. »Vier Augen sehen nun mal mehr als zwei.«

»Gut. Ich kümmere mich darum.« Schröder klopfte Färber auf die Schulter.

Die restlichen Stufen überwanden sie schweigend. Nur ihr rhythmisches Schnaufen war zu hören. Nach der letzten Treppe traten sie durch eine schmale Tür hinaus ins Freie. Schwer atmend standen sie über den Dächern Dresdens, ohne das überwältigende Panorama tatsächlich wahrzunehmen.

Färber schaute sich auf der Plattform um, begutachtete die Ausführung des Geländers und suchte nach den Kameras. Als er einigermaßen zu Atem gekommen war, fragte er: »Die Kameras hier oben«, er zeigte auf eines der fest installierten Geräte, »haben die alles aufgezeichnet?«

»Nun ja, einiges schon, aber die erfassen nicht jede Ecke. Heidrun Krämer muss in einem Bereich über das Geländer geklettert sein, der außerhalb des Aufnahmewinkels liegt. Wir haben die Frau zum letzten Mal auf den Videos entdeckt, wie sie gerade durch die Tür vom Treppenhaus hinaus ins Freie tritt und sich umschaut. Danach taucht sie nicht wieder auf.«

»Wo habt ihr eigentlich den Brief an mich gefunden?«

»In ihrem Rucksack. Er lag hier oben in dieser Ecke.« Schröder zeigte auf die Nische zwischen einer Säule und dem Geländer.

»Was war sonst noch darin?«

»Eine Art Brieftasche mit Geld, genau dreißig Euro, Personalausweis, Führerschein und zwei Bankkarten. Außerdem fanden wir eine Packung Papiertaschentücher, ihr Handy und einen Regenschirm. Das war alles.«

»Kein weiterer Brief, nur der an mich?«

Schröder nickte.

»Wie hoch ist das hier eigentlich?«, wollte Färber wissen.

»Der Kassierer sagt, es sind siebenundsechzig Meter bis zur Aussichtsplattform.«

Färber trat ans Geländer vor und spähte an der Stelle nach unten, wo sich Heidrun Krämer vermutlich hinuntergestürzt hatte. Er konnte sich den Weg vorstellen, den ihr Körper zurückgelegt haben musste. Auf der Sandsteinkuppel war sie noch ohne Hindernisse nach unten gerutscht. Sollte sie auf dem Erkerdach aufgetroffen sein, hätte sie sich wahrscheinlich auch nicht halten können und wäre von dort aus in die Tiefe gefallen. Aber die Frau wollte sich ja umbringen, kein Grund also, irgendwo nach Halt zu suchen. Unten auf dem Neumarkt stand Luther auf seinem Podest. Zwischen ihm und der Kirche konnte Färber den abgesperrten Bereich mit der Kreidezeichnung erkennen. Drei Übertragungswagen parkten jetzt neben dem Flatterband. Ein Mann gab ein Interview, mehrere Journalisten hielten ihm Mikrofone vors Gesicht.

Färber wandte sich Schröder zu. »Gibt es Zeugen, die den Sturz beobachtet haben? Die Jugendlichen vielleicht?«

Schröder stellte sich neben Färber ans Geländer. »Die Schulklassen hatten zu diesem Zeitpunkt die Aussichtsplattform schon wieder verlassen. Frau Krämer muss nur ein paar Augenblicke hier oben allein gewesen sein. In den Cafés unten am Neumarkt war noch nicht viel los, einige Gäste konnten wir befragen, sie berichten von einem schrecklichen Schrei, der von der Kirchenkuppel zu kommen schien. Im nächsten Augenblick sei die Frau schon auf dem Pflaster aufgeschlagen. Die Gäste haben daraufhin ihre Tische verlassen, um Heidrun Krämer zu Hilfe zu eilen. Fast alle haben wohl kurz nach dem Sturz nach oben zur Aussichtsplattform der Frauenkirche geschaut. Kein Mensch war zu diesem Zeitpunkt oben zu sehen, das Geländer war verwaist.«

»Sieht alles nach Suizid aus, Fremdverschulden ausgeschlossen?«, fragte Färber.

Schröder nickte. »Wir haben keinen Grund, daran zu zweifeln.«

Wieder klingelte Färbers Handy. Die Kollegen der Spurensicherung, die bei Heidrun Krämers Häuschen arbeiteten, hatten erste Erfolge zu vermelden. Sein alter Freund Volker Wiesner leitete den Einsatz. »Färber, du wirst nicht glauben, was wir hier gefunden haben.«

Färber horchte auf. »Ja, was denn?«

»Zuerst haben wir das Haus durchsucht und den Garten, ohne die geringste Spur zu unseren Morden zu finden. Dann kam der Keller dran, alles haben wir auf den Kopf gestellt. Die vorderen Räume waren sauber, auch der Verschlag, in dem dein Vater eingesperrt war. Erst im hintersten Winkel fanden wir dann so etwas wie ihre Werkstatt. In einem Wandregal bewahrte sie diese alten Kostüme auf. Überall lagen Werkzeuge herum, dazwischen mehrere Messer und ein Skalpell. In einer Mauernische standen gefüllte Glasfläschchen, den Beschriftungen nach handelt es sich um Betäubungsmittel. Das müssen wir aber im Labor noch genauer untersuchen. Daneben lag ein leeres Tütchen, das laut der altertümlich wirkenden Beschriftung Arsen enthalten hatte. Zum Schluss haben wir uns noch ihr Dienstfahrzeug vorgenommen, einen weißen Kleinwagen, der gleich in der Nähe unter einem Carport stand. Ist er dir vorhin aufgefallen?«

»Das Auto mit der Werbung für den Pflegedienst?«

»Genau. Es gehört zum Fuhrpark einer gewissen Ingrid Hahn, sie ist Chefin von mindestens dreißig mobilen Altenpflegerinnen. Heidrun Krämer war eine von ihnen«, sagte Volker.

»Und, was habt ihr im Auto gefunden?«, erkundigte sich Färber.

»Ein fein säuberlich zusammengelegtes altertümliches Kostüm, eine Axt und eine Drahtschlinge mit Holzgriffen an beiden Enden. Könnten das Tatwaffen sein?«

Färber nickte, obwohl Wiesner das durchs Telefon freilich nicht sehen konnte.

»Hallo, Färber, bist du noch dran?«, vergewisserte sich Volker Wiesner.

»Ja, ja.« Färber räusperte sich.

»Also, was ist nun, könnten die Gegenstände zu euren Morden passen?«, wiederholte Volker seine Frage.

»Absolut«, fiel Färbers knappe Antwort aus. »Wo ist der Wagen jetzt?«

»Er wird gerade verladen und kommt in die Technik. Wenn du willst, können wir uns in einer Stunde dort treffen.«

»Ist gut«, erwiderte Färber, »ich versuche, pünktlich zu sein, vorher muss ich noch ein paar Videos ansehen.«

Färber und Schröder verließen die Aussichtsplattform und stiegen viele Treppen hinab. Färber suchte vergeblich nach Überwachungskameras. Sie traten durch ein weiteres Portal, das sie zurück auf den Neumarkt entließ. Der Mann zwischen den Journalisten war der neue Pressesprecher der Polizei. Sie vermieden es, die Aufmerksamkeit der Medienvertreter zu erregen, und hielten sich eng an den Mauern der Frauenkirche. Schröder führte Färber hinunter in den Keller des Gotteshauses. In einem engen Raum voller Monitore an den Wänden, der in ein Gewölbe der Krypta eingebaut worden war, erwartete sie eine Mitarbeiterin des Sicherheitsdienstes. Ohne Zeitverzug begann sie mit dem Abspielen der Aufzeichnungen von heute Morgen.

Schröder zeigte mit einem Finger auf den Monitor und erklärte, wo sich die Schüler gerade befanden. Hinter der ersten Gruppe lief zögerlich Heidrun Krämer, den Rucksack trug sie auf dem Rücken. Hin und wieder blieb sie stehen und schaute nach hinten. Nach einer Weile strömten die nächsten Jugendlichen aus dem Fahrstuhl, um den weiteren Aufstieg zu Fuß zurückzulegen. Die Schüler marschierten nicht etwa in Reih und Glied, nein, es war ein heilloses Durcheinander, wie sie sich durch den Gang schoben. Manche liefen nach vorn, bevor sie sich wieder zurückfallen ließen. Innerhalb der Gruppe herrschte eine ständige Unruhe, sodass man die einzelnen Personen kaum im Auge behalten konnte. Färber fiel nichts Besonderes auf.

»Okay, das reicht«, wandte er sich an die Frau am Abspielgerät, »jetzt würde ich gern die Bilder vom Abstieg sehen.«

»Das tut mir leid. Aber im anderen Treppenhaus, durch das die Besucher nach unten gehen, sind die Kameras noch nicht installiert worden. Diesen Teil des Gebäudes werden wir erst in ein paar Monaten per Video überwachen können.«

»Warum denn das? Die Kirche ist doch schon vor einigen Jahren eröffnet worden.«

Die Frau zog ihre Mundwinkel nach unten. »Das ist eben so. Zur Eröffnung war das noch nicht fertig, dann gab es immer wieder Probleme mit eindringendem Regenwasser in diesem Treppenhaus. Soweit ich weiß, warten wir auf die Freigabe durch den Architekten. Und das soll wohl noch dauern, wie ich gehört habe.«

»Na toll.« Färber schnaubte.

Schröder legte eine Hand auf seinen Oberarm. »Beruhige dich, alles sieht nach Selbstmord aus, ohne Fremdverschulden. Wie schon gesagt, wir hätten wahrscheinlich sowieso nichts gesehen.«

»Aber eben nur wahrscheinlich.« Färber wandte sich erneut an die Frau und bat um Kopien aller Aufzeichnungen. Sie nickte und bot an, sie später im Präsidium abzugeben.

Die beiden stiegen die Treppe wieder hinauf. Im Kirchenschiff blieben sie stehen.

»Ach, was ich noch fragen wollte, was ist eigentlich aus dem Fall an der Augustusbrücke geworden? War es Mord?«, fragte Färber.

»Hm.« Schröder kratzte sich am Kopf. »Traurige Sache. Der Täter war ein Zwanzigjähriger. Er hat seinen Kumpel erschlagen, weil er Geld bei ihm vermutete, das dieser ihm nicht geben wollte. Du hattest übrigens recht, der junge Mann wollte sein Verbrechen dem Fürstenzugmörder anhängen, deshalb die Faschingsverkleidung.«

Färber verabschiedete sich und ging zu seinem Auto. Bevor er den Zündschlüssel umdrehte, wählte er die Nummer des Psychologen Hammerstein.

»Erinnern Sie sich an Ihr Gutachten über den Fürstenzugmörder?«, fragte Färber ohne Umschweife.

»Selbstverständlich.«

»Wir haben eine dringend tatverdächtige Person, die sich heute Morgen umgebracht und in ihrem Abschiedsbrief die Morde gestanden hat.«

»Tatsächlich? Beschreiben Sie mir den Mann.«

»Es ist kein Mann.«

»Wie bitte?« Stille in der Leitung. Dann ein Räuspern. »Eine Frau soll die Mörderin sein?«

»Ganz genau, so sieht's aus.«

»Das verwundert mich doch sehr«, Hammerstein zögerte, »eigentlich ist das sehr ungewöhnlich, vom Standpunkt des Psychologen aus gesehen, meine ich. Ist ein Irrtum ausgeschlossen? Vielleicht hatte sie einen männlichen Komplizen?«

»Bisher weist nichts darauf hin. Ich hatte einiges Vertrauen in Ihre Arbeit gesetzt.«

»Nun ja, wie ich vor einiger Zeit schon sagte, so ein Gutachten stützt sich auf allgemeine Erfahrungswerte und Statistiken, die zu bestimmten Annahmen führen. Es kommt eben vor, dass die Wirklichkeit nicht mit unseren Auswertungen übereinstimmt.«

»Hm«, brummte Färber.

Hammerstein fragte schließlich: »Wie ist die Tote denn körperlich gebaut? Konnte sie die notwendige Kraft aufbringen?«

»Ich denke schon«, erklärte Färber, »immerhin war sie Altenpflegerin, die müssen immer schwer arbeiten, brauchen also gut ausgebildete Muskeln. Ihre Statur ist kräftig und korpulent. Laut meinem Dafürhalten war sie körperlich durchaus dazu in der Lage.«

»Ja, Herr Färber, leider muss ich jetzt auflegen, mein nächster Termin wartet. Aber Sie können mich jederzeit anrufen.«

»Ja, bis dahin«, verabschiedete sich auch Färber, wobei er überzeugt davon war, dass es dazu nicht so bald kommen würde. Färber startete den Wagen, um zur Technik und zu Volker Wiesner zu fahren.

## Mittwoch, 10. Juni, Nachmittag

*Kommissariat, Dresden*

Im Kofferraum der Toten hatten sie ein Kostüm gefunden, das aus einem burgunderfarbenen schweren Umhang mit weißem Pelzkragen, einem satinglänzenden altrosa Unterkleid sowie einem schwarzen Hut mit Krempe bestand. Färber hatte nicht lange suchen müssen, um den dazugehörigen Herrscher zu finden: Georg der Bärtige, Herzog von Sachsen Anfang des sechzehnten Jahrhunderts. Sollte er der Nächste sein? Gut möglich, warum sonst hätte sie sein Kostüm in ihren Kofferraum legen sollen.

Die Axt und die Drahtschlinge, die ebenfalls im Auto waren, konnten die Tatwerkzeuge von Freiberg und Augustusburg gewesen sein. An beiden Gegenständen war DNA gefunden worden. Die Kollegen würden analysieren, ob die Proben von den Opfern stammten. Aus dem Haus der Toten hatten sie einen Computer mit dem dazugehörigen Drucker beschlagnahmt. Eindeutig konnte geklärt werden, dass sowohl der Abschiedsbrief als auch der Umschlag damit bedruckt worden waren. Der Brief war auf dem Computer geschrieben und danach gelöscht worden, konnte aber von den Beamten wiederhergestellt werden. Auf dem Papier ließen sich ausschließlich Heidrun Krämers Fingerabdrücke nachweisen.

Die im Keller gefundenen Fürstenkostüme hatte Volker auf einem Arbeitstisch ausgebreitet. Sie verglichen jedes Foto im Rochlitzer Buch mit den festlichen Kleidungsstücken auf dem Tisch. Vier komplette Kostüme hatte die Täterin aufbewahrt. Sie konnten eindeutig zugeordnet werden.

Färber stutzte. »Wieso sind das nur so wenige? Wo hat sie die anderen?«

»Welche anderen?«

»Gab es noch andere Kostüme irgendwo dort?«

Volker schüttelte entschieden den Kopf. »Nicht im und um das ehemalige Bahnwärterhaus. Wir haben jeden Stein umgedreht, dort gibt es nichts weiter.«

»Es müssen mehr Kostüme sein«, beharrte Färber, »gestohlen wurden sechzehn. Für die Morde hat sie sechs benutzt. Bleiben also zehn übrig. Im Keller lagen vier und eins im Auto. Das sind zusammen fünf. Wo sind die restlichen? Irgendwo muss sie noch fünf Kostüme versteckt haben.«

Volker hob die Hände. »Dazu kann ich nichts sagen, wir haben sie nicht gefunden.«

»Gibt es in ihren Unterlagen irgendeinen Hinweis darauf, dass sie einen Kleintransporter besitzt oder nutzt?«

»Nicht dass ich wüsste.«

## Mittwoch, 10. Juni, Abend

*Kommissariat, Dresden*

Färber betrat Gerlinde Streckers Büro. Sie saß noch am Computer. Als er eintrat, schaute sie auf und lächelte ihm entgegen.

»Bloß gut, dass jetzt die schrecklichen Morde aufhören werden. Ich bin sehr erleichtert.«

Färber schwang sich stöhnend auf den Besucherstuhl vor ihrem Schreibtisch. »Ja, es wurde auch Zeit, die Täterin hat schon viel zu viele Menschenleben auf dem Gewissen. Wenn sie es denn wirklich war, noch bin ich nicht sicher«, sagte Färber nachdenklich. »Wenn Sie vorhätten, sich umzubringen, würden Sie Ihren Abschiedsbrief am Computer verfassen?«

»Hm. Über so etwas habe ich noch nie nachgedacht«, Gerlinde Strecker stützte das Kinn in ihre Hand, »keine Ahnung.«

»Morgen spreche ich mit Krämers Chefin«, sagte Färber, »einer gewissen Ingrid Hahn, die einen mobilen Pflegedienst betreibt. Danach unterhalten wir uns auch mit den Kunden, die sie betreut hat.«

»Ach, Chef. Kollegin Mertens ist auf dem Weg zu uns. Als sie hörte, was heute passiert ist, rief sie mich an. Sie könnte jede Minute da sein.«

Färber nickte. »Dann hole ich mir einen Kaffee und warte in meinem Büro auf sie.«

»Sie sollten besser nach Hause gehen und ein paar Stunden schlafen. Ich kann gern hier warten«, sagte Gerlinde Strecker.

»Das kommt überhaupt nicht in Frage, Sie machen jetzt Feierabend.«

Gerlinde Strecker musterte ihn wortlos und zog ihre Stirn in Falten.

Er sah auf die Uhr und gähnte. »Kann schon sein, dass ich müde bin, aber ich bleibe noch. Ich werde mich noch mit den Kostümen befassen, die in Krämers Keller und im Auto gefunden worden sind. Also, ab mit Ihnen nach Hause, wir sehen uns morgen.«

Zögernd stand sie auf, schob ein paar Unterlagen zu einem Stapel zusammen und schaltete ihren Computer ab. »Na dann, bis morgen, Chef. Und gute Nacht.« Sie nahm ihre Handtasche und verschwand.

Färber ging in sein Zimmer und startete den Rechner. Er gab »Georg der Bärtige« in eine Suchmaschine ein und überflog die angezeigten Ergebnisse. Der Fürst war zu seinem Namen gekommen, weil er sich nach dem Tod seiner geliebten Frau Barbara aus Kummer den Bart nie mehr gestutzt hatte. Färber erfuhr, dass Fürst Georg ein frommer Mann gewesen war, der die neue Religion Luthers ablehnte. Erst nach seinem Tod konnte sich in seinem Herrschaftsgebiet die reformierte Kirche etablieren.

Nach einer Weile rief Carola an. Sie saß in einem Stau vorm Dreieck Nossen fest, es hatte wohl einen schweren Unfall mit auslaufendem Öl gegeben, sodass ihre Ankunft sich mindestens um eine weitere Stunde verzögern würde. Sie verabredeten sich für den nächsten Morgen in Färbers Büro. Erschöpft ging Färber nun doch nach Hause.

## Mittwoch, 10. Juni, Abend

*Eine Mietwohnung, Dresden*

Mit einer dampfenden Tasse Weihnachtstee in meiner Hand lümmelte ich erwartungsvoll vorm Fernseher. Gleich würden die Abendnachrichten beginnen. Ich freute mich darauf, jetzt den lange gesuchten Fürstenzugmörder oder vielmehr die Mörderin auf dem Bildschirm präsentiert zu bekommen. Die Eingangsmelodie erklang. Eine Sprecherin begrüßte die Zuschauer. Sie verschwendete meine Zeit mit verschiedensten Meldungen, die mich wirklich nicht interessierten. Nutzlos verstrich Minute um Minute. Ich gähnte und kratzte mich ausgiebig am Kopf.

Doch jetzt, endlich. Der Dresdner Neumarkt wurde eingeblendet, die Frauenkirche links und die Freisitze eines Kaffeehauses rechts im Bild.

Eine blonde Reporterin begrüßte ihr Publikum. »Mit einem spektakulären Freitod ist heute hier auf dem Platz vor der berühmten Dresdner Frauenkirche einer der brutalsten und widerlichsten Kriminalfälle zu Ende gegangen, eine Mordserie, die nicht nur die Menschen in Sachsen, sondern in ganz Deutschland erschüttert. Der lange gesuchte Fürstenzugmörder, übrigens eine Frau, hat sich von der Aussichtskuppel des Gotteshauses in die Tiefe gestürzt.«

Sie wandte sich etwas nach links, ein junger Mann mit Anzug und Krawatte kam ins Bild. »Ich begrüße jetzt Karsten Wegner, den Pressesprecher der Polizeidirektion Dresden. Er wird uns über die Einzelheiten der heutigen Ereignisse aufklären.«

Der Angesprochene nickte freundlich in die Kamera.

Dann fuhr die Reporterin fort: »Wir alle sind fassungslos, dass der brutale Verbrecher eine Frau ist. Aufgrund eines psychologischen Gutachtens war die Kriminalpolizei, genauer gesagt die Sonderkommission Fürstenzug unter Leitung des erfahrenen Kommissars Färber, davon ausgegangen, dass es sich beim Täter um einen Mann handelt. Was sagt die Polizei selbst zu dieser Schlappe?« Sie wandte sich wieder Karsten Wegner zu.

»Kommissar Färber und sein Team haben immer in alle Richtungen ermittelt und sich nicht voreilig auf nur eine Spur festgelegt. Zum jetzigen Zeitpunkt sind noch nicht alle Fragen beantwortet, die nächsten Tage werden sicher Klarheit bringen. Heute überwiegt erst einmal die Erleichterung, dass der Alptraum der letzten Wochen endlich vorbei ist. Die Bürgerinnen und Bürger Sachsens, Thüringens und Sachsen-Anhalts können wieder ruhig schlafen.«

Die Reporterin lächelte in die Kamera. »Das freut uns natürlich alle. Ist es denn sicher, dass Heidrun K., die sich heute hier das Leben genommen hat, tatsächlich die gesuchte Mörderin ist?«

Karsten Wegner schaute in die Kamera und antwortete: »Die Ermittlungen sind noch nicht abgeschlossen, aber alles deutet auf ihre Täterschaft hin. Sie hat in einem Abschiedsbrief die Mordserie gestanden. Darüber hinaus konnten in ihrem Haus Beweise sichergestellt werden, die uns davon ausgehen lassen, dass es sich mit sehr hoher Wahrscheinlichkeit um die Fürstenzugmörderin handelt.«

Als das Interview beendet war, schwenkte die Kamera zu einem mit Polizeiband abgesperrten Bereich auf dem Neumarkt. Der mit Kreide nachgezeichnete Umriss eines Menschen kam ins Bild. Ein großflächiger brauner Fleck auf dem Pflaster verriet, dass Blut geflossen war. Bevor der Beitrag endete, gab es einen Kameraschwenk hinauf zur Aussichtsplattform über der großen Kuppel der Frauenkirche. Dann begannen die Sportnachrichten.

Ich schaltete den Fernseher ab und stand auf. Am Fenster schob ich die Gardine etwas beiseite und spähte nach draußen. Meine Bewacher waren verschwunden, also glaubten die Bullen tatsächlich, was ihr Sprecher gerade verkündet hatte. In meinem Magen kribbelte es. So fühlte sich Erfolg an.

## Donnerstag, 11. Juni, Morgen

*Kommissariat, Dresden*

Färber saß am Schreibtisch und las die Schlagzeile einer großen Dresdner Tageszeitung: »Serienkillerin tot – Polizei hatte keine Chance«. Während er sich in die Ergüsse des Reporters vertiefte, kroch Wut in ihm hoch.

»Die haben doch keine Ahnung.« Er warf die Zeitung auf den Tisch und sprang auf. »Ich brauche frische Luft.« Als Färber die Tür aufriss, stieß er fast mit Carola zusammen, die gerade eintreten wollte.

»Na, das ist ja eine Begrüßung, dir auch einen guten Morgen, Fred«, lachte sie ihn an.

»Ja, ja. Morgen. Wenn du dieses Schmierblatt gelesen hast«, er deutete in das Zimmer hinein auf seinen Schreibtisch, »ist dein Morgen auch nicht mehr der beste.«

Carola ließ sich ihre gute Laune nicht durch Färbers Wutausbruch verderben. »Komm, wir setzen uns erst mal und reden darüber.«

»Ich brauche Kaffee.« Färber stürmte davon.

Carola sah ihm nach. Dann ging sie in sein Büro, nahm die Zeitung von Färbers Tisch und las.

*Bei aller Freude und Erleichterung über das Ende der Mordserie wollen wir nicht verschweigen, dass die Sonderkommission Fürstenzug schwerwiegende Fehler einzuräumen hat. Seit dem ersten Mord ist viel Zeit vergangen, trotzdem hatten die Ermittler noch immer keine heiße Spur. Sie würden vermutlich weiterhin im Dunkeln tappen, wenn Heidrun K. gestern nicht überraschend ihren Freitod gewählt und in einem Abschiedsbrief die Morde gestanden hätte. Der leitende Beamte, Kriminalkommissar F. Färber, hat bisher nicht dazu Stellung genommen. Wann er vor die Presse treten wird, ist noch unklar. Fest steht aber heute schon, dass er sich auf einige unangenehme Fragen gefasst machen muss.*

Sprachlos lehnte sich Carola in ihrem Stuhl zurück. Sie würde sich hinter Färber stellen, egal, was die nächsten Stunden und Tage bringen sollten. Gemeinsam hatten sie die Fälle bearbeitet, Strategien entwickelt, Verdächtige ausgeschlossen. Dass sich diese Heidrun Krämer jetzt selbst offenbart hatte, klärte zwar die Morde auf, brachte aber der Öffentlichkeit keine Genugtuung. Eine spektakuläre Verhaftung, der darauf folgende monatelange Prozess und am Ende ein hartes Urteil, das würde den Medien gefallen. Aber so? Die Presse stellte den Ausgang der Fürstenzugmorde als eine Art Versehen dar, von dem die Polizei wie aus heiterem Himmel überrascht worden war. In Wirklichkeit aber mussten sie die richtigen Hebel in Bewegung gesetzt haben, die zu guter Letzt die Täterin dazu veranlasst hatten, der Sache selbst ein Ende zu setzen.

Färber schob die Tür mit dem Fuß auf und balancierte zwei

dampfende Kaffeebecher in den Händen. Er stellte sie auf den Schreibtisch und blies auf seine Fingerspitzen. Dann setzte er sich Carola gegenüber und lächelte sie an, ohne ein Wort zu sagen.

»Geht es dir jetzt besser?«, begann sie ein Gespräch.

»Hast du das Geschreibsel gelesen?«

Sie schniefte. »Die haben nicht recht, und das weißt du genau.«

»Denkst du das wirklich? Wahrscheinlich liegen sie ganz richtig. Ich habe als Leiter der Sonderkommission versagt. Es stimmt tatsächlich, hätte Heidrun Krämer sich nicht selbst zu erkennen gegeben, wären wir so schnell nicht auf sie gekommen. Nicht mal den leisesten Hauch eines Verdachts hatten wir gegen sie. Ja, wir kannten sie nicht einmal.«

»Na und, wir wären ihr schon auf die Spur gekommen. Früher oder später«, erwiderte Carola.

»Wohl eher später«, entgegnete Färber sarkastisch. Er hob den Becher zum Mund und schlürfte vorsichtig am heißen Kaffee. Carola schwieg ebenfalls. Jeder hing seinen Gedanken nach.

»Jetzt bleibt nicht mehr viel zu tun«, sagte Färber nach einer Weile. »Die Kriminaltechnik arbeitet weiter an den Beweismitteln. Wir müssen sichergehen, dass sie allein die Morde begangen hat.«

»Und was machen wir bis dahin? Warten und Däumchen drehen?«

»An sich keine schlechte Idee, aber ich habe eine bessere. Wir fahren zusammen zu Krämers Arbeitgeberin. Ich habe bei Ingrid Hahn einen Termin. Sie leitet den mobilen Pflegedienst und wird uns hoffentlich einiges über ihre Mitarbeiterin erzählen können.«

»Gut«, Carola griff nach ihrer Tasche und stand auf, »lass uns fahren.« Sie ging zur Tür, ihre Absätze knallten bei jedem Schritt auf den harten Boden.

»Warum trägst du eigentlich immer solche schrecklichen Schuhe?«, fragte Färber, während er sich über den Schreibtisch beugte, um seinen Computer abzuschalten. »Man hört dich ja meilenweit, wenn du angetrabt kommst.«

Carolas Wangen wurden rot. »Das hat seinen Sinn, glaub mir.«

Er sah sie fragend an. »Erklär es mir.«

»Na ja«, sagte sie verlegen, »ich fühle mich stärker, wenn ich diese Dinger trage. Immer werde ich unterschätzt, wenn ich wohin komme, nur weil ich eine Frau bin. Mir traut keiner etwas zu, eben auch keine Erfahrung. Also habe ich mir angewöhnt, hohe Schuhe zu tragen, die ordentlich Krach machen. Das hilft meinem Selbstbewusstsein.«

»Klingt verrückt«, sagte Färber.

Enttäuscht drehte sich Carola zur Tür. »Ich wusste, dass du das nicht verstehst.«

»He«, er lief zu ihr und hielt sie am Arm fest. »So habe ich das nicht gemeint. Ich finde nur, dass du das überhaupt nicht nötig hast.«

Verwundert blieb sie stehen und sah Färber an.

»Probier es einfach aus und lass diese Treter mal weg. Du wirst sehen, du brauchst sie nicht.«

Carola lachte. »Fred, wir haben echt andere Probleme.«

Seite an Seite gingen sie durch den Flur, Carolas Schritte hallten vom hohen Deckengewölbe wider.

## Donnerstag, 11. Juni, Morgen

*Pflegedienst Hahn, Blasewitzer Straße, Dresden*

Sie wurden bereits erwartet. Ingrid Hahn kam ihnen entgegen und empfing sie vor der Haustür. Sie war blass und wirkte zerbrechlich.

»Kommen Sie rein.« Ingrid Hahn ging voran und führte sie in ein helles Büro.

Auf einem kleinen runden Tisch vor dem Fenster standen drei Tassen und eine Schale mit Gebäck. Carola und Färber setzten sich. Ingrid Hahn holte aus dem Nebenraum eine Kanne Kaffee und goss ein, bevor sie sich ebenfalls niederließ. Sie schlug ihre schlanken Beine übereinander, die in weißen Hosen steckten. Mit dem Zeigefinger ihrer rechten Hand schob sie eine rahmenlose Brille höher auf ihren schmalen Nasenrücken, dann putzte sie sich mit einem Papiertaschentuch die Nase.

»Sie müssen entschuldigen, heute ist nicht mein bester Tag. Die Sache mit Heidrun macht mich fertig, ich kann nicht glauben, was in den Zeitungen steht.« Dann schwieg sie für eine Weile und rührte gedankenversunken in ihrer Tasse.

»Wir würden uns gern mit Ihnen über Frau Krämer unterhalten«, unterbrach Carola die Stille.

Ingrid Hahn räusperte sich. »Ja, natürlich. Deswegen sind Sie wohl hier. Also, was wollen Sie wissen?«

Färber lehnte sich zurück und überließ Carola die Befragung.

»Wie lange war Frau Krämer bei Ihnen beschäftigt?«

»Sie gehörte zu meinen ersten Mitarbeiterinnen, als ich vor acht Jahren den Betrieb eröffnete.«

»Waren Sie zufrieden mit ihrer Arbeit?«

Entschieden nickte Ingrid Hahn. »Absolut. Ich konnte mich auf Heidrun immer verlassen. Nie kam sie zu spät, die Tage, an denen sie krank war, kann man an einer Hand abzählen. Ich schätzte sie als zuverlässige und kompetente Mitarbeiterin.«

»Hatten sie auch privat mit ihr Kontakt?«

»Was sie außerhalb ihrer Arbeit machte, weiß ich nicht. Nie habe ich erlebt, dass sie sich mit einer Kollegin darüber unterhalten hätte, wie das andere oft tun. Heidrun war ein verschlossener Mensch, drängte sich nie in den Vordergrund, sondern erledigte im Stillen pflichtbewusst ihre Arbeit.«

»Gibt es vielleicht eine Kollegin, mit der sie befreundet war?«

Sie überlegte kurz. »Nein, da fällt mir keine ein.«

»Wie groß ist Ihre Firma eigentlich?«, fragte Färber.

»Dreißig Pflegerinnen fahren raus, im Büro sitzt meine Sekretärin, die heute allerdings Urlaub hat.«

»Gibt es einen Kleintransporter in Ihrem Unternehmen?«

»So etwas brauchen wir nicht. Unsere Mitarbeiterinnen fahren alle mit Kleinwagen zu ihren Patienten.«

Carola übernahm wieder das Gespräch. »Hatte Frau Krämer Streit mit anderen Mitarbeiterinnen im Betrieb?«

»Nein, Heidrun war eine friedliche Natur und immer auf Harmonie und Ausgleich bedacht. Deshalb bin ich ja so erschüttert über die schlimmen Sachen, die jetzt ans Licht kommen. Ich kann das gar nicht glauben.«

»Wie beliebt war Frau Krämer eigentlich bei ihren Kunden?«, fragte Färber.

»Bei uns heißt das Patienten. Aber egal. Ich kann mich nicht erinnern, dass jemals eine Beschwerde über sie eingegangen wäre. Glauben Sie mir, wir alle sind fassungslos. Keiner hätte ihr so etwas zugetraut.«

»Ja, das wäre schon alles«, beendete Carola die Unterhaltung und erhob sich. »Wären Sie so nett, uns eine Liste Ihrer Mitarbeiterinnen und der Patienten zu überlassen, die Frau Krämer betreute?«, bat Carola.

»Gern.«

»Und bitte auch Frau Krämers Arbeitszeiten der letzten drei Monate zum Abgleich mit unseren Daten.«

»Auch das. Wenn Sie sich einen Moment gedulden würden.« Ingrid Hahn verließ den Raum und setzte sich vor den Computer, der im Vorraum stand. Es dauerte einige Minuten, bis sie Carola die gewünschten Listen in die Hand drückte.

Als sie wieder im Wagen saßen, platzte Färber heraus: »Das glaubt uns doch kein Mensch, dass diese Frau die Fürstenzugmorde begangen haben soll. Laut ihrer Chefin war sie eine halbe Heilige und laut meinem Vater auch.«

## Donnerstag, 11. Juni, Mittag

*Kommissariat, Dresden*

Als sie zurück ins Büro kamen, lag neben einem Bücherstapel der Bericht aus Volker Wiesners Abteilung auf seinem Schreibtisch. Färber ging um das Möbelstück herum und setzte sich. Carola nahm gegenüber Platz. Er schlug die Mappe auf und vertiefte sich darin.

»Würde es dir etwas ausmachen, laut zu lesen?«

»Klar, entschuldige. Die gefundenen Tatwaffen wurden auf Spuren der Opfer untersucht. Die Drahtschlinge enthielt Hautpartikel des Pannenhelfers Frank Immler. Die Blutreste an der Axt stammen eindeutig vom noch nicht identifizierten

Opfer vom Freiberger Obermarkt. Die Form der Klinge des sichergestellten Skalpells passt zu den Schnittverletzungen des unbekannten Opfers aus Wechselburg und des Bauern Damian Pajak aus dem polnischen Nowa Karczma. Der Abschiedsbrief und der dazugehörige Umschlag sind beide mit Heidrun Krämers Drucker ausgedruckt worden. Ausschließlich ihre Fingerabdrücke befinden sich auf dem Papier.«

Färber legte den Ordner auf den Tisch und die Listen vom Pflegedienst Hahn daneben. »Mal sehen, ob Heidrun Krämer irgendwann auf Arbeit war, wenn unser Mörder zugeschlagen hat. Und wir schauen uns mal ihre Patienten an, vielleicht fällt uns da noch etwas auf.«

Carola seufzte. »Du willst nicht daran glauben, oder?«

»Nein, ich will sichergehen. Das ist alles, und das sind wir auch den Opfern schuldig.«

Sie verglichen die Tatzeiten mit den Dienstzeiten von Heidrun Krämer. Immer hatte sie frei, wenn die Fürstenzugmorde geschehen waren. Die Liste ihrer Patienten verriet nichts Auffälliges. Es handelte sich ausnahmslos um unbekannte Namen und Adressen, bis auf Otto Färber natürlich.

Carola beendete die Stille. »Es gibt nichts daran zu rütteln. Die Beweise reichen aus. Ich denke, die Staatsanwaltschaft wird den Fall jetzt abschließen wollen.«

»Trotzdem, es gibt da so einige Dinge, die ich mir nicht erklären kann, zum Beispiel –« Das Telefon klingelte. Färber griff zum Hörer und lauschte. »Jetzt gleich? Bin schon unterwegs.« Er legte auf.

»Ich soll zu Kießling kommen. Wartest du hier auf mich?«

Carola hob die Hände. »Ich fahre lieber gleich nach Chemnitz zurück, dann schaffe ich heute noch etwas. Ruf mich doch später an. Zur Pressekonferenz komme ich aber auf jeden Fall, ich lass dich nicht allein mit den Reportern.«

»Dann bin ich ja beruhigt.« Er zwinkerte.

»Moment noch, Fred. Wenn es dir nichts ausmacht, würde ich die gern für meinen Bericht ein paar Tage ausleihen.« Schon griff Carola nach dem Stapel Bücher auf Färbers Schreibtisch. »Du brauchst sie doch jetzt nicht mehr?«

»Die habe ich von Eugen Schwarz. Ich glaube nicht, dass er sie sofort wiederhaben will.«

Carola grinste. »Ich verspreche hiermit, dass ich sie ihm persönlich zurückgeben werde, du musst dich nicht darum kümmern.«

»Von mir aus.« Färber winkte ab. Dann eilte er zu seinem Chef.

Kriminaldirektor Kießling empfing ihn mit einem grimmigen Lächeln, wie nur er es hinbekam. Er war ein großer kräftiger Kerl, dessen Hemd immer ein wenig über dem Bauch spannte. Die Krawatte baumelte lose um seinen Hals, die Hosentaschen waren ausgebeult, weil sie voll waren mit kleinen Helfern im Alltag: Schlüssel, Taschenmesser, Büroklammern, Schrauben. Färber hatte sich schon immer gefragt, warum sein Chef das alles ständig mit sich herumschleppte.

»So, der Fall wäre erledigt, das war zwar keine Glanzleistung, Färber, aber die Mörderin ist entlarvt, und nur das zählt.« Er wies auf den Stuhl vor seinem Schreibtisch. Färber setzte sich. Kießling nahm in seinem Chefsessel Platz. »Für Freitagnachmittag wurde eine Pressekonferenz anberaumt. Sie werden als Leiter der Sonderkommission den Reportern Rede und Antwort stehen.«

Färber nickte. »Geht in Ordnung.«

»Prima. Vierzehn Uhr geht es los.« Kießling lehnte sich im Sessel zurück und streckte die Beine aus, sodass sie fast Färbers Schuhe berührten. »Woran haben Sie eigentlich vor der Sonderkommission gearbeitet?«, fragte er schließlich.

»Alte, unerledigte Fälle durchgesehen.«

»Ja dann«, Kießling lächelte, »holen Sie die Akten wieder hervor und machen dort weiter, wo Sie aufgehört haben. Mit den modernen kriminaltechnischen Methoden lassen sich heute doch sogar die aussichtslosesten Fälle aufklären.« Kießling verschränkte die Arme vor seinem Bauch.

Färber beugte sich nach vorn. »Es gibt aber noch offene Fragen. Zum Beispiel, wo Heidrun Krämer die fünf anderen gestohlenen Kostüme versteckt hat. Oder der Kleintransporter. Sie muss einen benutzt haben. Mein Vater hat eindeutig erkannt, dass er bei seiner Entführung nicht in einem Pkw, sondern in einem größeren Laderaum transportiert worden ist. Und die Auswertung ihrer DNA ist auch noch nicht fertig. Vielleicht gibt es überhaupt keine Spuren von ihr an den Tatorten. Das muss doch alles noch geklärt werden.«

»Kommissar Färber, Sie sind wohl nie zufrieden.«

»Außerdem passt Heidrun Krämer überhaupt nicht in unser Täterprofil«, fuhr Färber fort. »Die meisten Serientäter sind ja bekanntermaßen männlich.«

»Ja, wie Sie schon sagen, die meisten Serientäter. Also gibt es doch hin und wieder auch Frauen unter ihnen, nicht wahr? Heidrun Krämer ist anhand von Indizien und Beweisen überführt worden, und: Sie hat gestanden. Was wollen Sie mehr? Und Sie werden sehen, die Technik wird an allen Tatorten ihre DNA nachweisen. Bei jedem aufgeklärten Verbrechen bleiben einzelne Fragen offen. Das wissen Sie doch selbst besser als ich.«

Färber knurrte.

»Lassen Sie es gut sein. Wir schließen den Fall ab.«

»Mein Bauchgefühl sagt mir aber, dass die Sache vielleicht stinkt. Was ist, wenn Heidrun Krämer unschuldig ist?«

»Dann hätte sie wohl kaum die Morde gestanden und sich im Anschluss selbst gerichtet. Ihr Gefühl in allen Ehren, aber bei diesen Beweisen ist es nicht mehr relevant. Der Kuchen ist gegessen, die Täterin überführt.« Kießling zögerte. »Oder haben Sie andere Informationen, über die ich jetzt sofort unterrichtet werden sollte?«

Färber schüttelte den Kopf.

Kießling atmete hörbar aus. »Wir haben nichts weiter zu tun in diesem Fall.«

Färber stand auf. »Dann ist wohl alles gesagt.«

»Ja, so sehe ich das auch. Sie bearbeiten ab sofort wieder die alten Fälle. Die Fürstenzugmorde sind aufgeklärt. Den Rest überlassen Sie der Staatsanwaltschaft.«

Färber verabschiedete sich und verließ Kießlings Büro. Unterwegs rief er Carola an und teilte ihr den Termin für die Pressekonferenz mit. Dann beschloss er, ausnahmsweise jetzt schon Feierabend zu machen. Für ein Rendezvous mit den ungeklärten Fällen hatte er im Moment wirklich keine Nerven.

Färber ließ das schmutzige Sandsteingebäude hinter sich und schlug den Weg zum Großen Garten ein. Mit kräftigen Schritten marschierte er auf die Oase inmitten der Großstadt zu. Als die ersten Bäume des Parks in Sicht kamen, erinnerte er sich an den Tag, als sie das Herz des Polen Damian Pajak auf der Brühlschen Terrasse gefunden hatten. Es kam ihm vor wie eine Ewigkeit, wobei er genau wusste, dass es erst vor ein paar Wochen gewesen war, am Morgen des 4. Mai. Damals hatten die Bäume ihr frisches Grün gerade erst hervorgebracht und lockten die Sonne mit ihren jungen Blättern. Das zarte Laub war inzwischen einem satten Grün gewichen.

Nach einem erschöpfenden Spaziergang durch den Großen Garten nahm er eine Straßenbahn zurück zum Polizeipräsidium, um seinen Wagen abzuholen. Den Rest des Tages verbrachte er dösend in seiner Hollywoodschaukel. Am Abend trank er ein Bier mit Gernot und beendete den Tag vorm Fernseher. Alle Nachrichtensendungen überschlugen sich mit Berichten über Heidrun Krämer und die Fürstenzugmorde. Die meisten Informationen waren Mutmaßungen und Halbwahrheiten. Nach der morgigen Pressekonferenz würde eine weitere Welle von Sensations- und Enthüllungsberichten über Mitteldeutschland hereinbrechen.

In dieser Nacht schlief Färber tief und fest wie seit Langem nicht. Ein Traum verwirrte ihn noch einige Zeit nach dem Aufwachen. Sein Vater Otto hatte mit Heidrun Krämer getanzt und seinem Sohn dabei zugeflüstert, dass er sie heiraten werde.

Am Freitagmorgen wurde bekannt, dass Heidrun Krämer ihre DNA-Spur an jedem Opfer hinterlassen hatte. Folglich musste sie sich an den Tatorten aufgehalten haben, denn sie war keine Beteiligte des Lebendigen Fürstenzuges gewesen. Nicht ein anderes Stück im Fundus des Vereins enthielt ihren biologischen Fingerabdruck. Darüber hinaus hatten mehrere Beamte Heidrun Krämers Patienten aufgesucht und befragt, ohne neue Erkenntnisse zu erhalten. Aufgrund dieser Informationen zwang sich Färber, nun auch mit den Fürstenzugmorden abzuschließen. Es gab wohl keinen Zweifel daran, dass Heidrun Krämer die Männer umgebracht hatte. Und die fünf verschwundenen Kostüme? Die konnte sie verbrannt und die fehlende Rüstung in der Elbe versenkt haben. Warum? Darauf wusste Färber auch keine Antwort. Bei einer Psychopathin wusste doch niemand, was wirklich in ihrem Kopf vorgegangen war.

## Donnerstag, 15. Oktober, Nachmittag

*Kommissariat, Dresden*

Vor zwei Jahren war am Hauptbahnhof ein junger Mann brutal überfallen und niedergeschlagen worden. Eine Überwachungskamera hatte den Vorfall aufgezeichnet. Der Täter war zwar nicht maskiert und auf den Aufnahmen einigermaßen gut zu erkennen, dennoch hatte damals auch die Veröffentlichung der Bilder nicht zur Aufklärung des Verbrechens geführt. Färber hatte sich der Sache wieder angenommen und gerade das Tatortvideo noch einmal angesehen. Er überlegte, ob es Sinn machte, die Aufnahmen erneut zu veröffentlichen, vielleicht im Fernsehen. Es gab da diese Sendung, in der die Zuschauer um ihre Mithilfe bei der Verbrechensaufklärung gebeten wurden. Ein Karton voller DVD-Hüllen stand auf seinem Schreibtisch. Durch eine Unachtsamkeit rutschte die Sammlung vom Tisch und landete mit lautem Krachen auf dem Boden. Stöhnend bückte sich Färber und schob die Hüllen wieder zusammen. Eine davon war aufgesprungen und gab den Blick auf die darin liegende silbern glänzende Scheibe frei. Ihr Etikett verriet Ort und Zeitpunkt der Aufnahme: »Frauenkirche, 10. Juni, Überwachung Kuppelaufstieg, Aufnahme Nummer 3296«.

Färber nahm die Hülle in die Hand und drehte sie hin und her. Er konnte sich nicht erklären, wie diese Aufzeichnung zwischen die alten Filme geraten war.

Er öffnete das Laufwerk, nahm die DVD vom Hauptbahnhof heraus und ersetzte sie durch den Mitschnitt aus der Frauenkirche.

Der Film begann. Die Aufzugtüren öffneten sich, und die erste Gruppe Jugendlicher strömte in den Gang, um den Aufstieg zur

Aussichtsplattform über der großen Kuppel zu Fuß fortzusetzen. Färber beobachtete, wie sich eine Gestalt hinter der Gruppe absonderte. Heidrun Krämer. Jetzt erinnerte er sich. Sie trug einen Rucksack und schaute sich immer wieder um. Es dauerte nicht lange, und die Türen des Aufzugs öffneten sich erneut. Das Spiel begann von vorn. Die Jugendlichen kamen aus dem Lift und bildeten ein heilloses Durcheinander in dem schmalen Gang. Nur Heidrun Krämer war dieses Mal nicht dabei.

Färber lehnte sich zurück und wartete. Er wusste, wie der Film weiterging. Eigentlich war es müßig, ihn noch einmal bis zum Ende anzusehen. Seit Juni hatte sich wohl kaum etwas daran verändert. Auf einmal stutzte er. In der dritten Gruppe, die gerade aus dem Aufzug gequollen war, kam ihm eine Person seltsam vor. Einer der Jugendlichen trug einen hellen Pullover, dessen Kapuze er sich tief ins Gesicht gezogen hatte. Die anderen jungen Leute in dem Durcheinander hielten einen kaum merklichen Abstand zu ihm. So, als ob die Person mit der Kapuze sich zwar mit der Masse treiben ließ, aber nicht wirklich dazugehörte.

Färber rutschte auf seinem Stuhl nach vorn und spielte die Stelle wieder und wieder ab. Mit jedem Mal wuchs seine Überzeugung, dass der Kapuzenmann nicht zu den jugendlichen Schülern gehörte. Vielleicht war er es, nach dem sich Heidrun Krämer immer wieder umgesehen hatte. Damals war er niemandem aufgefallen, Schröder nicht und ihm selbst auch nicht.

Aufgeregt wählte Färber Carolas Nummer.

»Oh, hallo, Färber, schön, dass du dich mal wieder meldest. Wie geht es dir denn?«

»Du, Carola, ich würde dir gern schnell einen Film schicken. Mir ist da etwas aufgefallen. Könntest du ihn dir einmal ansehen?«

»Um was geht es denn? Ein aktueller Fall?«, fragte Carola.

»Ich habe mir die Aufnahmen aus der Frauenkirche noch einmal angeschaut, vom Tag, an dem Heidrun Krämer zu Tode gekommen ist.«

»Aha.« Carola klang wenig begeistert.

»Es könnte sein, dass sie doch nicht allein dort oben war und nicht ganz freiwillig in die Tiefe gesprungen ist.«

»Ich glaube zwar, du siehst Gespenster, aber wenn es dich

glücklich macht, sehe ich mir den Film noch einmal an. Schick ihn rüber und schreibe ein paar Zeilen dazu, was dir aufgefallen ist.«

Er bat Carola, auf die dritte Gruppe zu achten, und sendete die Nachricht zusammen mit den Aufnahmen an ihre Mailadresse.

Es dauerte nicht lange, und Carola meldete sich. »Hi. Also, ich habe mir die Stelle ein paarmal angesehen. Was soll damit sein?«

»Hast du die Aufnahme noch vor dir?«

»Hm«, antwortete Carola, »ich spiele sie gerade wieder ab.«

»Achte doch mal in der dritten Gruppe auf den hellen Punkt etwas rechts von der Mitte. Was siehst du?«

»Einen Jugendlichen, der eine Kapuze auf dem Kopf hat.«

»Genau. Fällt dir nichts an ihm auf, so wie er sich in der Gruppe verhält?«

»Was denn? In dem Durcheinander erkennt man doch nichts. Das sind eben junge Leute, die mit ihrer Kraft nicht wissen, wohin. Nein, mir fällt nichts Ungewöhnliches an ihm auf.«

»Und warum trägt er eine Kapuze?«

»Weil so eine Kapuze gerade cool ist.«

»Nein, Carola, der hat etwas zu verbergen.«

»Mensch, Färber, das sind junge Leute. Die machen sich um so etwas keine großen Gedanken. Wenn der Junge meint, Tag und Nacht seine Kapuze auf dem Kopf tragen zu müssen, dann macht er das einfach. Da muss kein tieferer Sinn dahinterstecken.«

»Hm. Vielleicht seh ich ja doch Gespenster. Danke trotzdem.«

Auch wenn Carola ihn für verrückt erklärte, der Kapuzenjunge gefiel ihm nicht. Färber erhob sich und drückte eine Taste am Computer. Das Gerät gab die DVD mit der Aufnahme frei. Färber legte sie in ihre Hülle zurück und schob sie in die Innentasche seiner Jacke. Er schaltete den Rechner ab und verließ sein Büro.

Kießlings Vorzimmerdame runzelte die Stirn über sein Anliegen, den Kriminaldirektor ohne vorherige Anmeldung sprechen zu wollen. Sie trug ein graues Kostüm und thronte gebieterisch hinter ihrem Schreibtisch.

»Wo kämen wir denn hin, Kollege Färber, wenn hier jeder reinplatzen würde, wie es ihm gerade in den Sinn kommt?«, tadelte sie ihn wie einen Schuljungen.

Färber schluckte seinen Ärger hinunter. Er wollte sich nicht auf einen Kampf mit dem Hofhund seines Chefs einlassen. Lieber sparte er die Argumente für Kießling auf.

Er setzte sein freundlichstes Lächeln auf und beugte sich zu ihr hinunter. »Sehen Sie, Frau Meißner-Biering, wenn es nicht wirklich wichtig wäre, würde ich so etwas doch niemals tun.« Er zwinkerte. »Ich recherchiere ungelöste Fälle der letzten Jahre, müssen Sie wissen. Und dabei bin ich, rein zufällig, auf etwas wirklich Interessantes gestoßen. Und deshalb muss ich sofort mit dem Herrn Kriminaldirektor sprechen.«

Sie hing an seinen Lippen. »Tatsächlich? Erzählen Sie mir mehr davon.«

Jetzt ging sie wirklich zu weit. Er richtete sich auf. Mit drei Schritten war er an Kießlings Türklinke und drückte sie hinunter.

»Aber, aber, Herr Färber –«, hörte er die Meißner-Biering noch stammeln, als er die Tür hinter sich schloss.

Er überraschte Kießling offenbar bei einem angenehmen Telefonat, lächelnd lag sein Chef halb im Sessel, die Füße ohne Schuhe auf der Tischplatte. Als er Färber erblickte, verfinsterte sich seine Miene im Bruchteil einer Sekunde. Wie ein ertappter Übeltäter zog er die Füße vom Tisch.

»Ich muss auflegen, bis später«, brummte er grimmig. Er knallte den Hörer auf die Gabel und sprang auf. »Was soll das?«

»Ihre Assistentin war so freundlich«, erwiderte Färber und hob entschuldigend die Hände.

Gönnerhaft winkte Kießling ab. »Schon gut. Setzen Sie sich.« Er ließ sich wieder in seinen Sessel fallen, Färber nahm ihm gegenüber in einem Besucherstuhl Platz. Kießling scharrte mit den Füßen.

Wahrscheinlich zieht er seine Schuhe wieder an, interpretierte Färber die Unruhe unter dem Schreibtisch.

»Was gibt's, Kollege Färber?« Kießling beugte sich ein wenig nach vorn und wartete auf Neuigkeiten.

»Ich habe eine Entdeckung gemacht, einen alten Fall betreffend.«

»Na super, ich habe gleich gewusst, dass Sie es draufhaben, Färber. Worum handelt es sich?«

Färber räusperte sich. »Es ist ein wenig kompliziert, weil die Sache offiziell schon abgeschlossen ist. Ich denke aber, wir sollten den Fall wieder aufrollen.«

Kießling lehnte sich zurück. »Wenn Sie stichhaltige neue Beweise gefunden haben, sollte das kein Problem sein, das wissen Sie doch.«

»Also gut. Es handelt sich um die Fürstenzugmorde und den angeblichen Suizid dieser Altenpflegerin, damals an der Frauenkirche«, erklärte Färber.

»Angeblicher Suizid? Wollen Sie mich auf den Arm nehmen? Die Sache war eindeutig«, sagte Kießling.

»Ja, das haben wir alle gedacht, aber es gibt neue Hinweise, dass alles ganz anders gewesen sein könnte.«

»So? Was haben Sie denn gefunden?«

Färber stand auf und ging um den Schreibtisch herum auf Kießlings Seite. Er deutete auf das DVD-Laufwerk des Computers und fragte: »Darf ich?«

Kießling rollte mit dem Sessel ein wenig zurück, um für Färber Platz zu machen. »Bitte.«

Färber öffnete das Laufwerk und legte den Datenträger ein. Der Rechner brummte und startete eine Software, die den Film abzuspielen begann. Färber bedeutete seinem Chef, etwas näher zu kommen und sich die Aufnahme genau anzusehen. Die Szene, in der die Gruppe mit dem Kapuzenjungen aus dem Aufzug quoll, spielte er mehrere Male hintereinander ab. Weil Kießling stumm blieb, fragte Färber: »Und, sehen Sie es?«

Kießling verzog den Mund und zuckte mit den Schultern. »Ich weiß wirklich nicht, was Sie in diese Szene hineininterpretieren, ich sehe nichts Außergewöhnliches. Die Jugendlichen verlassen den Fahrstuhl und beginnen den Aufstieg zur Kuppel. Sie sind unruhig, wie junge Leute eben so sind. Was sehen Sie denn?«

Färber hielt das Bild an. Er drückte den Zeigefinger auf die Oberfläche des Monitors, genau dort, wo die Kapuze gut zu sehen war. »Dieser Typ hier, der gehört nicht zur Gruppe. Er wirkt wie ein Fremdkörper. Ich glaube, er war mit Heidrun Krämer dort, deshalb hat sie sich immer wieder umgesehen, sie hat auf ihn gewartet.«

»Spielen Sie den Film noch mal ab.«

Kießling sah sich die Aufzeichnung noch mehrmals an. Dann drückte er auf die Auswurftaste des Laufwerks und gab die DVD zurück.

Färber sah ihn fragend an. »Wir rollen den Fall wieder auf?«

Kießling schüttelte entschieden den Kopf. »Nicht wegen eines hellen Punktes, den nur Sie sehen! Seien Sie froh, dass die Öffentlichkeit sich wieder beruhigt hat. Ich werde unter keinen Umständen wieder Öl ins Feuer gießen. Die Sache war unangenehm genug für uns alle«, er sah Färber direkt in die Augen, »besonders für Sie!« Er lehnte sich zurück. »Die Beweise waren stichhaltig, ein Abschiedsbrief mit einem Geständnis liegt vor. Die Sache ist durch.«

Färber stützte sich mit den Fäusten auf Kießlings Schreibtisch ab. »Und das heißt jetzt?«

»Sie beackern weiter die alten Fälle.«

»Verstehe.« Färber schob die DVD in die Innentasche seiner Jacke.

Kießling zog den Mund schief.

Es klopfte, und die Meißner-Biering trat ins Zimmer, eine dicke Mappe hatte sie sich vor die Brust geklemmt. »Sie entschuldigen, Herr Kießling?« Dabei schaute sie ihren Chef überhaupt nicht an, sondern schien Färber mit ihren Augen durchbohren zu wollen. »Ich bräuchte ein paar Unterschriften.«

Kießling wandte sich einer Akte zu, die vor ihm auf dem Schreibtisch lag. Kurz schaute er Färber noch einmal an. »Ja gut, Kollege, danke für Ihren Zwischenbericht.«

Er winkte, als wolle er Färber aus dem Zimmer wischen. »Weiter so.«

Die Meißner-Biering blinzelte und stand wartend in der Mitte des Raumes.

Färber bedachte sie mit seinem breitesten Lächeln und verließ das Büro.

Offiziell kniete sich Färber in die alten Fälle. Doch der Kapuzenjunge kreiste in seinen Gedanken. Mit jeder Stunde, die verging, wurde Färber unruhiger. Sein Bauch sagte ihm, dass die Sache damals in der Frauenkirche anders abgelaufen sein musste. Am Freitag, als die anderen Kollegen in seiner Abteilung schon längst Feierabend gemacht hatten, suchte er sich die Akten zu den Fürstenzugmorden heraus. Im letzten Ordner fand er die Liste der Mitarbeiterinnen des Pflegedienstes Hahn und ein Blatt, auf dem Heidrun Krämers Patienten aufgeführt waren, dahinter alle dazugehörigen Vernehmungsprotokolle. Die Mitarbeiterinnen hatten er und Carola selbst befragt, die Patienten hatten Kollegen von anderen Abteilungen übernommen. Im Nachhinein bereute Färber, dass er nicht selbst Heidrun Krämers Patienten aufgesucht hatte. Er kopierte die Patientenliste, packte sie wieder in den Ordner und stellte ihn zurück an seinen Platz.

In seinem Büro überflog er die Liste. Als er den Namen seines Vaters las, versetzte es ihm einen Stich in der Magengegend. Er dachte an die quälende Zeit der Ungewissheit, als er fürchten musste, dass sein Vater längst tot war und er zu spät kommen würde. Glücklicherweise war alles anders gekommen. Er hatte Heidrun Krämers Pläne durchkreuzt. Bei dem Gedanken stutzte er. Möglicherweise war sie es ja gar nicht, sondern der Kapuzenmann? Dann wäre sie auch ein Opfer.

Färber wollte die älteren Herrschaften in seiner Freizeit besuchen. Das würde zwar ein wenig dauern, weil er an jedem Tag vielleicht nur ein oder zwei Patienten aufsuchen konnte, aber irgendwann würde er mit allen gesprochen haben. Vielleicht änderte sich sein Eindruck von Heidrun Krämer und er konnte sie endgültig als Mörderin akzeptieren.

## Samstag, 17. Oktober, Morgen

*Färbers Wohnung, Martin-Luther-Straße, Dresden*

Färber sprang erfrischt und voller Tatendrang aus dem Bett. Für sein Vorhaben war es noch etwas früh, also gönnte er sich ein ausgiebiges Frühstück mit frisch aufgebackenen Brötchen und einer großen Kanne Kaffee. Gut gelaunt studierte er die Morgenzeitung und spürte neue Energie in seinem Körper. Wochenlang hatte er sich wie ein ausgesaugter Lappen gefühlt, schwach, mutlos und ohne Perspektive.

Sein Instinkt trieb ihn wieder an und hielt Färber am Leben. Als er damals seinen Job bei der Kripo hinschmeißen wollte, war ihm das nicht bewusst gewesen. Aber die Arbeit war sein Lebenselixier.

Gegen zehn verließ er die Wohnung, in der Hand die Liste der Patienten. Er hatte sich einen Plan zurechtgelegt, der sich an den Straßenzügen orientierte. Die erste Adresse auf seiner Liste befand sich in der Prießnitzstraße, nicht weit von Färbers Wohnung. Er ging zu Fuß und genoss die herbstliche Morgensonne. Inzwischen leuchteten die meisten Blätter golden und orange von den Bäumen. Bald wäre ihr Laub nur noch Staub der Geschichte, gab er sich philosophischen Gedanken hin.

Die Haustür ließ sich aufdrücken. Parterre die erste Wohnung links war sein Ziel. Er klingelte, auf dem Namensschild stand Magnus.

Ein älterer Herr mit blasser Haut öffnete die Tür einen Spaltbreit und spähte hinaus. »Sie wünschen?«

»Guten Tag, Herr Magnus. Mein Name ist Färber.« Er zeigte seinen Dienstausweis, obwohl er genau genommen privat hier war. »Ich arbeite bei der Kriminalpolizei Dresden«, sagte er eine Spur zu laut, »würden Sie mir vielleicht ein paar Fragen zu Ihrer früheren Pflegekraft Heidrun Krämer beantworten?«

Magnus sah ihn lange an. »Warum sollte ich darüber noch sprechen wollen? Sie ist tot, und das ist auch gut so. Außerdem habe ich der Polizei damals schon alles gesagt.«

»Aber wir haben noch offene Fragen, die geklärt werden müssen«, beharrte Färber.

»Das bringt doch nichts mehr, aber wenn Sie unbedingt wollen.« Er schob die Tür ein wenig zurück und öffnete die Kette. Färber wurde eingelassen und in die Küche geführt. Magnus ging mit wackeligen Beinen voran, wobei er sich auf einen Stock stützte.

»Kaffee habe ich nicht, aber Sie könnten uns einen Tee kochen«, schlug Magnus vor.

»Gern.«

Magnus setzte sich auf einen Stuhl und dirigierte Färber durch die Küche, bis beide ein Glas dampfenden Waldfruchttee vor sich stehen hatten. Dazu gab es weißen und braunen Kandiszucker.

»Ja, ja«, begann Magnus das Gespräch. »Niemand hat das damals für möglich gehalten. Erst als die Beweise bekannt wurden, musste man die Sache wohl glauben. Heidrun war eigentlich eine liebenswerte und fleißige Person. Keinen Wunsch konnte sie einem abschlagen. Im Nachhinein läuft mir immer noch ein kalter Schauer über den Rücken. Man hätte ja selbst der Nächste sein können.«

»Gab es auch Dinge an ihr, die Ihnen missfielen?«, fragte Färber.

»Nein, bevor bekannt wurde, dass sie eine Serienmörderin war, missfiel mir überhaupt nichts. Heidrun kam immer pünktlich, war freundlich und ordentlich. Ich hatte wirklich das Gefühl, dass sie ihre Arbeit gern machte.«

»Hat sie manchmal von ihrem Privatleben gesprochen?«

»Nein, ich glaube nicht. Meistens haben wir über meine Familie geredet, sie kannte auch meinen Sohn und die Enkel persönlich. Heidrun lachte nicht viel, brachte aber immer Leben in meine sonst einsame Wohnung. Wenn sie da war, fühlte ich mich nicht tot, wissen Sie?« Bei seinen letzten Worten wurde Magnus' Gesicht noch ein wenig blasser.

»Also hat sie die Arbeit zu Ihrer vollsten Zufriedenheit erledigt. Kann man das so sagen?«

»Ja, ich denke schon, dass diese Aussage genau so zutrifft. Bis auf die Mordsache eben«, fügte Magnus mit erhobenem Zeigefinger hinzu.

»Hat Frau Krämer jemals über den Fürstenzug gesprochen?«

»Das war ja das Seltsame. Niemals hätte ich diese Frau mit dem Fliesenbild in der Augustusstraße in Verbindung gebracht. Es gab überhaupt keinen Anhaltspunkt dafür, dass sie dazu eine besondere Beziehung gehabt hätte. Nichts dergleichen ist mir jemals aufgefallen oder zu Ohren gekommen.«

»Wie lange kam Frau Krämer schon zu Ihnen, bis sie … verstarb?«

»Seit drei Jahren brauche ich etwas Hilfe. Mein Sohn hat damals den Pflegedienst Hahn beauftragt. Die haben Heidrun geschickt, und von da an kam sie zu mir.«

Sie plauderten noch eine Weile über das Wetter und die Nachbarn im Haus, bis der Tee ausgetrunken war.

Die Nächste auf seiner Liste hieß Waltraud Berger. Nach einem kurzen Fußmarsch erreichte Färber das Haus in der Löbauer Straße, in dem sie im zweiten Stock wohnte. Das Gespräch mit ihr glich bis auf wenige Details dem vorherigen. Die Seniorin lobte die Arbeit Heidrun Krämers und konnte überhaupt nicht fassen, dass sich hinter ihrer freundlichen Fassade eine brutale Mörderin versteckte.

In den nächsten Tagen besuchte Färber nach und nach die Menschen, die auf der Patientenliste standen. Eine alte Dame war inzwischen verstorben. Er ging der Angelegenheit nach, ohne einem strengen Zeitplan zu folgen. Einmal kam er mehr als drei Tage überhaupt nicht dazu. Eines wurde ihm aber schon nach den ersten Gesprächen bewusst. Heidrun Krämer hatte zwei Leben geführt, eines voller Pflichterfüllung und Hilfsbereitschaft und ein komplett anderes, das einer grausamen und hinterhältigen Mörderin. Keiner ihrer Patienten hatte jemals auch nur einen Hauch ihres zweiten Lebens wahrgenommen.

## Dienstag, 27. Oktober, Nachmittag

*Josephinenstraße, Dresden*

Die nächste Patientin auf seiner Liste hieß Brigitte Feldmann. Sie wohnte in der Josephinenstraße. Als er gerade auf den Klingelknopf drücken wollte, vibrierte sein Handy in der Tasche. Carola.

»Hallo, Fred, ich bin für einen Tag in der Stadt. Ich würde dich gern sehen und vielleicht mit dir zu Abend essen?«

»Na, das ist ja eine Überraschung. Wann treffen wir uns? Ich freue mich.«

»Ich mache noch einen kleinen Umweg und fahre bei Eugen

Schwarz vorbei. Die Bücher, du weißt ja. Ich will sie ihm endlich zurückbringen.«

»Aber das kann ich doch machen.«

»Nein, lass mal. Es ist für mich kein wirklicher Aufwand, ich bin ganz in der Nähe seiner Wohnung. Und wir sehen uns dann so gegen acht? Ich hole dich zu Hause ab.«

»Ja, bis dann.«

Färber legte lächelnd auf und drückte auf Brigitte Feldmanns Klingel.

In der Wohnung wurde eine Tür geöffnet, dann hörte er ein Surren, das von einem Rollstuhl zu kommen schien. Eine verkniffen wirkende Frau mit ausgezehrtem Gesicht öffnete zaghaft die Tür und spähte durch den entstandenen Spalt. Eine Kette hielt die Wohnungstür davon ab, ganz aufgestoßen zu werden.

Ihr Kopf wackelte, und ihre Knie zitterten. »Ja, bitte?«, fragte sie mit kratziger Stimme.

Färber brachte sein Anliegen vor, wie er es in den vergangenen Tagen so oft getan hatte. Im Grunde arbeitete er nur noch die Liste ab. Er glaubte nicht mehr daran, dass ihm einer der Senioren etwas Neues berichten würde.

Das Gespräch mit Brigitte Feldmann verlief ähnlich wie bei all den anderen. Sie saßen sich an ihrem Wohnzimmertisch gegenüber. Auf einem Spitzendeckchen stand eine Kristallschale mit Gebäck. An der Wand hinter ihr hingen viele gerahmte Fotografien. Die meisten waren alt. Schwarz-weiß abgebildete Menschen lächelten ihm aus den Holzrahmen entgegen.

»Ja, es ist wirklich schade«, jammerte Brigitte Feldmann, »dass Heidrun nicht mehr kommt. Mit ihr war es immer schön, sie hat Licht in mein tristes Dasein gebracht.«

Färber nickte verständnisvoll, das hatten ihm bisher alle Patienten erzählt.

»Die Neue«, Brigitte Feldmann winkte ab, »die können Sie vergessen. Kein nettes Wort hat sie übrig, macht ihre Arbeit, husch, husch, und ist wieder verschwunden. Wenn mein Sohn mich nicht hin und wieder besuchen würde, säße ich mutterseelenallein hier. Ja, ja«, sie schluckte, »es ist traurig, wenn man allein lebt.«

»Na, na, Frau Feldmann, es gibt immer Dinge, über die man sich freuen kann«, redete ihr Färber gut zu. »Zum Beispiel Ihre schönen Blumen im Fenster, die sehen wirklich prächtig aus.«

»Meinen Sie?« Brigitte Feldmanns Rollstuhl surrte, während sie hinüber zu den Zimmerpflanzen fuhr. »Heidrun hat auch immer die Blumen gegossen, manchmal sogar mit ihnen geredet. Sie war eine so gute Seele.« Sie sah Färber entschlossen an. »Das mit den Morden habe ich nie geglaubt. Irgendwo in Ihren Ermittlungen muss ein Riesenfehler sein. Außerdem wäre sie fast meine Schwiegertochter geworden.«

Färber verschluckte sich an einem Schokoladenkeks. Er hustete und lief rot an. Brigitte Feldmann fuhr hinter seinen Stuhl und klopfte ihm auf den Rücken.

Er bedankte sich mit einem Nicken. »Frau Krämer war mit Ihrem Sohn liiert?«, fragte er verwundert, als er wieder Luft bekam. »Ich wusste gar nicht, dass sie einen Freund hatte.«

»Na ja, ihm war es wohl unangenehm. Er hat versucht, es geheim zu halten. Nicht mal ich sollte es wissen. Aber Heidrun hat zu mir gehalten. Im Vertrauen erzählte sie mir einmal, dass sie sich schon eine Weile treffen und gemeinsam etwas unternehmen würden. Ich glaube, sie war sogar verliebt in ihn. Mich hat das sehr gefreut. So lange warte ich schon auf Enkelkinder. Aber jetzt, wo Heidrun tot ist, macht mein Herr Sohn überhaupt keine Anstalten mehr, sich nach einer Frau umzusehen, dabei ist er doch mein einziger.«

Sie rollte kopfschüttelnd zurück an den Tisch. »Da fällt mir ein, Sie haben mich doch am Anfang gefragt, ob sie jemals über den Fürstenzug gesprochen hat. Es stimmt schon, sie nicht. Aber mein Sohn, der ist ein richtiger Experte, müssen Sie wissen.« Ihre Augen begannen zu strahlen. »Schon als Kind kannte er jeden Fürsten beim Vornamen. In seinem Zimmer lagen immer stapelweise Bücher über das Wandbild. Vielleicht hat Heidrun mit ihm darüber gesprochen.«

Färber erstarrte. Er versuchte, sich nichts anmerken zu lassen. Betont freundlich sprach er weiter. »Ihr Sohn scheint ja ein ganz besonderer Mensch zu sein.« Er deutete mit einem Nicken auf die Fotowand. »Gibt es dort vielleicht ein Foto von ihm?«

Brigitte Feldmann nickte stolz, dann drehte sie sich um. »Ja, ja, sehen Sie sich die Bilder ruhig an.«

Färber stand auf und ging zur Wand hinüber. Er spürte, wie Adrenalin in seine Adern schoss.

»Das da«, Brigitte Feldmann zeigte mit ihrem knochigen Finger auf ein Bild, »links oben. Das ist er, da war er noch Schüler. Und dort«, jetzt deutete sie auf ein Farbfoto weiter unten, »ist er auf einem Ausflug nach Prag vor drei Jahren.«

Vor der Karlsbrücke stand ein junger Mann in Hemd und Jeans. Er lächelte. Färber kannte ihn. Wie in Zeitlupe drehte er sich zu ihr um. »Sie tragen einen anderen Namen als Ihr Sohn.«

»Ja, ja, sein Vater hat uns sehr früh verlassen. Ich habe dann wieder geheiratet. Seitdem heiße ich Feldmann. Wir waren so glücklich, bis mein Gottfried auch gehen musste.«

Den letzten Teil ihrer Worte hörte Färber schon nicht mehr. Er stürmte aus der Wohnung, die Tür hinter ihm fiel krachend ins Schloss.

Brigitte Feldmann schüttelte den Kopf und surrte zum Fenster. Unten riss dieser unhöfliche Kommissar gerade die Fahrertür seines Autos auf. Nur einen Augenblick später sah sie den Wagen davonsausen.

## Dienstag, 27. Oktober, Abend

*Ein Wald, bei Dresden*

Carola kam zu sich. Ihre Kehle brannte, und es roch nach Rauch. Sie versuchte, ihre steifen Glieder zu lockern. Dabei riss sie die Hände auseinander und stöhnte vor Schmerz auf, an ihren Handgelenken grub sich etwas tief ins Fleisch. Auch die Füße waren gefesselt, Carola kämpfte vergeblich, sich zu befreien. Mit jeder Bewegung bohrten sich Spitzen in ihre Haut. Schweiß lief ihr übers Gesicht, eine solche Hitze hatte sie noch nie zuvor gespürt. Sehen konnte sie nichts, irgendetwas war über ihren Augen. Unter den geschlossenen Lidern vollführten ihre Pupillen einen wilden Tanz. Carolas Kopf steckte in einer schweren Mütze. Sie wand sich in ihren Fesseln, versuchte, sich aufzurichten, ohne Erfolg. Jede Bewegung schmerzte und verschlimmerte die Stiche im Rücken. Ohrenbetäubendes Rauschen und Zischen verursachten ihr Kopfschmerzen. Sie schien im Zentrum eines Orkans gefangen zu sein. Am Kinn spürte sie etwas Weiches, wie ein Katzen- oder Hasenfell, das ihr jemand um den Hals gelegt haben musste. Diese Berührung verursachte einen scharfen Schmerz auf ihrer Haut.

»Friedrich der Ernsthafte«, rief dröhnend eine Stimme in der Ferne.

Carola hielt inne und lauschte.

»Euer Gnaden werden ein großes Schauspiel erleben.«

Stille.

Friedrich der Ernsthafte? Carola hatte diesen Namen schon gehört. Wann war das gewesen? Ihr Gehirn schien sich zu drehen wie ein Kettenkarussell. Hin und wieder erkannte sie etwas, einen Menschen und ein Haus. Aber bevor sie richtig hinsehen konnte, fuhr das Bild schon wieder weiter und hinterließ nur farbige Streifen, von Geräuschfetzen begleitet. Ihr wurde übel. Um sich nicht erbrechen zu müssen, schluckte sie gegen ihre brennende Kehle an.

»Ihr selbst habt die Choreografie erschaffen. Ein wirkliches Meisterwerk.«

Kurz blieb das Karussell stehen und gewährte Carola einen Augenblick der Ruhe, der sofort von einem Brennen in ihrem Inneren abgelöst wurde. Sie erinnerte sich an etwas, das Färber ihr erzählt hatte. Ein Feuerball schien ihr den Magen zu versengen. Friedrich der Ernsthafte hatte die Juden seines Landes auf Scheiterhaufen verbrennen lassen. Sie wollte schreien, aber der Knebel im Mund verdammte sie zum Schweigen. Tränen liefen ihr übers Gesicht. In ihrer Kehle schabte ein Reibeisen, sie hustete und meinte, an dem Knebel zu ersticken. Carola riss ihren Kopf hin und her, um den Mund freizubekommen.

»Euer Gnaden, gleich seid Ihr bei Euren Ahnen«, höhnte die Stimme aus der Dunkelheit.

Carola wurde schwindlig. Sie lag an einem weißen Strand, es roch nach den verkohlten Holzbohlen, die im Wasser vor ihr schaukelten. Der Himmel spiegelte sich in den sanften Wellen, ein paar graue Schleier bedrohten das Blau, eine Gewitterfront kündigte sich an. Es war heiß, offenbar war es Hochsommer. Seltsam nur, dass die Hitze von unten kam, müsste die Sonne nicht über ihr stehen?

Färber zog seine Waffe und lauschte in die Dunkelheit. Vor ihm lag ein Waldstück, undurchdringlich im Dämmerlicht des dahinschwindenden Tages. In der Nähe mussten sich Gärten befinden, denn es roch nach verbrannten Abfällen. Er lauschte in die gespenstische Stille. Sein Handy sendete lautlos Ortungsimpulse in die Nacht. Wieder und wieder kontrollierte er die eingehenden Signale von Carolas Mobiltelefon, das sich direkt im Wald vor ihm befinden musste.

Er duckte sich und kroch in das Dickicht hinein, in der rechten Hand die Waffe im Anschlag, mit dem freien Arm versuchte er, sein Gesicht vor den Ästen und Zweigen zu schützen, die im schwindenden Licht kaum noch zu erkennen waren. Färber kam nur langsam voran, das dichte Gestrüpp nahm ihm den Atem. Hin und wieder blieb er stehen und lauschte. In der Ferne war ein Knistern und Fauchen zu hören, das mit jedem Schritt lauter wurde. Auch der Brandgeruch wurde intensiver. Als er hinauf in den Sternenhimmel sah, nahm er ein orangefarbenes Leuchten über den Baumwipfeln wahr. Färber lief schneller, bewegte sich achtlos, die Zweige zerkratzten ihm Gesicht und Arme.

»Carola? Carola, bist du da?« Er lief so schnell er konnte, Schweiß rann seinen Rücken hinab. Er rief nach Carola, ohne eine Antwort zu erhalten. Hinter den Baumstämmen loderten Flammen, Färber spürte die Hitze mit jeder Pore.

Ein Waldbrand. Wieso lag Carolas Handy dort? Er hastete keuchend auf das Feuer zu. Das Dickicht lichtete sich, und Färber stand vor einem riesigen Haufen aus Holzabfällen und Zweigen, der zur Hälfte schon in lodernden Flammen stand. Rauch kroch ihm in die Kehle, er hustete. Auf seiner Haut brannte die Hitze. Vorsichtig umrundete er den Abfallberg, die hintere Seite war noch unversehrt. Im Schein der Flammen erkannte er ganz oben ein Stoffbündel. Färber trat so nahe heran, wie er konnte, und schrie auf. Ein Mensch lag mit verbundenen Augen und einem Knebel im Mund auf dem Holzhaufen und bewegte sich nicht. Kopf und Schultern waren eingehüllt in etwas Weißes. Der Körper krümmte sich nach hinten, ein Zipfel dunklen Stoffes bewegte sich in der aufsteigenden Hitze und schien ihm zuzuwinken.

»Carola, Carola, ich bin da«, schrie er gegen die Hitze und das Feuer an. Färber konnte nicht erkennen, ob sie ihn bemerkt hatte.

Er schaute sich um, suchte nach Hilfe. Ein Fahrzeug entfernte sich auf einem Feldweg, zwei rote Rücklichter hüpften und wurden kleiner. Obwohl er den Lichtern hinterherschrie, holperte der Wagen scheinbar unbeeindruckt davon. Färber steckte die Waffe ins Halfter und kletterte auf den Ästen nach oben. Dünnere Zweige gaben nach, zerbrachen, und seine Füße verloren den Halt, sodass er die mühsam überwundenen Meter wieder nach unten rutschte. Er ließ sich auf die Knie fallen und schob sich erneut nach oben. Spitze Zweige verfingen sich im Stoff seiner Hose, rissen Löcher hinein und stachen ihm unter die Haut an Knien und Händen. Färber spürte keinen Schmerz. Er kroch immer weiter, bis er das Menschenbündel mit ausgestreckter Hand erreichen konnte.

»Carola, ich bin da.« Er rüttelte an ihrer Schulter, aber sie reagierte nicht.

Schnell zog er sich ganz nach oben. Der Rauch nahm zu, das Feuer dröhnte in seinen Ohren. Er zog den Knebel aus ihrem Mund. Färber hustete und würgte, um das Brennen in seiner Kehle zu bekämpfen, bis ihm schließlich übel wurde. Seine Augen schmerzten, Tränen traten hervor und rollten seine Wangen hinab. Er zog an Carolas Arm, ihrem Bein, vergeblich. Sie bewegte sich nicht. In seiner Lunge brannte es, Färber kämpfte gegen ein immer stärker werdendes Schwindelgefühl an. Schließlich hockte er sich neben Carola und versuchte, sie auf die Seite zu drehen, als ein Zipfel ihres Umhangs züngelnd aufflammte.

»Nein«, schrie Färber und warf sich auf die Flamme, die unter seinem Gewicht qualmend versiegte. Mit dem Gesicht fiel er auf einen glimmenden Ast. Die Glut brannte sich ein bis zu seinem Kieferknochen. Er stöhnte auf.

Dann kroch er zurück und stemmte sich gegen Carolas Rücken. Ihr Körper drehte sich auf die Seite und verharrte kurz in dieser Lage, bevor er sich endlich weiterdrehte und abwärtszurollen begann. Erst am Fuß des Reisighaufens blieb Carola auf dem zertretenen Rasen liegen. Färber krabbelte hinterher, überschlug sich. Zweige und Äste zerkratzten ihm die Haut.

Er kniete sich neben sie, nahm ihr die Augenbinde ab und schlug ihr vorsichtig auf die Wangen. Ihr Gesicht war rußverschmiert, an einigen Stellen hatten sich Zweige hineingebohrt und eine blutige Spur hinterlassen. Sie zeigte nicht die kleinste Regung. Sein Magen krampfte sich zusammen. Jeder Handgriff schien in Zeitlupe abzulaufen. Er legte zwei Finger an ihren Hals, konnte keinen Puls fühlen. Eine andere Hitze stieg aus den Tiefen seiner Gedärme empor und staute sich in seinem Kopf. Er legte beide Hände auf ihre Brust und drückte sie mit aller Kraft nach unten. Ein Röcheln kroch aus Carolas Kehle, wie der erste Schrei eines Neugeborenen, sehnlichst erwartet und doch erschreckend ungewohnt. Färber hielt inne und lauschte ihrem flachen rasselnden Atem, der endlich gleichmäßiger wurde. Hustend und keuchend kam Carola zu sich. Sie übergab sich auf den Boden, dann lehnte sie sich zurück und blinzelte.

»Schnell, wir müssen weg hier.« Färber nahm Carola in seine Arme und kroch mit ihr vom Feuer weg. Mehrfach verhedderte er sich in dem schweren Samtumhang, der ihre Schultern umhüllte. Erst als er das Kleidungsstück am Hals geöffnet hatte, löste es sich von ihrem Körper, und sie kamen schneller voran.

Nur ein paar Meter mussten sie kriechen, dann waren sie in Sicherheit. Färber zog sein Handy aus der Jackentasche und wählte den Notruf. Er suchte die Umgebung nach einem Werkzeug ab, um Carolas Fesseln zu zerschneiden, vergeblich. Vorerst musste sie in ihrer misslichen Lage ausharren. Er setzte sich auf den Boden, nahm Carola in seine Arme und wiegte ihren Oberkörper, als wäre sie ein Kind. Carola hatte die Augen geschlossen, atmete aber gleichmäßig.

Irgendwann hörte Färber die Martinshörner der näher kommenden Krankenwagen und Polizeifahrzeuge. »Alles wird gut, ich bin da«, flüsterte er und wischte ihr die Tränen von den Wangen. Carolas Kopf steckte in einer weißen Pelzmütze mit blauem Federbusch, der sich im Rhythmus seiner Bewegungen sanft hin- und herwiegte. Färber bemerkte, dass eine klare Flüssigkeit auf ihren Hals tropfte. Erst nach einer Weile wurde ihm bewusst, dass es seine Tränen waren. Er ließ es geschehen.

Der Rettungswagen brachte Carola in die Notaufnahme des Städtischen Krankenhauses. Als Färber sie in der Obhut der Ärzte wusste, verließ er das Waldstück und eilte zu seinem Wagen.

## Dienstag, 27. Oktober, Nacht

*Königstraße, Dresden*

Färber drückte die Klingel. Sein Herz schlug wild, und er spürte das Pochen als rhythmisches Dröhnen in den Ohren. Seine Wange brannte höllisch, mit einem feuchten Taschentuch versuchte er, den Schmerz etwas zu lindern.

Die Tür wurde geöffnet, stahlblaue Augen fixierten ihn. Für den Bruchteil einer Sekunde zögerte Eugen Schwarz. Dann lächelte er. »Ach, der Herr Kommissar? Was führt Sie denn mitten in der Nacht zu mir? Ich dachte, der Fall wäre längst abgeschlossen?«

Färber schwieg und musterte Schwarz.

Eine Weile hielt dieser seinem Blick stand, dann zwinkerte er und schaute auf seine Schuhspitzen. »Was kann ich denn für Sie tun? Und wie sehen Sie überhaupt aus?«

»Warum?«, war alles, was Färber herausbrachte.

Schwarz griff nach der Klinke. Blitzschnell stemmte Färber seinen Fuß hinter die Schwelle, gerade noch rechtzeitig, bevor die Tür ins Schloss krachen konnte. Schwarz trat verdutzt einen Schritt zurück. Färber schob die Tür auf, trat aber nicht ein und behielt seinen Fuß, wo er war.

»Was meinen Sie mit ›Warum‹?« Schwarz lächelte immer noch und zog dabei die Brauen hoch.

Färbers Augen verengten sich zu Schlitzen. »Das wissen Sie genau.«

Schwarz hob die Schultern. »Nun kommen Sie doch erst mal rein, wir müssen das ja nicht im Hausflur besprechen.«

Färber zögerte. Doch sein Drang nach Gewissheit ließ ihn alle Bedenken beiseiteschieben. Entschlossen trat er ein, bemerkte einen geöffneten Koffer, der auf dem Boden stand, zur Hälfte gefüllt mit achtlos hineingeworfenen Kleidungsstücken.

»Ich will verreisen«, erklärte Schwarz. »Am besten gehen wir gleich in die Küche, da ist es am gemütlichsten.« Er streckte seinen Arm in die Tiefe des Flures.

»Nein. Heute gehen wir in dieses Zimmer.« Färber griff nach der Türklinke, die sich direkt vor ihm befand.

»Nein, nicht!« Schwarz warf sich ihm in den Arm. Er zischte: »Das dürfen Sie gar nicht. Das ist Hausfriedensbruch.« Sein Atem roch nach Zwiebeln.

Färber kämpfte gegen eine aufkommende Übelkeit an. Er ließ den Türgriff los und taumelte ein paar Schritte zurück. An einer Kommode fand er Halt.

»Was soll das? Sie klingeln mitten in der Nacht an meiner Tür, sind völlig verdreckt und führen sich auf wie ein, ein …«

Färber stand jetzt breitbeinig in dem schmalen Flur. »Wir gehen da jetzt rein, und Sie erklären mir, warum Sie das alles getan haben.« Seine Hände hatte er zu Fäusten geballt.

»Warum ich was getan habe?«

»Das wissen Sie besser als ich.« Färber starrte den anderen an und schien ihn mit seinen Augen durchbohren zu wollen. Die Zeit stand still, als gäbe es kein Morgen.

Schwarz sagte kein Wort. Er stand unschlüssig im Flur. Schließlich öffnete er die Tür in das verbotene Zimmer. Färber ging voran, obwohl er nicht wusste, was Schwarz hinter ihm ausheckte. Er stolperte in ein staubig riechendes Wohnzimmer, blieb vor einer Sitzgruppe mit Couch und Sessel stehen. Die Polster waren bekleckert, schmutzige Wäsche lag überall herum. Färber hielt die Luft an und bahnte sich einen Weg in den hinteren Bereich des schmalen Raums. Vor einem zerkratzten Eicheschreibtisch blieb er stehen. Bergeweise lagen Zettel und

Papiere herum. Er sah hastig hingeschmierte Lagepläne von Orten, an denen er vor einigen Monaten selbst gewesen war: Brühlsche Terrasse, Freiberger Obermarkt, Schlosshof Rochlitz. Die Namen der Orte waren wahllos auf verschiedene Blätter gekritzelt worden. Färber drehte sich um und sah Schwarz in die eisblauen Augen. Der blieb stumm und zeigte keine Regung. Färber wandte sich wieder dem Schreibtisch zu. Er entdeckte sein Familienfoto zwischen den Zetteln. Marita lächelte ihm aus dem Papierberg entgegen. Er nahm das Bild an sich und steckte es in seine Brusttasche. Dann öffnete er beide Türen eines massiven Kleiderschranks, der neben dem Schreibtisch stand. Die Scharniere quietschten. Färber spähte hinüber zu Schwarz, der immer noch starr neben einem altmodischen Sessel stand. Das einzige Anzeichen für Nervosität war seine rechte Hand, mit der er die Oberkante der Lehne massierte. Färber holte aus seiner Jackentasche ein Paar Latexhandschuhe und streifte sie über. Dann wandte er sich den Gegenständen im Kleiderschrank zu.

In Augenhöhe lag eine Rüstung, sie schimmerte im matten Glanz des fahlen Mondlichts, das durch die dünne Gardine ins Zimmer fiel. »Moritz von Sachsen?«, fragte er und sah zu Schwarz hinüber. Der blieb stumm, nickte nur. Färber begann in den zusammengelegten edlen Stoffen zu wühlen. Er wusste genau, welche Kostüme sie bei Heidrun Krämer nicht gefunden hatten, und er erkannte sie alle. Er zählte die Namen der noch vermissten Fürsten auf, ohne darüber nachdenken zu müssen: »Friedrich der Streitbare, Johann Georg IV., Friedrich der Gebissene.«

Bei jedem Namen nickte Eugen Schwarz. Kein Sterbenswörtchen kam über seine Lippen. Im oberen Schrankfach standen braune und grüne Glasfläschchen neben Tüten mit Pulver. Färber nahm eines der Fläschchen heraus und betrachtete das Etikett. Den lateinischen Namen kannte er aus dem rechtsmedizinischen Gutachten des Toten von Krummenhennersdorf. Er stellte die kleine Flasche vorsichtig zurück. Ganz unten im Schrank lag ein schmales Rohr, mit dem Färber zunächst nichts anfangen konnte. Er bückte sich und schielte verstohlen zu Schwarz hinüber. Der reagierte immer noch nicht, stand wie angewurzelt auf dem Teppich. Neben dem Rohr lag eine Pappschachtel. Färber nahm sie in die Hand, drehte sie um und entzifferte die kleine Schrift auf ihrem Boden.

»Fünfundsiebzig Betäubungspfeile, Typ 80035 für Blasrohr Modell Samika 800.« Er schaute zu Schwarz hinüber. »Friedrich der Sanftmütige?«

Schwarz nickte.

Färber legte den kleinen Karton zurück. Dahinter entdeckte er einen Stoß Fahrzeugkennzeichen. Er holte sie hervor und durchsuchte den Stapel. Es waren acht verschiedene Schilderpaare, fünf aus Dresden, zwei aus Chemnitz, eins kam aus dem Mittleren Erzgebirgskreis. Färber richtete sich auf und zeigte Schwarz, was er gefunden hatte.

»Ich wollte schließlich nicht erwischt werden. Jedes Mal habe ich andere Kennzeichen benutzt.«

»Sind die alle gestohlen?«

»Ja.«

Färber legte die Schilder zurück in den Schrank. Dann ging er noch einmal zum Schreibtisch und zog die obere Schublade heraus. In einer flachen Schachtel, die mit rotem Samt ausgeschlagen war, lagen ein paar auf Hochglanz polierte Skalpelle, daneben eine aufgezogene Spritze. Die Flüssigkeit im Glaskörper schimmerte gelblich. Fragend schaute er zu Schwarz.

Der kam näher und kommentierte den Fund mit ausdruckslosem Blick. »Absolut tödlich, das Gift wirkt nach ein paar Minuten.«

Färber machte einen Schritt auf den Sessel zu und fragte: »Wollen wir uns nicht setzen?«

Schwarz ging nicht auf seinen Vorschlag ein, stattdessen starrte er Färber an. »Wie sind Sie auf mich gekommen?«

Färber lächelte diplomatisch. »Tja, Ihre Frau Mutter war so freundlich.«

Ohne Vorwarnung schlug Schwarz mit der Faust an die Seite des Kleiderschranks, sodass es krachte. Färber zuckte zusammen. »Ich wusste es«, zischte Schwarz. »Die kann einfach nicht die Klappe halten. Was hat sie Ihnen erzählt?«

»Nun ja, sie hatte sich wohl eingebildet, dass Heidrun Krämer irgendwann ihre Schwiegertochter werden würde, so hat sie sich zumindest ausgedrückt.«

»Nie im Leben.« Schwarz ging mechanisch zur Couch, schob ein getragenes Unterhemd und eine Socke beiseite und setzte sich.

Färber griff nach einem zerknitterten Hemd auf der Armlehne des Sessels und legte das Kleidungsstück auf den Tisch. Er nahm in dem zu weich gepolsterten Möbelstück Platz. Als er in das Kissen einsank, kamen Färber Bedenken. Vielleicht hätte er doch jemandem sagen sollen, was er vorhatte? Niemand wusste, wo er gerade war und aus welchem Grund. Färber griff in seine Jackentasche und fühlte das Handy in seiner Hand. Nein. Er wollte alles wissen. Vielleicht gab es nur diese eine Gelegenheit, die Wahrheit aus dem Mund des Fürstenzugmörders zu erfahren. Später, wenn sich ein Anwalt eingeschaltet hätte, konnte alles vorbei sein. Er betrachtete sein Gegenüber, um die Lage einzuschätzen. Von Schwarz schien keine Gefahr auszugehen, wie ein Häufchen Elend hockte er auf der Couch und stierte auf die geflieste Tischplatte. Außerdem spürte Färber seine Dienstwaffe, wenn er den Rücken in die Lehne des Sessels drückte.

»Warum?«, wiederholte Färber seine Frage.

Schwarz schaute nicht auf, als er leise und stockend zu sprechen begann. »Niemand wollte mich. Solange ich mich erinnern kann, war ich einsam und allein. Keiner hat versucht, mich zu verstehen.« Er sprach nicht weiter.

»Aber Sie hatten eine Mutter und einen Vater.«

»Pah, der hat sich beizeiten aus dem Staub gemacht. Immer hab ich gedacht, dass er mich liebt und sich bloß nicht melden kann, wegen der Grenze und so.«

»Ihr Vater war im Westen?«, fragte Färber.

»Hm«, er nickte, »nach der Wende wollte ich endlich zu ihm. Es war nicht schwer, ihn in der Nähe von München ausfindig zu machen. Die ganze Fahrt über hatte ich mir ausgemalt, wie er mich in die Arme nimmt und sagt, dass jetzt alles gut wird.«

»Und dann?«

»Wie ein blöder Idiot stand ich da, als er mir die Tür vor der Nase zuknallte, und Mama hat er auch noch verhöhnt.«

»Das war sicher schwer für Sie.«

Schwarz winkte ab. »Schnee von gestern.«

»Und Ihre Mutter?«

»Mama? Die ging mir irgendwann nur noch auf die Nerven, obwohl sie der einzige Mensch war, den ich noch hatte. Nachdem Papa weg war, drehte sie fast durch. Wir waren immer zusammen, mit anderen Kindern durfte ich nie spielen. Sie bestrafte mich nicht etwa mit Fernsehverbot oder Süßigkeitenentzug. Nein, für kleinste Vergehen sperrte sie mich ganze Tage und auch Nächte in unseren dunklen Keller. Als Jugendlicher konnte ich ihr dann überhaupt nichts mehr recht machen. Sie nannte mich einen elenden Versager, ich sei genau wie mein missratener Vater.«

»Und um ihr zu beweisen, dass Sie auch ein toller Kerl sind, begannen Sie zu morden?«

»Sie haben ja keine Ahnung.« Trotzig drehte Schwarz den Kopf zur Tür und schwieg.

»Versuchen Sie, es mir zu erklären. Ich bin ein guter Zuhörer.«

Nichts geschah, beide schwiegen. Nach einer halben Ewigkeit räusperte sich Schwarz und begann leise zu sprechen, monoton, fast wie ein Automat. »Ich wollte etwas Großes schaffen.« Jetzt schaute er Färber wieder an. »Zusammen mit den anderen. Das wollte ich. Anfangs haben die so getan, als wären sie wirklich daran interessiert, den Fürstenzug detailgetreu auf die Beine zu stellen. Sie hörten mir zu und gaben vor, meine Hinweise ernst zu nehmen.«

»Sie meinen den Rochlitzer Verein?«

»Ja. Ich war begeistert eingetreten. Ich kenne den Fürstenzug wie meine Westentasche. Die sächsischen Herrscher waren die Freunde meiner Kindheit, verstehen Sie?«

Färber nickte, schwieg aber, um ihn nicht zu unterbrechen.

»Wahrscheinlich gibt es niemanden, der mehr über sie weiß. Also wäre es doch nur natürlich gewesen, wenn sie meine Ratschläge befolgt hätten. Wie gesagt, anfangs ging noch alles gut. Bis sie begannen, mich auszulachen. Hinter meinem Rücken haben sie über mich gelästert, dass ich ein Krümelkacker sei und ein Pedant. Einmal habe ich zwei Näherinnen belauscht, wie sie über mich hergezogen sind. Richtige Gemeinheiten haben sie verbreitet.«

»Und Sie, was haben Sie gegen die Verleumdungen getan?«

»Was hätte ich denn machen sollen? Zuerst war ich enttäuscht, dann wütend. Am Ende habe ich alles hingeschmissen.«

»Und weiter?«

»Ein paar Monate später beschloss ich, den Stümpern zu beweisen, dass ich es besser kann. Ich habe denen gezeigt, wie der Fürstenzug zum Leben erweckt werden muss, wie man es richtig macht.«

»Indem Sie Menschen umbringen?«, fragte Färber.

Verständnislos sah Schwarz ihn an. »Sie verstehen den Sinn hinter meiner Aufführung auch bloß nicht, oder?«

»Erklären Sie ihn mir.«

»Das Leben der sächsischen Fürsten bestand doch nicht nur aus Kleidungsstücken und Waffen. Viel mehr gehörte dazu. Es wurde geherrscht, intrigiert, verleumdet, entführt und gemordet. Wenn man heute den Fürstenzug zum Leben erwecken will, dann muss das alles mit verarbeitet werden. Das Publikum hat ein Recht auf die historische Wahrheit, finden Sie nicht?« Auffordernd sah er Färber an.

Färber vermied es, zu widersprechen, weil er alles hören wollte.

»Wie auch immer. Am Ende haben die ihr halb ausgegorenes Werk aufgeführt, und die Massen standen mit offenen Mäulern am Straßenrand und applaudierten. Ich war unter den Gaffern und habe in diesem Moment geschworen, den Menschen ihren wahren Fürstenzug zu zeigen, nicht diesen billigen Abklatsch«, sagte Schwarz. »Und das Publikum hat mir recht gegeben.«

»Inwiefern?«, fragte Färber.

»Haben Sie es nicht bemerkt? Nachdem ich mit meiner Inszenierung begonnen hatte, drängten sich immer mehr Besucher in der Augustusstraße. An manchen Tagen konnte man kaum einen Fuß vor den anderen setzen, so überfüllt war die schmale Gasse. Alle wollten sie sehen, die Vorlage meiner großartigen Aufführung.«

Färber musste ihm in diesem Punkt sogar recht geben. Als der Zusammenhang zwischen den Morden und dem Fliesenbild in der Presse publik gemacht worden war, rissen die Besucherströme in der Augustusstraße nicht mehr ab.

»Leider konnte ich nie als Urheber in Erscheinung treten, wegen euch Bullen.« Er starrte Färber an. Der alte Hass war in seine Augen zurückgekehrt. Färber lief es kalt den Rücken hinunter, nervös richtete er sich in dem zu tiefen Sessel auf.

Aber Schwarz sprach ungerührt weiter. »Du bist schuld, dass ich aufhören musste, dass die wunderschönen Roben hier in meinem Schrank verstauben.« Er deutete in den hinteren Bereich des Zimmers.

»Wieso denn ich?«, fragte Färber. Jetzt endlich würde er erfahren, wodurch sich Schwarz damals hatte aus der Reserve locken lassen.

»Du hast mir deine Schnüffler auf den Hals gehetzt. Überall standen sie herum und haben geglotzt, was ich mache.«

»Und da haben Sie Heidrun Krämer geopfert, um den eigenen Hals aus der Schlinge zu ziehen?«

Schwarz schnaubte. »Um die war es nicht schade.«

Fast wäre Färber entrüstet aufgesprungen, aber er riss sich zusammen und machte gute Miene zum bösen Spiel. »Warum nicht?«

»Ach die, fett und hässlich, ohne Kultur. Außerdem hat sie sich an meine Mutter herangemacht und wollte sie mir wegnehmen. Fast hätte es geklappt, gerade noch rechtzeitig konnte ich damals Schlimmeres verhindern.«

»Wie meinen Sie das?«

»Seitdem diese blöde Kuh nicht mehr bei ihr ein und aus geht, ist Mama viel netter zu mir. Sie freut sich sogar, wenn ich sie überraschend besuche und Kuchen mitbringe. Vorher war es ihr egal, ob ich da war oder nicht. Heidrun vorn, Heidrun hinten. Das hat verdammt wehgetan.«

»Ja, das kann ich gut verstehen«, heuchelte Färber. »Wie haben Sie es eigentlich geschafft, Frau Krämer von der Frauenkirche zu stürzen?«

»Ein kleiner Trick.« Seine Augen funkelten, Schwarz feixte böse. »›Titanic‹ haben wir nachgespielt, Sie kennen doch die Szene am Bug, die Arme ausgebreitet im Wind.«

Färber brauchte zwei Sekunden, um sich zu erinnern.

»Voller Erwartung hat sie die Arme in die Luft gestreckt, sich weit übers Geländer gebeugt und geglaubt, die große Liebe sei ausgebrochen«, mit arrogantem Grinsen winkte er ab, »diese dumme Pute. Buhh, als ob ich mit der jemals etwas angefangen hätte, sie war richtiggehend ekelhaft. Ich will das gar nicht weiter ausführen, sonst wird mir noch schlecht«, sagte Schwarz angewidert.

Färber musste an sich halten, um ihm nicht an die Kehle zu springen. Er schluckte. »Und weiter?«

»Tja, der Rest war einfach. Die jungen Leute waren alle weg und wir allein da oben. Die Gelegenheit war günstig. Wie sie so am Geländer stand, sie bildete sich wohl ein, fliegen zu können, habe ich sie an den Hüften gepackt und über die Brüstung gehievt. Tja, dann ist sie geflogen.« Schwarz lachte lauthals. »Ich bin sofort nach unten gerannt. Als der erste Krankenwagen zu hören war, saß ich schon in der Straßenbahn. Gut, was?« Erwartungsvoll sah er Färber an.

Färber verzog keine Miene. »Aber wieso haben wir ihren Abschiedsbrief gefunden, nur mit Heidrun Krämers Fingerabdrücken und nachweislich an ihrem Computer ausgedruckt?«

»Ich bitte dich, Färber, hast du überhaupt keine Phantasie? Na gut, ich erkläre dir, wie man so was macht. Wir waren verabredet zu einem unserer Ausflüge, die ich übrigens nur ertragen habe, um sie in Sicherheit zu wiegen, schließlich sollte sie irgendwann freiwillig mit mir auf die Frauenkirche steigen.« Schwarz lächelte versonnen. Dann räusperte er sich.

»Also gut, der Ausflug. Ich bin eine Stunde vor der verabredeten Zeit zu ihrem Haus gefahren, weil ich wusste, dass sie noch auf Arbeit war. Dann rief ich sie ratlos an und fragte, was ich jetzt machen sollte. Bereitwillig verriet sie mir das Versteck ihres Schlüssels und bat mich, im Haus zu warten. So hatte ich eine geschlagene Stunde Zeit, meine Vorbereitungen zu treffen und mich ein bisschen umzusehen. Ich trug die ganze Zeit Handschuhe, das Computerpapier musste sie ja eigenhändig vorher in den Drucker gelegt haben, also waren ihre Fingerabdrücke schon drauf. Dann habe ich in aller Ruhe den Abschiedsbrief von meinem Datenstick auf den Rechner geladen und ausgedruckt, den Umschlag hinterher. Dann hab ich das Ganze wieder gelöscht, aber so, dass ein nur mäßig begabter Computernutzer das Dokument wiederherstellen konnte. Mehr war nicht zu tun. Genial, findest du nicht?«

Färber schaute ihn fassungslos an.

»Und das Beste war, ihr habt es geglaubt, alles schien ein Kinderspiel zu sein.«

Mit rauer Stimme fragte Färber weiter: »In der Frauenkirche, waren Sie der Mann mit der Kapuze?«

»Gut kombiniert, Herr Kommissar.« Provozierend klatschte Schwarz in die Hände. »Ich hätte nicht geglaubt, dass überhaupt einer von euch etwas merkt.«

Färber kämpfte gegen die aufkommende Wut an. Er schluckte sie hinunter, um mehr zu erfahren. Er nickte in Richtung Kleiderschrank. »Woher haben Sie eigentlich die Betäubungsmittel und das Gift?«

»Na ja, eigentlich sind es Souvenirs, Andenken an meinen Großvater. Er betrieb eine kleine Apotheke, die meine Mutter und ich auflösen mussten, als er starb. Damals, ich war vierzehn, wusste ich nicht, welche Substanzen die Fläschchen und Tüten enthielten, mir gefielen einfach die Totenköpfe darauf. Und eigentlich hatte ich zu diesem Zeitpunkt auch überhaupt keine Verwendung dafür. Wir sollten alle Medikamente den Behörden übergeben. Noch bevor sie kontrollieren kamen, habe ich eine Holzkiste vollgepackt mit den Sachen, die mir gefielen, und in unserem Keller versteckt. Nicht mal meine Mutter wusste davon.«

»Das ist niemandem aufgefallen?«, fragte Färber.

»Keiner hat je danach gefragt.«

»Woher wussten Sie eigentlich, wie die Substanzen zu dosieren waren?«

»Alles kein Kunststück, im Internet kann man alles finden«, sagte Schwarz nicht ohne Stolz.

»Und der Transporter, woher hatten Sie den?«

Schwarz grinste breit. »Ist auf meine Mutter zugelassen, wegen der Haftpflichtprozente. Ihr habt es nicht kapiert.«

Färber fühlte sich wie ein begossener Pudel. Trotzdem musste er weitermachen, tiefer eindringen in die Schmach seiner Niederlage. »Wie haben Sie es angestellt, Frau Krämers DNA-Spuren an den Opfern zu platzieren?« Färber verabscheute sich. Wie ein blutiger Anfänger war er in jede Falle dieses Geisteskranken getappt. Er kämpfte dagegen an, im Schlamm seines Versagens zu versinken. Schwarz zog ihn grinsend immer tiefer hinab in den Morast.

»Sie war bei meiner Mutter, und ich kam zufällig dazu. Als die beiden im Badezimmer verschwunden waren, entdeckte ich Heidruns Handtasche im Flur. Weil ich wissen wollte, wo sie wohnt, durchsuchte ich den Inhalt. Als ich ihre Haarbürste in meinen Fingern hielt, kam mir die grandiose Idee. Ich musste sie einfach einstecken.« Schwarz hob entschuldigend die Hände.

»Und dann haben Sie bei jedem Opfer ein paar Haare aus der Bürste zurückgelassen?«, schlussfolgerte Färber.

»Hm«, der andere nickte lächelnd, »und ein paar Hautschuppen. Genial, stimmt's?«

Färber fühlte sich außerstande, darauf zu reagieren. »Erzählen Sie mir von den Männern, die Sie umgebracht haben. Wie haben Sie sie ausgewählt?«

»Och«, Schwarz wackelte mit dem Kopf, »ich hatte kein System, wenn du so etwas vermutest. Die waren eben gerade da, als ich sie brauchte.«

»Hatten Sie keine Skrupel, unschuldige Menschen zu ermorden, nur um Ihre kranke Eitelkeit zu befriedigen?« Färber bereute seine Worte im selben Augenblick. War er zu weit gegangen?

Schwarz erstarrte, seine Augen wurden zu Eis. Er schien zu überlegen, wie er auf die Provokation reagieren sollte. Zu Färbers Erleichterung sprach er nach einer Weile doch weiter. »Ich habe sie erlöst. Nicht mehr und nicht weniger.«

»Wie bitte?« Färber zog die Augenbrauen hoch.

»Na ja, die meisten waren doch arme Schweine. Zum Beispiel der fette Suffkopp, der am Muldeufer in Wechselburg meinen Dedo darstellen durfte. Das war eine Ehre für den.« Entschlossen nickte er. »Eigentlich war er fast ein wenig zu schäbig, um einen Grafen darzustellen, findest du nicht?« Erwartungsvoll sah er Färber an, der nicht weiter reagierte.

»So wie ihn habe ich alle gefunden. Wenn ich wusste, welcher Fürst aufgeführt werden sollte, bin ich losgezogen und habe nach einem geeigneten Darsteller Ausschau gehalten. Dedo hockte angetrunken in einer Kneipe drüben in der Neustadt.«

»Aha.« Färber versuchte, sich jedes Wort einzuprägen. Der Tote von Wechselburg war immer noch nicht identifiziert worden.

Als hätte Schwarz seine Gedanken gelesen, fuhr er fort: »Er hieß übrigens Winfried. Mehr weiß ich nicht von ihm.«

»Und wer war der Mann, der Friedrich den Sanftmütigen darstellen musste?«

Schwarz zuckte mit den Schultern. »Irgendein Jogger, ich kannte den nicht.«

»Wo haben Sie ihn denn gefunden?«

»Keine Ahnung«, Schwarz fuchtelte mit dem Arm in Richtung Fenster, »irgendwo da draußen im Wald.«

»Wo ist eigentlich der Wagen vom Opfer aus Krummenhennersdorf abgeblieben?«, bohrte Färber weiter.

»Du meinst, von diesem Teppichhändler?« Schwarz zog den Mund schief, als würde er überlegen. »In einem alten Steinbruch versenkt.«

»Wo?«

»Irgendwo bei Burgstädt.«

»Eins hat mich von Anfang an gewundert: Warum haben Sie den Dedo aus der Wechselburger Basilika nachgestellt, obwohl der überhaupt nicht im Fürstenzug enthalten ist?«, fragte Färber.

»Geschichte ist manchmal verwirrend, oder?« Verständnisvoll lächelte Schwarz. »Aber ich kann dich beruhigen, es steckt nichts Besonderes dahinter. Er war, sagen wir, meine Generalprobe.«

»Eine Generalprobe mit einem echten Toten?« Färber verabscheute sein Gegenüber und konnte es kaum noch verbergen.

»Ja«, verschwörerisch lehnte sich Schwarz nach vorn, »deshalb das Heroldsgewand. Du kennst doch die Funktion des Herolds, oder nicht?«

Färber schaute Schwarz fassungslos an, natürlich wusste er um die Rolle des Herolds.

»Genau. Er kündigt den Herrscherzug an. Wie im realen

Leben. Tja, und dass es Dedo wurde, lag an der Sache mit dem Fettabschneiden. Ich fand das lustig und wollte es unbedingt selbst einmal ausprobieren.«

Färber würgte trocken.

»Was hast du denn, brauchst du eine Pause?«, bot Schwarz gönnerhaft an.

»Geht schon, danke.« Färber spielte seine Rolle des verständnisvollen Zuhörers wieder meisterhaft, obwohl sie ihm seine ganze Kraft zu rauben drohte.

Schwarz war in Fahrt gekommen. Er erläuterte jeden seiner Schritte, klärte Färber über die geschichtlichen Hintergründe seiner perfiden Inszenierungen auf. Färber kannte das meiste schon aus seinen Recherchen. Schwarz war beseelt von den Fürstenzugfiguren. Seine Augen glänzten, während er schwärmte. Färber erhielt eine Unterrichtsstunde der besonderen Art. Der Mörder sprach von August dem Starken und wie er sich das Herz in Polen beschaffte, erklärte sein Vorgehen beim Betäuben und Köpfen des Joggers, den er später auf dem Freiberger Obermarkt ablegte, in Reminiszenz an Kunz von Kauffungen, den heldenhaften mutigen Ritter. Er behauptete, ihm damit zu später Gerechtigkeit verholfen zu haben. Und Albrecht der Stolze, dieser Fürst hätte erst durch ihn, den großen Künstler, endlich die Anerkennung erfahren, die ihm zustand. Vorher wusste kein Mensch, dass der großartige Wettiner sein Leben durch eine gemeine Intrige in Krummenhennersdorf ausgehaucht hatte.

Färber wurde übel. Er schluckte und kämpfte gegen seine Reflexe. Als Schwarz bei Albrecht dem Entarteten und seinem Mord an einem jungen Montagearbeiter angekommen war, fragte Färber: »Warum lag der Entartete eigentlich auf der Goethebank? Den Sinn dahinter konnte ich nie verstehen.«

»Ich war schlecht vorbereitet. Eigentlich sollte Albrecht im Inneren der Burganlage inszeniert werden. Als ich mitten in der Nacht dann vor der Eckartsburg stand, wusste ich nicht, wohin mit ihm. Die Zufahrt war verschlossen. Die Burg ist bewohnt, das war mir vorher nicht bekannt. Zu allem Übel kläffte auch noch ein Hund, und das beim kleinsten Geräusch. Aus der Not heraus musste ich ihn draußen irgendwo ablegen.« Er grinste.

»Ihr dachtet wohl, die Bank hätte eine tiefere Bedeutung?« Vor Freude schlug er sich auf die Schenkel.

Färber hatte genug. Eigentlich wollte er kein weiteres Wort aus dem Mund dieses Irren hören. Nur eine Frage hatte er noch. »Warum haben Sie meinen Vater entführt, wollten Sie, dass er stirbt?« Färber hoffte, dass Schwarz das leichte Zittern in seiner Stimme nicht bemerkte.

»Das war nur ein kleiner persönlicher Scherz für dich am Rande.«

Er sprach nicht weiter. Seine Stimmung schien umzuschlagen, ein Schatten legte sich auf seine Züge. Färber hörte hinter sich eine Uhr ticken, ein Geräusch, das er bisher nicht wahrgenommen hatte. Endlich räusperte sich Schwarz und sprach mit gepresster Stimme: »Eigentlich wollte ich ja deine Frau. Ich hatte mir schon ausgemalt, was ich mit ihr anstellen würde. Wir hätten wirklich Spaß gehabt. Tja, und danach wäre ihr kleines Lebenslicht eben erloschen. Ich wollte sehen, wie du winselst, wie du heulst. Leider kam alles anders, dein Vater war nur zweite Wahl.«

Färber explodierte von einer Sekunde auf die andere. Er sprang auf und zerrte Schwarz am Kragen hoch. Zitternd vor Wut, hielt er ihn mit eisernem Griff, dass dem anderen das Atmen schwer wurde. Färber starrte in eine hässliche Grimasse.

Schwarz zischte: »Ich habe dich gehasst. Ich wollte, dass du einmal erlebst, wie es mir mein ganzes Leben lang ergangen ist«, er keuchte unter der Atemnot, »dass du einmal von einem Menschen verlassen wirst, den du abgöttisch liebst, wie es sich anfühlt, wenn man ganz allein zurückbleibt, unverstanden und aussätzig. Leider bist du verschont geblieben, aber wenigstens hattest du Angst, eine Scheißangst, so hoffe ich doch.«

Färber stieß ihn angewidert zurück in die Polster. »Erzähl weiter, du Mistkerl.«

Schwarz rieb sich den Hals und grinste. »Heidrun hatte mir irgendwann mal erzählt, dass dein Alter ohne Herztabletten draufgeht, und zwar schon nach ein paar Stunden. Also brauchte ich mir überhaupt nichts einfallen zu lassen, er musste nur weggesperrt werden. Übrigens, warum ist er damals nicht verreckt, hat die dumme Kuh Mist erzählt?«

Färber wollte eigentlich nicht antworten, nicht ein Wort mochte er noch mit diesem Psychopathen wechseln. Aber die Genugtuung, dass Otto überlebt hatte, ließ ihn doch sprechen. »Du warst zu dumm, mein Vater hat immer eine Notration Tabletten in seiner Hosentasche. So einfach war das.«

»Na ja, ist nun auch egal.« Schwarz erhob sich vom Sofa und war mit drei Schritten am Schreibtisch. Blitzschnell griff er ins obere Fach und verbarg seine Hand hinter dem Rücken.

Färber wurde mulmig zumute. Er richtete sich auf. »Was machst du da? Komm her und setz dich wieder.« Er tastete nach dem Halfter an seinem Hosenbund, verhedderte sich aber in der Tiefe des Polsters.

»Finger weg von der Pistole!«, brüllte Schwarz. Dann lächelte er wieder. »Reden wir doch noch ein bisschen.«

Langsam kam er näher. Als er schon am Sessel war, schnellte seine Hand hervor, die Augen hatten sich zu Schlitzen verengt. Färber sah es blitzen und dachte an eines der Skalpelle. Er schlug gegen den Arm seines Angreifers, damit der die Klinge fallen lässt. Mit Entsetzen erkannte Färber, dass das glänzende Ding die Spritze war. Mit nicht gekannter Kraft wehrte er sich, um der tödlichen Injektion zu entgehen. Sie rangen auf dem Boden. Das Muster des Teppichs brannte sich unauslöschlich in Färbers Hirn, braune Ranken und gelbe Blätter. Er spürte einen Stich im Oberschenkel. Entsetzt schüttelte er seinen Angreifer ab. Die Spritze steckte in seinem Bein, hatte aber ihre tödliche Fracht noch in ihrem schlanken Körper.

Einen Moment lang wurde ihm schwarz vor Augen. Als er wieder zu sich kam, sah er Schwarz gerade noch durch die Tür verschwinden. Er zog die Nadel aus seinem Bein und hechtete hinterher, aus der Wohnung, die Treppen hinunter. Er stolperte und musste sich mehrfach am Geländer abfangen. Schwarz war ziemlich schnell, Färber keuchte. Unten auf der Straße rannte er in Richtung Zentrum davon. Er überquerte die menschenleere Straße, auch Fahrzeuge waren um diese Zeit kaum unterwegs. Nur mit Not konnte Färber ihm folgen. Die Kondition des anderen war deutlich besser als seine eigene. Färber schnaufte und lief, so schnell seine Beine ihn tragen konnten.

Die nächste Querstraße war erreicht. Färber wurde übel, er fiel zurück. Kein einziger Polizist war weit und breit zu sehen. An der nächsten Ecke bog Schwarz in eine breitere Straße ein und lief auf die Fahrbahn. Ein einsamer Motorradfahrer stürzte bei einer Vollbremsung. Das Zweirad schlitterte über den Asphalt, Funken sprühten. Färber versuchte noch auszuweichen, aber die Maschine knallte gegen seinen Fuß, kaltes Metall bohrte sich unter die Haut. Er schrie. Vor ihm klingelte es laut und eindringlich. Eine Straßenbahn, die einzige weit und breit in dieser Stunde. Dann ein Knall. Wie in Zeitlupe sah er Schwarz in hohem Bogen durch die Luft fliegen, bevor er auf dem Pflaster aufschlug und reglos liegen blieb. Keuchend und um Atem ringend humpelte Färber zu ihm. Ein stechender Schmerz bohrte in seinem Knöchel. Die Straßenbahn hatte Schwarz erwischt, jetzt quoll schäumend Blut aus seinem Brustkorb. Aber er lebte. Färber kniete nieder und umfasste den malträtierten Oberkörper mit seinen Armen, um ihn vorsichtig etwas anzuheben.

»Ein Arzt«, schrie Färber. Der bis dahin schockstarre Straßenbahnfahrer zog sein Handy hervor und tippte wild darauf herum. Eugen Schwarz kämpfte um sein Leben. Bei jedem Atemzug ertönte ein Pfeifen, das aus der Brust zu kommen schien. Färber presste seine Hand flach auf einen Quell gurgelnden Blutes in Höhe des Herzens, aber das Pfeifen hörte nicht auf.

»Es wird alles gut, glaub mir. Ich bin da«, sprach er beruhigend und strich sanft über Eugens schweißnasse Stirn.

Schwarz lächelte und flüsterte: »Mein Fürstenzug war großartig.« Er hustete, ein Blutschwall schoss aus seinem Mund und ergoss sich über Färbers Arm. »Sag es.« Er flehte mit den Augen um Färbers Zustimmung.

Färber rang mit sich. Hatte er das Recht, einem Sterbenden seinen letzten Wunsch abzuschlagen? Er flüsterte: »Nein. Er war ein brutales Verbrechen.«

Eugen Schwarz verließ diese Welt mit einem verkrampften Grinsen im Gesicht. Sein schlaffer Körper lag in Färbers Armen. Färber legte ihn sanft auf dem harten Pflaster ab. Der gestürzte Motorradfahrer saß reglos neben seiner Maschine und glotzte stumm zu ihnen herüber. Dann hörte Färber Martinshörner.

Wenig später ließ er sich zu einem Krankenwagen führen. Auf dem Weg hinterließ er eine rot schimmernde Spur auf dem Straßenbelag.

## Montag, 2. November, Vormittag

*Färbers Wohnung, Martin-Luther-Straße, Dresden*

Färbers Fuß steckte in einem dicken Verband. Es war wohl nichts gebrochen, aber eine üble Prellung und die Fleischwunde verhinderten das Auftreten. Der Arzt hatte ihm Krücken verschrieben, mit denen Färber sich mehr schlecht als recht durch die Wohnung schleppte. Sein Knöchel hatte endlich einmal Ruhe gegeben, die extrastarken Schmerztabletten taten ihre Wirkung. Aber sie trübten auch die Sinne und halfen nicht wirklich gegen das Brennen der Wunde in seinem Gesicht. In Färbers Kopf waberten dumpfe Nebelschwaden. Trotzdem musste er einen dringenden Anruf erledigen.

Hin und her schwankend, humpelte er auf seinen Krücken zum Telefon, das auf der Anrichte zwischen den Fotografien stand.

Der von Eugen Schwarz präparierte Bilderrahmen war immer noch da. Aber er zeigte jetzt wieder das alte Foto: Färbers lachende Familie. Ein paar Knitterfalten hatte das Papier abbekommen, aber ansonsten war das Bild unversehrt geblieben. Den kleinen Blutfleck auf der Rückseite konnte man nicht sehen.

Färber griff nach dem Hörer und wählte Dr. Hammersteins Nummer. »Guten Morgen, hier Färber.«

»Ah, der Held unseres Freistaates«, tönte Hammerstein übertrieben fröhlich. »Wie geht es Ihnen und Ihrem Fuß denn heute?«

»Ach, alles halb so wild. Ich wollte mich bedanken für Ihr ausgezeichnetes Gutachten.«

Hammerstein hüstelte. »Nicht doch, ich werde ja rot.«

»Und«, Färber zögerte, »ich wollte mich entschuldigen.«

»So?«

Einen Augenblick blieb es still in der Leitung.

»Weil ich mir nach dem Geständnis Heidrun Krämers geschworen hatte, niemals wieder auf ein psychologisches Gutachten zu vertrauen.«

Hammerstein lachte.

Färber fügte schnell hinzu: »Also, nichts für ungut, ich hoffe, Sie sind mir nicht böse.«

»Wer könnte Ihnen denn böse sein nach dieser Heldentat? Ich jedenfalls stehe Ihnen gern auch weiterhin zur Verfügung.«

»Ich nehme Sie beim Wort, Doktor. Machen Sie's gut.«

»Alles klar, Herr Färber. Halten Sie die Ohren steif.«

Färber lächelte beim Auflegen.

Es klingelte an der Tür. Färber stöhnte, weil es sich anfühlte, als wenn gerade wieder jemand ein Messer in seinem Knöchel umdrehte, und schleppte sich in den Flur.

Carola stand strahlend vor der Tür. Die verbliebenen Kratzer in ihrem Gesicht verheilten gut und sollten hoffentlich bald ohne auffällige Narben verschwunden sein. Das Brandmal auf Färbers Wange würde für immer bleiben.

Er grinste gequält, sein Fuß brannte. »Komm rein.« Er wies ihr mit einer Krücke den Weg ins Wohnzimmer.

Sie setzten sich vor seinen Computertisch, die Hollywoodschaukel war für ihn wegen der Verletzung tabu. Jede Bewegung war heikel und schmerzhaft, also verbot sich die schaukelnde Sitzgelegenheit.

»Kaffee?«, fragte Färber schmunzelnd. Er freute sich über ihren Besuch.

Auf dem Tisch stand neben Färbers Tasse eine hellgrüne Thermoskanne. Carola ging in die Küche, kam mit einer weiteren Tasse zurück und goss beiden ein. Beim ersten Schluck verzog sie den Mund, der Kaffee war lauwarm und viel zu stark.

Färber hob entschuldigend die Hände. »Mein Kumpel hat ihn heute Morgen extra für mich gekocht, noch bevor er zur Arbeit gefahren ist.« Er zwinkerte. »Gernot verlässt schon um sechs das Haus.«

Carola lachte herzlich. »Ich koche uns mal besser einen neuen.« Sie verschwand in der Küche.

Färber hörte sie rumoren, Schranktüren klappten. Er erschrak.

Hatte er das scharfe Messer aus dem Oberschrank genommen? Ja, natürlich. Er atmete aus und lehnte sich zurück.

»Wo hast du die Filtertüten?«

»Im Schrank über der Spüle.«

Es dauerte nicht lange, und es begann verführerisch nach frischem Kaffee zu duften.

Sie trat ins Wohnzimmer, blieb aber an der Tür stehen. »Hast du eigentlich schon gefrühstückt?«

Vermutlich hatte sie die Leere in seinem Kühlschrank bemerkt. »Na ja, ich hatte Gernots Lebensretter.« Er deutete auf die grüne Thermoskanne.

Carola nahm ihre Tasche vom Stuhl. »Bis der Kaffee durchgelaufen ist, bin ich zurück. Wo ist der nächste Bäcker?«

»Gleich gegenüber.«

»Fein, was willst du haben?«

»Och, das ist egal, Hauptsache, was zu essen.«

Carola hatte sich schon zur Tür gewandt, als Färber nach ihr rief.

Sie drehte sich um. »Ja?«

»Danke.«

Sie lächelte verlegen. Als er wieder allein in der Wohnung war, lauschte er dem Gurgeln der Kaffeemaschine. Sein Magen knurrte, er hatte wirklich großen Hunger. Auf Carola war eben Verlass. Erst jetzt fiel ihm auf, dass er ihre Schritte überhaupt nicht gehört hatte. Färber betrachtete die leeren Fensterbänke mit Wehmut. Die letzten verdorrten Triebe seiner Kräuterzucht hatte er längst aus den Töpfen herausgerissen. Erst im Frühjahr würde er neue Samen aussäen.

Carola brachte frische Brötchen, ein dunkles Brot und echte Dresdner Eierschecke mit. Diese sächsische Spezialität war Färbers Lieblingskuchen. Als sie die Köstlichkeiten vor ihm ausbreitete, strahlte Färber und schaute verstohlen auf ihre Schuhe – sie trug Turnschuhe. Sie frühstückten in der Küche, schwatzten und lachten.

»Wie bist du eigentlich auf diesen Schwarz gekommen?«, fragte Carola schließlich, als sie den letzten Bissen ihres Marmeladenbrötchens hinuntergeschluckt hatte. »Ich erinnere mich noch an unseren Besuch damals bei ihm, er hat uns in der Küche Tee angeboten.«

»Genau.« Färber nickte. »Ins Wohnzimmer hätte er uns auch kaum führen können. Dort hatte er so etwas wie seine Werkstatt eingerichtet.«

»Er wirkte wie ein netter Kerl, vielleicht etwas pedantisch, aber ansonsten harmlos«, erinnerte sie sich.

»Stimmt. Und weil Heidrun Krämer in dem Moment auftauchte, als sich Viktor Salmann als Luftnummer herausstellte, hatten wir keinen Grund mehr, an Schwarz dranzubleiben. Das Manöver funktionierte, und wir haben wie die Marionetten an seinen Fäden getanzt.«

»Auch wir lernen aus unseren Fehlern.« Carola nickte entschlossen. »Wie bist du denn nun auf ihn gekommen?«, hakte sie nach.

»Nachdem ich den Kapuzenmann auf dem Video entdeckt hatte …«

Carola errötete. »Erinnere mich bloß nicht daran, ich muss blind gewesen sein.«

»Nein, das nicht. Eugen Schwarz war einfach ein äußerst gerissener Kerl. Ich bin der Sache in meiner Freizeit nachgegangen und habe Heidrun Krämers ehemalige Patienten aufgesucht. Mehr als eine Woche lang stellte ich immer wieder dieselben Fragen. Eines Tages stand ich in der Wohnung von Brigitte Feldmann. Tja, sie brachte irgendwann ihren Sohn ins Gespräch und dass sie gehofft hatte, Heidrun Krämer bald als Schwiegertochter zu bekommen. Auf einem Foto erkannte ich dann unseren alten Freund Schwarz. Ich musste nur noch zwei und zwei zusammenzählen, und alle Fragen, die wir wochenlang nicht beantworten konnten, schienen eine sinnvolle Erklärung zu bekommen.«

»Wahnsinn«, sagte Carola, »gut, dass du so hartnäckig geblieben bist.«

Schwungvoll rührte Färber in seinem Kaffee. »Was ich dich noch fragen wollte«, begann er vorsichtig, »damals, als du ihm die Bücher zurückbringen wolltest, erinnerst du dich noch genau daran?«

Carola zögerte. »Was meinst du?«

»Na ja, eigentlich hatten wir keinen blassen Schimmer, dass Schwarz der Täter war. Warum also spielt er nicht weiter den coolen Typen, sondern bringt dich fast um?« Färber verzog schmerzvoll das Gesicht, sein Knöchel ließ ihm keine Ruhe. »Es war doch ein ganz harmloser Besuch von dir.«

»Ich weiß nicht mehr viel von diesem Tag.« Sie schloss für einen Moment die Augen und schluckte. »Das Einzige, was sich mir ins Gehirn gebrannt hat, ist dieser Augenblick, als er in der geöffneten Wohnungstür stand.« Aus ihrer Handtasche kramte sie eine Packung Papiertaschentücher hervor, zog eins davon aus seiner Hülle und putzte sich die Nase.

»Er fragte mich sehr unfreundlich, was ich wollte, nein, das stimmt so gar nicht. Eigentlich schnauzte er mich an. In dieser Art hatte ich ihn noch nie reden gehört. Ich habe es sofort bereut, dass ich ohne vorherige Anmeldung bei ihm aufgekreuzt bin. Also sagte ich scherzhaft, dass wir noch eine alte Rechnung zu begleichen hätten, ich meinte natürlich die Bücher. Daraufhin wurde er ganz freundlich, eben so, wie wir ihn kennengelernt hatten. Er bat mich in die Küche, bot mir Tee an und holte sogar seine beste Kanne für mich aus dem Wohnzimmer, zumindest hat er das behauptet. Ich weiß nur noch, dass wir am Küchentisch saßen und Tee tranken. Ich glaube, wir haben uns über das Wetter unterhalten. Danach fehlt mir jede Erinnerung.«

Eine Weile blieb es still in Färbers Wohnzimmer. Dann räusperte sich Carola. »Wie konntest du mich eigentlich so schnell finden? Er hatte ja wohl keine Nachricht in seiner Wohnung hinterlassen, wohin er mich verschleppte.«

»In der Wohnung seiner Mutter fiel mir mit einem Schlag ein, dass du gerade auf dem Weg zu ihm warst, allein und völlig ahnungslos. Ich habe dich immer wieder angerufen, aber du hast dich nicht gemeldet.«

Carola nippte an ihrem Kaffee.

»Seine Wohnungstür wurde nicht geöffnet, ich klingelte, hämmerte gegen das Holz und schrie nach dir. Hinter der Tür war es totenstill. Mit dem GPS-Empfänger in meinem Wagen konnte ich dein Handy schließlich orten.«

Sie unterhielten sich noch eine ganze Weile über die Ereignisse der vergangenen Wochen, bevor Carola schließlich aufbrach. Sie erhob sich und griff nach ihrer Tasche.

Färber räusperte sich. »Schöne Schuhe übrigens«, grinste er.

Carola hielt den Kopf schief und lächelte. »Ich habe deinen Rat befolgt. Eigentlich brauche ich die Absätze gar nicht, zumindest nicht immer.« Sie tänzelte in ihren flachen Schuhen eine Runde durch Färbers Küche.

Zum Abschied umarmten sie sich herzlich. Als Carola die Wohnungstür öffnete, stand der nächste Krankenbesuch vor der Tür. Kriminaldirektor Kießling. Er schielte hinter einem riesigen Blumenstrauß hervor und wirkte betreten.

Carola nickte Kießling im Vorbeigehen zu und drehte sich noch einmal zu Färber um. »Ich bin wirklich froh, dass du unsere Sonderkommission geleitet hast.«

Färbers Wangen glühten.

## Samstag, 14. November, später Vormittag

*Dresden-Altstadt*

Nach einigen Tagen, als Färber wieder ohne Krücken gehen konnte, raffte er sich auf und fuhr mit der Straßenbahn in die Altstadt. Die Sonne schien, wie so oft in diesem Jahr, obwohl der kühle Wind ihn unmissverständlich an den bevorstehenden Winter erinnerte. Bäume ließen ihre Blätter los, damit sie zu Boden segeln und den absterbenden Rasen bedecken konnten. Ihre kahlen Zweige ragten wie mahnende Finger in den Himmel. An der Straßenbahnhaltestelle überquerte er die Wilsdruffer Straße und passierte den Kulturpalast. Die Frauenkirche erhob sich vor ihm. Neben dem Lutherdenkmal blieb er stehen und schaute traurig nach oben zur Aussichtsplattform über der Kuppel. Er dachte an Heidrun Krämer. Dann lenkte er seine Schritte weg vom Neumarkt in Richtung Stadtschloss und Hofkirche. Als Färber in die Augustusstraße einbog, sah er Touristengruppen, die sich unter dem Fliesenbild des Fürstenzuges tummelten, ein gewohntes Bild in der sächsischen Landeshauptstadt.

In der Mitte der Gasse blieb Färber stehen und lauschte den Ausführungen eines Fremdenführers. Die Gäste hingen an den Lippen des jungen Mannes, der ein hellbraunes Gewand mit Löwenwappen auf der Brust trug und aus dem Leben der sächsischen Herrscher erzählte. Markus Finkenberg bemerkte den neuen Zuhörer nicht. Gerade erklärte er, dass in diesem Jahr der Lebendige Fürstenzug zum Stadtfest im August aus technischen Gründen nicht aufgeführt werden konnte. Aber im nächsten Jahr, da würde er wieder laufen und die Dresdner und ihre Gäste zum Staunen bringen.

Färber sog die würzige Herbstluft ein, die eine Prise vom Geruch der Elbe in die Altstadt brachte. Das erste Mal seit Monaten konnte er vor dem Fliesenbild stehen, ohne ein schlechtes Gewissen und Magenschmerzen zu bekommen. Er lauschte Finkenbergs Worten und dachte, dass er weitaus mehr über die Wettiner Fürsten wusste, als der junge Mann seinen Gästen erzählte.

*Du alter Stamm,*
*sei stets erneut*
*in edler Fürsten*
*Reihe;*
*wie alle Zeit*
*dein Volk dir*
*weiht*
*die alte deutsche*
*Treue.*

Motto am Ende des Dresdner Fürstenzuges